Arsène Lupin

10

Les Dents
du tigre

아르센 뤼팽 전집 10

호랑이 이빨

1판 1쇄 펴냄 2015년 3월   1일
1판 3쇄 펴냄 2021년 4월   6일

지은이 모리스 르블랑
옮긴이 바른번역
감수   장경현, 나혁진
펴낸이 하진석
펴낸곳 코너스톤
주소   서울시 마포구 독막로 3길 51
전화   02-518-3919
ISBN   979-11-85546-35-3 04860

아르센 뤼팽
전집

10

Arsène Lupin

호랑이 이빨

모리스 르블랑 지음 바른번역 옮김
장경현, 나혁진 감수

코너스톤
Cornerstone

차례

제1부

돈 루이스 페레나

Arsène
Lupin

1
다르타냥, 포르토스, 몬테크리스토

오후 4시 30분, 파리시 경찰청장인 데말리옹이 여전히 집무실로 돌아오지 않자 그의 개인 비서는 편지 꾸러미와 자신이 직접 메모를 적어둔 보고서들을 책상 위에 가지런히 놓은 뒤 호출벨을 눌렀다. 비서는 정문을 열고 들어오는 경비원에게 이렇게 지시했다.

"청장님께서 오후 5시에 여기 이름이 적힌 사람들을 소환하셨습니다. 이들이 도착하면 서로 대화할 수 없도록 각각 다른 방에서 기다리게 하십시오. 그리고 제게 그들의 명함을 가져다주세요."

경비원은 곧 방을 나갔다. 비서 역시 자신의 사무실로 돌아가려고 작은 문을 향해 몇 발짝 걸어갔는데, 갑자기 다시 정문이 열리더니 한 사내가 들어와 비틀거리며 안락의자 등받이에 몸을 기댔다.

"세상에, 베로 형사 아닙니까? 어떻게 된 일이에요? 어디가 불편하십니까?"

베로 형사는 우람한 체격에 딱 벌어진 어깨를 지닌 혈색 좋은 사내였다. 평소에는 홍조를 띠며 붉은 핏줄이 선명히 드러나 보이던 그의 얼굴이 백지장처럼 새하얗게 질린 걸로 보아 격렬한 감정에 휩싸여 있는 듯했다.

"아무것도 아닙니다, 비서님."

"그게 아닌데요. 평소 그 건강하던 안색이 아니에요…. 몹시 창백합니다…. 게다가 이렇게 식은땀도 흘리시고…."

베로 형사는 이마에 맺힌 땀을 닦아낸 뒤 정신을 가다듬으며 말했다.

"조금 피곤할 뿐입니다…. 요즘 들어 과로했더니…. 청장님께서 맡기신 일을 어떻게든 해결하고 싶었거든요. 그런데 지금 몸 상태가 좀 이상한 것 같긴 하네요…."

"강심제라도 갖다 드릴까요?"

"아닙니다, 됐어요. 그저 목이 좀 타는군요."

"그럼 물 한잔 갖다 드릴까요?"

"아니요…. 괜찮습니다…."

"그럼 무얼 드릴까요?"

"그러니까… 그게…."

베로 형사의 목소리가 몹시 흔들렸다. 눈빛에는 마치 갑자기 말을 할 수 없게 된 사람처럼 불안이 가득 서려 있었다. 하지만 곧 안간힘을 쓰며 물었다.

"청장님 계십니까?"

"아니요. 5시나 돼야 오실 겁니다. 그때 중요한 모임이 있거든요."

"예…. 저도 압니다…. 굉장히 중요한 모임이지요. 그 때문에 저도 연락을 받고 왔고요. 하지만 그전에 청장님을 만나 뵙고 싶습니다. 반드시 그래야 해요!"

비서가 베로 형사를 살펴보더니 말했다.

"이런, 말도 못 하게 불안해 보이시네요! 그렇게나 긴급한 용무입니까?"

"정말 중요한 일입니다. 한 달 전 오늘 벌어졌던 살인 사건에 관한 일입니다…. 그리고 그 범죄 탓에 오늘 밤 발생할 두 건의 살인 사건을 막기 위한 일이기도 하고요…. 그래요, 우리가 당장 적절하게 조치하지 않으면 오늘 밤 반드시 두 명이 살해될 겁니다."

"자, 우선 앉으세요, 베로 형사."

"아! 어쩌나 악랄하게 꾸며진 음모인지! 그 누구도 상상조차 못 할 정도입니다…."

"하지만 당신이 알아차리지 않았습니까, 베로 형사…. 분명 청장님이 당신에게 전권을 위임할 테니 막으면 될 텐데…."

"예, 물론이지요…. 물론입니다…. 하지만 청장님을 만나 뵙지 못할 수도 있다는 생각을 하니 너무 섬뜩해서요. 그래서 그 사건에 대해 제가 아는 모든 내용을 이 편지에 적어놓았습니다. 그래야 안심이 될 것 같아서요."

베로 형사는 커다란 노란 봉투를 비서에게 넘겨 주고 이렇게 덧붙였다.

"자, 이 작은 상자도 탁자 위에 놓아두겠습니다. 이 안에 편지 내용을 보충 설명해줄 물건이 들어 있어요."

"왜 직접 갖고 있지 않으시고요?"

"두렵습니다…. 누군가 저를 쫓고 있단 말입니다…. 저를 없 애려는 것 같아요…. 이 비밀을 저 혼자 알고 있기에는 너무 벅 찹니다."

"걱정하지 마세요, 베로 형사. 청장님이 곧 도착하실 겁니다. 그전에 의무실에 가서 약이라도 좀 드셔보세요."

형사는 어쩔 줄 모르고 망설이며 이마에 맺힌 땀을 닦아내 더니 곧 몸을 일으켜 방을 나갔다.

다시 방 안에 혼자 남은 비서는 책상에 놓인 두툼한 서류 뭉 치 사이에 편지를 끼우고는 자신의 사무실로 발길을 옮겼다.

그런데 비서가 자신의 사무실 방문을 닫자마자 정문이 또다 시 활짝 열리면서 베로 형사가 중얼거리며 들어왔다.

"비서님…. 아무래도 이걸 보여드리는 편이 좋을 것 같아 서…."

베로 형사는 백지장처럼 얼굴이 하얗게 질린 채 이까지 딱딱 부딪치고 있었다. 방 안이 텅 빈 것을 본 베로 형사는 비서실로 가려고 발을 뗐다. 하지만 갑자기 기운이 빠져 의자에 무너지 듯 주저앉고는 신음하듯 중얼거렸다.

"내가 왜 이러지…? 내 몸에도 독이 퍼지고 있는 건가? 이런! 두려워…. 정말 두려워…."

마침 책상이 베로 형사의 손이 닿을 만한 거리에 있었다. 연 필을 쥐고 노트를 끌어다가 몇 마디를 휘갈겨 쓰기 시작했다. 하지만 이내 중얼거렸다.

"아니야, 이럴 필요 없어. 청장님이 곧 내 편지를 읽으실 테 니…. 내게 대체 무슨 일이 벌어지고 있는 거야? 아! 두려워…."

베로 형사는 단번에 몸을 일으키고 소리쳤다.

"비서님, 반드시… 반드시… 오늘 밤… 일이 벌어질 겁니다…. 그 누구도 막을 수 없는 끔찍한 사건이…."

베로 형사는 사력을 다하느라 기계처럼 뻣뻣하게 굳어버린 몸을 이끌고 비서실을 향해 겨우겨우 발걸음을 옮겼다. 하지만 얼마 못 가 휘청거리더니 또다시 풀썩 주저앉고 말았다.

이성을 잃게 할 만큼 엄청난 공포가 베로 형사를 뒤흔들었다. 비명을 질렀지만, 이런! 다른 사람이 들을 수 없는 희미한 목소리만 새어 나올 뿐이었다. 베로 형사는 두리번거리며 호출벨을 찾았다. 하지만 앞이 보이지 않았다. 마치 검은 장막이 눈앞을 덮은 듯했다.

어쩔 수 없이 무릎을 꿇고 장님처럼 허공에 손을 휘저으며 벽을 향해 기어갔다. 마침내 나무판 같은 것이 손에 닿았다. 칸막이벽이었다. 베로 형사는 그 벽을 손으로 짚어가며 앞으로 나아갔다. 하지만 혼란에 빠진 뇌는 불행히도 주인에게 잘못된 방향을 알려주었다. 그 바람에 비서실이 있는 왼쪽 대신 오른쪽으로 몸을 틀어 병풍 뒤에 가려진 작은 문 쪽으로 기어갔다.

가까스로 손잡이를 부여잡고 문을 연 베로 형사는 기어가는 목소리로 힘겹게 더듬거렸다.

"살려주세요…. 사람 살려."

그리고 경찰청장의 전용 탈의실인 그 골방 안에 그대로 쓰러지고 말았다.

자신이 비서실에 있고 누군가 자기 말을 듣고 있다고 착각한 베로 형사는 안간힘을 쓰며 말을 이었다.

"오늘 밤입니다! 오늘 밤⋯ 일이 터질 겁니다⋯. 호랑이 이빨 자국을⋯ 보실 겁니다⋯. 너무 두려워요⋯! 아, 괴로워⋯! 제발 살려줘요⋯! 독입니다⋯. 제발 날 살려줘요!"

목소리가 점점 잦아들었다. 베로 형사는 악몽을 꾸는 사람처럼 여러 번 같은 말을 중얼거렸다.

"이빨⋯ 새하얀 이빨⋯. 그 이빨이 물려고⋯!"

목소리가 점점 더 작아지더니 이내 퍼렇게 질린 입술 사이로 희미한 신음만 새어 나왔다. 베로 형사의 입은 무언가를 계속 되씹는 어느 노인의 입처럼 질겅질겅 허공을 씹어댔다. 서서히 가슴 쪽으로 고개가 떨어졌다. 두세 차례 거친 숨을 내뱉더니 몸을 바르르 떨고는 더는 움직이지 않았다.

베로 형사의 목에서 단말마의 거친 숨소리가 나지막이 새어 나왔다. 간간이 솟아오르는 본능적인 힘이 가물거리는 정신에 숨결을 불어넣고 흐릿해지는 눈동자에 의식의 빛을 지피면서 그 죽음의 신음을 규칙적으로 끊고 있었다.

오후 4시 50분, 경찰청장이 집무실 안에 들어섰다.

몇 년 전부터 모든 사람이 우러러보는 권위를 휘두르며 경찰 청장의 직무를 수행해온 데말리옹은 다소 둔중한 체구에도 지극히 지적이고 명민해 보이는 인상을 지닌 오십 대 중년 남자였다. 그 남자는 전혀 공무원답지 않게 회색 상의와 바지, 흰색 각반과 헐렁한 넥타이 차림이었다. 남자의 태도는 거침없고 우직했으며 순박하고 솔직했다.

데말리옹은 호출벨을 눌러 비서를 불러들인 다음 물었다.

"내가 소환한 사람들은 모두 와 있나?"

"예, 청장님. 각자 다른 방에서 기다리도록 조치해놓았습니다."

"아! 그들이 서로 이야기를 나눈다고 해서 크게 문제될 건 없네. 그래도… 그편이 낫긴 하겠군. 미국 대사까지 굳이 번거롭게 만들고 싶지 않은데, 혹시 대사도 왔나…?"

"안 오셨습니다, 청장님."

"명함은 받아놓았겠지?"

"예, 여기 있습니다."

경찰청장은 비서가 건넨 명함 다섯 장을 찬찬히 읽어보았다.

아치볼드 브라이트, 미국 대사관 수석 서기관

메트르 르페르튀, 공증인

후안 카세레스, 페루 공사관원

다스트리냑 백작, 퇴역 사령관

그리고 다섯 번째 명함에는 주소도 직함도 없이 이름만 달랑 적혀 있었다.

돈 루이스 페레나

"당장 이 사람을 만나보고 싶군. 무척이나 호기심을 자극하는 인물이야…! 이자의 이야기가 담긴 외인부대 보고서는 자네도 읽어봤겠지?"

"그럼요, 청장님. 사실 저 역시 이 사내가 어떤 인물인지 상당히 궁금합니다…."

"그렇지? 정말 대단한 용기야! 경이로운 괴짜 영웅이라고나 할까. 게다가 동료를 어찌나 잘 제압하고 깜짝깜짝 놀라게 했던지, 동료는 이자에게 아르센 뤼팽이라는 별명까지 붙여줬다고 하지 않나…! 그러고 보니 아르센 뤼팽이 언제 죽었더라?"

"전쟁이 터지기 2년 전에 죽었습니다, 청장님. 룩셈부르크 근처에 있는 불타버린 자그마한 오두막 잿더미 아래에서 케셀바흐 부인의 시체와 함께 그의 시체가 발견됐지요(《813》 참조 – 옮긴이). 조사 결과 뤼팽은 끔찍한 연쇄 살인을 저지른 것으로 밝혀진 케셀바흐 부인을 목 졸라 살해한 다음 오두막에 불을 지르고 자신도 목매달아 죽은 것으로 알려졌습니다."

"그 고약한 인간에게 걸맞은 최후였지. 솔직히 나로서는 그자와 상대하지 않아도 돼서 얼마나 다행인지 몰라…. 그래, 우리가 어디까지 이야기했더라? 모닝톤가의 상속에 관련된 서류는 준비해놓았나?"

"책상 위에 올려놓았습니다, 청장님."

"잘했네. 아참… 베로 형사는 도착했나?"

"예, 지금 의무실에서 쉬고 있을 겁니다."

"어디가 안 좋나?"

"몹시 이상해 보였는데, 꽤 아픈 것 같았어요."

"어떻게? 자세히 설명해보게…."

비서는 베로 형사와 만났을 때의 상황을 자세히 풀어놓았다.

"그러니까 베로 형사가 내게 편지를 남겼다는 건가? 그 편지는 지금 어디에 있나?"

데말리옹은 근심스러운 표정으로 물었다.

"서류들 속에 끼어 있습니다, 청장님."

"이상하군…. 정말 이상해. 베로는 냉철한 정신력을 지닌 뛰어난 형사야. 베로가 그 정도로 걱정했다면 필경 예삿일이 아닐 걸세. 그러니 베로를 어서 내게 데려오게. 그동안 우편물을 살펴볼 테니."

비서가 재빨리 자리를 떠났다. 그로부터 5분 후 당황한 표정으로 다시 나타난 비서는 베로 형사가 사라졌다고 알렸다.

"그리고 청장님, 더욱 이상한 건 말입니다, 경비원의 말로는 베로 형사가 이곳에서 나오자마자 다시 들어갔는데, 그 뒤로 나오는 모습은 보지 못했다고 합니다."

"그럼 아마도 이 방을 가로질러 자네 방으로 갔겠지."

"제 방으로요? 하지만 전 줄곧 제 방에 있었는걸요."

"그렇다면 정말 이해할 수 없는 일이로군…."

"그러게나 말입니다…. 경비원이 한눈을 팔았다고밖에 볼 수 없겠어요. 베로 형사는 여기에도, 저 방에도 없으니까요."

"그럴 거야. 아마도 바람을 쐬러 나갔겠지. 곧 돌아올 걸세. 게다가 지금 당장 그가 필요한 것도 아니니 조금 더 기다려보자고."

경찰청장이 시계를 바라봤다.

"5시 10분이군. 경비원에게 신사분들을 안으로 들이라고 전하게…. 아! 그래도…."

데말리옹이 잠시 머뭇거렸다. 서류를 뒤지다가 베로의 편지를 발견했던 것이다. 큼직하고 누런 영업용 봉투였는데, 한 귀퉁이에 **카페 퐁 뇌프**라는 글씨가 인쇄돼 있었다.

비서가 넌지시 말했다.

"베로 형사도 자리에 없고, 제가 들은 바로는 매우 시급한 사안이라고도 하니 그 편지 내용을 지금 당장 살펴보시는 게 좋을 것 같습니다."

데말리옹은 잠시 생각에 잠겼다.

"그래, 자네 말이 맞네."

결심을 굳힌 듯 데말리옹은 뾰족한 칼을 봉투 상단에 집어넣고 단번에 종이를 찢었다. 경찰청장의 입에서 탄식이 흘러나왔다.

"이런! 세상에, 이건 좀 심한데."

"무슨 일입니까, 경찰청장님?"

"무슨 일이냐고? 보게…. 백지 한 장일세…. 봉투 안에 들어 있는 거라곤 그게 다야…."

"그럴 리가!"

"직접 보게나…. 4등분으로 접힌 백지 한 장이야…. 단 한마디도 적혀 있지 않단 말일세."

"하지만 베로 형사가 자신의 입으로 직접 말하길, 그 안에는 문제의 사건과 관련해 자신이 아는 모든 내용이 담겨 있다고 했습니다…."

"분명 그렇게 말했겠지. 하지만 보게나…. 만약 내가 베로 형사를 잘 알지 못했다면 그저 장난을 쳤다고 여겼을 거야."

"실수한 모양입니다, 청장님."

"물론이네, 실수겠지. 하지만 다른 사람도 아닌 베로 형사가 이런 터무니없는 실수를 저질렀다니 믿기지 않는군. 두 사람의 목숨이 걸린 일에 이렇게 부주의할 수가 있느냐는 말일세. 베로 형사가 분명 자네에게 오늘 밤 두 건의 살인 사건이 벌어질 거라고 경고했으니…. 그렇지 않나?"

"예, 그렇습니다, 청장님. 오늘 밤, 그것도 매우 끔찍한 상황 속에서 범행이 자행될 거라고 했습니다…. '악랄하게'라는 표현까지 썼어요."

테말리옹은 뒷짐을 진 채 방 안을 서성거리다가 작은 책상 앞에서 문득 걸음을 멈추었다.

"내 앞으로 온 이 꾸러미는 뭔가? '경찰청장 귀하… 유사시 개봉 바람'이라고 적혀 있군."

"아차, 제가 그걸 깜박 잊고 있었군요…."

비서가 말했다.

"그 꾸러미도 베로 형사가 놓고 간 겁니다. 매우 중요한 물건이라던데요. 그 물건이 편지 내용을 보충 설명해줄 거라고 했습니다."

테말리옹은 흘러나오는 미소를 감추지 못하며 말했다.

"아무렴. 그 편지를 이해하려면 보충 설명이 반드시 필요하지. 유사시는 아니지만 당장 개봉해야겠어."

그렇게 말하며 끈을 자르고 포장지를 벗겼더니 웬 상자 하나가 나왔다. 약국에서 주로 사용하는 조그마한 마분지 상자였는데, 그것도 이미 다른 사람이 사용한 적이 있는 더럽고 너절한 상자였다.

데말리옹은 뚜껑을 열었다.

상자 안에는 역시나 지저분한 상태의 솜뭉치가 들어 있었고 그 한가운데에는 초콜릿 반 조각이 놓여 있었다.

"맙소사, 이건 대체 무슨 의미야?"

어안이 벙벙해진 경찰청장이 혼잣말을 중얼거렸다.

데말리옹은 초콜릿을 집어들고 자세히 살펴보았다. 그 즉시 약간 말랑말랑한 조각에서 특별한 점 하나가 발견됐다. 필시 베로 형사가 그 물건을 소중히 보관한 이유일 터였다. 그 초콜릿의 위아래에는 뚜렷한 간격으로 선명한 이빨 자국이 찍혀 있었다. 2~3밀리미터 깊이로 파인 그 이빨 자국은 각각 다른 모양과 크기를 지닌 채 불규칙한 간격으로 배열돼 있었다. 초콜릿을 먹으려고 물었던 당사자가 자신의 윗니 네 개와 아랫니 다섯 개의 자국을 남겨놓은 것이다.

데말리옹은 생각에 잠겨 고개를 숙인 채 또다시 몇 분 동안 방 안을 좌우로 서성대며 중얼거렸다.

"정말 이상하군! 아리송한 수수께끼 같은데, 대체 답이 무얼까…. 한 단어도 적혀 있지 않은 편지, 초콜릿에 찍힌 이빨 자국…. 대체 이게 무슨 뜻일까?"

하지만 데말리옹은 원체 시원시원한 성격의 소유자인지라, 건물 내부나 근처에 있을 베로 형사가 곧 밝혀줄 비밀을 가지고 더는 속을 태울 필요가 없다고 생각했다. 이어 비서에게 말했다.

"더 이상 신사분들을 기다리게 할 수는 없네. 그분들을 모두 안으로 들여보내라고 이르게. 베로 형사는 분명 회의가 끝나기 전에 도착할 걸세. 그 즉시 내게 알리도록. 가능한 한 빨리 만나보고 싶으니 말일세. 그게 아니라면 절대로 회의를 방해하지 말게, 알겠나?"

그로부터 2분 후, 경비원은 안경을 쓰고 구레나룻을 기른 안색이 붉고 덩치가 큰 남자인 르페르튀와 미국 대사관 서기관인 아치볼드 브라이트, 페루 공사관원인 카세레스를 연달아 안으로 들여보냈다. 세 사람을 모두 잘 알고 있던 데말리옹은 그들과 이런저런 이야기를 나누다가 다스트리냑 백작이 들어서자 대화를 끊고 백작을 맞이하러 자리에서 일어섰다. 영광스러운 부상으로 조기 퇴역할 수밖에 없었던 이 샤우이아(모로코 카사블랑카 근처에 있는 지역으로 프랑스의 점령에 거세게 반발했던 지역 중 한 곳이다 – 옮긴이)의 영웅 앞에 다가선 데말리옹은 모로코에서 다스트리냑 백작이 보여줬던 뛰어난 활약에 뜨거운 찬사의 말 몇 마디를 건넸다.

그때 또다시 문이 열렸다.

"돈 루이스 페레나 씨?"

경찰청장은 가슴에 레지옹 도뇌르 훈장을 비롯한 여러 무공 훈장을 달고 있는 중키에 비교적 마른 체구의 한 사내에게 악수를 청했다. 그 사내는 눈가와 이마에 몇 가닥 주름이 패어 있었지만 외모와 눈빛, 자세와 걸음걸이가 워낙 젊어 보였기에 많게 봤자 사십 대 정도로 보였다.

사내가 대답했다.

"그렇습니다, 청장님."

다스트리냑 사령관이 외쳤다.

"자네군, 페레나! 이렇게 멀쩡히 살아 있었나?"

"아! 사령관님! 다시 뵙게 되어 정말 반갑습니다!"

"페레나가 살아 있다니! 내가 모로코를 떠날 때만 해도 자네의 행방이 묘연했지. 그래서 다들 죽었다고 생각했네."

"그저 포로로 잡혀 있었던 것뿐입니다."

"부족의 포로라면, 그건 죽은 목숨이나 마찬가지 아닌가."

"꼭 그렇지만은 않습니다, 사령관님. 하늘이 무너져도 솟아날 구멍은 있는 법이지요…. 여기 그 증거가 바로 눈앞에 있습니다…."

경찰청장은 거부할 수 없는 강한 호감을 느끼며 몇 초 동안 사내의 미소가 어린 생기 있는 얼굴, 정직하고 단호해 보이는 눈동자, 햇볕에 그을릴 대로 그을린 구릿빛 피부를 찬찬히 살펴보았다.

그러고 나서 참석자들에게 책상 주변에 마련된 의자에 앉을 것을 권했고 자신도 자리를 잡고 앉은 다음 또박또박 천천히 말머리를 꺼냈다.

"여러분, 아마도 제 소환장을 받고 다소 당황하고 또 의아하셨을 겁니다…. 지금부터 제가 이야기를 시작해도 여러분의 당혹감은 조금도 누그러지지 않을 겁니다. 하지만 저를 믿고 찬찬히 이야기를 들어주신다면, 곧 제가 드리는 말이 지극히 명료하고 자연스럽게 이해될 겁니다. 저 또한 최대한 간단하게 이야기를 전하도록 노력하겠습니다."

데말리옹은 비서가 준비해둔 서류를 눈앞에 펼쳐놓고 메모를 참고해가며 이야기를 이어갔다.

"1870년 보불 전쟁이 발발하기 몇 년 전, 당시 스물두 살, 스무 살 그리고 열여덟 살이었던 에르플린, 엘리자벳, 아르망드 루셀, 이 세 명의 고아 자매가 생테티엔에서 사촌 동생 빅토르와 살고 있었습니다.

만이인 에르플린은 제일 먼저 생테티엔을 떠나 모닝톤이라는 영국인을 따라 런던으로 갔습니다. 결국 모닝톤과 결혼했고 코스모라는 아들을 하나 낳았지요. 그들은 가난에 허덕이며 혹독한 시련기를 견뎌야 했습니다. 궁지에 몰린 에르플린은 동생들에게 도움을 요청하는 편지를 보냈지요. 하지만 답장이 오지 않자 동생들과 모든 연락을 끊었습니다. 1875년경, 모닝톤 부부는 미국으로 떠납니다. 그리고 불과 5년 만에 그들은 부자가 됐습니다. 1883년에 모닝톤 씨가 세상을 떠난 이후에도 부인은 물려받은 재산을 계속 관리했습니다. 원체 투기와 사업에 수완이 있는 인물이라 엄청나게 재산을 불렸지요. 그리고 1905년, 에르플린이 죽자 그 아들에게 4억 프랑에 달하는 막대한 유산이 돌아갑니다."

그 엄청난 액수가 참석자들의 마음에 적잖은 동요를 일으킨 눈치였다. 경찰청장은 돈 루이스 페레나와 사령관이 눈빛을 교환하는 것을 목격하고는 깜짝 놀라 물었다.

"코스모 모닝톤 씨를 알고 계시는 거지요?"

"예, 경찰청장님. 페레나와 제가 모로코에서 전투를 했을 당시 코스모 모닝톤도 그곳에 머물고 있었습니다."

다스트리냑 사령관이 대답했다.

데말리옹은 이야기를 이어갔다.

"맞습니다. 유산을 물려받은 코스모 모닝톤 씨는 여행을 떠났지요. 듣기로는 의료 활동을 펼쳤다는데, 기회가 닿을 때마다 아주 뛰어난 실력으로 환자들을 치료해주었다고 합니다. 물론 무료로요. 코스모 모닝톤 씨는 먼저 이집트로 갔다가 그 후 알제리에 잠시 머문 뒤 모로코로 갔습니다. 그리고 1914년 말에는 연합국의 편에 가담하기 위해 미국으로 건너갔지요. 작년에 휴전이 이루어지자 파리로 와서 정착했습니다. 그런데 4주전 어이없는 사고로 그만 세상을 떠나고 만 겁니다."

"주사를 잘못 맞아서 그렇게 된 거지요, 청장님?"

미국 대사관 서기관이 불쑥 끼어들었다.

"그 사건이라면 신문에서도 대서특필했고 우리 대사관에도 보고가 올라왔었습니다."

데말리옹이 대답했다.

"그렇습니다. 코스모 모닝톤 씨는 겨우내 심하게 앓던 독감을 떨치려고 의사의 처방대로 나트륨 글리세로포스페이트 주사를 스스로 놓았습니다. 그러던 중 분명 필수적인 소독 과정을 건너뛴 주사기 한 대를 사용했겠지요. 그만 상처가 무서운 속도로 덧난 겁니다. 그로부터 불과 몇 시간 후 모닝톤 씨는 세상을 떠났습니다."

경찰청장은 공증인을 향해 몸을 틀고는 물었다.

"간추린 설명이 사실과 일치합니까, 르페르튀 씨?"

"정확히 일치합니다, 청장님."

데말리옹은 다시 말을 이었다.

"다음 날 아침, 여기 계신 르페르튀 씨가 이곳에 오셔서 코스모 모닝톤 씨가 맡긴 유언장을 제게 보여주셨지요. 이제 곧 그 유언장에 적힌 내용을 듣고 나시면 그 이유를 아실 겁니다."

경찰청장이 서류를 뒤적이는 동안 르페르튀가 이렇게 덧붙였다.

"경찰청장님께 양해를 구하고 한마디 덧붙이자면, 임종의 자리에 불리기 전 제가 그 고객을 만난 적은 단 한 번뿐이었습니다. 그날 제 고객은 자신의 저택으로 저를 불러서 본인이 방금 작성한 유언장을 제게 맡겼습니다. 그때가 언제냐면, 막 독감에 걸렸던 그맘때였습니다. 대화 도중 코스모 모닝톤 씨는 자신이 모친 쪽 가족을 찾으려고 조사를 벌이고 있으며, 몸이 낫는 대로 그 일에 더욱 진지하게 매달릴 예정이라고 털어놓더군요. 상황이 이렇게 돼버려서 결국 그 계획은 좌절됐지만요."

그러는 동안 경찰청장은 서류 더미 사이에서 개봉된 봉투 하나를 꺼낸 뒤 그 속에 든 종이 두 장을 빼냈다. 그런 다음 둘 중 더 큰 종이를 펼치고 말했다.

"이게 바로 그 유언장입니다. 이제부터 제가 이 유언장과 첨부 서류의 내용을 읽어드릴 테니 경청해주시기 바랍니다."

위베르 모닝톤과 에르믈린 루셀의 적자이자 귀화한 미국인인 나, 코스모 모닝톤은 귀화국인 미국에 전 재산의 반을 유증하는 바이다. 이 재산은 르페르튀 씨가 미국 대사관에 전달할 예정인 내 친필 지침서에 따라 복지 사업에 사용될 것이다.

파리와 런던의 여러 은행에 예치된 나머지 2억 프랑은(관련 명부는 공증인 르페르튀 씨의 사무실에 보관 중이다) 내 사랑하는 어머니를 기리고자 일차적으로 당신께서 생전에 가장 아끼셨던 동생, 엘리자벳 루셀이나 그 직계 후손에게 상속될 것이며, 이 1순위 상속자가 부재할 시 아르망드 루셀과 그 직계 후손에게, 이 2순위 상속자가 부재할 시 사촌 빅토르나 그 직계 후손에게 상속될 것이다.

어머니의 자매와 사촌 또는 그들의 직계 후손 중 생존자를 찾지 못한 채 본인이 사망할 시, 본인의 친구인 돈 루이스 페레나에게 필요한 조치를 취해주길 부탁하는 바이며 따라서 그를 유럽 쪽 내 전 재산의 유산 집행인으로 지정한다. 내 사후에 일어날 모든 일과 내 사망으로 벌어질 모든 일을 돈 루이스 페레나가 도맡아 처리해주길 바라며 내 대리자로서 나를 추모하고 내 유지를 따른다는 마음으로 이 모든 일을 행해주길 바란다. 이 일을 맡아주는 데 대한 고마움의 표시로, 또 내 목숨을 두 번이나 구해준 데 대한 보답으로 그에게 100만 프랑을 유증한다.

여기까지 읽고 경찰청장은 잠시 낭독을 멈추었다. 돈 루이스가 중얼거렸다.

"가엾은 코스모…. 그렇게 안 했어도 자네의 마지막 소원을 기꺼이 들어줬을 텐데…."

데말리옹이 낭독을 이어갔다.

또한 본인이 사망한 후 3개월이 지나도 루이스 페레나와 르페르튀 씨의 노력이 결실을 보지 못할 시, 다시 말해 루셀가의 상속자가 단 한 명도 나타나지 않을 시, 어떠한 이의가 제기된다고 해도 이 2억 프랑 전액은 내 친구 돈 루이스 페레나에게 최종적으로 상속될 것이다. 본인은 루이스 페레나를 잘 알기에, 그가 모로코 막사에서 내게 열정적으로 고백했던 고귀한 구상과 숭고한 계획을 위해 이 재산을 사용하리라고 믿는다.

데말리옹은 다시 낭독을 멈추고 눈을 들어 돈 루이스를 쳐다봤다. 그 사내는 여전히 무표정한 얼굴로 조용히 앉아 있었다. 하지만 눈물 한 방울이 속눈썹 끝에 맺혀 반짝이고 있었다.

"축하하네, 페레나."

"사령관님, 이 상속에는 엄연히 제한이 붙어 있다는 사실을 잊지 마십시오. 그리고 맹세컨대, 내 손에 이 일이 떨어진 이상 루셀가의 생존자는 반드시 나타날 겁니다."

"물론 그러리라고 믿네. 자네라면 충분히 가능한 일이지."

"어쨌든 이… 조건부 상속을 거부하시지는 않겠지요?"

경찰청장이 돈 루이스에게 물었다.

"물론 아닙니다. 도저히 거부할 수 없는 제안도 있는 법이니까요."

페레나가 웃으며 대답했다.

경찰청장은 계속해서 말을 이어갔다.

"제가 구태여 그런 질문을 드린 까닭은 다음과 같은 내용이 유언 마지막 단락에 적혀 있기 때문입니다."

만약 모종의 이유로 본인의 친구 페레나가 유산을 거부하거나 유산 상속 날짜 이전에 사망할 시, 그 금액으로 이곳 파리에 미국 국적의 학생과 예술가들을 위한 학교가 건립 및 유지될 수 있도록 주불 미 대사님과 파리시 경찰청장님이 그 방안을 함께 모색해주길 바란다. 이 일과는 별도로 경찰청장님에게는 30만 프랑을 따로 남길 터이니, 파리시 경찰 기금에 기부해주길 요청하는 바이다.

데말리옹은 유언장을 접고 다른 종이를 집어들었다.
"유언장에는 이 유언 추가서가 딸려 있습니다. 모닝턴 씨가 나중에 르페르튀 씨에게 쓴 이 편지 안에는 몇 가지 사항이 좀 더 구체적으로 명시돼 있습니다."

르페르튀 씨에게 부탁하건대, 본인이 사망한 다음 날 경찰청장님이 보는 앞에서 유언장을 개봉해달라. 그리고 경찰청장님께는, 그 유언 내용을 철저히 함구하다가 정확히 한 달 뒤 청장님의 집무실로 미국 대사관의 고위 관리 한 명과 르페르튀 씨, 돈 루이스 페레나를 불러 모아주기를 요청하는 바이다. 그 자리에서 내 유언장을 낭독한 뒤 내 상속인이자 친구인 돈 루이스 페레나에게 100만 프랑짜리 수표 한 장을 전달해달라. 다만 그전에 간단한 서류 및 신분 확인 절차가 이루어져야 할 것이며 그 절차는 다음과 같이 이루어졌으면 하는 바람이다. 신분 확인 절차는 모로코 참전 당시 페레나의 상관이었다가 안타깝게도 조기 퇴역해야 했던 다스트리냑 백작님이 맡아주었으면 한다. 그리고 루이스 페레나는 스페인 국적을 가지고 있지만 태어난 곳은 페루이므로, 출신 확인 절차는 페루 공사관의 한 직원이 맡았으면 한다.

그리고 루셀가의 상속자에게는 이틀이 더 지난 후에 공증인 르페르튀 씨의 사무실에서 유언장을 공개하길 요청하는 바이다.

유산 상속과 관련해 마지막으로 경찰청장님께 부탁드리건대, 첫 번째 모임으로부터 60일에서 90일 사이 중 한 날짜를 정해 동일인들을 집무실에 또다시 소환해달라. 그때 비로소 적법한 권리에 따라 최종 상속자의 이름이 공포될 것이다. 이 모임에 참석하지 않는 사람은 그 누구라도 상속자가 될 수 없다. 루셀가와 사촌 형제 빅토르의 가족 가운데 생존자가 없거나, 그중 아무도 그 자리에 나타나지 않을 시 이미 명시한 대로 돈 루이스 페레나가 최종 상속자로 정해진다.

"이것이 코스모 모닝톤 씨의 유언장 전문입니다."

경찰청장이 유언장 낭독을 마무리 지었다.

"그리고 여러분을 이곳에 모신 이유이기도 하고요. 자, 이제 곧 여섯 번째 참석자가 도착할 겁니다. 그는 루셀가에 대한 초동 조사를 맡은 제 부하 형사 중 한 명이니, 곧 나타나서 여러분께 지금까지의 조사 진척 상황을 보고드릴 겁니다. 하지만 지금은 일단 유언자의 지시에 따라 돈 루이스 페레나 씨에게 100만 프랑을 전달해야겠지요. 이미 보름 전에 돈 루이스 페레나 씨는 제 요청에 따라 본인의 신원 증빙 서류를 보내주셨고, 제가 직접 확인해본 결과 그 서류에는 아무런 하자가 없었습니다. 그리고 출신 확인 절차를 위해서도 이미 페루 공사관에 자세한 정보를 수집해주십사 요청해놓았지요."

페루 공사관원이 나섰다.

"공사관에서 제게 그 임무를 맡겼습니다. 그리 어려운 임무는 아니었지요. 돈 루이스 페레나는 유서 깊은 스페인 가문 출신이며, 이 가문은 30년 전 페루로 이주했으나 유럽 본토에서 소유하고 있던 토지와 건물은 그대로 유지해왔습니다. 지금은 돌아가신 돈 루이스 씨의 부친을 미국에서 만나 뵌 적이 있는데 외아들 이야기를 아주 열정적으로 하셨답니다. 그리고 5년 전 그 아들에게 부친의 사망 소식을 전한 것도 우리 공사관이었습니다. 이것이 당시 모로코로 발송했던 부고 사본입니다."

"그리고 이것은 돈 루이스 페레나 씨가 경찰청에 제출한 그 부고의 원본이고요."

경찰청장이 이렇게 덧붙인 뒤 사령관에게 물었다.

"자, 사령관님, 사령관님의 지휘 아래 전투에 임했던 외인부대의 페레나 장병을 알아보시겠습니까?"

"물론입니다."

다스트리냑 백작이 대답했다.

"틀림없습니까?"

"틀림없습니다. 한 치의 망설임도 없이 단호하게 대답할 수 있습니다."

경찰청장이 웃음을 터트리며 슬쩍 말했다.

"그 놀라운 활약에 감탄을 넘어 얼이 빠진 동료가 서슴없이 아르센 뤼팽이라 칭했던 이 페레나 장병을 알아보신다, 이 말

쓴이지요?"

"그렇습니다, 청장님. 동료는 페레나를 아르센 뤼팽이라고 불렀지만, 우리 상관들은 그저 **영웅**이라 칭했지요. 다르타냥처럼 용감하며 포르토스처럼 강한…."

사령관이 즉각 응수했다.

경찰청장도 웃으며 대꾸했다.

"몬테크리스토처럼 신비롭기도 하지요. 제가 받은 외인부대 제4연대 보고서에 모든 내용이 상세히 적혀 있더군요. 전문을 다 읽어볼 필요까지는 없는 보고서였지만, 이 용맹한 페레나 씨가 2년 동안 이뤄낸 경이로운 공적들, 다시 말해 현격한 공을 세워 전공 훈장과 레지옹 도뇌르 훈장을 수여하고 무려 일곱 차례나 모범 용사로 호명된 사실이 유난히 제 눈길을 끌더군요. 그중에서 한 가지 사례를 꼽자면…."

돈 루이스가 불편한 기색을 띠며 말했다.

"경찰청장님, 이제 그 이야기는 그만하지요. 시시한 이야기일 뿐입니다. 굳이 이 자리에서 언급할 필요 없는…."

"당연히 언급할 필요가 있지요. 여기 모이신 분들은 단지 유언장 내용을 듣기 위해서뿐만 아니라 그 유언장 중 즉각적인 이행이 가능한 단 하나의 조항, 즉 100만 프랑에 달하는 유산 상속을 승인하기 위해 이 자리에 오신 겁니다. 그러니 이분들은 상속자에 대해 자세히 아셔야 합니다. 따라서 계속 말씀을 드리자면…."

"정 그러시다면 전 이만 실례를…."

페레나가 자리에서 일어나 문으로 향했다.

"뒤로 돌아…! 정지…! 주목…!"

사령관이 장난기 어린 말투로 명령했다.

그러고는 돈 루이스를 방 한가운데로 다시 데려와 자리에 앉혔다.

"청장님, 제 옛 전우에게 선처를 베풀어주십시오. 워낙 겸손한 친구인지라 사람들 앞에서 자신의 공적이 줄줄이 읊어진다면 무척 곤혹스러워할 겁니다. 게다가 보고서가 여기 있으니 원하는 사람은 개별적으로 읽어보면 되지 않겠습니까. 아직 이 보고서를 읽어보지는 않았지만 저는 이미 이 안에 담긴 페레나에 대한 찬사에 전적으로 공감하고 있습니다. 그리고 제 오랜 군 생활 동안 여기 있는 이 페레나 장병만큼 뛰어난 군인을 만나본 적이 없다는 점도 분명히 밝히고 싶습니다. 물론 외인부대는 워낙 거친 곳이라 유흥거리나 심심풀이로 사람을 죽여놓고 무용담이랍시고 떠들어대는 악마 같은 놈들도 꽤 있었습니다. 하지만 그래 봤자 페레나의 발뒤꿈치에도 못 미치는 녀석들이었습니다. 우리가 다르타냥, 포르토스, 뷔시라 불렀던 이 사람이야말로 전설과 현실을 통틀어 이 세상의 가장 경이로운 영웅들과 견주어봐도 전혀 손색없는 인물입니다. 제 눈으로 직접 목격한 저 친구의 공적을 입 밖으로 꺼낸다면 아마도 저는 순식간에 허풍쟁이 취급을 당할 겁니다. 이제야 냉정한 정신으로 그때 일을 돌이켜보면 과연 그 일들을 실제로 목격하긴 한 건지, 저 스스로 의심스러울 정도니까요. 한 번은 세타에서 적에게 쫓기고 있었는데…."

"한마디만 더 하시면 이번에는 정말 나가겠습니다. 에둘러 이러시다니 정말 고단수이십니다…."

돈 루이스가 쾌활하게 외쳤다.

"페레나, 내가 항상 하는 말이지만 자네는 모든 게 완벽한데 딱 한 가지, 프랑스인이 아닌 게 흠이네."

다스트리냑 백작이 대꾸했다.

"사령관님, 저 역시 항상 드리는 말씀이지만, 제 어머니가 프랑스인이니 저 역시 프랑스인입니다. 그리고 심정적으로도 기질 면에서도 영락없는 프랑스인이고요. 프랑스인이니 그토록 죽을 각오로 싸운 게 아니겠습니까."

두 남자는 다시 한 번 다정하게 서로의 손을 꼭 잡았다.

"자, 이제 당신의 공적과 보고서 이야기는 이만 접도록 하겠습니다. 하지만 이 점은 짚고 넘어가야겠군요. 당신은 1915년 여름 베르베르족 마흔 명이 파놓은 함정에 걸려들어 포로로 붙잡힌 뒤 행방이 묘연했다가 지난달에야 부대에 다시 나타났다고 알고 있습니다."

"맞습니다, 경찰청장님. 제 5년의 복무 기간이 지나도 한참 지났으니 전역 신고를 하러 갔었지요."

"그런데 어째서 코스모 모닝톤 씨가 당신을 상속자로 지정했을까요? 유서를 작성할 당시 당신은 이미 4년 동안 행방불명 상태였는데 말입니다."

"코스모와 저는 편지를 주고받았거든요."

"뭐라고요?"

"들으신 그대로입니다. 저는 편지를 보내 그 친구에게 곧 탈출해서 파리로 갈 예정이라고 알렸습니다."

"하지만 무슨 수로…? 어디에 계셨던 겁니까? 어떻게 편지를 보낼 수 있었단 말이지요…?"

돈 루이스는 아무 대답도 않은 채 빙그레 미소만 지을 뿐이었다.

"지금은 몬테크리스토가 되신 거로군요. 신비로운 몬테크리스토…."

경찰청장이 말했다.

"원하신다면 몬테크리스토라고 부르셔도 좋습니다. 포로로 붙잡힌 일과 탈출한 일, 그뿐만 아니라 전쟁 중 제게 벌어졌던 모든 일이 사실 무척 신비로워 보일 만하니까요. 언젠가 그 일들을 낱낱이 밝히는 것도 꽤 재미있을 겁니다. 하지만 그때까지는 우선 저를 좀 믿어주십시오."

침묵이 흘렀다. 데말리옹은 이 특이한 사내를 다시 한 번 빤히 바라보았다. 그러고는 마치 연달아 꼬리를 무는 생각에 자신도 모르게 휩쓸린 듯 충동적으로 이렇게 말했다.

"한마디만 더… 마지막 질문입니다. 동료가 당신에게 왜 하필 아르센 뤼팽이라는 별명을 붙여준 겁니까? 단지 당신이 대범하고 힘이 세서 그런 겁니까?"

"다른 이유도 있습니다, 청장님. 아주 흥미로운 도난 사건 하나를 해결한 적이 있거든요. 일견 난해해 보이는 단서를 붙잡고 제가 그 범인을 찾아냈지요."

"그런 방면에도 재능이 있으신가 보군요?"

"예, 청장님. 아프리카에 있을 때 여러 차례 그 재능을 발휘할 기회가 있었습니다. 게다가 당시는 뤼팽이 죽은 지 얼마 안 된 시점이어서 뤼팽에 관한 말들이 많이 돌던 참이었으니, 자연스럽게 제게 그런 별명이 붙었지요."

"그 도난 사건은 심각한 일이었나요?"

"꽤 심각한 일이었지요. 그리고 당시 오랑에 살고 있던 코스모 모닝톤이 그 사건의 피해자였고요. 바로 그때부터 우리 둘 사이의 친분 관계도 시작된 겁니다."

또다시 침묵이 흘렀다. 돈 루이스가 덧붙였다.

"가엾은 코스모…! 그때 일로 내 별 볼 일 없는 추리력을 무한히 신뢰하게 된 겁니다. 코스모는 항상 이렇게 이야기하곤 했습니다. '페레나, 만약 내가 살해당하면(자신이 비명횡사하리라는 생각에 늘 시달렸어요), 내가 살해당한다면 말일세, 꼭 범인을 쫓겠다고 약속해주게'라고요."

"결국 그 예감은 빗나갔군요. 코스모 모닝톤 씨는 살해당한 게 아니니까요."

"바로 그 점을 잘못 알고 계신 겁니다, 청장님."

돈 루이스가 딱 부러지게 말했다.

데말리옹이 펄쩍 뛰었다.

"무슨 말입니까! 대체 그게 무슨 뜻인지? 코스모 모닝톤 씨는…."

"코스모 모닝톤은 사람들이 믿고 있는 것처럼 주사를 잘못 맞아서 죽은 게 아니라 자신이 평소에 우려했던 대로 살해당했다는 말씀을 드리는 겁니다."

"하지만 선생, 당신의 주장에는 아무런 근거도 없습니다."

"사실에 근거한 주장입니다, 청장님."

"당시 현장에 계셨습니까? 무언가를 알고 계신 겁니까?"

"저는 지난달에 파리에 없었습니다. 파리에 도착하고 나서도 신문을 꼬박꼬박 챙겨 읽지 못했기 때문에 코스모가 죽었다는 사실조차 모르고 있었습니다. 방금 청장님에게서 그 소식을 막 전해 들었습니다."

"그렇다면 선생, 당신이 나보다 특별히 더 많이 아는 것도 아니겠군요. 의사의 소견서를 한번 읽어보십시오."

"유감스럽게도 제 눈에는 그 소견서가 썩 신빙성 있어 보이지 않습니다."

"이것 보세요, 선생. 무슨 자격으로 그런 말을 하시는 겁니까? 무슨 증거라도 있습니까?"

"그렇습니다."

"어떤 증거입니까?"

"청장님께서 직접 하신 말씀이 그 증거입니다."

"내가 한 말이 증거라니요?"

"들어보십시오, 청장님. 청장님은 우선 코스모 모닝톤이 의료 활동을 펼쳤고, 아주 뛰어난 실력으로 환자들을 치료했다고 말씀하셨습니다. 그런 다음 코스모가 자신에게 주사를 잘못 놓아서 치명적인 감염에 노출돼 몇 시간 만에 사망했다고 말씀하셨고요."

"그렇게 말했지요."

"생각해보십시오, 청장님. 그처럼 뛰어난 의술로 환자를 돌본 사람이 필수적인 소독 과정을 건너뛴 주사기로 자신에게 주사를 놓았다는 게 가능한 일입니까? 코스모가 일하는 모습을 몇 번 본 적이 있어서 얼마나 신중하게 의술을 행하는지 제가 잘 알고 있습니다."

"그래서요?"

"그래서 특별히 미심쩍은 단서가 눈에 안 띨 때 의사 대부분이 그렇게 하듯, 그 의사 역시 건성으로 진단을 내렸을 수 있다는 이야기입니다."

"그래서 당신 의견은…?"

"르페르튀 씨, 코스모의 임종 자리에 불려 가셨을 때 혹시 무언가 수상한 점을 발견하지 못하셨나요?"

페레나가 공중인 쪽으로 몸을 돌리며 물었다.

"아니요, 전혀 없었습니다. 모닝톤 씨는 이미 혼수상태에 빠져 있었습니다."

"벌써 그것부터 이상하군요. 아무리 주사기 상태가 엉망이었다고 해도 그렇지, 그렇게 빨리 상태가 나빠지다니 말입니다. 고통스러워하진 않던가요?"

"아니요…. 어쩌면 그랬을 수도…. 예, 이제 기억나네요. 얼굴에 전에 만났을 때는 보지 못했던 갈색 반점이 있었습니다."

"갈색 반점이라고요? 제 가정에 딱 들어맞는 단서로군요! 코스모는 독살당했습니다."

"하지만 어떻게 말인가요?"

경찰청장이 소리쳤다.

"누군가 글리세로포스페이트 앰풀이나 환자가 사용할 주사기 속에 독극물을 집어넣은 겁니다."

"그렇다면 의사의 소견서는요?"

데말리옹이 또다시 물었다.

"르페르튀 씨, 의사에게 그 갈색 반점에 대해 말했습니까?"

페레나가 즉각 공증인에게 물었다.

"예, 하지만 대수롭지 않게 여겼습니다."

"그 의사가 모닝톤의 주치의였나요?"

"아닙니다. 주치의는 퓌졸 박사인데, 제 친구이기도 합니다. 바로 그 친구가 모닝톤 씨에게 저를 공증인으로 소개해주었습니다. 한데 당시 그 친구는 몸져누워 있었습니다. 제가 임종 자리에서 본 그 의사는 그저 동네 의사인 듯했습니다."

"여기 그 의사의 이름과 주소가 있습니다. 벨라부안 박사, 아스토르그가 14번지."

서류철 속에서 소견서를 찾은 경찰청장이 외쳤다.

"혹시 의사명부를 갖고 계십니까, 청장님?"

데말리옹은 의사명부를 펼쳐놓고 뒤적이더니 잠시 후 이렇게 말했다.

"벨라부안이라는 의사도 없거니와 아스토르그가 14번지에 사는 의사도 없습니다."

이 사실이 선포되자 꽤 긴 침묵이 흘렀다. 미국 대사관 서기관과 페루 공사관원은 열정적인 관심을 내보이며 이 대화에 귀를 기울였다. 다스트리냑 사령관은 그럴 줄 알았다는 표정으로 고개를 끄덕이고 있었다. 사령관에게는 페레나가 틀린다는 건 절대 있을 수 없는 일이었던 것이다.

경찰청장도 마침내 수긍했다.

"그렇군요…. 그래요…. 모든 상황을 고려해보니… 수상쩍은 구석이 있어요…. 그 갈색 반점이며… 의사며… 필시 조사해봐야 할 사안이로군요….”

그러고는 자기도 모르게 반사적으로 돈 루이스 페레나에게 물었다.

“그렇다면 아마도 당신은… 그 판명되지 않은 살인 사건과 모닝톤 씨의 유언장 사이에 밀접한 연결 고리가 있다고 생각하겠군요?”

“그것까지는 저도 잘 모르겠습니다, 청장님. 하지만 누군가가 미리 유언장의 내용을 알고 있었다고 가정하면 말이 되는 가설이긴 합니다. 어떻습니까, 르페르튀 씨, 그랬을까요?”

“아닐 겁니다. 모닝톤 씨는 매우 신중하게 일을 추진했거든요.”

“당신의 사무실에서 유언장 내용이 흘러나갔을 가능성은 전혀 없는 건가요?”

“대체 누가 그 내용을 흘린단 말입니까? 유언장은 오직 저 혼자서만 관리했을뿐더러 그 서류를 보관하는 금고 열쇠도 오직 저 혼자만 가지고 있습니다. 매일 저녁마다 그 유언장을 비롯한 중요한 서류들을 제가 직접 금고 안에 차곡차곡 정리해놓습니다.”

“그 금고가 털리진 않았습니까? 사무실에 강도가 들지는 않았나요?”

“아니요, 그런 일은 없었습니다.”

“코스모 모닝톤을 만난 시간대가 아침이었습니까?”

“금요일 아침이었지요.”

"그럼 저녁때까지, 다시 말해 유언장을 금고 안에 집어넣기 전까지는 어떻게 보관하셨습니까?"

"아마도 책상 서랍 속에 넣어두었을 겁니다."

"그 서랍이 강제로 열려 있진 않던가요?"

르페르튀는 당황한 표정으로 아무런 대답도 하지 못했다.

"열려 있었나요?"

페레나가 재촉하듯 다시 물었다.

"그러니까… 그래요…. 이제야 기억이 납니다…. 무언가 석연치 않은 일이 있긴 했습니다. 그날, 그 금요일 오후에요…."

"확실합니까?"

"예. 점심을 먹고 돌아와 보니 서랍이 잠겨 있지 않더군요. 제가 분명히 잠가뒀는데 말입니다. 당시에는 대수롭지 않게 여기고 그냥 넘겼지요. 그런데 지금 보니, 그랬군요…. 그런 거였어…."

이렇듯 돈 루이스 페레나가 세운 모든 가설이 하나둘 사실로 밝혀졌다. 물론 몇 가지 논리적인 단서를 토대로 삼은 건 사실이지만 무엇보다 직관력과 예지력을 주축으로 탄생시킨 가설들이 차례차례 명백한 사실로 밝혀진 것이다. 아무것도 목격하지 못한 한 사내가 마치 모든 걸 본 사람처럼 능수능란하게 여러 사건을 꿰는, 정말이지 놀라운 광경이었다.

경찰청장이 말했다.

"이제 곧 다소 대담한 면이 있는 당신의 그 주장을 제대로 검증해볼 수 있을 겁니다. 이 사건을 맡은 제 부하 직원 한 명이 당도해 아주 정확한 보고를 올릴 테니까요. 지금쯤이면 이미 여기에 와 있어야 하는데….”

“코스모 모닝톤 씨의 상속자에 관한 보고입니까?”

공증인이 물었다.

“예, 우선 그 이야기부터 나올 겁니다. 그저께 내게 전화를 걸어와 모든 정보를 수집했다고 알렸으니, 그리고 그 밖의 다른 사항도…. 잠깐… 그러고 보니 그 친구가 내 비서에게 한 달 전 오늘 벌어졌던 살인 사건에 대해 말했다고 하더군요. 그런데 한 달 전 오늘이면 코스모 모닝톤 씨가….”

데말리옹은 급히 호출벨을 눌렀다.

즉시 개인 비서가 부리나케 달려왔다.

“베로 형사는 어찌 되었나?”

경찰청장이 황급히 물었다.

“아직 돌아오지 않았는데요.”

“찾아오게! 데려오란 말일세! 어떻게든 지금 당장 베로 형사를 찾아내야 하네.”

그런 다음 돈 루이스 페레나에게 말했다.

“한 시간 전에 베로 형사가 매우 불안하고 괴로운 듯한 모습으로 이곳에 나타나서 자신이 감시와 미행을 당하고 있다고 말했다고 합니다. 그러고는 모닝톤 사건에 관한 아주 중요한 사실을 제게 알려야 하며, 코스모 모닝톤 씨의 죽음으로 초래될 두 건의 살인 사건을 막기 위해 경찰력을 투입해야 한다고 했다더군요.”

“괴로워했다고요?”

“예. 불안해 보이다 못해 이상해 보이기까지 했고, 또 무언가 무서운 생각에 쫓기는 사람 같았다고 합니다. 그 친구가 만일을 대비해 제게 상세한 보고서를 남겼다는데, 그 보고서라는 게 달랑 백지 한 장이었습니다. 이게 바로 그 종이와 봉투입니다. 그리고 이 마분지 상자도 놔두고 갔고요. 그 안에는 이빨 자국이 있는 초콜릿이 들어 있지요."

"청장님, 그 두 물건을 좀 볼 수 있을까요?

"물론입니다. 하지만 이 물건들로는 아무것도 알아낼 수 없을 겁니다."

"그럴지도 모르지요⋯."

돈 루이스는 '카페 퐁 뇌프'라는 글자가 적힌 노란 봉투와 마분지 상자를 오랫동안 살펴보았다. 그러는 동안 다른 사람들은 돈 루이스의 입에서 말이 떨어지기만을 숨죽여 기다렸다. 마치 그 말이 별안간 이 모호한 사건에 환한 빛을 비춰주기라도 할 것처럼. 마침내 돈 루이스는 간략하게 말했다.

"봉투에 적힌 필체와 상자에 적힌 필체가 서로 다르군요. 봉투에 적힌 필체가 더 흐릿하고 다소 흔들린 걸로 보아 누군가 모방한 필체가 분명합니다."

"그래서요⋯?"

"청장님, 따라서 이 노란 봉투의 출처는 청장님의 부하가 아니라는 말이지요. 추측건대, 베로 형사는 퐁 뇌프 카페의 한 테이블에서 보고서를 작성한 후 그걸 봉투에 넣고 봉했을 겁니다. 그런데 잠시 한눈을 판 사이 누군가가 그 봉투를 같은 주소가 적힌, 그러나 안에는 백지 한 장만 달랑 들어 있는 봉투와 슬쩍 바꿔치기한 겁니다."

"그건 추측에 지나지 않습니다!"

경찰청장이 외쳤다.

"그럴지도 모르지요. 하지만 한 가지 확실한 건 베로 형사가 불길한 예감에 시달린 데는 그럴 만한 충분한 이유가 있었다는 겁니다. 베로 형사는 밀착 감시를 당하고 있으며 자신이 모닝턴 유산과 관련한 어떤 중요한 사실을 눈치챘기 때문에 모종의 살인 계획에 차질이 생겼다는 것을 알아서, 이제는 자신이 커다란 위험에 처했다고 생각한 겁니다."

"아! 이런!"

"베로 형사를 구해야 합니다, 청장님. 사실 이 모임 초반부터 저는 줄곧 이미 서막을 올린 어떤 거대한 음모에 우리 모두 휘말리고 말았다는 강한 확신이 들었습니다. 너무 늦지 않았기를, 청장님의 부하가 부디 첫 번째 희생자로 발견되지 않기만을 바랄 뿐입니다."

"이런! 선생, 놀라울 만큼 확신에 차서 말씀하시는군요. 하지만 당신이 피력한 우려를 무조건 믿기에는 주장을 뒷받침할 근거가 너무나 부족합니다. 이제 곧 베로 형사가 돌아오면 모든 게 명확히 밝혀질 겁니다."

경찰청장이 소리쳤다.

"베로 형사는 돌아오지 않을 겁니다."

"아니, 어째서요?"

"이미 돌아왔으니까요. 경비원이 봤다고 하지 않았습니까."

"경비원이 착각했겠지요. 경비원의 진술 말고 다른 증거가 없다면…"

"다른 증거도 있습니다, 청장님. 베로 형사는 바로 여기에다 자신이 돌아왔다는 증거를 뚜렷이 남겼더군요…. 여기 노트 위에 끼적인 알아보기 어려운 이 글자들을 좀 보십시오. 사무실에 내내 있었다던 청장님의 비서는 어째서인지 베로 형사가 이 글을 쓰는 모습을 목격하지 못했습니다. 방금 우연히 제 눈에 띈 겁니다. 자, 보십시오. 이게 베로 형사가 돌아왔다는 증거가 아니면 무엇이겠습니까? 그것도 아주 명백한 증거지요!"

경찰청장은 당혹감을 감추지 못했다. 다른 참석자들의 얼굴에도 동요의 기색이 떠올랐다. 때마침 돌아온 비서도 이들의 불안한 마음에 불을 지폈다. 비서의 말에 따르면 그 누구도 베로 형사를 보지 못했다는 것이다.

"청장님, 강력히 말씀드리건대 경비원을 불러들여 조사해봐야 합니다."

경비원이 방 안에 들어서자마자, 경찰청장이 말을 꺼내기도 전에 돈 루이스가 다짜고짜 물었다.

"베로 형사가 이 방에 다시 들어온 게 확실합니까?"

"확실합니다."

"그 이후로 다시 나오지는 않았다고요?"

"예, 틀림없습니다."

"혹시 잠시 한눈을 파신 적이 있습니까?"

"전혀요."

경찰청장이 소리쳤다.

"이것 보시오, 선생! 베로 형사가 여기 있다면 그 사실을 우리가 어찌 모를 수 있겠습니까."

"베로 형사는 여기 있습니다, 청장님."

"뭐라고요?"

"끈질기게 구는 것 같아 죄송합니다, 청장님. 하지만 누군가 방 안에 들어가고 나오지 않았다면, 그건 여전히 방 안에 있다는 뜻이겠지요."

"몰래 숨어 있을 거란 말입니까?"

경찰청장은 점점 짜증이 치밀었다.

"아니요. 기절해 있거나 아파서 쓰러져 있거나… 어쩌면 죽어 있을지도 모릅니다."

"하지만 대체 어디서 그러고 있단 말입니까? 빌어먹을!"

"이 병풍 뒤에 있을 겁니다."

"병풍 뒤에는 아무것도 없습니다. 그저 문 하나만 있을 뿐입니다."

"그 문을 열면요?"

"탈의실이 있습니다."

"그렇다면 바로 이겁니다, 청장님. 베로 형사는 비서실로 가려고 했지만 정신이 혼미했던 탓에 방향을 착각한 겁니다. 그래서 비틀거리며 이곳 집무실을 거쳐 탈의실로 가 쓰러진 겁니다."

데말리옹은 서둘러 문 쪽으로 향했다. 하지만 문을 열려다 말고 주춤거렸다. 단지 두려움 때문일까? 아니면 거부할 수 없는 권위로 명령을 내리고 사건마저 자기 뜻대로 좌지우지하는 듯한 이 경이로운 사내의 영향력에서 벗어나고 싶은 걸까? 정작 돈 루이스는 지극히 공손한 태도로 침착하게 서 있었다.

"도무지 믿을 수 없군요…."

데말리옹이 말했다.

"청장님, 베로 형사를 찾아내 이야기를 들어야만 오늘 밤 살해당할지도 모를 두 사람의 목숨을 구할 수 있다는 사실을 명심하십시오. 1분 1초가 다급한 상황입니다."

데말리옹은 어깨를 으쓱해 보였다. 하지만 상대의 넘치는 확신에 압도당해 천천히 문을 열었다.

데말리옹은 꼼짝도 하지 않았다. 비명도 지르지 않았다. 그저 이렇게 중얼거릴 뿐이었다.

"이런! 어떻게 이런 일이…!"

반투명 유리창을 통해 들어오는 희미한 햇살이 바닥에 쓰러져 있는 한 남자의 몸뚱이를 어슴푸레 비추고 있었다.

"베로… 베로 형사…."

형사에게 달려간 경비원이 더듬거렸다.

그러고는 비서의 도움을 받아 남자의 몸을 일으켜 집무실에 있는 안락의자에 앉혔다.

베로 형사는 아직 목숨은 붙어 있었지만 심장박동 소리가 아주 미약하게 들릴 정도로 위독했다. 입가에는 조금씩 침이 흘러내렸고, 눈에는 아무런 감정도 담겨 있지 않았다. 하지만 마치 죽은 뒤에도 여전히 삶에 대한 의지가 파닥거리듯 얼굴 근육이 조금씩 움직이고 있었다.

돈 루이스가 중얼거렸다.

"이것 좀 보십시오, 청장님…. 갈색 반점이…."

사람들은 순식간에 공포에 휩싸여 황급히 벨을 누르고 문을 열어 큰 소리로 도움을 요청했다.

"의사를 부르세요…! 아무 의사나 어서…. 그리고 신부도…. 이대로 죽게 내버려 둘 수는 없습니다…."

데말리옹이 지시를 내렸다.

돈 루이스는 손을 들어 모두 조용히 하라는 신호를 보냈다.

"더 이상 어찌해볼 도리가 없습니다…. 차라리 이 마지막 순간을 유용하게 쓰는 게 어떨지요…. 허락해주시겠습니까, 청장님…?"

돈 루이스는 죽어가는 사내에게 몸을 숙이고는 경련을 일으키는 사내의 머리를 안락의자 등받이에 편히 눕혀준 뒤 부드러운 목소리로 속삭였다.

"베로, 나일세, 데말리옹 청장. 오늘 밤에 벌어질 사건에 관해 몇 가지 정보를 얻고 싶네. 내 말 들리나, 베로? 내 말이 들리면 눈을 감아보게."

베로의 눈꺼풀이 스르르 감겼다. 우연한 일일까? 돈 루이스가 말을 이었다.

"루셀 자매의 상속자들을 찾은 건 알고 있네. 그리고 그들 중 두 명의 목숨이 위협받고 있다는 사실도…. 그래서 오늘 밤 두 건의 살인 사건이 벌어지리란 사실까지 전해 들었네. 하지만 분명 더 이상 루셀은 아닐 그 상속자들의 이름, 그 이름을 모른다네. 그걸 자네가 말해주게. 잘 듣게. 자네가 노트에 적어놓은 세 개의 글자는 Fau인 거 같은데… 맞나? 그게 이름의 앞부분인가…? 그다음에는 어떤 글자가 오는 건가…? B? 아니면 C?"

하지만 형사의 창백한 얼굴에는 어떠한 움직임도 보이지 않았다. 머리가 다시 가슴 쪽으로 푹 고꾸라졌다. 그런 다음 두세 번 거칠게 숨을 몰아쉬더니 격렬하게 경련을 한 번 일으키고는 더는 움직이지 않았다.

죽은 것이다.

2
죽을 운명에 처한 사내

워낙 순식간에 벌어진 일인지라 공포에 떨며 그 비극적인 광경을 지켜보던 사람들은 한동안 멍하니 서 있을 수밖에 없었다. 이내 공증인이 성호를 긋고 무릎을 꿇었다. 경찰청장은 나지막이 중얼거렸다.

"가엾은 베로···. 책임감과 성실함으로 똘똘 뭉친 용감한 사내였는데···. 치료를 받으러 갔다면, 누가 알아? 살았을지도···. 그런데 비밀을 털어놓으려고 기어코 다시 왔다니···. 가엾은 베로···."

"부인이 있습니까? 아이는요?"

돈 루이스가 걱정스러운 표정으로 물었다.

"결혼해서 아이가 세 명 있습니다."

"제가 그들을 돌보지요."

돈 루이스가 툭 내뱉듯 말했다.

곧이어 의사가 당도하자 데말리옹은 시신을 옆방으로 옮기라고 지시했고, 돈 루이스는 의사를 따로 불러 말했다.

"베로 형사는 독살당한 게 틀림없습니다. 손목을 잘 보십시오, 둥그런 염증 부위 한가운데에 바늘 자국 하나가 있을 겁니다."

"그러니까 누군가 의도적으로 손목을 찔렀다는 이야기입니까?"

"그렇습니다. 핀이나 펜촉을 이용한 것 같은데, 생각보다 깊게 찌른 것 같지는 않습니다. 희생자는 찔리고 나서 몇 시간이 지난 후에야 죽었으니까요."

경비원들이 시신을 들고 나갔다. 이제 경찰청장의 집무실에는 소환돼 모인 다섯 사람뿐이었다.

미국 대사관 서기관과 페루 공사관원은 더 이상 자신들이 그곳에 머무를 필요가 없다고 판단했기에 돈 루이스 페레나의 통찰력에 뜨거운 찬사를 보낸 뒤 자리를 떠났다.

그다음은 다스트리냑 백작의 차례로, 남다른 애정을 드러내며 옛 부하와 다정하게 악수한 뒤 방을 나갔다. 마지막으로 르페르튀와 페레나가 상속금 전달을 위한 약속 날짜를 잡은 뒤 자리를 막 뜨려는 순간, 데말리옹이 헐레벌떡 들어왔다.

"아! 아직 계셨군요, 돈 루이스 페레나 씨…. 다행입니다…! 갑자기 한 가지 생각이 떠올라서요…. 당신이 해독했다고 한 노트 위에 적힌 세 글자 말입니다…. 확실히 Fau였습니까…?"

"제 눈에는 그렇게 보였습니다, 청장님. 자, 한번 보십시오. F와 a 그리고 u라고 쓰여 있지 않습니까…? 그리고 F가 대문자로 쓰여 있는 게 보이십니까? 그래서 그 세 글자가 어떤 고유명사의 앞부분이라고 짐작했지요."

"그렇군요, 과연 그래요. 그런데 그게 참 이상합니다, 그 포

Fau라는 음절이 정확히…. 잠시만요, 직접 확인해보도록 하지요….”

데말리옹은 집무실에 도착하자마자 비서에게 전달받아 책상 한구석에 정돈한 우편물들을 한 손으로 급히 뒤적거리기 시작했다. 그러고는 편지 한 장을 집어들고 거기에 적힌 서명을 들여다보며 외쳤다.

“아! 이겁니다…. 바로 이거예요…. 제 생각이 맞았군요…. 포빌Fauville… 첫음절이 같지요…. 보십시오, 이름도 없이 그저 포빌이라고만 적혀 있습니다…. 무척 흥분한 상태에서 쓴 편지가 분명합니다…. 날짜도 없고 주소도 없고… 필체도 이렇게 흔들려 있으니….”

그런 다음 데말리옹은 큰 목소리로 편지를 읽기 시작했다.

경찰청장님께,

거대한 어둠의 그림자가 저와 제 아들의 머리 위에 드리워져 있습니다. 죽음이 성큼성큼 다가오고 있어요. 오늘 밤이나 늦어도 내일 아침이면 저는 우리를 위협하는 이 끔찍한 음모에 대한 증거를 입수할 것입니다. 내일 아침 중에 그 증거들을 청장님께 보이고자 하오니, 부디 허락해주십시오. 저는 보호가 절실히 필요합니다. 그러니 청장님이 부디 도와주십시오….

존경하는 마음을 표하며.

—포빌

“직함이나 발신인 주소 같은 건 전혀 없나요?”

페레나가 말했다.

"전혀요. 하지만 틀림없습니다. 베로 형사의 진술과 절박하게 도움을 요청하는 이 편지는 너무나 명백하게 앞뒤가 맞아떨어지지지 않습니까. 오늘 밤 살해당할 위기에 처한 두 사람은 분명 포빌 씨와 그 아들입니다. 끔찍한 건 포빌이라는 성이 너무 흔해서 제때 이들을 찾아내기가 불가능하다는 사실입니다."

"뭐라고요! 경찰청장님, 모든 수단을 동원해서라도…."

"모든 수단을 동원해야겠지요. 물론입니다. 당연히 모든 인원을 이 일에 투입할 생각입니다. 하지만 지금 우리에겐 실오라기 같은 단서조차 없다는 점을 명심하세요."

"아! 너무 끔찍하군요. 두 사람이 죽을 위기에 처해 있는데, 아무것도 할 수 없다니…. 제발 부탁입니다, 청장님. 이 사건을 직접 맡아주십시오. 어차피 코스모 모닝톤의 의지에 따라 처음부터 이 일에 발을 들여놓으셨으니, 이제는 청장님의 노련함과 권위로 사건 해결에 박차를 가해주십시오."

"하지만 이런 일은 치안국이나… 검찰청 소관이지 않습니까…."

데말리옹이 반박했다.

"물론 그렇긴 하지요, 청장님. 하지만 경우에 따라서는 수장이 직접 나서야 할 상황도 있는 법 아니겠습니까? 끈질기게 굴어서 죄송하지만…."

이 말을 채 끝마치기 전에 청장의 개인 비서가 명함 한 장을 들고 방으로 들어섰다.

"청장님, 이 사람이 하도 고집을 부려서… 어떻게 해야 할지…."

카드를 건네받은 데말리옹은 기쁨과 놀라움이 뒤섞인 탄성을 내질렀다.

"이것 좀 보십시오, 선생."

청장은 페레나에게 명함을 건넸다.

이폴리트 포빌
엔지니어
쉬셰 대로, 14번지

"이 사건의 모든 단서가 우연하게 제게로 굴러 들어오고 있으니 당신이 바라던 대로 제가 직접 이 사건을 맡아야겠군요. 게다가 상황이 우리에게 유리하게 돌아가는 것 같습니다. 만약 이 포빌이라는 신사분이 루셀가의 상속자 중 한 명이라면 일은 한결 간단해질 테니까요."

공증인이 가로막고 나섰다.

"어쨌든 청장님, 루셀가의 상속자들에게는 마흔여덟 시간이 지난 후에야 유언장 내용을 공개할 수 있다는 조항을 꼭 명심하십시오. 그러니 아직은 포빌 씨에게 아무 말도 해서는 안 됩니다…."

사무실 문이 힘껏게 열리더니 한 남자가 경비원을 밀치며 황급히 들어왔다.

남자는 알아듣기 어려울 정도로 다급하게 말했다.

"형사님… 베로 형사님은요? 죽었지요? 죽었다고 들었는데…."

"그렇습니다, 선생. 베로 형사는 죽었습니다."

"너무 늦었군! 내가 너무 늦게 도착했어."

남자가 중얼거렸다.

그러고는 두 손을 모아 그 자리에 주저앉고는 흐느꼈다.

"이런! 나쁜 놈들! 천하의 몹쓸 것들!"

남자의 머리는 깊게 주름이 파인 이마 위까지 훤히 벗겨져 있었다. 신경성 경련 탓에 턱과 귓불은 연신 씰룩거렸다. 남자는 병색이 완연한 오십 대로 보였으며 창백한 안색에 볼은 푹 꺼져 있었다. 남자의 눈에서 하염없이 눈물이 흘러내렸다.

경찰청장이 말을 건넸다.

"누구를 말씀하시는 겁니까, 선생? 베로 형사를 죽인 자들 말입니까? 그자들이 누구인지 알려주실 수 있겠습니까? 우리 조사에 큰 도움이 될 겁니다…."

이폴리트 포빌은 고개를 저었다.

"안 됩니다, 안 돼요. 지금은 그래 봤자 아무 소용도 없을 겁니다…. 아직 증거가 부족하니…. 안 됩니다, 정말로 안 돼요."

그러고 나서 벌써 떠나려는 듯 자리에서 일어나 정중히 사과했다.

"청장님, 공연히 폐만 끼쳤군요…. 하지만 확인하고 싶었습니다…. 베로 형사님이 무사하길 바랐는데… 제 증언과 베로 형사님의 증언을 합친다면 정말 귀중한 단서가 됐을 겁니다. 혹시 형사님께 벌써 보고를 받으셨습니까?"

"아닙니다. 단지 오늘 저녁에… 오늘 밤에 무슨 일이 벌어질 거라고만…."

이폴리트 포빌이 소스라치게 놀랐다.

"오늘 저녁이라니! 벌써 저녁인데…. 아니야, 아닐 거야, 그럴 리 없어. 아직 그자들은 나를 해칠 수 없어…. 아직은 준비가 덜 돼 있을 테니."

"하지만 베로 형사는 틀림없이 오늘 밤 두 건의 살인 사건이 벌어질 거라고 말했습니다."

"아닙니다, 청장님…. 베로 형사님이 착각한 거예요…. 제가 잘 압니다…. 빨라 봤자 내일 저녁일 겁니다. 그리고 그자들은 함정에 걸릴 거고요…. 아! 이 나쁜 놈들…."

돈 루이스가 남자에게 다가가 말했다.

"당신 어머니의 성함이 엘리자벳 루셀입니까?

"예, 엘리자벳 루셀입니다. 지금은 고인이 되셨지요."

"생테티엔 출신이고요?"

"그렇습니다…. 그런데 왜 갑자기 그런 질문을 하시는 건지요…?"

"그 이유는 경찰청장님께서 내일 설명해주실 겁니다…. 그리고 한마디만 더 하지요."

돈 루이스는 베로 형사가 갖다 놓은 마분지 상자를 열었다.

"혹시 이 초콜릿 조각에 대해 무언가를 알고 계십니까? 이 이빨 자국은요…?"

"세상에…! 이런 파렴치한 짓을…! 베로 형사님은 대체 이걸 어디서 찾은 거지…?"

엔지니어는 잠긴 목소리로 중얼거렸다.

그러고는 또다시 자리에 주저앉았다. 하지만 곧바로 몸을 추스른 뒤 서둘러 문 쪽으로 발걸음을 옮겼다.

"이만 가보겠습니다, 청장님. 그만 가봐야겠어요. 내일 아침이면 모든 걸 말씀드리겠습니다…. 그땐 제가 모든 증거를 입수한 상태일 테니까요. 그러면 사법 당국이 저를 보호해줄 겁니다…. 보시다시피 전 아픈 몸입니다. 그렇지만 아직은 살고 싶어요…. 제게는 살 권리가 있단 말입니다…. 그건 제 아들도 마찬가지고요…. 그리고 우리 부자는 반드시 살 겁니다… 아! 나쁜 놈들…."

남자는 술에 취한 사람처럼 비틀거리며 문밖으로 뛰쳐나갔다.

데말리옹도 서둘러 자리에서 일어났다.

"저 남자의 측근에 대해 알아보라고 지시를 내릴 겁니다. 남자의 집도 감시하게 하고요…. 이미 치안국에는 전화를 넣어두었습니다. 이제 곧 제가 전적으로 신뢰하는 요원 한 명을 이리로 보내줄 겁니다."

돈 루이스가 단호한 어투로 말했다.

"청장님, 부탁드립니다. 저도 청장님의 지휘 아래서 이 사건을 수사할 수 있도록 허락해주십시오. 코스모 모닝턴의 유언장이 제게 그럴 의무를 부여했고, 또한 감히 말씀드리건대 그럴 권한도 주었습니다. 포빌의 적은 교활한 데다 놀라울 정도로 대담합니다. 그러니 저는 오늘 밤 포빌의 집에서, 포빌의 주위에서 그 적들과 맞서는 영광을 누리고자 합니다."

경찰청장은 머뭇거렸다. 하긴 모닝턴의 상속자가 나타나지 않을 경우, 또는 나타나도 상속을 받지 못할 처지일 경우, 돈 루이스가 얻을 그 엄청난 이득을 어찌 생각하지 않을 수 있겠는가? 상황이 이럴진대, 과연 이폴리트 포빌을 죽음으로부터 보호하고자 하는 이 사내의 묘한 욕구를 그저 순수한 우정과 의무감, 고귀한 사의로 받아들여도 되는 걸까?

데말리옹은 잠시 상대의 결연한 얼굴을 바라보았다. 돈 루이스의 총기 넘치는 눈동자에는 냉소와 순수함이, 진중함과 미소가 동시에 서려 있었다. 물론 그 너머에 숨어 있을 이 사내의 비밀스러운 수수께끼까지는 꿰뚫어볼 수 없었지만, 정말이지 더없이 진중하고 정직한 눈빛이었다. 데말리옹은 곧장 자신의 비서를 불러들였다.

"치안국에서 사람이 왔나?"

"예, 청장님. 마즈루 반장이 왔습니다."

"들여보내라고 하게."

그러고는 페레나를 향해 몸을 돌려 말했다.

"마즈루 반장은 최정예 요원 중 한 명입니다. 명민하고 민첩한 사람이 필요할 때면 전 언제나 그 가엾은 베로 형사와 이 친구를 번갈아 찾았지요. 아마 당신한테도 큰 도움이 될 겁니다."

마즈루 반장이 방으로 들어섰다. 작고 말랐지만 다부진 체격의 사내였는데, 축 처진 콧수염과 무거워 보이는 눈꺼풀, 촉촉한 눈동자, 길고 곧은 머리카락 때문에 한없이 우수에 젖은 인상이었다. 경찰청장이 말을 꺼냈다.

"마즈루, 자네의 동료인 베로 형사가 죽은 사실과 그 죽음에 얽힌 끔찍한 사정은 이미 알고 있겠지. 이제 그 친구의 원수를 갚고 또 다른 살인 사건을 막으려 하네. 이 사건에 대해 속속들이 잘 알고 있는 이 신사분이 자네에게 필요한 모든 설명을 해주실 걸세. 이분과 의기투합하고, 내일 아침에 밤새 무슨 일이 벌어졌는지 내게 보고하게."

그 말은 곧 돈 루이스 페레나에게 이 사건 조사에 관한 자유재량을 부여하고, 돈 루이스의 추진력과 통찰력을 신뢰한다는 뜻이었다.

돈 루이스는 정중하게 고개를 숙였다.

"감사합니다, 청장님. 제게 보여주신 신뢰에 보답하도록 노력하겠습니다."

그러고는 데말리옹과 르페르튀에게 작별 인사를 한 뒤 마즈루 반장과 함께 방을 나왔다.

밖으로 나서자마자 돈 루이스는 마즈루에게 자신이 알고 있는 내용을 자세히 이야기해주었다. 마즈루는 동료의 탁월한 전문가적 재능에 감복한 듯했고, 그의 지시를 전적으로 따를 마음을 굳게 먹은 듯했다.

두 사람은 우선 퐁 뇌프 카페에 가보기로 했다.

그곳에서 이 카페의 단골인 베로 형사가 아침에 한 테이블에 앉아 오랫동안 편지를 썼다는 사실을 확인했다. 게다가 그 테이블을 맡았던 한 종업원이 생생히 기억하는 바로는, 베로 형사와 거의 동시에 들어온 어떤 남자가 그 옆 테이블에 자리를 잡고서 베로 형사와 마찬가지로 편지지를 달라고 요청했고, 노란 봉투도 두 차례나 갖다 달라고 부탁했다는 것이다.

"정말 그렇군요. 당신 생각대로 누군가 편지를 바꿔치기했어요."

마즈루가 돈 루이스에게 말했다.

종업원은 그 남자의 인상착의를 상당히 구체적으로 묘사했다. 큰 키에 약간 구부정한 등을 지녔고 예리하게 다듬은 밤색 턱수염을 길렀으며 검은 실크 끈이 달린 거북 등껍질로 만든 코안경을 걸친 데다 백조 머리 모양의 은제 손잡이가 달린 흑단 지팡이를 들고 있었다는 것이다.

"이 정도면 경찰이 충분히 용의자를 추적할 수 있을 겁니다."

마즈루가 말했다.

돈 루이스는 카페를 나가려다 말고 동료를 불러 세웠다.

"잠시만 멈춰보세요."

"무슨 일입니까?"

"우리는 지금 미행당하고 있어요…."

"미행이라니! 그럴 리가. 대체 누가 우릴 미행하고 있나요?"

"심각한 일은 아닙니다. 내가 아는 사람이에요. 순식간에 해결하고 오겠습니다. 곧 돌아올 테니 잠시만 기다리세요. 곧 아주 재미있어질 거예요. 장담할 수 있습니다. 특이한 친구 한 명을 보게 될 겁니다."

과연 잠시 후 돈 루이스는 키 크고 마른 체격에 구레나룻을 덥수룩하게 기른 남자와 함께 돌아왔다.

돈 루이스는 마즈루에게 남자를 소개했다.

"마즈루 씨, 이쪽은 내 친구인 카세레스 씨예요. 페루 공사관원이자 조금 전 경찰청장 집무실에서 열렸던 모임에 동참한 분이기도 합니다. 카세레스 씨가 페루 공사의 명을 받아 내 신원과 관련된 정보를 수집했습니다."

그러고는 유쾌한 어조로 덧붙였다.

"자, 카세레스 씨. 나를 찾으셨지요…. 사실 경찰청을 나설 때부터 이미 눈치채고 있었습니다…."

페루 공사관원은 신호를 보내 말을 막은 뒤 마즈루 형사를 가리켰다.

"이런, 걱정하실 필요 없습니다…. 마즈루 씨는 신경 쓰지 마세요…! 이 사람 앞에서는 마음 놓고 이야기하셔도 됩니다…. 입이 매우 무거운 사람이니…. 게다가 그 일에 대해 이미 알 만큼 알고 있고요."

공사관원은 여전히 아무 말도 하지 않았다. 페레나는 공사관원을 맞은편 자리에 앉혔다.

"자, 단도직입적으로 말해보십시오, 카세레스 씨. 이건 툭 터놓고 이야기해야 할 문제입니다. 노골적인 단어 몇 개쯤 사용한다 한들 무슨 문제겠습니까. 덕분에 금쪽같은 시간을 아낄 수 있는데! 돈이 필요한 거지요? 적어도 웃돈 정도는 바라시겠지. 그래, 얼마를 원하는 겁니까?"

페루인은 마지막으로 잠시 망설이며 돈 루이스의 동료를 힐끗 쳐다보았다. 그러고는 결심을 굳힌 듯 목소리를 깔고 툭 내뱉었다.

"5만 프랑!"

돈 루이스가 소리쳤다.

"이런, 제기랄! 대단한 욕심쟁이시로군! 어떻게 생각하십니까, 마즈루 씨? 5만 프랑이면 상당한 액수 아닙니까. 게다가…

이것 보세요, 카세레스, 우리 한번 지난 일을 간단히 돌이켜봅시다. 몇 년 전 내가 알제리에 있을 때, 마침 그곳에 잠시 들른 당신과 영광스럽게도 안면을 트게 됐지요. 당신이 어떤 사람인지 한눈에 알아보았기에, 나는 당신에게 3년 안에 페레나라는 이름으로 스페인계 페루인 인물 한 명을 만들어줄 수 있느냐고 물었습니다. 완벽한 신분 서류와 명망 있는 혈통을 지닌 인물로 말이지요. 당신의 대답은 '물론입니다'였습니다. 곧바로 가격이 책정됐지요. 2만 프랑으로요. 그리고 지난주, 경찰청장이 내게 신분 증명 서류를 요청해와 나는 또다시 당신을 찾아갔습니다. 그 자리에서 당신 입을 통해 내 출신을 확인하는 임무를 맡은 사람이 바로 당신이라는 사실을 알게 됐습니다. 게다가 이미 모든 게 완벽히 준비돼 있었습니다. 귀족 출신 스페인계 페루인, 고인인 페레나의 서류를 완벽하게 수정해서 당신은 이미 내게 1등급 호적을 만들어줬으니까요. 경찰청장 앞에서 할 말을 맞춘 다음 난 당신에게 2만 프랑을 지급했지요. 우리의 계산은 그걸로 끝입니다. 무얼 더 바라는 겁니까?"

페루 공사관원은 동요하는 기색을 전혀 내비치지 않았다. 탁자에 팔꿈치를 괸 다음 침착하게 또박또박 이야기했다.

"여보세요, 선생. 나는 과거에 당신을 개인적인 사정이 있어 외인부대 군복 속에 숨어 지내며 번듯하게 살게 되기만을 이제나저제나 꿈꾸는 딱한 신사로 여겼습니다. 하지만 지금은 코스모 모닝턴의 포괄 상속인이 되시지 않았습니까. 당장 내일이면 거짓 이름으로 100만 프랑을 받을 거고 아마도 몇 달 후에는 2억 프랑을 받게 될 텐데, 이건 상황이 완전히 다르지 않습니까."

돈 루이스는 이 주장을 듣고 움찔하는 듯했다. 하지만 즉각 되받아쳤다.

"만약 내가 거부한다면?"

"만약 당신이 거부한다면, 공증인과 경찰청장에게 가서 내 조사 과정에 실수가 있었고 돈 루이스 페레나라는 인물이 무척 수상쩍다고 알릴 생각입니다. 그러면 당신은 단 한 푼도 상속받지 못할뿐더러 틀림없이 체포당하겠지."

"그건 당신도 마찬가지지요, 용감한 선생."

"내가?"

"당연하지! 호적 위조 및 변조죄로…. 설마 내가 다 털어놓을 거란 생각은 못 하신 건가."

공사관원은 아무런 대답도 하지 못했다. 가뜩이나 커다란 코가 양쪽으로 길게 나 있는 구레나룻 사이로 축 처진 듯 보였다.

돈 루이스가 웃음을 터트렸다.

"이런, 카세레스 씨. 그런 우스꽝스러운 표정일랑 짓지 마세요. 아무도 당신을 해치지 않을 겁니다. 단지 내 뒤통수를 칠 생각만 하지 마십시오. 당신보다 더 약삭빠른 작자들도 이미 수차례 시도해보았지만, 처참하게 깨지기만 했습니다. 그리고 솔직히 당신은 친구한테 사기를 칠 깜냥은 못 되는 것 같아요. 약간 어벙하지. 카세레스 씨, 당신은 약간 어벙해요. 자, 이제 이해하셨겠지? 그럼 무기를 내려놓을까요? 더 이상 이 난공불락 페레나를 상대로 음흉한 술책을 꾸미진 않으시겠지요? 좋아요, 카세레스 씨, 아주 좋아요. 그렇다면 나도 통 크게 나가겠습니다. 우리 둘 중 누가 더 정직한 사내인지 한번 증명해보지요.

굳이 그러지 않아도 뻔한 사실이긴 하지만….”

이렇게 말한 뒤 페레나는 주머니에서 리옹 은행 도장이 찍힌 수표책을 꺼내 들었다.

“자, 친구, 여기 코스모 모닝톤의 상속자가 당신에게 주는 2만 프랑이 있습니다. 미소를 지으며 받아 챙기세요. 이 인심 후한 신사분께 감사 인사도 하셔야지. 이제 롯의 아내(창세기에 등장하는 여인으로, 천사의 권고를 무시하고 뒤를 돌아보아 소금 기둥이 되었다 – 옮긴이)가 된 것처럼 뒤도 돌아보지 말고 당신 갈 길이나 가세요. 자… 어서!”

돈 루이스 페레나가 어찌나 위압적으로 이야기했는지, 공사관원은 그에게 압도되어 자신에게 내려진 지시를 고분고분 따랐다. 공사관원은 미소를 지으며 수표를 챙기고 거듭 감사의 인사를 전한 뒤 뒤도 돌아보지 않고 사라졌다.

돈 루이스가 중얼거렸다.

“사기꾼 자식…! 그렇지 않나요? 어떻게 생각하십니까, 반장?”

마즈루 반장은 두 눈을 휘둥그레 뜬 채 어안이 벙벙한 얼굴로 상대를 쳐다보았다.

“저기, 하지만, 선생….”

“왜 그러세요, 반장?”

“저기, 그러니까… 대체 당신은 누구십니까?”

“내가 누구냐고요?”

“그렇습니다.”

“분명 들으셨을 텐데요? 스페인 아니면 페루의 귀족이라고…. 정확한 건 나도 잘 모르겠습니다…. 여하튼 난 돈 루이스 페레나라는 사람입니다."

"거짓말하지 마십시오! 방금 내 귀로 똑똑히 듣기로는…."

"외인부대 출신인 돈 루이스 페레나…."

"객쩍은 소리는 그만하세요, 선생…."

"수많은 훈장을 받은 참전 용사!"

"그만두라고 분명히 말했습니다, 선생. 그리고 당장 나와 함께 경찰청으로 가주셔야겠습니다."

"젠장, 하던 이야기는 마저 해야 하지 않겠습니까? 그러니까 내가 누구였느냐 하면, 외인부대 용사… 전쟁 영웅… 상테 교도소 수감자… 러시아 공작… 치안국 국장… 그리고 또…."

"당신 완전히 돌았군…! 그게 다 무슨 헛소리입니까?"

반장이 부득부득 이를 갈았다.

"진실 그대로를 이야기하고 있는 겁니다. 내가 누구냐고 물어보기에… 하나하나 열거하고 있지 않습니까. 과거로 더 거슬러 올라가야 하나요? 아직 소개할 직함이 몇 개 더 남아 있습니다만…. 후작, 남작, 공작, 대공, 아무개 공작, 저무개 공작… 아무튼 온갖 귀족입니다! 제길, 만약 누군가 내가 왕이었다고 말한다 해도, 나는 감히 반박하지 못할 거예요."

마즈루 형사는 굳은 일로 단련된 자신의 거친 두 손으로 가녀리게 보이는 상대의 두 손목을 꽉 움켜잡고 말했다.

"더 이상 여기서 이러쿵저러쿵할 필요가 있겠습니까? 댁이 어떤 사람인지는 모르겠지만 절대로 놔주지 않을 겁니다. 긴말은 경찰청에 가서 합시다."

"큰 소리 내지 말게, 알렉상드르."

그 가녀린 두 손목이 황당할 정도로 너무나 쉽게 손아귀에서 벗어나더니, 상황을 역전시켜 형사의 두툼한 두 손을 덥석 붙들어 꼼짝 못하게 만들었다. 돈 루이스가 빈정거리며 말했다.

"날 못 알아보는 건가, 이 멍청한 친구야?"

마즈루 반장은 헉 소리도 내지 못했다. 두 눈은 아까보다 더 휘둥그레졌다. 마즈루 반장은 어안이 벙벙한 채 무슨 상황인지 이해하려고 애썼다. 저 목소리, 저 조롱기 섞인 말투, 대담한 장난기, 비웃는 듯한 시선, 그리고 무엇보다 그 알렉상드르라는 이름…. 과거 단 한 명만이 자신을 그 가명으로 불렀는데…. 하지만 이게 있을 수나 있는 일인가?

마즈루 반장은 더듬거리며 말했다.

"대… 대장…."

"그럼 누구겠나?"

"하지만… 하지만… 대장은…."

"내가 뭐?"

"대장은 죽었잖아요."

"그래서 뭐가 어쨌다는 건가? 죽음이 내가 살아가는 데 지장을 주리라고 생각했나?"

상대가 점점 더 당황하는 듯 보이자 돈 루이스는 상대의 어깨에 손을 얹고 말했다.

"누가 자네를 경찰청에 집어넣어 줬지?"

"르노르망 치안국장님이지요."

"그렇다면 그 르노르망이라는 사람은 또 누구고?"

"바로 대장이지요."

"다시 말해 아르센 뤼팽이지, 안 그런가?"

"예, 맞습니다."

"그래, 알렉상드르, 한번 잘 생각해보게. 감쪽같이 치안국장이 돼서 그 임무를 아주 훌륭하게 소화해냈던 아르센 뤼팽이 까짓것 돈 루이스가 되어 훈장을 받고, 레지옹 도뇌르 훈장 패용자가 되고, 영웅이 되었는데 죽은 채 살아가지는 못 하겠나?"

마즈루 반장은 조용히 동료의 얼굴을 찬찬히 살펴보았다. 곧 우수에 찬 눈동자가 번쩍거리고 어두운 안색이 벌겋게 달아오르는가 싶더니, 느닷없이 주먹으로 테이블을 쾅 내리쳤다. 그러고는 성난 목소리로 으르렁대듯 말했다.

"그래요, 대장이군요. 하지만 분명히 말해두는데, 제게 뭘 기대하지는 마세요! 이런! 그건 절대 안 될 말입니다. 전 이제 엄연히 사회를 위해 봉사하는 삶을 살고 있고, 또 앞으로도 그렇게 살아갈 겁니다. 깨끗이 손을 씻었단 말입니다. 전 이미 정직한 삶이 무엇인지 맛보았어요. 다신 때 묻은 빵을 먹지 않을 겁니다. 이런! 안 됩니다. 안 되고말고요. 절대, 절대, 절대 다시는 그런 바보 같은 짓은 하지 않을 겁니다!"

페레나는 어깨를 으쓱해 보였다.

"역시 멍청하군, 알렉상드르. 확실히 정직한 빵을 먹어도 똑똑해지지는 않는 모양이야. 대체 누가 예전에 하던 짓을 다시 하라고 그러던가?"

"하지만….'"

"하지만 뭐?"

"대장이 꾸미는 모든 음모가…."

"내 음모라니! 그럼 자네는 내가 이 사건에 개입했다고 믿는 건가?"

"이것 보세요, 대장…."

"절대 아닐세, 친구. 두 시간 전만 해도 자네와 마찬가지로 이 사건에 대해 아무것도 모르고 있었어. 느닷없이 신의 섭리로 상속자가 돼버린 거지. 그리고 신의 섭리에 거역하지 않기 위해서…."

"그러지 않기 위해서요?"

"내 직접 코스모 모닝톤의 원수를 갚고, 정당한 상속자들을 찾아 그들을 보호하고, 그들의 몫인 2억 프랑을 골고루 나누어 주는 임무를 맡을 거라네. 대체 이게 정직한 사내의 임무가 아니면 뭐란 말인가?"

"그렇긴 하지만…."

"그렇긴 하지만 만약 내가 정직하지 않은 방식으로 이 일을 해나가면 어쩌느냐, 그 말을 하고 싶은 거지?"

"대장…."

"여보게, 친구. 만약 자네가 내 행동 중 티끌만큼이라도 거슬리는 점을 찾는다면, 만약 돈 루이스 페레나의 마음에서 조금이라도 음흉한 구석을 발견한다면, 그 즉시 자네 두 손으로 내 멱살을 움켜잡게. 내가 허락하겠네. 아니, 명령이네, 꼭 그렇게 하게. 이제 만족하나?"

"제가 만족하는 걸로는 충분치 않습니다, 대장."

"그건 또 무슨 소린가?"

"이 세상에 우리 둘만 있는 건 아니지 않습니까."

"더 자세히 설명해보게."

"만약 대장님이 붙잡히면요?"

"뭐라고?"

"배신을 당하실 수도 있어요."

"누구에게?"

"우리 옛 동료에게…."

"모두 떠났네. 내가 프랑스 밖으로 보내버렸어."

"어디로요?"

"그건 비밀일세. 자네 혼자만 경찰청에 놔둔 거라네. 언젠가 자네의 도움이 필요할 경우를 대비해서 말이지. 보다시피 결국 내 판단이 옳았어."

"만약 대장의 정체가 밝혀지면요?"

"그러면 뭐?"

"체포되실 겁니다."

"그건 불가능하네."

"어째서요?"

"사람들은 날 체포할 수 없어."

"그러니까 그 이유가 대체 뭐예요?"

"분명 자네 입으로 정확하게 그 이유를 말하지 않았나. 그 우월하고 엄청나며 반박할 수 없는 이유를 말일세."

"그게 무엇인데요?"

"나는 죽었으니까."

마즈루는 아연실색한 표정이었다. 그 기막힌 주장을 듣고 커다란 충격에 빠졌던 것이다. 하지만 곧바로 그 안에 담긴 명료함과 기발함을 알아차렸다. 마즈루는 배를 잡고 폭소를 터트렸고 얼굴에는 경련까지 일어 그 우수에 찬 얼굴이 한없이 우스꽝스럽게 변했다….

"아! 대장, 여전하시군요…! 세상에, 배꼽 빠지겠군…! 대장과 같이 일할 거냐고요? 아무래도 그래야 할 것 같습니다…! 예, 두 번이고 세 번이고 같이 일하지요…. 대장은 죽었으니까요! 죽어서 땅속에 묻혔으니까요! 이 세상에 없는 사람이지 않습니까! 아! 너무 웃겨! 눈물 나게 웃기는군!"

엔지니어인 이폴리트 포빌은 성벽 근처, 쉬셰 대로에 있는 어느 널찍한 저택에서 살았다. 그 저택 왼쪽에는 정원이 하나 있었는데, 포빌은 그곳에 커다란 별채를 지어 자신의 작업실로 이용해왔다. 그 별채가 워낙 큰 공간을 차지하는 바람에, 사실 정원이라고 해봤자 나무 몇 그루와 자그마한 잔디밭이 고작이었다. 그 정원 가장자리를 따라 담쟁이덩굴로 뒤덮인 철책이 쳐져 있었고, 그 철책에는 쉬셰 대로로 통하는 문 하나가 달려 있었다.

두 사람은 일단 파시 구역 경찰서로 갔다. 페레나의 지시를 받은 마즈루는 그곳에서 우선 자기 신분을 밝힌 뒤, 엔지니어 포빌의 저택에 경찰 두 명을 보내 야간 보초를 세워 저택 안에 들어가려는 수상한 자들을 모조리 체포해달라고 요청했다.

경찰서장은 선뜻 협조를 약속했다.

돈 루이스와 마즈루는 동네 식당에서 저녁을 먹고 밤 9시쯤 저택의 정문 앞에 도착했다.

"알렉상드르."

페레나가 말했다.

"예, 대장?"

"두렵지 않나?"

"아니요, 대장. 왜요?"

"왜냐고? 포빌과 그의 아들을 지킨다는 건 곧 그들을 없애 엄청난 이득을 취하려는 자들에게 도전장을 내민다는 뜻이네. 그리고 우리 적은 아무래도 물불을 안 가리는 철면피 같고 말일세. 그러니 자네 목숨과 내 목숨은 이제 훅 불면 날아갈 파리 목숨이지…. 그래도 두렵지 않은가?"

"대장, 언젠간 저도 두려움이 뭔지 알게 될 겁니다. 하지만 한 가지 조건만 충족된다면 그 감정이 무언지 영영 모를 겁니다."

"그 조건이란 게 무언가, 친구?"

"대장이 제 옆에 있다는 조건입니다."

이 말을 내뱉고 난 뒤에 마즈루는 단호하게 벨을 눌렀다.

이내 문이 열리고 하인 한 명이 나타났다. 마즈루는 명함을 건넸다.

이폴리트 포빌은 작업실에서 두 사람을 맞이했다. 탁자 위에는 팸플릿과 책, 서류들이 어지러이 널려 있었다. 키 큰 고정 틀 위에 깔린 두 개의 작업판 위에는 설계도와 도면이 놓여 있었고 두 개의 유리 진열장 안에는 포빌이 직접 고안하고 제작한 기계들을 모델로 한, 강철과 상아 재질의 미니어처들이 들어 있었다. 한쪽 벽에는 기다란 소파가 놓여 있고 그 맞은편에는 원형 회랑으로 올라가는 나선형 계단이 자리하고 있었다. 천장에는 전등이 매달려 있었고 벽에는 전화기가 설치돼 있었다.

마즈루는 곧바로 자신의 신분을 밝혔다. 그리고 페레나를 경찰청에서 파견 나온 자신의 동료인 것처럼 소개한 뒤 단도직입적으로 자신들의 방문 목적을 밝혔다. 그 내용인즉슨 데말리옹 청장이 지금 막 매우 심각한 단서를 알게 돼 걱정이 이만저만이 아니어서 내일 면담 시간까지 기다릴 것 없이 지금 즉시 포빌 씨가 파견 나온 형사들의 충고에 따라 필요한 모든 안전 조치를 취해주기를 바란다는 것이다.

포빌은 우선 언짢은 기색을 드러냈다.

"형사님들, 내 나름대로 이미 안전조치를 취해놓았습니다. 그것도 철저하게요. 오히려 당신들이 개입해서 상황만 더 안 좋아지는 건 아닐지, 그게 걱정이로군요."

"왜 그렇게 생각하십니까?"

"당신들 때문에 적들이 더욱 경계심을 품을 테고, 그렇게 되면 그들을 꼼짝 못하게 할 증거를 수집하려는 내 계획에 차질이 생길 테니까요."

"더 자세히 설명해주실 수 있겠습니까?"

"아니요, 그럴 순 없습니다…. 내일, 내일 아침에 말씀드리겠습니다…. 그전에는 안 돼요."

"그러다 때를 놓치면요?"

돈 루이스 페레나가 불쑥 대화에 끼어들었다.

"때를 놓치다니요. 당장 내일 아침에 말씀드릴 텐데…."

"하지만 베로 형사가 데말리옹의 비서에게 이렇게 이야기하지 않았습니까. '오늘 밤 반드시 두 명이 살해될 겁니다'라고 요."

"오늘 밤에요…?"

포빌이 화가 나서 소리치고는 이렇게 덧붙였다.

"단언컨대 절대 그럴 리 없습니다. 오늘 밤은 아니에요, 장담합니다…. 나만 알고 있는 무언가가 있지 않겠습니까? 당신들은 모르는…."

돈 루이스가 응수했다.

"물론 그렇겠지요. 하지만 반대로, 당신은 모르고 베로 형사만 아는 무언가가 있을 수도 있습니다. 분명 베로 형사는 그 누구보다 적의 비밀을 깊숙이 간파했을 겁니다. 그 증거로 베로형사는 적들에게 요주의 인물이었습니다. 흑단 지팡이를 든 사내가 미행한 것도 그 증거고요. 그리고 가장 결정적인 증거는, 무엇보다도 살해당했다는 사실이지요."

이폴리트 포빌은 한풀 기가 꺾였다. 페레나는 그 틈을 놓치지 않고 끈질기게 물고 늘어졌고, 결국 포빌은 자신의 의지보다 더 강한 페레나의 의지에 굴복하고 말았다. 하지만 완전히 마음을 열지는 않은 눈치였다.

"그렇다 칩시다. 그래도 오늘 밤 내내 이곳에 있을 생각은 아니시겠지요?"

"사실 그럴 생각입니다."

"이런, 맙소사! 시간 낭비일 뿐입니다! 최악의 사태가 벌어진다고 해도… 하여튼, 그래서 이제 어쩔 셈입니까?"

"이 저택에 누가 살고 있습니까?"

"누가 사느냐고요? 당연히 제 아내가 살고 있지요. 아내의 방은 2층에 있습니다."

"포빌 부인은 위협당하고 있지 않나 보군요?"

"예, 전혀요. 놈들이 노리는 건 바로 저예요. 정확히 말하자면 저와 제 아들 에드몽입니다. 그래서 일주일 전부터 내 방에서 자는 대신 이 작업실에 틀어박혀 있는 겁니다… 아내에게는 일 평계를 댔어요. 밤늦게까지 문서를 작성해야 해서 아들의 도움도 필요하다고요."

"그럼 아드님도 이곳에서 자는 겁니까?"

"예, 바로 위층에 있는 작은 방에서 잡니다. 제가 침실로 개조해줬습니다. 이 내부 계단을 통해서만 그 방에 올라갈 수 있어요."

"아드님은 지금 그 방에 있습니까?"

"예. 자고 있을 겁니다."

"몇 살입니까?"

"열여섯 살입니다."

"이렇게 방까지 바꾼 걸 보면 누군가 불시에 습격해올까 봐 두려워하고 계신다는 뜻 아닙니까? 누군가요? 적이 저택 안에 있습니까? 하인 중 한 명인가요? 아니면 외부 사람입니까? 외부 사람이라면 어떻게 저택 안으로 들어올 수 있는 거지요? 그것만 알면 모든 문제의 실마리가 풀립니다."

"내일요… 내일… 내일이면 모든 걸 설명하겠습니다."

포빌은 고집스럽게 똑같은 대답을 내놓았다.

"왜 오늘 저녁에는 말해줄 수 없는 겁니까?"

페레나도 물러서지 않고 대꾸했다.

"증거가 필요하다고 말하지 않았습니까⋯. 증거 없이 섣불리 입을 열었다가는 엄청난 파국을 불러올 수 있어요⋯. 그게 두려운 겁니다⋯. 예, 전 두렵습니다⋯."

실제로 포빌은 바들바들 떨고 있었다. 그 모습이 너무도 애처롭고 공포에 질려 보였기 때문에 돈 루이스도 더 이상 자신의 뜻을 강요하지 않았다.

"알겠습니다. 그럼 딱 한 가지만 부탁드리겠습니다. 위급 상황을 대비해 오늘 밤 저와 제 동료가 당신 근처에 머무를 수 있도록 해주십시오."

"마음대로 하십시오. 하긴, 그편이 좀 더 안전하겠지요."

그 순간 하인 한 명이 문을 두드리고 들어오더니 포빌 부인이 외출하기 전 잠시 뵙기를 청한다고 전했다. 곧바로 문이 열리더니 포빌 부인이 들어왔다.

부인은 페레나와 마즈루를 보더니 살짝 고개를 숙여 상냥하게 인사를 건넸다. 서른에서 서른다섯 정도로 보이는 그 여자는 푸른 눈동자에 곱슬곱슬한 머리카락, 진중해 보이지는 않지만 예쁘장하고 사랑스러운 얼굴을 지니고 있어 전체적으로 사람을 기분 좋게 만드는 매력을 내뿜고 있었다. 여자는 고운 어깨를 드러내 보이는 이브닝드레스 위에 큼지막한 비단 망토를 걸치고 있었다.

남편이 놀라서 물었다.

"오늘 저녁에 약속이 있었나?"

"잊으셨군요. 오브라르 부부가 저를 위해 특별히 자신들의 오페라 박스석 자리 하나를 마련해주었잖아요. 공연이 끝나거든 데르생제 부인의 연회에 잠시 들렀다가 오라고 말하기까지 했으면서….”

“아, 참…. 그랬지…. 깜박 잊고 있었군…. 일이 원체 많아서!”

포빌 부인은 장갑의 단추를 채우고 나서 다시 말을 이었다.

“데르생제 부인의 집에 저를 데리러 와주실래요?”

“꼭 그래야 하나?”

“당신을 보면 사람들이 무척 반가워할 거예요.”

“난 별로 반가울 것 같지 않아. 게다가 몸 상태도 영 안 좋다고.”

“그렇다면 이해할게요.”

“그래, 그렇게 해.”

여자는 우아한 동작으로 망토 깃을 여미고 나서 마땅한 작별 인사를 찾는 듯 몇 초간 그 자리에 가만히 서 있었다. 마침내 여자가 입을 열었다.

“에드몽은 여기에 없나요? 당신과 같이 일하고 있는 줄 알았는데….”

“피곤하다며 올라갔어.”

“자고 있나요?”

“응.”

“잘 자라고 인사하고 싶었는데….”

“아니야, 공연히 잘 자는 애만 깨울 뿐이야. 자, 밖에 벌써 자동차가 대기하고 있지 않나. 빨리 나가 봐. 재밌게 놀다 오라고.”

"아! 재밌게 놀라니⋯. 오페라를 보고 연회에 참석하는 게 뭐 그리 재밌는 일이라고."

"그래도 방 안에 틀어박혀 있는 것보단 낫겠지."

방 안에 서먹한 기운이 감돌았다. 언뜻 보아도 부부 사이가 원만치 않은 게 역력히 느껴졌다. 병에 찌들고 떠들썩한 자리를 피하는 남편은 줄곧 집에 틀어박혀 지냈고, 젊고 외향적인 아내는 재미있는 오락거리에 항상 목말랐던 것이다.

남편이 더 이상 아무 말도 하지 않자 포빌 부인은 몸을 숙여 남편의 이마에 살짝 입을 맞추었다.

그러고는 두 방문객에게 다시 한 번 인사한 뒤 자리를 떠났다.

잠시 후 자동차 엔진 소리가 들리더니 그 소리가 점점 멀어져갔다.

이폴리트 포빌은 즉시 자리에서 일어나 호출벨을 누른 뒤 말했다.

"이 집 사람 중 그 누구도 내 머리 위에 드리워진 어둠의 그림자를 눈치채지 못하고 있어요. 심지어 내 전담 하인인 실베스트르에게조차 아무 말도 안 했답니다. 수년 전부터 내 시중을 들어온 데다 정직함의 표본 같은 친구인데 말이지요."

마침 그 하인이 들어왔다.

"이만 자야겠네, 실베스트르. 잠자리를 마련해주게."

실베스트르가 긴 소파의 윗부분을 잡아 펼치자 순식간에 안락한 침대가 만들어졌다. 하인은 침대 위에 시트와 담요를 깔았다. 그런 다음 주인의 지시대로 물병과 유리컵, 과자 접시와 과일 그릇을 가져왔다. 포빌은 과자를 와작 씹은 다음 작은 사과를 잘랐다. 설익은 상태였다. 다른 사과 두 개를 살펴보았으나 역시 설익은 상태라고 판단했는지 금세 도로 내려놓았다. 대신 배를 깎아 먹었다.

포빌이 하인에게 말했다.

"과일 그릇은 놔두고 가게. 오늘 밤 속이 출출해지면 아쉬울 수 있으니…. 아! 깜빡했군. 여기 이 두 신사분은 오늘 밤 이곳에 머무실 걸세. 이 사실을 아무에게도 말하지 말게. 그리고 내일 아침에 따로 벨을 울리기 전까지는 여기에 오지 말고."

하인은 테이블 위에 과일 그릇을 올려놓고 자리에서 물러났다. 페레나는 눈앞에서 벌어지는 모든 일을 예의 주시했다. 그렇게 함으로써 후에, 기계처럼 정확하게 머릿속에 담아둔 이날 저녁에 벌어진 모든 일을 상세히 떠올릴 수 있었다. 페레나는 과일 그릇 안에 배 세 개와 사과 네 개가 담겨 있는 것도 놓치지 않고 눈여겨보았다.

그러는 사이 포빌은 나선형 계단을 올라가 회랑을 지나 아들이 자는 방으로 들어갔다.

"주먹을 쥐고 잠들었군요."

뒤따라 올라온 페레나에게 포빌이 나지막이 말했다.

무척 작은 방이었다. 못으로 고정된 나무 덧문으로 천창이 철저히 가려져 있는 걸로 보아 방 안에는 특수한 환기장치가 따로 설치된 듯했다.

이폴리트 포빌이 설명했다.

"신중을 기하기 위해 작년에 이렇게 해놓았습니다. 이곳은 제가 전기 실험을 했던 방이었기 때문에 누군가 이곳을 염탐할까 봐 상당히 불안했거든요. 그래서 지붕으로 통하는 저 출구를 아예 봉해놓은 겁니다."

그러고는 속삭이듯 덧붙였다.

"누군가 제 주위를 어슬렁댄 건 비단 어제오늘의 일이 아닙니다."

두 사람은 아래층으로 내려갔다.

포빌이 시계를 쳐다봤다.

"10시 15분… 이제 좀 쉬어야겠어요. 무척 피곤해서요. 그럼 이만 실례하겠습니다…."

페레나와 마즈루는 작업실과 저택 현관을 연결하는 복도에 안락의자 두 개를 옮겨와 그곳에서 밤을 보내기로 했다. 그런데 그들이 막 방을 나서려는 순간, 조금 전까지만 해도 몹시 불안해 보이긴 했어도 가까스로 마음을 다잡고 있던 이폴리트 포빌이 느닷없이 약한 모습을 보이며 옅은 비명을 내질렀다. 돈 루이스는 몸을 돌려 포빌을 바라보았다. 포빌은 얼굴부터 목까지 땀을 비 오듯 흘리며 두려움과 고열로 온몸을 덜덜 떨었다.

"무슨 일입니까?"

"두려워요…. 무섭습니다…."

포빌이 대답했다.

"쓸데없는 걱정입니다. 여기 우리 두 사람이 있지 않습니까! 원하신다면 당신 바로 옆에서, 당신 침대 머리맡에서 밤을 지새울 수도 있습니다."

엔지니어는 페레나의 어깨를 잡고 거칠게 흔들어대며 일그러진 얼굴로 더듬대며 말했다.

"열 명이 있다 한들… 아니, 스무 명이 내 곁을 지킨다 한들, 놈들이 눈 하나 깜짝할 것 같습니까? 놈들은 무슨 짓이든 할 수 있어요, 알겠습니까…? 무슨 짓이든 할 수 있단 말입니다…! 이미 베로 형사도 죽였고… 곧 나도 죽일 겁니다…. 내 아들도 죽일 거고요…. 아! 악랄한 놈들…. 하느님, 저를 불쌍히 여겨주소서! 아! 이 끔찍한 공포…! 숨 막히는 고통…!"

포빌은 무릎을 꿇고 주저앉아 가슴을 치며 같은 말만 되풀이했다.

"하느님, 저를 불쌍히 여겨주소서…. 전 죽고 싶지 않습니다…. 제 아들이 죽는 것도 원치 않아요…. 저를 불쌍히 여겨주소서, 제발, 하느님…."

포빌은 단숨에 몸을 일으키더니 페레나를 유리 진열장 앞으로 데리고 갔다. 구리 바퀴가 달린 진열장을 옆으로 스르르 밀자 그 뒤에 가려져 있던 벽 속 작은 금고가 모습을 드러냈다.

"3년 전부터 꼬박꼬박 적어온 내 모든 이야기가 이 속에 담겨 있습니다. 만약 내게 불상사가 닥치면, 복수하는 데 큰 도움이 될 겁니다."

서둘러 자물쇠의 번호판을 돌린 포빌은 주머니에서 열쇠를 꺼내 금고를 열었다.

금고 안은 4분의 3가량이 비어 있었다. 그중 한 칸에는 서류 더미가 수북이 쌓여 있었는데, 그 가운데서도 빨간 고무줄로 묶은 회색 수첩 한 권이 눈에 띄었다.

포빌은 그 수첩을 집어들고 또박또박 말했다.

"자… 이겁니다…. 모든 게 이 안에 들어 있어요. 이것만 있으면 그 끔찍한 일들의 전개 과정을 되짚어 볼 수 있습니다…. 우선 내 추측이 들어 있고, 내 확신 역시 담겨 있습니다…. 모조리다… 모두 다 들어 있습니다…. 어떻게 그놈들을 함정에 빠뜨릴지… 어떻게 파멸시킬지…. 잘 기억해둘 거지요? 회색 수첩은… 다시 금고 안에 넣어두겠습니다…."

포빌은 서서히 침착함을 되찾았다. 진열장을 다시 원상태로 밀어놓고 서류 몇 개를 정리한 다음, 침대 머리맡에 있는 전등을 켜고 천장 한가운데에 매달린 샹들리에를 껐다. 그리고 돈루이스와 마즈루에게 나가 달라고 부탁했다.

돈 루이스는 방을 한 바퀴 빙 둘러본 뒤, 두 개의 창문에 설치된 철제 덧문을 살펴보다가 문득 입구 맞은편에 문 하나가 더 있는 것을 발견하고 포빌에게 그 용도를 물었다.

"제 단골이 사용하는 문입니다…. 저도 가끔 이용하고요."

"정원으로 통해 있습니까?"

"그렇습니다."

"단단히 잠겨 있겠지요?"

"보시는 그대로입니다…. 자물쇠로 잠긴 데다 안전 빗장까지 채워져 있지요. 제 열쇠 꾸러미에 그 열쇠 두 개가 매달려 있습니다, 정원 문 열쇠와 함께 말이지요."

포빌은 테이블 위에 열쇠 꾸러미와 지갑을 올려놓았다. 뒤이어 시계도 꺼내 태엽을 감은 다음 그 옆에 놓아두었다.

돈 루이스는 열쇠 꾸러미를 덥석 집어들고 자물쇠와 빗장을 차례로 풀었다. 계단 세 개만 내려가니 바로 정원이었다. 발걸음을 옮겨 좁다란 화단을 살펴보았다. 담쟁이덩굴로 뒤덮인 철책 사이로, 이야기를 나누며 대로변을 서성거리는 경찰 두 명의 모습이 보였다. 돈 루이스는 철책 문 자물쇠를 살펴보았다. 단단히 잠겨 있었다.

돈 루이스는 다시 작업실로 올라오며 말했다.

"아무 이상 없습니다. 그러니 마음 놓으십시오. 그럼 내일 보지요."

"내일 봅시다."

페레나와 마즈루를 배웅하며 포빌이 대답했다.

작업실과 복도 사이에는 이중문이 있었는데, 그중 하나는 속에 솜을 채우고 겉에 모조 가죽을 덮어씌운 문이었다. 그런가 하면 복도 끝 쪽에는 두꺼운 양탄자가 걸려 있어 현관과 복도를 가르는 구실을 하고 있었다.

"졸리면 자도 괜찮네. 내가 지키고 있을 테니."

페레나가 동료에게 말했다.

"하지만 대장, 설마 무슨 일이 벌어지리라고 생각하시는 건 아니겠지요!"

"아닐세. 우리가 만전을 기했으니 별일이야 없겠지. 하지만 자네도 베로 형사를 알지 않나. 그가 어디 없는 이야기를 꾸며 낼 사람처럼 보이던가?"

"물론 아니지요, 대장."

"그런데 그런 사람이 살인 사건이 벌어질 거라고 말했네. 그럼 필시 그럴 만한 이유가 있겠지. 그러니 난 깨어 있겠네."

"교대로 지키지요, 대장. 제 차례가 되면 깨워주세요."

두 사람은 그렇게 그대로 나란히 붙어 앉은 채 몇 마디 말을 더 주고받았다. 잠시 후 마즈루가 곯아떨어졌다. 돈 루이스는 귀를 바짝 세운 채 꼼짝 않고 안락의자에 앉아 있었다. 저택 안은 쥐 죽은 듯 고요했다. 밖에서는 간간이 자동차와 마차 소리가 들려왔고, 오퇴유 노선을 달리는 막차 소리도 어렴풋이 들려왔다.

돈 루이스는 여러 차례 자리에서 일어나 문 쪽으로 다가갔다. 아무 소리도 들리지 않았다. 보나 마나 포빌은 곤히 자고 있을 것이다.

"좋아, 대로에서도 보초를 서고 있으니 이쪽 아니면 다른 통로로는 절대 들어올 수 없어. 그러니 전혀 걱정할 필요가 없는 셈이지."

새벽 2시, 자동차 한 대가 저택 앞에 멈춰 섰다. 그러자 부엌 쪽에서 기다리고 있었을 하인 한 명이 서둘러 정문으로 뛰어나갔다. 페레나는 복도의 전등을 끄고 양탄자를 살짝 들춰보았다. 밤늦게 귀가한 포빌 부인과 그 뒤를 쫓는 실베스트르의 모습이 보였다.

그 적막 속에서 페레나는 설명할 수 없는 묘한 불안감이 마음속에서 스멀스멀 피어오르는 것을 느꼈다. 대체 이유가 뭘까? 알 수 없었다. 하지만 극심한 불안감과 함께 불길한 예감이 점점 엄습해왔기에 이렇게 중얼거렸다.

"포빌이 자고 있는지 직접 가서 확인해봐야겠어. 아마도 문에 빗장을 질러놓지는 않았을 거야."

과연 조금 힘을 주자 문이 스르르 열렸다. 페레나는 손전등을 들고 침대로 다가갔다.

이폴리트 포빌은 벽 쪽으로 몸을 돌린 채 자고 있었다.

페레나는 안도의 한숨을 내쉬었다. 그런 뒤 복도로 돌아와 마즈루를 흔들어 깨웠다.

"자네 차례야, 알렉상드르."

"아무 일도 없었습니까, 대장?"

"그래, 아무 일도 없었어. 포빌은 지금 자고 있네."

"그걸 어떻게 아세요?"

"직접 보고 왔어."

"거참, 이상하네. 난 아무 소리도 못 들었는데…. 정말 깊이 잠들었나 봅니다."

마즈루는 페레나를 따라 방으로 들어갔다. 페레나가 속삭였다.

"여기 앉게. 저 사람이 깨지 않게 조심하고. 난 잠시 눈 좀 붙이겠네."

페레나는 자다가 또다시 보초를 섰다. 하지만 잠시 눈을 붙이는 동안에도 주변에서 벌어지는 모든 일을 인지하고 있었다.

괘종시계가 묵직한 소리로 시간을 알릴 때마다 페레나는 종이 몇 번 울리는지 일일이 세었다. 고요했던 바깥세상이 서서히 깨어나기 시작했다. 우유 배달용 마차가 달그락거렸고, 교외 노선을 달리는 첫 기차가 기적 소리를 냈다.

저택 안에도 일과를 시작하려는 부산스러운 기운이 퍼지고 있었다.

덧문 사이로 햇살이 들어와 방 안은 점점 빛으로 채워졌다.

"이제 나가지요. 이 사람이 깨기 전에 나가는 편이 낫겠어요."

마즈루 반장이 말했다.

"조용히 해."

돈 루이스는 단호하게 신호를 보내며 명령했다.

"왜요?"

"그러다 깨우겠어."

"보시다시피 잘 자고 있지 않습니까."

마즈루는 목소리를 낮추지 않고 대꾸했다.

"그래…. 그렇군…."

큰 목소리를 냈는데도 포빌이 꼼짝을 않자 돈 루이스는 의아한 마음이 들어 중얼거렸다.

순간 한밤중에 엄습했던 그 불안이 다시 밀려왔다. 그때보다한결 더 명확해진 감정이었지만 그 불안의 원인을 알고 싶은욕망도, 파헤칠 엄두도 생기지 않았다.

"왜 그러세요, 대장? 넋 나간 표정이에요. 무엇이 잘못됐나요?"

"아닐세…. 아니야…. 단지 좀 두려워서 그러네."

마즈루는 소스라쳤다.

"뭐가 두려우신 겁니까? 마치 어제 저자가 말한 것처럼 말씀하시네요."

"그래…. 맞아…. 같은 이유로 두려운 거야."

"그게 무슨 뜻인가요…?"

"정말 이해하지 못하겠나…? 내가 두려워하는 이유를 전혀 짐작하지 못하는군….”

"그러니까 대체 무얼 두려워하시는 건가요?"

"이 사람이 죽었을까 봐 그러는 걸세!"

"터무니없는 생각입니다, 대장!"

"그러게…. 나도 뭐가 뭔지 잘 모르겠네…. 단지… 단지… 죽음의 기운이 느껴져."

페레나는 손전등을 든 채 침대 앞에 마비된 듯 서 있었다. 세상 두려울 게 없는 그였지만 이폴리트 포빌의 얼굴에 손전등을 비출 엄두만은 차마 나지 않았다. 섬뜩한 정적이 방 안에 무겁게 내려앉았다.

"이런! 대장, 이 사람 전혀 움직이지 않아요…."

"알아…. 안다고…. 그러고 보니 밤새 한 번도 뒤척이지 않았던 것 같아. 그 점이 영 섬뜩하게 느껴져."

페레나는 주저하는 마음을 다스리며 힘겹게 발걸음을 옮겨 침대에 몸이 닿을 만한 거리까지 다가갔다.

포빌은 숨을 쉬지 않는 듯했다.

페레나는 용기를 내어 포빌의 손을 잡았다.

얼음장처럼 싸늘했다.

페레나는 곧바로 냉정을 되찾았다.

"창문! 창문을 열게!"

페레나가 외쳤다.

방 안에 햇빛이 쏟아져 들어오자 갈색 반점으로 얼룩지고 퉁퉁 부은 이폴리트 포빌의 얼굴이 드러났다.

"이런! 죽었군."

페레나는 나지막한 목소리로 중얼거렸다.

"이런…! 제기랄…!"

반장이 더듬거렸다.

이해할 수 없고 경악할 만한 현상을 목격한 두 사람은 2~3분 동안 넋을 놓고 그 자리에 멍하니 굳어 있었다. 갑자기 페레나는 무슨 생각이 떠오른 듯 소스라쳤다. 그러고는 내부 계단을 뛰어 올라가 회랑을 내달려 다락방 안으로 쏜살같이 들어갔다.

이폴리트 포빌의 아들인 에드몽이 흙빛이 된 얼굴로 뻣뻣하게 몸이 굳은 채 침대 위에 죽어 있었다.

"이런…! 빌어먹을…!"

마즈루는 같은 말만 되풀이했다.

지금껏 산전수전 다 겪은 페레나였지만 이 정도로 크게 충격받은 적은 처음인 듯했다. 그 충격으로 페레나는 손가락 하나까닥하지 못할 정도로, 입조차 뻥긋하지 못할 정도로 극도의 무기력감에 휩싸였다. 아버지와 아들이 동시에 죽다니! 지난밤 누군가 이들을 죽였다니! 저택 안과 주변에는 감시원이 배치돼 있고, 모든 출구는 철저히 봉쇄돼 있는데 불과 몇 시간 전, 누군가 코스모 모닝톤에게 했던 것처럼 이 두 사람을 끔찍한 바늘로 독살한 것이다!

"제기랄! 이들을 지키려고 신경을 있는 대로 곤두세우고 온갖 대책을 취했는데, 그게 다 헛짓이었군요!"

마즈루의 말 속에는 은근한 힐책이 담겨 있었다. 페레나는 즉시 그 사실을 간파하고 이렇게 고백했다.

"자네 말이 맞아. 아무래도 내 역량 밖의 일이었나 보군."

"그건 저도 마찬가지입니다, 대장."

"자네는… 자넨… 어제저녁에야 이 사건에 뛰어들었잖아."

"그건 대장도 마찬가지잖아요."

"그래, 나도 아네. 놈들은 벌써 몇 주 전부터 차곡차곡 음모를 꾸며왔을 텐데 우리는 어제저녁에서야 이 사실을 알았지…. 하지만 중요한 건 이들이 죽었다는 사실이네. 내가 현장에 있었는데도 말이야! 나, 이 아르센 뤼팽이 여기 있었네…. 내 눈앞에서 이 모든 일이 벌어졌는데도 난 아무것도 보지 못했어…. 아무것도… 어찌 이런 일이 가능하단 말인가?"

페레나는 이불을 들춰 가엾은 소년의 어깨를 드러내고는 팔위쪽에 있는 바늘 자국을 가리켰다.

"같은 자국이야…. 아버지한테서 발견된 것과 똑같은 자국이라고…. 이 아이도 고통 없이 죽은 모양이군. 가엾은 것! 원래 그다지 건강한 편은 아니었던 것 같은데…. 하긴 이제 와 무슨 상관인가…. 정말 잘생겼군…. 아! 이 애의 엄마는 또 얼마나 슬퍼할까!"

반장은 분노와 동정심을 억누르지 못해 눈물을 흘리며 중얼거렸다.

"젠장…! 빌어먹을!"

"마즈루, 이들을 위해 우리가 복수를 해줘야겠지?"

"당연한 말씀을 왜 하십니까, 대장? 두 번이고 세 번이고 기필코 복수해줘야 합니다."

"한 번이면 족하네, 마즈루. 하지만 그 한 번을 제대로 해내야겠지."

"아! 맹세합니다."

"그래, 맹세하자고. 이 두 사람의 원수를 갚아주겠다고 맹세하는 거야. 이폴리트 포빌과 그의 아들을 죽인 놈들이 응당한 죗값을 치를 때까지 절대 무기를 내려놓지 않겠다고 맹세하는 거지."

"제 영혼의 구원을 걸고 맹세합니다, 대장."

"좋아! 그럼 이제부터 시작일세. 자네는 지금 즉시 경찰청에 전화를 걸어 이 사실을 알리게. 틀림없이 데말리옹 청장도 곧바로 이 사실을 전달받고 싶어 할 거야. 이 사건은 청장의 최우선 관심사이니 말일세."

"만약 하인이 오면 어떡하지요? 포빌 부인이 오면요…?"

"우리가 문을 열지 않는 한 아무도 이 안에 들어오지 못하네. 그리고 우리는 경찰청장한테만 이 문을 열어줄 거고. 그럼 경찰청장이 직접 포빌 부인에게 미망인이 됐고, 더 이상 아들도 없다는 비보를 전하겠지. 자, 서두르게."

"잠깐만요, 대장. 우리에게는 결정적인 도움이 될 무언가가 있지 않습니까."

"그게 뭔가?"

"금고 속에 있는 회색 수첩 말입니다. 포빌 씨가 거기에다 자신을 겨냥한 음모에 대해 적어놓았잖아요."

"아! 그렇군, 자네 말이 맞아…. 게다가 자물쇠 번호도 그대로 고정돼 있고, 금고 열쇠가 매달려 있는 꾸러미도 테이블 위에 놓여 있어."

두 사람은 재빨리 아래층으로 내려갔다.

"제가 하겠습니다. 아무래도 정식 경찰인 제가 금고에 손을 대는 게 더 낫겠지요."

마즈루는 열쇠 꾸러미를 집어들고 유리 진열장을 밀쳐놓은 다음 금고에 열쇠를 꽂았다. 마즈루는 격양됐고, 돈 루이스는 그보다 더 흥분했다. 이제 드디어 베일에 싸인 이야기를 알게 될 것이다! 죽은 자가 직접 자신을 죽인 자의 비밀을 폭로할 것이다!

"이런, 왜 이렇게 오래 걸리나!"

돈 루이스가 투덜거렸다.

마즈루는 철제 선반 위에 수북이 쌓인 서류 더미 속에 두 손을 파묻고 있었다.

"자, 마즈루, 내게 주게."

"무엇을요?"

"회색 수첩 말일세."

"드릴 수 없게 됐어요, 대장."

"뭐라고?"

"사라졌습니다."

돈 루이스는 터져 나오려는 욕을 간신히 참았다. 분명 어제 포빌이 두 사람이 지켜보는 가운데 금고 속에 집어넣었던 그 회색 수첩이 밤새 감쪽같이 사라져버린 것이다!

마즈루가 고개를 절레절레 흔들었다.

"젠장! 그럼 놈들이 수첩의 존재를 이미 알고 있었던 걸까요?"

"당연하지! 아마 다른 것들도 훤히 꿰뚫고 있을 걸세. 이놈들을 붙잡으려면 아직 갈 길이 멀었어. 그러니 낭비할 시간이 없네. 지금 당장 전화하게."

마즈루는 즉각 페레나의 지시를 따랐다. 수화기 너머에서 경찰청장이 곧 회신을 줄 것이라는 대답이 들려왔다.

마즈루는 전화를 기다렸다.

몇 분 후, 방 안을 서성거리며 이런저런 물건을 살펴보던 페레나가 마즈루의 옆에 다가와 앉았다. 페레나는 수심에 찬 얼굴로 꽤 오랫동안 생각에 잠겼다. 그러다가 문득 과일 그릇에 시선을 고정한 채 중얼거렸다.

"여보게, 사과가 네 개였는데 지금은 세 개밖에 없네. 그럼 포빌이 사과를 한 개 먹었단 소리겠지?"

"그렇지요. 밤새 하나를 먹은 모양이네요."

"이상하군. 설익어서 먹지 않았잖아."

페레나는 또다시 입을 다문 채 탁자에 팔을 괴고 무언가를 골똘히 생각하다가 이내 고개를 들며 툭 내뱉었다.

"살인은 우리가 이 방에 들어오기 전, 그러니까 정확히 밤 12시 반에 저질러졌어."

"아니, 그걸 어떻게 아십니까, 대장?"

"한 명인지 여러 명인지는 모르겠지만 어쨌든 포빌을 죽인 살인범은 테이블 위에 놓인 물건을 건드리다가 포빌이 어제 그곳에 놓아둔 시계를 떨어뜨렸어. 놈이 즉시 시계를 제자리에 올려놓았지만, 떨어진 충격으로 시계가 멈춰버렸네. 그래서 이 시계가 여전히 이렇게 12시 반을 가리키고 있는 걸세."

"그렇다면 대장, 우리가 새벽 2시경에 이 방에 들어와 침대 옆에 앉았을 때는 이미 우리 옆에 시체가 있었다는 겁니까, 우리 위에도 시체가 있었고요?"

"그래."

"하지만 그 악마 같은 놈들이 대체 어디로 들어온 걸까요?"

"바로 정원으로 통하는 이 문으로 들어왔어. 쉬셰 대로와 연결된 철책 문을 지나서 말일세."

"그렇다면 그자들이 자물쇠와 빗장 열쇠를 모두 가지고 있었단 말이군요?"

"그래, 복사한 열쇠를 가지고 있었을 걸세."

"하지만 저택 밖에서도 경찰들이 보초를 서고 있었는데요?"

"형식적으로 보초를 섰겠지. 이리저리 서성거리기나 하고, 자신들이 등을 돌리고 있는 사이 누군가 정원으로 침입해 들어가리란 생각은 아예 하지도 않았던 거야. 범행을 저지른 후에도 놈은 그런 식으로 감쪽같이 빠져나갔겠지."

마즈루 형사는 얼빠진 표정을 짓고 있었다. 살인범의 대담함과 교묘함, 치밀한 행동에 그만 정신이 멍해졌던 것이다.

"대단한 놈들이네요."

마즈루가 말했다.

"그래, 맞아. 대단한 놈들이지, 마즈루. 치열한 싸움이 될 거야. 제기랄! 처음부터 엄청 세게 나오는군!"

그 순간 전화벨이 울렸다. 돈 루이스는 마즈루가 전화통화를 하도록 내버려 둔 채 열쇠 꾸러미를 집어들고 자물쇠와 빗장을 순식간에 푼 다음, 수사에 도움이 될 만한 흔적을 찾으러 정원으로 나갔다. 전날과 마찬가지로, 경찰관 두 명이 가로등 사이를 서성거리는 모습이 담쟁이덩굴 틈으로 보였다. 그들은 페레나가 있는 쪽은 쳐다보지도 않았다. 게다가 저택 안에서 무슨 일이 벌어지든 말든 도통 관심이 없는 듯했다.

'저게 바로 내가 저지른 큰 실수였어. 자신들의 임무가 얼마나 중요한지 알지도 못하는 작자들에게 애당초 이런 큰일을 맡기는 게 아니었어.'

페레나는 속으로 중얼거렸다.

정원을 살펴본 끝에 결국 자갈밭 위에서 발자국 몇 개를 발견할 수 있었다. 비록 신발 자국까지 파악할 수 있을 만큼 뚜렷한 흔적은 아니었지만, 그래도 페레나의 가설을 입증하기에는 충분했다. 즉 범인은 정원을 지나 내부로 침입했던 것이다.

불현듯 페레나의 얼굴이 환해졌다. 오솔길 가장자리에 있는 아담한 진달래 덤불 속에서 무언가 빨간 것이 눈에 띄었던 것이다.

페레나는 몸을 숙였다.

그건 사과였다. 과일 그릇에서 사라졌던 바로 그 네 번째 사과였다.

'그렇군. 이폴리트 포빌은 사과를 먹은 게 아니었어. 놈들 중 한 명이 이걸 슬쩍 들고 나간 거야…. 충동적이었겠지…. 갑자기 허기를 느꼈거나…. 그러다가 이걸 손에서 놓쳤고, 다시 찾을 시간이 없어서 그냥 가버린 거야.'

그렇게 생각한 후 페레나는 사과를 집어들고 자세히 관찰했다.

그러다가 문득 소스라치며 소리쳤다.

"맙소사! 어떻게 이럴 수가 있지?"

페레나는 받아들이기 어려운, 하지만 자신의 눈앞에 엄연한 현실로 나타난 그 상황을 이해하지 못한 채 멍하니 꼼짝하지 않고 서 있었다. 누군가 이 사과를 깨물었다, 하지만 먹기에는 너무 시었으리라. **그리고 사과에는 이빨 자국이 남아 있었다!**

"어떻게 이럴 수가 있지? 어찌 이토록 부주의한 짓을 저지를 수 있나? 자신이 사과를 떨어뜨린 사실조차 몰랐던 게 틀림없어…. 아니면 주위가 너무 어두워서 못 찾았거나."

페레나는 여전히 이해되지 않아 그럴듯한 이유를 찾으려고 부단히 애썼다. 하지만 명확한 사실이 눈앞에 있다. 사과의 붉고 얇은 껍질을 반원 형태로 파고든 두 줄의 이빨 자국은 심지어 과일 속살까지도 선명하고 균일한 형태로 남아 있었다. 위에 있는 여섯 개의 이빨 자국은 각각 선명하게 새겨져 있었고, 아래에 있는 이빨 자국은 하나의 곡선으로 뭉뚱그려져 있었다.

그 두 줄의 자국에서 눈을 떼지 못한 채 페레나가 중얼거렸다.

"호랑이 이빨이야…! 호랑이 이빨! 베로 형사의 초콜릿 조각에도 이빨 자국이 있었어! 어떻게 이런 우연이! 과연 우연이라고 치부해야 할까? 아니, 베로 형사가 명백한 증거라고 경찰청에 가져온 초콜릿을 깨문 사람과 이 과일을 깨문 사람은 동일인일 가능성이 높지 않겠어?"

페레나는 잠시 망설였다. 이 증거를 자신이 개별적으로 벌일 조사를 위해 남몰래 간직해야 할까, 아니면 사법 당국의 담당 조사팀에 넘겨 줘야 할까? 하지만 이 물건을 손에 쥐고 있자니 강한 혐오감과 거부감이 치밀어서 그대로 사과를 덤불 아래로 떨어뜨렸다.

그러고는 또다시 혼잣말을 중얼거렸다.

"호랑이 이빨이야…! 맹수의 이빨!"

페레나는 곧 작업실로 들어와 문을 닫고 빗장을 건 뒤 테이블 위에 열쇠 꾸러미를 올려놓았다. 그리고 마즈루에게 물었다.

"경찰청장과 통화는 했나?"

"예."

"온다고 하던가?"

"예."

"경찰서에 신고하라고 지시하지는 않던가?"

"아니요."

"모든 걸 자신의 두 눈으로 직접 확인해보려는 거겠지. 잘됐어! 그런데 치안국은? 검찰청은?"

"청장님께서 연락하셨습니다."

"왜 그러지, 알렉상드르? 억지로 대답하는 것 같군. 그리고 또 그건 뭔가? 왜 그렇게 이상한 표정으로 날 힐끗힐끗 쳐다보는 거야? 대체 무슨 일이야?"

"아무것도 아닙니다."

"그래. 아마도 이 사건 때문에 머릿속이 꽤 어지럽겠지. 그럴 만도 해. 경찰청장도 썩 유쾌한 기분은 아닐 거야…. 사실 좀 엄벙덤벙 내게 이 일을 맡겼잖아. 게다가 이제 곧 사람들이 왜 내가 여기에 있었는지 해명을 요구해올 테니…. 아! 그러고 보니 우리가 한 일에 대해서는 자네 혼자 모든 책임을 떠맡는 편이 나을 것 같네. 그렇지 않나? 그편이 자네에게도 훨씬 좋을 거야. 그러니 이제 자네가 전면에 나서는 거야. 내 존재는 최대한 가리고 말이야. 그리고 특히(하나 마나 한 잔소리겠지만) 지난밤 복도에서 자네가 잠시 눈을 붙인 사실을 털어놓는 바보 같은 짓거리를 해서는 절대 안 되네. 그럼 우선 질책을 받을 거고… 그다음은… 자네도 어찌 될지 알겠지…. 그러니 그렇게 하는 거야, 알겠나? 이제 갈라서는 일만 남았군. 만약 내 예상대로 경찰청장이 나를 찾으면 팔레 부르봉 광장에 있는 내 집으로 전화하라고 하게. 난 그곳에 있을 테니. 그럼 잘 있게. 경찰이 조사하는 동안 나까지 있을 필요는 없을 테니까. 내가 낄 자리가 아니지. 그럼 잘 있게, 친구."

그러고 나서 페레나는 복도 문을 향해 성큼성큼 발걸음을 옮겼다.

"잠깐만요!"

마즈루가 외쳤다.

"왜? 무슨 일인가…."

반장은 문 쪽으로 후다닥 뛰어가 페레나의 앞을 가로막았다.

"예, 잠깐만요…. 제 생각은 대장님 생각과 좀 다릅니다. 청장님이 오실 때까지 여기서 기다리시는 편이 훨씬 나을 것 같아요."

"하지만 난 자네 의견에는 그다지 관심이 없네."

"그러시겠지요. 하지만 어쨌든 지금은 못 나가십니다."

"뭐라고? 이런! 알렉상드르, 자네 무얼 잘못 먹었나?"

마즈루는 풀죽은 태도로 애원하다시피 말했다.

"제발요, 대장. 조금 기다리신다고 해서 딱히 손해볼 건 없잖아요. 청장님이 대장과 이야기하고 싶어 하는 건 지극히 당연한 일이라고요."

"아! 그러니까 청장이 시켜서 자네가 이러는 거로군…? 그렇다면 똑똑히 전하게, 친구. 난 청장의 명령에 따라 움직이는 사람이 아니라고 말이야. 제아무리 대통령이라도, 아니, 나폴레옹이라도 내 앞길을 가로막는다면… 이런, 젠장! 됐네. 당장 비키게."

"못 가십니다!"

마즈루는 양팔을 벌리며 단호한 목소리로 외쳤다.

"이건 또 무슨 괴상한 짓인가."

"절대 못 나가십니다."

"알렉상드르, 열까지 세겠네."

"백까지 세어보십시오. 아무리 그래도…."

"이런! 정말 끈질기게 구는군. 당장 비켜!"

페레나는 마즈루의 양어깨를 움켜잡고 한 바퀴 빙 돌린 다음 안락의자 쪽으로 확 밀쳐버렸다.

그러고는 문을 열었다.

"멈춰! 움직이면 쏜다!"

어느새 몸을 일으킨 마즈루가 냉정한 표정으로 권총을 겨누었다.

돈 루이스는 어안이 벙벙해져 우두커니 서 있었다. 협박 따위는 안중에도 없었다. 자신을 겨누고 있는 총구 역시 눈곱만큼도 두렵지 않았다. 하지만 대체 누가 무슨 조화를 부렸기에 자신의 옛 동료이자 열성적인 추종자이며 충실한 부하였던 마즈루가 감히 저런 행동을 하는 것일까?

"경찰청장의 지시겠지?"

"예."

반장이 불편한 마음에 안절부절못하며 중얼거렸다.

"자신이 도착할 때까지 날 붙잡고 있으라고?"

"예."

"내가 나가려고 하거든 날 막으라고?"

"예."

"무슨 수를 써서라도?"

"예."

"내 몸에 총알을 박아서라도 말이지?"

"예."

페레나는 잠시 생각에 잠기더니 진지한 목소리로 말했다.

"정말로 날 쏘려고 했나, 마즈루?"

반장은 고개를 떨구며 기어드는 목소리로 대답했다.

"예, 대장."

페레나는 분노라고는 전혀 찾아볼 수 없는, 애정이 듬뿍 담긴 시선으로 마즈루를 바라보았다. 자신의 옛 동료가 이토록 철저하게 본인의 의무를 다하고 명령에 순종하는 모습을 보고 있자니, 무언가 뜨거운 감정이 샘솟았던 것이다. 그 어떤 것도 이 투철한 의무감을 꺾을 수 없을 듯했다. 이 사내가 지금껏 자신의 주인에게 품어왔던 거의 동물적인 애정과 야생적인 경탄조차도 말이다.

"자네에게 화나지 않았네, 마즈루. 아니, 오히려 자네가 대견해. 하지만 경찰청장이 왜 그런 명령을 내렸는지는 내게 알려주길 바라네⋯."

반장은 아무런 대답도 하지 않았다. 하지만 마즈루의 눈동자에 고통의 빛이 역력히 스치자 돈 루이스는 단번에 상황을 알아차리고 소스라쳤다.

"이런⋯ 아니야. 말도 안 돼⋯. 어떻게 그런 생각을⋯. 마즈루, 자네도 날 범인이라고 생각하는 건가?"

페레나가 외쳤다.

"아! 저는요, 대장, 저는 대장을 저만큼이나 신뢰합니다⋯. 대장은 사람을 죽이지 않습니다⋯. 절대! 하지만 그래도 여러 정황상 우연히도 너무나⋯."

"정황이라⋯ 우연이라⋯."

돈 루이스는 상대의 말을 천천히 곱씹으며 되풀이했다.

페레나는 잠시 생각에 잠기더니 나지막한 목소리로 또박또박 끊어 말했다.

"그래⋯. 사실⋯ 자네 말도 꽤 일리가 있어⋯. 우연히도 모든 게 딱딱 맞아떨어지는군⋯. 어째서 그 생각을 못 했을까⋯? 나와 코스모 모닝톤은 이미 잘 아는 사이였지. 그리고 그의 유언장을 공개하기 바로 며칠 전에야 내가 파리에 도착했고. 게다가 난 기어코 굳이 여기서 야간 보초를 서겠다고 고집을 부렸지. 그리고 결국 포빌 부자가 죽음으로써 거액을 상속받을 입장이 됐어…. 게다가… 게다가… 제길, 그래, 모든 정황상 자네의 상관이 날 의심하는 건 너무나 당연하군! 그러니… 결국… 난… 맙소사! 난 끝장난 셈이야!"

"진정하세요, 대장,"

"난 끝장날 거라고, 친구. 자네 머리에 똑똑히 새겨두게…. 도둑이자 죄수였던 아르센 뤼팽이 끝장나는 게 아니야…. 아르센 뤼팽으로서의 난 난공불락이지…. 하지만 정직한 사내이자 포괄 상속인인 돈 루이스 페레나로서의 나는 끝장날 거야. 정말 답답한 노릇이군! 이제 날 감옥에 가두면 코스모와 베로 형사, 그리고 포빌 부자의 살인범은 누가 잡겠나?"

"진정하세요, 대장…."

"쉿, 조용히 하게…. 무슨 소리 안 들리나…."

자동차 한 대가 대로변에 멈춰 섰고, 그 뒤를 이어 또 다른 자동차 한 대가 도착했다. 분명 경찰청장과 검사들일 것이다.

돈 루이스는 마즈루의 팔을 붙잡고 말했다.

"이 상황을 벗어날 방법은 딱 한 가지뿐이네, 알렉상드르. 자네가 갔다는 말만 하지 말게."

"그렇게는 못 하겠습니다, 대장."

돈 루이스가 씩씩거리며 말했다.

"이런 멍청한 녀석! 어떻게 이렇게까지 아둔할 수가 있나! 자네를 보니 정직해지고 싶은 마음이 싹 달아날 정도야. 그래, 그럼 내가 무얼 어찌하면 좋겠나?"

"그러니까, 대장, 범인을 잡아주세요…."

"뭐라고! 갑자기 난데없이 왜 또 그 소리인가?"

이번에는 마즈루가 페레나의 팔을 붙잡고 절박하게 매달려서는 울먹거리는 목소리로 말했다.

"범인을 잡아주세요, 대장. 그러지 않으면 대장이 끝장날 겁니다…. 확실해요…. 청장이 제게 직접 말했어요. 법정에 세울 범인이 필요하다고요…. 당장 오늘 저녁에… 범인 한 명이 필요하다고 말이에요…. 그러니 범인을 잡는 일은 대장의 몫입니다."

"농담도 잘하는군, 알렉상드르."

"대장에게는 식은 죽 먹기 아닙니까. 마음만 먹으면 얼마든지 할 수 있잖아요."

"하지만 실오라기 같은 단서조차 없잖아, 이 멍청한 녀석아!"

"대장이 찾으실 겁니다…. 반드시 그러셔야 해요…. 제발 누구라도 잡아 넘기세요…. 대장이 잡히시면 전 너무 괴로울 거예요. 게다가 대장이 살인죄로 기소된다면…! 안 됩니다…. 안 돼요…. 제발 범인을 잡아서 경찰에 넘기세요…. 아직 한나절의 시간이 있습니다…. 그리고 뤼팽은 이보다 더 어려운 일도 해냈고요!"

마즈루는 우스꽝스러울 정도로 일그러진 얼굴로 눈물을 흘리고 손을 비틀며 더듬거렸다. 자신의 주인을 향해 성큼성큼 다가오는 위험 앞에서 이토록 괴로워하고 두려워하는 모습을 보고 있자니, 정말이지 가슴이 뭉클해질 수밖에 없었다.

데말리옹의 목소리가 복도 끝에 걸린 양탄자를 뚫고 저택 현관에서부터 들려왔다. 곧이어 분명 경찰들이 타고 있을 세 번째, 네 번째 자동차가 대로변에 멈춰 섰다.

저택은 이제 물샐틈없이 포위됐다.

페레나는 아무 말도 하지 않았다.

마즈루는 그 곁에서 초조한 얼굴로 애원의 눈길을 보내고 있었다.

그렇게 몇 초가 흘렀다.

마침내 페레나가 침착하게 입을 열었다.

"알렉상드르, 곰곰이 생각해봤는데 자네가 상황을 제대로 본 것 같네. 자네가 그토록 우려하는 데에는 그럴 만한 근거가 충분히 있어. 만약 내가 몇 시간 안에 이폴리트 포빌과 그의 아들을 죽인 범인을 사법 당국에 넘기지 않는다면 오늘 4월 1일 목요일 밤, 축축한 감방 짚더미 위에서 잠을 자게 될 사람은 바로 나, 돈 루이스 페레나일 걸세."

3
불투명한 터키석

경찰청장이 수수께끼 같은 이중 연쇄살인 사건이 벌어진 작업실로 들어선 때는 대략 오전 9시경이었다.

경찰청장은 돈 루이스에게 인사조차 건네지 않았다. 만약 치안국장이 난데없이 자리를 차지하고 있는 이 사내의 역할에 대해 짧은 몇 마디로 설명해주지 않았더라면, 경찰청장을 쫓아온 사법관들은 그저 사내를 마즈루 반장의 조수쯤으로 생각했을 것이다.

데말리옹은 시신 두 구를 간단히 살펴본 다음 마즈루에게서 대략적인 설명을 들었다.

그런 다음 다시 현관으로 가서 2층에 있는 거실로 올라갔다. 그러자 경찰청장의 방문을 미리 통보받은 포빌 부인이 곧바로 맞이했다.

복도에서 꼼짝 않고 서 있던 페레나도 슬그머니 현관으로 가보았다. 벌써 범행 사실을 전해 들은 하인들이 사방으로 분주히 돌아다니고 있었다. 페레나는 계단 몇 개를 내려가 정문과 통하는 1층 층계참으로 다가갔다.

그곳에는 사내 두 명이 버티고 서 있었다. 그중 한 사내가 말했다.

"못 지나가십니다."

"하지만…."

"못 지나가십니다…. 상부의 지시를 받았습니다."

"지시라? 그래, 대체 누구의 지시를 받았습니까?"

"청장님이 직접 지시하셨습니다."

"이거 제대로 걸렸군."

페레나가 웃으며 말했다.

"여봐요, 밤새 보초를 섰더니 배가 고파 죽을 것 같습니다. 간단히 요기할 방도가 없겠습니까?"

두 경찰관은 서로 눈빛을 교환하더니 곧 그중 한 명이 실베스트르를 손짓으로 불러 몇 마디를 전했다. 그러자 실베스트르는 곧장 부엌으로 가서 크루아상 하나를 가져왔다.

돈 루이스는 감사의 인사를 전한 뒤 돌아서며 속으로 중얼거렸다.

'좋아, 이제 확실해졌어. 난 포위당한 거야. 그걸 확인하고 싶었지. 그런데 데말리옹 청장은 그다지 논리적인 사람은 아닌 것 같군. 만약 아르센 뤼팽을 이곳에 붙잡아두려 한다면 저 장정들을 모두 합쳐도 어림없을 테고, 그게 아니라 돈 루이스 페레나를 묶어두려 하는 거라면 굳이 저렇게 많은 사람을 생고생시킬 필요는 없을 텐데 말이야. 페레나가 여기서 나간다면 그 즉시 코스모의 유산은 만져볼 기회도 없이 홀연히 사라지는데, 여기서 나가긴 왜 나가겠어. 그러니 난 이곳에 얌전히 앉아 있

을 거야.'

그 말 그대로, 페레나는 다시 복도에 있는 자신의 의자로 돌아와 잠자코 상황을 지켜보았다.

마침 작업실 문이 열려 있어서 사법관들이 조사를 진행하는 과정을 엿볼 수 있었다. 법의학자는 시신 두 구를 대상으로 1차 조사를 했고, 즉시 페레나가 전날 밤 베로 형사의 시신에서 발견한 것과 똑같은 독살 흔적을 확인했다. 그런 다음 경찰관들이 시신을 들어서 저택 3층에 나란히 붙어 있는, 부자의 본디 침실로 옮겼다.

곧이어 경찰청장이 아래층으로 내려왔고, 그가 사법관들에 털어놓는 이야기가 돈 루이스의 귀에까지 또렷이 들려왔다.

"부인이 너무 불쌍해요! 처음에는 좀처럼 받아들이려 하지 않더군요⋯. 그러다 결국 상황을 깨닫고는 그대로 바닥에 쓰러지고 말았습니다. 생각해보세요, 제정신일 수가 있나! 남편과 아들이 동시에 생죽음을 당했으니⋯. 정말 안됐어!"

그다음부터 페레나는 아무것도 볼 수 없었고, 어떤 소리도 들을 수 없었다. 작업실 문이 닫혔다. 아마도 그런 다음 경찰청장이 바깥에서, 즉 정원과 정문 사이를 오가면서 자신의 부하들에게 명령을 내린 것이 분명했다. 곧바로 경찰 두 명이 현관으로 와서 복도 출구에 걸려 있는 양탄자 좌우에 각각 버티고 섰으니 말이다.

'한 가지 사실만은 분명하군. 상황이 유리하지 않게 흘러가고 있어. 알렉상드르가 얼마나 걱정하고 있을까! 아! 속을 까맣게 태우고 있을 거야!'

정오가 되자 실베스트르가 쟁반에 먹을 것을 담아왔다.

그리고 또다시 길고 힘든 기다림의 시간이 시작됐다.

얼마 지나지 않아 점심 때문에 잠시 중단됐던 수사가 작업실과 저택 안에서 동시에 재개됐다. 사방에서 사람들이 분주히 오가는 소리와 웅성거리는 소리가 들려왔다. 결국 피로와 권태에 지친 페레나는 안락의자 등받이에 몸을 젖힌 채 까무룩 잠이 들었다.

마즈루 반장이 페레나를 깨웠을 때는 이미 오후 4시였다. 마즈루는 페레나를 작업실로 데리고 가며 나지막이 속삭였다.

"저기, 알아내셨습니까?"

"무얼?"

"범인 말입니다."

"물론이지! 원체 가소로울 정도로 쉬운 일이니."

마즈루는 농담을 전혀 이해하지 못하고 얼굴에 화색을 띤 채 말했다.

"아! 다행이군요. 하마터면 대장이 말한 대로 끝장날 뻔했어요."

돈 루이스는 작업실 안으로 들어갔다. 그 안에는 검사와 예심판사, 치안국장과 담당 경찰서장, 형사 두 명과 제복을 입은 경찰관 세 명이 모여 있었다.

바깥쪽 쉬셰 대로는 왁자지껄 떠드는 소리로 소란스러웠다. 경찰청장의 지시를 받고 경찰서장과 경찰관 세 명이 군중을 해산시키러 밖으로 나서는 순간, 신문팔이 소년이 쉰 목소리로 외치는 소리가 들려왔다.

"쉬셰 대로의 이중 살인 사건! 베로 형사의 죽음에 얽힌 미스터리! 혼란에 빠진 경찰!"

그리고 다시 문이 닫히자 방에는 침묵이 감돌았다.

돈 루이스는 싸늘한 분위기를 감지하고 속으로 중얼거렸다.

'마즈루 말이 옳았어. 진범을 찾지 못하면 나를 법정에 세우기로 단단히 작심한 분위기야. 신문을 받는 동안 정신을 바짝 차려서 단서를 찾아내야 해. 베일에 싸인 범인의 정체를 저들에게 알려주지 않는다면, 저들은 분명 오늘 저녁 대중에게 나를 먹잇감으로 던져줄 거야. 그러니 정신 바짝 차려, 뤼팽!'

돈 루이스는 이제 곧 벌어질 거대한 전투의 전운을 느끼며 묘한 설렘으로 몸을 떨었다. 실제로 이 사건은 뤼팽의 기억 속에 오랫동안 각인될, 뤼팽이 치렀던 아주 치열한 전투 중 하나로 남았다. 뤼팽은 경찰청장의 명성과 노련함, 끈기를 잘 알았다. 그리고 경찰청장이 중요한 신문을 맡을 때면 얼마나 큰 희열을 느끼는지, 판사의 소관으로 넘기기 전 자신이 직접 나서서 얼마나 강하게 신문을 밀고 나가는지도 익히 잘 알았다. 또한 치안국장의 특출한 전문적 능력, 예심판사의 뛰어난 통찰력과 추리력에 대해서도 이미 파악하고 있었다.

역시나 경찰청장이 직접 나서서 공격을 지휘했다. 경찰청장은 예전의 그 호감 어린 말투를 말끔히 거둔, 무척이나 무뚝뚝한 목소리로 단호하게 신문을 진행했다. 태도 역시 한결 뻣뻣해서 전날 돈 루이스에게 깊은 인상을 남겼던 특유의 사람 좋은 모습은 좀처럼 찾아볼 수 없었다.

경찰청장이 입을 열었다.

"선생, 당신은 코스모 모닝톤 씨의 포괄 유산 상속자이자 대리인이고, 당신이 이 저택 1층에서 밤을 보내는 동안 이곳에서 이중 살인이 벌어졌습니다. 이러한 정황이 있으니 우리는 지난밤 벌어졌던 여러 일에 관해 당신의 구체적인 진술을 듣고 싶습니다."

"다시 말해, 청장님."

페레나가 즉각 반격에 나섰다.

"제가 이곳에서 밤샐 수 있도록 청장님이 허락하셔서 형성된 정황 때문에, 제 진술과 마즈루 반장의 진술이 서로 일치하는지 알고 싶으시다는 말씀이군요."

"그렇습니다."

경찰청장이 대답했다.

"그렇다면 결국 제가 했던 일련의 일들이 의심스럽단 뜻입니까?"

데말리옹은 주춤거리며 돈 루이스를 뚫어지게 바라보았다. 분명 상대의 한없이 정직한 눈빛에 마음이 흔들린 듯했다. 하지만 이내 퉁명스러운 어조로 단호한 대답을 내놓았다.

"당신은 내게 질문할 권리가 없습니다, 선생."

돈 루이스는 깍듯하게 고개를 숙였다.

"지시대로 하겠습니다, 경찰청장님."

"당신이 알고 있는 걸 모두 이야기해주십시오."

즉시 돈 루이스는 사건의 진행 과정을 자세히 진술했다. 모든 이야기를 들은 데말리옹은 잠시 생각에 잠기더니 마침내 이렇게 말했다.

"좀 더 명확하게 알고 싶은 부분이 있습니다. 당신이 오늘 새벽 2시 반에 이 방에 들어와서 포빌 씨 옆에 자리를 잡고 앉았을 때, 그가 이미 죽었다는 사실을 알아챌 어떠한 단서도 발견하지 못했습니까?"

"전혀요, 청장님…. 그랬다면 저와 마즈루 반장이 그 즉시 경보를 발령했겠지요."

"정원 문은 닫혀 있었습니까?"

"단단히 잠겨 있었습니다. 아침 7시에 우리가 직접 그 문을 열었거든요."

"어떻게 열었습니까?"

"열쇠 꾸러미가 방 안에 있었습니다."

"그렇다면 외부 침입자들은 대체 어떻게 그 문을 열 수 있었을까요?"

"복사한 열쇠로 열었을 겁니다."

"그 주장을 뒷받침할 만한 증거가 있습니까?"

"없습니다, 청장님."

"그렇다면 그 증거를 찾기 전까지는 그 문은 외부에서 열 수 없으며, 따라서 범인은 내부에 있었다고 생각할 수밖에 없겠군요."

"하지만 청장님, 안에는 저와 마즈루 반장밖에 없었습니다."

순간 침묵이 흘렀다. 침묵의 의미는 명백했다. 그리고 뒤이어 데말리옹 청장의 입에서 흘러나온 말은 침묵의 의미를 한결 더 대놓고 드러냈다.

"밤사이 잠을 자지는 않았겠지요?"

"아니요, 막판에 좀 자기는 했습니다."

"그렇다면 그전에 복도에 있었을 때는 잠을 자지 않은 겁니까?"

"예, 안 잤습니다."

"그렇다면 마즈루는 어땠습니까?

돈 루이스는 잠시 머뭇거렸다. 하지만 그 정직하고 올곧은 마즈루가 자신의 양심을 저버리는 행동을 했을 리가 있겠는가?

마침내 돈 루이스가 대답했다.

"마즈루 반장은 안락의자에서 잠이 들었고, 두 시간 후 포빌 부인이 귀가했을 때 깨어났습니다."

또다시 침묵이 흘렀다. 그리고 그 침묵의 의미는 분명 다음과 같을 것이다.

'그러니까 마즈루가 잠을 자고 있던 그 두 시간 동안, 당신이 문을 열고 포빌 부자를 살해했을 가능성이 충분하군요.'

신문은 페레나가 예상했던 그대로 흘러갔다. 페레나를 표적으로 포위망이 점점 좁혀왔던 것이다. 적들은 경탄스러울 만큼 의욕적이고 논리적으로 전투를 이끌어갔다.

'제길! 무고한 사람이 스스로 변호하는 일이 이렇게 힘든 건 줄 몰랐어! 내 오른쪽 날개와 왼쪽 날개가 모두 꺾인 셈인데, 과연 이 상태로 저 거센 공격을 견뎌낼 수 있을까?'

데말리옹은 예심판사와 무언가를 의논한 다음 이 같은 질문으로 신문을 재개했다.

"어젯밤 포빌 씨가 당신과 마즈루 반장 앞에서 금고를 열었을 때, 그 안에 무엇이 들어 있었습니까?"

"한 선반 위에 서류 뭉치가 수북이 쌓여 있었고, 그 서류 뭉치 속에 회색 수첩 한 권이 있었습니다. 일이 벌어지고 확인해 보니 이미 사라지고 없더군요."

"혹시 서류에 손을 대지는 않았습니까?"

"서류는커녕 금고도 만지지 않았습니다. 아마도 이미 전해 들으셨겠지만, 마즈루 반장은 수사 원칙을 따르고자 그 일에서 저를 일체 배제했습니다."

"그렇다면 당신과 금고 사이에 어떠한 접촉도 없었다는 이야기입니까?"

"전혀요."

데말리옹은 고개를 끄덕이며 예심판사를 쳐다보았다. 페레나는 혹시 이 질문에 함정이 들어 있는 건가 싶어 마즈루를 힐끗 쳐다보았다. 한눈에 그 답을 알 수 있었다. 마즈루의 얼굴이 하얗게 질려 있었던 것이다.

데말리옹은 아랑곳하지 않고 신문을 이어갔다.

"선생, 당신 역시 몇 번의 범죄 수사를 진행하셨습니다. 그러니 이제 저는 역량을 발휘하려는 사립 탐정 한 명을 상대한다는 생각으로 어떤 질문을 던져보려고 합니다."

"최선을 다해보겠습니다, 청장님."

"제 질문은 이겁니다. 그 금고 속에 보석 하나가… 예를 들면 넥타이핀에서 떨어져 나온 보석 하나가 들어 있다고 칩시다. 그런데 그 반짝거리는 보석이 이 저택 안에서 지난밤을 보냈던, 우리 모두 잘 아는 누군가의 넥타이핀에서 떨어져 나온 게 분명하다면 당신은 이 우연찮은 상황을 통해 어떠한 결론을 내리시겠습니까?"

'이거군, 이게 함정이었어. 분명 금고 속에서 무언가를 발견하고는 그 물건을 내 것이라고 여기고 있는 거야. 맙소사! 그런데 난 분명 금고를 만지지 않았으니까, 누군가 모함하기 위해 내 물건을 훔쳐다가 금고 속에 놓아두었다고 가정해야 해. 그런데 그런 일은 불가능해. 나는 겨우 어제부터 이 사건에 뛰어들었고 개미 새끼 한 마리 보이지 않았던 지난밤, 그 짧은 시간을 이용해 놈들이 그런 복잡한 술책을 꾸몄을 리는 없을 테니까. 그러니….'

경찰청장이 재촉하는 바람에 마음속 독백은 여기서 끊겼다.

"그래, 당신의 견해는 어떻습니까?"

"청장님, 저택에 머물렀던 그 사람과 두 건의 살인 사건 사이에는 필시 밀접한 연관이 있을 겁니다."

"그렇다면 우리에게는 그 사람을 의심할 권리가 있는 거군요?"

"그렇습니다."

"그것이 당신의 견해입니까?"

"분명한 제 견해입니다."

데말리옹은 호주머니에서 실크 포장지를 꺼내 펼친 후 그 안에 담겨 있는 푸른색 작은 보석을 두 손가락으로 집어들어 페레나에게 보여주었다.

"이게 바로 우리가 금고 속에서 발견한 터키석입니다. 틀림

없이 당신이 검지에 끼고 있는 그 반지에서 떨어져 나온 것이
지요."

불쑥 화가 치밀었다. 돈 루이스는 이를 꽉 깨문 채 분통을 터
트렸다.

"이런! 교활한 놈들! 꽤 강적이군…! 하지만 어떻게 이런 일
이…."

돈 루이스는 자신의 반지를 살펴보았다. 중앙에는 불투명하
고 흐릿한 터키석이 큼지막하게 박혀 있었고, 그 주위에는 역
시나 흐릿한 빛깔을 지닌 작은 터키석들이 불규칙하게 원을 그
리며 박혀 있었다. 그런데 그중 한 알이 빠져 있었다. 데말리옹
이 쥐고 있던 보석을 그 자리에 대보니 정확하게 딱 들어맞았
다.

"이제 무어라 말씀하시겠습니까?"

"이 터키석은 제 반지에서 떨어져 나온 게 틀림없다고 말씀
드려야겠지요. 제가 코스모 모닝톤을 처음 구해주었을 때 그가
내게 준 바로 이 반지에서 말입니다."

"그럼 우리는 의견 일치를 본 겁니까?"

"예, 청장님. 청장님 의견에 동의합니다."

돈 루이스 페레나는 생각에 잠긴 채 방 안을 서성거리기 시
작했다. 치안국 소속 형사들이 슬그머니 문 쪽으로 갔다. 체포
는 이미 예정된 일이었다. 이제 데말리옹 청장이 입만 열면 마
즈루는 꼼짝없이 자기 대장의 멱살을 잡아야만 할 판이었다.

돈 루이스는 또다시 자신의 옛 동료를 힐끗 쳐다보았다. 마
즈루는 슬며시 애원의 신호를 보냈는데, 마치 이렇게 이야기하

는 듯했다.

'이런, 무얼 망설이시는 겁니까? 빨리 범인을 넘기세요. 바로 지금이 기회예요.'

돈 루이스는 미소를 지었다.

"뭐요?"

경찰청장이 물었다. 신문 초반부터 마지못해 상대에게 갖춘 정중함이 싹 사라진 말투였다.

"뭐냐 하면요…. 그게 말이지요…."

페레나는 의자 등받이를 잡고 한 바퀴 빙그르르 돌린 다음 걸터앉더니 한마디를 툭 내뱉었다.

"이야기나 좀 합시다."

페레나의 말과 행동이 워낙 단호해서 경찰청장은 적잖이 당황한 표정으로 중얼거렸다.

"글쎄요, 굳이 왜 그래야 하는지…."

"곧 알게 되실 겁니다, 경찰청장님."

페레나는 말 한마디 한마디에 힘을 주면서 느릿한 목소리로 이야기를 풀기 시작했다.

"청장님, 지금의 상황은 지극히 명료합니다. 청장님이 어제 저녁 제게 이 사건을 조사하도록 허락하셨으니, 그에 대한 책임도 청장님이 전적으로 지셔야 할 입장일 겁니다. 그러니 어떻게든 당장 범인이 필요하겠지요. 그 범인은 다름 아닌 바로 저로 내정돼 있고요. 그 증거로는 이곳에 제가 있었다는 사실, 문이 안에서 잠겨 있었다는 사실, 마즈루 반장이 범행이 벌어지는 동안 자고 있었다는 사실, 그리고 금고 안에서 이 터키석

불투명한 터키석   113

이 발견됐다는 사실 등이 있습니다. 압도적인 증거들이지요. 예, 인정합니다. 거기다 포빌 부자가 사라지는 게 저한테 엄청난 이득이라는 끔찍한 가정까지 덧붙일 수 있지요. 코스모 모닝톤의 상속자가 존재하지 않는다면 제가 그 2억 프랑을 상속받게 될 테니까요. 완벽합니다. 이제 청장님을 따라 유치장으로 가는 일만 남은 셈이지요…. 아니면….”

“아니면?”

“범인을 찾아 청장님 손에 넘겨 주든가요. 물론 진범을 말입니다.”

경찰청장은 냉소하며 시계를 꺼내 들었다.

“이렇게 기다리고 있습니다.”

“한 시간 내로 해결될 일입니다, 청장님. 제게 재량권만 주시면 그 정도 시간이면 충분하지요. 진실을 추구하는 일인데 약간의 인내는 감수해야 하지 않겠습니까.”

페레나가 말했다.

“기다리고 있다고 하지 않았습니까.”

데말리옹은 같은 말을 되풀이했다.

“마즈루 반장, 실베스트르 씨에게 가서 청장님이 좀 보자고 하신다고 전해주게.”

데말리옹의 신호가 떨어지자 마즈루는 곧장 방을 나섰다.

돈 루이스는 설명하기 시작했다.

“청장님, 청장님 눈에는 이 터키석이 지극히 중대한 증거로 보이겠지만, 제 눈에는 한없이 중요한 단서로 보입니다. 이제 그 이유를 말씀드리지요. 이 터키석은 틀림없이 어젯밤 제 반지에서 떨어져 나가 양탄자 위를 굴러다녔을 겁니다. 그런데 이 터키석이 떨어져 나가는 걸 목격하고 바닥에서 줍고 새로운 적인 나를 모함에 빠뜨리려고 금고 속에 슬쩍 집어넣을 수 있었던 사람은 단 네 명뿐입니다. 그중 한 명은 바로 청장님의 부하인 마즈루 반장이니… 그냥 넘어갑시다. 두 번째 인물은 죽었습니다. 포빌 씨지요…. 역시 그냥 넘어가야겠지요. 세 번째 인물은 하인인 실베스트르입니다. 그래서 그에게 몇 가지 질문을 하려고 합니다. 금방 끝날 겁니다."

실베스트르를 상대로 한 신문은 실제로 금방 끝났다. 실베스트르는 포빌 부인이 도착해 문을 열어주기 전까지 하녀 한 명을 비롯해 다른 하인과 함께 카드 게임을 하느라 부엌을 한 발짝도 벗어나지 않았다는 알리바이를 입증해냈다.

"알겠습니다, 한 가지만 더 묻겠습니다. 오늘 아침 신문에서 베로 형사의 사망 관련 기사와 그의 사진을 보았습니까?"

"그렇습니다."

"베로 형사를 아십니까?"

"아니요."

"하지만 아마도 어제 아침에 베로 형사가 이곳에 왔을 텐데요."

"전 모르는 일입니다. 포빌 씨는 종종 정원 문을 통해 손님을 맞이하곤 했거든요. 그럴 때면 본인이 직접 문을 열어줬습니다."

"달리 진술할 내용은 없습니까?"

"없습니다."

"그럼 포빌 부인에게 가서 경찰청장님께서 긴히 하실 말씀이 있다고 좀 전해주십시오."

실베스트르는 자리에서 물러났다.

예심판사와 검사는 깜짝 놀라서 급히 이야기를 나누려고 서로에게 다가갔다.

경찰청장도 소리를 질렀다.

"세상에! 선생, 설마하니 포빌 부인이 이 사건에 개입돼 있다고 주장하려는 건…."

"청장님, 포빌 부인은 터키석이 떨어져 나간 걸 목격할 수 있었던 네 번째 사람입니다."

"그래서요? 실질적인 증거도 없이 어떻게 감히 한 남자의 아내가 남편을 죽이고, 한 아이의 엄마가 자식을 죽였다고 추측할 수 있단 말입니까?"

"전 그렇게 추측한 적 없습니다, 청장님."

"그럼 대체 뭐예요?"

돈 루이스는 아무 대답도 하지 않았다. 데말리옹은 치솟는 짜증을 감추지 못했다. 하지만 이내 이렇게 말했다.

"좋습니다. 하지만 당신은 부인에게 아무 말도 하지 마십시오. 그래, 내가 포빌 부인에게 무슨 질문을 하면 됩니까?"

"이것만 알아보십시오, 청장님. 포빌 부인이 자기 남편 이외에 다른 루셀 자매의 후손을 알고 있는지 말입니다."

"그걸 왜 알려고 하는 겁니까?"

"만약 다른 후손이 존재한다면 거액의 유산을 상속받을 사람은 내가 아니고 그 사람일 겁니다. 그러니 포빌 부자가 사라지면 커다란 이익을 챙길 입장에 있는 사람도 내가 아니라 그 사람인 거지요."

"그렇군…. 꽤 일리 있어요…. 그래도 이 새로운 가설을 입증할 만한…."

그 순간 포빌 부인이 방으로 들어섰다. 울어서 눈꺼풀이 빨개지고 두 볼도 푸석했지만 여전히 우아하고 매력적인 얼굴이었다. 하지만 포빌 부인의 두 눈동자는 공포에 질려 있었고, 끔찍한 사건이 머리를 가득 채워서인지 매력적이었던 걸음걸이와 몸짓은 안쓰러울 정도로 열뜨고 불안정해 보였다.

경찰청장은 지극히 정중한 태도로 그녀에게 말을 건넸다.

"우선 좀 앉으십시오, 부인. 힘든 마음을 또다시 어지럽히는 듯해 정말 송구합니다. 하지만 시간도 촉박하고, 부인께서 아끼시는 두 분을 위해 어떻게든 즉시 복수하고 싶기에 이렇게 무리해서 부인을 뵙자고 청했습니다."

여자의 아름다운 두 눈동자에서 하염없이 눈물이 흘러내렸다. 포빌 부인은 흐느끼며 힘겹게 입을 열었다.

"경찰청장님, 수사에 도움이 된다면야…."

"예. 그저 몇 가지 알고 싶은 점이 있습니다. 부군의 모친께서는 이미 돌아가셨지요?"

"예, 청장님."

"생테티엔 출신이시고 처녀 때 이름은 루셀이고요?"

"예."

"엘리자벳 루셀, 맞습니까?"

"맞습니다."

"부군께는 다른 형제가 있었습니까?"

"전혀요."

"그렇다면 엘리자벳 루셀의 후손은 이제 없는 거군요?"

"예."

"그렇군요. 그런데 엘리자벳 루셀에게는 자매가 두 명 있었지요?"

"예."

"장녀인 에르믈린 루셀은 이민을 떠난 후 소식이 끊긴 걸로 압니다. 그렇다면 동생은?"

"그분의 이름은 아르망드 루셀입니다. 제 어머니이지요."

"예? 뭐라고요?"

"제 어머니의 처녀 때 이름이 아르망드 루셀이라고 했습니다. 그러니까 전 엘리자벳 루셀의 아들, 즉 제 사촌과 결혼했지요."

정말이지 극적인 반전이었다.

요컨대, 엘리자벳 루셀의 직계 후손인 이폴리트 포빌과 에드몽이 사망함으로써 코스모 모닝턴의 유산은 아르망드 루셀 집안으로 넘어가게 됐는데, 이 아르망드 루셀 집안을 대표하는 인물이 지금까지 밝혀진 바로는 이 포빌 부인인 것이다!

경찰청장과 예심판사는 눈빛을 교환한 다음 반사적으로 돈 루이스를 향해 몸을 돌렸다. 하지만 돈 루이스는 아무런 미동도 없이 조용히 앉아 있었다.

경찰청장이 물었다.

"혹시 형제나 자매가 있습니까, 부인?"

"아니요, 청장님. 전 혼자입니다."

혼자라! 그렇다면 이제 남편과 아들이 죽음으로써 코스모 모닝톤의 막대한 유산을 홀로 상속받으리라는 사실이 명확해진 셈이다.

악몽 같은 끔찍한 생각이 사법관들의 마음을 짓눌렀다. 정말이지, 차마 입 밖으로 꺼낼 수도 없는 생각이었다. 지금 눈앞에 있는 저 여자는 다름 아닌 에드몽 포빌의 엄마가 아니던가! 데말리옹은 다시 페레나의 표정을 유심히 살펴보았다. 페레나는 종이 위에 몇 글자를 적더니 데말리옹에게 건넸다.

전날 페레나에게 보여줬던 그 정중한 태도를 조금씩 되찾기 시작한 경찰청장은 종이 위에 적힌 글을 읽고 잠시 생각에 잠기더니 이내 포빌 부인에게 물었다.

"아드님이 몇 살이었습니까?"

"열일곱 살이요."

"부인께선 무척 젊어 보이시는데…."

"에드몽은 제 친아들이 아니에요. 의붓아들이지요. 제 남편과 죽은 전처 사이에서 난 아들입니다."

"아…! 그러니까 에드몽 포빌이…."

경찰청장은 중얼거리다가 차마 말끝을 맺지 못했다.

불과 2분 만에 상황이 완전히 역전되었다. 사법관들의 눈에 이제 더 이상 포빌 부인은 가여운 미망인이나 공격해서는 안 될 자식 잃은 어미가 아니었다. 여자는 별안간 신문을 받아야 할 용의자로 전락한 것이다. 제아무리 포빌 부인에게 호의를 품고 있다고 해도, 제아무리 이 여자의 아름다움에 마음이 끌린다고 해도, 이제 사법관들은 이런저런 이유로(단지 거액의 유산을 독차지하려는 심산이었을 수도 있고) 이 여자가 광기에 사로잡혀 남편과 의붓아들을 살해했을 가능성을 염두에 두지 않을 수 없었다. 여하튼 풀어야 할 문제가 눈앞에 떨어진 것만은 분명했다.

경찰청장은 질문을 이어갔다.

"이 터키석을 본 적이 있습니까?"

여자는 보석을 건네받고는 전혀 동요하는 기색 없이 찬찬히 살펴보았다.

"아니요. 제게는 걸지 않고 보관만 하는 터키석 목걸이가 하나 있긴 한데, 거기에 박힌 터키석은 이것보다 훨씬 크고 모양도 훨씬 고르거든요."

"어제 이것을 금고 안에서 발견했습니다. 우리가 알고 있는 어떤 사람의 반지에서 떨어져 나온 것이지요."

데말리옹이 말했다.

"그렇다면 그 사람을 찾아내야지요!"

여자가 흥분하며 외쳤다.

"지금 여기에 있습니다."

경찰청장이 돈 루이스를 가리키며 말했다. 그제야 구석에서 잠자코 있던 페레나의 모습이 포빌 부인의 눈에 들어왔다.

포빌 부인은 페레나를 보더니 크게 동요하여 진저리를 치며 소리쳤다.

"저분은 어젯밤에 이곳에 있었어요! 남편과 이야기를 나누고 있었는데… 이분도 함께였어요."

여자는 마즈루 반장을 지목하고 나서 말을 이었다.

"이 사람들을 조사해봐야 해요. 무슨 이유로 남편을 찾아온 건지 알아봐야 한다고요. 그 터키석이 이 두 사람 중 한 명의 것이라면 더더구나…."

이 비방의 말 속에 담긴 뜻은 명료했다. 하지만 어찌나 태도가 서툴던지! 그 어색한 태도는 자연스레 페레나의 다음과 같은 주장에 무게를 실어주었다.

이 터키석은 어젯밤 저를 보고 누명을 씌우겠다고 작정한 누군가가 주운 것입니다. 그런데 포빌 씨와 반장을 제외하면 단지 두 명만이 저를 보았습니다. 하인 실베스트르와 포빌 부인이 바로 그 두 사람입니다. 실베스트르는 혐의를 벗었으니 저는 포빌 부인이 금고 안에 터키석을 넣었다고 확신하는 바입니다.

데말리옹은 다시 말을 이었다.

"그 터키석 목걸이를 좀 볼 수 있을까요, 부인?"

"물론이에요. 제 거울 장롱 속에 다른 보석들과 함께 넣어뒀어요. 당장 가져올게요."

"그러실 필요 없습니다, 부인. 아마도 부인의 하녀가 그 장소를 알고 있겠지요?"

"물론이지요."

"그렇다면 마즈루 반장이 하녀에게 가서 일을 처리하고 올 겁니다."

마즈루가 자리를 비운 몇 분 동안 어떠한 말도 오가지 않았다. 포빌 부인은 고통에 휩싸여 있는 듯했다. 데말리옹 청장은 포빌 부인에게서 눈을 떼지 않았다.

마침내 반장이 돌아왔다. 손에는 귀금속과 보석이 가득 들어 있는 커다란 상자 하나가 들려 있었다.

터키석 목걸이를 발견한 데말리옹 청장은 찬찬히 그 물건을 살펴보았다. 과연 부인이 말한 그대로 금고 속에서 발견된 것과는 전혀 다른 모양의 터키석이 박혀 있는 데다 단 한 군데도 알이 빠진 곳이 없었다.

그러나 파란색 보석이 박힌 왕관 모양의 장신구를 꺼내려고 그 양옆에 있는 보석을 살짝 헤치는 순간, 데말리옹 청장은 놀라서 주춤거렸다.

"여기 있는 이 두 개의 열쇠는 무엇입니까?"

데말리옹은 정원 쪽으로 통하는 문에 걸려 있는 자물쇠와 빗장을 여는 열쇠와 똑같은 모양의 열쇠 두 개를 가리키며 부인에게 물었다.

포빌 부인의 태도는 한없이 침착했다. 얼굴 근육 하나 움찔대지 않을 정도였다. 열쇠가 발견돼서 놀란 기색이라고는 전혀 찾아볼 수 없었다. 포빌 부인은 그저 이렇게 대답했다.

"글쎄요…. 오래전부터 그냥 거기에 있던 거라…."

"마즈루, 이 열쇠로 저 문을 열어보게."

마즈루는 즉시 지시를 따랐다. 문이 열렸다!

"아, 이제 기억나네요. 남편이 제게 그 열쇠를 맡겼어요. 그래서 그 여분의 열쇠를 제가 갖고 있었지요…."

포빌 부인이 말했다.

지극히 자연스러운 말투였다. 여자는 자신에게 점점 더 짙게 드리워지는 끔찍한 혐의의 기운을 전혀 눈치채지 못하고 있는 듯했다.

포빌 부인의 태연한 태도는 사람들을 극도로 불안하게 만들었다. 이것은 과연 부인이 완전히 결백하다는 표시일까? 아니면 강심장을 지닌 살인자의 소름 끼치는 속임수일까? 정말로 포빌 부인은 자신도 모르게 주인공이 돼버린, 현재 벌어지고 있는 이 참극을 전혀 이해하지 못하고 있는 걸까? 아니면 일찌감치 사방에서 조여오며 자신을 깊은 나락으로 빠뜨리려는 그 끔찍한 혐의의 기운을 감지한 것일까? 만약 그랬다면, 어찌 그 열쇠 두 개를 여전히 보관하고 있는 터무니없는 실수를 저지를 수 있단 말인가?

저마다의 머릿속에는 이 같은 질문들이 꼬리에 꼬리를 물었다. 마침내 경찰청장은 그들의 질문을 대변했다.

"범행이 자행되는 동안 부인은 집에 안 계셨지요?"

"예."

"오페라 극장에 가 계셨나요?"

"예. 그 후에는 제 친구인 데르생제 부인이 주최한 연회에 참석했어요."

"부인의 운전기사도 함께 갔나요?

"예. 오페라 극장까지는 함께 갔어요. 하지만 그 후에는 차고로 돌려보냈지요. 그러고 나서 연회가 끝난 다음에 다시 저를 데리러 왔어요."

"아! 그렇다면 오페라 극장에서 데르생제 부인의 집까지는 어떻게 간 겁니까?"

데말리옹 청장이 물었다.

그제야 포빌 부인은 자신이 엄연한 신문 대상이라는 사실을 깨달은 듯했다. 시선과 태도에서 거북한 마음이 얼마간 드러나고 있었다. 포빌 부인이 대답했다.

"택시를 탔어요."

"길거리에서요?"

"오페라 광장에서요."

"그때가 자정쯤이었겠군요?"

"아니요. 밤 11시 반쯤이었어요. 공연이 끝나기 전에 나왔거든요."

"친구분 댁에 빨리 가고 싶으셨나 보지요?"

"예…. 아니, 꼭 그렇다기보다는…."

여자는 문득 말을 멈췄다. 양 볼은 빨갛게 달아올랐고, 입술과 턱은 파르르 떨렸다. 여자가 물었다.

"왜 이런 질문들을 하시는 건가요?"

"필요한 질문들입니다, 부인. 우리 수사에 도움이 될 수 있어요. 그러니 대답해주시기 바랍니다. 친구분 댁에는 몇 시에 도착하셨습니까?"

"잘 모르겠어요…. 몇 시인지 확인하지는 않았으니까요."

"곧장 그리로 가신 겁니까?"

"거의 그런 셈이지요."

"거의 그런 셈이라니요?"

"어떻게 되었느냐면… 제가 머리가 조금 아팠거든요. 그래서 운전기사에게 샹젤리제 거리로 올라가서… 브아가 쪽으로 좀 가달라고 했어요…. 천천히요…. 그러고 나서 다시 샹젤리제 쪽으로 내려와서…."

여자는 점점 더 당황했는지 목소리가 잦아들었다. 결국 고개를 떨구고는 입을 다물었다.

물론 그 침묵이 자백의 뜻을 내포하지는 않았다. 여자의 잔뜩 풀 죽은 모습에서는 그 안에 슬픔 말고 모종의 다른 이유가 숨어 있을 거라 짐작하게 할 만한 그 어떤 낌새도 엿보이지 않았다. 여자는 정신을 가다듬지 못할 정도로 너무 지쳐버려서, 그만 싸우기를 포기한 듯했다. 불현듯 모든 상황이 불리하게 돌아가 곤경에 처한 이 여인, 그토록 서투르게 자신을 방어하는 이 여인에게 사람들은 일종의 동정심을 느낄 수밖에 없었고, 따라서 이 여인을 계속 강하게 몰아붙이기를 주저하고 있었다.

실제로 데말리옹 청장의 얼굴에도 머뭇거리는 기색이 역력했다. 마치 승리가 눈앞에 있지만 마음이 약해져서 차마 그 승리를 거머쥐지 못하는 사람 같았다.

데말리옹 청장은 반사적으로 페레나를 쳐다보았다.

페레나는 종이쪽지를 건네며 말했다.

"데르생제 부인의 전화번호입니다."

데말리옹이 중얼거렸다.

"예…. 그렇군요…. 그럼 알 수 있겠군요."

청장은 곧 수화기를 들고 통화를 요청했다.

"여보세요…. 루브르 25-04번으로 연결해주십시오."

곧 전화가 연결되자 다시 말을 이었다.

"실례지만 지금 전화받는 분은 누구십니까…? 아, 집사라고요…. 예, 알겠습니다…. 데르생제 부인은 댁에 계십니까…? 안 계신다고요…. 그럼 부군께서는…? 역시 안 계시고요…. 그렇다면 말이지요, 당신이 직접 질문에 대답해줬으면 하는데…. 나는 데말리옹 경찰청장입니다. 알아볼 게 좀 있어서요…. 어젯밤 포빌 부인이 몇 시쯤 그곳에 도착했습니까? 뭐라고요…? 확실합니까…? 새벽 2시요…? 그전이 아니고요…? 그러면 몇 시에 그곳을 떠났나요…? 10분 후에요…? 알겠습니다…. 혹시 도착 시각을 잘못 알고 계신 건 아닙니까…? 정말 정확하게 알려주셔야 합니다…. 분명 새벽 2시 맞습니까…? 새벽 2시라…. 알겠습니다. 협조해주셔서 감사합니다."

수화기를 내려놓고 몸을 돌리자, 어느새 곁에 바짝 다가와 불안이 가득한 눈빛을 보내는 포빌 부인이 눈에 들어왔다. 그곳에 모인 모든 사람의 머릿속에는 일순간 똑같은 생각이 스쳤다. 이 여자는 결백한 희생자이거나 아니면 결백한 사람의 표정을 완벽하게 연기하는 명배우일 것이라는 생각 말이다.

"도대체 왜 이러시는 거지요…? 무얼 원하시는 거예요…? 설명 좀 해주세요."

여자가 더듬거렸다.

하지만 데말리옹은 대답 대신 이렇게 물었다.

"어젯밤 11시 반부터 오늘 새벽 2시까지 무엇을 하셨습니까?"

그때까지 차마 입 밖으로 내뱉지 못한 끔찍한 질문이었다. 다음과 같은 의미를 담은 치명적인 질문이었으니 말이다.

'만약 범행이 벌어지는 동안 어디서 무엇을 했는지 정확하게 대답하지 못한다면, 우리는 얼마든지 당신이 남편과 의붓아들의 살인 사건에 관련돼 있다는 결론을 내릴 수 있습니다….'

포빌 부인 역시 이 같은 생각을 읽고 신음하며 비틀거렸다.

"어떻게 이런 일이… 어떻게 이런 끔찍한 일이….'

경찰청장이 다그쳤다.

"무엇을 했느냐고 물었습니다. 그리 대답하기 어려운 질문은 아닐 텐데요."

"아! 어떻게 그런 생각을…? 이런! 맙소사…. 말도 안 돼…. 그게 가능한 일인가요? 어떻게 그런 생각을…?"

"전 아직 아무것도 단정 짓지 않았습니다…. 그저 한마디만 하시면 진실이 밝혀질 겁니다."

움찔거리는 입과 결심을 굳힌 듯한 몸동작으로 봐서는 이제 곧 포빌 부인의 입에서 그 한마디가 나올 것 같았다. 하지만 갑자기 망연자실한 표정으로 알아들을 수 없는 몇 마디 말을 중얼거리더니 안락의자에 털썩 주저앉아 발작적인 흐느낌과 함께 절망의 비명을 내질렀다.

자백이나 다름없었다. 적어도 이 불쾌한 대화를 끝낼 수 있는 그럴듯한 설명을 내놓을 수 없다는 고백인 것만은 분명했다.

경찰청장은 포빌 부인에게서 멀찌감치 떨어진 곳으로 가서 예심판사 및 검사와 함께 낮은 목소리로 무언가를 의논했다.

덕분에 페레나와 마즈루 반장은 단둘만 나란히 그 자리에 서 있게 됐다.

마즈루가 속삭였다.

"제가 뭐라고 했습니까? 대장이 해내실 줄 알았다니까요! 아! 정말 대단한 분이십니다! 이 일을 해내시다니…!"

마즈루는 이제 대장이 혐의를 벗어나 자신이 대장만큼이나 존경하는 상사들과 더는 대립하지 않을 거란 생각에 낯빛이 환해졌다. 이제는 모두가 한마음 한뜻을 지닌 친구가 된 것이다. 마즈루는 숨이 막힐 듯 기뻤다.

"이제 저 여자를 감옥에 가두겠지요?"

"아닐세. 영장을 발부하기에는 아직 증거가 충분치 않아."

페레나가 대답했다.

"뭐라고요? 증거가 충분치 않다니요! 저 여자를 놓아줄 생각 일랑 꿈에도 하지 마세요. 좀 전에도 보셨잖아요. 눈 하나 깜짝 않고 대장을 공격하던 여자예요! 제발요, 대장. 저 여자를 끝장 내야 해요. 사악한 악녀일 뿐이라고요!"

돈 루이스는 깊은 생각에 잠겼다. 포빌 부인을 사방에서 옥 죄는 일련의 사건들, 그 기막힌 우연의 일치들을 곰곰이 되짚 어 보고 있었던 것이다. 이 모든 상황을 하나로 연결해줄, 그래 서 아직은 부실하기만 한 혐의의 근거를 마련해줄 그 결정적인 증거를 페레나는 당장 제시할 수 있었다. 그 증거는 바로 정원 덤불 속에 처박혀 있을 그 사과, 그 속에 찍힌 이빨 자국이다. 법정에서 이 이빨 자국은 지문만큼이나 유용한 증거가 될 터였 다. 게다가 초콜릿에 난 이빨 자국과 일치한다면 이 사과는 그야말로 결정적인 증거다.

하지만 페레나는 망설였다. 동정심과 혐오감이 뒤섞인 감정을 느끼며, 모든 정황상 남편과 남편의 아들을 죽였다고밖에 여길 수 없는 이 여인을 불안한 눈빛으로 유심히 바라보았다. 과연 최후의 일격을 가해야 할까? 자신에게 심판관의 역할을 대행할 권리가 있는 걸까? 그러다 만약 범인을 잘못 짚기라도 한다면?

그 사이 가까이 다가온 데말리옹 청장은 마즈루에게 말을 거는 척하면서 페레나에게 슬쩍 물었다.

"어떻게 생각하십니까?"

마즈루가 고개를 저었다. 돈 루이스는 이렇게 대답했다.

"청장님, 제 생각은 이렇습니다. 만약 저 여자가 범인이라면, 그토록 교묘했던 범행 수법과는 달리 너무 서툴게 자신을 변호하는 것 같습니다."

"그렇다면 그 말뜻은?"

"다시 말해 저 여자는 틀림없이 공범의 손에 놀아난 한낱 도구일 뿐입니다."

"공범이라?"

"잘 기억해보십시오, 청장님. 어제 경찰청에서 포빌 씨가 '나쁜 놈들… 천하의 몹쓸 것들…'이라고 외치지 않았습니까? 그러니 범인은 적어도 분명 둘 이상일 겁니다. 그리고 틀림없이 그 범인은 이미 마즈루 반장에게 보고받으셨겠지만, 베로 형사와 퐁 뇌프 카페에 같은 시간대에 있었다는 그 남자, 다시 말해 밤색 턱수염에 은제 손잡이가 달린 흑단 지팡이를 들고 있었다는 그 남자일 겁니다. 그러니….”

“그러니 심증만으로 오늘 당장 포빌 부인을 체포한다면 그 공범까지 잡아들일 수 있을 거란 이야기지요?”

데말리옹이 페레나의 말을 재빨리 가로채 덧붙였다.

페레나는 아무런 대답도 하지 않았다. 경찰청장은 생각에 잠긴 듯 중얼거렸다.

“체포… 체포라…. 그러려면 증거가 더 필요한데…. 정말 아무 단서도 찾지 못했습니까…?”

“전혀요, 청장님. 저는 그저 간략하게 조사했을 뿐이니까요.”

“하지만 우리 측에서는 철저하게 조사했습니다. 이 방을 샅샅이 뒤져보았단 말입니다.”

“정원은요, 청장님?”

“그곳도 조사해보았습니다.”

“이 방만큼 철저히 살펴보셨습니까?”

“아마 그 정도까지는 아닐 겁니다. 하지만 내 생각에 그쪽은 별로….”

“제 생각은 좀 다릅니다, 청장님. 살인범들이 정원 쪽으로 침입하고 도망갔으니 아마도 그쪽에서 무언가를 찾을 수….”

“마즈루, 정원을 좀 더 면밀히 살펴보게.”

반장은 즉시 밖으로 나갔다. 또다시 외따로 서 있게 된 페레나의 귓가에 경찰청장이 예심판사에게 속삭이는 소리가 들려왔다.

“이런! 증거가 딱 하나만 있어도! 저 여자는 틀림없이 유죄인데! 미심쩍은 부분이 너무나 많지 않습니까…! 더욱이 코스모 모닝톤의 유산 상속 문제만 해도 그렇고…. 하! 그렇지만 저 여자를 좀 보십시오…. 저 아름다운 얼굴에 가득 배어 있는 정직함과 절절하게 느껴지는 고통을 말입니다."

포빌 부인은 여전히 발작적으로 흐느끼며 울었고, 이따금 주먹까지 꼭 쥐고서 분노로 몸을 떨었다. 그러다 갑자기 눈물이 흠뻑 젖은 손수건을 움켜잡더니 마치 배우들이 하는 것처럼 암팡지게 이빨로 물어 단번에 찢어버렸다. 페레나의 눈에 삼베를 물어뜯는 여자의 하얗고 고른 치아, 다소 크고 촉촉하며 환한 치아가 들어왔다. 곧바로 사과에 찍힌 이빨 자국이 떠올랐다. 순간 진실을 알고자 하는 욕구가 뜨겁게 치솟았다. 과연 과일 속에 형태를 남긴 그 치아가 바로 저 치아일까?

그 순간 마즈루가 방에 들어섰다. 데말리옹이 서둘러 반장에게 다가가자 반장은 곧장 담쟁이덩굴 아래에서 발견한 사과를 보여주었다. 척 보아도 경찰청장은 마즈루의 이 뜻밖의 발견과 그에 따른 설명을 무척이나 중요하게 여기는 눈치였다.

사법관들은 꽤 오랫동안 이야기를 주고받더니 결국 돈 루이스가 예상했던 대로 결론을 내렸다.

데말리옹 청장이 포빌 부인에게 다가갔다.

드디어 대단원의 막이 내리는 순간이다.

데말리옹은 이 마지막 전투를 어떻게 개시해야 할지 잠시 망설이다가 물었다.

"아직도 어젯밤에 무엇을 하셨는지 설명할 수 없으시겠습니까, 부인?"

여자는 간신히 입을 열고 중얼거렸다.

"아니요…. 할 수 있어요…. 택시를 타고 있었어요…. 산책도 좀 했고….'"

"그렇다면 택시 기사를 찾는 즉시 그 말의 사실 여부를 쉽게 확인할 수 있을 겁니다…. 그런데 그전에 말이지요, 부인의 침묵으로 초래된 다소간의… 좋지 않은 인상을 없앨 기회가 생겼습니다…."

"말해보세요. 전 준비됐습니다…."

"바로 이겁니다. 이 살인 사건에 가담한 누군가가 사과를 깨물고는 정원에 버리고 갔습니다. 그리고 우리가 방금 그 사과를 발견했지요. 부인을 둘러싼 모든 의혹을 한번에 불식시키기 위해서라도 이와 같은 동작을 한번 취해주셨으면 합니다만…."

"아! 물론이지요. 그렇게 해서 제게 쏟아진 의심을 풀 수만 있다면…."

여자는 열을 내며 외쳤다.

그러고는 데말리옹 청장이 과일 그릇에서 꺼내서 건넨 세 개의 사과 중 하나를 집어들고 천천히 입으로 가져갔다.

정말이지 결정적인 행동이 이루어질 찰나였다. 만약 두 이빨 자국이 비슷하다면 부인할 수 없는 명백한 증거가 될 터였다.

그런데 여자는 갑자기 두려움에 사로잡힌 듯 문득 동작을 멈추었다…. 함정에 걸려들까 봐 두려운 걸까? 아니면 끔찍한 우연의 일치로 제 무덤을 파게 될까 봐 주저하는 걸까? 그것도 아니면 적에게 자신을 공격할 강력한 무기를 주게 될까 봐? 어쨌든 이 결정적인 순간의 망설임만큼 여자의 혐의를 뚜렷이 입증하는 증거도 없을 것이다. 만약 여자가 결백하다면 이 같은 망

설임은 도저히 이해할 수 없는 행동일 것이고, 반대로 범인이
라면 이 얼마나 명쾌하게 이해할 수 있는 행동이란 말인가!

"무엇을 두려워하시는 겁니까, 부인?"

데말리옹 청장이 물었다.

"아무것도요…. 아무것도… 모르겠어요…. 모든 게 두려워
요…. 모든 게 끔찍하게만 느껴져요."

"하지만 부인, 우리의 요구 사항은 결코 그렇게 심각하게 받
아들일 일이 아닙니다. 오히려 부인에게 긍정적인 결과만 가져
다줄 겁니다. 그러니 괜찮으시다면…."

여자는 불안함이 역력히 묻어나는 굼뜬 동작으로 팔을 조금
씩, 아주 조금씩 들어 올렸다. 정말이지 가슴을 옥죄는 듯한 엄
숙하고 비극적인 장면이었다.

"만약 제가 거부한다면요?"

불현듯 여자가 물었다.

"전적으로 부인의 권리입니다. 하지만 굳이 그럴 필요가 있
을까요? 만약 지금 부인 옆에 변호사가 있다면, 누구보다도 더
열심히 이 요구를 받아들이라고 권했을 겁니다…."

청장이 말했다.

"제 변호사라고요…."

청장의 대답에 담긴 끔찍한 의미를 깨닫고서 여자는 힘없이
더듬거렸다.

그러더니 불현듯 단단히 작심한 듯 커다란 위협을 받을 때
얼굴을 찌푸리며 짓는 다소 사나운 표정으로 강요받은 동작을
시도했다. 여자가 입을 벌렸다. 반짝거리는 하얀 치아가 보였

다. 눈 깜짝할 사이에 치아가 과일 속 깊숙이 박혔다.

"다 됐습니다, 청장님."

여자가 말했다.

데말리옹이 예심판사 쪽으로 몸을 돌렸다.

"정원에서 발견된 사과를 가지고 있지요?"

"여기 있습니다, 청장님."

데말리옹 청장은 과일 두 개를 나란히 갖다 대보았다.

청장 주변으로 우르르 몰려든 사람들이 일제히 초조한 표정으로 사과를 내려다보았다. 순간 모두의 입에서 탄식이 터져 나왔다.

두 자국이 일치했던 것이다.

분명히 일치했다! 물론 세부적인 특징을 파악하고 잇자국 하나하나의 일치성을 확실히 단정 지으려면 전문가의 감정 결과를 기다려야 한다. 하지만 뚜렷이 눈에 보이는 확실한 사실이 한 가지 드러났다. 각 사과에 새겨진 두 개의 곡선이 너무나도 비슷했던 것이다. 이 두 개의 아치형 자국은 동일한 각도로 굴곡을 그렸다. 반원들은 주인의 턱 모양을 그대로 드러내는 다소 길고 좁은 타원형이었는데, 그 두 형태가 어찌나 흡사한지 언뜻 봐서는 구분할 수 없을 정도였다.

사람들은 단 한마디도 입 밖으로 내뱉지 않았다. 데말리옹 청장이 고개를 들었다. 포빌 부인은 공포에 질린 창백한 얼굴로 꼼짝 않고 있었다. 하지만 이제는 제아무리 천부적인 연기력과 유연한 표정으로 공포와 당혹감, 분노의 감정을 흉내 낸다 할지라도 눈앞에 제시된 이 명백한 증거만큼 강력한 힘을 발휘하지는 못할 것이었다.

두 개의 자국은 같다! 한 사람이 이 두 개의 사과를 물었다!

"부인…."

경찰청장이 입을 열었다.

순간 여자는 분노를 터트리며 소리쳤다.

"아니에요! 아니라고요…! 이건 사실이 아닐 거야…. 다 악몽일 뿐이야…. 설마 저를 체포하려는 건 아니지요? 내가 감옥에 갇히다니! 너무 끔찍해…. 제가 무슨 짓을 했다고 이러시는 건가요? 틀림없이 다들 단단히 착각하고 계신 거예요…."

여자는 두 손으로 머리를 감싸 쥐었다.

"아! 머리가 터질 것 같아…. 이게 다 무슨 일이지? 전 아무도 안 죽였어요…. 전 아무것도 몰라요. 오늘 아침에 당신들에게 듣고서야 겨우 알았는데… 이런 일이 벌어지리라고 감히 꿈에서라도 상상했겠어요? 불쌍한 남편… 날 그토록 따르던 에드몽… 나도 그 애를 얼마나 아꼈는데…. 제가 그들을 왜 죽였겠어요? 말씀해보세요…. 제가 무엇 때문에 죽였단 말인가요? 아무 이유 없이 사람을 죽이지는 않았을 거 아니에요…. 그러니… 대답해보세요!"

그러고는 다시 분노가 치솟는지 공격적인 태도로 사법관들을 향해 주먹을 내뻗으며 소리쳤다.

"당신들은 악랄한 인간 백정들이야…. 힘없는 여자를 이렇게 괴롭히는 법은 없어…! 아! 끔찍해…! 아무 죄 없는 날 몰아세우고… 체포하려 들다니…! 이런! 고약한 경우가… 당신들 모두 다 지독히도 악랄한 자들이야! 특히 당신(여자는 페레나를 가리켰다), 그래, 당신…. 난 알 수 있어…. 당신이 범인이야…. 그래, 이제 이해가 가…. 당신이 어젯밤에 왜 여기에 머물렀는지…. 사람들이 왜 당신을 지목하지 않는 걸까? 당신은 어제 여기에 있었고… 난 없었는데…. 난 무슨 일이 벌어졌는지조차 전혀 알지 못했는데… 왜 당신이 아니고 나지?"

마지막 말은 거의 알아들을 수 없을 만큼 희미한 목소리에 실려 나왔다. 여자는 힘이 다 빠져 자리에 앉을 수밖에 없었다. 그리고 고개를 무릎에 파묻은 채 다시 펑펑 울음을 터트렸다.

페레나는 여자에게 다가가 이마를 들어 올려 눈물로 얼룩진 얼굴을 바라보며 말했다.

"두 사과에 새겨진 잇자국은 완벽히 일치합니다. 따라서 두 번째 자국과 마찬가지로 첫 번째 자국도 부인이 남긴 게 분명합니다."

"아니에요."

여자가 말했다.

"분명 제 말이 맞습니다. 현실적으로 보았을 때 부인할 여지가 없으니까요. 하지만 첫 번째 자국이 어젯밤 이전에 남겨졌을 수는 있겠지요. 다시 말해 부인이 어제 아침이나 오후에 이 사과를 깨물었을 수도 있단 말입니다…."

여자가 더듬거렸다.

"그렇게 생각하시나요…? 맞아요, 그러고 보니 생각나는 것 같아요…. 어제 아침에…."

하지만 경찰청장이 말허리를 잘랐다.

"부인, 그래 봤자 소용없습니다. 방금 제가 하인 실베스트르에게 다 물어봤으니까요…. 그가 자신이 직접 어제저녁 8시에 그 사과를 샀다고 말하더군요. 어제 포빌 씨가 잠자리에 들었을 때 과일 그릇에는 분명 사과가 네 개 담겨 있었습니다. 그런데 오늘 아침 8시에는 세 개밖에 없었지요. 그러니 정원에서 발견된 사과는 틀림없이 그 사라진 네 번째 사과이고, 그 사과에 새겨진 잇자국은 분명 어젯밤에 남겨진 흔적입니다. 그리고 그 잇자국은 다름 아닌 바로 부인의 것이지요."

여자가 더듬거렸다.

"제가 한 게 아니에요…. 제가 아닙니다…. 그 자국은 제 것이 아니라고요."

"하지만…."

"그 자국은 제 것이 아니에요…. 제 모든 걸 걸고 맹세해요…. 그리고 분명히 말하는데, 전 차라리 죽어버릴 거예요…. 예…. 죽을 거예요…. 감옥에 가느니 차라리 죽는 게 나아요…. 자살할 겁니다…. 자살해버릴 거라고요…."

여자의 눈은 허공을 응시하고 있었다. 여자는 자리에서 일어나려고 안간힘을 썼다. 하지만 몸을 일으키자마자 휘청거리더니 이내 정신을 잃고 쓰러져버렸다.

사람들이 그녀를 돌보는 틈을 타 마즈루는 돈 루이스에게 슬쩍 신호를 보내고는 나지막하게 속삭였다.

"여기를 빨리 떠나세요, 대장."

"아! 감금 명령이 풀렸나 보군. 이제 난 자유의 몸인가?"

"대장, 10분 전에 들어와 경찰청장과 이야기를 나누는 저 남자 좀 보세요. 대장이 아는 사람 아닙니까?"

"이런, 맙소사!"

페레나는 자신에게서 눈을 떼지 않는 뚱뚱한 체격에 안색이 불그스름한 남자를 쳐다보고 탄식을 내뱉었다.

"제기랄! 베베르 부국장이잖아."

"대장, 저자도 대장을 알아봤습니다! 대장이 뤼팽임을 첫눈에 눈치챘단 말입니다. 베베르에게는 변장이 안 통합니다. 워낙 눈썰미가 좋으니까요. 그런데 대장이 저자를 얼마나 골탕먹였는지 한번 떠올려보세요. 그 수모를 앙갚음하기 위해서라면 무슨 짓이라도 하려고 하지 않겠습니까."

"경찰청장에게 내 정체를 알렸을까?"

"물론이지요. 청장은 벌써 부하들에게 대장의 뒤를 밟으라는 명령까지 내렸는걸요. 만약 대장이 그들을 따돌리려는 눈치라도 보인다면 그 즉시 대장을 붙잡을 겁니다."

"그렇다면 어찌할 도리가 없군."

"어찌할 도리가 없다니, 그게 무슨 말씀이세요? 어떻게든 저들을 깔끔하게 떨쳐내야지요."

"그래 봤자 무슨 소용이 있겠나? 어차피 난 집에 돌아갈 거고, 저들은 이미 우리 집 주소를 알고 있을 텐데."

"뭐라고요? 상황이 이런데 무작정 집으로 들어가겠단 말씀입니까?"

"그럼 내가 어디서 자야겠나? 다리 밑에서라도 잘까?"

"이런 젠장! 일이 이렇게 된 이상 앞으로 엄청난 소동이 벌어지리란 걸 모르시는 겁니까? 이미 대장은 커다란 위험에 처했고, 이제 모두가 대장에게서 등을 돌릴 거라고요!"

"그래서 어쩌란 건가?"

"이 사건에서 손을 떼셔야지요."

"그럼 코스모 모닝톤과 포빌의 살인범은 어떻게 하고?"

"경찰이 알아서 할 겁니다."

"어리석긴, 알렉상드르."

"그럼 차라리 다시 뤼팽이 되세요. 예전처럼 신출귀몰, 난공
불락 뤼팽이 돼서 그들과 맞서 싸우십시오. 하지만 제발 더 이
상 페레나로 남아 있지는 마십시오. 그건 너무 위험해요. 대장
과 상관없는 일에 더 이상 공식적으로 관여하지 마시란 말입니
다."

"농담하는 건가, 알렉상드르? 이 일에 내 2억 프랑이 걸려 있
네. 페레나가 자기 자리를 굳건히 지키고 있지 않으면 그 2억
프랑이 순식간에 눈앞에서 날아갈 거란 말일세. 이번에야말로
정직하고 떳떳하게 몇 푼 벌 기회인데, 이 기회를 놓쳐버린다
면 정말 부아가 치밀 거야."

"그러다 체포되면요?"

"그럴 리가. 난 죽은 사람인데."

"뤼팽은 죽었지만 페레나는 살아 있잖아요."

"어쨌든 지금까지 체포되지 않았으니 그걸로 된 거야."

"하지만 붙잡히는 건 시간문제예요. 그때까지 대장을 놓치지
않으려고 공식적인 명령도 떨어진 상태고요. 이제 경찰들이 대
장의 집을 포위해 밤낮으로 감시할 겁니다."

"잘됐군! 사실 나는 밤에 혼자 있으면 조금 무섭거든."

"이런 젠장! 대체 무얼 믿고 이러시는 겁니까?"

"그런 건 전혀 없네, 알렉상드르. 그저 확신이 들 뿐이지. 지금 당장은 저들이 감히 날 체포하지 못할 거라는 확신 말일세."

"베베르가 가만있지 않을 겁니다!"

"베베르 따위는 신경도 안 쓰여. 명령 없이는 아무것도 못할 작자니 말일세."

"하지만 곧 명령이 떨어질 겁니다!"

"날 감시하라는 명령이야 떨어지겠지. 하지만 체포하라는 명령은 없을 걸세. 경찰청장은 워낙 내게 의지하고 있어서 어쩔 수 없이 날 지켜줄 수밖에 없을 거야. 더불어 다음과 같은 점도 생각해보게. 이번 일은 너무나 복잡하고 황당한 사건이어서 자네들끼리는 도저히 해결할 수 없을 거야. 그러니 언젠간 도움을 요청하러 날 찾아오겠지. 나 말고는 자네는 물론 베베르도, 아니, 그 어떤 치안국 형사들도 이 강적들을 상대할 수 없을 테니까. 그러니 자네의 방문을 기다리고 있겠네, 알렉상드르."

이튿날 검시관은 두 개의 사과에 찍힌 잇자국이 서로 정확히 일치하며, 더불어 초콜릿 조각에 찍힌 잇자국 역시 그 두 개의 자국과 유사하다고 판명했다.

게다가 한 택시 기사는 오페라 극장에서 나온 웬 여성이 자신의 택시에 올라타더니 곧장 앙리 마르탱가 끝으로 가달라고 한 다음 거기에서 내렸다고 진술했다.

그런데 앙리 마르탱가 끝이라면 포빌의 저택에서 불과 5분 거리에 있었다.

택시 기사는 포빌 부인과 대면하자 단번에 알아보았다.

과연 여자는 그 부근에서 한 시간 이상 무얼 하며 보냈을까?

마리 안 포빌은 곧바로 유치장에 갇혔다.

그리고 그날 밤 여자는 생 라자르 교도소에서 잠을 청해야 했다.

언론은 곧장 그날부터 경찰의 조사 결과를 상세히 전하기 시작했다. 물론 그 가운데에는 잇자국과 관련한 이야기도 있었다. 그러나 그 자국이 누구의 소행인지는 정확히 알지 못했기에 그날 두 주요 일간지는 돈 루이스 페레나가 사과에 새겨진 잇자국을 지칭하기 위해 썼던 바로 그 표현을 기사 제목으로 삼았다. 야만적이고 짐승 같은 이번 사건의 성격을 여실히 드러내는 꽤 을씨년스러운 표현이었다. **호랑이 이빨…**.

4
철문

아르센 뤼팽의 인생을 이야기하기 위해서는 때로는 보람 없는 수고를 감내해야만 한다. 뤼팽의 모든 모험은 부분적으로나마 대중에게 공공연히 공개되었고, 또한 그때마다 열띤 화젯거리가 되었음에도 그 이면에 가려진 사건들을 들춰내기 위해서는 별수 없이 잘 알려진 그 사실들을 또다시 처음부터 차근차근 되짚어야 하기 때문이다.

이러한 필요성에 기인해, 이쯤에서 이 끔찍한 연쇄살인 사건이 당시 프랑스와 유럽, 나아가 전 세계에 불러일으켰던 그 엄청난 파장을 잠시 언급하고 넘어가야 할 듯싶다. 사건이 발생한 지 이틀 후 코스모 모닝톤의 유언장 역시 공개되었기에, 갑자기 대중은 네 건의 살인 사건을 한꺼번에 알게 된 셈이었다. 코스모 모닝톤과 베로 형사, 엔지니어 포빌 그리고 그의 아들 에드몽은 틀림없이 모두 한 사람의 손에 죽었다. 그리고 바로 그 범인은 마치 운명이 내린 벌을 받은 듯 어이없는 실수를 저지르며 섬뜩한 잇자국을 연달아 현장에 남겼다. 정말이지 더없이 명백하고 인상적인 증거였다. 대중으로 하여금 공포로 진저리를 치게 한 그 증거, 바로 호랑이 이빨 자국을 남긴 것이다!

그리고 이 대량 학살극의 중심에, 음산하기 짝이 없는 비극의 최절정에 눈을 번쩍 뜨게 하는 인물 한 명이 어둠을 가르며 나타났다! 명철함과 통찰력을 지닌 이 영웅적인 모험가는 불과 몇 시간 만에 복잡하게 얽힌 사건의 실마리를 풀어냈고, 코스모 모닝톤이 타살당했다는 사실과 베로 형사의 죽음을 알아차렸다. 그뿐만 아니라 손수 경찰 조사를 이끌어 결국에는 문제의 자국과 정확히 일치하는 고르고 하얀 치아를 가진 그 괴물 같은 존재를 사법 당국에 넘기기까지 했다. 그처럼 눈부신 업적을 이룬 다음 날 100만 프랑짜리 수표 한 장을 손에 거머쥐었고, 마침내 엄청난 유산을 상속받을 몸이 되었다.

아르센 뤼팽이 부활한 것이다!

이러한 문제라면 틀리는 법 없는 대중은 역시나 이번에도 놀라운 직관력을 발휘했다. 그리하여 대중은 일련의 사건들을 유심히 검토하고 그 가설의 타당성을 확보하기도 전에, 공공연히 이렇게 선언하고 나섰다. 돈 루이스 페레나는 다름 아닌 아르센 뤼팽이다!

"하지만 뤼팽은 죽었잖아!"

물론 의심 많은 사람은 이렇게 반박했다.

그러면 곧장 이러한 대답이 되돌아왔다.

"그래. 룩셈부르크 근처 어느 작은 오두막 잔해 속에서 돌로레스 케셀바흐의 시신과 함께 경찰이 뤼팽이라 주장한 한 남자의 시신이 발견되기는 했지. 하지만 모든 정황을 돌이켜 보면, 뤼팽이 자신을 죽은 사람으로 만들려고 감쪽같이 꾸민 연극이었던 게 분명해. 무슨 은밀한 이유가 있었겠지. 또 모든 상황을 고려해보면 경찰이 단지 그 지긋지긋한 적에게서 벗어나고 싶은 마음에 뤼팽이 죽었다고 냉큼 단정 지은 게 분명해. 생각해봐, 당시 이미 국무총리였던 발랑글레도 몇 번인가 심상치 않은 발언을 한 적이 있잖아. 게다가 카프리 섬에서 벌어진 그 수수께끼 같은 사건은 또 어떻고. 독일 황제가 바위에 깔릴 뻔했는데 어떤 은자가 구해줬잖아. 독일 쪽에서는 그 은자가 바로 뤼팽이라는 소문이 떠돌았단 말이지."

그러면 상대는 이렇게 반박하고 나섰다.

"그건 그렇다고 치자. 하지만 당시 신문을 다시 한 번 잘 읽어봐. 그 은자는 그로부터 10분 후 티베리우스 절벽에서 뛰어내렸다고."

그러면 그 말을 들은 상대도 역시나 지지 않고 맞받아쳤다.

"그렇긴 하지. 하지만 시신이 발견되지 않았잖아. 게다가 이미 널리 알려진 사실대로, 당시 알제리로 향하던 선박 한 척이 구조 신호를 보내던 어떤 사내를 건져 올렸지. 날짜들을 한번 잘 비교해보고 얼마나 기가 막히게 아귀가 들어맞는지 생각해봐. 그 선박이 알제리에 도착하고 며칠 후 지금 우리의 관심을 끌고 있는 그 돈 루이스 페레나라는 인물이 시디 벨 아베스(알제리 북서부에 있는 도시 – 옮긴이)에서 외인부대에 자원입대했단 말이야."

물론 언론은 이 같은 논쟁을 매우 신중하게 다루었다. 사람들은 뤼팽을 두려워했다. 그러니 기자들도 페레나라는 가면 뒤에 뤼팽이 있을지도 모른다는 추측성 기사는 되도록 삼갔다.

그 대신 페레나가 속해 있던 외인부대에서의 일화와 모로코에서의 생활에 대해서는 마치 한을 풀듯 마음껏 기사를 써댔다.

우선 다스트리냑 사령관이 입을 열었다. 그리고 여러 장교와 페레나의 동료도 자신의 목격담을 상세히 털어놓았다. 심지어 페레나와 관련된 보고서들과 일일 명령서들이 책으로 엮여 출판되기까지 했다. 소위 《영웅의 서사시》라고 불린 이 책은 각각의 페이지마다 기상천외하고 놀라운 무용담들이 가득 담겨 있는 일종의 비망록이었다.

3월 24일, 메디우나(모로코 카사블랑카 외곽 지역 – 옮긴이)에서 특무상사 폴렉스는 페레나 병사를 나흘 동안 영창에 가두었다. 이유는 '상부의 허가 없이 점호 후 보초병 두 명을 따돌리고 병영을 이탈한 뒤 이튿날 정오가 되어서야 귀대하였음. 귀대 당시 매복 중 전사한 하사의 시신을 안고 있었음'이었다.

그리고 그 여백에는 '연대장은 페레나 병사를 가중 처벌했지만, 일일 명령 하달 시에 페레나 병사를 거명하며 감사와 치하의 말을 전하였음'이라는 연대장의 메모가 적혀 있었다.

베르시드 전투 후 파르데 분견대는 무어인 400명에 달하는 원주민 군대에 밀려 어쩔 수 없이 후퇴해야 했다. 그때 페레나 병사는 자신이 한 성채에 머물러 퇴각을 엄호할 수 있도록 해달라고 요청했다.

"그래, 몇 명이 필요한가, 페레나?"

"한 명도 필요 없습니다, 중위님."

"뭐라고! 설마 혼자서 퇴각을 엄호하겠다는 건 아니겠지?"

"중위님, 다른 사람들도 저와 함께 죽는다면 제가 죽는 게 무슨 큰 의미가 있겠습니까?"

결국 그 요청이 받아들여져 중위는 페레나에게 열 자루가량의 총과 남은 탄약 일부를 지급해줬다. 그렇게 페레나는 탄약 일흔다섯 발을 확보했다.

분견대는 더 이상 마음 쓰지 않은 채 페레나를 성채에 남겨두고 멀어져갔다. 이튿날 지원군을 이끌고 돌아온 분견대는 성채 주변에 매복해 있던 모로코인들을 습격했다. 그들은 감히 진격할 엄두조차 내지 못하고 있었다.

땅에는 일흔다섯 구의 시체가 나뒹굴고 있었다.

결국 파견대는 적군을 몰아냈다.

성채 안으로 부랴부랴 들어가 보니 페레나 병사는 바닥에 축 늘어져 있었다.

모두가 죽었으리라 생각했다. **하지만 페레나 병사는 잠을 자고 있었다!**

페레나 병사에게는 탄약이 단 한 개도 남아 있지 않았다. 이미 탄약 일흔다섯 발이 모조리 적군의 몸에 깊숙이 박혀 있던 것이다.

하지만 그 가운데서도 대중의 상상력을 가장 자극한 일화는 뭐니 뭐니 해도 다르 드비바르 전투에 관한 다스트리냑 백작의 이야기였다. 사령관은 모두가 절망에 빠져 있을 때 페즈 지역을 되찾게 해주어 프랑스를 떠들썩하게 만들었던 이 전투가 실은 순전히 페레나 개인 덕분에 순조롭게 승리로 마무리될 수 있었다고 고백했다.

동이 트자마자 모로코 부족들이 공격을 준비하고 있었기 때문에 페레나는 초원을 달리던 아랍 말 한 마리를 올가미로 붙잡아 냉큼 올라탔다. 안장도, 고삐도 그 어떤 마구도 부착돼 있지 않은 말에 오른 페레나는 겉옷도, 모자도, 무기도 없이 하얀 셔츠를 너풀거리며 입에는 담배를 물고 두 손은 호주머니에 찔러 넣은 채 적군을 향해 돌격했다!

적군을 향해 그대로 돌진한 페레나는 적진을 가로질러 침투한 다음 병영 한복판에서 한바탕 소동을 일으킨 뒤에 처음 침투했던 장소로 되돌아왔다.

이 상상을 초월하는 죽음의 질주는 모로코인들을 커다란 당혹감에 빠뜨려 그들의 공격력을 한층 약화시켰고, 덕분에 프랑스군은 순조롭게 승리를 거둘 수 있었다.

이런 식으로(용맹함을 보여주는 일화가 어디 이뿐이겠는가!) 페레나를 둘러싼 영웅 신화가 하나둘 탄생했다. 이 모험담들은 하나같이 베일에 싸인 이 인물의 초인적 활력과 놀라운 담력, 기막힌 상상력과 넘치는 모험심, 육체적 민첩함과 냉철한 정신력을 부각했고, 따라서 대중은 자연히 페레나와 아르센 뤼팽을 겹쳐 생각할 수밖에 없었다. 하지만 페레나는 한층 더 이상적이고 도덕적이며 무공을 세워 고귀해진, 뤼팽보다 더욱 위대한 또 하나의 뤼팽이었다.

쉬셰 대로의 이중 살인 사건이 발생한 지 보름이 지난 어느 날 아침, 마치 비현실적인 가공의 인물처럼 떠들썩하게 인구에 회자되며 세간의 호기심을 들끓게 한 이 비범한 사내, 돈 루이스 페레나는 옷을 갈아입고 자신이 거하는 저택을 한 바퀴 둘러보았다.

아담한 팔레 부르봉 광장, 포부르 생제르맹 입구에 있는 그 저택은 18세기 풍으로 지어진 안락하고 널찍한 건물이다. 페레나는 루마니아 갑부인 말로네스코 백작에게서 건물 안에 배치된 가구 일체와 함께 이 건물을 사들였다. 그뿐만 아니라 말과 마차, 자동차까지 양도받았고 하인 여덟 명과 심지어 백작의 여비서였던 르바셰르까지 그대로 고용했다. 르바셰르는 하인들을 관리하는 임무를 맡았고, 동시에 저택의 화려함과 새 주인의 명성에 이끌려 찾아드는 방문객과 신문기자, 구경꾼과 잡상인 등을 처리하는 소임을 수행했다.

페레나는 마구간과 차고를 살펴본 다음, 안뜰을 지나 서재로 올라가서 창문을 살짝 열고 고개를 들었다. 머리 위에는 거울 하나가 비스듬히 걸려 있었는데, 이 거울에 안뜰과 그 안뜰을 둘러싼 담장, 그리고 팔레 부르봉 광장의 전면이 비쳤다.

"제길! 경찰관 녀석들이 아직도 저기 있네. 벌써 2주째 저러고 있어! 이렇게 감시받는 것도 이제 슬슬 진절머리가 나는군."

페레나는 언짢아진 기분으로 우편물을 훑어보기 시작했다. 사적인 편지들은 읽은 후 바로 찢어버리고 도움이나 면담을 요청하는 그 밖의 편지들은 따로 메모해가면서….

그 일이 끝나자 호출벨을 눌렀다.

"르바셰르 양에게 신문 좀 가지고 와달라고 해주게."

르바셰르는 과거 루마니아 백작의 비서로 일하면서 문서 읽어주는 일을 도맡아 했다. 따라서 페레나 역시 르바셰르에게 자신과 관련된 모든 신문 기사들을 읽게 했고, 더불어 매일 아침 포빌 부인의 예심 진행 과정을 상세히 보고하게 했다.

페레나는 우아한 몸매와 얼굴을 가졌으며 항상 검은 드레스 차림의 이 여인이 무척 마음에 들었다. 여인은 품위 있고 진지하며 생각이 많아 보이는 얼굴이어서, 도저히 그 속에 감춰진 내면의 비밀을 들여다볼 수 없을 것 같았다. 만약 얼굴 주변을 밝고 환하게 비춰주는 억센 금빛 곱슬머리가 없었다면, 여인은 꽤 엄격한 분위기마저 풍겼을 터였다. 페레나는 리듬 있고 감미로운 여인의 목소리를 특히 좋아했다. 그 목소리를 듣고 있노라면 자신의 감정을 여간해서는 드러내지 않는 르바셰르가 자신과 자신의 삶, 그리고 언론이 쏟아내는 수수께끼 같은 자신의 과거에 대해 과연 어떠한 생각을 품고 있을지 문득 궁금증이 일곤 했다.

"새로운 소식은 없습니까?"

페레나는 〈헝가리 볼셰비즘〉, 〈독일의 야심〉 등과 같은 신문 기사 제목들을 쭉 훑어보며 물었다.

르바셰르는 곧바로 포빌 부인에 관한 기사를 읽어주었고, 기사를 접한 돈 루이스는 예심 과정에 아무런 진전이 없음을 알게 되었다. 마리 안 포빌은 울고, 화내고, 질문을 받으면 아무것도 모르는 척 시치미를 뚝 떼는, 예의 그 작전을 여전히 고수했다.

"이해할 수 없군. 여태껏 이토록 서투르게 자신을 변호하는 사람은 한 번도 본 적이 없어."

"만약 정말 결백하다면 어쩌지요?"

르바셰르가 이 사건에 대해 자신의 의견을 피력하기는 이번이 처음이었다. 돈 루이스는 깜짝 놀라 여인을 쳐다보았다.

"그 여자가 결백하다고 생각하는 겁니까, 르바셰르?"

르바셰르는 자신이 불쑥 내뱉은 발언에 대해 질문을 받고 설명할 의향이 있는 듯했다. 이제 곧 지금껏 써왔던 무표정한 가면을 벗어던지고, 자신을 뒤흔든 감정을 그대로 표출시켜 보다 생기 있는 표정을 지을 참이었다. 하지만 르바셰르는 애써 감정을 자제하며 중얼거렸다.

"모르겠어요…. 사실 아무 생각도 없습니다."

페레나는 호기심 어린 눈빛으로 여인의 얼굴을 살피며 말했다.

"글쎄요. 아마도 당신은 의심을 품고 있는 것 같군요…. 포빌 부인이 남긴 잇자국만 없었더라면, 그래요, 충분히 그런 식으로 생각해볼 수도 있겠지요. 하지만 알다시피 그 잇자국은 서명이나 자백보다 더 명백한 증거입니다. 그러니 그 점에 대해 이해할 만한 해명을 하지 않는 한…."

하지만 마리 안 포빌은 잇자국뿐만 아니라 그 어떤 의혹에 대해서도 단 한마디 해명조차 하지 않았다. 그저 완고하게 버티고 있을 뿐이었다. 한편 경찰은 몇 명인지 모를 마리 안 포빌의 공범을 여전히 찾지 못했다. 물론 퐁 뇌프 카페의 종업원이 마즈루에게 인상착의를 설명해줬던, 흑단 지팡이에 코안경을 쓴 그 수상쩍은 남자도 여전히 찾지 못했다. 요컨대 사건은 여전히 미궁 속에 빠져 있었다. 직계 상속인이 없을 시 모닝톤 유산을 거머쥐게 될 루셀 자매의 사촌, 빅토르의 행적 역시 묘연하기는 마찬가지였다.

"그게 다입니까?"

페레나가 말했다.

"아니요. 〈에코 드 프랑스〉에도 눈에 띄는 기사가 하나 있더군요…."

"나와 관련된 기사인가요?"

"아마도 그런 것 같아요. 기사 제목이 〈왜 그를 체포하지 않는가?〉예요."

"틀림없이 내 이야기로군."

페레나는 웃으며 말했다.

왜 그를 체포하지 않는가? 어째서 객관적 근거에 눈감으면서까지 선량한 시민을 당혹감에 빠뜨리는 이 해괴한 상황을 질질 끌고 있는 걸까? 우리는 자체 조사를 벌이던 중 우연한 기회로 모든 사람이 품고 있는 이 같은 의문을 풀어줄 정확한 답을 알게 되었다.

아르센 뤼팽이 죽음을 위장한 지 1년 후, 사법 당국은 블로아에서 출생한 행방불명자인 플로리아니와 아르센 뤼팽이 동일 인물임을 확인하고(혹은 확인했다고 믿고) 플로리아니의 모든 호적 서류에 **사망**이란 표시와 함께 **가명은 아르센 뤼팽**이라는 설명까지 덧붙여 놓았다.

따라서 아르센 뤼팽이 부활하기 위해서는 단지 그의 생존을 명백히 입증할 증거만 필요한 게 아니다(사실 이 같은 증거를 대는 것은 그다지 불가능해 보이지 않는다). 복잡하기 그지없는 행정 절차를 걸쳐서 최고 행정 재판소의 호적 변경 허가 결정을 받아야만 하는 것이다.

그런데 발랑글레 총리는 경찰청장과 합심하여 고위층을 곤경에 빠뜨릴 파장을 불러일으킬 모든 세부 조사는 일부러 회피하는 눈치다. 아르센 뤼팽의 부활? 그 지긋지긋한 인물과 또다시 싸움을 시작해야 하는가? 또다시 처참히 무너지고 대중의 조롱거리가 되어야 하는가? 아니, 안 될 말이지. 결단코 그럴 수는 없다.

결국 이런 이유로 받아들일 수 없는 이 전대미문의 기막힌 일들이 벌어지는 것이다. 즉 명성 높았던 도둑, 끈질긴 상습범, 도둑의 왕, 사기의 황제인 아르센 뤼팽은 이제 아예 만천하에 드러내놓고 가공할 계획을 추진할 수 있고, 철저하게 조작된 허위 신분으로 공공연히 사회생활을 할 수 있으며, 자신의 앞길에 방해되는 네 명을 제거하고도 아무런 벌도 받지 않을 수 있고, 자신이 직접 모은 거짓 증거들을 들이밀며 무고한 한 여인을 감방에 갇히게 할 수 있으며, 결국 개탄스럽게도 은밀한 공모자의 도움으로 2억 프랑에 달하는 모닝톤 유산을 거머쥘 수 있게 된 것이다.

이것이 바로 추잡한 진실이다. 진실은 밝혀져야 한다. 이제 이렇게 진실이 공개됐으니, 이 진실이 앞으로의 수사 전개에 긍정적인 영향을 미치기를 우리 모두 기대해보자.

"이 기사를 쓴 멍청한 작자한테나 영향을 미치겠지."

돈 루이스는 빈정거렸다.

그러고는 르바셰르를 내보내고 다스트리냑 사령관에게 전화를 걸었다.

"사령관님이십니까? 〈에코 드 프랑스〉지에 실린 기사 읽어
보셨습니까?"

"읽어보았네."

"이자에게 내가 무기를 통해 명예 회복을 하고자 한다고 전
해주실 수 있겠습니까?"

"아! 이런! 결투하겠다는 말인가?"

"그래야겠습니다, 사령관님. 이 삼류 소설가들이 끈질기게
절 괴롭히지 않습니까. 아무래도 입에 재갈을 물려놔야 할 것
같습니다. 한 놈을 제대로 잡아놔야 다시는 함부로 펜대를 놀
리지 못할 테니까요."

"좋네. 정 원한다면….'"

"절실히 원합니다."

곧바로 결투 일정이 잡혔다.

〈에코 드 프랑스〉의 사장은 비록 이 기사가 누군가 타자로
쳐서 무기명으로 투고한 것이며 자신은 이 기사가 신문에 실린
사실을 뒤늦게야 알았지만, 여하튼 사장으로서 이 사태에 대해
모든 책임을 지겠다고 입장을 밝혔다.

그날 오후 3시, 돈 루이스 페레나는 다스트리냑 사령관과 다
른 장교 한 명, 그리고 의사와 함께 차에 올라타 팔레 부르봉 저
택을 떠났다. 택시 한 대가 그 뒤를 바짝 쫓아오고 있었다. 그
안에는 페레나를 감시하는 임무를 맡은 치안국 소속 요원들이
비좁게 끼어 앉아 있었다.

마침내 차가 데프랭스 공원에 도착했다.

결투 상대를 기다리는 동안 다스트리냑 백작이 돈 루이스를

슬쩍 옆으로 데리고 가서 이렇게 말했다.

"페레나, 자네에게 아무것도 묻지 않겠네. 기사 내용이 사실인지, 진짜 이름이 무엇인지, 그런 건 내게 전혀 중요하지 않아. 내게 자네는 그저 외인부대 용사 페레나일 뿐이고 그걸로 충분하네. 자네의 과거는 모로코에서 시작되었어. 그리고 미래에 대해서라면, 자네가 무슨 유혹을 받는다 해도 또 무슨 일이 벌어진다 해도 오로지 코스모 모닝톤의 원수를 갚고 상속자들을 보호하는 것 외에는 다른 뜻을 품지 않으리란 사실을 잘 알고 있네. 단지 걱정되는 게 딱 한 가지 있어."

"말씀해보십시오, 사령관님."

"상대를 죽이지 않겠다고 약속하게."

"그러면 두 달간 병상 신세를 지게 하겠습니다. 그 정도면 괜찮겠습니까?"

"그것도 너무 심해. 보름 정도로 해두게."

"낙찰입니다!"

마침내 결투자 두 사람이 각자 자리에 섰다. 그리고 두 번째 판에서 〈에코 드 프랑스〉의 사장은 가슴에 총을 맞고 쓰러졌다.

"이런! 너무 하지 않나, 페레나. 약속했으면서 어떻게…"

다스트리냑 백작이 불만 가득한 목소리로 중얼거렸다.

"예, 약속했지요. 그리고 전 그 약속을 지켰습니다, 사령관님."

그동안 의사들은 부상자의 몸 상태를 살폈다.

잠시 후 그중 한 명이 몸을 일으키며 말했다.

"괜찮을 겁니다…. 넉넉하게 잡아서 한 3주 정도 푹 쉬고 나면 회복될 거예요. 하지만 총알이 1센티미터만 더 깊숙이 박혔어도 정말 큰일 날 뻔했습니다."

"그래요. 하지만 그 1센티미터가 덜 박혔다는 게 중요하지요."

페레나가 중얼거렸다.

여전히 경찰이 탄 자동차의 추적을 받으며 돈 루이스는 포부르 생제르맹으로 돌아왔다. 그리고 바로 그때, 호기심을 강하게 자극하며 〈에코 드 프랑스〉의 기사를 예사롭지 않게 바라보게 한 사건이 벌어졌다.

페레나는 저택 안뜰에서 마부가 키우는 강아지 두 마리를 발견했다. 주로 마구간에 갇혀 있던 녀석들이 그날은 웬일인지 안뜰에서 붉은 실타래를 가지고 놀고 있었다. 붉은 실은 현관 계단과 화분 등 여기저기 걸려 있었는데, 결국 실이 다 풀려 실이 감겨 있던 종이 뭉치가 드러났다. 마침 그때 돈 루이스가 그 옆을 지나가고 있었다. 얼핏 보니 종이에 글자 비슷한 것이 적혀 있었고, 반사적으로 종이를 집어들어 펼쳐보았다.

순간 페레나는 소스라쳤다. 곧장 〈에코 드 프랑스〉에 실렸던 기사의 첫머리가 눈에 들어왔던 것이다. 신문에 실린 그 기사 전부가 모눈종이 위에 펜으로 적혀 있었고 줄을 긋고, 덧붙이고, 지우고, 다시 쓴 흔적이 여기저기 남아 있었다.

페레나는 즉시 마부를 불러 물어보았다.

"이 실타래는 어디서 났나?"

"이 실타래 말인가요, 선생님…? 마구 창고에 있었던 것 같은데… 저 촐싹대는 미르자가 그걸 또 어떻게 찾아서는…."

"그럼 이 종이 뭉치에다가 실을 감아놓은 건 언젠가?"

"어제저녁입니다."

"아! 어제저녁이라…. 이 종이 뭉치는 어디서 났지?"

"그건 저도 잘 몰라요, 선생님…. 그저 실을 감아놓을 만한 걸 찾다가… 헛간 뒤에서 주웠을 뿐입니다. 저녁에 수거될 때까지 집에서 나온 온갖 폐지들을 잠시 모아두는 곳에서 말입니다."

돈 루이스는 조사를 계속했다. 직접 하인들을 불러 질문하거나 르바셰르에게 신문을 부탁하기도 했다. 하지만 아무것도 발견하지 못했다. 단, 한 가지 사실만은 확실했다. 〈에코 드 프랑스〉에 실린 기사는(우연히 주운 초고가 그 증거였다) 이 집에 거주하는 누군가가 쓴 것이거나, 이 집 사람과 연락하며 지내는 누군가가 쓴 게 분명하다.

적은 내부에 있다는 뜻이다.

하지만 대체 어떤 작자란 말인가? 무엇을 원하는 걸까? 그저 자신이 체포되기를 바라는 걸까?

돈 루이스는 그렇게 근심에 휩싸인 상태로 남은 오후 시간을 보냈다. 자신을 둘러싼 수수께끼 같은 일들로 몹시 불안했고, 아무것도 할 수 없는 상황에 분노가 치밀었다. 특히 두렵지는 않지만 어쨌든 자신의 발목을 단단히 묶고 있는 체포 위협 때문에 짜증이 치솟았다.

밤 10시경, 하인이 찾아와 알렉상드르라는 자가 뵙기를 청한다고 전했다. 곧 낡은 망토로 얼굴을 가린 마즈루가 방 안에 들어섰다. 돈 루이스는 마치 먹잇감에 달려들 듯 와락 달려가 그의 어깨를 붙잡고 거칠게 흔들어댔다.

"결국 자네가 왔군! 그거 보게! 내가 뭐라 그랬나? 경찰청 능력으로는 이 일을 해결할 수 없을 테니 자네가 날 찾아올 거라 하지 않았나? 그러니 이제 인정하게, 이 멍청하기 짝이 없는 친구야! 그래…. 당연하지…. 자네가 내 도움을 요청하러 온 거야…. 아! 이거 참 재미있군…. 그래! 난 자네들이 감히 날 체포하지 못하리란 사실을 다 알고 있었어. 그리고 경찰청장이 그 망할 베베르의 눈치 없는 열의를 가라앉히리란 사실도 다 꿰뚫고 있었지. 그럴 수밖에 없지, 유용한 인물을 체포할 수는 없는 법이거든! 뭐라고 말 좀 해보게. 이런! 완전 넋 나간 표정이로군! 어서 대답해봐. 수사는 어느 정도 진척되었나? 빨리! 내가 5초 만에 해결해줄 테니. 그저 수사 상황에 대해 몇 마디만 던져주면 단번에 끝내주지. 자, 시계를 들었네. 이제 2분 만에 끝내게. 그래, 무언가?"

"저기, 대장…."

마즈루는 당황한 표정으로 더듬거렸다.

"뭐야? 말을 하란 말이야! 좋아. 내가 대신 말하지. 흑단 지팡이를 든 사내에 대한 이야기지? 베로 형사가 살해당한 날, 퐁뇌프 카페에서 목격됐다던 그 사내?"

"예, 맞습니다…."

"그자의 흔적을 찾았나?"

"예."

"그럼 털어놓게, 어서!"

"이겁니다, 대장. 카페 종업원만 그자를 목격한 게 아니었어요. 그날 그자를 봤다는 손님 한 명을 제가 찾아냈습니다. 그 목격자의 증언으로는 자신이 그자와 거의 동시에 카페에서 나왔는데, 그자가 행인에게 '뇌이로 가려는데 여기에서 가장 가까운 전철역이 어디냐'고 물었답니다."

"훌륭해. 그럼 뇌이로 가서 여기저기 수소문한 끝에 결국 그자의 흔적을 찾아낼 수 있었겠군?"

"그자의 이름도 알아냈어요…. 이름은 위베르 로티에이고 룰가도에 살았더군요. 하지만 6개월 전에 가구는 다 놓아둔 채 트렁크 두 개만 달랑 들고 그곳을 떠났답니다."

"우체국에는 가봤나?"

"예, 가봤지요. 우체국 직원 중 한 명이 그자의 인상착의를 듣더니 곧바로 누군지 기억해내더라고요. 그자는 일주일이나 열흘에 한 번씩 우편물을 찾으러 그곳에 들렀는데, 찾아가는 우편물 양도 무척 적었답니다. 기껏해야 한두 장 정도…. 그런데 얼마 전부터 아예 그곳에 발길을 끊었답니다."

"우편물이 그자의 이름으로 왔다던가?"

"그저 머리글자만 적혀 있었답니다."

"그 머리글자를 기억하던가?"

"예. B. R. W. 8.이었습니다."

"그게 다인가?"

"제가 알아낸 건 그게 전부입니다. 하지만 제 동료 중 한 명이 경찰관 두 명의 진술을 토대로 밝혀낸 바로는 은제 손잡이가 달린 흑단 지팡이를 들고 코안경을 쓴 한 남자가 이중 연쇄 살인 사건이 벌어진 바로 그날 밤 11시 45분경, 오퇴유 역에서 빠져나와 라넬라그 쪽으로 갔답니다. 기억하시지요? 그 시간대면 포빌 부인 역시 그 근처에 있었잖아요. 범행도 자정 조금 전에 벌어졌고요…. 그러니 제가 내린 결론을 말씀드리자면…."

"됐네. 가보게."

"하지만…."

"빨리 가기나 하게."

"하지만 이대로 끝인가요?"

"30분 후 그자의 집 앞에서 보세."

"그자라니요?"

"마리 안 포빌의 공범 말일세…."

"하지만 모르시잖습니까…."

"그자의 집 주소? 자네가 직접 말해주지 않았나. 리샤르 발라스 대로, 8번지. 자, 빨리 가게. 그런 얼뜨기 같은 표정 짓지 말고."

페레나는 완전히 얼이 빠진 마즈루의 어깨를 잡고 한 바퀴 빙그르르 돌린 다음 문까지 떠밀어 하인의 손에 넘겨 버렸다.

그리고 그 역시 몇 분 후에 자신을 미행하는 경찰들을 달고 집을 나섰고, 곧 출구가 두 개인 어느 건물 앞에 경찰들을 멍하니 세워둔 채 자동차를 타고 뇌이로 향했다.

마드리드 가도부터는 차에서 내려 걸어가 마침내 불로뉴 숲이 보이는 리샤르 발라스 대로에 접어들었다.

마즈루가 이웃집의 높은 담벼락에 둘러싸인 안뜰 안쪽에 자리한 4층짜리 아담한 건물 앞에서 페레나를 기다리고 있었다.

"여기가 8번지 맞나?"

"예, 대장. 그런데 어떻게 주소를 알게 되셨는지 설명 좀….."

"잠깐만, 이 친구야. 숨 좀 돌리고!"

페레나는 몇 차례나 깊숙이 공기를 들이마셨다.

"세상에! 움직이니 정말 좋군! 정말이지 내 몸이 녹스는 기분이었다니까…. 악당들을 쫓을 생각에 벌써 신이 나는군! 참, 설명해달라고 그랬나?"

페레나는 반장의 팔에 자신의 팔을 쑥 끼었다.

"잘 듣게, 알렉상드르. 그리고 잘 배워둬. 국유치 우편물 수신 주소로 쓸 머리글자를 정하는 사람이라면 누구나 머리글자를 아무렇게나 정하지 않아. 십중팔구 상대방이 쉽게 주소를 떠올릴 수 있도록 어떤 의미가 담긴 머리글자를 만든단 말이지."

"그럼 이번 경우에는요?"

"이번 경우에는 이렇다네, 마즈루. 나처럼 뇌이와 불로뉴 숲 주변을 잘 아는 사람이라면 자연스레 B. R. W.라는 세 글자, 특히 영어에서 자주 쓰이는 W라는 글자에 눈이 번쩍 뜨이게 돼 있어. 그래서 즉각 내 머릿속과 눈앞에는 이 세 글자가 논리적으로 마땅히 들어가야 할 각각의 자리에 얌전히 달라붙어 있는 모습이 마치 환영처럼 떠오른 걸세. 그 글자들을 찾고 있으며 또 필요로 하는 각 단어의 첫머리에 붙어 있는 모습 말일세. 그렇게 난 대로(Boulevard)의 B, 리샤르(Richard)의 R, 발라스(Wallace)의 W를 본 거지. 자, 이야기는 이렇게 된 거야."

마즈루는 조금 미심쩍어하는 눈치였다.

"그렇게 짐작하십니까, 대장?"

"난 짐작하지 않네. 논리적으로 생각이란 걸 하지. 일단 무언가 잡히면 그 위에다 가설을 세우는 거야…. 그럴듯한 가설 말이야…. 그러고는 생각하고… 또 생각하지…. 일테면 이렇게…. 마즈루, 이 후미진 곳이 상당히 수상쩍어…. 그리고 저 집도…. 쉿… 들어보게….”

페레나는 마즈루를 어두운 구석으로 떠밀었다. 철커덕하고 문 열리는 소리가 들렸던 것이다.

뒤이어 집 앞 안뜰을 걸어 나오는 발걸음 소리가 들렸다. 철책 문 자물쇠가 삐거덕 소리를 냈다. 곧바로 누군가 모습을 드러냈다. 가로등 불빛이 그 사람의 얼굴을 훤히 비춰주었다.

“맙소사, 그자예요.”

“그래, 그런 것 같군….”

“그자가 확실해요, 대장. 저 검은 지팡이와 번쩍이는 손잡이를 보세요…. 그리고 코안경에다… 턱수염…. 정말 대단하십니다, 대장!”

“진정하고 저자를 따라가 보세.”

사내는 리샤르 발라스 대로를 지나 마이요 대로로 접어들었다. 고개를 꼿꼿이 세우고 지팡이를 휘휘 돌리며 빠른 걸음으로 걸었다. 그리고 담배에 불을 붙였다.

마이요 대로가 끝나는 지점에서 사내는 입시세관을 지나 파리 시내로 들어갔다. 파리 순환 철도역이 그 근처에 있었다. 사내는 여전히 미행당하고 있음을 눈치채지 못한 채 철도역으로 향했고, 곧 오퇴유행 기차에 올라탔다.

“이상하군요. 보름 전에 했던 일을 그대로 되풀이하고 있어요. 바로 여기서 저자가 목격됐거든요.”

기차에서 내린 사내는 성벽을 따라 걷기 시작했다. 약 15분 후 쉬세 대로에 도착했다. 곧이어 엔지니어 포빌과 그의 아들이 살해당한 저택이 나타났다.

사내는 저택 맞은편 성벽으로 올라가더니 그곳에서 저택 정면을 응시하며 몇 분 동안 꼼짝 않고 서 있었다. 그리고 다시 발걸음을 옮겨 뮈에트를 지나 어둑한 불로뉴 숲으로 들어갔다.

"돌진!"

돈 루이스는 걸음을 재촉하며 말했다.

마즈루가 그의 팔을 붙잡았다.

"그게 무슨 말인가요, 대장?"

"이런, 당연히 저놈의 덜미를 붙잡자는 거지. 우린 둘이니 지금이 절호의 기회야."

"맙소사! 그건 불가능해요."

"불가능하다니! 두려운 건가? 좋아. 그럼 나 혼자 하겠네."

"잠시만요, 대장. 진심은 아니시지요?"

"왜 진심이 아니라고 생각하나?"

"이유 없이 사람을 체포할 수는 없으니까요."

"이유가 없다고? 저런 질 나쁜 악당 녀석이? 살인자가? 대체 무슨 이유가 더 필요하나?"

"어쩔 수 없는 상황이거나 현행범이 아닌 이상, 사람을 체포하려면 지금 제게는 없는 무언가가 더 필요하단 말입니다."

"그게 무언가?"

"영장이요. 전 지금 영장이 없습니다."

확신에 찬 어조로 내뱉은 이 고지식한 대답이 어찌나 우습던지, 페레나는 곧장 폭소를 터트렸다.

"영장이 없다고? 저런, 이거 딱해서 어쩌나! 쳇, 어디 나한테도 그딴 게 필요한지 두고 보면 알 걸세!"

"아니요, 두고 보지만은 않을 겁니다. 저자에게 손끝 하나도 건드리지 마십시오."

마즈루가 페레나의 팔을 붙잡고 외쳤다.

"저자가 자네 엄마라도 되나?"

"제발, 대장…."

"이런, 이 꽉 막힌 녀석, 이대로 저자를 놓쳐버리면 이런 기회를 또다시 잡을 수 있을 것 같아?"

돈 루이스는 짜증 섞인 목소리로 말했다.

"쉽게 잡을 수 있을 겁니다. 어차피 저자는 귀가할 테니, 제가 경찰서장에게 연락하면 바로 내일 아침에…."

"만약 그러다가 새가 훨훨 날아가 버리면?"

"하여튼 지금 제게는 영장이 없습니다."

"이 멍청한 녀석, 내가 한 장 써주랴?"

하지만 이내 돈 루이스는 치미는 부아를 억눌렀다. 보아하니 어떤 말로도 마즈루의 고집을 꺾을 수 없을 것 같았다. 저 꽉 막힌 양반은 필요하다면 자신에게 맞서 적을 보호해주기까지 할 태세였다.

"자네도 세상의 바보 천치들과 똑같군. 하긴 서류나 서명, 영장 같은 시답잖은 것들이 경찰을 만들어준다고 믿는 바보들이 어디 한둘인가. 잘 듣게, 친구. 경찰에게 제일 중요한 건 주먹이야. 적이 눈앞에 있으면 일단 들이박아야 해. 안 그랬다간 허공에다 발길질이나 하게 될 거란 말일세. 내 말 명심하고, 그럼 잘 있게. 난 잠이나 자러 가야겠어. 일이 다 끝나면 전화하고."

자유롭게 나서지도 못 하고 타인의 의지, 아니 우유부단함에 질질 끌려다녀야 했던 탓에 페레나는 머리끝까지 화가 나고 짜증이 치민 상태로 집에 돌아왔다.

하지만 다음 날 아침 눈을 뜨자마자 페레나는 재빨리 옷을 갈아입었다. 경찰이 흑단 지팡이를 든 사내를 체포하는 모습을 한시바삐 보고 싶기도 했거니와 무엇보다 경찰에게는 자신의 협조가 반드시 필요하리란 예감이 들어서였다.

"만약 내가 도와주지 않는다면 앉아서 된통 당하고 말 거야. 그치들에겐 이런 전투를 감당할 만한 능력이 없으니까."

페레나는 혼자 중얼거렸다.

그 순간 마즈루에게서 전화가 왔다. 페레나는 전 집주인이 서재로만 이어지는 2층 어둑한 구석에 설치해놓은 작은 전화 부스로 부리나케 달려가 전등을 켜고 전화를 받았다.

"알렉상드르, 자넨가?"

"예, 대장. 지금 저는 어제 그 리샤르 발라스 대로 저택 근처의 한 와인 가게에 와 있습니다."

"그자는?"

"새는 지금 둥지에 있습니다. 하지만 하마터면 놓칠 뻔했어요."

"이런!"

"예, 큰일 날 뻔했어요. 짐까지 싸놓았더라고요. 오늘 아침 곧바로 여행을 떠날 모양입니다."

"그건 어떻게 알았나?"

"가정부에게서 들었습니다. 방금 그 집 안으로 들어가더군요. 곧 우리에게 문을 열어줄 겁니다."

"그자는 혼자 사나?"

"예. 가정부는 식사만 차려주고 저녁에는 퇴근한답니다. 방문객도 전혀 없다더군요. 다만 어떤 여인이 지금까지 세 차례 정도 찾아왔는데, 베일로 얼굴을 가린 탓에 얼굴은 알아보지 못할 것 같다고 합니다. 가정부 말에 따르면 그자는 학자랍니다. 종일 책을 읽으며 무언가를 연구한다더군요."

"그래, 이제 영장은 발부받았나?"

"예. 곧 작전을 개시할 겁니다."

"당장 그리로 달려가겠네."

"절대 안 됩니다! 이번 작전 지휘자가 바로 베베르 부국장이란 말입니다. 아! 그나저나 포빌 부인에 대한 소식은 아직 못 들으셨지요?"

"포빌 부인에 대한 소식?"

"예, 어젯밤 자살 시도를 했답니다."

"뭐! 포빌 부인이 자살 시도를 했다고?"

충격적인 소식에 벌컥 소리를 지른 페레나는 자신의 소리와 거의 동시에, 마치 메아리처럼 또 다른 비명이 근처에서 들려오자 소스라치게 놀랐다.

페레나는 수화기를 든 채 급히 몸을 돌렸다. 르바셰르가 몇 발짝 떨어진 서재에서 하얗게 질리고 일그러진 얼굴로 서 있었다.

두 사람의 눈빛이 마주쳤다. 페레나가 질문을 던져보려 했지만 르바셰르는 황급히 사라져버렸다.

'왜 내 이야기를 엿듣고 있었던 거지? 어째서 그토록 공포에 질린 얼굴을 하고 있었던 거야?'

돈 루이스는 마음속으로 중얼거렸다.

그러는 사이에도 마즈루는 계속 이야기하고 있었다.

"그게, 지난번에 자살하겠다고 장담하지 않았습니까. 그래도 보통 독하지 않고는 못 할 짓인데."

페레나는 다시 입을 열었다.

"하지만 어떻게 자살 시도를 할 수 있었지?"

"그건 나중에 말씀드리겠습니다. 지금 절 찾고 있거든요. 아무튼 이곳에는 절대 오지 마십시오, 대장."

"아니, 그리로 갈 걸세. 당연히 사냥 과정을 지켜봐야지. 바로 이 몸이 놈의 소굴을 발견했으니까. 하지만 걱정하지 말게. 뒤에 얌전히 물러나 있겠네."

"정 그러시다면 서두르십시오, 대장. 이제 곧 기습할 겁니다."

"곧 가지."

페레나는 잽싸게 수화기를 내려놓고 전화부스에서 나가려고 몸을 돌렸다.

바로 그 순간, 페레나는 화들짝 놀라 벽까지 물러섰다.

부스에서 막 나가려는 찰나, 머리 위에서 무언가 가동하더니 두꺼운 철문이 무서운 기세로 떨어졌던 것이다. 아슬아슬하게 겨우 몸을 피할 수 있었다.

정말이지 1초만 늦었더라도 육중한 철문에 처참하게 깔릴 뻔했다. 어찌나 세차게 철문이 떨어졌는지 진동이 손에까지 느껴질 정도였다. 아마 그 순간이 페레나에게는 인생 최대의 위기에 봉착한 순간이었으리라.

공포에 휩싸인 페레나는 한동안 얼음처럼 굳어 있었다. 머릿속이 뒤죽박죽이었지만 이내 냉정함을 되찾고 장애물을 향해 달려들었다.

하지만 곧 이 철문이 도저히 무너뜨릴 수 없는 난공불락의 장애물임을 깨달았다. 그 문은 얇은 금속 조각을 이어 붙여 만든 것이 아니라, 견고하고 육중한 강철 덩어리 그 자체인 두꺼운 철판이었다. 세월의 풍파를 맞아 여기저기 녹슨 자국으로 얼룩지고 번들거리는 고색을 띤 철판은 가장자리의 상하 좌우 모두 빽빽한 틀 속에 빈틈없이 끼워져 있었다.

영락없이 포로 꼴이다. 문득 르바셰르가 서재에 있었던 사실을 떠올린 페레나는 분풀이를 하듯 주먹으로 거칠게 철문을 두들겼다. 만약 아직도 서재를 떠나지 않았다면(철문이 떨어질 때 미처 서재를 떠나지 못했을 게 분명하다) 이 소리를 들을 것이다. 르바셰르는 분명 소리를 듣는다. 이제 발길을 돌려 자신에게 와줄 것이다. 곧 주변에 도움을 요청하고 자신을 구해줄 것이다.

페레나는 귀를 기울였다. 아무 소리도 들리지 않았다. 소리를 질러보았다. 역시 아무런 대답도 없었다. 목소리는 전화부스의 벽과 천장에 부딪혀 허망하게 사그라졌다. 거실, 층계, 현관 할 것 없이 저택 전체가 자신의 목소리에 일부러 귀를 닫은 듯한 기분마저 들었다.

하지만… 하지만… 르바셰르는?

"이게 어떻게 된 일이지? 이 모든 게 대체 무엇을 뜻하는 걸까?"

페레나는 중얼거렸다.

그러고 나서 아무 말 없이 꼼짝 않고 다시 한 번 그 젊은 여인의 이상한 행동과 당황한 표정, 그리고 놀란 눈빛을 떠올려보았다. 또한 이 무시무시한 철문을 자신 앞에 그토록 교활하고 냉혹하게 떨어뜨린 그 보이지 않는 시스템이 대체 왜 하필 지금 이 순간에 작동했는지 곰곰이 생각해보았다.

5
흑단 지팡이를 든 사내

리샤르 발라스 대로 8번지 철책 앞에는 베베르 부국장과 앙스니 경감, 마즈루 반장과 경찰관 세 명, 그리고 뇌이 경찰서장이 모여 있었다.

마즈루는 돈 루이스가 나타나리라고 예상되는 마드리드 가도를 힐끗힐끗 쳐다보았다. 하지만 전화통화를 한 지 30분이 지나도록 돈 루이스가 나타나지 않자 점점 의아한 생각이 밀려들기 시작했다. 마즈루는 더 이상 작전을 늦출 재간이 없었다.

"지금입니다. 가정부가 창밖으로 신호를 보냈어요. 그자가 옷을 갈아입는 모양입니다."

"나올 때 덮치는 게 어떨까요? 순식간에 붙잡을 수 있을 텐데요."

마즈루가 제동을 걸었다.

"그러다가 우리가 모르는 출구로 빠져나가면 어쩔 셈인가? 저런 녀석은 한시도 방심해서는 안 될 인물이란 말일세. 지금 당장 저 소굴로 들이닥쳐야 해. 그편이 훨씬 더 확실하지."

"하지만…."

부국장은 마즈루를 한구석으로 데리고 가 물었다.

"왜 그러나, 마즈루? 모두 초조해하는 모습이 안 보이나? 저자 때문에 다들 불안해하고 있어. 이제 한 가지 방법밖에 없네. 야수를 잡듯 그자에게 한꺼번에 달려들어야 한단 말일세. 그래서 경찰청장님이 왔을 때는 일이 깔끔하게 끝나 있어야 해."

"청장님께서 오시나요?"

"그래. 직접 눈으로 확인하고 싶어 하시지. 이번 사건에 관심이 지대하시니 그럴 수밖에. 그러니, 작전 개시! 준비됐습니까, 제군들? 이제 벨을 누르겠습니다."

드디어 초인종이 울렸고 곧바로 가정부가 달려나와 살며시 문을 열었다.

원래는 적이 미리 눈치채지 못하도록 최대한 조용히 움직이라는 지시를 받았지만 상대가 불러일으키는 불안감이 워낙 컸기에 경찰들은 돌발적으로 우르르 안뜰로 몰려가 전투를 치를 태세를 취했다…. 그런데 그 순간 갑자기 3층 창문 하나가 열리더니 누군가 소리쳤다.

"무슨 일입니까?"

부국장은 아무런 대답도 하지 않았다. 베베르 부국장은 혹시 모를 도주에 대비해 일행 두 명을 안뜰에 남겨놓고 경찰관 두 명과 경감, 경찰서장을 이끌고 곧장 집 안으로 쳐들어갔다.

양측은 2층에서 얼굴을 마주했다. 문제의 사내는 외출복을 완벽히 갖춰 입고 모자까지 쓴 채 충계를 내려오고 있었다. 부국장이 소리쳤다.

"멈추십시오! 손가락 하나도 까딱하지 마십시오! 당신이 위베르 로티에입니까?"

사내는 뜻밖의 상황에 어리둥절한 듯했다. 총구 다섯 개가 사내를 겨누고 있었다. 하지만 얼굴에는 그 어떤 두려운 기색도 떠오르지 않았다. 그저 이렇게 물었다.

"무슨 일입니까, 선생? 여기서 무얼 하고 있는 겁니까?"

"법을 집행하러 왔습니다. 여기 당신 이름이 적힌 영장이 있습니다. 체포 영장입니다."

"제게 체포 영장이 발부됐다고요?"

"그렇습니다. 리샤르 발라스 대로 8번지에 거주하는 위베르 로티에에게 발부된 영장입니다."

"하지만 황당하군…! 믿을 수 없어…. 이게 무슨 일입니까! 무슨 이유로…?"

경찰 두 명이 아무런 저항도 하지 않는 사내의 양팔을 붙잡고 널찍한 방으로 데리고 갔다. 그곳에는 밀짚 의자 세 개와 안락의자 하나, 두꺼운 책들이 널린 탁자 하나가 놓여 있었다.

"여기에 서 계십시오. 꼼짝 말고. 손가락 하나라도 까딱했다간 그 길로 끝장날 테니…."

사내는 저항하지 않았다. 경찰관 두 명에게 멱살을 잡힌 채로 자신이 왜 이렇게 난데없이 체포됐는지, 그 베일에 싸인 이유를 알아내려는 듯 골똘히 생각에 잠겼다. 사내는 붉은색이 감도는 밤색 턱수염과 회색빛이 섞인 푸른 눈동자를 지닌 지적인 용모의 소유자였고, 코안경 너머로 보이는 두 눈동자에서는 이따금 단호한 빛이 번뜩였다. 떡 벌어진 어깨와 두툼한 목으로 보아 힘도 제법 셀 것 같았다.

"수갑을 채울까요?"

마즈루가 부국장에게 물었다.

"잠시 기다리게…. 지금 막 경찰청장님이 도착한 소리를 들은 것 같으니…. 호주머니는 뒤져보았나? 무기는 없던가?"

"없었습니다."

"유리병은? 약병은? 수상쩍은 물건도 없었나?"

"전혀 없었습니다."

방 안에 들어선 데말리옹 청장은 용의자의 얼굴을 유심히 살펴보더니 부국장과 낮은 목소리로 몇 마디 이야기를 나눈 뒤 해당 작전을 상세하게 보고받았다.

"잘했습니다. 큰일을 하셨습니다. 용의자 두 명을 붙잡았으니 이제 입만 열게 하면 모든 게 명명백백 밝혀질 겁니다. 그래, 저자가 저항하지는 않았습니까?"

"전혀요, 청장님."

"여하튼 절대 방심하지 마십시오!"

포로는 단 한마디도 하지 않았다. 그저 이 상황이 도통 이해가 안 간다는 듯 여전히 골똘히 생각에 잠긴 표정을 짓고 있었다. 하지만 새로 등장한 인물이 다름 아닌 경찰청장이라는 사실을 깨닫고는 슬며시 고개를 들어 청장을 바라보았다. 그런 사내에게 데말리옹이 물었다.

"당신이 왜 체포됐는지, 그 이유를 굳이 설명할 필요는 없겠지요?"

사내는 정중한 목소리로 대답했다.

"죄송합니다만 청장님, 부디 그 이유를 설명해주십시오. 이게 어찌 된 영문인지 도통 모르겠습니다. 아마도 경찰 측에서 무언가 크게 오해하고 있는 모양인데, 한 말씀만 해주시면 모든 오해를 풀어드릴 수 있을 겁니다. 그러니 한 말씀만 해주십시오…. 부탁드립니다, 청장님….”

경찰청장은 어깨를 으쓱해 보이며 말했다.

“당신은 포빌 부자의 살인 사건에 가담한 혐의를 받고 있습니다.”

“이폴리트가 죽었다고요!”

사내는 파르르 몸을 떨며 낮게 잠긴 목소리로 같은 말을 되풀이했다.

“이폴리트가 죽었다고요? 그게 무슨 말씀인지? 이폴리트가 죽었다는 게 말이나 됩니까? 어떻게요? 살해당한 겁니까? 에드몽도요?”

경찰청장은 또다시 어깨를 으쓱했다.

“포빌 씨를 이름으로 부른다는 것 자체가 당신이 그분과 매우 가까운 사이였음을 증명하는 겁니다. 게다가 설사 정말로 이번 사건과 아무 관련이 없다고 해도 보름 전부터 신문을 도배한 이 소식을 접하지 못했을 리가 없을 텐데요.”

“저는 신문을 아예 안 읽습니다, 청장님.”

“뭐라고요! 그런 말도 안 되는 소리를….”

“믿기 어려우시겠지만 사실입니다. 저는 과학 입문서를 집필하고자 오로지 연구에만 매진하며 일에 파묻혀 사는 사람입니다. 그래서 세상일에는 조금도 나서지 않고 관심조차 없습니다. 지난 수개월 동안 제가 단 한 번이라도 신문을 읽은 적이 있는지, 그 누구라도 어디 한번 증명해보라고 하십시오. 이런 이유로 저는 이폴리트 포빌이 살해된 사실을 몰랐다고 말하는 겁니다. 한때는 이폴리트와 잘 아는 사이였던 건 맞습니다. 하지만 사이가 틀어진 지 오래입니다."

"이유가 무엇입니까?"

"그저 가족 간의 문제입니다…."

"가족이라니! 그럼 당신과 포빌 씨가 친척 관계란 말입니까?"

"예, 이폴리트는 제 육촌입니다."

"육촌이라고요! 포빌 씨가? 이런… 그렇다면…. 자, 정리를 좀 해봅시다. 포빌 씨와 그의 부인은 각각 엘리자벳 루셀과 아르망드 루셀의 자식입니다. 그리고 이 두 자매는 빅토르라는 이름의 사촌과 함께 자랐고요."

"그렇습니다, 빅토르 소브랑이지요. 빅토르는 외국에서 결혼해 슬하에 아들 둘을 두었습니다. 그중 한 명은 15년 전에 사망했고 남은 한 명이 바로 접니다."

데말리옹은 소스라쳤다. 혼란스러운 감정이 얼굴에 역력히 드러났다. 만약 위베르 로티에가 하는 말이 사실이라면, 정말로 그가 경찰이 여태껏 신원조차 제대로 파악하지 못한 그 빅토르의 아들이라면, 포빌과 그의 아들은 죽었고 포빌 부인은 거의 살인자로 확실시돼 상속권을 박탈당한 것이나 다름없으니 경찰은 지금 막 미국인 코스모 모닝톤의 최종 상속자를 체포한 셈이었다.

하지만 저자는 대체 무슨 생각으로 자신에게 엄청나게 불리한 그 같은 증언을 술술 털어놓는 걸까?

사내가 다시 입을 열었다.

"청장님, 제 말에 상당히 놀라신 모양이군요. 이제 제가 희생자가 된 이번 일에 무언가 착오가 있었단 사실을 깨달으신 건가요?"

사내는 표정에 미동도 없이 지극히 공손한 태도와 교양 있는 목소리로 말했다. 자신의 진술이 오히려 체포의 정당성을 더욱 확고히 뒷받침하리라는 사실은 꿈에도 생각지 못하는 듯했다.

사내의 질문에 대답하지 않은 채 경찰청장이 물었다.

"그렇다면 당신의 진짜 이름은…?"

"가스통 소브랑입니다."

"그런데 왜 위베르 로티에라는 가명을 쓰고 있는 겁니까?"

사내는 살짝 의기소침해졌다. 물론 예리한 관찰력을 지닌 데말리옹은 이 같은 심정 변화를 곧바로 눈치챘다. 사내는 몸을 기우뚱거리고 눈을 깜빡거리며 말했다.

"그건 경찰과는 상관없는 문제입니다."

데말리옹이 비웃으며 말했다.

"궁색한 대답이로군요. 만약 내가 당신이 왜 이렇게 숨어 지내고 어째서 새로운 연락처도 남기지 않은 채 룰 가도를 떠났으며 무슨 이유로 머리글자를 이용해 우체국에서 우편물을 수신했는지 물어봐도 이런 식으로 나올 겁니까?"

"예, 청장님. 그건 오로지 제 의지대로 결정할 수 있는 사적인 영역에 속한 일들입니다. 그러니 청장님께서는 제게 그런 질문을 할 권리가 없습니다."

"당신의 공범도 항상 그렇게 대답하더군요."

"제 공범이라니요?"

"예, 포빌 부인 말입니다."

"포빌 부인이라구요?"

사내는 포빌의 사망 소식을 접했을 때와 똑같은 비명을 내질렀다. 하지만 그때보다 더욱 아연실색한 표정이었고, 극도의 불안감 탓에 얼굴은 몰라보게 일그러졌다.

"뭐라고요…? 그게 무슨…? 지금 뭐라고 하셨습니까? 마리 안이… 아니지요? 사실이 아니지요?"

데말리옹은 쉬셰 대로의 비극에 대해 아무것도 모르는 척하는 사내의 태도가 너무나 유치하고 터무니없어서 일일이 대꾸할 가치조차 느끼지 못했다.

한편 가스통 소브랑은 공포에 질린 눈동자를 하고선 넋이 나간 듯 연신 중얼거렸다.

"어떻게 이런 일이? 그럼 마리 안도 나처럼 억울한 누명을 쓰고 있단 말인가? 이미 체포된 건가? 마리 안이! 마리 안이 감옥에 갇히다니!"

사내는 자신을 괴롭히고 이폴리트를 살해했으며 마리 안을 경찰에 넘긴, 자신을 둘러싼 모든 미지의 적들을 위협하려는 듯 움켜쥔 두 주먹을 번쩍 쳐들었다.

마즈루와 앙스니 경감이 곧바로 사내를 거칠게 붙잡았다…. 사내는 마치 공격자를 밀어내려는 듯 저항의 몸짓을 보였다. 하지만 그것도 잠시, 의자에 풀썩 주저앉아 두 손으로 얼굴을 가린 채 더듬거렸다.

"어찌 이런 황당한 일이! 도저히 이해할 수 없어…. 이해가 안 돼…."

그러고 나서 사내는 침묵했다.

경찰청장이 마즈루에게 말했다.

"포빌 부인과 똑같은 연기를 펼치는군. 그 여자와 연기 스타일도 비슷하고 연기력도 막상막하야. 누가 친척 아니랄까 봐."

"저자를 조심해야 합니다, 청장님. 지금은 갑자기 체포돼서 기가 꺾인 상태지만, 결코 방심할 수 없지요!"

잠시 나가 있던 베베르 부국장이 돌아오자 데말리옹 청장이 곧바로 물었다.

"준비를 마쳤습니까?"

"예, 청장님. 철책 앞, 청장님 차 옆에 택시를 대기시켰습니다.

"우리 쪽 인원은 모두 몇 명입니까?"

"방금 경찰서에서 경찰관 두 명을 더 보내와서 모두 여덟 명입니다."

"집 안은 샅샅이 뒤져보았습니까?

"예. 게다가 보시다시피 원체 텅 빈 집입니다. 꼭 필요한 가구 몇 개에다 방에는 종이 뭉치들만 쌓여 있을 뿐입니다."

"알겠습니다. 이자를 데려가 철저히 감시하십시오."

가스통 소브랑은 순순히 부국장과 마즈루의 뒤를 따라나섰다.

그런데 문턱에 이르자 문득 걸음을 멈춰 세우더니 몸을 돌리고 말했다.

"청장님, 가택수색을 하신다니 드리는 말씀인데, 제 방 책상 위에 쌓여 있는 종이들은 특별히 조심히 다루어주셨으면 합니다. 숱한 밤을 뜬눈으로 지새우며 작성한 것들입니다. 게다가…"

사내는 난처한 표정을 역력히 드러낸 채 망설였다.

"게다가?"

"저기, 청장님. 사실… 특별히 드릴 말씀이 있습니다…"

사내는 적당한 말을 찾는 듯했고 자신의 말이 불러올 여파를 두려워하는 듯했다. 하지만 이내 결심을 굳힌 듯 단호하게 말했다.

"청장님, 여기… 어딘가에… 제가 목숨보다 더 소중히 여기는 편지 꾸러미가 하나 있습니다…. 아마도 이 편지의 내용을 곡해한다면, 그 편지는 저를 겨누는 무기가 될 수도 있겠지요…. 하지만 상관없습니다…. 중요한 건… 그 편지들을 안전하게 보관하는 거니까요…. 보시면 아시겠지만… 그 안에는 정말 중요한 자료들이 담겨 있습니다. 그걸 청장님께 맡기겠습니다…. 오로지 청장님 한 분에게요."

"그 편지들은 어디에 있습니까?"

"숨겨둔 곳을 찾기는 그다지 어렵지 않을 겁니다. 제 방 위에 있는 다락방으로 올라가 창가 오른쪽에 박혀 있는 못을 누르기만 하면 됩니다…. 언뜻 보기에는 아무 쓸모 없는 못 같지만, 그 못을 누르면 슬레이트 지붕 밑의 빗물받이 홈통을 따라 자리한 비밀 장소가 나타날 겁니다."

사내는 경찰 두 명에게 양팔이 붙들린 채 다시 걸음을 옮겼다. 그 순간 청장이 그들을 멈춰 세웠다.

"잠깐… 마즈루, 다락방으로 올라가 그 편지를 내게 가지고 오게."

마즈루는 즉각 지시를 따랐고, 몇 분 후 되돌아왔다. 하지만 사내가 말한 장치를 작동하지 못하고 빈손으로 나타났다.

경찰청장은 곧바로 앙스니 경감에게 마즈루와 함께 다락방으로 올라가라고 지시했고, 이번에는 특별히 사내를 함께 데리고 가 장치를 작동하는 과정을 직접 지켜보게 했다.

경찰청장은 베베르 부국장과 함께 방 안에 남아 수색 결과를 기다렸다. 그러는 동안 책상 위에 수북이 쌓인 책들의 제목을 훑어보았다.

그 책들은 모두 과학 서적이었는데, 그중 특히 《유기 화학》, 《전기와의 관계를 중심으로 고찰한 화학》 같은 화학 관련 서적들이 눈길을 끌었다. 그리고 모든 책은 여백에 빼곡히 메모가 적혀 있었다. 그중 한 권을 뒤적거리고 있을 때 청장은 무언가 떠들썩한 소리를 들은 것 같았다. 급히 소리 나는 쪽으로 달려갔다. 하지만 문턱을 채 넘기도 전에 층계 쪽에서 총성이 울려 퍼졌고, 뒤이어 누군가 고통으로 신음하는 소리가 들려왔다.

곧바로 두 발의 총성이 또다시 울렸다. 누군가 내지르는 비명, 몸싸움을 벌이는 소리, 그리고 또 한 발의 총성이 이어졌다….

경찰청장은 부국장을 이끌고 그 커다란 몸집이 무색할 정도로 민첩하게 한 번에 네 계단씩 뛰어 올라갔다. 3층을 지나 좀더 좁고 가파른 4층 계단까지 단숨에 올라갔다.

막 모퉁이를 돌자 휘청거리는 몸뚱이가 청장의 품으로 풀썩 쓰러져 안겼다. 부상당한 마즈루였다.

계단 위에는 또 다른 몸뚱이 하나가 맥없이 쓰러져 있었다. 앙스니 경감이었다.

위쪽 다락방으로 통하는 작은 문틀에서는 사나운 표정을 짓고 있는 가스통 소브랑이 총을 쥔 손을 앞으로 쭉 내뻗고 있었다. 사내는 무작정 다섯 번째 총알을 발사했다. 그리고 곧바로 경찰청장을 발견하고는 침착하게 총구를 겨누었다.

경찰청장은 극심한 공포에 휩싸인 채 자신의 얼굴을 향해 있는 총구를 바라보았다. 이제 꼼짝없이 죽는구나 싶었다. 하지만 바로 그 순간, 뒤쪽에서 느닷없이 총성이 들리더니 소브랑은 미처 방아쇠를 당겨보지도 못하고 손에서 권총을 떨어뜨렸다. 경찰청장은 자신을 죽음에서 구해준 남자를 마치 환영을 보듯 멍하니 바라보았다. 그 남자는 앙스니 경감의 몸을 훌쩍 뛰어넘고 마즈루를 벽으로 밀친 뒤 경찰들을 이끌고 앞으로 뛰쳐나갔다.

청장은 남자의 얼굴을 똑똑히 알아보았다. 다름 아닌 돈 루이스 페레나였다.

돈 루이스는 소브랑이 도망친 다락방 안으로 잽싸게 들어갔다. 하지만 돈 루이스가 창가에 서 있던 사내를 막 발견한 순간, 사내는 4층 높이인 그곳에서 그대로 허공을 향해 몸을 날렸다.

"그자가 창문 밖으로 몸을 던졌습니까? 이런, 생포하긴 글렀군!"

헐레벌떡 뛰어온 경찰청장이 소리쳤다.

"생포는커녕 시신도 확보하지 못할 겁니다, 청장님. 보십시오, 저자가 벌써 일어나고 있지 않습니까. 저런 놈들한테는 기적이 참 잘도 일어나더군요…. 철책 문 쪽으로 도망치고 있네요…. 그저 다리를 약간 절룩거리는군요."

"하지만 내 부하들은?"

"아! 총성에 놀라 다들 건물 안 층계로 달려와서 부상자를 돌보고 있지요."

"이런! 교활한 놈, 완전히 우리를 가지고 놀았군!"

경찰청장이 중얼거렸다.

실제로 가스통 소브랑은 누구의 방해도 받지 않고 유유히 현장을 달아나고 있었다.

"붙잡아라! 저자를 붙잡아!"

데말리옹은 고래고래 소리를 질렀다.

보도 옆에는 비좁은 거리에 비해 지나치게 덩치가 큰 자동차 두 대가 나란히 세워져 있었다. 하나는 경찰청장이 타고 온 자동차였고, 다른 하나는 포로를 호송하기 위해 베베르 부국장이 특별히 부른 택시였다. 차 안에 앉아 있던 운전기사 두 명은 저택 안에서 그토록 치열한 일전이 벌어진 줄은 까맣게 몰랐지만 가스통 소브랑이 창문 밖으로 뛰어내리는 광경은 목격했다. 경찰청장의 운전기사는 차 안에 쌓여 있던 한 무더기의 증거품 중 그나마 무기가 될 만한 흑단 지팡이를 서둘러 집어들고는 용감하게 도주자 앞으로 달려들었다.

"저자를 잡아! 저자를!"

데말리옹이 소리쳤다.

마침내 안뜰 출구에서 격돌이 벌어졌다. 하지만 눈 깜짝할 사이 싸움은 끝나버렸다. 사내가 순식간에 운전기사에게 덤벼들어 지팡이를 빼앗더니 뒤로 한 발짝 풀쩍 물러나 지팡이로 상대의 얼굴을 냅다 후려쳤던 것이다. 그 바람에 지팡이는 부러졌고, 소브랑은 지팡이 손잡이를 놓지 않은 채, 뒤늦게 저택 밖으로 뛰쳐나온 경찰관 세 명과 또 다른 운전기사의 추격을 받으며 헐레벌떡 도망쳤다.

사내는 경찰관들보다 서른 걸음쯤 앞서 있었다.

경찰관 중 한 명이 몇 차례 총을 발사했지만 여지없이 빗나가고 말았다.

데말리옹 경찰청장과 베베르 부국장이 3층으로 내려와 가스통 소브랑의 방에 들어가자 그들의 눈에 곧바로 창백한 얼굴로 침대에 누워 있는 앙스니 경감의 모습이 들어왔다.

머리에 총을 맞아 죽어가고 있었다.

이내 경감은 숨을 거두었다.

가벼운 부상만 당한 마즈루 반장은 일행이 붕대를 감아주는 동안 자초지종을 차근히 설명했다. 소브랑이 앙스니 경감과 자신을 다락방 문 앞까지 데리고 갔는데, 갑자기 벽 쪽으로 몸을 틀더니 하인용 앞치마와 해진 작업복 사이에 걸려 있던 낡은 가방에 잽싸게 손을 넣더라는 것이다. 그러고는 그 가방에서 권총을 꺼내 들어 바로 옆에 있던 경감을 향해 총알을 발사했고, 경감은 그 자리에서 풀쩍 쓰러졌다고 했다. 자신이 곧바로 그자를 붙잡았지만, 잽싸게 자신의 손에서 빠져나와 총알

세 발을 발사했고, 그중 마지막 총알이 자신의 어깨에 맞았다는 것이다.

아무런 희망도 없는 포로나 다름없던 적은 숙련된 한 무리의 경찰들과 벌인 이번 싸움에서 상상을 초월하는 대담한 전략을 구사했다. 상대 두 명을 따로 떼어내 전투에서 완전히 배제한 뒤, 그 두 명을 이용해 다른 경찰들을 모조리 저택 안으로 끌어들여 안전한 탈출로를 확보하고 유유히 달아나 버린 것이다.

데말리옹은 분노와 절망으로 얼굴이 새파랗게 질린 채 소리쳤다.

"완전히 우리를 가지고 놀았어…. 편지, 비밀 장소, 움직이는 못… 모든 게 다 속임수였다고…. 아! 이 비열한 놈!"

경찰청장은 1층으로 내려가 안뜰을 가로질렀다. 대로로 나가자 소브랑을 추격했던 경찰관 중 한 명이 숨을 헐떡이며 되돌아오는 모습이 보였다.

"어떻게 됐나?"

데말리옹은 불안한 표정으로 물었다.

"청장님, 놈이 옆길로 접어들었을 때… 거기에 웬 차 한 대가 놈을 기다리고 있었습니다…. 이미 시동까지 걸려 있었던 것 같아요. 놈이 차에 오르자마자 차가 쏜살같이 멀어져갔으니까요."

"하지만 내 차는?"

"시동을 거는 데 시간이 꽤 걸리지 않습니까, 청장님…."

"놈이 타고 간 차는 택시였나?"

"예…. 택시였습니다…."

"그럼 그 차를 곧 찾을 수 있을 거야. 운전기사가 신문을 읽고 제 발로 찾아올 테니까⋯."

하지만 베베르는 고개를 가로저었다.

"그 운전기사가 공범이 아니라야 가능한 일입니다. 게다가 그 택시를 찾는다고 해도 가스통 소브랑 같이 치밀한 자가 종적을 그대로 노출할 리가 있겠습니까. 아무래도 꽤 골치 아프게 생겼습니다. 청장님."

초동수사 진행 과정을 말없이 지켜보다 잠시 마즈루와 단둘이 남은 돈 루이스가 중얼거렸다.

"그럼, 그렇고말고, 자네들은 앞으로 골치 꽤나 썩을 거야. 이렇게 다 잡은 고기도 놓친다면 더더욱 그럴 테지. 이런, 마즈루, 그러게 내가 어젯밤에 뭐라 그랬나? 어쨌든 정말 교활한 녀석이야! 놈은 혼자가 아니야, 알렉상드르. 분명 공범이 있어⋯. 그것도 우리 집에서 멀지 않은 곳에⋯. 내 말 알아듣겠나? 바로 우리 집에 저놈의 공범이 있단 말일세!"

마즈루에게 체포 당시 상황과 소브랑이 보였던 반응에 대해 이런저런 질문을 한 뒤 돈 루이스는 팔레 부르봉 광장에 있는 자신의 저택으로 돌아갔다.

이제부터 페레나는 방금 자신이 목격한 일만큼이나 기묘한 사건 하나를 파헤칠 작정이었다. 물론 가스통 소브랑이 코스모 모닝턴의 유산을 차지하기 위해 벌이는 행동들은 돈 루이스의 정신을 온통 사로잡을 만큼 더할 나위 없이 흥미로웠다. 하지만 그 못지않게 르바셰르의 미심쩍은 행동 역시 그의 호기심을 강하게 자극했던 것이다.

마즈루와 전화통화를 했을 때 그 젊은 여자가 내질렀던 공포에 질린 비명과 질겁한 표정이 도무지 뇌리에서 떠나지 않았다. 그리고 그러한 비명과 표정의 원인은 마즈루의 말을 확인하려고 자신이 내뱉었던 다음과 같은 질문 때문이라고밖에 생각할 수 없다.

"뭐! 포빌 부인이 자살 시도를 했다고?"

재고의 여지가 없는 명백한 사실이다. 포빌 부인의 자살 소식과 르바셰르의 극단적인 감정 상태 사이에는 모종의 밀접한 관계가 있는 게 너무나도 자명해 보였으므로 돈 루이스는 당연히 이 단서에 매달려 무언가를 알아낼 수밖에 없었다.

돈 루이스는 곧장 서재로 들어가 전화부스의 입구를 살펴보았다. 아치형인 이 입구는 폭이 2미터가량 되었으며 천장도 매우 낮았다. 입구를 차단하는 문이라고는 오로지 벨벳 천으로 된 휘장 하나였는데, 휘장은 거의 항상 걷혀 있어 부스 입구는 늘 개방된 상태였다. 그런데 이 휘장 아래의 몰딩 부분에서 버튼 하나를 발견했다. 바로 이 버튼을 누르기만 하면 두 시간 전 페레나를 부스 안에 가뒀던 그 철문이 떨어지도록 설계되어 있었다.

페레나는 서너 차례 그 장치를 작동시켜 보았다. 그 결과 시스템에 아무런 이상이 없으며 외부의 개입 없이는 이 시스템이 결코 가동될 수 없다는 사실을 명확하게 확인했다. 그렇다면 이제 그 젊은 여자가 자신을 죽이려 했다고 결론 내려야 할까? 하지만 무슨 이유로 그 같은 짓을 저지르려 했단 말인가?

페레나는 당장 르바셰르를 불러들여 해명을 요구할 작정으로 호출벨에 손을 갖다 댔다. 하지만 시간만 흐를 뿐, 정작 벨을 누르지는 않았다. 창문 밖으로 안뜰을 지나가는 르바셰르의 모습이 보였다. 여자는 우아하게 상체를 흔들며 천천히 걸어갔다. 햇빛이 여자의 금빛 머리카락을 눈부시게 비추었다.

남은 오전 시간 내내 페레나는 소파에 꼼짝 않고 앉아 시가를 피워댔다…. 제대로 실력 발휘를 하지 못하는 자기 자신과 마음대로 풀리지 않는 사건 탓에 심기가 몹시 불편한 상태였다. 진실을 밝혀줄 희미한 불빛 한 줄기조차 찾을 수 없었고, 오히려 모든 상황은 지금껏 고군분투해 온 동굴 속에 더욱 시커먼 어둠만을 드리우는 듯했다. 의욕이 솟구쳐 행동하는 그 즉시 어김없이 새로운 장애물이 나타나 곧바로 의욕을 마비시켜버렸다. 게다가 그 장애물을 면밀해 살펴보아도 적을 파악할 만한 정보가 나오지 않았다. 하지만 정오경, 막 점심 준비를 시켰을 때 집사가 한 손에 쟁반을 들고 서재에 들어와 흥분한 목소리로 외쳤다. 동요하는 기색으로 보아 이미 하인들도 돈 루이스가 처한 애매한 상황을 어느 정도 눈치채고 있는 듯했다.

"선생님, 경찰청장님께서 오셨습니다."

"뭐라고? 어디 계신가?"

"아래층에 계십니다. 처음에는 어떻게 해야 할지 몰라… 르바셰르 양에게 일단 알리려고 했는데…."

"확실한가?"

"여기 명함이 있습니다, 선생님."

명함에는 과연 이러한 이름이 적혀 있었다.

귀스타브 데말리옹

페레나는 곧장 창가로 다가가 창문을 연 다음 머리 위에 달린 거울로 팔레 부르봉 광장을 살펴보았다…. 대여섯 명의 사람들이 서성거리고 있었다. 페레나는 그들을 바로 알아보았다. 자신을 감시하기 위해 상시 배치된 요원들이었다. 어제저녁 자신이 보기 좋게 따돌렸던 그들은 지금 막 감시 임무에 복귀한 상태였다.

'저 인원이 다인가? 그렇다면 전혀 걱정할 필요가 없겠군. 그리고 경찰청장은 내게 커다란 호의를 품고 있어. 다 예상했던 일이지. 게다가 이번에 자신의 목숨까지 구해줬으니 분명 나에 대한 인상이 더 좋아졌을 거야.'

데말리옹은 단 한마디 말도 없이 서재에 들어섰다. 그리고 그저 살짝 고개를 숙여 인사 비슷한 행동을 취했다. 한편 데말리옹과 동행한 베베르는 페레나 같은 모호한 인물 앞에 서면 노상 느끼는 자신의 불쾌한 감정을 굳이 숨기려고 들지 않았다….

돈 루이스는 베베르의 이 같은 행동에 개의치 않고 일부러 안락의자 하나만을 앞으로 끌어다 데말리옹에게 권했다. 하지만 데말리옹은 입을 열기 전에 생각을 좀 더 갈무리하고 싶은 듯 앉지 않고 뒷짐을 진 채 방 안을 둘러보기 시작했다.

침묵이 이어졌다. 돈 루이스는 느긋하게 기다렸다. 마침내 경찰청장이 문득 걸음을 멈추고 입을 열었다.

"리샤르 발라스 대로를 떠나자마자 곧바로 집으로 돌아왔습니까?"

돈 루이스는 이 느닷없는 취조식 대화를 담담히 받아들이며
대답했다.

"예, 청장님."

"이 서재로요?"

"예, 이 서재로 곧장 왔습니다."

데말리옹은 잠시 뜸을 들인 뒤 다시 말을 이었다.

"나는 당신이 출발하고 나서 약 30~40분 후 현장을 떠났습
니다. 차를 타고 경찰청으로 직행했지요. 그런데 경찰청에 도
착해보니 바로 이 속달우편이 도착해 있더군요. 읽어보시면 아
시겠지만 증권 거래소에서 아침 9시 30분에 발송한 우편물입
니다."

돈 루이스는 속달우편을 받아들고 대문자로 쓰여 있는 다음
과 같은 글자들을 읽어 내려갔다.

가스통 소브랑이 도주 후 곧바로 자신의 공범인 페레나를 찾
아갔다는 사실을 알려드립니다. 아시다시피 페레나는 바로 아
르센 뤼팽이지요. 아르센 뤼팽은 소브랑을 떨쳐내고 모닝톤
의 유산을 독차지하고자 소브랑의 주소를 당신에게 넘긴 것입
니다. 하지만 오늘 아침 두 사람은 화해했고, 아르센 뤼팽은 소
브랑에게 안전한 은신처를 마련해주었습니다. 두 사람의 접선
사실과 공모 사실은 아주 쉽게 증명할 수 있습니다. 신중을 기
하고자, 소브랑은 무심코 들고 갔던 부러진 지팡이 도막을 뤼
팽에게 맡겼습니다. 페레나의 서재 안, 두 개의 창문 사이에 있

는 소파 위에 놓인 쿠션을 들춰보시면 그 지팡이를 찾으실 수 있을 겁니다.

돈 루이스는 어깨를 으쓱해 보였다. 편지 내용이 너무나 터무니없이 느껴졌기 때문이다. 그는 한시도 서재를 떠난 적이 없었다. 돈 루이스는 편지를 다시 접어 경찰청장에게 돌려주었고, 편지 내용에 대해서는 아무런 소견도 밝히지 않았다.

청장이 물었다.

"자, 이 고발에 대해 어떠한 답변을 내놓으시겠습니까?"

"대꾸할 가치조차 없습니다, 청장님."

"하지만 내용이 상당히 구체적이고 사실 여부를 확인해보기도 쉬울 것 같은데."

"매우 쉽지요, 청장님. 소파는 저기에 있습니다. 저 두 개의 창문 사이에요."

데말리옹은 2~3초간 뜸을 들이더니 곧 소파로 다가가 쿠션들을 들추기 시작했다.

그중 한 쿠션 아래에서 지팡이 도막이 모습을 드러냈다.

돈 루이스는 당혹감과 분노를 감출 수 없었다. 이런 어처구니없는 일이 벌어져 자신이 불시에 곤경에 처하리라고는 정말이지 꿈에도 생각지 못했던 것이다. 하지만 곧 감정을 다스렸다. 어쨌든 지금은 이 지팡이 반쪽이 소브랑의 손에 쥐여 있던 그 지팡이가 맞는지, 그자가 무심결에 가지고 도망친 지팡이와 동일한 것인지 증명할 방도가 전혀 없지 않은가.

이러한 페레나의 속마음을 읽었는지 경찰청장이 반박하듯

말했다.

"내가 나머지 지팡이 반쪽을 가지고 있습니다. 베베르 부국장이 리샤르 발라스 대로에서 직접 주웠지요. 자, 이겁니다."

경찰청장은 외투 안쪽 주머니에서 지팡이 반쪽을 꺼내 부러진 지팡이 두 개를 맞춰보았다.

두 지팡이의 부러진 부분이 정확하게 맞아떨어졌다.

또다시 침묵이 흘렀다. 페레나는 혼란에 빠졌다. 마치 자신이 타인에게 좌절감과 모욕감을 안겨줬을 때 그들이 느꼈을 기분을 그대로 느끼는 기분이었다. 충격에서 쉽사리 벗어날 수 없었다. 도대체 무슨 조화를 부렸기에 가스통 소브랑은 20분이라는 짧은 시간 동안 이 저택에 침입해 서재 안까지 들어올 수 있었던 걸까? 저택 안에 공범이 있으리라는 그나마 설득력 있는 가설 역시 이 상황을 그다지 속 시원하게 이해시켜주지는 못했다.

페레나는 곰곰이 생각했다.

'내 계산이 완전히 틀어졌군. 이번에는 정말 제대로 걸려들었어. 지난번에는 포빌 부인의 모함에서 무사히 벗어날 수 있었고, 터키석 계략도 좌절시킬 수 있었지. 하지만 지금 이 순간에도 역시나 똑같은 음모가 벌어지고 있다는 사실을 데말리옹은 믿으려 하지 않을 거야. 마리 안 포빌과 마찬가지로 가스통 소브랑 역시 내게 누명을 씌워 체포되게 한 후, 결국 이 싸움에서 날 배제하려고 해. 하지만 청장은 그 사실을 받아들이지 않을 거야.'

경찰청장은 조급한 마음을 드러내며 소리쳤다.

"자, 대답해보십시오! 자신을 변호해보란 말입니다!"

"아닙니다, 청장님. 딱히 할 말이 없습니다."

데말리옹은 발을 구르며 채근했다.

"그렇다면… 그건… 자백이나 다름없으니… 그러니…."

경찰청장은 손잡이를 잡고 창문을 열 태세를 취했다. 이제 휘파람 한 번이면 경찰관들이 들이닥치고 상황은 종료될 것이다.

"경찰관들을 부를까요, 청장님?"

돈 루이스가 물었다.

데말리옹은 아무런 대꾸도 하지 않았다. 창문 손잡이를 놓고 다시 방 안을 서성이기 시작했다. 페레나는 청장이 마지막 순간에 어째서 이토록 망설이고 있는지 곰곰이 생각했다. 그런데 갑자기 청장은 페레나 앞에 우뚝 멈춰 서더니 이렇게 말했다.

"만약 내가 이 흑단 지팡이 사건을 없던 일로 간주하거나, 당신을 모함하려는 하인 중 한 명의 농간질이라고 치부하면 어떻겠습니까? 만약 당신이 지금까지 우리에게 기여한 공헌들만 생각한다면? 요컨대 당신을 자유롭게 풀어준다면?"

페레나는 흘러나오는 미소를 감출 수 없었다. 지팡이 사건이 벌어져 눈에 보이는 모든 정황이 불리하게 돌아갔음에도, 그렇게 모든 것이 끝장난 것 같은 순간에도 자신이 초반부터 줄곧 예상했던 그대로, 다시 말해 쉬셰 대로에서 마즈루에게 장담했던 그 이야기 그대로 상황이 흘러가고 있었다. 즉 경찰은 페레나의 도움이 절실히 필요했다.

"자유라고요…? 더 이상 감시도 하지 않고요? 그렇다면 이제 아무도 저를 미행하지 않는 겁니까?"

"그렇습니다."

"만약 언론이 계속 내 이름을 들먹이면서 근거 없는 소문과 우연의 일치를 빌미로 내게 제재를 가하라는 여론을 부추긴다면, 그땐 어떻게 하실 작정입니까…?"

"그런 제재는 절대 취하지 않을 겁니다."

"그럼 저는 조금도 걱정할 필요가 없겠군요?"

"그럴 필요가 전혀 없습니다."

"베베르 부국장도 나에 대한 반감을 버릴 거고요?"

"적어도 겉으로는 그렇게 행동해야 할 겁니다. 안 그렇습니까, 베베르 부국장?"

부국장이 동의의 뜻으로 해석함 직한 끙 앓는 소리를 내자 돈 루이스는 곧바로 이렇게 외쳤다.

"그렇다면, 청장님, 저는 반드시 승리를 거두겠습니다. 사법 당국의 바람과 요구대로 반드시 승리를 안겨 드리겠습니다."

그렇게 예상치 못한 일련의 사건이 벌어진 후 느닷없이 상황이 돌변해 경찰은 돈 루이스 페레나의 비범한 재능 앞에 고개를 숙이고 들어갔다. 페레나가 이루었던 모든 공적을 인정했고 앞으로의 가능성을 높이 평가했으며, 결국 페레나를 지지하고 협조를 구하는 동시에 거의 수사 지휘권까지 맡긴 셈이다.

이 뜨거운 존경의 표시에 페레나는 기분이 한껏 우쭐해졌다. 과연 그 존경의 표시는 오로지 돈 루이스를 위한 것일까? 무시무시하고 길들지 않는 뤼팽은 자신의 몫을 요구할 권리가 없는 걸까? 과연 데말리옹은 정말로 이 두 인물이 동일인이라는 사실을 받아들이지 않은 걸까?

경찰청장의 태도에서는 속내를 추측할 만한 그 어떤 실마리도 잡을 수 없었다. 청장은 사법 당국이 목적을 달성하기 위해 종종 체결하는 관행적인 협상을 이번에는 돈 루이스 페레나에게 제안하고 있을 뿐이다.

협상이 체결됐고 더는 이 문제에 대해 아무런 말도 오가지 않았다.

"수사와 관련해 내게 물어볼 사항은 없습니까?"

경찰청장이 물었다.

"있습니다, 청장님. 신문을 보니 베로 형사의 주머니에서 수첩이 발견됐다던데, 이 수첩 안에 쓸 만한 단서가 담겨 있지는 않았습니까?"

"전혀요. 개인적인 메모와 지출 명세서밖에 없었습니다. 아! 깜빡 잊고 있었군. 웬 여자 사진도 한 장 있더군요…. 그 사진에 대해서는 아직 아무런 정보도 얻지 못했습니다…. 사실 그 여자가 이번 사건과 관련이 있을 거라고는 생각하지 않습니다. 그래서 언론에도 알리지 않았지요. 자, 이게 그 사진입니다."

페레나는 사진을 건네받고 소스라쳤다. 물론 눈치 빠른 데말리옹이 이를 놓칠 리 없었다.

"이 여자를 아십니까?"

"아니요…. 아닙니다, 청장님. 잠시 아는 사람인 줄… 하지만 아닙니다…. 외모가 조금 비슷할 뿐이군요…. 둘이 친척일지도 모르지요. 오늘 저녁까지 이 사진을 제게 맡겨주신다면 곧 확인해보겠습니다."

"오늘 저녁까지라…. 예, 좋습니다. 사진은 마즈루 반장 편으로 돌려보내 주시면 됩니다. 더불어 마즈루 반장에게 모닝톤 사건과 관련한 모든 일을 위해 당신에게 적극 협조하라고 지시를 내려놓겠습니다."

마침내 대화가 끝났다. 청장이 발길을 옮겼다. 돈 루이스는 청장을 현관문까지 배웅했다.

그런데 데말리옹이 문턱에서 갑자기 뒤를 돌아보더니 짤막하게 말했다.

"오늘 아침 당신이 내 생명을 구해주셨습니다. 당신이 아니었다면 그 악독한 소브랑이….'"

"이런! 별말씀을 다 하십니다, 청장님."

돈 루이스가 만류하고 나섰다.

"예, 알고 있습니다. 당신에게는 일상과도 같은 일이겠지요. 하지만 어쨌든 고마운 마음을 전하고 싶었습니다."

그러고 나서 청장은 마치 진짜 외인부대 영웅이자 스페인 귀족인 돈 루이스 페레나에게 존경을 표하듯 정중하게 인사했다. 한편 베베르는 두 손을 호주머니에 찔러 넣고 마치 입마개를 씌운 사나운 개처럼 표독스러운 표정을 지은 채 증오가 가득 서린 눈빛으로 적을 노려보며 지나갔다.

'제길! 저 녀석은 날 끝장낼 기회를 단단히 벼르고 있는 모양이야!'

돈 루이스는 생각했다.

창밖으로 데말리옹의 차가 떠나는 모습이 보였다. 치안국 요원들도 부국장의 뒤를 따라 팔레 부르봉 광장을 떠났다. 마침내 포위가 풀린 것이다.

"행동 개시! 드디어 자유롭게 움직일 수 있게 됐군. 이제 일이 급물살을 탈 거야."

페레나는 집사를 불렀다.

"점심을 준비해주게. 그리고 르바셰르 양에게 가서 식사 후 곧바로 내게 오라고 전하고."

페레나는 식당으로 들어가 식탁에 앉았다. 그리고 데말리옹이 놓고 간 사진을 곁에 놓고 몸을 숙여 뚫어질 듯 살펴보았다.

사진은 지갑이나 서류 속에 끼여 여기저기 굴러다닌 것처럼 다소 빛바래고 낡은 상태였다. 하지만 사진 속 형상은 꽤 선명하게 보존돼 있었다. 어깨와 팔이 드러난 야회복 차림에 꽃과 잎사귀로 머리 장식을 한 젊은 여자가 환하게 웃고 있는 모습이 찍힌 사진이었다.

"르바셰르 양이야… 어떻게 이럴 수가…."

페레나는 수차례 중얼거렸다.

사진 한구석에는 겨우 읽을 수 있을 정도로 희미한 글자가 적혀 있었다. 플로랑스…. 분명 그 젊은 여자의 이름일 것이다.

페레나는 되풀이해서 중얼거렸다.

"르바셰르… 르바셰르…. 왜 르바셰르의 사진이 베로 형사의 지갑에 있었던 걸까? 내가 이 집을 구매하면서 더불어 고용한, 루마니아 백작의 비서였던 르바셰르가 이 사건과 대체 무슨 연관이 있는 걸까?"

페레나는 철문 사건을 떠올렸다. 그리고 자신에 대한 비난 논조가 담긴 〈에코 드 프랑스〉의 기사와 저택 안뜰에서 발견된 그 기사의 초고도 떠올렸다. 무엇보다 누군가 자신의 서재에 몰래 갖다 놓은 지팡이 도막의 수수께끼에 대해 곰곰이 생각했다.

머릿속으로는 이 일련의 사건들을 분석하려고 애쓰고 르바셰르가 이 사건에서 어떤 역할을 했는지 파악하려고 노력하면서도, 좀처럼 사진에서 눈을 떼지 못했다. 그렇게 한동안 여인의 아름다운 입술선과 우아한 미소, 매혹적인 목선과 환하게 드러난 어깨를 멍하니 바라보았다.

갑자기 문이 벌컥 열렸다. 르바셰르가 식당 안으로 황급히 들어섰다.

그 순간, 그전까지 쭉 혼자 있었던 페레나는 방금 자신이 직접 물을 따라 놓은 잔을 입으로 가져가고 있었다. 르바셰르는 곧장 달려들어 팔을 붙잡고 잔을 낚아채 바닥에 던져 깨뜨려 버렸다.

"마셨나요? 마신 건가요?"

르바셰르는 숨넘어가는 목소리로 물었다.

"아니요. 아직 안 마셨습니다. 왜 그러시나요?"

르바셰르가 더듬거렸다.

"이 물병에 담긴 물에… 이 물에….'

"이 물이 어떻다는 겁니까?"

"독이 들어 있어요.'

페레나는 자리에서 벌떡 일어나 여자의 팔을 거칠게 붙잡았다.

"독이라니! 무슨 말입니까? 말해보세요! 확실한 겁니까?"

웬만해서는 자제력을 잃지 않는 페레나였지만 순간 공포에 휩싸이지 않을 수 없었다.

범인들이 이용하는 독의 치명적인 위력을 알고 있고 베로 형사와 이폴리트 부자의 시신을 두 눈으로 똑똑히 보았기에 비록 상당량의 독약을 견딜 만큼 면역력을 키워온 자신이라고 해도 이번만큼은 그 맹독을 결코 이겨낼 수 없음을 잘 알았던 것이다.

젊은 여자는 입을 다물었다. 페레나가 명령조로 다그쳤다.

"어서 말해보란 말입니다! 확실한 겁니까?"

"아니요…. 그저 그런 생각이… 느낌이… 혹시나 하는 생각에…."

여자는 자신이 내뱉은 말이 후회돼 뒤늦게 이를 수습하려는 눈치였다.

"자, 어쨌든 난 반드시 알아야겠습니다…. 그러니까 이 물에 독이 든 게 확실치 않다는 겁니까?"

"예…. 그저 그럴 수도 있다는 거예요…."

"하지만 조금 전에는…."

"그렇게 생각했는데…. 하지만 아니에요…. 아닙니다…."

"그럼 바로 확인해보면 되겠군."

그렇게 말하며 페레나는 물병을 천천히 집어들려고 했다.

그러자 르바셰르가 잽싸게 달려와 물병을 낚아채 식탁에 내동댕이쳐 깨뜨려 버렸다.

"무슨 짓입니까?"

페레나는 성난 목소리로 소리쳤다.

"그저 제 착각이었어요. 그러니 더는 신경 쓰실 필요가…"

돈 루이스는 황급히 식당 밖으로 뛰쳐나갔다. 평소 하인들은 주방 저편까지 뻗어 있는 복도 끄트머리에 있는 식료품 창고의 정수기에서 마실 물을 떠 왔다.

페레나는 급히 그곳으로 뛰어가 선반 위에서 그릇 하나를 집어들고 정수기 물을 받았다.

그리고 다시 복도를 따라가다 이내 방향을 틀어 안뜰로 나왔고 마구간 옆에서 놀고 있는 강아지 미즈라를 불렀다.

"자, 마셔봐라."

페레나가 강아지에게 그릇을 내밀며 말했다.

강아지는 곧바로 물을 마셨다.

그런데 갑자기 강아지가 멈칫하더니 다리부터 몸까지 경직돼 꼼짝 않고 그대로 서 있는 게 아닌가. 그리고 한 차례 경련을 일으키더니 거친 신음을 내며 제자리에서 두세 번 빙그르르 돈 다음 풀썩 쓰러졌다.

"죽었어."

페레나는 강아지를 건드려보고 중얼거렸다.

르바셰르가 다가왔다. 페레나는 젊은 여자를 향해 몸을 돌리고 쏘아붙이듯 말했다.

"독이 든 게 사실이었습니다…. 당신은 그 사실을 알고 있었고…. 어떻게 알고 있었습니까?"

숨이 턱까지 찬 여자는 요동치는 심장을 진정시키며 대답했다.

"식료품 창고 안에서 다른 강아지가 물을 마시는 모습을 우연히 보게 됐는데, 물을 마시자마자 곧 죽어버리더군요…. 운전기사와 마부에게는 조심하라고 일러두었는데…. 그들은 지금 저기 마구간에 있을 거예요. 그리고 이 사실을 알리려고 곧장 선생님께 달려간 거고요."

"그 정도면 의심할 여지가 없군요. 그런데 왜 아까는 물에 독이 든 게 확실치 않다고 한 겁니까? 강아지가 죽는 걸 봤다면서…."

그 순간 마부와 운전기사가 마구간에서 나왔다. 페레나는 르바셰르를 서둘러 끌고 가며 말했다.

"아무래도 이야기를 좀 나눠야겠습니다. 당신 방으로 갑시다."

두 사람은 다시 복도 모퉁이를 돌았다. 정수기가 설치된 식료품 창고 옆에는 또 다른 복도가 뻗어 있었는데, 그 끝에는 계단 세 개가 놓여 있었다.

계단 위에는 문이 하나 있었다.

페레나는 그 문을 열었다.

그곳은 르바셰르의 거처로 통하는 입구였다. 두 사람은 거실 안으로 발을 들여놓았다. 돈 루이스는 현관문과 거실 문을 차례로 닫았다.

"자, 이제 이야기 좀 해봅시다."

페레나가 단호한 어조로 말했다.

6
셰익스피어 전집 제8권

고풍스러운 저택의 부지 안에는 지어진 지 오래된 별채 두 채가 팔레 부르봉 광장과 앞뜰을 가르는 나지막한 담벼락 좌우에 각각 세워져 있었다. 이 두 별채와 뜰 깊숙이 자리한 본관 사이에는 자그마한 부속건물들이 줄줄이 늘어서 있었다. 좀 더 자세히 말하자면 마차 보관소, 마구간, 마구 보관소, 차고가 늘어선 한쪽 끝에 관리인용 별채가 있었고, 또 세탁실, 주방, 식료품 창고가 늘어선 다른 한쪽 끝에는 르바셰르가 거주하는 별채가 있었다.

르바셰르가 거주하는 별채는 어두운 현관과 널찍한 공간으로 이루어진 단층이었다. 내부 공간 대부분은 거실로 사용됐고 방은 한쪽 구석에 아담하게 꾸며져 있었는데, 사실 그곳은 방이라기보다는 알코브(벽을 파서 침대를 들여놓은 곳 – 옮긴이)에 더 가까웠다. 커튼 하나가 침대와 세면대를 가리고 있었고, 창문 두 개가 팔레 부르봉 광장을 향해 나 있었다.

돈 루이스가 르바셰르의 거처를 방문한 적은 이번이 처음이었다. 비록 느닷없이 벌어진 사건에 정신이 온통 팔려 있었지만 페레나는 곧 이 공간의 매력에 자연스럽게 젖어들었다. 낡은 안락의자 몇 개와 마호가니 의자 몇 개, 제1제정 시대풍의 장식 없는 책상, 굵은 다리가 달린 원탁, 책꽂이 등 안에 놓인 가구들은 비교적 소박했다. 하지만 밝은 색깔의 커튼이 방 분위기를 화사하게 해주었다. 벽에는 유명 미술 작품들의 복제화와 건축물 스케치, 이탈리아 도시들과 시칠리아 사원 같은 햇살 좋은 곳을 주제로 한 풍경화들이 걸려 있었다….

젊은 여자는 여전히 서 있었다. 이미 침착함을 되찾았고 보는 이로 하여금 궁금증과 당혹감을 유발하는 예의 무표정하고 침울한 표정을 짓고 있었다. 하지만 페레나는 억지로 꾸민 그 침울한 표정 아래에 분명 여자가 온 힘을 다해 통제하고 있을 억눌린 감정, 강렬한 생기, 소용돌이치는 격정이 숨어 있으리라고 짐작했다. 두 눈동자에는 두려움의 빛도 도발의 빛도 전혀 서려 있지 않았다. 정말이지 눈곱만큼도 찔리는 구석이 없는 기색이었다.

돈 루이스는 꽤 오랫동안 입을 다물었다. 희한하게도, 그리고 스스로 생각해도 화가 치밀 정도로, 마음속으로는 더할 수 없이 무거운 혐의를 두고 있는 이 여인 앞에서 일종의 당혹감을 느꼈다. 그래서 자신이 생각하고 있는 바를 입 밖으로 명료히 표출하지 못한 채 그저 이렇게 말문을 열 수밖에 없었다.

"오늘 아침 이 집에서 무슨 일이 벌어졌는지 혹시 아십니까?"

"오늘 아침에요?"

"예, 내가 전화를 막 끊었을 때쯤 말입니다."

"예. 하인과 집사가 말해줘서 알고 있어요."

"그전에는 몰랐고요?"

"무슨 수로 제가 그전에 알 수 있었겠어요?"

여자는 거짓말을 하고 있었다. 저 말은 절대 참말일 수가 없다. 하지만 이 얼마나 침착한 목소리란 말인가!

페레나는 다시 말을 이었다.

"오늘 아침에 벌어졌던 일을 요약하면 대충 이렇습니다. 내가 전화부스를 막 나서려는 순간 벽 위쪽에 숨겨져 있던 철문이 내 앞으로 떨어졌습니다. 그런 장애물은 도저히 내 힘으로는 어찌할 수 없을 게 분명했기에 그저 내 옆에 있는 전화기로 친구에게 도움을 요청하기로 했습니다. 그래서 다스트리냑 백작에게 전화를 걸었지요. 백작은 곧장 내게 달려와 주었고, 집사와 함께 그곳에서 꺼내주었습니다. 당신이 들은 그대로입니까?"

"예, 선생님. 전 줄곧 제 방에 있었기 때문에 그 일에 대해서는 아무것도 몰랐어요. 다스트리냑 백작님이 오신 줄도 몰랐는걸요."

"알겠습니다. 그런데 말이지요, 내가 구출된 직후에 알게 된 사실에 따르면 집사를 비롯한 이 집 안 모든 사람이, 그러니까 당신까지도 그 철문의 존재를 알고 있더군요."

"물론입니다."

"누구에게 들었습니까?"

"말로네스코 백작님께 들었습니다. 백작님의 외증조모께서 이 저택에 살고 계셨는데, 프랑스 혁명 시절 남편은 단두대에서 처형됐고 부인은 그 은신처에서 무려 열세 달 동안 숨어 지냈다고 하더군요. 당시에 그 문은 서재의 벽과 동일한 목재로 덮여 있었다고 하고요."

"진작 말해주었다면 좋았을 텐데요. 앞으로 한 발짝만 더 내디뎠다면 꼼짝없이 철문에 깔려 죽을 뻔했습니다."

이 섬뜩한 가정조차 여자의 마음에 아무런 동요도 일으키지 못하는 듯했다. 여자가 말했다.

"장치에 이상이 없는지 확인해보는 게 좋겠어요. 어째서 작동했는지 말이에요. 워낙 오래된 장치라 이상이 생겼을 수도 있거든요."

"장치엔 아무런 문제가 없습니다. 내가 직접 확인해봤어요. 그러니 이 일을 그저 우연 탓으로 돌릴 수는 없습니다."

"우연히 일어난 일이 아니라면요?"

"내가 모르는 어떤 미지의 적이 그랬겠지요."

"그랬다면 집 안 사람 중 누군가가 그자를 목격했을 텐데요."

"그자를 목격할 수 있었던 사람은 오로지 단 한 사람, 바로 당신입니다. 내가 전화통화를 하고 있던 그때, 바로 당신이 서재를 지나가고 있었으니까요. 포빌 부인에 대한 소식을 듣고 당신이 겁에 질려 내지른 비명도 내 두 귀로 똑똑히 들었습니다."

"그래요. 포빌 부인의 자살 시도 소식은 제게 커다란 충격을 줬어요. 그 여자가 유죄이든 무죄이든 그저 한없이 불쌍하다는 생각이 들어서요."

"그렇다면 당신은 손만 뻗으면 장치를 작동시킬 수 있는 입구 옆에 있었으니 범인을 목격하지 못했을 리 없겠군요."

여자는 시선을 떨구지 않았다. 그저 잠시 얼굴이 살짝 발그레하게 물들었을 뿐이다.

"그래요, 아마 사고가 나기 불과 몇 초전에 그곳을 떠난 것 같으니, 그자와 맞닥뜨렸을 수도 있겠지요."

"그래요, 분명 그랬겠지요. 그런데 정말 이상한 건…. 도무지 믿어지지 않는 건 그렇게 철문이 세차게 떨어졌는데도, 게다가 내가 그토록 야단법석을 떨며 도움을 요청했는데도 당신은 그 소리를 전혀 듣지 못했다는 겁니다."

"분명 그때는 이미 제가 서재 문을 닫고 난 후였을 겁니다. 전 정말 아무 소리도 듣지 못했으니까요."

"그렇다면 그때 누군가 내 서재에 숨어 있었고, 그자는 쉬셰 대로에서 이중 살인을 저지른 악당들과 한 패거리라고밖에 생각할 수 없겠군요. 청장이 조금 전 내 소파 쿠션 아래에서 그 악당 중 한 놈이 가지고 있던 지팡이 반쪽을 발견했으니까요."

여자는 상당히 놀란 눈치였다. 이 이야기는 정말로 금시초문인 모양이었다. 페레나는 여자에게 다가가 똑바로 두 눈을 응시하며 또박또박 말했다.

"최소한 무언가 수상쩍다는 사실만은 인정하시지요."

"뭐가 수상쩍다는 건가요?"

"나를 궁지로 몰고 가는 이 일련의 사건들 말입니다. 어제는 안뜰에서 〈에코 드 프랑스〉에 실렸던 기사의 초고가 발견됐어요! 그리고 오늘 아침에는 바로 내 앞에서 철문이 떨어진 데다 난데없이 쿠션 밑에서 지팡이 반쪽이 나왔습니다…. 게다가…

방금 그 독이 든 물병까지….”

여자는 고개를 끄덕이며 중얼거렸다.

“그렇군요…. 무언가 수상해요…. 이 모든 사건이….”

페레나는 단호한 어조로 여자의 말을 마저 이어갔다.

“이 모든 사건이 의미하는 바가 너무나 명확해서, 나는 한 치의 의심도 없이 적들이 이 모든 일에 대범하고 집요하게, 또 직접 개입했다고밖에 생각할 수 없습니다. 이제 적의 존재가 입증됐습니다. 그자는 언제라도 행동할 준비가 돼 있고 뚜렷한 목표가 있지요. 그자는 익명의 제보나 지팡이 도막을 이용해서 날 모함했고 감옥에 처넣으려 했습니다. 철문이 떨어지게 작동시킴으로써 날 죽이거나 적어도 몇 시간 동안 내 발을 묶어두려 했지요. 그리고 이제는 독입니다. 비열하고 교활하게 사람을 죽이는 독, 오늘은 물잔에 들어 있었고 내일은 음식에 들어 있을 그 독 말입니다…. 그다음은 단검이나 권총을 사용할 테고 그게 아니면 내 목을 조르기 위해 밧줄이라도 사용하겠지요…. 방법이야 무언들 어떻습니까…. 나만 없앨 수 있다면 그뿐이고 그게 바로 그자가 원하는 거지요. 날 제거하는 것 말입니다. 나는 그들에게 적이자 두려움을 불러일으키는 대상이고, 언젠가는 비밀을 캐내 자신들이 탐내는 거액을 거머쥘 존재니까요. 요컨대 걸림돌인 셈이지요. 모닝톤 유산이 눈앞에 있는데 내가 그 앞에 떡 버티고 서 있으니 말입니다. 이제 그자들의 표적은 나입니다. 이미 네 명이 희생됐지요. 내가 다섯 번째 희생자가 될 겁니다. 가스통 소브랑이 그렇게 마음을 먹었으니, 아니, 가스통 소브랑이든 누구든 이번 사건을 지휘하는 자가 그렇게 결정했으니 말입니다. 그리고 그자의 공범은 이 저택 안에, 이 광장 한가운데에, 바로 내 곁에 있습니다. 날 감시하며 내 뒤를 졸졸 쫓고 있지요. 내 그림자를 밟으면서 날 덮칠 적당한 기회와 장소를 호시탐탐 노리고 있단 말입니다. 그런데 정말이지, 이제 이런 상황이 아주 지긋지긋합니다. 알고 싶습니다. 그리고 알아낼 겁니다. 그자가 누구입니까?"

젊은 여자는 뒤로 몇 발짝 물러나더니 원탁에 몸을 기댔다.

페레나는 여자에게 한 발짝 더 다가가 그 한결같은 표정에서 동요나 초조함의 흔적을 찾으려고 눈을 번뜩이며 더욱 거칠게 다그쳤다.

"그 공범이 누구예요? 누가 감히 이 저택 안에서 날 죽이겠다고 이를 갈았던 겁니까?"

"몰라요…. 선생님의 생각과 달리 음모 같은 건 없을지도 모르지요…. 그저 우연히 벌어진 일일지도…."

순간 페레나는 자신이 적이라고 여기는 상대에게 늘 그리해왔듯, 반말로 이렇게 쏘아붙이고 싶은 충동이 솟구쳤다.

'거짓말이잖아, 예쁜 아가씨, 새빨간 거짓말이라고. 공범은 바로 당신이잖아. 오직 당신만이 내가 마즈루와 통화하는 내용을 들었어. 그리고 오직 당신만이 가스통 소브랑을 도우러 달려가 대로변에 차를 대기시켜놓고 기다릴 수 있었고, 그 후 그자와 작당해 부러진 지팡이를 쿠션 밑에 숨겨놓을 수 있었지. 그러니, 예쁜 아가씨, 모종의 이유로 날 죽이려 하는 사람은 바로 당신이야. 어둠 속에서 날 덮치는 손은 바로 당신 손이다, 이 말씀이야.'

하지만 페레나는 도저히 여자를 그런 식으로 대할 수 없었다. 자신이 확신하는 바를 분노의 단어로 터트릴 수 없는 그 상황이 어찌나 화가 나는지, 여자의 손가락을 와락 붙잡고 거칠게 힘을 주어 눌렀다. 페레나의 시선과 태도에는 그 어떠한 신랄한 말보다 더욱 매서운 비난이 담겨 있었다.

하지만 페레나는 이내 감정을 다스리고 손아귀의 힘을 풀었다. 젊은 여자는 반항심과 증오가 역력히 드러나는 동작으로 재빨리 손을 빼냈다.

"좋습니다. 그렇다면 하인들을 신문해보지요. 그리고 필요하다면 수상해 보이는 자들을 해고하겠습니다."

여자가 황급히 만류했다.

"그건 안 돼요. 안 됩니다. 그래서는 안 돼요…. 그 사람들은 모두 제가 잘 알고 있어요."

저 여자는 지금 하인들을 두둔하려는 걸까? 자신의 위선과 고집으로 아무 죄 없는 하인들이 희생될 처지에 놓이자 갑자기 양심의 가책이라도 느끼는 걸까?

자신에게 보내는 여자의 눈빛에는 애원의 빛마저 서려 있는 듯했다. 하지만 누구를 위한 애원이란 말인가? 타인을 위한 애원? 아니면 저 자신을 위한 애원?

두 사람은 한동안 아무 말도 하지 않았다. 여자에게서 몇 발짝 떨어진 곳에 서 있던 페레나는 문득 조금 전에 본 사진을 떠올렸다. 놀라움과 더불어 사진 속에서 느꼈던 아름다움을 실제 자신의 눈앞에 서 있는 여자에게서 생생히 느꼈다. 여태껏 깨닫지 못했지만 지금은 신선한 충격으로 다가오는 그 아름다움을 말이다. 저 금빛 머리카락이 이토록 반짝였던가. 입술은 이전만큼 밝은 기운을 내뿜지 못하고 다소 슬퍼 보였지만, 미소를 짓는 듯한 입매만큼은 여전히 그대로였다. 매끈한 턱선, 살짝 파인 목둘레선 위로 드러난 우아한 목덜미, 매혹적인 어깨선, 기품 있는 팔 동작, 무릎 위에 가지런히 놓인 두 손 등 이 모든 것이 더할 수 없이 매력적이고 감미로우며 무척이나 신뢰감을 느끼게 했다. 과연 이런 여인이 정말로 살인자, 사람을 독살한 자일까?

페레나는 입을 열었다.

"예전에 일러준 당신 이름이 기억나지 않습니다. 그런데 본명은 아니었던 것 같군요."

"아니에요. 본명이에요…. 마르트이지요…."

"아니, 당신 이름은 플로랑스… 플로랑스 르바셰르겠지…."

여자는 소스라치게 놀랐다.

"뭐라고요? 뭐라고 하셨어요? 플로랑스…? 그 이름을 어떻게 아셨어요?"

"여기 당신 사진이 있습니다. 당신 이름도 적혀 있고요. 거의 지워진 상태지만 말입니다."

여자는 아연실색한 표정으로 사진을 바라보며 더듬거렸다.

"아! 어떻게 이런 일이…? 이 사진을 어디서 받았어요? 말해보세요. 대체 어디서 난 거예요?"

그러더니 갑자기 중얼거렸다.

"경찰청장이 줬지요? 그래…. 그 사람이겠지요…. 분명해…. 이 사진으로 인상착의를 파악해 날 찾으려는 게 틀림없어….

나까지… 또 당신이로군요…. 언제나 당신이….”

“두려워할 필요 없습니다. 살짝 손보면 사진 속 인물이 당신인지 아무도 못 알아볼 테니…. 그렇게 해주겠습니다…. 그러니 걱정하지 마시고….”

여자는 페레나의 말을 듣고 있지 않았다. 사진을 뚫어질 듯 쳐다보더니 이렇게 중얼거렸다.

“당시 전 스무 살이었어요…. 이탈리아에서 살았지요…. 아! 이 사진을 찍던 날 얼마나 행복했는지…! 또 사진 속 내 모습을 보고 얼마나 행복했는지! 사진으로 남은 제 모습이 정말 아름답다고 느꼈거든요…. 그런데 이 사진이 갑자기 사라졌어요…. 그 시절 도둑맞았던 여러 물건과 마찬가지로 이 사진도 누가 훔쳐갔어요.”

여자는 마치 다른 여자의 이름, 일테면 불행에 빠진 친구의 이름을 부르듯 더욱 나지막한 목소리로 중얼거렸다.

“플로랑스… 플로랑스….”

두 뺨 위로 눈물이 흘러내렸다.

‘사람을 죽일 여자가 아니야…. 저 여자가 공범일 리 없어. 하지만… 하지만….’

페레나는 여자에게서 멀어져 창문에서 문까지 왔다 갔다 하며 서성이기 시작했다. 벽에 걸린 이탈리아 풍경화가 유독 눈길을 사로잡았다. 그런 다음 책꽂이에 꽂혀 있는 책들의 제목을 유심히 살펴보았다. 프랑스와 해외 문학 작품이 즐비했는데 소설, 희곡, 수필, 시 등 장르가 다양했다. 방 주인의 수준 높고 폭넓은 교양을 가히 짐작할 수 있는 책들이었다. 단테의 책 옆에 라신의 책이, 에드거 앨런 포의 책 옆에 스탕달의 책이, 괴테의 책과 베르길리우스의 책 사이에는 몽테뉴의 책이 꽂혀 있었다. 그런데 바로 그 순간, 무더기 속에서도 미세한 차이를 짚어낼 수 있는 예의 그 비범한 관찰력 덕분에 페레나는 셰익스피어 영문판 전집 가운데 어느 한 권이 다른 책들과 조금 다른 외형을 띠고 있다는 사실을 즉각 포착했다. 붉은 가죽 장정의 그 책은 다른 책들과는 달리 책표지에 세월의 흔적을 드러내는 균열이나 주름이 하나도 없는 것으로 보아 꽤 견고하고 무언가 특별해 보였다.

그 책은 셰익스피어 전집 제8권이었다. 페레나는 르바셰르가 눈치채지 못하도록 재빨리 그 책을 집어들었다.

예감은 빗나가지 않았다. 그건 가짜 책이었다. 겉만 그럴싸하고 속은 텅 빈 일종의 상자여서 무언가를 감쪽같이 숨길 수 있었다. 그 속에는 하얀 편지지, 다양한 규격의 봉투, 똑같은 노트에서 뜯어낸 듯한 균일한 크기의 모눈종이가 들어 있었다. 그 모눈종이를 본 순간 페레나는 깜짝 놀랐다. 즉시 〈에코 드 프랑스〉 기사의 초고가 적힌 종이의 생김새가 떠올랐던 것이다.

전체적인 바둑판 모양은 확실히 똑같았고, 각 칸의 모양과 크기도 비슷해 보였다.

게다가 종이를 한두 장씩 들추던 페레나는 마지막 한 장을 남겨두고 단어와 숫자로 쓰인 몇 줄을 불현듯 발견했다. 보아하니 누군가 연필로 급히 휘갈겨 쓴 것 같았다.

페레나는 곧바로 내용을 읽기 시작했다.

쉬세 대로 저택

첫 번째 편지. 4월 15일 밤에서 16일 밤 사이

두 번째. 25일 밤

세 번째와 네 번째. 5월 5일 밤과 5월 15일 밤

다섯 번째와 폭발. 5월 25일 밤

우선 종이에 적힌 첫 번째 밤이 바로 오늘 밤이라는 사실이
번뜩 뇌리에 스쳤고, 뒤이어 나열된 날짜들이 각각 열흘 간격
으로 떨어져 있다는 점이 눈길을 끌었다. 하지만 페레나는 무
엇보다도 필체가 기사 초고의 필체와 아주 흡사한 점을 눈여겨
보았다.

문제의 초고는 지금 자신의 호주머니 속 수첩 사이에 끼워져
있다. 따라서 마음만 먹으면 얼마든지 두 모눈종이와 필체를
직접 비교할 수 있다.

페레나는 곧장 호주머니에서 수첩을 꺼내 펼쳤다.

초고는 감쪽같이 사라지고 없었다.

'젠장! 정말 해도 해도 너무하는군.'

돈 루이스는 이를 갈았다.

그날 아침 마즈루와 통화했을 당시가 곧바로 떠올랐다. 수첩
은 외투 호주머니 속에 있었고 외투는 전화부스 근처에 있는
의자 위에 걸쳐 있었다.

그런데 정확히 바로 그때 르바셰르는 아무 이유 없이 서재를
배회하고 있었다.

도대체 그곳에서 무엇을 하고 있었던 걸까?

페레나는 분노에 휩싸여 마음속으로 중얼거렸다.

'이런! 앙큼한 것 같으니! 날 속이고 있는 거로군. 저 눈물, 저 순진한 표정, 그 감상적인 추억들, 모두 다 거짓이야! 저 여자도 마리 안 포빌과 똑같은 족속이야. 가스통 소브랑과도 다를 바 없고! 그자들과 마찬가지로, 미세한 손짓부터 순진한 억양까지 모조리 거짓으로 점철된 삼류 배우일 뿐이라고.'

페레나는 여자에게 당장 따져 물을 참이었다. 이것은 도저히 부인할 수 없는 명백한 증거였다. 여자는 수사망이 자신을 향해 좁혀올 게 두려워 어떻게든 적의 손에 들어간 기사 초고를 가로채려 했으리라. 이렇게 뚜렷한 증거가 있는데 모닝톤 사건의 주모자들, 자신을 제거하려는 그자들의 손발 노릇을 하는 공범이 저 여자라는 생각에 어떻게 의혹을 품을 수 있겠는가? 아니, 어쩌면 바로 저 여자가 그 사악한 패거리들을 진두지휘하고, 대담함과 명철함을 이용해 다른 공범들을 조종하고, 무리가 탐하는 어두운 목표를 향해 직접 그들을 이끌고 있을지도 모르는 일 아닌가?

실제로 여자는 얼마든지 자유롭게 행동하고 이동할 수 있다. 팔레 부르봉 광장과 면한 창문을 이용하면 어둠을 틈타 쉽게 저택을 빠져나갔다가 쥐도 새도 모르게 다시 돌아올 수 있다. 따라서 이중 살인이 벌어진 그날 밤, 여자가 포빌 부자의 살인범들 사이에 끼어 있었을 수 있다. 그뿐만 아니라 범행에 직접 참여했을지도 모를 일이며 심지어 그 두 희생자의 몸에 독약을 주입한 손이, 지금 눈앞에서 금빛 머리카락을 받치고 있는 저 하얗고 가녀린 손일 가능성도 충분한 것이다.

순간 모골이 송연해졌다. 페레나는 살며시 종이를 책 속에 집어넣은 뒤 다시 제자리에 꽂아놓고 여자에게 다가갔다. 페레나 자신이 여자의 하관, 즉 턱의 형태를 유심히 살펴보고 있음을 불현듯 깨달았다! 그렇다, 매끄럽게 빠진 볼 선 속에, 입술의 베일 저편에 숨어 있는 턱뼈 모양을 알아내려 애쓰고 있었다. 본인의 의지와는 달리 불쾌한 호기심과 초조함이 뒤섞인 감정 상태에 빠져 페레나는 여자를 바라보고 또 바라보았다. 당장에라도 여자의 굳게 닫힌 입술을 거칠게 열어 자신 앞에 놓인 이 끔찍한 질문에 대한 답을 얻고 싶었다. 혹시 저 이, 지금은 입술에 가려져 보이지 않는 저 치아가 문제의 과일에 찍힌 잇자국을 남긴 게 아닐까? 호랑이 이빨, 야수의 이빨, 그 이빨은 저 여자의 것일까, 아니면 정말 다른 여인의 것일까?

물론 비합리적인 생각이다. 문제의 잇자국은 이미 마리 안 포빌의 것으로 판명 나지 않았던가. 하지만 비합리적이라는 이유만으로 이 가정을 완전히 배제해야 할까?

스스로 놀랄 만큼 크게 동요하고 있었다. 페레나는 상대에게 이러한 속내를 들킬까 봐 이쯤에서 대화를 끝마치기로 했다. 여자에게 다가가 위압적이고 공격적인 말투로 말했다.

"이 저택에서 일하는 모든 하인을 해고해야겠습니다. 그들에게 봉급을 지급하고 원하는 만큼 퇴직금도 챙겨주십시오. 아무튼 그들은 반드시 오늘 안으로 이 저택을 떠나야 합니다. 오늘 저녁 당장 새로운 하인들이 들어올 거예요. 새 하인들이 오면 알아서 그 후의 일들을 잘 처리하십시오."

르바셰르는 아무 대답도 하지 않았다. 페레나는 자신과 플로랑스 사이에 흘렀던 불편한 기류로 찜찜한 마음만을 안은 채 자리를 떠났다. 두 사람 사이에는 내내 무겁고 갑갑한 분위기가 감돌았다. 두 사람 모두 마음속에 있는 생각을 상대에게 드러내지 않았고, 그들의 행동 역시 내뱉은 말과 일치하지 않았다. 사실 이런저런 상황을 따지고 보면 플로랑스 르바셰르를 당장 해고하는 것이야말로 진정 합리적인 일 처리가 아니겠는가? 하지만 돈 루이스는 이 같은 가능성은 조금도 고려하지 않았다.

곧장 서재로 돌아온 돈 루이스는 마즈루에게 전화를 걸어 옆방까지 목소리가 새어 나가지 않도록 나지막이 속삭였다.

"마즈루, 자넨가?"

"예."

"청장이 날 도우라고 지시를 내렸나?"

"예."

"좋아. 그럼 청장에게 이렇게 말하게. 내가 하인들을 모두 내쫓았고, 자네에게 그들의 명단을 넘겨 그들 주위에 철저한 감시망을 펼치도록 지시를 내렸다고 말일세. 그런 식으로 소브랑의 공범을 찾아낼 거라고 말이야. 한 가지 지시 사항이 더 있네. 오늘 밤 자네와 내가 포빌의 저택에 머무를 수 있도록 청장에게 허가를 요청하게."

"포빌의 저택! 쉬셰 대로에 있는 그 저택 말입니까?"

"그래. 오늘 밤 틀림없이 그곳에서 사건이 발생할 거야. 내게는 그렇게 단정 지을 만한 충분한 근거가 있네."

"어떤 사건요?"

"나도 모르네. 하지만 분명 그곳에서 무슨 일이 터질 거야. 그러니 우리가 반드시 그곳에 가봐야 하네. 알겠나?"

"알겠습니다, 대장. 청장님께서 허락만 해주신다면, 오늘 저녁 9시, 쉬셰 대로에서 만나는 걸로 하지요."

그날 페레나는 더 이상 르바셰르를 보지 못했다. 오후에 저택을 떠나 직업소개소에 들러 하인과 운전기사, 마부, 시중꾼, 요리사 등을 구했다.

그런 다음 사진관으로 가서 르바셰르의 사진을 한 장 더 인화한 뒤 경찰청장이 사진이 바뀐 사실을 눈치채지 못하도록 직접 사진을 변조했다.

그러고 나서 식당에서 저녁 식사를 했다.

저녁 9시, 마즈루와 합류했다.

이중 살인 사건이 벌어진 이후 포빌의 저택은 관리인의 손에 맡겨져 있었다. 모든 방과 자물쇠가 단단히 봉해져 있었지만 작업실 안쪽 문만큼은 필요하다면 즉시 조사를 진행할 수 있도록 봉하지 않고 경찰이 따로 열쇠를 보관하고 있었다.

널찍한 작업실의 내부 전경은 예전 모습 그대로였다. 하지만 여기저기 널려 있던 종이들은 치워져 있거나 정리된 상태였다. 탁자 위에는 책도, 팸플릿도, 아무것도 놓여 있지 않았다. 전등 불빛 아래로 먼지가 살짝 덮인 검은 가죽과 마호가니 틀이 또렷이 드러났다.

돈 루이스가 소리쳤다.

"여보게, 알렉상드르. 이곳에 다시 들어온 기분이 어떤가? 웬지 묘한 감정이 샘솟지 않나? 하지만 이번에는 문에 빗장이나 자물쇠가 채워져 있지 않네. 만약 이 4월 15일과 16일 밤 사이에 무슨 일이 벌어진다면 우리는 그저 잠자코 있자고. 저 신사분들께 온전히 내맡기는 거야. 이번에는 모든 일이 저분들 손에 달린 거지."

비록 그렇게 농을 던지기는 했지만 돈 루이스는 자신이 막지 못한 두 건의 살인 사건에 대한 끔찍한 기억과 시신 두 구의 모습이 머릿속에 맴돌아 방금 자신이 말한 것처럼 상당히 묘한 감정에 휩싸여 있었다. 더불어 뇌리에는 포빌 부인과 냉랭히 대결했던 일, 이 여인이 절망에 빠져 결국 체포당한 일 등이 강렬한 감정과 더불어 생생히 떠올랐다.

페레나는 곧바로 마즈루에게 물었다.

"그 여자 이야기 좀 해보게. 자살하려 했다고?"

"예. 정말 단단히 마음을 먹었던 모양입니다. 본인도 꽤 겁났을 방법으로 자살을 시도했거든요. 침대 시트와 속옷을 찢어 서로 엮어서 올가미를 만든 다음, 거기에다 목을 맸답니다. 인공호흡까지 해야 했다더군요. 위험한 고비는 넘겼지만, 한시도 눈을 뗄 수 없는 상황이랍니다. 그 여자가 또 자살하겠다고 벼르고 있어서요."

"자백은 전혀 않고?"

"전혀요. 여전히 결백을 주장하고 있습니다."

"검찰청이나 경찰청의 의견은 어떤가?"

"그들의 의견이 바뀌었을 리가 있겠습니까, 대장? 그 여자에게 쏠렸던 혐의점들이 예심 과정에서 낱낱이 사실로 확인됐는데요. 무엇보다 그날 그 사과를 건드릴 수 있었던 사람, 더 정확히 말하자면 밤 11시부터 아침 7시까지 그 사과를 만질 수 있었던 사람은 오직 그 여자뿐이었다는 사실이 반론의 여지 없이 확실하게 증명됐습니다. 게다가 사과에는 틀림없는 여자의 치아 자국이 새겨져 있고요. 그런 잇자국을 똑같이 남길 수 있는 턱뼈가 이 세상 어딘가에 또 있을 리는 없지 않습니까?"

"그래…. 그럴 리는 없지."

문득 플로랑스 르바셰르를 떠올리며 돈 루이스는 마즈루의 말에 동의했다.

"맞아. 반론의 여지가 없어. 명백한 사실이야. 그 잇자국은 포빌 부인을 현행범으로 취급해도 무리가 없을 만큼 명백한 증거지. 그런데 왜 이 모든 사건 한가운데에 난데없이 나타나서…."

"누가 말입니까, 대장?"

"아무것도 아니네…. 그냥 골치 아픈 일이 좀 있어서…. 게다가 알다시피 이번 사건에는 비정상적이고 비논리적인 모순점들이 너무나 많아. 그래서 내일이면 물거품처럼 흩어질지도 모르는 힘없는 확신에 전적으로 매달릴 수 없는 처지라네."

두 사람은 이번 사건을 여러모로 분석해보면서 꽤 오랫동안 나지막이 이야기를 나누었다. 자정 무렵, 두 사람은 천장의 전등을 껐다. 그리고 망을 보기 위해 교대로 눈을 붙이기로 했다.

그렇게 몇 시간이 흘러갔다. 지난번 이곳에서 밤을 보낸 그날과 별반 다를 게 없었다. 밤늦게 거리를 달리는 마차와 자동차 소리, 기차가 내는 기적 소리, 그리고 뒤이어 찾아오는 침묵까지도.

어느새 밤이 지나갔다.

밤사이 어떠한 수상한 낌새도 아무런 사고도 없었다.

동이 텄고 밖에서는 또 다른 하루가 시작되고 있었다. 하지만 보초를 서는 동안 돈 루이스가 방 안에서 들은 것이라고는 동료의 단조로운 코 고는 소리가 전부였다.

'내가 잘못 생각한 걸까? 셰익스피어 책에서 찾아낸 그 단서에 혹시 다른 뜻이 있었던 걸까? 아니면 작년 그 날짜에 일어난 다른 일들을 암시하는 걸까?'

하지만 아무 문제 없어 보이는 이 모든 상황에도 반쯤 열린 덧문 사이로 점차 환하게 새어 들어오는 새벽 여명과 함께 모호한 불안감이 느닷없이 엄습해왔다. 보름 전 그날 밤에도 분명 주의를 환기할 만한 그 어떤 사건도 일어나지 않았지만 결국 아침에 두 명의 희생자가 싸늘한 시신이 되어 자신의 곁에 누워 있지 않았던가.

새벽 7시, 페레나는 동료를 불렀다.

"알렉상드르?"

"아! 예, 대장?"

"죽은 건 아니지?"

"무슨 말씀을 하시는 겁니까? 제가 죽다니요? 그럴 리가요, 대장."

"확실한가?"

"이런! 농담하지 마세요, 대장. 그러는 대장은 살아 계신 게 맞습니까?"

"아! 내 차례도 곧 돌아올 걸세. 그렇게 교활한 자들이라면 충분히 날 끝장낼 수 있겠지."

두 사람은 한 시간 정도 더 그곳에 가만히 앉아 있었다. 페레나는 창문을 열고 덧문도 밀어젖혔다.

"그래, 알렉상드르. 자네가 죽지는 않은 것 같군. 하지만…."

"하지만 뭐요?"

"얼굴이 새파랗게 질려 있어."

마즈루는 억지웃음을 지어 보였다.

"사실을 말하면요, 대장, 아까 대장이 주무시는 동안 혼자 보초를 섰을 때 제법 힘든 시간을 보냈습니다."

"무서웠단 말인가?"

"머리털이 쭈뼛 섰을 정도로요. 계속 무슨 일이 일어날 것만 같았거든요. 하지만 대장, 대장의 얼굴도 그다지 편치만은 않아 보이십니다…. 혹시 대장도…."

마즈루는 문득 말을 멈췄다. 돈 루이스의 얼굴에 갑자기 경악한 기색이 떠올랐던 것이다.

"무슨 일이세요, 대장?"

"저길 좀 보게…. 탁자 위에… 저 편지…."

마즈루는 곧장 탁자 위로 시선을 옮겼다.

탁자 위에는 정말로 웬 편지 한 장이, 아니, 조금 더 정확히 말하면 봉함엽서 한 장이 놓여 있었다. 그 엽서는 개봉 선을 따라 찢겨 있었고 주소와 우표, 우체국 소인이 있는 겉면이 드러난 채 놓여 있었다.

"알렉상드르, 자네가 갖다 놓은 건가?"

"농담하지 마세요, 대장. 대장도 이런 일을 할 만한 사람은 본인뿐이란 걸 잘 알고 계시지 않습니까."

"그래, 나 말고는 없지…. 하지만 난 아니네…."

"그렇다면 누가…?"

돈 루이스는 엽서를 집어들고 유심히 살펴보았다. 수신자의 이름과 거주지를 파악할 수 없도록 주소와 우체국 소인이 있는 부분이 긁혀져 있었지만 발송지와 발신 날짜만은 뚜렷이 남아 있었다.

1919년 1월 4일, 파리

"그러니까 편지는 석 달 반쯤 전에 부친 거로군."

엽서를 뒤집어 안쪽을 살펴보았다. 거기에는 열두어 줄의 글이 적혀 있었다. 그 즉시 페레나는 깜짝 놀라 소리쳤다.

"이폴리트 포빌의 서명이잖아!"

"그리고 그 사람의 필체이고요."

마즈루가 한마디 보태고 나섰다.

"이제 그 필체는 확실히 알아볼 수 있거든요. 틀림없습니다. 대체 이게 무슨 의미일까요? 이폴리트 포빌이 사망하기 석 달 전에 쓴 편지라…."

페레나는 큰소리로 편지를 읽기 시작했다.

친애하는 친구,

아! 불행하게도 지난번에 내가 쓴 편지 내용은 분명한 사실이라고 확언할 수밖에 없을 듯하네. 내 주위에 음모의 그림자가 점점 짙게 드리우고 있어. 아직은 그자들의 계획이 무언지 잘 모르겠네. 어떻게 그 계획을 실행에 옮길 건지는 더더욱 감이 안 잡히고 말일세. 하지만 내 주위의 모든 것들이 이제 곧 닥칠 파국을 예고하고 있어. 여자의 두 눈동자가 그 사실을 말하고 있네. 날 바라보는 여자의 시선이 이따금 얼마나 묘한지! 아! 이 얼마나 비열한 짓인지! 그 여자가 그런 짓을 저지를 수 있으리라고 그 누가 감히 상상이나 하겠나…. 나는 너무 불행하네, 친구.

마즈루가 말했다.

"그리고 이폴리트 포빌이라고 서명되어 있군요…. 단언컨대 그 사람이 쓴 편지가 분명해요. 올해 1월 4일에 자신의 친구에게 보낸 편지군요. 지금은 친구 이름을 알지 못하지만 조만간 알아낼 수 있을 겁니다. 장담합니다. 그리고 그 사람은 우리에게 필요한 모든 증거를 제공할 거고요."

마즈루의 목소리가 한껏 격양됐다.

"증거가 생기는 겁니다! 하지만 무슨 증거가 더 필요하겠습니까! 여기 바로 이 편지가 뚜렷한 증거인데요. 포빌이 직접 모든 증거를 제공한 셈입니다. '이제 곧 파국이 닥칠 것을 예고하고 있어. 여자의 두 눈동자가 그 사실을 말하고 있네'라고 쓰여 있지 않습니까. '여자'는 자신의 부인, 즉 마리 안 포빌을 일컫는 거라고요. 남편의 증언이 여태껏 우리가 마리 안 포빌에게 품었던 의혹들을 전부 확인해주고 있습니다. 어떻게 생각하세요?"

페레나는 건성으로 대답했다.

"자네 말이 맞아. 그래, 이 편지는 결정적인 증거지. 다만…."

"다만, 뭐예요?"

"대체 누가 이 편지를 여기에 갖다 놓았을까? 우리가 보초를 선 지난밤 사이 누군가 이곳에 들어왔단 이야긴데…. 어떻게 그럴 수가 있지? 무슨 소리라도 들었을 텐데…. 바로 그 점 때문에 혼란스러운 걸세."

"듣고 보니 그렇군요…."

"그렇고말고. 사실 보름 전 그때도 상당히 이상하게 당하긴 했어. 하지만 어쨌든 당시 우리는 바깥에 있었고 사건은 여기 이 안에서 벌어졌지. 그런데 오늘은 우리 둘 다 이 안에 있었네. 바로 이 탁자 가까운 곳에 말이야. 그리고 어젯밤 종이 쪼가리 하나 없던 탁자 위에 오늘 아침 떡하니 이 편지가 놓여 있었지."

탁자 주변을 면밀히 조사해보았지만, 침입자를 추적할 만한 어떤 단서도 발견되지 않았다. 두 사람은 저택 지하부터 다락까지 모조리 둘러보았고 그 결과 그 누구도 숨어 있지 않다고 결론지을 수밖에 없었다. 게다가 누군가 숨어 있다손 치더라도 어떻게 두 사람 몰래 그곳에 침입했을 수 있단 말인가? 도무지 알 수 없는 일이었다.

페레나가 말했다.

"이제 그만하세. 이래 봤자 아무 소용도 없을 듯해. 자고로 이런 일은 말일세, 언젠가는 보이지 않는 틈으로 빛이 새어들어와 모든 것이 차차 명확하게 드러나는 법이네. 경찰청장에게 이 편지를 가지고 가서 간밤에 일어난 일을 보고하게. 그리고 4월 25일 밤부터 26일 아침까지 또 한 번 이곳에 머물 수 있도록 허가해달라고 요청하게. 그날 밤 또다시 무슨 일이 벌어질 테니. 다시 한 번 기적이 일어나 우리가 과연 두 번째 편지까지 받게 될는지, 정말 궁금해 죽을 지경이군."

두 사람은 문을 잠그고 저택을 나왔다.

뮈에트로 가서 택시를 잡아타려고 오른쪽으로 걸어가다 쉬셰 대로 끝에 이르렀을 때, 돈 루이스는 무심결에 차도 쪽으로 고개를 돌렸다.

어떤 사내가 자전거를 타고 그들 옆을 지나갔다.

돈 루이스는 말끔히 면도한 사내의 얼굴과 자신을 응시하는 번뜩이는 두 눈동자를 순간적으로 알아챘다.

"조심해!"

돈 루이스는 마즈루를 세차게 밀치며 소리쳤다. 그 바람에 마즈루는 균형을 잃고 휘청거렸다.

사내는 권총을 쥔 손을 그들을 향해 뻗었다. 총에서 불꽃이 튀었다. 총알은 급히 몸을 숙인 돈 루이스의 귓불을 아슬아슬하게 스쳐 지나갔다.

돈 루이스가 외쳤다.

"저자를 뒤쫓아가세. 다친 데는 없나, 마즈루?"

"없습니다, 대장."

두 사람은 주변에 도움을 요청하며 황급히 사내의 뒤를 쫓아갔다. 하지만 이른 아침이라 거리를 오가는 사람이 드물었다. 사내는 자전거 페달을 더욱 세차게 밟으며 재빨리 도망쳤고,

결국 저 멀리 옥타브 푀이예가로 접어들어 시야에서 사라져버렸다.

"이 나쁜 자식, 그래, 도망쳐 봐라. 언젠간 네놈을 기필코 잡고 말 테니."

돈 루이스는 가망 없는 추격을 포기하며 이를 갈았다.

"하지만 저자가 누군지도 모르시잖아요."

"알고 있네, 그자야."

"그자가 누구입니까?"

"흑단 지팡이 주인 말일세. 턱수염을 밀었어. 말끔히 면도한 거지. 그래 봤자 단번에 알아보겠던걸. 저자가 바로 어제 아침 리샤르 발라스 대로에 있는 자신의 집 계단 꼭대기에서 우리에게 총격을 가하고 앙스니 경감을 죽인 자야. 이런! 몹쓸 놈, 내가 포빌의 저택에서 밤을 보낸 사실을 어떻게 알았지? 누군가 날 미행하고 염탐하는 건가? 도대체 누가? 무슨 이유로? 무슨 수로?"

마즈루는 잠시 생각에 잠긴 후 입을 열었다.

"잘 기억해보세요, 대장. 어제 오후에 약속을 잡으려고 저와 통화하셨잖아요. 모를 일 아닙니까? 작게 이야기하셨지만 대장 곁에 있던 누군가가 통화 내용을 엿들었을지."

돈 루이스는 아무런 대답도 하지 않았다. 머릿속에 플로랑스를 떠올리고 있었다.

그날 아침, 돈 루이스에게 우편물을 전달한 사람은 르바셰르가 아니었다. 게다가 돈 루이스도 르바셰르를 부르지 않았다.

새로 온 하인들에게 지시를 내리는 르바셰르의 모습은 여러 차례 목격했다. 그 후로는 더 이상 보지 못했으니 아마도 일을 마치고 곧장 자신의 방으로 돌아갔을 것이다.

오후에 돈 루이스는 자동차를 준비시켰다. 그리고 쉬셰 대로로 가서 경찰청장의 지시에 따라 마즈루와 함께 수사를 재개했다. 하지만 역시나 아무런 소득도 얻지 못했다.

귀가했을 때는 어느덧 저녁 6시 무렵이었다. 돈 루이스는 반장과 함께 저녁 식사를 했다. 이내 밤이 되었고, 흑단 지팡이를 든 사내의 집을 직접 살펴보고 싶어진 돈 루이스는 또다시 마즈루를 대동하고 차에 올라타 운전기사에게 리샤르 발라스 대로로 향하라고 지시했다.

자동차는 센 강을 건너 우안을 따라 달렸다.

"좀 더 속도를 내요. 원체 빠르게 움직이는 게 익숙하니."

돈 루이스는 통화관을 통해 새로 고용한 운전기사에게 지시를 내렸다.

"그러다 언젠가 한번 큰코다칠 겁니다, 대장."

마즈루가 투덜거렸다.

"그럴 리 없네. 차 사고는 멍청한 사람들이나 당하는 거니까."

돈 루이스가 응수했다.

차는 어느덧 알마 광장에 이르렀고, 다음 순간 왼쪽으로 방향을 틀었다.

"곧장 직진… 트로카데로 쪽으로 올라가세요."

돈 루이스가 소리쳤다.

자동차는 다시 방향을 홱 틀었다. 그런데 바로 그 순간, 차가 서너 차례 휘청거리더니 보도 위로 미끄러져 가로수를 들이받고 뒤집어졌다.

순식간에 열두어 명의 행인들이 사고 현장으로 뛰어와 유리창을 깨고 자동차 문을 열었다. 돈 루이스가 제일 먼저 모습을 드러냈다.

"괜찮습니다. 난 멀쩡합니다. 알렉상드르, 자넨 어떤가?"

돈 루이스가 말했다.

곧 사람들이 반장을 차에서 끌어냈다. 몇 군데 타박상을 입었고 고통도 조금 느끼는 듯했지만, 다행히 큰 상처는 없어 보였다.

하지만 운전기사는 차 밖으로 튕겨 나가 피투성이 머리가 된 채 보도 위에 힘없이 쓰러져 있었다.

사람들이 급히 근처 약국으로 옮겼지만 10분 후 숨을 거두고 말았다.

불운한 희생자를 따라 약국으로 갔던 마즈루는 충격이 가시지 않아 강심제를 먹어야만 했다. 그러고 나서 자동차로 다시 돌아와 보니, 경찰 두 명이 현장을 둘러보며 목격담을 듣고 있었다. 하지만 대장의 모습은 보이지 않았다.

그 시각 페레나는 택시에 황급히 올라타 최대한 신속히 집으로 향하는 중이었다. 광장에 이르자 택시에서 내린 페레나는 단숨에 대문을 지나고 안뜰을 가로지른 후 복도를 따라 르바셰르의 거처까지 내처 달려갔다.

페레나는 계단을 올라가 문을 두드렸다. 그러고는 응답도 기다리지 않고 불쑥 안으로 들어갔다.

거실 용도로 쓰이는 방 문이 열리고 이내 플로랑스가 모습을 드러냈다.

페레나는 여자를 거실 안으로 밀친 뒤 분노가 가득 담긴 어투로 말했다.

"다 끝났습니다. 사고가 났단 말입니다. 하지만 옛 하인 중 누군가가 이번 음모를 꾸몄을 리 없습니다. 이제 여기에는 없으니까. 오후에는 내가 차를 타고 외출했으니 틀림없이 저녁 6시에서 9시 사이에 누군가 차고에 침입해 핸들 축을 4분의 3가량 틀어놓은 겁니다."

"무슨 말씀인지 이해가 안 가요…. 도대체 무슨 소린지…."

여자는 겁에 질린 표정으로 더듬거렸다.

"아니, 새로 고용된 하인 중에는 결코 놈들의 공범이 있을 수 없다는 사실, 그리고 이번 음모는 성공할 수밖에 없었고 결국 예상을 뒤엎는 성공을 거두었다는 사실을 당신은 완벽하게 이해하고 있습니다. 희생자가 발생했지요. 내가 아니라 다른 사람이지만."

"알아듣게 설명 좀 해주세요! 이러시니 무섭잖아요…! 무슨 사고요…? 대체 무슨 일이 있었나요?"

"자동차가 뒤집혀서 운전사가 죽었습니다."

"아! 이런 끔찍한 일이! 그런데 설마 제가 저지른 짓이라고…. 아! 그렇게 죽다니, 정말 끔찍해! 가엾은 사람…."

여자의 목소리가 점차 잦아들었다. 여자는 페레나와 바짝 마주 서 있었다. 얼굴이 하얗게 질린 여자는 눈을 감더니 휘청거렸다.

페레나는 쓰러지는 여자를 두 팔로 받았다. 여자는 페레나의 손에서 벗어나려 했지만 그럴 기운이 없었다. 페레나는 여자를 안락의자 위에 눕혀 놓았고 그사이 여자는 수차례 신음하듯 중얼거렸다.

"가없은 사람… 가없은 사람…"

페레나는 한쪽 팔로 여자의 머리를 받치고 다른 한 손으로 손수건을 꺼내 땀으로 뒤덮인 이마와 눈물로 얼룩진 창백한 두 뺨을 닦아주었다. 이제는 조금도 저항하지 않고 페레나의 보살핌을 받는 것으로 보아 여자는 완전히 의식을 잃은 듯했다. 페레나는 꼼짝 않고 자신의 눈앞에 있는 입술을 초조한 눈빛으로 바라봤다. 평소에는 붉은 그 입술이 지금은 핏기 없이 창백해져 있었다.

페레나는 그 입술 위에 살며시 손가락을 얹은 뒤 마치 장미 꽃잎을 펼치듯 조심스럽게 위아래로 벌려보았다. 그러자 두 줄의 치아가 모습을 드러냈다.

하얗고 가지런해서 눈부시도록 아름다운 그 치아는 포빌 부인의 것에 비해 크기는 조금 더 작은 듯했지만 전체적인 모양은 더 넓은 반원 형태로 보였다. 하지만 아무도 모를 일 아닌가? 두 사람의 잇자국이 다르다고 그 누가 호언장담할 수 있겠는가? 물론 현실 가능성 없는 허무맹랑한 가정이었고 페레나 역시 그 사실을 잘 알고 있었다. 하지만 얼마나 많은 정황이 이 젊은 여인을 의혹의 시선으로 바라보게 하며, 또 세상에 둘도 없을 만큼 대범하고 잔인하며 무자비하고 끔찍한 범인이라고 단정 짓게 하느냔 말이다!

　여자의 호흡이 점차 안정돼 갔다. 입에서 고른 숨결이 새어 나왔다. 페레나는 꽃향기처럼 신선하고 황홀한 그 숨결에 취했다. 자신도 모르게 점점 더 몸을 숙여 가까이, 아주 가까이에서 여자의 얼굴을 바라보다 불쑥 현기증이 일었다. 페레나는 애써 마음을 다스리며 젊은 여자의 머리를 다시 안락의자 등받이에 기대어놓고 살짝 입술을 벌린 그 아름다운 얼굴에서 시선을 거뒀다. 그리고 서둘러 자리에서 일어나 밖으로 나갔다.

7
헛간 속의 시체

이 모든 사건 중 일반 대중에게 알려진 것은 오직 마리 안 포 빌의 자살 시도, 가스통 소브랑의 체포와 탈출, 앙스니 경감의 사망 그리고 이폴리트 포빌이 작성한 편지뿐이었다. 하지만 대 중은 이미 모닝턴 사건에 지대한 관심을 두고 있었고, 또 아르 센 뤼팽을 끊임없이 떠올리게 하는 저 베일에 싸인 돈 루이스 라는 인물의 일거수일투족에 열광하고 있었기 때문에 이 정도 소식만으로도 그들의 호기심에 불을 붙이기에는 충분했다.

물론 사람들은 흑단 지팡이를 든 사내를 잠시나마 체포할 수 있었던 것도 모두 페레나 덕분이라고 여겼다. 게다가 페레나가 경찰청장의 목숨을 구했고 또 쉬셰 대로 저택에서 밤을 보내겠 다고 요청해서 수수께끼 같은 방식으로 도착한, 포빌이 작성한 문제의 편지를 받았다는 사실도 알고 있었다. 그리고 이 모든 사건은 여론을 최고조로 들끓게 했다.

하지만 당시 돈 루이스 페레나는 정작 얼마나 복잡하고 혼란 스러운 문제에 직면해 있었던가! 페레나를 고발한 익명의 기사 건은 제쳐놓는다 하더라도, 불과 마흔여덟 시간 동안 누군가

네 차례나 살인을 시도했다. 철문을 내리고 물에 독을 타고 쉬셰 대로에서 총을 쏘고 자동차를 고의로 망가뜨리면서 말이다. 연쇄적으로 벌어진 이 사건들에 플로랑스가 개입했다는 사실에는 반론의 여지가 없다. 셰익스피어 전집 제8권에서 발견한 짧은 메모 덕분에 이제 그 여자가 이폴리트 포빌의 살인범과 모종의 관계로 연결돼 있다는 사실도 명백해졌다. 그리고 그사이 두 명이 추가로 목숨을 잃어 음울하기 짝이 없는 희생자 명단에 이름을 올렸다. 앙스니 경감과 운전기사 말이다.

이 모든 재앙 한가운데에서 수수께끼 같은 여인이 맡은 역할을 과연 어떻게 정의하고 설명해야 할까?

희한하게도 팔레 부르봉 광장의 저택에서는 마치 아무 일도 없었던 것처럼 평범한 일상이 되풀이되었다. 매일 아침 플로랑스 르바셰르는 돈 루이스가 보는 앞에서 우편물을 정리했고 돈 루이스나 모닝톤 사건과 관련된 신문 기사들을 큰 소리로 낭독했다.

한편 페레나는 지난 이틀 동안 적들이 자신을 무너뜨리고자 벌였던 그 치열한 전투에 대해 아무런 내색도 비치지 않았다. 마치 그들 사이에 휴전협정이라도 체결된 듯했고, 일시적으로 나마 적은 공격을 포기한 듯했다. 그리고 돈 루이스는 잠시 위험의 그림자에서 벗어나 평온한 기분을 만끽했다. 마치 평범한 사람을 대하듯 초연한 표정으로 젊은 여자에게 말을 걸곤 했다.

하지만 사실 얼마나 열띤 관심을 품고 몰래 여자를 살펴보았던가!

페레나는 열정과 냉정함을 동시에 담은 듯한 여자의 얼굴을 유심히 바라보며 평온함으로 가장된 겉모습 아래, 가까스로 억눌린 예민하고 섬세한 감수성을 입술과 콧구멍이 미세하게 떨릴 때마다 순간순간 엿보고 있었다.

종종 이렇게 소리치고 싶었다.

'너는 누구냐? 정체가 무어냐? 가는 곳마다 시체를 널브러뜨리는 것이 정녕 네가 원하는 일이냐? 네 목적을 이루기 위해서는 내 목숨까지 필요하더냐? 대체 너란 인간은 어디에서 왔고 어디로 가고 있는 것이냐?'

그렇게 곰곰이 생각하다 보니 종종 자신을 괴롭혀 온 한 가지 의문점을 해결해줄 명쾌한 답을 찾은 듯했다. 다시 말해 증오심을 품은 채 자신을 노리고 있을 게 분명한 한 여자와 자신이 어떻게 팔레 부르봉 광장의 이 저택에서 함께 지내게 됐는지, 그 수수께끼에 대한 답을 찾았다는 확신이 든 것이다. 이제야 페레나는 자신이 이 저택을 구매한 게 결코 우연이 아니었음을 깨달았다. 페레나는 누군가에게서 타자로 쓰인 주택 광고 전단을 받고 이 주택을 구매했다. 플로랑스 말고 과연 누가 이 전단을 보냈겠는가? 좀 더 가까운 곳에서 자신을 감시하고 공격할 속셈을 품은 플로랑스의 짓이 아니겠는가?

"그래, 그거야! 진실은 바로 거기에 있어. 코스모 모닝톤의 잠재적 상속자로서 이 사건에 직접 관련된 나야말로 놈들의 주적이겠지. 다른 적들과 마찬가지로 그들은 날 제거하려는 거야. 그리고 날 공격하는 사람은 플로랑스지. 다른 사람들을 죽인 것도 플로랑스고. 모든 정황이 그 사실을 입증하고 있어. 반론의 여지가 없다고. 순수한 눈동자? 신뢰감을 주는 목소리? 진지하고 고결한 자태…? 그리고…? 그게 뭐 어떻다고? 정직해 보이는 눈동자를 하고선 아무 이유 없이, 그저 쾌락에 빠져 살인을 저지른 여인네를 어디 한두 명 봤던가?"

페레나는 순간 돌로레스 케셀바흐를 떠올리며 몸서리쳤다…. 매 순간 머릿속에 이 두 여인을 겹쳐 떠올리게 하는 음침한 끈의 정체는 과연 무엇일까? 페레나는 괴물 같은 여인이었던 돌로레스를 사랑했고 자신의 손으로 직접 목을 졸라 죽였다. 운명은 지금 페레나가 그때와 똑같은 사랑에 빠져 그때와 비슷한 살인을 저지르도록 이끄는 걸까?

플로랑스가 자리를 떠나면 페레나는 안도감을 느끼며 마치 무거운 짐이라도 벗어던진 듯 한결 편하게 숨을 내쉬었다. 하지만 그것도 잠시, 곧장 창가로 달려가 안뜰을 지나가는 플로랑스의 모습을 물끄러미 쳐다보았다. 그러고는 자신의 얼굴을 스쳤던 향긋한 숨결을 떠올리며 여자가 다시 모습을 드러내기만을 애타게 기다렸다.

어느 날 아침, 르바셰르가 페레나에게 다가와 말했다.

"신문을 보니 오늘 밤이 바로 그날이라더군요."

"오늘 밤이라니요?"

르바셰르는 기사 하나를 건네며 말했다.

"예, 오늘이 4월 25일이잖아요. 선생님께서 경찰에 제공한 정보로는 열흘 간격으로 쉬셰 대로의 저택에 편지가 한 장씩 나타날 것이고, 마지막 다섯 번째 편지가 나타나는 날 밤에는 저택이 폭파될 거라고 하던데요."

도발일까? 여자는 지금 무슨 일이 있어도, 어떠한 장애물이 있어도 셰익스피어 전집 제8권에서 발견된 쪽지에 적힌 내용 그대로 그 수수께끼 같은 편지들이 나타날 것이라고 으름장을 놓는 걸까?

돈 루이스는 여자의 눈동자를 빤히 쳐다보았다. 여자는 전혀 움찔하지 않았다. 이윽고 페레나가 입을 열었다.

"그렇군요. 오늘 밤이군요. 물론 그리로 갈 거예요. 세상 그 무엇도 날 막을 순 없을 겁니다."

여자는 무언가 대꾸하려다 이내 평상시처럼, 자신을 동요시키는 감정을 침묵으로 억눌렀다.

그날 돈 루이스는 경계를 늦추지 않았다. 점심과 저녁을 모두 레스토랑에서 먹었으며 마즈루와 의논하여 팔레 부르봉 광장에 감시 인력을 배치했다.

오후가 되어도 르바셰르는 저택을 떠나지 않았다. 저녁이 되자 돈 루이스는 마즈루의 부하들에게 저택을 빠져나가는 모든 사람을 철저히 감시하라고 지시했다.

밤 10시, 반장은 포빌의 작업실에서 돈 루이스와 합류했다. 그런데 이번에는 베베르 부국장과 경찰관 두 명이 마즈루와 함께 나타났다.

"경찰 측이 여전히 날 의심하는 모양이로군. 사실대로 말해 보게."

"아닙니다. 데말리옹 청장이 있는 한 아무도 대장을 건드리지 못할 겁니다. 단지 베베르 부국장을 비롯한 몇몇 사람들만이 대장이 이 모든 일을 꾸몄다고 믿고 있어요."

"내가 무엇 때문에 그랬다는 건가?"

"사법 당국에 마리 안 포빌에게 불리한 증거를 제공해서 꼼짝없이 범인으로 만들려고 한다는 거지요. 그래서 제가 직접 요청해서 부국장과 경찰 두 명을 이리로 데리고 온 겁니다. 그러면 이제 대장의 결백을 입증할 사람이 네 명이나 되는 거잖아요."

모두 각자 자리를 잡았다.

경찰관 두 명이 교대로 보초를 서기로 했다.

이번에는 이폴리트 포빌의 아들이 잠을 자던 작은 방까지 샅샅이 뒤진 뒤 모든 문과 덧문을 빗장까지 질러 단단히 잠갔다.

밤 11시가 되자 그들은 천장 전등을 껐다.

돈 루이스와 베베르는 밤새 거의 눈을 붙이지 않았다.

역시 아무 사고 없이 조용히 밤이 지나갔다.

그런데 아침 7시, 덧문을 열어젖히자 탁자 위에서 편지 한 장이 모습을 드러냈다.

지난번과 똑같이 탁자 위에 편지가 놓여 있었던 것이다!

충격이 어느 정도 가시자 부국장이 편지를 집어들었다. 하지만 상부 명령에 따라 이 편지를 그 자리에서 개봉하지 않았다.

며칠 후 편지의 필체가 이폴리트 포빌의 필체임을 보증하는 전문가의 소견서와 함께 신문에 고스란히 실린 편지 내용은 다음과 같다.

그자를 보았네! 무슨 뜻인지 알겠지, 친구? 내가 그자를 봤단 말일세! 그자는 코트 깃을 잔뜩 세우고 모자를 귀까지 푹 눌러 쓴 채 불로뉴 숲 오솔길을 산책하고 있었네. 그자도 나를 봤을까? 아마 못 봤을 걸세. 날이 꽤 어두웠거든. 하지만 난 그자를 확실히 알아봤네. 그자의 흑단 지팡이에 달린 은제 손잡이를 똑똑히 알아봤어. 분명 그자였네. 그 비열한 놈이었단 말일세! 약속을 어기고 파리에 나타난 거야. 가스통 소브랑이 지금 파리에 있단 말일세! 이 사실이 얼마나 끔찍한 의미를 내포하는지 이해하겠나? 그자가 파리에 있다는 건 행동을 개시하려 한다는 뜻이야. 즉 내 죽음이 이미 결정됐다는 뜻이지. 아! 지긋지긋한 놈, 이번에는 정말 제대로 날 끝장내겠지! 그자는 이미 내게서 행복을 빼앗아 갔어. 그리고 이제는 내 목숨까지 노리고 있네. 나는 정말 두려워.

그렇다면 포빌은 흑단 지팡이를 든 사내, 즉 가스통 소브랑이 자신을 죽이려 한다는 사실을 알고 있었다. 이폴리트 포빌은 자기 손으로 직접 쓴 편지로 이 사실을 명명백백하게 증언하고 있다. 더불어 이 편지는 가스통 소브랑이 체포 당시에 흘렸던 이야기를 재차 확인시켜주었다. 즉 편지 안에는 두 사람이 과거에 서로 잘 알고 지냈으나 모종의 이유로 사이가 틀어졌고, 결국 가스통 소브랑이 다시는 파리에 돌아오지 않겠다고 약속한 사실이 뚜렷이 제시돼 있었다.

마침내 모닝턴 유산을 둘러싼 모호한 사건들에 한 줄기 빛이 비치는 듯했다. 반면 작업실 안 탁자 위에 놓인 편지에 얽힌 수수께끼는 이 얼마나 난해한가! 밤새 다섯 명, 그것도 최정예 요원 다섯 명이 보초를 섰다. 하지만 그날에도 4월 15일 밤과 마찬가지로 미지의 손이 아무 소리도 내지 않고, 어떠한 침입 흔적도 남기지 않고, 모든 문과 창문이 굳게 잠긴 방 안에 편지를 남겨놓았다.

곧바로 비밀 출구가 있으리라는 가설이 제기되었다. 하지만 벽을 면밀히 살펴보고 몇 년 전 엔지니어 포빌의 설계에 따라 작업실을 직접 건축했던 업자를 소환해 조사해본 결과 이 같은 가설은 철저히 배제될 수밖에 없었다.

당시 이 사건이 대중에게 얼마나 큰 당혹감을 안겼는지는 굳이 이 자리에서 언급할 필요가 없을 것이다. 사건 정황을 떠올려보면 이 사건은 마치 한 편의 마술쇼 같았다. 실제로 대중은 이 사건을 은밀한 수단을 지닌 누군가의 소행보다는 놀라운 재주를 지닌 마술사의 쇼로 바라보고 싶어 했다.

어쨌든 돈 루이스의 예측은 정확히 적중했고, 4월 15일과 똑같이 4월 25일에도 예견된 사건이 벌어졌다. 5월 5일에도 이 같은 일이 벌어질까? 그 누구도 이에 대해 의혹을 품지 않았다. 돈 루이스가 그렇게 예측했으니 말이다. 모두가 돈 루이스는 결코 착오를 저지를 리 없다고 굳게 믿고 있었던 것이다. 5월 5일 밤과 6일 새벽 내내 쉬셰 대로에는 수많은 군중이 몰려들었다. 호기심 많은 사람과 밤에 돌아다니기 좋아하는 사람들이 무더기로 몰려와 새로운 소식을 얻으려고 저택 주변을 기웃거렸다.

지난 두 차례의 기적으로 큰 충격을 받은 경찰청장 역시 돌아가는 상황을 직접 확인하고 싶어 했고, 결국 세 번째 밤에는 직접 보초 임무에 참여하기로 했다. 경찰청장은 형사 여러 명을 대동하고 나타나서 그 인력들을 정원과 복도 그리고 다락방에 골고루 배치했다. 그리고 자신은 베베르 부국장과 마즈루, 그리고 돈 루이스 페레나와 함께 1층에 머물렀다. 그토록 고대했건만 결과는 실망스러웠다. 모두 데말리옹 청장 탓이었다. 돈 루이스가 그러지 않는 편이 좋겠다고 엄중히 경고했음에도 경찰청장은 환한 상태에서도 기적이 일어나는지 알아보겠다며 굳이 전등을 끄지 않았던 것이다. 그런 환경 속에서는 결코 편지가 나타날 수 없었고 실제로도 편지는 끝끝내 나타나지 않았다. 마술사의 쇼든 악당의 술책이든 편지가 나타나기 위해서는 적당한 어둠이 필요했던 것이다.

또다시 꼬박 열흘을 기다려야 했다. 그 괴상한 발신인이 다시 한 번 움직여 그 수수께끼 같은 편지를 전달하리라는 가정에 매달린 채 말이다.

마침내 5월 15일이 되었고 보초 업무가 재개되었다. 밖에는 지난번과 마찬가지로 수많은 군중이 모여 있었다. 그들은 가슴을 졸인 채 조그만 소리에도 깜짝깜짝 놀라며 초조한 표정으로 저택을 뚫어질 듯 바라보았다. 하지만 저택 주변은 놀라울 만큼 고요했다.

물론 이번에는 소등했다. 하지만 경찰청장은 전등 스위치에서 손을 떼지 않았다. 열 번이고 스무 번이고 느닷없이 불을 켰고 그때마다 탁자 위는 텅 비어 있었다. 그저 가구가 삐걱거리는 소리나 일행 중 누군가 부스럭거리는 소리에 놀라 불을 켠 것뿐이었다.

그러던 중 갑자기 모든 사람의 입에서 일제히 탄성이 새어나왔다. 무언가 이상한 소리가, 종이가 바스락거리는 소리가 묵직한 침묵을 깼던 것이다.

데말리옹 청장이 재깍 스위치를 올렸다.

그리고 비명을 내질렀다.

편지가 있었던 것이다. 이번에는 탁자 위가 아니라 양탄자가 깔린 바닥 위에 놓여 있었다.

마즈루는 즉시 성호를 그었다.

형사들은 얼굴이 창백해졌다.

데말리옹은 돈 루이스를 바라보았다. 돈 루이스는 아무 말 없이 그저 고개를 끄덕였다.

사람들은 즉시 자물쇠와 빗장을 살펴보았다. 단단히 채워진 상태 그대로였다.

이번 편지 내용 역시 어둠 속에서 불현듯 나타난 그 기이한 등장 방식에 기겁한 사람들에게 어느 정도 보상이 될 만한 것이었다. 사실 그 편지는 쉬셰 대로의 이중 살인 사건을 둘러싼 모든 의문을 일순간 말끔히 없앨 만한 것이었다.

지난 2월 8일 포빌이 친필로 작성하고 서명했으며 수신자 주소는 이번에도 역시 알아볼 수 없게끔 지워진 그 편지는 다음과 같은 내용을 담고 있었다.

친애하는 친구,
아! 나는 결코 도살장에 끌려가는 소처럼 순순히 당하지만은 않을 거야. 나는 나 자신을 지킬 걸세. 마지막 순간까지 맞서 싸울 거라네. 아! 이젠 상황이 달라졌어. 내겐 증거가 있네. 도저히 반박할 수 없는 증거…. 그들이 주고받은 편지가 내 수중에 있네. 그리고 나는 그들이 처음 그때처럼 여전히 서로 사랑하고 결혼하고 싶어 하며 그 무엇도 그들을 막을 수 없다는 사실을 알았네. 편지에 그렇게 적혀 있으니…. 알겠나? 마리 안이 직접 그렇게 적어놓았단 말일세. '사랑하는 가스통, 조금만 더 참으세요. 제게도 점점 더 용기가 생기고 있어요. 우리 사이를 갈라놓으려는 그자에겐 무척 안된 일이지만 그자는 곧 사라질 거예요.'

친구, 만약 내가 이 싸움에서 진다면 작은 유리 진열장 뒤에 있는 금고 속에서 그 편지들과 그 악독한 것에 맞서기 위해 내가 모아둔 서류들을 모두 꺼내서 나 대신 복수해주게. 그럼 잘 있게. 어쩌면 이것이 마지막 인사가 될지도 모르겠네….

이것이 바로 세 번째 편지 내용이다. 무덤 깊숙한 곳에서 이폴리트 포빌은 자신의 부정한 아내를 고발했다. 무덤 속에서 살인의 동기를 설명하고 이 사건에 얽힌 수수께끼의 해답을 알려주었다. 즉 마리 안과 가스통 소브랑은 서로 사랑하는 사이였다.

제일 먼저 코스모 모닝톤부터 살해한 것을 보면 두 사람은 분명 코스모 모닝톤이 작성한 유언장의 존재를 알고 있었을 것이다. 그리고 거액의 유산을 서둘러 차지하고 싶은 마음에 파국을 앞당기게 되었으리라. 하지만 살인의 주요 동기는 무엇보다 마리 안과 가스통 소브랑의 연정, 그 오래된 감정에 뿌리를 두고 있는 게 확실했다.

그런데 여전히 한 가지 의문점이 남았다. 이폴리트 포빌이 자신의 복수를 떠맡긴 이 미지의 서신 교환자는 대체 누구일까? 도대체 누구기에 정직한 방식으로 간단히 사법 당국에 편지를 제출하는 대신 온갖 교묘한 술책을 동원해 편지를 전달하느라 이토록 애쓰는 걸까? 어둠 속에 머물러야 할 무슨 특별한 이유라도 있을까?

이 모든 질문에 마리 안 포빌은 전혀 예상치 못한 방식으로, 그러나 늘 해오던 협박과는 무척 잘 들어맞는 방식으로 대응했다. 즉 그 후 일주일 내내 경찰은 마리 안 포빌을 붙잡고선 남편의 옛 친구에 대해 털어놓으라고 추궁했고, 여자는 줄곧 고집스러운 침묵과 일종의 무기력 증세로 대응하다 결국 여드렛날 밤 감방으로 돌아와 미리 숨겨둔 유리 조각으로 손목을 그어버렸던 것이다.

이튿날 아침 8시가 채 안 된 시간, 마즈루가 찾아와 돈 루이스에게 이 소식을 전했고 돈 루이스는 깜짝 놀라 침대를 박차고 나왔다. 반장은 손에 여행 가방을 들고 있었다.

마즈루가 가져온 소식에 돈 루이스는 커다란 충격을 받았다.

"여자는 죽었나?"

돈 루이스가 소리쳤다.

"아니요…. 이번에도 죽지는 않을 것 같습니다. 하지만 그래 봤자 무슨 소용이겠습니까!"

"뭐라고? 그게 무슨 소린가?"

"안 봐도 뻔하지 않습니까! 또다시 자살 시도를 할 겁니다. 그 여자 머릿속에는 온통 그 생각밖에 없다고요. 그러니 언젠가는….”

“이번에도 자백하지 않은 채 자살 시도를 한 건가?”

“예. 그저 종이쪽지 위에 몇 글자를 적어놓았습니다. 내용인
즉 그 수수께끼 같은 편지의 출처를 알려면 랑제르노라는 인물
을 중점적으로 조사해야 한다더군요. 그 사람이 자신이 유일하
게 알고 있는 남편 친구이고, 또 남편이 ‘친애하는 친구’라고 부
르는 사람이었답니다. 그리고 랑제르노라는 사람이 틀림없이
자신의 결백을 밝혀주고 자신을 둘러싼 끔찍한 오해를 해명해
줄 수 있을 거라더군요.”

“결백을 밝혀줄 누군가가 있다면 어째서 손목을 그은 거지?”

“여자가 적어놓은 글에 따르면 이러나저러나 마찬가지이기
때문이랍니다. 자신의 인생은 어차피 끝장났으니 원하는 건 휴
식, 죽음뿐이랍니다.”

“휴식, 휴식이라. 죽음만이 유일한 휴식처는 아닐 텐데. 진실
을 밝히는 것이 정녕 여자에게 구원을 의미한다면 진실을 밝히
기가 그리 불가능하지만은 않을 거야.”

“무슨 말씀입니까, 대장? 무언가 짚이는 바가 있는 겁니까?
실마리를 잡으신 건가요?”

“아! 아주 어렴풋할 뿐이야. 하지만 편지들이 이상할 정도로
정확하게 제날짜에 맞춰 나타나는 게 아무래도 심상치 않은 단
서 같단 말이야….”

페레나는 잠시 생각에 잠겼다가 다시 말을 이었다.

“그 세 개의 지워진 주소를 다시 한 번 확인해보았나?”

“예. 실제로 랑제르노라는 이름을 확인했습니다.”

"그 랑제르노라는 자는 어디에 살던가…?"

"포빌 부인의 말로는 오른에 있는 포르미니 마을에 산답니다."

"편지 봉투에서 포르미니라는 지명을 확인했나?"

"아니요. 하지만 그 근처 도시 이름이 적혀 있었습니다."

"어딘가?"

"알랑송이에요."

"지금 그리로 가려는 건가?"

"예. 청장님이 저더러 당장 가보라고 하셨습니다. 앵발리드에서 기차를 타고 갈 겁니다."

"아니, 자네는 나와 함께 내 차로 갈 걸세."

"예?"

"우린 함께 갈 거야, 친구. 나도 좀 움직여야겠어. 이 저택의 공기가 이젠 독처럼 느껴져."

"독 같다니요? 그게 무슨 말씀입니까, 대장?"

"아무것도 아닐세. 나만 아는 그런 이야기가 있어."

30분 후 두 사람을 태운 자동차는 베르사유 도로 위를 달리고 있었다. 페레나가 직접 자신의 오픈카를 몰았는데, 어찌나 속도를 내던지 마즈루는 이따금 숨넘어가는 목소리로 외치곤 했다.

"이런, 차라리 걷는 게 낫지…. 제길! 또 왜 이러세요, 대장…! 이러다 박살 날 수 있다는 생각은 아예 안 하는 거예요…? 지난번 일을 좀 떠올려보시라고요…."

두 사람은 알랑송에 도착해 점심을 들었다. 식사를 마치자마자 곧장 중앙 우체국에 가보았으나 우체국 직원 중 랑제르노라는 이름을 아는 사람은 아무도 없었다. 게다가 포르미니 마을은 자체적으로 별도의 우체국을 두고 있었다.

하지만 편지에는 알랑송 우체국의 인장이 찍혀 있으니 랑제르노는 분명 이 마을에서 국유치 우편으로 편지를 받았을 것이다.

돈 루이스와 마즈루는 곧장 포르미니 마을로 향했다. 그곳에서도 우체국 직원은 포르미니의 주민 수는 채 1000명도 안 되지만 랑제르노라는 이름은 처음 들어본다고 대답했다.

"면장을 만나보세."

페레나가 말했다.

면사무소에 들어가자마자 마즈루는 자신의 신분과 방문 목적을 밝혔다.

면장은 고개를 끄덕였다.

"랑제르노 씨 말입니까…. 내가 알기에는… 꽤 괜찮은 친구였지요…. 한때는 파리에서 장사했다더군요."

"알랑송 우체국까지 직접 가서 우편물을 찾곤 했다던데, 맞습니까?"

"맞습니다…. 산책도 할 겸 그런다더군요."

"집은 어디입니까?"

"마을 끝에 있습니다. 아마 두 분도 이미 그곳을 지나치셨을 겁니다."

"그 집을 좀 볼 수 있을까요?"

"물론이지요…. 단지…."

"지금 집에 없나 보지요?"

"물론 지금은 집에 없습니다. 벌써 4년 동안 집을 비운 상태지요. 불쌍한 양반."

"아니, 왜요?"

"왜냐고요? 그야 4년 전에 죽었으니까요."

돈 루이스와 마즈루는 넋 나간 표정으로 서로 쳐다보았다.

"아! 죽다니…."

돈 루이스가 중얼거렸다.

"예, 총에 맞아서 죽었습니다."

"뭐라고요? 그럼 살해당했다는 겁니까?"

페레나가 소리쳤다.

"아니요, 아닙니다. 처음 방바닥에 쓰러져 있는 시체를 봤을 땐 모두 그렇게 믿었습니다. 하지만 조사 결과 사고사로 판명 났습니다. 사냥총을 손질하다가 실수로 자기 배에 총을 쐈다는군요. 하지만 마을 사람들은 정말 이상한 일이라고 여겼답니다. 랑제르노 씨는 노련한 사냥꾼이라 그런 어이없는 실수를 저지를 사람이 아니거든요."

"돈은 좀 있었습니까?"

"예. 사실 바로 그 점 때문에 일이 복잡했답니다. 결국 단 한 푼도 찾아낼 수 없었거든요."

돈 루이스는 한동안 생각에 잠겼다가 다시 말을 이었다.

"아이들이나 같은 성을 가진 친척은 없습니까?

"단 한 명도 없습니다. 지금은 폐허가 돼 고성이라 불리는 소유지가 여전히 방치된 상태로 있는 게 바로 그 증거입니다. 담당 행정 당국이 저택의 모든 문과 정원 출입구를 봉인해놓은 상태입니다. 시효가 지나 국유지로 편입되기를 기다리는 거지요."

"구경꾼들이 담장을 넘어 정원을 서성거리지는 않나요?"

"천만에요. 그곳 담장은 상당히 높거든요. 게다가… 이 지역에서 그 고성은 상당히 악명이 높답니다. 유령이 출몰한다는 등… 하여튼 별별 황당무계한 소문이 떠돌고 있어요…. 그래도 직접 가보셔야 한다면…."

"정말 환장할 노릇이군. 포빌이 죽은 사람한테, 그것도 내가 보기엔 살해당한 사람한테 계속 편지를 써왔다니."

면사무소를 빠져나오자 돈 루이스가 소리쳤다.

"누군가 중간에서 그 편지들을 가로챘을 겁니다."

"물론 그렇겠지. 하지만 그건 그거고, 어쨌든 포빌이 죽은 사람에게 속내를 터놓고 자기 부인의 범죄 계획을 꾸준히 이야기해왔던 건 틀림없는 사실 아닌가."

마즈루는 잠자코 있었다. 그 역시 상당히 충격을 받은 눈치였다.

오후 내내 두 사람은 랑제르노와 알고 지냈던 사람에게서 무언가 유용한 단서를 얻을 수 있지 않을까 싶어 여기저기 헤집으며 평상시 랑제르노가 어떻게 생활했는지 알아보러 다녔다. 하지만 결국 아무런 소득도 얻지 못했다.

저녁 6시, 파리로 돌아가려고 자동차에 오르고 보니 연료가 떨어져 있었다. 돈 루이스는 즉시 마즈루로 하여금 마차를 타고 알랑송으로 가 기름을 구해오게 했고, 자신은 그 시간을 이용해 마을 끝에 자리한 고성을 둘러보기로 했다.

울타리 사이로 난 길을 따라 걸어가 보리수가 심어진 원형 터에 이르자 담장 한복판에 육중한 나무 문 하나가 나타났다. 문이 잠겨 있었기 때문에 담장을 따라 걸었다. 과연 그 벽은 상당히 높았고 미세한 틈 하나 없었다. 하지만 근처에 있던 나무를 타고 담장을 뛰어넘을 수 있었다. 정원에 들어서니 방치된 잔디밭 위에는 야생화가 여기저기 피어 있었고 오솔길들 위로는 잡초가 무성했다. 오른쪽 길은 폐허가 된 건물들이 촘촘히 자리한 구릉까지 길게 뻗어 있었고, 왼쪽 길은 덧문이 고장 난 자그마한 노후 가옥으로 뻗어 있었다.

왼쪽으로 가려고 몸을 튼 순간, 페레나는 최근 내린 비로 축축이 젖은 화단 흙 위로 선명히 남겨진 발자국을 보고 깜짝 놀랐다. 게다가 그 발자국은 분명 우아하고 섬세한 여성용 부츠가 남긴 자국이었다.

'도대체 누가 이런 곳에 산책을 온 거지?'

페레나는 속으로 중얼거렸다.

조금 더 걸어가니 문제의 산책자가 지나갔을 다른 화단 위에서 발자국 몇 개가 또다시 발견됐다. 그 발자국을 쭉 따라가다 보니 가옥 맞은편의 작은 숲이 나왔다. 발자국은 그곳에서 두 차례 더 목격됐다.

그리고 더 이상 발자국이 보이지 않았다.

주변에는 가파른 비탈을 등지고 서 있는 거대한 헛간이 하나 있었다. 반쯤 허물어진 헛간의 문은 벌레가 먹고 썩어 있어서 버티고 서 있는 것만도 용해 보였다.

페레나는 문 쪽으로 다가가 갈라진 나무 틈새에 눈을 바짝 갖다 댔다.

창문 하나 없는 어두컴컴한 내부에는 밀짚으로 틀어막은 구멍 사이로 저물어가는 햇살이 희미하게 새어들고 있었다. 어렴풋하게 큰 통들, 망가진 압착기, 낡은 쟁기, 온갖 종류의 고철들이 눈에 들어왔다.

'문제의 산책자가 이곳으로 왔을 리 없어. 다른 데서 찾아봐야지.'

하지만 페레나는 움직이지 않았다. 헛간 안에서 어떤 소리가 들렸던 것이다.

집중해서 귀를 기울여 보았으나 더는 아무런 소리도 들리지 않았다. 하지만 확실히 확인해보고 싶은 마음에 나무판자를 어깨로 쳐서 부수고 곧장 안으로 들어갔다.

그렇게 자신이 만든 구멍으로 얼마간의 빛이 비치자, 그 빛에 의지해 커다란 술통 사이를 미끄러지듯 지나 부서진 창틀을 밟으며 맞은편 공간까지 갈 수 있었다.

그렇게 앞으로 걸어갈수록 두 눈은 점차 어둠에 익숙해졌다. 하지만 다음 순간, 미처 보지 못한 무언가 딱딱한 물체에 이마를 부딪쳤다. 그 물체는 묘하고 탁한 소리를 내며 앞뒤로 흔들거렸다.

물체의 정체를 파악하기에는 주변이 너무 어두웠다. 돈 루이스는 즉시 주머니에서 손전등을 꺼내 스위치를 눌렀다.

"제기랄!"

화들짝 놀라 뒤로 물러나며 욕을 내뱉었다.

머리 위에 해골 하나가 매달려 있었던 것이다!

페레나는 곧바로 또다시 욕을 내뱉었다.

그 해골 옆에 또 다른 해골이 있었던 것이다!

두 시신은 모두 들보에 박힌 갈고리와 연결된 굵은 밧줄에 매달려 있었다. 머리는 올가미 밖으로 고꾸라져 있었다. 페레나가 부딪혔던 해골은 여전히 살짝 흔들리고 있었다.

돈 루이스는 절름발이 책상 하나를 끌어다 대충 밑을 괸 다음 두 해골을 가까이서 살펴보기 위해 그 위에 올라섰다.

너덜너덜한 옷가지와 딱딱하게 경직된 살덩이들이 그나마 뼈의 형태를 유지해주고 있었다. 하지만 두 해골 중 하나는 팔 하나가 떨어져 나가 없었고, 다른 하나는 팔과 다리가 한 짝씩 없었다.

이제는 더 이상 물리적 충격이 가해지지 않았지만 헛간 틈으로 새어드는 바람결에 두 시신은 일정한 리듬에 맞춰 천천히 춤을 추듯 서로 멀어졌다 가까워졌다 하며 가볍게 흔들리고 있었다.

하지만 이 으스스한 광경 중에서도 무엇보다 페레나의 눈길을 잡아끈 것은 바로 해골들 손에 똑같이 끼워진 금반지였다. 이제는 살이 문드러져 헐렁하게 끼워져 있었지만 그래도 갈고리처럼 구부러진 손가락에 여전히 매달려 있었다.

혐오감에 몸서리를 치며 시신의 손가락에서 그 반지들을 빼냈다.

결혼반지였다.

페레나는 찬찬히 반지를 살펴보았다. 두 개의 반지 안쪽에는 똑같이 1892년 8월 12일이라는 날짜, 그리고 알프레드와 빅토린이라는 두 이름이 각각 새겨져 있었다.

"부부로군. 동반 자살을 한 걸까? 아니면 타살일까? 어째서 여태껏 아무도 이 시신을 발견하지 못한 거지? 그렇다면 랑제르노가 사망한 이후에, 다시 말해 행정 당국이 이 부지를 담당하고 출입을 금지한 이후에 이 시신들이 걸렸단 말인가?"

페레나는 곰곰이 생각에 잠겼다.

'과연 아무도 들어올 수 없었을까…? 아무도…? 아닐 거야, 조금 전에도 정원에서 발자국을 목격했잖아. 당장 오늘만 해도 어떤 여자가 이곳에 들어왔다고.'

또다시 그 미지의 방문객에 대해 골똘히 생각하며 책상에서 내려왔다. 그때 무슨 소리가 들렸지만 문제의 여자가 헛간 안까지 들어왔으리라고는 전혀 생각하지 못했다. 몇 분간 더 조사하고 헛간을 막 나가려는 순간, 왼쪽에서 요란한 소리가 들리더니 근처 바닥으로 술통 뚜껑이 와르르 굴러떨어졌다.

고개를 들어 살펴보니 그 물건, 아래층과 다를 바 없이 잡동사니와 농기구가 잔뜩 쌓여 있는 위층 다락에서 떨어진 것이었다. 벽에는 다락으로 통하는 사다리 하나가 기대어 세워져 있었다. 그렇다면 미지의 방문객이 자신의 등장에 놀라 그곳에 숨어 있다가 실수로 술통 뚜껑을 떨어뜨린 걸까?

돈 루이스는 근처의 큰 통 위에 다락을 잘 볼 수 있게끔 손전등을 올려놓았다. 하지만 낡은 갈퀴와 곡괭이, 녹슨 낫만 보일 뿐 전혀 수상한 점을 찾을 수 없었기에 그저 도둑고양이나 다른 야생동물의 짓이겠거니 생각했다. 그래도 확인해보기 위해 사다리로 성큼성큼 다가가 다락으로 올라갔다.

그런데 다락에 막 발을 내려놓는 순간, 갑자기 또다시 요란한 소리가 들려오더니 잡동사니 속에서 누군가 무서운 기세로 뛰쳐나왔다.

정말이지 전광석화와 같은 속도였다. 돈 루이스는 자신의 머리 위에서 허공을 가르는 거대한 낫을 보았다. 1초만 주저했어도, 아니 0.1초만 늦었어도 그 끔찍한 무기가 가차 없이 자신의 목을 두 동강 내버렸을 것이다.

가까스로 날을 피해 사다리에 바짝 몸을 붙였다. 낫이 옷을 스치며 옆을 휙 지나갔다. 페레나는 사다리를 타고 미끄러지듯 아래층으로 내려왔다.

하지만 페레나는 두 눈으로 똑똑히 보았다.

가스통 소브랑의 소름 끼치는 얼굴, 그리고 사내 뒤에서 손전등 불빛을 받고 서 있던 플로랑스 르바셰르의 창백하고 일그러진 얼굴을 말이다!

8
뤼팽의 분노

　돈 루이스는 잠시 꼼짝 않고 멍하니 서 있었다. 위층에서는 두 사람이 바리케이드라도 치는 듯 잡동사니들이 요란하게 부딪히는 소리가 들려왔다.

　그런데 손전등 불빛이 비추는 곳 오른쪽에서 갑자기 열린 구멍을 통해 희미한 햇빛이 쏟아져 들어왔다. 이 구멍 앞에서 지붕 위로 도망치기 위해 몸을 구부리는 한 명, 뒤이어 또 다른 한 명의 윤곽을 목격했다.

　페레나는 즉시 그들에게 권총을 겨누고 발포했지만 총탄은 빗나가고 말았다. 플로랑스를 생각하자 손이 떨려왔던 것이다. 또다시 총성이 세 차례 울려 퍼졌다. 총알은 다락의 쇠고리를 맞고 튕겨 나갔다.

　다섯 번째 총알이 발사됐고 이내 고통에 찬 비명이 들려왔다. 돈 루이스는 잽싸게 다시 사다리를 올라갔다.

　이리 긁히고 저리 부딪히며 방어벽처럼 쌓인 말린 유채 다발과 뒤엉킨 농기구를 헤치고 간 끝에 페레나는 가까스로 두 사람이 빠져나간 구멍 앞에 도달했다. 밖으로 나가자 뜻밖에도 평지가 나왔다. 그곳은 헛간이 등지고 서 있던 비탈의 정상이었다.

우선 헛간 왼쪽으로 비탈을 타고 내려와 건물 정면으로 가보았다. 하지만 아무도 보이지 않았다. 이번에는 다시 오른쪽으로 올라가, 비록 비좁은 공간이지만 아까 본 그 평지를 샅샅이 살펴보았다. 적이 짙어지는 황혼의 어둠을 틈타 또다시 공격해올 수 있기 때문이었다.

그렇게 주위를 살펴보던 중 문득 새로운 사실을 눈치챘다. 그 비탈은 페레나가 서 있는 지점을 기준으로 족히 5미터는 되는 담장 꼭대기와 이어져 있었던 것이다. 가스통 소브랑과 플로랑스가 이쪽으로 도망친 게 틀림없었다.

페레나는 꽤 폭이 넓은 담장 꼭대기를 따라 걸어가다가 비교적 높이가 낮은 지점에 이르자 경작지 위로 풀쩍 뛰어내렸다. 그 경작지는 작은 숲 가장자리에 있었다. 범인은 필시 그 숲 쪽으로 도망쳤을 것이다. 숲을 살펴보기 시작했지만, 나무가 너무 빽빽해서 계속 추적해봤자 시간만 낭비할 게 뻔했다.

페레나는 이 새로운 전투를 곰곰이 되짚어 보며 다시 마을로 발길을 돌렸다. 또다시 플로랑스와 그 공범이 자신을 제거하려고 했다. 플로랑스가 범죄 음모의 한복판에 다시 한 번 모습을 드러낸 것이다. 랑제르노가 살해당했을지도 모른다는 생각이 막연히 떠오른 순간, 알 수 없는 힘에 이끌려 헛간으로 발길을 옮겨 두 해골과 맞닥뜨린 그 순간, 플로랑스가 홀연히 나타났다. 마치 죽음이 스쳐 지나간 곳, 피가 낭자하고 시체가 널브러져 있는 곳이면 어김없이 나타나는 죽음의 정령이나 악의 화신처럼….

"아! 끔찍한 것! 그런 여자가 어찌 그토록 고귀한 얼굴을 지니고 있단 말인가…? 그 눈동자는 또 어떻고…. 진중함과 진지함, 순수함마저 서려 있는 그 아름다운 눈동자…."

페레나는 몸서리를 치며 중얼거렸다.

여인숙 앞 성당 광장에서는 알랑송에서 돌아온 마즈루가 막 기름을 넣은 뒤 전조등을 켜고 있었다. 마침 광장을 가로지르는 포르미니 면장의 모습이 눈에 띄었다. 페레나는 얼른 한구석으로 면장을 데리고 갔다.

"저기, 면장님, 혹시 이 지역에서 한 2년 전쯤 사십 대에서 오십 대 정도로 보이는 부부가 갑자기 사라졌다는 소문을 들어보셨습니까? 남편 이름은 알프레드고…."

"부인 이름은 빅토린이지요?"

면장이 재까닥 말을 받았다.

"물론입니다. 한동안 그 일로 꽤 말들이 많았지요. 그들은 얼마 안 되는 연금을 받으며 알랑송에 기거하던 부부였는데 어느 날 갑자기 사라져버렸답니다. 그 이후로 아무도 그 부부의 행방을 찾을 수 없었고요. 게다가 부부가 실종되기 전날 저택을 판매하고 챙겨둔 돈 20만 프랑도 감쪽같이 사라졌지요…. 기억하고말고요! 드데쉬라마르 부부 실종 사건!"

"감사합니다, 면장님."

알고자 한 정보를 충분히 얻은 페레나는 면장에게 감사 인사를 전했다.

드디어 자동차가 떠날 채비를 마쳤다. 1분 후 두 사람을 태운 자동차는 알랑송으로 향했다.

"어디로 가는 겁니까, 대장?"

반장이 물었다.

"역으로! 이제 다음과 같은 사실이 분명해졌네. 첫째, 오늘 아침 가스통 소브랑은 포빌 부인이 간밤에 랑제르노에 대해 털어놓았다는 사실을 알게 되었네. 어떻게? 그거야 언젠간 알게 되겠지. 둘째, 오늘 그자는 랑제르노의 저택 주위와 그 안을 돌아다녔네. 그 이유도 언젠간 알게 될 걸세. 그런데 그자는 분명 기차를 타고 왔을 것이므로 돌아갈 때도 기차를 타고 갈 거란 말이지."

페레나의 이 같은 가설은 곧 사실로 판명되었다. 역에 도착해 수소문해본 결과 한 쌍의 남녀가 오후 2시경에 역에 도착해 근처 호텔에서 이륜마차를 빌렸고, 몇 시간 후 볼일을 마치고 돌아와서 방금 출발한 7시 40분에 출발하는 급행열차에 올라탔다는 것이다. 물론 이 남녀는 소브랑과 플로랑스의 인상착의와 정확히 일치했다.

페레나가 열차 시간표를 확인한 뒤 말했다.

"당장 출발하세. 우리가 한 시간 정도 뒤처졌어. 하지만 잘하면 놈들보다 먼저 르망에 도착할 수 있을 걸세."

"물론입니다, 대장. 거기서 놈의 덜미를 잡는 겁니다…. 그놈과 여자 둘 다요. 놈들은 두 명이니까요."

"그래, 두 명이지. 다만…."

"다만?"

돈 루이스는 차에 올라타 시동을 건 뒤 대답했다.

"다만 말이야, 여자는 건드리지 말게."

"어째서요?"

"그 여자가 누군지는 알고 있나? 체포 영장은 발부받았고?"

"아니요."

"그럼 그냥 잠자코 있게."

"하지만…."

"한마디만 더 해보게, 알렉상드르. 길가에 내버려 두고 그냥 가버릴 테니까. 거기서 자네 맘껏 체포하고 싶은 사람은 모두 체포하시든가."

마즈루는 더 이상 찍소리도 하지 않았다. 게다가 차가 어찌나 빠르게 달리는지 반박할 심적 여유조차 없었다. 그저 앞만 뚫어질 듯 쳐다보며 혹여 장애물이 나타나지 않을까 노심초사 하느라 여념이 없었다.

양옆으로 가로수들이 빠르게 스쳐 지나갔다. 자동차 위로는 나뭇잎들이 규칙적으로 성난 파도 소리를 냈다. 밤 짐승들이 전조등 불빛에 화들짝 놀라 달아났다.

마즈루가 참다못해 한마디 했다.

"이렇게 안 하셔도 도착할 겁니다. 더 이상 속력을 낼 필요가 없다고요."

자동차는 더욱 빠르게 질주했다. 마즈루는 입을 꾹 다물었다.

그렇게 마을과 들판 그리고 언덕을 지나니 갑자기 어둠 속에서 대도시의 불빛이 환하게 떠올랐다. 르망의 불빛이었다.

"역이 어디에 있는지 아나, 알렉상드르?"

"예, 대장. 우회전한 뒤 곧장 직진하시면 됩니다."

물론 왼쪽이 옳은 방향이었다. 게다가 행인들마저 제각각 다른 방향을 알려주는 통에 여기저기 헤매느라 7~8분을 허비해야 했다. 마침내 자동차가 역 앞에 도착했을 때 기차는 기적을 울리고 있었다.

돈 루이스는 즉시 차에서 뛰쳐나와 대합실로 달려갔고, 문이 잠겨 있음을 확인하자 자신을 제지하는 역무원들을 거칠게 뿌리치고 플랫폼으로 잽싸게 달려갔다.

저만치서 기차 한 대가 막 떠나고 있었다. 마지막 객실 문이 닫혀 있었다. 기차를 뒤쫓아 달려가 구리로 된 난간에 매달렸다.

"기차표를 보여주십시오, 손님…! 표가 없잖아요…!"

역무원이 성난 목소리로 소리쳤다.

돈 루이스는 곡예를 부리듯 발판 사이를 건너뛰며 유리창으로 객실 안을 들여다보았다. 창문 주변에서 시야를 가리는 사람들을 밀쳐내기까지 하면서 말이다. 두 공범이 눈에 띄면 당장 객실 안으로 뛰어들 기세였다.

뒤쪽 칸들까지 거의 다 살펴보았는데도 그들의 모습은 보이지 않았다. 기차가 덜컹거렸다. 순간 페레나의 입에서 외마디 비명이 터져 나왔다. 두 사람이 단둘이 그곳에 있었던 것이다! 분명 그들이었다! 플로랑스는 가스통 소브랑의 어깨에 머리를 기댄 채 의자 위에 누워 있었고, 가스통 소브랑은 그 젊은 여인의 허리에 팔을 두른 채 여인을 향해 몸을 숙이고 있었다!

걷잡을 수 없는 분노에 휩싸인 페레나는 구리 걸쇠를 벗기고 손잡이를 움켜잡았다.

그 순간 균형을 잃고 휘청거리더니 성난 역무원과 마즈루의 손에 붙들려 끌어 내려졌다.

마즈루가 고함을 쳐댔다.

"제정신입니까, 대장, 그러다가 기차에 깔려 죽겠어요."

돈 루이스도 버럭 소리쳤다.

"멍청한 자식…! 저기에 있단 말이다…. 그러니 당장 이 손 치워…!"

그러는 사이 객차가 하나하나 지나쳐갔다. 페레나는 다른 객실의 발판으로 뛰어오르려 했다. 하지만 두 사람이 꽉 붙잡았다. 짐꾼들이 그 앞을 가로막아 섰고 이내 역장까지 부랴부랴 달려왔다. 기차는 점점 멀어져갔다.

"이런 멍청한 놈들…! 바보들! 눈치 없는 것들! 그냥 내버려 둘 순 없었나? 이런! 제길…!"

페레나는 왼쪽 주먹으로 역무원을 때려눕히고 오른쪽 주먹으로 마즈루를 쓰러뜨렸다. 그런 다음 짐꾼들과 역장을 밀쳐내고 플랫폼을 따라 내달려 수화물 취급소까지 달려가 트렁크 상자와 짐 가방을 뛰어넘어 밖으로 뛰쳐나왔다.

차에 올라탄 페레나는 불만 가득한 목소리로 투덜거렸다.

"이런…! 멍청하기 짝이 없는 놈…. 바보짓을 할 기회만 생기면 그냥 넘어가는 법이 없군."

마즈루가 쓸데없이 세심하게도 자동차 시동을 꺼놓았던 것이다.

물론 그날 낮에도 돈 루이스는 무척이나 빠르게 차를 몰았지만 저녁에는 그야말로 현기증이 날 정도로 빠르게 차를 몰았다. 광풍 같은 기세로 르망을 가로질러 국도로 돌진했다. 머릿속에는 오로지 두 사람보다 먼저 샤르트르에 있는 다음 역에 도착해 소브랑의 멱살을 틀어쥐겠다는 그 한 가지 생각, 그 목표밖에 없었다. 플로랑스 르바셰르의 연인을 붙잡아 그자가 헐떡거리며 괴로워하는 얼굴을 보고 말리라는 일념에 휩싸여 아무것도 뵈는 게 없었다.

"놈이 여자의 연인이었어…! 연인이었다고…! 아! 그래, 이제 모든 게 설명되는군. 둘이 작당해서 자신들의 공범인 마리 안 포빌을 배신한 거야. 그래서 그 딱한 여자 혼자서 이 끔찍한 연쇄살인에 대한 죗값을 치르게 된 거라고. 그런데 과연 그 여자가 저자들의 공범이 맞기나 한 걸까? 누가 알겠어! 저 악마 같은 연인이 포빌 부자를 살해한 것도 모자라 모닝턴 유산 상속을 가로막는 마지막 장애물인 마리 안을 제거하려고 음모를 꾸몄을지? 왜 아니겠어? 실제로 모든 정황이 이 가설에 들어맞잖아? 내가 직접 플로랑스의 책 속에서 편지가 배달될 날짜가 적힌 목록까지 발견했으니! 그게 바로 플로랑스가 그 편지들을 전달한 사람이라는 증거가 아니겠어…? 그런데 이상하군. 그 편지들은 가스통 소브랑도 고발하고 있잖아…. 하긴 무슨 상관이람! 소브랑은 마리 안이 아닌 플로랑스를 사랑하는데…. 플로랑스도 소브랑을 사랑하고…. 플로랑스는 그자의 공범이자 조언자이며 그 옆에서 함께 부를 누릴 사람이라고…. 이따금 마리 안을 두둔하는 척도 해가면서 말이지…. 다 위선일 뿐이야! 어쩌면 자신이 연적에 저지른 모든 짓과 그 딱한 여자가 맞게 될 끔찍한 최후를 떠올리며 양심의 가책과 두려움을 느꼈을지도 몰라…! 하지만 어쨌든 플로랑스는 소브랑을 사랑하고, 그래서 이 무자비한 싸움을 끈질기게 계속 해나가고 있는 거야. 그리고 바로 그런 이유로 나, 이 훼방꾼을 죽이려 드는 거겠지. 내 통찰력이 두려운 거야…. 그리고 플로랑스는 나를 싫어해…. 증오한다고….”

엔진 소리와 바람에 흔들리는 나뭇가지 소리 속에서 그렇게 두서없는 말들을 연신 중얼거렸다. 그러다 다정하게 껴안은 연인의 모습이 떠오를 때면 걷잡을 수 없는 질투심에 사로잡혀 버럭 고함을 질러대곤 했다. 복수하고 싶었다. 혼란한 머릿속에서 생전 처음으로 살의가 들끓었다.

“제길! 엔진이 말썽이군. 마즈루! 마즈루!”

갑자기 페레나가 으르렁거리듯 말했다.

“예? 아! 대장! 제가 여기 있는 걸 알고 계셨군요.”

마즈루가 웅크린 채 숨어 있던 어둠 속에서 불쑥 튀어나오며 외쳤다.

“한심한 놈! 그럼 세상에서 제일 멍청한 놈이 내 차 발판에 매달리는데, 그걸 내가 눈치 못 챘을까 봐? 거기서 퍽 편안했겠어.”

“고문이 따로 없습니다. 추워서 오들오들 떨고 있어요.”

“잘됐군. 교훈으로 삼게. 그런데 이 휘발유는 어디서 샀나?”

“잡화점에서요.”

“순 사기꾼이로군. 질 나쁜 기름을 팔아넘겼어. 플러그에 그을음이 꼈네.”

"정말입니까?"

"엔진이 말썽이야. 소리를 들어보면 모르겠나, 이 멍청한 친구야?"

실제로 자동차는 이따금 멈칫거렸다. 그러다 이내 정상으로 되돌아왔고, 그러면 돈 루이스는 또다시 있는 대로 속력을 냈다. 차가 내리막길을 내려갈 때는 마치 절벽 아래로 곤두박질치는 기분이었다. 전조등 하나가 나갔다. 다른 하나도 상태가 불안했다. 하지만 그 무엇도 돈 루이스의 격정을 누그러뜨리지 못했다.

또다시 엔진이 말썽을 부려 차가 멈칫거렸다. 차는 자신의 임무를 다하려 안간힘을 쓰듯 힘겹게 굴러갔다. 그러더니 이내 길가에서 덜컥 멈춰버렸다.

"제길! 결국 일이 터졌어! 아! 정말 미치겠군!"

"진정하세요, 대장. 수리하면 되잖아요. 소브랑은 샤르트르 대신 파리에서 붙잡으면 되는 거고요. 그렇게만 하면 문제없을 겁니다."

"멍청하기 짝이 없는 놈! 수리하려면 족히 한 시간은 걸릴 거야. 그리고 또다시 이 짓이 반복될 테고 말이야. 놈이 자네에게 판 건 휘발유가 아니야. 기름 찌꺼기일 뿐이라고!"

그들 주위에는 들판이 끝없이 펼쳐져 있었다. 불빛이라고는 시커먼 밤하늘에 구멍이 뚫린 듯 반짝이는 별빛이 전부였다.

돈 루이스는 화를 이기지 못해 발을 굴렀다. 발길질을 날려 당장 자동차를 부숴버리고 싶은 심정이었다. 그런 마음만은 굴뚝 같았다….

하지만 결국 화풀이 대상은 불쌍한 마즈루였다. 돈 루이스는 그의 어깨를 붙잡고 흔들면서 욕설을 퍼붓다가 급기야 비탈에 내동댕이치고는 고통과 증오가 묻어나는 목소리로 띄엄띄엄 말했다.

"그 여자였어. 알겠나, 마즈루? 소브랑과 동행했던 그 여자가 이 모든 일을 저지른 거란 말일세. 지금 곧장 다 이야기하겠네. 마음이 약해질지도 모르니…. 그래, 난 비겁해…. 그 여자는 진지한 얼굴에… 어린아이 같은 순수한 눈동자를 가지고 있네. 하지만 여자는, 마즈루… 여자는 내 집에서 살고 있어…. 자네도 여자의 이름을 알고 있을 걸세. 플로랑스 르바셰르…. 자네가 그 여자를 체포해주겠지? 난, 난 도저히 그럴 수 없네…. 플로랑스를 바라보면 마음이 약해져. 생전 처음 느껴보는 감정이라네…. 다른 여자들…? 아니, 그건 그저 일시적인 감정이었어…. 어쩌면 그조차 아니었을 수도…. 과거의 일들은 이제 기억조차 나질 않아…! 그런데 플로랑스는… 마즈루, 그 여자를 체포해야 해…. 여자의 두 눈동자에서 날 구해달란 말일세…. 그 눈동자가 날 불태워버릴 걸세…. 그건 독이야. 만약 자네가 날 구해주지 않는다면 나는 그 여자를 돌로레스처럼 내 두 손으로 죽일지도 몰라…. 아니, 어쩌면 놈들이 먼저 날 죽일지도 모르지…. 아니면… 아! 날 괴롭히는 오만 가지 생각을 나 역시 전부 알 수는 없네…. 여자 옆에는 다른 남자가 있어…. 여자가 사랑하는 남자는 소브랑이지…. 아! 사악한 것들…. 그들이 포빌 부자와 랑제르노, 그리고 헛간 안에 매달려 있던 부부를 죽였어…. 그뿐만이 아닐세. 코스모 모닝톤과 베로 형사 그리고 그 외 숱한 사람들…. 그들은 괴물이야…. 특히 그 여자… 만약 자네도 그 여자의 두 눈을 봤다면….”

너무 낮은 목소리로 말하는 바람에 마즈루는 제대로 알아들을 수 없었다. 돈 루이스는 마즈루의 어깨를 붙잡고 있던 손에 힘을 풀었다. 절망감에 빠져 의기소침해진 듯했다. 그토록 활력 넘치고 자기 통제력이 강한 사람에게서는 좀처럼 찾아보기 어려운 뜻밖의 모습이었다.

마즈루 반장이 돈 루이스를 일으켜 세우며 말했다.

“자, 진정해요, 대장. 알고 보면 다 부질없는 고민이에요…. 여자 문제라면… 저도 알 만큼 알아요…. 저도 누구 못지않게 겪어봤으니…. 마즈루 부인… 예, 그래요, 대장이 안 계시는 동안 전 결혼했답니다…. 그런데 막상 결혼하고 보니 아내는 제가 알던 그 여자가 아니더군요. 꽤 힘들었지요…. 지긋지긋한 마즈루 부인…. 대장, 나중에 이 이야기를 꼭 해드릴게요. 그리고 마즈루 부인이 제 인내심에 어떻게 보상했는지도요.”

마즈루는 천천히 페레나를 자동차로 데리고 가 뒷좌석에 앉혔다.

“좀 쉬세요, 대장…. 밤이지만 별로 춥지는 않네요. 털가죽도 푹신하게 깔렸고요…. 새벽에 이 근처를 지나가는 사람이 있으면 이웃 마을에서 필요한 물품 좀 갖다 달라고 부탁할게요…. 물론 먹을 것도요. 배가 고파 죽겠거든요. 자, 모두 잘될 겁니다…. 여자 문제란 게 늘 그렇습니다…. 그저 인생에서 여자들을 내쫓아 버리기만 하면 됩니다…. 여자들이 알아서 먼저 뛰쳐나가지만 않는다면…. 그래서 마즈루 부인도….”

그래서 마즈루 부인이 어찌 됐는지, 돈 루이스는 전혀 듣지 못했다. 그토록 격렬하게 감정적 발작을 일으켰는데도 뒷좌석에 눕자마자 곧장 깊은 잠에 곯아떨어졌던 것이다.

돈 루이스는 다음 날 늦게 눈을 떴다. 마즈루는 7시가 되어서야 자전거를 타고 샤르트르로 향하던 남자 한 명을 간신히 불러 세울 수 있었다.

그리고 9시, 그들은 마침내 출발했다.

돈 루이스는 예의 그 침착함을 완전히 되찾은 상태였다. 돈 루이스가 반장에게 말했다.

"지난밤 내가 헛소리를 너무 많이 한 것 같네. 하지만 후회하지는 않아. 포빌 부인을 구하고 진범을 찾기 위해선 물불을 가리지 않는 게 내 의무니까. 이 일이 내게 맡겨졌고 난 절대 실패하지 않을 걸세. 오늘 밤 플로랑스 르바셰르는 유치장에서 자야 할 거야."

"제가 돕겠습니다, 대장."

마즈루는 묘한 어조로 대답했다.

"도움 따위는 필요치 않아. 만약 그 여자의 머리카락 한 올이라도 건드린다면 자네는 내 손에 박살 날 걸세. 알아들었나?"

"예, 대장."

"그럼 이제부터 입 다물고 잠자코 있어."

시간이 지날수록 다시 화가 치솟자 페레나는 점점 자동차 속도를 높이기 시작했고 마즈루는 대장이 자신에게 분풀이한다고 생각했다. 페레나의 차가 샤르트르의 도로를 뜨겁게 달구었다. 랑부예, 슈브뢰즈, 베르사유에서도 쏜살같이 내달려 행인을 기겁하게 했다.

생 클루… 불로뉴 숲….

콩코르드 광장에서 차가 튈르리 공원 쪽으로 향하자 마즈루가 깜짝 놀라 물었다.

"집으로 가시는 게 아닙니까, 대장?"

"아니, 우선 급한 불부터 끌 걸세. 마리 안 포빌에게 진범을 찾아낸 사실을 전해 자살할 생각을 떨쳐버리게 해야 하네."

"그래서 어떻게 하실 생각인데요?"

"경찰청장을 만나봐야지."

"데말리옹 청장은 자리를 비웠을 겁니다. 오후에나 들어올 텐데요."

"그렇다면 예심판사라도 만나야지."

"역시 정오는 돼야 법원에 나올 겁니다. 지금은 11시고요."

"가보면 알겠지."

마즈루의 말이 옳았다. 법원에는 아무도 없었다.

돈 루이스는 근처에서 점심을 먹었다. 곧 치안국에 갔던 마즈루가 다시 돌아와 법원 안의 복도로 데리고 갔다. 대장이 평소와는 다르게 동요하고 불안해하고 있음을 눈치챈 마즈루가 넌지시 물었다.

"결심은 굳힌 겁니까, 대장?"

"물론이지. 식사하면서 신문을 읽었네. 마리 안 포빌이 두 번째 자살 시도 후 의무실에 실려 갔는데 그곳에서도 벽에다 머리를 들이박아 자살하려 했다는군. 그래서 아예 구속복을 입혀놓긴 했는데, 이제는 도통 아무것도 먹으려 들지 않는다는군.

마리 안 포빌을 구하는 게 내 의무야."

"어떻게요?"

"진범을 넘겨 주면 되지. 우선 예심판사에게 미리 일러놓고, 오늘 저녁 플로랑스 르바셰르를 산 채로든 죽은 채로든 경찰청으로 데려갈 거야."

"그럼 소브랑은요?"

"소브랑 그놈! 그 자식도 머지않아 똑같은 처지가 될 걸세. 만약…."

"만약, 뭐요?"

"만약 내 두 손으로 그놈을 직접 죽이지만 않는다면 말이야. 천하의 몹쓸 놈!"

"대장!"

"아, 됐네!"

그들 주위에는 정보를 얻으러 온 기자들이 몰려 있었다. 기자들은 페레나를 알아보았다. 페레나가 말했다.

"여러분, 오늘부터 제가 마리 안 포빌의 편에 서서 석방을 위해 총력을 기울일 것이라고 발표하셔도 좋습니다."

곧장 항의의 목소리가 터져 나왔다. 포빌 부인이 체포되는데 일조한 사람이 바로 페레나가 아니던가? 포빌 부인에게 불리한 증거를 숱하게 제시한 사람이 다름 아닌 바로 그 자신이아니던가 말이다!

"그 증거들의 허점들은 이제부터 제가 하나하나 밝혀낼 겁니다. 마리 안 포빌은 자신을 노리는 악당들의 교활한 음모에 희생당한 것뿐입니다. 제가 곧 그자들을 붙잡아 사법 당국에 넘길 겁니다."

"하지만 치아는요? 잇자국은 어떻게 되는 겁니까?"

"우연의 일치입니다! 기가 막힌 우연의 일치이지요. 하지만 이제 제게 그 잇자국은 포빌 부인의 무죄를 입증하는 가장 명백한 증거처럼 보입니다. 만약 마리 안 포빌이 그 모든 범행을 저지를 만큼 능수능란한 사람이었다면, 자신의 잇자국 두 줄이 선명히 새겨진 과일을 그렇게 현장에 흘리고 가지는 않았을 겁니다."

"하지만…."

"포빌 부인은 결백합니다! 바로 그 사실을 예심판사께 말씀드릴 겁니다. 포빌 부인에게도 누군가 자신을 위해 노력하고 있다는 사실을 알려야만 합니다. 그렇게 희망을 줘야 합니다. 그러지 않으면 불쌍한 그 여자는 자살할 겁니다. 그리고 포빌 부인의 죽음은 무고한 사람을 몰아세운 모든 이들의 마음을 무겁게 짓누를 겁니다. 그러니 반드시…."

페레나는 갑자기 말을 멈췄다. 시선은 다른 기자들과 약간 떨어진 곳에서 자신의 이야기를 메모하며 듣는 어느 기자한테 꽂혔다.

페레나는 마즈루에게 나지막이 이야기했다.

"저기 서 있는 기자의 이름을 알아올 수 있겠나? 분명 어디서 본 남자인데, 도통 기억나지가 않는군."

하지만 그 순간 경비원이 불쑥 예심판사의 방문을 열었다. 예심판사가 페레나의 명함을 받고는 즉시 만나보고 싶어 했던 것이다.

페레나는 발길을 옮겼다. 그런데 집무실 안으로 들어서려는 그 순간, 갑자기 마즈루를 향해 몸을 돌리더니 분노에 찬 목소리로 소리쳤다.

"그자야! 소브랑이 변장한 채 거기 있었어. 놈을 붙잡아! 방금 도망쳤어. 당장 뒤쫓아 가!"

말을 마치자마자 자신이 먼저 총알처럼 튀어 나갔고, 마즈루와 경호원들, 신문기자들이 그 뒤를 쫓아갔다. 게다가 어찌나 빠른지, 3분 후에는 뒤에서 따라오던 사람들의 인기척이 들리지 않을 정도였다. **쥐덫**(유치장으로 통하는 프랑스 법원의 지하 복도 - 옮긴이) 층계를 재빨리 내려와 뜰을 연결하는 지하 통로를 가로질렀다. 그곳에서 마주친 두 사람은 방금 서둘러 걸어가는 한 남자를 보았다고 알려주었다.

하지만 잘못된 정보였다. 이 사실을 깨닫고 얼마간의 시간을 허비하며 사내의 행방을 수소문한 끝에 마침내 소브랑이 팔래가 쪽으로 빠져나가 오를로주 둑길에서 금발의 아름다운 여인과 합류했다는 사실을 알아냈다. 그 여인은 틀림없이 플로랑스 르바셰르일 것이다···. 그곳에서 두 사람은 생 미셸 광장에서 출발해 생 라자르 역까지 가는 버스에 올라탔다고 했다.

돈 루이스는 한 소년에게 자기 차를 맡겨두었던 좁고 한적한 거리로 되돌아왔다. 곧바로 자동차에 시동을 걸고 전속력으로 생 라자르 역으로 향했다. 그곳 버스 사무소에서 새로운 정보를 얻었지만 곧 잘못된 정보임을 깨달았고, 그렇게 한 시간 남짓 허비한 후 역으로 돌아왔다. 지치지 않고 여기저기 알아보고 다닌 끝에 결국 플로랑스가 혼자 팔레 부르봉 광장으로 가는 버스에 올라탔다는 확실한 정보를 얻었다. 그 젊은 여자는 모든 예상을 뒤엎고 태연히 집으로 되돌아간 것이다.

플로랑스를 다시 볼 생각을 하니 페레나는 머리끝까지 화가 치솟았다. 루아얄가를 거쳐 콩코르드 광장을 지나는 동안, 지금 당장 여자를 향해 내뱉고 싶은 복수와 협박의 말들을 끊임없이 중얼거렸다. 플로랑스에게 모욕감을 줄 테다. 채찍 같은 욕설을 날려 주리라. 돈 루이스는 사악한 존재에게 상처 입히고 싶은 강렬하고도 고통스러운 충동에 사로잡혔다.

하지만 팔레 부르봉 광장에 이르자 갑자기 자동차를 멈췄다. 예리한 눈을 번뜩이며 단번에 대여섯 명의 남자들을 파악해냈다. 딱 보아도 어떤 직업의 사람인지 훤히 알 수 있었다. 돈 루이스를 발견한 마즈루가 황급히 마차 출입구 아래로 몸을 숨겼다.

돈 루이스는 마즈루를 불렀다.

"마즈루!"

자신의 이름을 듣고 깜짝 놀란 마즈루가 자동차 쪽으로 슬며시 다가왔다.

"아, 대장!"

난처해하는 표정을 보자 돈 루이스는 자신의 우려가 현실로 나타났음을 깨달았다.

"말해보게, 나 때문에 자네와 자네 부하들이 내 집 주변에서 어슬렁거리고 있는 건 아니겠지?"

"예리하시네요, 대장!"

마즈루는 당황한 표정으로 대답했다.

"아시겠지만, 이제 경찰은 대장에게 꽤 호의적이에요. 대장에게는 분명 그래요."

순간 돈 루이스는 소스라쳤다. 마즈루가 자신을 배신한 사실을 눈치챘던 것이다. 자신의 양심에 따르기 위해, 그리고 대장을 음산한 열정의 구렁텅이에서 건져내기 위해 마즈루는 플로랑스 르바셰르를 고발한 것이다.

돈 루이스는 속에서 끓어오르는 분노를 억누르려고 주먹을 힘껏 움켜쥐었다. 제대로 한 방 먹은 느낌이었다. 그제야 자신이 전날 밤부터 질투에 눈이 멀어 얼마나 커다란 실수를 저질러왔는지, 그리고 그 실수로 어떠한 치명적인 결과들이 초래될 것인지 분명히 직감할 수 있었다.

"영장은 가지고 왔나?"

돈 루이스가 물었다.

마즈루는 더듬거렸다.

"정말 우연히 벌어진 일입니다…. 아까 집무실로 돌아오는 청장님과 마주쳤어요…. 그래서 청장님과 그 젊은 여자와 관련된 이야기를 나눴지요. 그런데 청장님은 그 사실을 막 알아차린 참이더군요. 그 사진을… 왜 청장님이 대장한테 맡겼던 플로랑스 르바셰르의 사진 있잖습니까…? 그 사진을 대장이 변조했단 사실을 말이에요. 그리고 나서 제가 플로랑스라는 이름을 말했을 때 청장님이 단번에 사진 속 여자 이름이라는 걸 기억하신 거지요."

"그래서 영장이 있단 건가, 없단 건가?"

돈 루이스는 한결 거칠어진 어조로 반복해서 물었다.

"저기… 어쩔 수 없잖아요…? 그럴 수밖에 없는 상황이었어요…. 데말리옹 청장님도… 예심판사도…."

만약 팔레 부르봉 광장에 사람이 없었다면 돈 루이스는 분명 분을 삭이기 위해 고도의 무술 기술을 발휘해 마즈루의 턱에 주먹 한 방을 날렸을 것이다. 마즈루도 이 같은 위험을 감지한 듯 되도록 대장에게서 멀찌감치 떨어져 노여움을 가라앉히려고 주저리주저리 변명을 늘어놓았다.

"이게 다 대장을 위해서 한 일이었어요…. 그래야만 했다고요…. 이렇게 말씀하셨잖아요! '그 여자에게서 날 구해줘. 난 너무 비겁해…. 자네가 그 여자를 체포해주겠지? 그 눈동자가 날 불태워버릴 걸세…. 그건 독이야.' 그러니 제가 달리 어떻게 하겠어요? 안 그래요, 대장? 게다가 베베르 부국장이…."

"이런! 그럼 베베르 부국장도 이 일을 알고 있단 말인가…?"

"물론이지요! 청장님은 사진이 변조된 사실을 알아차린 이후로 대장을 완전히 믿지 못하고 있어요…. 그래서 베베르가 아마 한 시간 내로 지원 인력을 이끌고 이리로 들이닥칠 겁니다. 다시 말해 베베르 부국장이 뇌이에 있는 가스통 소브랑의 집에 드나드는 여자가 금발이고 상당히 미인이며 이름은 플로랑스라는 사실을 지금 막 알았다는 말입니다. 그 여자는 심지어 그 집에서 종종 밤을 보내기도 했다는군요."

"거짓말! 터무니없는 소리!"

페레나는 이를 갈았다.

마음속 깊은 곳에서 강렬한 증오심이 솟구쳐 올랐다. 스스로 딱히 말로 풀어낼 수 없는 이유로 여태껏 플로랑스의 뒤를 쫓아왔다. 그리고 불현듯 다시금, 그러나 이번에는 이성을 잃지 않은 상태에서 여자를 파멸시키고 싶은 마음이 고개를 들었다. 페레나는 더 이상 자신이 무엇을 하고 있는지도 알지 못했다. 그저 온갖 격정에 휘둘리면서 매 순간 충동적으로 행동했다. 마치 지독한 사랑의 노예가 되어 사랑하는 이를 위해 죽음 속으로 기꺼이 뛰어들 수 있듯 그 대상을 목 졸라 죽일 수도 있듯이.

그때 마침 신문팔이가 지나갔다. 페레나는 순간적으로 〈미디〉특별호에 쓰여 있는 큼지막한 활자를 읽었다.

돈 루이스 페레나의 폭탄선언. 포빌 부인은 결백하다. 진범 체포 임박.

"그래. 그렇고말고. 머지않아 이 사건은 대단원의 막을 내릴 거야. 플로랑스도 곧 죗값을 치르겠지. 그 여자에게는 퍽 안된 일이지만, 무얼 어쩌겠어."

페레나는 큰 소리로 말했다.

다시 자동차를 출발시켜 대문을 통과했다. 그리고 안뜰에 나와 있던 운전사에게 이렇게 일러두었다.

"차고에 집어넣지 말고 시동도 켜놓은 상태로 그냥 두게. 곧 다시 나가봐야 할 것 같으니."

차에서 뛰쳐나온 페레나는 서둘러 집사를 불렀다.

"르바셰르 양은 돌아왔나?"

"예, 선생님. 자신의 거처에 있습니다."

"어제는 집을 비웠지?"

"예, 선생님. 친척 중 한 명이 아프다는 전보를 받고 시골에 갔었지요. 간밤에 돌아왔답니다."

"르바셰르와 이야기 좀 해야겠네. 내가 찾는다고 전하게. 기다리고 있겠네."

"서재로 가라고 할까요?"

"아니, 위층, 내 침실 옆방으로 보내게."

3층에 있는 그곳은 예전에는 부인용 규방으로 사용하던 자그마한 공간이었는데, 몇 차례나 죽음의 위협을 받은 이후로 서재보다 이곳을 더 애용해왔다. 페레나는 서재보다 더 조용하고 외진 그 방에 중요한 서류를 보관해왔고, 신중을 기하기 위해 방 열쇠를 항상 몸에 지니고 다녔다. 세 개의 홈이 파여 있고 내부에 용수철이 장착된 특수 열쇠다.

마즈루는 안뜰에서 그 뒤를 바짝 뒤쫓아 왔다. 그런데 이전까지 전혀 낌새를 차리지 못한 듯했던 페레나가 불현듯 뒤돌아서 반장의 팔을 붙잡고는 현관 계단으로 끌고 가는 것이다.

"모든 일이 잘 풀리고 있네. 혹시라도 플로랑스가 눈치채고 집에 돌아오지 않았을까 봐 마음을 졸였지. 그런데 아무래도 그 여자는 내가 어제 자신을 보았다는 사실을 까맣게 모르는 모양이야. 이제 그 여자는 독 안에 든 쥐나 다름없네."

두 사람은 현관을 지나 2층으로 올라갔다. 마즈루는 만족한 표정으로 두 손을 비볐다.

"드디어 정신을 차리셨군요. 대장?"

"어쨌든 마음을 정했네. 결코 포빌 부인이 자살하는 걸 원치 않아. 그리고 이 참사를 막기 위해서는 다른 대안이 없으므로 플로랑스를 희생시키기로 마음먹은 걸세."

"괴롭지는 않으세요?"

"후회는 없을 거야."

"그럼 저를 용서해주시는 건가요?"

"오히려 고마울 따름이지."

이 말을 마치자마자 마즈루의 턱을 향해 깔끔하고 강력한 주먹 한 방을 날렸다.

마즈루는 신음 한 번 제대로 내지 못한 채 그대로 정신을 잃고 3층 계단에 쓰러졌다.

계단 중간에는 가재도구나 세탁물을 보관하는 창고로 사용하는 어둡고 후미진 공간이 있었다. 돈 루이스는 마즈루를 둘러메고 그곳으로 가 바닥에 편안한 자세로 앉힌 뒤 궤짝으로 등을 받쳐주었다. 그리고 손수건을 꺼내 입을 틀어막은 다음 행주로 단단히 재갈을 물렸다. 식탁보 두 장으로 발목과 팔목을 묶은 뒤 그 천들의 한쪽 끝을 벽에 단단히 박혀 있는 못에 고정했다.

마즈루가 정신을 되찾자 페레나는 빈정대며 말했다.

"이만하면 필요한 건 모두 다 갖춘 셈이지… 식탁보… 행주… 배고플 때 먹으라고 온갖 것들을 입에 물려줬으니…. 그렇게 얌전히 잠수고 계시게. 낮잠도 한숨 푹 자고 나면 장미꽃처럼 생생해질 걸세."

페레나는 문을 잠그고 시계를 꺼내 보았다.

"한 시간 정도 여유가 있군, 그 정도면 충분해."

그때 페레나는 플로랑스를 만나면 실컷 욕설을 퍼붓고 얼굴에다 대고 여자가 저지른 모든 파렴치한 행동과 범죄 행각들을 낱낱이 열거하며 쏘아붙인 후 실토와 서면 자백을 받아낼 작정이었다. 그렇게 마리 안의 구멍이 확실해지면 그다음 일은 그때 가서 차차 생각하면 될 터였다. 어쩌면 플로랑스를 자동차 구석에 처넣고 은신처로 데리고 가 그 젊은 여자를 인질로 사법 당국에 압력을 가할 수도 있을 것이다…. 가능한 일이다…. 하지만 더 이상 앞일을 생각하지 않기로 했다. 지금 당장 원하는 바는 오로지 즉각적이고 직설적인 해명이었다.

페레나는 3층에 있는 자신의 침실로 뛰어가 찬물에 얼굴을 담갔다. 지금껏 이토록 감정이 들끓고 맹목적인 본능이 맹위를 떨친 적은 단 한 번도 없었다.

"그 여자야…! 오는 소리가 들려…. 지금 계단 아래에 있어. 드디어 플로랑스가 내 눈앞에 서는구나. 이 얼마나 짜릿한 순간이란 말인가. 단둘이 있다니!"

페레나는 침실에서 나와 규방 문 앞으로 갔다. 그리고 호주머니에서 열쇠를 꺼냈다. 문이 열렸다.

순간 페레나는 끔찍한 비명을 내질렀다.

가스통 소브랑이 거기에 있었다.

밀폐된 방에서 팔짱을 낀 채 가스통 소브랑이 페레나를 기다렸던 것이다.

9
소브랑의 해명

가스통 소브랑!

돈 루이스는 본능적으로 뒤로 물러섰다. 그리고 권총을 꺼내 들고 상대를 향해 겨누었다.

"손들어! 안 그러면 쏜다!"

소브랑은 전혀 동요하는 기색 없이 단지 고갯짓으로 자신의 손에 닿지 않을 거리에 있는 탁자 위의 권총 두 자루를 가리키 며 말했다.

"내 무기는 저기에 있습니다. 나는 이곳에 싸우러 온 게 아니 라 이야기를 하러 왔습니다."

그 침착한 태도에 더욱더 화가 난 돈 루이스가 소리쳤다.

"대체 여기에 어떻게 들어온 겁니까? 복사한 열쇠가 있었겠 지. 하지만 어떻게 그 열쇠를 손에 넣은 거지…. 무슨 수로?"

상대는 아무 말도 하지 않았다. 돈 루이스는 발을 굴렀다.

"말해봐! 말하란 말입니다! 그러지 않으면…."

그 순간 플로랑스가 허겁지겁 달려왔다. 플로랑스는 미처 말 릴 틈도 없이 페레나의 옆을 지나쳐 가스통 소브랑의 품으로 몸을 던졌다. 그리고 옆에 있는 페레나는 전혀 의식하지 않고 말했다.

"왜 오셨어요? 오지 않기로 약속했잖아요. 맹세까지 해놓고선… 당장 가세요."

소브랑은 여자를 떼어내 자리에 앉혔다.

"날 내버려 둬, 플로랑스. 그저 당신을 안심시키려고 그렇게 약속했던 것뿐이야. 그러니 그냥 내버려 둬."

"싫어요, 그럴 순 없어요. 이건 미친 짓이에요. 단 한마디도 해서는 안 돼요…. 아! 부탁이에요. 제발 이러지 마세요!"

여자는 절박하게 애원했다.

남자는 여자에게 약간 몸을 숙이고는 금빛 머리카락을 살짝 걷어 올려 이마를 어루만졌다.

"날 내버려 둬, 플로랑스."

남자는 나지막이 속삭였다.

여자는 그 부드러운 음성에 마음이 녹아내린 듯 잠자코 입을 다물었다. 남자는 돈 루이스의 귀에 들리지 않을 정도로 나지막이 여자에게 무어라 이야기했고, 그 말을 듣자 여자는 한결 안심하는 눈치였다.

두 사람을 바라보며 페레나는 꼼짝 않고 서 있었다.

돈 루이스는 여전히 방아쇠에 손가락을 올린 채 팔을 내뻗어 적을 겨냥하고 있었다.

소브랑이 플로랑스에게 친근하게 말을 놓는 것을 보자 머리에서 발끝까지 온몸이 떨렸다. 방아쇠 위에 올린 손가락에도 경련이 일었다. 대체 무슨 기적이 벌어져야 총을 쏘지 않을 수 있을까? 어떤 초인적인 의지가 있어야 불꽃처럼 자신을 불태우는 이 질투심을 억누를 수 있을까? 저렇게 저 작자가 감히 플로랑스의 머리카락을 쓰다듬고 있는데!

돈 루이스는 팔을 내렸다. 나중에, 나중에 죽여주리라. 나중에 합당한 대가를 치르게 하리라. 이미 자신의 손아귀에 들어왔으니 어차피 이제 저들은 결코 복수를 피할 수 없는 몸이지 않은가.

돈 루이스는 소브랑의 권총 두 자루를 집어들어 서랍 속에 넣었다. 그리고 문을 닫으려고 다시 문 쪽으로 걸어갔다. 그런데 그 순간 2층 층계참에서 소리가 들렸다. 난간으로 나가 보았다. 집사가 한 손에 쟁반을 받쳐 든 채 계단을 올라오고 있었다.

"무슨 일인가?"

"마즈루 씨에게 도착한 긴급 편지입니다, 선생님."

"마즈루는 나와 함께 있네. 내게 주게. 그리고 더 이상 이 방에 올라오지 말게."

돈 루이스는 서둘러 편지 봉투를 뜯었다. 저택 주변에서 근무를 선 형사 중 한 명의 서명과 함께 연필로 급히 휘갈겨 쓴 글이 눈에 들어왔다.

조심하십시오, 반장님. 가스통 소브랑이 집 안에 있습니다. 저택 맞은편에 사는 이웃 두 명의 증언으로는 이 동네에서 경리 아가씨로 통하는 젊은 여자가 1시간 30분 전에, 다시 말해 우리가 보초를 서기 전에 저택 안으로 들어갔다고 합니다. 그리고 잠시 후 자신이 기거하는 별채 창가에 잠시 모습을 드러냈다고 합니다. 그러더니 곧이어 별채 아래에 있는 지하 저장고로 통하는 쪽문이 살짝 열렸다고 하는군요. 문은 분명 그 여자가 열었겠지요. 그리고 곧바로 한 남자가 광장에 나타나더니 담벼락을 따라 걷다가 그 쪽문 안으로 슬그머니 들어가더랍니다. 확실하다는군요. 인상착의를 들어보니 영락없이 가스통 소브랑이었습니다. 그러니 조심하십시오, 반장님. 반장님께서 신호를 보내시거나 조금이라도 수상한 낌새가 포착되면 그 즉시 집 안으로 들이닥치겠습니다.

돈 루이스는 생각에 잠겼다. 이제야 악당이 어떻게 자신의 집에 들어올 수 있었는지, 어떻게 가장 안전한 은신처에 감쪽같이 숨어 추적을 피할 수 있었는지 이해할 수 있었다. 페레나는 지금껏 자신이 가장 끔찍한 적이라고 공언해왔던 자와 동거해왔던 셈이다.

'됐어, 놈은 어차피 끝장이니…. 놈의 여자 친구도 마찬가지고. 내 총알과 경찰의 수갑 중 마음에 드는 걸 고를 수밖에.'

페레나는 마음속으로 중얼거렸다.

이제 돈 루이스는 시동까지 걸어 저 아래에 대기시켜놓은 자동차 생각은 추호도 하지 않았다. 플로랑스를 탈출시킬 생각이 사라져버린 것이다. 이제 자신이 직접 두 사람을 죽이지 않아도 사법 당국이 알아서 그들을 가차 없이 응징할 것이다. 사실 자신은 그저 범인들을 넘기고, 사회가 직접 그들을 심판하도록 놓아두는 편이 훨씬 더 바람직한 방법이리라.

페레나는 문을 잠그고 빗장을 건 후 두 포로의 맞은편에 앉아 소브랑을 향해 툭 내뱉듯 말했다.

"이제 이야기 좀 해봅시다."

그들이 있던 방은 매우 협소했기 때문에 세 사람은 어쩔 수
없이 바짝 붙어 있을 수밖에 없었다. 그 바람에 돈 루이스는 자
신이 가슴 깊이 절절히 증오하는 사내와 몸이 계속 스치는 듯
한 불쾌함을 감내해야만 했다.

두 사람이 앉아 있는 의자 사이의 거리는 1미터도 채 되지
않았다. 책으로 뒤덮인 기다란 탁자 하나가 그들과 창문 사이
에 놓여 있었다. 창문은 두꺼운 벽을 파내어 만든 것인데, 벽을
뚫은 공간은 오래된 저택이 흔히 그렇듯 벽감 역할을 하고 있
었다.

플로랑스가 자신이 앉은 의자를 빛이 들지 않는 쪽으로 약간
돌려놓은 바람에 돈 루이스는 여자의 얼굴을 제대로 볼 수 없
었다. 하지만 가스통 소브랑의 얼굴은 선명히 보였다. 돈 루이
스는 강렬한 호기심을 느끼며 얼굴을 찬찬히 살펴보았다. 생기
있는 입술, 엄격한 눈빛에 총기 어린 아름다운 눈동자, 젊은 티
가 채 가시지 않은 이목구비를 보고 한층 더 분노가 치솟았다.

"아니, 왜 머뭇거리는 겁니까. 말해보시지요! 물론 난 휴전
제의를 받아들였습니다. 하지만 꼭 필요한 말들을 주고받기 위
한 일시적인 휴전이란 말입니다. 왜, 덜컥 겁이라도 나는 건가?
여기까지 온 걸 후회하고 있는 겁니까?"

돈 루이스는 명령조로 말했다.

남자는 잔잔한 미소를 지으며 대답했다.

"아무것도 두렵지 않습니다. 그리고 여기 온 것도 전혀 후회하지 않고요. 우리 두 사람이 말이 잘 통할 수 있고, 또 그렇게 되리라는 예감이 들거든요."

"이야기가 잘 통할 거라니!

돈 루이스가 펄쩍 뛰며 소리쳤다.

"안 통할 이유는 또 뭐가 있습니까?"

"동맹이라도 맺자는 건가! 당신과 나 사이에 동맹을!"

"안 될 이유도 없지요. 안 그래도 전 이미 여러 차례 그 생각을 해봤습니다. 그리고 방금 예심판사실 복도에서 이 생각은 더욱 구체화 되었고, 결정적으로 당신의 말을 옮긴 이 신문 기사가 저로 하여금 그 생각을 확고히 굳히게 했지요."

돈 루이스 페레나의 폭탄 선언. 포빌 부인은 결백하다.

가스통 소브랑은 절도 있는 몸짓과 함께 단어 하나하나를 또박또박 힘주어 발음하며 의자에서 반쯤 일어났다. 그러고 나서 나지막이 말했다.

"**포빌 부인은 결백하다.** 이 말이 모든 문제를 풀 결정적인 열쇠인 셈입니다. 당신이 공개적으로 엄숙하게 선언했던 이 말은 정녕 당신의 생각을 그대로 담고 있습니까? 그렇다면 이제 마리 안 포빌의 결백을 확실히 믿으시는 겁니까?"

돈 루이스는 어깨를 으쓱해 보였다.

"이런! 나참, 지금 이 자리가 포빌 부인의 결백을 두고 시시비비를 가리는 자리가 아니지 않습니까. 이건 순전히 당신 둘과 나, 우리 사이의 문제란 말입니다. 그러니 당장 본론을 꺼내 보십시오. 그러는 편이 나보다도 당신들에게 더 좋을 겁니다."

"우리에게 좋을 거라니, 그게 무슨 소리입니까?"

돈 루이스가 소리쳤다.

"그 기사의 세 번째 소제목은 벌써 까맣게 잊어버리셨나 보 군…. 나는 단지 마리 안 포빌의 결백만을 주장한 게 아닙니다. 그것 말고도… 당신이 직접 읽어보시지."

진범 체포 임박

순간 소브랑과 플로랑스는 동시에 자리에서 벌떡 일어났다.

"그렇다면 당신이 생각하기에… 진범은 누구입니까?"

소브랑이 물었다.

"이런! 당신도 나만큼 잘 알고 있지 않습니까. 흑단 지팡이를 든 사내이자, 적어도 앙스니 경감을 죽인 혐의만은 피할 수 없 는 작자지. 그리고 그자가 저지른 모든 범죄에는 여자 공범 하 나가 개입돼 있고 말입니다. 두 사람 모두 틀림없이 날 상대로 저지른 살인 시도를 기억하고 있겠지. 쉬셰 대로에서 내게 총 격을 가한 일, 내 차를 고장 내 운전기사를 죽게 만든 일…. 그 리고 물론 어제 헛간에서(당신도 알겠지만 해골 두 구가 걸려 있던 헛간이었지) 내 목을 두 동강 낼 뻔했던 낫, 그 무자비한 낫도 기 억하고 있을 테지요."

"그래서요?"

"그래서라니, 제길! 당신이 졌다, 이 말입니다. 그러니 이제

대가를 치러야 합니다. 게다가 호랑이 소굴로 멍청하게 스스로 뛰어들었으니, 더 이상 무슨 말이 필요하겠습니까."

"무슨 말을 하는 건지 저는 도통 모르겠습니다. 그게 다 무슨 소리입니까?"

"그럼 간단히 말해주지. 경찰은 플로랑스 르바셰르의 정체를 알고 있고 당신이 여기 있다는 사실도 알고 있으며 벌써 저택은 포위됐고 이제 곧 베베르 부국장이 들이닥칠 겁니다."

소브랑은 예기치 못한 위협에 적잖이 당황한 기색이었다. 옆에 있던 플로랑스의 얼굴도 하얗게 질려 있었다. 극도의 불안감 탓에 여자의 얼굴이 일그러졌다. 플로랑스가 더듬거렸다.

"아! 이런 끔찍한 일이…! 안 돼요, 안 돼. 이럴 순 없어요."

그러더니 돈 루이스에게 와락 달려들었다.

"비겁한 인간! 당신이 우리를 밀고한 거지! 정말 비겁해! 아! 비열한 작자라는 건 진작부터 알고 있었지만! 정말이지 악랄하기 짝이 없군…! 아! 이 파렴치한! 이 비겁한 놈!"

여자는 다리에 힘이 풀려 자리에 풀썩 주저앉았다. 그러고는 한 손으로 얼굴을 가리고 흐느끼기 시작했다.

돈 루이스는 여자에게서 등을 돌렸다. 이상하게도 마음속에서는 일말의 동정심도 일지 않았다. 마치 단 한 번도 플로랑스를 사랑한 적이 없었던 것처럼 여자의 눈물에도, 거친 비난의 말에도 전혀 감정이 동하지 않았다. 오히려 자신을 옭아맸던 그 지독한 감정에서 벗어나 홀가분했다. 여자가 불러일으키는 강렬한 혐오감이 그 뜨거웠던 모든 사랑을 소멸시킨 듯했다.

하지만 방 안을 조금 서성이다 다시 그들 앞에 섰을 때 마치 곤경에 처한 두 친구가 서로 의지하듯 손을 꼭 붙잡은 연인의 모습을 보았고, 그러자 곧장 마음속에서 걷잡을 수 없는 증오심이 다시 치솟았다. 돈 루이스는 사내의 팔을 와락 움켜잡고 소리쳤다.

"이딴 짓은 용납할 수 없습니다…. 도대체 무슨 권리로…? 이 여자가 당신 부인인가…? 아니면 정부라도 되나? 그런 거야…?"

돈 루이스의 목소리가 기어들었다. 완전히 사그라졌다고 믿었던 격정의 불꽃을 한순간 느닷없이 적나라하게 폭로한 분노의 발작이 스스로 생각해도 무척 황당했던 것이다. 돈 루이스는 얼굴을 붉혔다. 가스통 소브랑이 그런 모습을 넋 나간 표정으로 바라보았다. 분명 적은 자신의 비밀을 간파했을 것이다.

그리고 한동안 방 안에 침묵이 흘렀다. 그 사이 돈 루이스는 플로랑스와 눈이 마주쳤다. 적대감과 분노와 경멸이 가득한 눈동자였다. 플로랑스도 자신의 속마음을 눈치챈 걸까?

돈 루이스는 감히 말을 꺼낼 엄두가 나지 않았다. 그저 소브랑이 입을 열어 해명하기를 잠자코 기다렸다.

하지만 그렇게 기다리는 동안 곧 폭로될 사건의 진상이나 드디어 해답을 알게 될 난제들, 머지않아 닥칠지 모를 비극적인 사건들에 대해서는 티끌만큼도 생각하지 않았다. 한없이 열에 들뜬 채 마음을 졸이면서, 이제 곧 저 젊은 여인의 속마음과 과거 그리고 소브랑과의 관계를 알게 되리라는 생각만 하고 있었다. 오직 그것만이 페레나의 유일한 관심사였다.

마침내 소브랑이 입을 열었다.

"좋습니다. 이제 난 꼼짝없이 잡힌 몸입니다. 어차피 이렇게 될 운명이었나 보지요! 하지만 그전에 당신과 잠시 이야기를 나눌 수 있겠습니까? 이제 제가 바라는 건 그게 전부입니다."

페레나가 대답했다.

"말해보십시오. 이 문은 잠겨 있고 내 마음이 내키기 전까지는 절대 열지 않을 겁니다. 그러니 어서 말해보십시오."

소브랑이 말했다.

"그럼 간단히 말하겠습니다. 게다가 실은 저도 내막을 조금밖에 알지 못합니다. 제가 하는 이야기를 무조건 믿어달라고 부탁하지는 않겠습니다. 그저 제가 진실을, 온전한 진실을 이야기할 수도 있겠거니 생각하며 제 말에 귀 기울여 주셨으면 합니다."

소브랑은 곧바로 이렇게 운을 뗐다.

"저는 이폴리트 포빌, 그리고 마리 안과(아시다시피 우리는 육촌이니까요) 서신을 교환했지만 단 한 번도 직접 만난 적은 없었습니다. 그러다 우연히 몇 년 전, 그 부부가 쉬셰 대로에 새 저택을 짓는 동안 겨울을 나기 위해 팔레르모에 오면서 처음으로 만났습니다. 그 후 약 다섯 달 동안 우리 세 사람은 매일같이 만나며 함께 지냈습니다. 당시에도 이폴리트와 마리 안은 그다지 사이가 좋은 편은 아니었습니다. 그러던 어느 날 저녁 남편과 심하게 언쟁을 벌인 후 혼자 울고 있는 마리 안을 우연히 목격했지요. 마리 안의 눈물을 보자 마음이 흔들린 저는 그만 제 비밀을 털어놓고 말았습니다. 처음 만난 순간부터 줄곧 마리 안을 사랑하고 있었던 겁니다…. 그리고 시간이 지날수록 더더욱, 영원히 사랑하게 될 운명이었고요."

"거짓말! 어제 당신들이 알랑송에서 올라탄 기차 안에서 어떤 꼴을 하고 있었는지 내가 다 보았단 말입니다…."

돈 루이스는 감정을 억누르지 못하고 버럭 소리쳤다.

가스통 소브랑은 플로랑스를 물끄러미 쳐다보았다. 플로랑스는 팔꿈치를 무릎 위에 올려놓고 주먹 쥔 두 손을 얼굴에 갖다 댄 채 잠자코 이야기를 듣고 있었다. 사내는 돈 루이스의 격양된 태도에 반응하지 않고 하던 이야기를 이어나갔다.

"마리 안 역시 저를 사랑하고 있었어요. 그렇다고 고백했지요. 하지만 순수한 우정 외에는 그 어떠한 것도 욕심내지 않겠다고 맹세하라더군요. 저는 맹세했고, 그 맹세를 지켰습니다. 그 후 몇 주 동안 우리는 더없이 행복한 시간을 보냈습니다. 당시 이폴리트 포빌은 어떤 여가수에게 홀딱 반해 집을 비우는 일이 잦았지요. 그동안 저는 그다지 건강이 좋지 못했던 어린 에드몽에게 정성을 들여 운동을 시키곤 했고요. 게다가 당시 우리 곁에는 훌륭한 친구이자 정 많고 충실한 조언자가 한 명 있었습니다. 그 친구는 말하지 못할 상처를 감싸 주었고, 용기와 사기를 북돋아 주었지요. 그리고 언제라도 자신의 힘과 고결한 성품을 바쳐 우리의 사랑을 지지할 준비가 돼 있는 사람이었습니다. 바로 플로랑스가 우리 곁에 있었던 겁니다."

돈 루이스는 자신의 심장이 더욱 빠르게 고동치는 것을 느꼈다. 소브랑의 말을 곧이곧대로 믿는 것은 아니었지만 그 말을 통해 진실을 알아낼 수 있으리라는 기대감이 강하게 솟구쳤던 것이다. 어쩌면 자신도 모르게 가스통 소브랑의 영향력에 흔들리고 있는 건지도 몰랐다. 실제로 사내의 솔직한 태도와 진실한 말투는 적잖이 마음을 동요시키고 있었다.

소브랑은 말을 이었다.

"15년 전, 제 형인 라울 소브랑은 당시 정착해서 살고 있던 부에노스아이레스에서 친구의 딸이었던 한 고아 소녀를 입양했습니다. 그리고 형은 죽음을 목전에 두고 당시 열네 살이었던 그 소녀를 어느 늙은 하녀에게 맡겼습니다. 그 하녀는 날 키워준 유모이기도 했는데, 형을 따라 남아메리카로 떠났었지요. 하녀는 프랑스로 와 내게 그 아이를 맡기고는 그로부터 며칠 후 그만 사고로 숨을 거뒀습니다. 저는 소녀를 이탈리아로 데려가 제 친구 집에 맡겼고 소녀는 그곳에서 공부해… 바로 지금 이 모습으로 성장했습니다. 혼자 힘으로 살고 싶었던 소녀는 가정교사로 일하기 시작했지요. 그리고 그 후 저는 제 친척인 포빌 부부에게 소개했고요. 그렇게 팔레르모에서 어린 에드몽의 가정교사였던 플로랑스와 재회한 것입니다. 에드몽도 플로랑스를 무척 따랐지만 특히 마리 안 포빌의 둘도 없는 소중한 친구였지요. 짧고도 찬란했던 그 행복한 시절, 플로랑스는 제 소중한 친구이기도 했습니다. 아! 하지만 우리의 행복은, 우리 세 사람 모두의 행복은 어느 날 느닷없이, 참으로 어이없게 산산이 조각나고 맙니다. 당시 저는 매일 밤 어떠한 사건도 희망도 미래도 없는, 그렇지만 뜨겁고 찬란한 제 사랑을 매일같이 일기장에 써 내려갔습니다. 마리 안을 여신처럼 칭송했지요. 일기를 쓸 때마다 무릎까지 꿇고 마리 안이 얼마나 아름다운지 구구절절 적어 내려갔으니까요. 그뿐만 아니라 상상으로 나마 소원을 풀고자 마리 안이 내게 달콤한 말을 속삭이는 장면, 우리가 자발적으로 포기했던 그 숱한 기쁨들을 내게 약속하는 장면을 마음껏 지어내 일기장에 옮겨놓았습니다. 그런데 이폴리트 포빌이 그 일기장을 발견한 겁니다. 도대체 무슨 운명의 짓궂은 장난으로, 무슨 기적 같은 우연으로 이런 엄청난 일이 벌어진 건지는 모르겠지만, 아무튼 이폴리트는 이 일기장을 발견했습니다. 물론 이폴리트의 분노는 하늘을 찔렀지요. 당장 마리 안부터 쫓아내려고 했으니까요. 하지만 마리 안이 결백을 입증하는 증거를 내밀며 절대 이혼하지 않겠다고 완고하게 버텼고, 다시는 나를 보지 않겠다고 거듭 약속하자 가까스로 진정하더군요. 그리고 저는 피폐해진 영혼을 안고 그곳을 떠났지요. 플로랑스 역시 해고되어 그 집을 떠났고요. 그 치명적인 날 이후로는 단 한 번도, 정말이지 단 한마디도 마리 안과 이야기를 나눈 적이 없었습니다. 하지만 파괴할 수 없는 사랑이 우리 두 사람을 하나로 묶고 있었지요. 이별도, 시간도, 우리의 사랑을 퇴색시키진 못했습니다."

소브랑은 자신의 이야기가 상대에게 어떤 반응을 일으키는지 표정을 살펴 가늠하려고 잠시 이야기를 멈췄다. 돈 루이스는 초조함을 동반한 커다란 관심을 감추지 않았다. 무엇보다 놀라웠던 건 가스통 소브랑의 한없이 침착한 태도, 고요함이 가득한 눈동자, 서두르는 기색 하나 없이 자신의 은밀한 이야기를 천천히, 또 단순하게 풀어내는 여유로운 모습이었다.

'대단한 배우로군.'

돈 루이스는 마음속으로 생각했다.

그렇게 생각하는 동시에 마리 안 포빌에게서도 이와 똑같은 인상을 받았다는 사실이 문득 뇌리를 스쳤다. 그렇다면 애초에 믿었던 대로 마리 안은 유죄이고, 이 사내는 공범인 마리 안이나 플로랑스와 마찬가지로 뛰어난 배우일 뿐이라고 여겨야 할까? 아니면 반대로 이 사내에게 어느 정도 마음을 열어야 할까?

"그래서 어떻게 됐습니까?"

돈 루이스가 물었다.

소브랑이 다시 이야기를 시작했다.

"그 후 저는 중부 지방에 있는 한 도시에서 군 복무를 했습니다."

"포빌 부인은?"

"파리에 있는 새로운 저택에서 살기 시작했습니다. 그리고 그 부부는 더 이상 과거 문제를 두고 왈가왈부하지 않았고요."

"그걸 어떻게 아십니까? 포빌 부인이 당신에게 편지라도 썼습니까?"

"아닙니다. 마리 안은 결코 의무를 저버릴 여자가 아닙니다. 마리 안의 의무감은 고집스러우리만치 투철하거든요. 마리 안은 단 한 번도 제게 편지를 쓰지 않았습니다. 하지만 플로랑스가 바로 이 저택의 전 주인인 말로네스코 백작의 집에서 비서로 일하게 되면서, 자신의 거처인 별채를 찾아오는 마리 안과 종종 만날 수 있었습니다. 하지만 두 사람은 단 한 번도 저와 관련된 이야기를 나누지 않았습니다. 그렇지, 플로랑스? 마리 안이 그걸 허용하지 않았거든요. 하지만 마리 안의 생명과 영혼은 온통 정열적인 사랑과 애틋한 추억으로 가득 차 있었답니다. 안 그래, 플로랑스? 결국 마리 안과 떨어져 지내는 데 지칠 대로 지친 저는 마침 군 복무도 끝마친 터라 파리로 돌아왔습니다. 그게 파멸의 시작이었지요. 약 1년 전 일이군요. 저는 룰 가도에 아파트 한 채를 빌렸습니다. 그리고 마리안이 곤란한 상황에 놓이는 걸 결코 원하지 않았기 때문에 이폴리트 포빌이 내가 돌아왔다는 사실을 눈치채지 못하도록 철저히 숨어 지냈습니다. 단지 플로랑스만이 내가 돌아온 사실을 알았지요. 이따금 저를 만나러 오곤 했습니다. 저는 문밖출입을 삼갔고, 어쩌다 하는 외출이라고는 날이 저문 후 숲 속의 인적 드문 길을 따라 산책하는 게 전부였습니다. 그런데 기어코 그 일이(지나치게 과감한 결단은 때로는 화를 부르나 봅니다) 어느 날 밤, 그러니까 수요일 밤 11시경에 터지고야 만 것입니다. 그날 저는 무의식적으로 쉬셰 대로 쪽으로 발길을 옮겨 마리 안의 저택 앞을 지나갔습니다. 그런데 우연히도 그때, 그날 밤은 유난히 아름다웠고 날도 더워서 마리 안이 자기 방 창가에 서 있었던 겁니다. 마리 안은 분명 저를 보았습니다. 그리고 저를 알아봤지요. 어찌나 행복한지 집으로 돌아오는 내내 다리가 후들거렸을 정도였습니다. 그 이후로 매주 수요일마다 저는 그 집 앞을 일부러 지나갔고, 그럴 때마다 거의 매번(사교계 모임에 참여하거나 지극히 자연스러운 욕구에 이끌려 여흥 거리를 추구하거나 남편의 사회적 지위로 이런저런 자리에 참석해야 할 텐데도) 마리 안은 그곳에 나타나서 제게 항상 신선하게 느껴지는 예기치 못한 즐거움을 선사해주었습니다."

"좀 더 서두르십시오! 어서! 뜸들이지 말고 곧장 본론으로 들어가란 말입니다…. 당장!"

더 많은 것을 알고 싶은 욕구가 솟구쳐 돈 루이스는 소브랑을 다그쳤다.

그 뒷이야기를 듣지 못하게 될까 봐 문득 두려워진 데다 가스통 소브랑의 말이 진실일지도 모른다는 생각이 서서히 마음속 한편에 싹트기 시작했던 것이다. 아무리 거부하려 애를 써 보아도 상대의 말은 자신의 경계심보다 강력했고, 충분한 설득력으로 무장해 자신을 압도하고 있었다. 솔직히 말하자면 지긋지긋한 연적으로만 여겨왔던 이 사내가 다른 그 누구도 아닌 플로랑스 앞에서 마리 안에 대한 자신의 사랑을 공공연히 선포하자, 애정과 질투로 고통받는 영혼 깊숙한 곳에서 알 수 없는 그 무언가가 이 사내의 말을 믿으라고 은근히 부추기고 있었던 것이다.

"서두르십시오. 시간이 별로 없습니다."

돈 루이스는 또다시 재촉했다.

소브랑은 고개를 저었다.

"저는 절대 서두르지 않을 생각입니다. 지금 제가 하게 될 모든 말들은 입 밖으로 내뱉을 마음을 먹기 전까지 한 단어 한 단어마다 숙고하고 또 숙고했던 것들입니다. 모두 다 꼭 필요한 말들입니다. 어느 것 하나도 건너뛸 수 없단 말입니다. 조각난 사실들을 붙잡고는 문제의 해결책을 찾을 수 없습니다. 일련의 사실들을 쭉 따라가고 최대한 자세하게 이야기를 들어봐야 비로소 해결책을 찾을 수 있을 거란 이야기입니다."

"어째서? 이해가 잘 안 가는군요….."

"진실이 바로 이 이야기 속에 숨겨져 있기 때문이지요."

"그리고 그 진실이란 결국 당신이 결백하다는 것이겠지. 그렇지 않습니까?"

"마리 안이 결백하다는 게 바로 그 진실입니다."

"하지만 나도 그 점에 대해서는 아무런 이의가 없지 않습니까!"

"마리 안의 결백을 입증할 수 없다면 그게 무슨 소용이 있겠습니까?"

"아! 그렇다면 당신이 내게 그 증거를 제공하겠다, 이 말입니까?"

"저한테도 증거는 없습니다."

"뭐라고요?"

"지금 제가 당신에게 믿어달라고 부탁하는 사실들을 입증할 증거가 저한테도 전혀 없다고 말했습니다."

"그렇다면 난 당신 말을 믿지 않겠습니다! 절대, 결단코! 내게 확실한 증거를 제시하지 않는 한 이제부터 당신이 하는 말을 단 한마디도 믿지 않을 것입니다."

돈 루이스는 신경질적인 어조로 소리쳤다.

"그렇다면 지금까지 제가 한 말들은 모두 믿으셨나 보군요."

소브랑은 툭 내뱉듯 응수했다.

돈 루이스는 반박하지 않고 플로랑스 르바셰르에게로 시선을 옮겼다. 아까보다는 한결 부드러워진 눈빛으로 자신을 쳐다보는 듯했고, 그 눈빛은 지금 이 순간 강렬하게 밀려드는 느낌에 조금도 저항하지 말라고 간곡히 애원하는 듯했다.

돈 루이스는 중얼거렸다.

"계속해보십시오."

이 두 남자의 태도를 보고 있노라면 정말이지 묘한 기분에 사로잡힐 수밖에 없었다. 한 남자는 한 단어 한 단어가 온전한 의미를 띨 수 있도록 정확한 용어를 선택해 정성스레 해명했고, 다른 한 남자는 그 단어들을 하나하나 검토해가며 상대의 말에 바짝 귀 기울이고 있었다. 두 사람 모두 솟구치는 감정을 억눌렀고, 마치 미묘한 문제를 두고 철학적인 해답을 찾기라도 하는 듯 침착하기 그지없는 태도를 유지했다. 지금 두 사람에게는 외부에서 벌어지는 일들이 무의미했고, 앞으로 닥칠 일들 역시 전혀 중요치 않았다. 무슨 일이 있더라도, 그들이 이렇게 꼼짝 않고 앉아서 이야기를 나누는 대가가 어떠한 것이든, 경찰의 포위망이 좁혀오는 이 순간에도 한 남자는 기필코 말을 해야만 했고 다른 한 남자는 반드시 경청해야만 했다.

소브랑은 진중한 어조로 이야기를 이어나갔다.

"게다가 이제부터 저는 매우 중요한 사건들을 이야기할 겁니다. 이미 당신도 알고 있는 내용이지만 새롭게 해석된 이야기이지요. 진실에 완전히 들어맞는 이 이야기가 아마 당신에게 우리의 결백을 입증해줄 것입니다. 불행히도 어느 날 저녁, 전 불로뉴 숲에서 산책하던 중 이폴리트 포빌과 우연히 마주쳤습니다. 그래서 저는 신중을 기하고자 곧바로 주거지를 옮겨 리샤르 발라스에 있는 그 작은 저택에 보금자리를 틀었습니다. 그 후 플로랑스가 저를 보러 여러 차례 그 집을 방문했고요. 하지만 저는 더욱 신중을 기하고자 플로랑스의 방문마저 사양하고 국유치 우편을 통해서만 연락을 주고받았습니다. 그러니 저는 아주 호젓한 시간을 보내게 된 거지요. 그렇게 저는 완전한 고독 속에 파묻혀 아무 걱정 없이 연구에만 매진했습니다. 무슨 일이 일어나리라고는 꿈에도 생각지 않고 살았습니다. 우리에게는 어떠한 위험도 없었고, 위험이 닥칠 낌새조차 없었으니까요. 그러던 어느 날, 진부하긴 하지만 더할 나위 없이 적절한 표현을 잠시 빌리자면, 마른하늘에 날벼락이 친 겁니다. 갑자기 경찰청장과 요원들이 들이닥쳐 저를 체포했을 때 저는 그제야 비로소 이폴리트 포빌과 그의 아들이 살해당했고, 내 사랑 마리 안이 체포당했다는 사실을 한꺼번에 알게 되었습니다."

"그건 불가능합니다. 말도 안 되는 소리! 이미 보름 전에 벌어진 일이었습니다. 그런데 그때까지 그 사건에 대해 전혀 몰랐다는 소리를 믿으라는 겁니까?"

돈 루이스는 또다시 분노에 휩싸여 공격적인 어조로 소리쳤다.

"그런 이야기를 해줄 사람이 제 주변에 누가 있었겠습니까?"

"신문이 있잖아요! 그리고 특히 여기 이 젊은 아가씨도 있고 말입니다."

소브랑이 단호한 어조로 대꾸했다.

"신문이라고요? 저는 신문을 절대 읽지 않습니다. 왜요! 그 사실이 그렇게 믿을 수 없습니까? 정치인들의 어리석은 행태나 사회면에 실린 추잡한 사건들을 확인하느라 매일같이 꼬박 30분씩 허비하는 게 무슨 의무나 필수불가결한 일이라도 된답니까? 세상 어딘가에는 과학 잡지와 서적만 읽는 사람이 존재한다는 사실이 그토록 상상조차 못 할 대단한 일이랍니까? 물론 흔치 않은 일이긴 하지요. 인정합니다. 하지만 흔치 않다고 해서 사실이 아니라고 단정 지을 순 없는 법입니다. 플로랑스요? 범행이 일어난 그날 아침, 저는 플로랑스에게 3주간 여행을 떠날 계획이라고 말하며 작별 인사까지 했습니다. 그러다 마지막 순간에 마음을 바꿨지요. 하지만 플로랑스는 그 사실을 까맣게 모르고 그저 제가 여행을 떠난 줄로만 알고 있었기 때문에 제 행방을 알 길 없던 플로랑스는 살인 사건이 벌어진 일, 마리 안 포빌이 체포된 일, 그리고 그 후 흑단 지팡이를 든 사내가 용의자로 지목됐을 때 제가 혐의를 받게 된 일 등을 제게 알려줄 수 없었습니다."

돈 루이스가 단호한 어조로 말했다.

"아! 잠깐, 베로 형사의 뒤를 밟아 퐁 뇌프 카페까지 쫓아가 편지를 가로챈 남자, 흑단 지팡이를 든 그 사내가 당신이 아니라고 우길 생각은…."

"저는 그 남자가 아닙니다."

소브랑이 말허리를 잘랐다.

돈 루이스가 어깨를 으쓱해 보였기 때문에 사내는 더욱 강한 어조로 해명을 이어가기 시작했다.

"저는 그 남자가 아닙니다. 저로서도 무언가 설명할 수 없는 오해가 있었다고밖에 말씀드릴 수 없겠군요. 하지만 분명 전 퐁 뇌프 카페라는 곳에 단 한 번도 발을 들여놓은 적이 없습니다. 맹세해요. 당신도 이 사실만큼은 온전히 믿으셔야 합니다.

사실일 수밖에요. 저는 자의 반 타의 반으로 지금껏 줄곧 은둔 생활을 해왔다고 말씀드리지 않았습니까. 그리고 다시 한 번 말씀드리지만, 정말로 아무것도 몰랐습니다. 날벼락을 맞았다는 말입니다. 저는 너무 큰 충격을 받아서 내 본성과는 완전히 상반되는 감정 상태에 빠져 예상치 못한 행동을 저지르고 말았습니다. 내 마음 깊숙한 곳에 숨어 있던 가장 원시적이고 야만적인 본능이 발동한 것이지요. 생각해보십시오. 내가 세상에서 가장 신성하게 여기는 존재가 상처를 입었단 말입니다. 마리 안이 감옥에 갇혔다니! 마리 안이 살인 혐의를 받고 있다니! 그때 저는 제정신이 아니었습니다. 일단 감정을 다스리고 경찰청장 앞에서 그럴듯하게 연기한 다음 앙스니 경감을 제거하고 마즈루 반장을 쓰러뜨리며 모든 장애물을 없앤 뒤 창문 밖으로 뛰어내렸지요. 그러는 동안 제 머릿속에는 오로지 한 가지 생각밖에 없었습니다. 도망쳐야 한다! 자유의 몸이 되어 당장 마리 안부터 구출할 생각이었습니다. 내 앞길을 가로막는 자? 무사할 리 없었지요. 도대체 그들이 무슨 권리로 이 세상에서 가장 순결한 여인을 공격한단 말입니까? 그날 저는 한 명밖에 죽이지 않았습니다… 열 명인들 죽이지 못했을까요! 아마 스무명도 죽일 수 있었을 겁니다! 앙스니 경감의 목숨 따위가 안중에나 있겠습니까? 그 몹쓸 것들의 목숨이 제게 무슨 의미가 있겠습니까? 그들은 마리 안과 저를 가로막고 선 장애물일 뿐이었습니다. 그리고 무엇보다 마리 안이 감옥에 갇혀 있었단 말입니다!"

가스통 소브랑은 침착함을 되찾으려고 얼굴이 온통 일그러질 정도로 안간힘을 썼다.

마침내 가까스로 감정을 다스린 듯했다. 하지만 여전히 목소리가 떨렸고 열에 들떠 어쩔 수 없이 온몸을 부들부들 떨었다.

마침내 소브랑은 다시 입을 열었다.

"리샤르 발라스 대로에서 경찰들을 따돌리고 길모퉁이에 이르렀을 때, 저는 이제 끝장이라고 생각했습니다. 그런데 그때 플로랑스가 나타나 저를 구해줬지요. 플로랑스는 이미 보름 전부터 이 사건에 대해 속속들이 알고 있더군요. 이중 살인 사건이 벌어진 바로 다음 날부터 신문을 통해, 그러니까 당신에게 읽어주면 당신이 사건을 피력하고 두 사람이 짤막하게 의견을 나누곤 했던 그 신문을 통해 이 소식을 알고 있었던 겁니다. 그렇게 당신 곁에서 이야기를 들으며 모든 정황을 종합해본 결과, 플로랑스는 다음과 같은 결론을 내렸습니다. 마리 안의 유일한 적은 다름 아닌 바로 당신이라고 말입니다."

"아니, 어째서요? 무슨 이유로?"

소브랑은 목소리를 높여 소리쳤다.

"당신이 행동에 나서는 것을 보았으니까요. 그리고 우선은 마리 안, 그다음으로 내가 모닝턴 유산을 상속받지 못한다면 그 유산을 거머쥘 가장 유리한 입장에 놓일 사람이 바로 당신이니까요. 마지막으로…."

"마지막으로…?"

소브랑은 잠시 망설이는 듯하더니 딱 부러지는 어조로 말했다.

"그리고 마지막으로 플로랑스는 틀림없이 당신의 진짜 이름을 알고 있었기 때문입니다. 그리고 아르센 뤼팽이라면 무슨 일이라도 가뿐히 해낼 수 있으리라고 생각했기 때문이지요."

순간 침묵이 흘렀다. 이러한 순간에 흐르는 침묵은 사람을 얼마나 불편하게 만드는지! 돈 루이스는 플로랑스를 힐끗 쳐다보았다. 여자는 여전히 무표정한 얼굴을 유지하고 있었고, 돈 루이스는 철저하게 감정을 숨긴 그 얼굴에서 어떠한 동요의 기색도 파악할 수 없었다.

가스통 소브랑이 말을 이었다.

"그래서 플로랑스는 자신의 친구인 마리 안이 걱정돼 아르센 뤼팽에 맞서 싸움을 시작한 겁니다. 뤼팽의 정체를 폭로하고자 당신이 실 꾸러미에서 발견한 초고의 기사를 작성했습니다. 아니, 조금 더 정확하게 말하자면 누군가로 하여금 작성하게 시켰습니다. 그러던 어느 날 아침, 마즈루 반장과 전화통화를 하며 내 체포가 임박했다고 들떠 말하는 뤼팽의 모습을 목격한 겁니다. 그래서 뤼팽의 손에서 나를 구하고자 사고의 위험을 무릅쓰고 철문을 내려 가뒀고, 그길로 곧장 자동차를 몰아 리샤르 발라스 대로의 모퉁이로 왔습니다. 하지만 한발 늦은 셈이지요. 이미 경찰들이 내 집에 들이닥친 후였으니까요. 하지만 그 후 제가 추격을 받았을 때는 마침맞게 절 구해줄 수 있었습니다. 플로랑스는 내게 당신에 대한 불신과 공포가 섞인 증오를 털어놓더군요. 빠르게 차를 몰아 추격자들을 따돌렸던 20분가량, 플로랑스는 이번 사건의 대략적인 경위를 설명해주었습니다. 더불어 이 사건에서 당신이 얼마나 중요한 위치를 차지하는지도 간략히 이야기해주었지요. 그리고 그 자리에서 곧바로 우리는 당신을 공범으로 몰기 위한 역습을 준비했습니다. 내가 경찰청장에게 메시지를 보내는 동안 플로랑스는 저택으로 돌아가 내가 가지고 있던 지팡이 도막을 당신 소파 위에 놓인 쿠션 밑에 숨겨놓았습니다. 결국 이 역습은 목적을 달성하지 못한 채 끝나고 말았지요. 하지만 이미 싸움은 시작됐고, 저는 이 싸움에 필사적으로 뛰어든 겁니다. 이러한 내 행동들을 좀 더 잘 이해하고 싶다면 내가 어떤 사람인지 한번 떠올려보십시오…. 오로지 학문에만 매진하며 홀로 고독하게 사는, 무엇보다 정열적인 사랑에 빠진 사내이지요. 이러한 일만 없었다면 아마 저는 한평생 책에 파묻혀 지내며 이따금 늦은 밤 창가에 서 있는 마리 안을 바라보는 낙으로 살았을 겁니다. 하지만 마리 안이 괴롭힘을 당하자 내 안에 숨어 있던 또 다른 나, 어설프고 미숙하지만 무슨 일이라도 할 준비가 돼 있는 전투적인 남자가 불쑥 튀어나온 겁니다. 어떻게 해야 마리 안을 구해낼 수 있을지 알지도 모르면서 그 남자는 그저 마리 안의 적, 자신이 사랑하는 여인에게 모든 불행을 안긴 그 사내를 제거하려는 생각밖에 없었습니다. 그렇게 당신을 없애기 위해 이런저런 시도가 시작된 겁니다. 우선 당신의 저택에 잠입해 플로랑스의 거처에 숨어 지내며 당신을 독살하려 했지요. 맹세컨대 플로랑스는 이 사실을 전혀 몰랐습니다. 만약 플로랑스가 이 사실을 사전에 알았다면 저를 비난하며 불같이 화를 내서 결국 제 마음이 흔들렸을 수도 있습니다. 하지만 말씀드렸다시피 전 이성을 상실한 상태였습니다. 예, 완전히 미쳐 있었습니다. 당신의 죽음은 내게는 곧 마리 안의 구원을 의미했습니다. 그래서 어느 날 아침, 쉬셰 대로에서 당신을 미행하다가 총격을 가하기도 한 거고요. 또 그날 저녁에는 자동차를 조작해놓아 당신과 당신의 공범, 마즈루 반장을 죽음으로 내몰려고도 했습니다. 그런데 이번에도 당신은 용케 내 복수의 칼날을 피해 가더군요. 하지만 당신 대신 무고한 생명 하나가, 당신의 운전기사가 희생당했지요. 그 때문에 플로랑스는 크나큰 절망에 빠졌고 결국 플로랑스의 간절한 애원에 저는 무기를 내려놓았습니다. 사실 저 역시 제가 저지른 일로 상당히 충격을 받았고 제 손에 희생당한 두 사람 생각에 몹시도 괴로웠기에 그 이후로는 계획을 전면 수정해 마리 안의 탈옥을 준비하고 구출하는 일에만 전력했습니다. 다행히 저는 부자입니다. 저는 마리 안의 감방을 감시하는 교도관들에게 뇌물을 먹였지요. 물론 제 계획은 감쪽같이 숨긴 채 말입니다. 교도소에 물품을 납품하는 업체 직원들과 의무실 직원들과의 연결 끈도 만들어두었고요. 그리고 법원출입 기자 신분증을 손에 넣어 매일같이 법원으로 달려가 예심판사실이 늘어서 있는 복도를 서성거렸습니다. 혹시 마리 안과 마주치지 않을까, 그래서 시선이나 몸짓으로나마 용기를 북돋을 수 있지 않을까 하는 마음에서였습니다. 그러다 운이 좋으면 위로의 말 몇 마디를 슬쩍 건넬 수도 있으리라고 생각했습니다. 그러나 마리 안의 수난은 계속됐습니다. 그 수수께끼 같은 이폴리트 포빌 편지 사건으로 당신이 치명타를 날렸던 겁니다. 그 편지들이 과연 무엇을 의미하겠습니까? 그 편지들이 과연 어디서 갑자기 튀어나왔겠습니까? 그 편지들로 엄청난 소요를 일으킨 사람, 바로 당신이 그 모든 음모를 꾸몄다고밖에 볼 수 없지 않겠습니까? 그 사건 이후 플로랑스는 말 그대로 밤 낮으로 당신을 감시했습니다. 그리고 우리는 사건을 좀 더 명확히 밝혀줄 한 줄기 빛, 즉 단서를 찾으려고 애썼지요. 그런데 어제 아침, 플로랑스가 당신을 찾아온 마즈루 반장을 목격한 겁니다. 플로랑스는 반장이 당신에게 무슨 이야기를 털어놓았는지 자세히 듣지 못했어요. 하지만 랑제르노라는 이름과 그가 살았다는 포르미니라는 지명은 간신히 알아들었습니다. 랑제르노! 플로랑스는 이폴리트 포빌의 옛 친구인 그자를 곧바로 기억해냈지요. 그리고 당연히 이런 생각이 들었습니다. 바로 그자가 문제의 편지를 받은 사람이 아닐까? 그래서 그자를 찾으러 당신이 마즈루 반장과 함께 급히 차를 몰고 떠난 것이 아닐까? 그로부터 30분 후, 우리 역시 나름대로 조사해볼 요량으로 알랑송행 기차에 올라탔습니다. 그리고 역에서 내려 마차를 대여해 포르미니로 가서 최대한 조심스럽게 조사를 진행했지요. 그러던 중 그즈음 분명 당신도 접했을 랑제르노의 사망 소식을 우리도 알게 되었고, 그렇게 우리는 랑제르노의 저택에 가보기로 했습니다. 그런데 여차여차 저택의 부지 안에 들어선 순간 플로랑스가 정원을 돌아다니는 당신을 발견한 겁니다. 어떻게 해서든 당신과 내가 마주치는 일을 막고 싶었던 플로랑스는 저를 끌고 잔디밭을 가로질러 덤불숲 뒤로 갔습니다. 그런데 당신은 우리의 뒤를 끈질기게 쫓더군요. 마침 헛간이 하나 보이기에 플로랑스가 그 헛간 문을 열어보았더니 문이 스르르 열리면서 우리에게 길을 내어주었습니다. 그래서 우리는 온갖 잡동사니들을 헤치고 나아가 사다리를 올라 다락에 숨었습니다. 바로 그 순간, 당신이 헛간 안으로 들어왔지요. 그다음 일은 당신도 잘 알고 있을 겁니다. 당신이 목맨 시체 두 구를 발견했고 플로랑스의 부주의한 행동에 우리 쪽으로 관심을 돌렸으며 제가 되는대로 집어든 낫을 휘두르며 당신의 습격에 대응했고 끝내 우리는 천창으로 빠져나가 당신의 총격을 피해 도망쳤지요. 마침내 우리는 추격을 따돌리는 데 성공했습니다. 하지만 플로랑스는 그날 저녁 기차 안에서 그만 정신을 잃고 말았지요. 플로랑스를 보살피다 보니 당신이 쏜 총알 하나가 어깨에 가벼운 상처를 입혔더군요. 그다지 고통스러워하는 것 같지는 않았지만 가뜩이나 긴장한 상태에서 상처까지 입어 극도로 신경이 예민해졌던 겁니다. 당신이 우리를 보았을 때는(아마 르망 역에서였겠지요?) 내 어깨에 머리를 기댄 채 잠을 자고 있었습니다."

돈 루이스는 점점 떨리는 목소리와 한없이 진실한 어조로 전하는 이 이야기를 단 한 번도 끊지 않았다. 놀라운 집중력을 발휘해 소브랑의 모든 말과 행동들을 머릿속에 입력했다. 소브랑이 말을 내뱉고 몸짓을 취할 때마다 돈 루이스는 마치 자신의 눈앞에 앉아 있는 진짜 플로랑스 옆에서 또 다른 여인 하나가 서서히 형체를 띠며 나타나는 듯했다. 일련의 사건들 때문에 자신이 플로랑스에게 투척했던 모든 오욕과 치욕을 씻어낸 순결한 여인 하나가 말이다.

하지만 돈 루이스는 여전히 저항했다. 플로랑스가 결백하다는 게 과연 말이 되는 소리인가? 아니, 천만에. 이 같은 주장은 자신이 두 눈으로 확인하고 이성적으로 판단한 사실들과 전혀 일치하지 않는다. 자신이 아는 플로랑스가 실제 플로랑스가 아니라는 사실을 단번에 인정할 수 없었다. 여태껏 플로랑스에 대해 품었던 이미지, 위선적이고 교활하며 잔인하고 냉혹한 이미지를 단번에 머릿속에서 내쫓을 수 없었던 것이다. 그렇다, 이 남자는 지금 놀라우리만치 교묘하게 거짓말을 하는 것이다. 사실과 거짓, 빛과 어둠을 분간할 수 없도록 교묘한 솜씨로 이야기를 풀어내는 것이다.

거짓말! 모두 거짓말이다! 하지만 이 얼마나 달콤한 거짓말인가! 상상 속의 플로랑스! 운명의 힘에 이끌려 자신이 혐오하는 일을 저지르긴 했지만 모든 죄와 회한에서 자유롭고, 인간적이고 애처로우며 수정 같은 눈동자와 백옥 같은 손을 지닌 플로랑스는 이 얼마나 아름다운가! 그리고 이토록 황홀한 꿈에 자신을 내맡기는 일은 또 어찌나 감미로운지!

가스통 소브랑은 옛 적의 표정을 유심히 살피고 있었다. 돈 루이스 곁에 바짝 붙어 있던 소브랑은 열정으로 빛나는 얼굴을 더는 숨기려 들지 않은 채 중얼거렸다.

"이제 내 말을 믿으시겠지요?"

"아니… 아닙니다…."

돈 루이스는 이 사내의 영향력에 휘둘리지 않으려고 안간힘을 쓰며 대답했다.

소브랑이 거칠게 소리쳤다.

"내 말을 믿어야만 합니다. 마리 안에 대한 내 뜨거운 사랑을 믿어주셔야 한단 말입니다. 그게 이 모든 사건의 발단이니까요. 마리 안은 내 생명입니다. 마리 안이 죽는다면 나도 따라 죽을 수밖에 없습니다. 아! 오늘 아침 마리 안이 손목을 그었다는 기사를 접했을 때 내 심정이 어땠을 것 같습니까! 모든 게 이폴리트의 편지로 마리 안을 궁지로 몰아넣은 당신 탓입니다! 아! 그 순간 내가 원한 건 당신을 목 졸라 죽이는 게 아니었습니다. 당신에게 더할 수 없이 잔혹한 형벌을 가하고 싶었으니까요. 가엾은 마리 안, 얼마나 끔찍한 시간을 견디고 있을지! 오전 내내 당신이 저택을 비웠기 때문에 플로랑스와 저는 새로운 소식을 얻고자 교도소와 경찰청, 그리고 법원을 차례로 돌아다녔습니다. 그리고 예심판사실 복도에서 당신과 마주친 겁니다. 마침 그때 당신은 여러 기자 앞에서 마리 안 포빌의 이름을 막 거론하고 있더군요. 그러더니 갑자기 마리 안이 결백하다고 말하는 겁니다! 그리고 마리 안에게 유리한 진술을 하더라, 이 말입니다! 아! 선생, 순간 당신에 대한 증오심이 눈 녹듯 사라지더군요. 한순간 적이 동지가, 아니 무릎을 꿇고 도움을 요청해야 할 주인이 된 겁니다. 그렇게 당신은 자신이 그때까지 걸어왔던 행보를 전면 철회하고 마리 안을 구하기로 결심한 놀라운 용기를 보여 주셨습니다. 저는 희망과 기쁨으로 고동치는 심장을 부여잡고 그곳을 빠져나와 플로랑스와 합류했지요. 그리고 플로랑스를 보자마자 소리쳤습니다. '이제 마리 안은 살았어! 그 사람이 마리 안이 결백하다고 공표했어. 당장 그 사람을 만나야겠어. 그와 이야기를 나눠봐야겠어.' 그리고 우리는 이곳으로 돌아왔습니다. 여전히 당신에 대한 경계심을 버리지 못했던 플로랑스는 당신의 입장 변화 의지가 결정적인 행동으로 옮겨져 사실로 판명되기 전까지는 당신을 만나겠다는 내 뜻을 접어달라고 애원했지요. 저는 그러겠다고 약속했습니다. 하지만 이미 마음을 굳힌 상태였습니다. 당신의 발언이 실린 신문 기사를 읽은 후 제 결심은 더욱 확고해졌고요. 어떻게 해서든 한시라도 빨리 마리 안의 운명을 당신 손에 맡기고 싶었습니다. 그래서 당신이 돌아오기만을 기다렸다가 이렇게 여기까지 온 거지요."

소브랑은 이제 그 한없이 침착한 사내가 아니었다. 몇 주간 계속된 싸움에 지나치게 기력을 쏟아부은 남자는 지친 기색을 띤 채 돈 루이스 옆에 있는 의자 위에 한쪽 무릎을 올려놓고 돈 루이스에게 매달려 온몸을 떨었다.

"마리 안을 구해주세요. 제발 부탁드립니다…. 당신에게는 그럴 능력이 있어요…. 예, 당신에게는 불가능한 일이 없습니다…. 당신과 싸우면서 당신이 어떠한 인물인지 알게 됐지요…. 당신이 내가 쳐놓은 함정을 피해 갈 수 있었던 건 단순히 그 비범한 능력 덕만은 아니었습니다. 기적 같은 행운이 늘 당신을 보호해줬습니다. 당신은 다른 사람들과 달라요. 자, 한번 생각해보세요. 당신의 생명을 그토록 끈질기게 위협했던 저를 단숨에 죽이지 않다니! 우리 세 사람 모두 결백하다는, 좀처럼 받아들이기 어려운 진실을 열린 마음으로 지금껏 경청해주다니! 그야말로 놀라운 기적이 아니겠어요! 이 방에서 당신이 오기를 기다리며 할 말을 정리하는 동안 저는 이 모든 것을 예감했습니다! 오로지 자신의 이성에 기초해 마리 안의 결백을 부르짖는 남자를 저는 이 두 눈으로 똑똑히 보았습니다. 그리고 그 남자만이 마리 안을 구할 수 있고, 결국 구해낼 것이라고 확신했지요. 아! 마리 안을 구해주세요, 이렇게 간청합니다…. 지금 당장 구해주세요. 그러지 않으면 때를 놓칠 겁니다. 마리 안이 감옥살이한다는 건 불가능해요. 아시잖아요, 계속 죽으려고 하지 않습니까…. 어떠한 장애물로도 마리 안을 막을 수 없을 겁니다. 죽으려고 작정한 사람을 무슨 수로 막을 수 있겠습니까…? 그리고 만약 마리 안이 죽는다면… 정말이지 끔찍합니다! 아! 법정에 세울 죄인이 필요하다면 시키는 대로 뭐든지 자백하겠어요. 모든 혐의를 뒤집어쓰고 어떤 형벌이라도 달갑게 받겠어요. 마리 안만 풀어준다면 말입니다! 마리 안을 구해주세요…. 전, 저는 어찌해야 할지 몰랐습니다…. 그리고 여전히 무엇을 해야 좋을지 모르겠어요…. 그러니 당신이 마리 안을 감옥과 죽음에서 구해주세요…. 마리 안을 구해주세요…. 부탁드립니다…. 마리 안을 구해주세요!"

고통으로 일그러진 남자의 얼굴 위로 하염없이 눈물이 흘렀다. 플로랑스 역시 허리를 숙인 채 울고 있었다. 페레나는 불현듯 마음속에서 엄청난 불안이 솟아나는 것을 느꼈다. 대화를 시작한 순간부터 마음속에는 새로운 확신이 서서히 싹트고 있었지만, 지금 이 순간에야 비로소 내면의 변화를 느닷없이 의식한 것이다. 문득 자신이 소브랑의 말을 아무런 거부감 없이 받아들이고 있음을 깨달았고, 플로랑스도 어쩌면 여러 정황상 자신이 머릿속에 떠올렸던 혐오스러운 존재가 아닌 진실한 눈동자를 지닌, 외모와 영혼이 모두 똑같이 아름다운 여인일지도 모른다는 생각이 들었다. 불현듯 이 두 사람과 이 두 사람이 지금껏 그토록 서툰 싸움을 벌이며 지키려 했던 마리 안이 자신들의 힘으로는 도저히 끊을 수 없는 강철 끈에 얽매여 있음을 깨달았다. 그리고 미지의 손이 그들에게 두른 강철 끈을 페레나 자신이 무자비하기 그지없이 힘껏 죄고 있던 셈이었다.

"아! 너무 늦지 않았길!"

페레나는 탄식을 내뱉었다.

숱한 감정과 생각들이 물밀듯 밀려와 순간 휘청거렸다. 확신, 기쁨, 공포, 절망, 분노, 이 모든 감정이 머릿속에서 격렬하게 부딪혔다. 페레나는 끔찍한 악몽에서 벗어나려고 발버둥쳤다. 머릿속에서는 이미 경찰이 플로랑스의 어깨에 큼직한 손을 얹은 모습이 떠올랐다.

"갑시다! 빨리 떠나야 합니다! 이곳에 있는 건 정신 나간 짓입니다!"

페레나는 불안에 쫓겨 다급하게 소리쳤다.

"하지만 저택은 포위되지 않았습니까…."

소브랑이 조심스럽게 토를 달았다.

"그래서 뭐가 어떻다는 겁니까? 내가 그런 일이… 생기도록 내버려 둘 것 같습니까? 아니, 천만에. 여보세요, 우린 함께 싸워야 합니다. 물론 마음속에 여전히 몇몇 의혹들이 남아 있습니다…. 당신이 그 의혹들을 말끔히 없애 주십시오. 그리고 함께 포빌 부인을 구하는 겁니다."

"하지만 경찰들이 우리를 에워싸고 있지 않습니까?"

"그들이야 떼어내면 됩니다."

"베베르 부국장은요?"

"아직 이곳에 오지 않았습니다. 부국장이 도착하기 전에 떠나는 편이 좋을 겁니다. 자, 날 따라오세요. 하지만 어느 정도 거리를 둬야 합니다. 내가 신호를 보낼 테니 그때….”

페레나는 빗장을 풀고 문 손잡이를 붙잡았다. 바로 그 순간 누군가 문을 두드렸다.

집사였다.

“이런, 무슨 일인가?”

돈 루이스가 물었다.

“치안국 베베르 부국장께서 지금 막 도착하셨습니다, 선생님.”

10
참패

물론 돈 루이스도 이러한 가공할 상황이 벌어질 가능성은 어느 정도 예측하고 있었다.

그럼에도 느닷없이 의표를 찔린 기분이 들어 연신 중얼거릴 수밖에 없었다.

"이런! 베베르가 왔군…. 베베르가…."

마치 궤주하는 군대가 위험을 모면했다 싶은 순간 깎아지른 산비탈을 만난 듯 모든 의지가 한순간에 무너져 내렸다.

베베르가 도착했다. 다시 말해 자신의 모든 희망을 산산조각 낼 정도로 용의주도하게 공격과 방어를 지휘하는 적의 수장이 모습을 드러낸 것이다.

베베르가 지휘봉을 잡았다면 이제 힘으로 밀어붙여 탈출을 시도하는 일은 어리석은 짓이다.

"문을 열어주었나?"

페레나가 물었다.

"문을 열어주지 말라는 지시는 하지 않으셔서…."

"혼자 왔나?"

"아니요, 부하 여섯 명을 대동하고 와서 안뜰에 대기시켜놓
았습니다."

"그럼 부국장은 지금 어디에 있나?"

"부국장께서는 2층에 올라가려고 하셨습니다. 선생님께서
서재에 계실 거라 믿는 눈치였어요."

"그럼 지금은 내가 마즈루 형사와 르바셰르 양과 함께 있다
는 사실을 알고 있나?"

"그렇습니다, 선생님."

페레나는 잠시 생각에 잠기더니 말했다.

"나를 찾지 못했으니 르바셰르 양의 숙소로 한번 가보겠다고
말하게. 그러면 아마 자네를 따라가겠다고 나설 거야. 그럼 잘
된 일이라 생각하고 부국장을 그리로 데려가게."

돈 루이스는 다시 문을 닫았다.

이제 돈 루이스의 얼굴에는 방금 마음속에 휘몰아쳤던 태풍
의 흔적이 온데간데없이 사라졌다. 모든 걸 잃고 행동에 나서
야 할 이 순간, 결정적인 순간이 올 때마다 항상 그를 저버리지
않는 예의 그 놀라운 침착함을 되찾았다.

돈 루이스는 플로랑스에게 다가갔다. 여자는 얼굴이 새파랗
게 질린 채 조용히 울고 있었다.

"두려워할 필요 없어요, 르바셰르 양. 내 말만 전적으로 믿고
따른다면 조금도 걱정할 일이 없을 겁니다."

아무런 대답도 하지 않는 것으로 보아 아직도 플로랑스는 자
신을 의심하는 눈치였다. 하지만 이제 곧 자신을 믿을 수밖에
없으리라 생각하자 마음속에 묘한 기쁨이 샘솟았다.

돈 루이스는 고개를 돌려 소브랑에게 말했다.

"내 말 잘 들으십시오. 만에 하나 내 계획이 실패할 경우를 대비해 여전히 남아 있는 몇 가지 의문들을 당신이 지금 당장 풀어줘야겠습니다."

"어떤 겁니까?"

소브랑은 전혀 동요하는 기색 없이 침착하게 물었다.

돈 루이스는 마음속에 품고 있는 의문점들을 하나도 빠뜨리지 않고 요점만 간추려 물어보기 위해 머릿속에서 서로 부딪히는 여러 생각을 침착하게 정리하며 입을 떼었다.

"범행이 벌어지던 날 아침, 당신의 인상착의와 일치하는 그 흑단 지팡이를 든 사내가 베로 형사의 뒤를 쫓아 퐁 뇌프 카페에 들어갔을 때, 당신은 어디에 있었습니까?"

"집에 있었습니다."

"외출하지 않은 게 확실합니까?"

"확실합니다. 더더구나 그때까지 이름조차 들어본 적 없는 퐁 뇌프라는 카페에는 가지 않았고요."

"좋습니다. 그럼 다른 질문으로 넘어가지요. 이 모든 사건을 다 알고 난 다음에도 왜 경찰청장이나 예심판사를 찾아가지 않은 겁니까? 이토록 무모한 싸움에 뛰어드느니 차라리 정정당당하게 출두해서 진실을 밝히는 편이 훨씬 더 쉬운 길이었을 텐데."

"그렇게 할 참이었지요. 하지만 곧 저는 깨달았습니다. 저를 겨냥한 음모가 워낙 교묘하게 짜여 있어서 그저 진실을 말하는 것만으로는 사법 당국을 설득시킬 수 없으리라는 사실을요. 분명 제 말을 믿지 않았을 겁니다. 제가 제시할 수 있는 증거가 뭐가 있습니까? 아무것도 없지 않습니까…. 반면 우리에게 불리한 그 수많은 증거는 반박하기 어려운 것들이었습니다…. 실제로 그놈의 잇자국 때문에 마리 안의 유죄가 확실시되지 않았습니까? 게다가 나는 침묵했고, 도망쳤고, 앙스니 경감까지 살해했으니 이미 죄인이나 마찬가지인 처지가 아닙니까? 하지만 잡혀서는 안 됐지요. 마리 안을 구하려면 자유의 몸이어야 했으니까요."

"하지만 마리 안이 직접 이야기할 수도 있었을 텐데?"

"마리 안이 우리들의 사랑을 털어놓아야 했다고요? 여인으로서 공개하기 꺼려지는 이야기이기도 하거니와 설사 이야기했다고 한들 무슨 소용이 있었겠습니까? 오히려 혐의만 더 짙어졌을 겁니다. 이폴리트 포빌의 편지가 공개됐을 때 바로 그런 사태가 벌어지지 않았습니까? 한 장 한 장씩 공개된 그 편지가 그때까지는 모호하게 여겨진 범행 동기를 사법 당국에 극명하게 폭로한 셈이었지요. 우리가 사랑한다는 사실이 순식간에 범행 동기가 돼버린 겁니다."

"그 편지들에 대해 어떻게 해명하시겠습니까?"

"해명할 수 없습니다. 우리는 포빌이 질투하고 있었다는 사실조차 몰랐습니다. 마음속 깊숙이 그 감정을 숨기고 있었나 봅니다. 더군다나 그는 대체 왜 우리를 의심했던 걸까요? 누가 포빌의 머릿속에 우리가 포빌을 죽이려고 한다는 망상을 불어넣은 걸까요? 그 공포와 악몽은 도대체 어디서 비롯된 것일까요? 알 수 없는 일입니다. 포빌이 우리의 편지를 가졌다고 써놨더군요. 도대체 무슨 편지를 가졌다는 겁니까?"

"그렇다면 잇자국, 포빌 부인이 남긴 것이 분명한 그 잇자국은 어떻게 된 겁니까?"

"모르겠습니다. 그 또한 이해할 수 없는 일입니다."

"그럼 포빌 부인이 오페라 극장에서 나와 자정에서 새벽 2시 사이에 무엇을 했는지도 전혀 모르십니까?"

"모릅니다. 함정에 빠졌던 게 분명해요. 하지만 누가 어떻게 함정을 놓은 걸까요? 도대체 마리 안은 왜 자신이 한 일을 밝히지 않는 걸까요? 알 수 없는 일입니다."

"범행이 벌어진 그날 저녁 당신은 오퇴유 역에서 목격됐습니다. 거기서 무엇을 하고 있었습니까?"

"쉬셰 대로로 가는 길이었습니다. 그리고 마리 안 방 창문 아래를 지나갔지요. 그날이 수요일이라는 사실은 기억하십니까? 그다음 주 수요일에도 그곳에 또 갔습니다. 여전히 참극이 벌어진 사실도, 마리 안이 체포당한 사실도 모른 채 말이지요. 당신이 내 거처를 발견하고 마즈루 반장에게 그 사실을 알린, 바로 그 수요일에 말입니다."

"그럼 다음 질문을 하겠습니다. 모닝톤 유산에 대해 알고 있었습니까?"

"몰랐습니다. 그건 플로랑스도 마찬가지고요. 그리고 제가 아는 여러 정황을 고려해보건대 마리 안과 마리 안의 남편 역시 분명 그 유산에 대해 몰랐을 겁니다."

"포르미니의 그 헛간 말인데, 그때 처음으로 헛간에 들어갔습니까?"

"물론입니다. 그 해골을 보고 우리도 당신만큼이나 놀랐습니다."

돈 루이스는 입을 다물었다. 그리고 잠시 빠뜨린 질문은 없나 생각하더니 다시 입을 열었다.

"내가 물어보고 싶었던 질문은 이게 다입니다. 당신은 어떻습니까, 확실히 해야 할 말들을 다 한 것 같습니까?"

"그렇습니다."

"지금이 중요한 기회입니다. 우리는 다시 못 볼지도 모른단 말입니다. 그런데 당신은 아직 당신의 주장을 입증할 아무런 증거도 제시하지 못했습니다."

"저는 진실을 이야기했습니다. 그리고 당신 같은 사람에게는 진실이면 족하지요. 제가 졌습니다. 싸움을 포기하고 당신의 명령에 전적으로 따르겠습니다. 그러니 제발 마리 안만 구해주십시오."

"당신 세 사람 모두 구하겠습니다. 내일 밤, 문제의 네 번째 편지가 나타날 겁니다. 그러니 우리가 머리를 맞대고 이번 사건을 면밀히 분석해볼 시간적 여유가 충분히 있는 셈이지요. 그리고 내일 밤, 나는 그곳에 가서 새롭게 알게 된 사실들을 토대로 당신 세 사람이 결백하다는 증거를 찾아낼 겁니다. 중요한 건 5월 25일에 무슨 일이 있더라도 그 자리에 참석해야 한다는 겁니다."

"마리 안만 생각해주세요. 제발 부탁드립니다. 필요하다면 저를 희생시켜도 괜찮습니다. 플로랑스까지도요. 우리 두 사람의 뜻을 모아 드리는 말씀입니다. 만약 당신이 계획을 완수하는 데 조금이라도 방해가 된다면 우리는 그냥 포기해도 괜찮습니다."

"당신 세 사람 모두 구할 겁니다."

돈 루이스가 되풀이해서 말했다.

돈 루이스는 문을 살짝 열고 귀를 기울인 뒤 두 사람에게 말했다.

"여기 꼼짝 말고 있으십시오. 그리고 내가 돌아올 때까지 무슨 일이 있어도 아무에게도 문을 열어주지 마십시오. 그리 오래 안 걸릴 겁니다."

돈 루이스는 문을 이중으로 잠그고 2층으로 내려왔다. 이번에는 커다란 전투를 앞두면 으레 마음속에서 끓어오르던 그 희열을 전혀 느낄 수 없었다. 플로랑스의 목숨이 걸려 있는 일이다. 따라서 이번 일이 실패했을 때 초래될 일들이 죽음보다 훨씬 더 두려웠다.

층계참으로 내려가 창밖을 내려다보니 안뜰에서 보초를 서고 있는 경찰들의 모습이 보였다. 모두 여섯 명이었다. 또 부국장이 서재 창가에 서서 안뜰을 감시하며 자신의 부하들과 신호를 주고받는 모습도 눈에 들어왔다.

돈 루이스는 마음속으로 중얼거렸다.

'빌어먹을! 자기 자리에 아주 딱 들러붙어 있군. 힘들겠어. 저렇게 바짝 경계 태세를 취하고 있으니. 자, 어쨌든 한번 부딪혀보자고.'

돈 루이스는 거실을 지나 서재로 들어갔다. 베베르가 그를 쳐다보았다. 두 숙적은 팽팽히 대치했다.

결투가 벌어지기 전, 몇 초간 침묵이 흘렀다. 신속하고 치열하며 한 치의 과실도, 한 치의 방심도 허용치 않는 결투가 될 것이다. 그리고 3분 만에 결판날 결투였다.

부국장의 얼굴에는 초조함이 섞인 기쁨이 떠올랐다. 처음으로 베베르는 사그라지지 않는 원한을 불태우게 하는 저 저주받을 돈 루이스와 한판 겨룰 수 있는 허가를, 아니 명령을 받았던 것이다. 더군다나 자신은 모든 패를 한 손에 쥐고 있지만 돈 루이스는 플로랑스 르바셰르를 보호하고 그 여자의 사진을 변조하며 스스로 곤경을 자처하고 있으니, 베베르가 느끼는 희열은 이루 말할 수 없이 컸다. 하지만 그러면서도 돈 루이스가 다름 아닌 아르센 뤼팽이라는 사실을 잊지 않고 있었다. 그리고 이 같은 사실은 커다란 불안감을 불러일으켰다.

베베르는 심란한 표정을 숨기지 못한 채 마음속으로 중얼거렸다.

'자칫 잘못하면 난 끝장이야.'

베베르는 농담을 던지며 결투에 돌입했다.

"이런, 보아하니 르바셰르 양의 별채에 있었던 게 아닌가 보군요. 당신 하인의 주장과는 다른데?"

"내 하인은 내 지시대로 말했을 뿐입니다. 나는 저 위층에 있는 내 방에 있었습니다. 하지만 내려오기 전에 마무리 짓고 싶은 일이 있었지요."

"그래, 일은 잘 마무리 지었습니까?"

"그렇습니다. 플로랑스와 가스통 소브랑이 내 집 안에 있습니다. 결박당하고 재갈이 물린 채로 말이지요. 당신은 그저 그들을 건네받기만 하면 됩니다.”

“가스통 소브랑이라니! 그럼 이 집 안으로 들어갔다는 그자가 정말 가스통 소브랑이 맞단 말입니까?”

베베르가 소리쳤다.

“그렇습니다. 아예 르바셰르의 거처에서 살고 있었습니다. 소브랑은 르바셰르의 애인입니다.”

“아! 아! 애인이라니!”

부국장이 빈정대는 어조로 말했다.

“사실입니다. 마즈루 반장이 플로랑스 르바셰르를 하인들과 멀찍이 떨어진 곳에서 신문하려고 내 방으로 부르자, 소브랑은 자신의 정부가 체포될까 봐 걱정된 나머지 대담하게도 우리 앞에 모습을 드러냈습니다. 우리 손에서 르바셰르를 빼내려고 했지요.”

“그래서 그자를 진압했습니까?”

“그렇습니다.”

물론 부국장은 그런 이야기를 단 한마디도 믿지 않았다. 데말리옹과 마즈루를 통해 돈 루이스가 플로랑스를 사랑한다는 사실을 알고 있었고, 돈 루이스가 아무리 질투에 눈이 멀었다 한들 자신이 사랑하는 여자를 경찰에 넘길 사내가 아니라는 사실 역시 간파하고 있었던 것이다. 베베르는 더욱 경계심을 높였다.

“큰일을 해내셨군요. 그럼 이제 당신 방으로 날 안내해주시지요. 그자를 진압하느라 애먹지는 않으셨습니까?”

베베르가 말했다.

"아니, 그다지 어렵지 않았습니다. 곧장 놈의 무기를 빼앗았거든요. 하지만 마즈루 반장이 놈이 휘두른 칼에 엄지손가락을 베이긴 했습니다."

"많이 다친 건 아니겠지요?"

"아! 그럼요. 그저 살짝 베인 거라 근처 약국에 치료를 받으러 갔습니다."

부국장은 화들짝 놀라 발걸음을 멈췄다.

"뭐라고요! 그럼 마즈루가 당신 방에서 포로 두 명이랑 같이 있는 게 아니란 말입니까?"

"나는 마즈루가 거기에 있다고 말한 적이 없습니다."

"그건 그렇지만, 당신 하인이⋯."

"하인이 무언가 착각했나 보군요. 마즈루는 당신이 도착하기 몇 분 전에 이미 집을 떠났습니다."

"거참 이상하군요. 내 부하들은 모두 반장이 여기에 있는 줄 알고 있던데⋯. 나가는 모습을 본 사람이 아무도 없단 말입니다."

베베르가 돈 루이스의 표정을 살피며 말했다.

"마즈루가 나가는 모습을 본 사람이 아무도 없다고요? 그럼 그 친구는 대체 어디에 있는 거지? 나한테는 분명 붕대를 감고 오겠다고 말했는데⋯."

돈 루이스는 짐짓 걱정스러운 표정으로 말했다.

베베르는 페레나를 불신하는 마음이 점점 더 커졌다. 틀림없이 이런 식으로 반장을 찾아 나서도록 부추겨 자신을 떨쳐내려는 속셈일 터였다.

"내 부하 한 명을 시켜 당장 찾아보게 하지요. 약국은 여기서 멀리 있습니까?"

"바로 옆, 부르고뉴가에 있습니다. 전화 한 통으로도 금방 확인해볼 수 있을 텐데요."

"아! 전화하면 되겠군…."

베베르가 중얼거렸다.

이제 더 이상 상황을 종잡을 수 없었다. 그저 머리 위로 무엇이 떨어질지 몰라 전전긍긍하는 사람의 표정을 짓고 있을 뿐이었다. 베베르는 돈 루이스가 도망치지 못하도록 길을 가로막으면서 천천히 전화기 쪽으로 걸어갔다.

돈 루이스는 억지로 떠밀리다시피 전화기 앞까지 뒷걸음질쳐서는 한 손으로 수화기를 들고 통화를 하기 시작했다.

"여보세요…. 여보세요…. 삭스 24-09 부탁합니다."

그런 다음 벽을 짚고 있던 다른 한 손으로는 탁자 위에서 몰래 집어 챙겨두었던 작은 집게를 이용해 전화선을 잘라버렸다.

"여보세요…. 24-09번입니까…. 약국이지요? 여보세요…. 치안국 소속 마즈루 반장이 지금 거기 있겠지요? 예? 뭐라고요? 그게 무슨 소리입니까? 이럴 수가! 확실합니까? 상처에 독이 퍼졌다고요?"

순간 부국장은 반사적으로 돈 루이스를 냅다 밀쳐냈다. 덕분에 자신이 의도했던 대로 철문 바로 아래, 전화 박스 입구로 내동댕이쳐졌다. 베베르는 수화기를 움켜잡았다. 마즈루의 상처에 독이 퍼졌다는 이야기를 듣자 큰 충격을 받았던 것이다.

"여보세요…. 여보세요…."

베베르는 연신 돈 루이스를 감시하며, 한 손으로는 멀리 가지 말라는 신호까지 보내며 고래고래 소리쳤다.

"여보세요…. 이런! 방금 뭐라 하셨습니까? 나는 치안국 소속 베베르 부국장이라고 합니다…. 여보세요…. 그러니까 마즈루 반장이… 여보세요…. 말을 하라고, 젠장…!"

베베르는 수화기를 거칠게 내려놓고 전화선을 바라보았다. 역시 전화선은 끊겨 있었다. 그는 돈 루이스 쪽으로 몸을 돌렸다. 돌아선 베베르의 얼굴에는 이 같은 속마음이 훤히 드러나 있었다.

'젠장, 당했군.'

페레나는 베베르에게서 세 발자국 떨어진 곳에 있는, 전화부스 입구의 나무 벽에 태연히 기대 서 있었다. 왼손을 등 뒤로 돌려 벽 가까이에 놓아둔 채 말이다.

페레나는 미소 지었다. 상냥하고 다정하며 따뜻한 미소였다.

"움직이지 말게!"

페레나는 오른손으로 신호를 보내며 침착하게 말했다.

베베르는 어떠한 위협보다 더욱 섬뜩하게 느껴지는 상대의 미소에 위축돼 시키는 대로 꼼짝하지 않았다.

"꼼짝하지 말게."

돈 루이스는 묘한 목소리로 되풀이해서 말했다.

"그리고 절대 두려워하지도 말고…. 맴매 맞을 일은 없을 테니 말이야. 그저 말을 듣지 않은 벌로 5분간 깜깜한 방 안에 갇혀 있을 걸세. 준비됐나? 하나, 둘, 셋!"

돈 루이스는 살짝 비켜선 다음 손가락으로 철문을 작동시키는 버튼을 눌렀다. 순식간에 육중한 철판이 떨어졌다. 이제 부국장은 영락없는 포로 신세가 되었다.

돈 루이스는 빈정거렸다.

"순식간에 2억 프랑이 날아가는군. 통쾌한 한 방이긴 했지만 꽤 비싼 대가를 치렀어. 모닝턴 유산이여, 안녕! 돈 루이스여 안녕! 자, 용감한 뤼팽, 베베르의 복수를 피하고 싶거들랑 지금 당장 달아나는 게 좋을 거야. 하지만 침착하고 질서정연하게 하나, 둘, 하나, 둘… 오른쪽, 왼쪽, 오른쪽, 왼쪽…."

그렇게 연신 중얼거리며 거실에서 2층 대기실로 통하는 문을 안에서 잠근 뒤 서재로 다시 돌아와 그 방에서 거실로 통하는 문까지 걸어 잠갔다.

그동안 부국장은 있는 힘껏 철문을 두들기며 소리를 질러댔다. 그 소리가 어찌나 컸던지 열려 있는 창문을 통해 밖으로 새어 나갈 정도였다.

"그 정도 소리로는 어림없겠는걸, 부국장."

돈 루이스가 소리쳤다.

그러고는 권총을 들어 세 발을 연달아 쏘았고, 그중 한 발이 유리창을 깨뜨렸다. 돈 루이스는 재빨리 두꺼운 쪽문을 통해 서재를 빠져나와 다시 열쇠로 문을 단단히 걸어 잠갔다. 페레나가 빠져나온 그곳은 서재와 거실을 빙 에두르는 비밀 통로였는데, 그 끝에는 대기실로 연결된 문 하나가 있었다.

페레나는 그 문을 활짝 열고 문짝 뒤로 몸을 숨겼다.

벌써 총성과 부국장의 고함에 놀란 경찰관들이 현관과 층계로 들이닥치고 있었다. 그들이 2층에 도착해 대기실을 지났을 때에는 이미 거실 문이 잠겨 있었기 때문에 그들이 갈 길이라고는 오로지 비밀 통로 하나뿐이었다. 게다가 그 통로 끝쪽에서는 부국장이 도움을 요청하는 소리가 들려왔다. 여섯 명 모두 그쪽으로 허겁지겁 달려갔다.

여섯 번째 경찰관이 모퉁이를 돌아 시야에서 사라지자마자 돈 루이스는 천천히 자신이 숨어 있던 문을 원래 상태로 닫고 다른 문들처럼 단단히 걸어 잠갔다. 그렇게 해서 부국장과 마찬가지로 경찰관 여섯 명 모두 순식간에 포로 신세가 돼버렸다.

돈 루이스가 중얼거렸다.

"자, 단단히 밀봉했군. 최소한 5분 후에나 사태를 파악하고 그제야 닫힌 문에 몸을 부딪쳐 문짝 하나를 부수겠지. 5분 후면 우리는 이미 멀리 달아나 있을 테고 말이야."

페레나는 질겁한 얼굴로 달려오는 운전기사와 집사와 맞닥뜨렸다. 1000프랑짜리 지폐 두 장을 그들에게 각각 건넨 다음 운전기사에게 말했다.

"자동차에 시동을 걸어놓게, 친구. 그리고 내 앞길을 가로막는 사람들이 없도록 자동차 주변에 아무도 얼씬거리지 못하게 해야 하네. 내가 자동차로 무사히 빠져나가기만 한다면 자네들 각자에게 2000프랑씩 더 돌아갈 걸세. 그래, 제대로 들은 게 맞네. 그러니 제발 그런 멍청한 표정은 짓지 말게나. 2000프랑이라고 분명히 말했네. 자네들이 그 돈을 가질 거란 말일세. 자, 그러니 서두르게, 신사 양반들."

하지만 정작 그 자신은 평정심을 유지한 채 전혀 서두르지 않고 천천히 3층으로 올라갔다.

하지만 계단을 거의 다 올랐을 무렵, 갑자기 벅찬 기쁨이 밀려와 이렇게 소리쳤다.

"이겼습니다! 이제 빠져나갈 길이 훤히 열렸어요."

이제 그 작은 방 문이 바로 눈앞에 있었다.

페레나는 문을 열며 다시 소리쳤다.

"우리가 이겼습니다! 하지만 한시라도 지체해선 안 됩니다, 당장 나를 따라오세요."

페레나는 방으로 들어섰다.

순간 욕이 목구멍으로 치밀어 올랐다.

방 안이 텅 비어 있었던 것이다.

"뭐야…! 도대체 어떻게 된 거지…? 모두 떠났잖아…! 플로랑스…."

그다지 현실성 없는 가정이라 치부하긴 했지만 소브랑이 복사 열쇠를 가지고 있을지도 모른다는 추측은 지금껏 어렴풋이 해왔다. 하지만 그렇다고 해도 어떻게 두 사람 모두 경찰의 포위망을 뚫고 감쪽같이 도망칠 수 있단 말인가? 주위를 살펴보니 곧바로 어찌 된 영문인지 깨달을 수 있었다. 창문 부근에 있는 벽감을 살펴보니 그 벽 아랫부분에 커다란 상자처럼 생긴 공간이 하나 있었는데, 상자 뚜껑이 열려 있는 것처럼 목재로 된 그 상부가 활짝 열린 채 판유리에 기대 세워져 있었던 것이다. 그 열린 상자 안을 들여다보니 아래층으로 향하는 매우 좁은 사다리의 상단부가 보였다.

순간 돈 루이스는 과거 혁명의 소용돌이가 치는 시기에 말로

네스코 백작의 증조모가 수색관의 추적을 피해 이 오래된 저택 안에서 숨어 지냈다는 이야기를 떠올렸다. 이제야 모든 것이 설명되었다. 두꺼운 벽을 파고 만든 이 통로는 틀림없이 멀리 떨어져 있는 어떤 출구로 통할 것이다. 그래서 플로랑스는 이 저택 내부를 마음대로 돌아다녔고, 가스통 소브랑도 이 저택을 제집처럼 드나들었던 것이다. 그리고 그런 식으로 두 사람은 자신의 방으로 들어와 자신의 비밀을 캐낼 수 있었던 것이다.

'왜 내게 아무 말도 하지 않은 거지? 불신의 앙금이 여전히 남아 있는 게 분명해.'

페레나는 마음속으로 중얼거렸다.

하지만 그 순간 탁자 위에 놓인 종이 하나가 그의 눈길을 사로잡았다. 가스통 소브랑이 떨리는 손으로 다음과 같은 메모를 적어놓았다.

당신이 곤경에 처하지 않도록 우리는 우리 나름대로 탈출을 시도하려 합니다. 그러다 우리가 붙잡힌다면, 그 또한 어쩔 수 없는 일이겠지요. 중요한 건, 당신만은 반드시 자유의 몸이어야 한다는 겁니다. 우리의 모든 희망이 당신에게 달려 있습니다.

이 메모 아래에는 플로랑스가 적어놓은 한마디가 있었다.

마리 안을 구해주세요.

"이런! 왜 내 지시에 따르지 않은 거지? 이렇게 헤어지고 말다니…."

돈 루이스는 예상치 못한 상황에 어안이 벙벙해 어떠한 결정을 내려야 할지 모른 채 망연히 중얼거렸다.

아래층에서는 경찰관들이 자신들이 갇혀 있는 통로의 문을 부수고 있었다. 어쩌면 저들이 빠져나오기 전에 자동차에 무사히 올라탈 시간적 여유가 있을지도 몰랐다. 하지만 플로랑스와 소브랑의 뒤를 따라가기로 마음먹었다. 그래야 위험이 닥쳤을 때 그들을 구해줄 수 있지 않겠는가.

따라서 페레나는 상자의 가장자리를 성큼 넘어 사다리 꼭대기에 발을 올려놓은 다음 아래로 내려가기 시작했다.

그렇게 스무 개가량의 계단을 내려가 2층에 다다랐다. 그곳에서 손전등을 켜고 아치형 터널 속으로 들어갔다. 예상대로 벽을 파서 만든 그 터널은 천장이 상당히 낮았고, 폭도 어깨를 비스듬히 기울여야 겨우 전진할 수 있을 정도로 매우 좁았다.

30미터쯤 앞으로 가자 오른쪽에 모퉁이 하나가 나타났고, 그 모퉁이를 돌아 또다시 동일한 길이의 터널을 지나자 열린 뚜껑문 하나가 모습을 드러냈다. 그리고 그 뚜껑문 아래에는 또다시 사다리 하나가 놓여 있었다. 두 사람은 필시 그곳을 통해 도주했을 것이다. 아래층으로 내려가자 환한 빛이 반겼다. 벽장 하나가 열려 있었고 평상시 같으면 그 벽장을 가리고 있었을 커튼도 활짝 젖혀 있었다. 이 벽장은 알코브 공간을 거의 다 차지하는 침대 하나를 내려다보고 있었다. 페레나는 알코브를 지나 칸막이를 통과해 어떤 방으로 들어갔다. 그 순간 깜짝 놀라고 말았다. 그곳은 플로랑스의 거실이었던 것이다.

이제야 페레나는 깨달았다. 그 출구는 팔레 부르봉 광장으로 나 있으니 비밀 출구라고 말하기 모호한 구석이 있었지만, 어쨌든 이 출구 덕분에 여태껏 소브랑은 플로랑스가 자신을 찾을 때마다 다른 사람들의 눈을 감쪽같이 피해 플로랑스의 거처 안으로 들어올 수 있었던 것이다. 페레나는 현관 홀을 지나 계단 몇 개를 내려갔고, 또다시 찬방 바로 옆에 있는 층계를 미끄러지듯 내려가 지하 저장고에 도착했다. 작은 창살로 새어 들어오는 빛 덕분에 어둠 저편에서 와인 통을 나를 때 이용하는 나지막한 문이 어슴푸레 모습을 드러냈다. 페레나는 더듬거리며 자물쇠를 찾았다. 드디어 원정의 목적지에 도착했다는 생각에 한껏 들뜬 마음으로 문을 열었다.

"제기랄!"

페레나는 뒤로 펄쩍 물러나며 욕을 내뱉었다. 그리고 다시 자물쇠를 움켜잡고 문을 잠가버렸다.

제복을 입은 경찰관 두 명이 문 앞을 지키고 있다가 문이 열리자 와락 덮치려고 했던 것이다.

이 두 남자는 도대체 어디서 나타난 걸까? 그들이 소브랑과 플로랑스의 탈출을 저지했을까? 하지만 만약 그랬다면 자신은 탈주자 두 명과 마주쳤어야 했다. 분명 그들도 자신과 똑같은 경로를 밟았을 테니 말이다.

'그래, 경찰관들이 문 앞을 지키기 전에 이미 둘 다 무사히 도망쳤을 거야. 이런, 제길! 이제 내가 도망칠 차례인데, 그게 절대 쉽지 않을 것 같단 말이야. 이러다 토끼처럼 내 굴에서 꼼짝

없이 붙잡히고 마는 건가?'

페레나는 다시 지하 저장고 계단을 올라갔다. 별채 복도를 통해 안뜰로 빠져나가 차에 올라탄 다음 포위망을 강제로 돌파해 잽싸게 도망칠 계획이었다. 하지만 안뜰에 도착해 차고 근처를 바라보니 자신이 가두었던 그 치안국 소속 경찰관 중 네 명이 요란한 몸짓과 함께 큰 소리로 떠들고 있었다. 게다가 대문과 관리인용 별채 근처에서는 한바탕 소동이 벌어지고 있었다. 여러 사람의 목소리가 요란하게 부딪치며 격렬한 논쟁이 오가고 있었다.

어쩌면 이 혼란을 틈타 밖으로 빠져나갈 수도 있을 터였다. 페레나는 발각될 위험을 무릅쓰고 고개를 앞으로 내밀었다.

하지만 눈앞에 펼쳐진 광경에 그만 아연실색했다.

가스통 소브랑이 손목에 수갑을 찬 채 그곳에 있었던 것이다. 경찰관들과 형사들이 소브랑을 벽에 몰아붙인 채 이리저리 밀치며 욕설을 퍼붓고 있었다.

가스통 소브랑이 붙잡혔다! 두 탈주자와 경찰 사이에 도대체 무슨 일이 벌어졌던 걸까? 페레나는 가슴을 졸이며 고개를 더욱 앞으로 내밀었다. 하지만 플로랑스는 보이지 않았다. 아마도 그 젊은 여인은 무사히 도망친 모양이었다.

마침 현관에 나타난 베베르의 표정과 말은 이 같은 희망에 확신을 심어주었다. 전화부스에 갇히는 수모를 당해 화가 머리 끝까지 치솟은 베베르는 미친 듯이 분노하고 있었다.

베베르는 포로를 발견하고 소리쳤다.

"아! 적어도 한 놈은 건졌군. 훌륭한 사냥감을 낚았어…. 그래, 이자는 어디서 붙잡았나, 제군들?"

"팔레 부르봉 광장에서 붙잡았습니다. 지하 저장고 문을 통해 도망치려는 것을 때마침 목격했습니다."

"그럼 저자의 공범인 르바셰르는?"

"놓쳤습니다. 아마도 먼저 저택을 빠져나간 것 같습니다."

"그럼 돈 루이스는? 설마 그놈이 저택을 빠져나가게 그냥 놔둔 건 아닐 테지! 내가 단단히 일러두었으니."

"그자 역시 5분 전에 지하 저장고 문으로 도망치려 했습니다!"

"누가 그러던가?"

"그 문을 지키고 있던 경찰관한테 들었습니다."

"그래서 어떻게 됐나?"

"다시 지하 저장고 안으로 들어갔다고 합니다."

베베르는 쾌재를 불렀다.

"이제 독 안에 든 쥐로군! 그놈이 제대로 걸려든 셈이지. 공무 집행 방해에다 범인 은닉까지…! 드디어 때가 온 거야! 놈의 가면을 벗길 수 있게 됐어. 자! 제군들… 두 명은 소브랑을 지키고, 네 명은 권총을 들고 팔레 부르봉 광장을 지킨다. 두 명은 지붕 위로 올라가고 나머지는 나를 따라오도록! 르바셰르의 침실부터 수색한다. 그런 다음 놈의 침실을 뒤지는 거야. 자, 행동 개시!"

돈 루이스는 적들이 공격해올 때까지 가만히 손 놓고 기다릴 사람이 아니었다. 그들의 계획을 간파한 페레나는 슬그머니 플로랑스의 거처로 후퇴했다. 베베르가 여전히 부속건물을 가로

지르는 지름길을 몰랐기 때문에 침착하게 뚜껑문이 잘 작동하는지 살펴본 다음 알코브 구석 침대 커튼 뒤에 있는 비밀 벽장을 아무도 눈치챌 수 없으리라는 사실을 확인했다.

비밀 통로로 들어간 후 다시 2층으로 올라가 벽 속에 난 그 긴 복도를 지나 규방으로 통하는 사다리를 올라갔다. 그리고 그곳에 있는 두 번째 뚜껑문 또한 주변 목재와 똑같은 재질로 감쪽같이 숨겨져 있어 들킬 염려가 전혀 없으리란 사실을 확인한 후 자신의 머리 위에 있는 뚜껑문을 도로 닫았다.

잠시 후 머리 위에서 경찰관들이 수색을 벌이느라 야단법석을 떠는 소리가 들려왔다.

여기까지가 바로 5월 24일, 오후 5시 상황이다. 플로랑스 르바세르에게는 체포 영장이 발부되었고 가스통 소브랑은 체포되었으며 마리 안 포빌은 모든 음식을 거부한 채 감옥에 갇혀 있었다. 그리고 그 세 사람의 결백을 믿고 그들을 구할 유일한 존재인 돈 루이스는 자신의 저택에 갇힌 채 경찰 스무 명의 추적을 받았다.

모닝턴 유산으로 말할 것 같으면 이제는 더 이상 문젯거리가 될 수 없었다. 그 유산의 상속자가 사회에 대항해 공공연히 반란을 일으켰으니 말이다.

돈 루이스는 빈정대는 투로 말했다.

"환상적이군. 이런 게 바로 인생 아니겠어. 간단한 문제가 여러 가지 양상으로 나타나지. 단 한 푼도 없는 거지가 어떻게 자신의 누추한 집에서 한 발짝도 나오지 않고 스물네 시간 안에 거액을 거머쥘 수 있을까? 부하도, 탄약도 없는 장군이 어떻게 이미 패한 싸움을 승리로 역전시킬 수 있을까? 요컨대 나, 아르센 뤼팽이 무슨 수로 내일 쉬셰 대로의 모임에 참석해 마리 안 포빌과 플로랑스 르바셰르, 가스통 소브랑, 그리고 아울러 내 훌륭한 친구 돈 루이스 페레나를 구해낼 수 있을까?"

어딘가에서 둔탁한 소리가 들려왔다. 경찰관들이 이제는 지붕 위를 뒤지고 벽을 조사하는 모양이었다.

돈 루이스는 땅바닥에 엎드려 엇갈리게 놓은 두 팔 사이에 얼굴을 파묻고 두 눈을 감으며 중얼거렸다.

"자, 생각을 해보자."

제2부

플로랑스의 비밀

Arsène
Lupin

1
사람 살려!

시간이 어느 정도 흐른 뒤 내게 이 비극적인 모험담을 들려주었을 때, 아르센 뤼팽은 꽤나 우쭐대는 태도로 이렇게 덧붙였다.

"당시에도 그랬지만 지금 돌이켜 봐도 정말 멋진 승리다 싶을 만큼 아주 뿌듯하고 놀라운 사실은 말이지, 내가 소브랑과 마리 안 포빌이 결백하다는 사실을 즉각 단호하게 인정했다는 것이네. 자네에게 단언컨대, 그건 통찰력 면에서나 추리력 면에서나 가장 위대한 탐정들의 가장 뛰어난 추론을 뛰어넘는 최고의 판단이었어. 사실 따지고 보면, 당시 내 결정을 뒤집을 만한 사건이라곤 눈곱만큼도 일어나지 않았거든. 그 두 용의자를 둘러싼 숱한 혐의점들은 조금도 사라지지 않은 채 여전히 그대로였네. 게다가 그 혐의점들이라는 게 상당히 명백해 보이는 것들이라서 모든 예심판사가 단 1초도 망설이지 않고 정식 기소를 결정했고, 모든 배심원이 전적으로 그들의 유죄를 확신하고 있었지. 마리 안 포빌이야 그 잇자국만 떠올려봐도 당시 어떠한 입장이었을지 충분히 짐작할 수 있을 테고, 가스통 소브

랑의 처지 역시 그다지 나을 바 없었네. 생각해보게. 빅토르 소
브랑의 아들로서 코스모 모닝톤의 상속자인 데다 흑단 지팡이
를 든 사내, 게다가 앙스니 경감을 죽인 살인범이며 결정적으
로 포빌 그 자신이 마리 안과 더불어 자신을 죽인 범인이라고
지목한 남자인데 당연하지 않겠나? 그런데 어째서 갑자기 내
안에서 이러한 변화가 일었던 걸까? 어째서 이 모든 명백한 증
거들에 반하는 행보를 취했던 걸까? 이 믿기 어려운 진실을 믿
은 이유가 무얼까? 이 받아들이기 어려운 사실들을 받아들인
까닭은 무얼까? 왜냐고? 글쎄, 아마도 진실이란 것에 귓전을
강하게 파고드는 힘이 있기 때문일 걸세. 한편에는 모든 증거
와 사실, 현실과 확신이 있었지. 그리고 다른 한편에는 세 용의
자 중 한 명이 들려주는 이야기, 그래서 처음부터 끝까지 터무
니없는 거짓말일 거라고 **가정해야 할** 이야기가 있었지…. 하지
만 진실한 목소리에 실려온 그 이야기는 분명하고 간결했으며
사건의 발단부터 끝까지 철저하게 일관됐을 뿐 아니라 군더더
기 하나 없이 강한 흡입력이 있었네. 그 이야기는 어떠한 뾰족
한 해답도 제시하지 못했지만, 그 안에 담긴 정직함 하나만으
로도 양식이 있는 사람이라면 누구나 기존의 입장을 다시 생각
해보게 할 힘을 지니고 있었지. 그래서 난 그 이야기를 믿은 거
라네."

뤼팽이 내게 들려준 설명에는 무언가 빠져 있었다. 나는 그
에게 물었다.

"플로랑스 르바셰르는?"

"플로랑스 르바셰르?"

"그래, 자네는 플로랑스 르바셰르에 대해서는 딱 부러지게 말하지 않았네. 그 여자에게는 어떤 의견을 가지고 있었나? 당시 모든 정황상 플로랑스 르바셰르를 의심할 수밖에 없었지 않았나. 자네를 겨냥한 모든 살해 시도에 전적으로 참여했으니 당연히 자네 눈에도 미심쩍어 보였을 테고, 사법 당국 역시 의심했을 것 같은데 말이야. 사법 당국은 플로랑스 르바셰르가 리샤르 발라스에 있는 가스통 소브랑의 집을 은밀히 방문해왔다는 사실을 알지 않았나? 게다가 베로 형사의 수첩에서 그 여자의 사진도 발견됐고 말일세. 게다가… 무엇보다도… 자네의 고발… 자네의 확신… 소브랑의 이야기만으로는 그 모든 것이 불식되지 않았을 텐데? 자네가 보기에 플로랑스 르바셰르는 유죄였나, 무죄였나?"

뤼팽은 곧장 내 질문에 직접적이고 솔직하게 대답하려다가 갑자기 주춤대더니 마음을 정하지 못한 채 그저 이렇게 대답했다.

"나는 믿고 싶었네. 행동에 나서기 위해서는 일단 전적으로 완벽하게 믿어야 했으니까. 내 마음 한구석을 찌르고 있던 의혹들과 사건 여기저기에 드리워져 있던 어둠이야 어떻든 간에 말이지. 그래서 나는 믿었네. 동시에 내 신념에 따라 행동했지."

행동이라…. 강제로 감금돼 있던 돈 루이스 페레나가 할 수 있는 행동이란 고작 가스통 소브랑이 들려준 사건 경위를 끊임없이 되짚어 보는 게 전부였다. 소브랑이 들려준 이야기를 철두철미하게 재구성하기 위해 무의미해 보이는 문장 한 줄, 단어 한 자까지 모조리 기억해내려고 안간힘을 썼다. 그리고 그 문장과 단어들을 하나하나 샅샅이 검토하면서 그 안에 담긴 진실의 조각들을 끄집어내려 애썼다.

소브랑이 말했듯이 진실은 그 안에 있기 때문이었다. 그리고 돈 루이스는 그 사실을 조금도 의심치 않았다. 모든 음침한 내막들, 모닝턴 유산 사건과 쉬셰 대로 참극의 전모, 마리 안 포빌을 둘러싼 음모를 밝혀줄 모든 비밀, 소브랑과 플로랑스의 파멸을 설명해줄 모든 단서, 그 모든 것들이 소브랑의 이야기 속에 담겨 있었다. 그러니 그 이야기만 잘 이해한다면 마치 난해한 비유에서 교훈이 드러나듯 불현듯 진실이 솟아오를 터였다. 돈 루이스는 자신이 채택한 이 노선을 단 한 번도 우회하지 않았다. 어쩌다 마음속에 의구심이 슬그머니 피어오를라치면 곧바로 이렇게 대응했다.

'그래, 내 생각이 틀릴 수도 있고 소브랑의 이야기가 아무런 단서도 제공하지 못할 수도 있겠지. 진실은 그 이야기 바깥에 있을지도 몰라. 하지만 내게 그 진실에 도달할 또 다른 방법이 있기는 한가? 그 수수께끼 같은 편지가 정기적으로 나타난다는 사실이 희미한 단서가 되기는 하지만, 그걸 제외하면 사실 진실을 밝힐 수 있는 그럴듯한 도구는 오직 소브랑의 이야기 하나뿐이잖아. 그러니 그 도구를 당연히 사용해야 하지 않겠어?'

그런 다음 다른 사람의 발자취를 따라 걷듯, 소브랑이 지나간 여정을 다시금 꼼꼼히 되짚어 갔다. 자신이 지금껏 짐작했던 사건의 내막과 소브랑의 이야기를 비교해보았다. 둘은 상충했다. 하지만 바로 그 격렬한 충돌이 진실을 밝힐 불꽃을 일으킬 수는 없는 걸까?

돈 루이스는 생각했다.

'자, 이건 소브랑이 말한 내용이야. 그리고 다른 한편에는 내가 믿었던 내용이 있지. 이 둘 사이의 차이점은 과연 무엇을 의미할까? 자, 하나는 사실이고 다른 하나는 사실처럼 보이는 허상이야. 그런데 왜 진범은 하필 이런 식으로 진실을 위장하려고 했을까? 자신에게 쏠릴지도 모를 모든 의혹을 멀찌감치 떨쳐내기 위해서? 만약 그렇다면 그자가 혐의를 뒤집어씌운 사람들이 꼭 그자의 목표물이었어야 했던 걸까?'

그 모든 질문이 페레나의 머릿속에서 복잡하게 맴돌았다. 이따금 입에서 나오는 대로 무작정 이름을 언급하고 단어를 중얼거리며 그 질문에 대답하곤 했다. 마치 언급한 이름이 진범의 이름이고, 중얼거린 단어 속에 진실이 담겨 있기라도 한 듯 말이다.

그러고는 곧바로, 마치 숙제를 받은 초등학생이 문법적이고 논리적으로 한 구절 한 구절을 분석하듯 각각의 표현들을 면밀히 검토하고, 사건을 시기별로 정리하고, 모든 문장을 최소한의 의미로 나누며 이야기를 파고들었다.

그렇게 시간이 흐르고 또 흘렀다.

그리고 한밤중, 갑자기 소스라쳤다.

페레나는 주머니에서 시계를 꺼냈다. 손전등을 비추어 확인해보니, 시곗바늘은 11시 43분을 가리켰다.

"그러니 밤 11시 43분에 진실을 파헤친 거로군."

돈 루이스는 큰 소리로 외쳤다.

감정을 제어하려 애썼다. 하지만 벅찬 감정이 솟구쳐 올랐다. 그 잔인한 깨달음에 너무 큰 충격을 받은 나머지 왈칵 눈물을 쏟고 말았다.

번갯불에 잠시 시커먼 어둠 속을 꿰뚫어본 듯 가공할 진실을 지금 막 엿보았던 것이다.

어둠 속에서 헤매며 발버둥치다가 이렇게 느닷없이 강렬한 빛에 노출된다면 누구라도 당연히 엄청난 충격을 받을 것이다. 게다가 돈 루이스는 슬슬 고통을 안겨주는 허기와 지나친 체력 소모로 기진맥진한 상태였기에 체감되는 충격의 강도는 더욱 더 클 수밖에 없었다. 더 이상 아무런 생각도 하고 싶지 않았던 돈 루이스는 가까스로 잠이 들었다. 아니, 온천물에 몸을 담그듯 잠 속으로 잠겨들었다.

새벽에 눈을 뜨자마자, 불편한 잠자리였음에도 원기를 되찾은 돈 루이스는 자신이 어젯밤 받아들였던 가정을 생각하며 온몸을 부르르 떨었다. 이제 곧 본능이 그 가정에 의혹을 제기할 것이다. 하지만 그럴 시간조차 없었다. 모든 증거가 마음속으로 스스로 돌진해왔기에 그 가정을 도저히 거부할 수 없는 확신으로 바꾸어놓았던 것이다. 진실은 다른 무엇도 아닌 바로 그것이었다. 예감했던 대로 소브랑의 이야기 속에 진실이 담겨 있었다. 그리고 마즈루에게 자신이 했던 말, 다시 말해 그 수수께끼 같은 편지가 나타나는 방식이 진실을 알아챌 단서라고 했던 말 역시 정확한 사실이었다.

그리고 진실은 정말이지 끔찍했다.

문득 베로 형사가 머릿속에 떠오르면서 그 형사를 미치게 한 공포와 같은 감정이 밀려왔다. 이미 독으로 고통받고 있던 베로 형사는 이렇게 중얼거리지 않았던가.

"아! 두려워…. 두려워…. 어찌나 악랄하게 꾸며진 음모인지!"

정말이지 악랄하기 그지없는 음모다! 돈 루이스는 도저히 인간의 머리에서 나왔을 것 같지 않은 범죄의 진상 앞에 여전히 아연실색해 있었다.

돈 루이스는 두 시간쯤 더 온 정신을 집중해 상황을 여러 면에서 조명해보았다. 이제 앞으로 벌어질 일들에 대해 그다지 불안해하지 않았다. 그 끔찍한 비밀을 알게 된 이상, 이제 이곳을 빠져나가 오늘 밤 쉬셰 대로의 모임에 참석해 모든 사람이 보는 앞에서 범죄의 진상을 밝혀야겠다는 생각뿐이었다.

하지만 탈출을 시도해보려고 지하 통로를 거슬러 올라가 사다리 꼭대기로 올라가자, 즉 규방 바로 아래에 도착하고 나니 뚜껑문을 통해 방 안에 있는 경찰관들의 목소리가 들려왔다.

'제기랄, 일이 복잡하게 꼬였어. 저 경찰 나부랭이들에게서 벗어나려면 우선 이 감옥부터 벗어나야 하는데, 두 개의 출구 중 적어도 하나는 봉쇄됐군. 그럼 다른 하나를 살펴보러 가야지.'

돈 루이스는 플로랑스의 거처로 내려온 다음 평형추로 이루어진 개폐 장치를 작동시켰다.

벽장문이 스르르 열렸다.

허기가 졌기에 몸을 숨기는 동안 굶주림을 면하게 해줄 요깃거리를 찾아볼 요량으로 커튼을 젖히고 알코브를 빠져나가려

했다. 하지만 그 순간 발걸음 소리가 들려와 곧바로 동작을 멈췄다. 누군가 별채 안으로 들어왔다.

"그래, 마즈루, 여기서 밤을 보냈군. 새로운 소식은 없나?"

돈 루이스는 목소리의 주인이 경찰청장임을 곧장 알아챘다. 그리고 경찰청장이 던진 질문을 통해 결박당한 채 갇혀 있던 그 어둑한 창고에서 구출된 마즈루가 지금 바로 이 옆방에 있다는 사실을 알게 되었다. 천만다행하게도 벽장문이 열릴 때 아무 소리도 나지 않았기에 돈 루이스는 두 남자가 나누는 대화를 몰래 엿들을 수 있었다.

"예, 없습니다, 청장님."

마즈루가 대답했다.

"이상한 일이로군. 그 고약한 작자가 이 저택 안 어딘가에 있기는 있을 텐데. 아니면 지붕 쪽으로 달아났나?"

"불가능합니다, 청장님. 불가능해요. 어제 모두 확인해보았습니다. 날개가 달리지 않은 이상…."

세 번째 목소리가 말했다. 베베르 부국장의 목소리였다.

"그렇다면 당신 생각은 어떻습니까, 베베르?"

"제 생각에는 말입니다, 청장님, 그자는 이 저택 안에 숨어 있는 게 틀림없습니다. 이 저택은 옛날에 지어졌으니, 분명 어딘가에 안전한 은신처가 마련되어 있을 겁니다…."

돈 루이스는 커튼 사이로 경찰청장이 알코브 앞을 왔다 갔다 하는 모습을 훔쳐보았다. 청장이 말했다.

"그래…. 그렇겠군요…. 당신 말이 옳아요. 그자의 소굴에서 그자를 붙잡게 되겠군요. 그런데 과연 그렇게까지 할 필요가 있겠습니까?"

"청장님!"

"생각해봐요. 당신도 이 문제에 대한 총리 각하와 내 의견을 잘 알고 있을 겁니다. 뤼팽을 되살리는 건 상당히 어리석은 짓이에요. 자칫 낭패를 당할 수 있다는 말입니다. 게다가 이제 뤼팽은 정직한 사내가 되었고 우리에게 도움을 주기도 합니다. 더 이상 나쁜 짓도 저지르지 않고요…."

"정말로 그렇게 생각하십니까, 청장님. 그놈이 나쁜 짓을 전혀 저지르지 않는다고요?"

베베르가 불만에 찬 목소리로 반문했다.

데말리옹은 웃음을 터트렸다.

"아! 그래, 어제 그 사건, 그 전화부스 사건! 솔직히 좀 재밌는 일 아니었습니까. 보고를 드렸더니 총리께서도 배꼽을 잡고 웃으시던데…."

"맹세코, 전 이게 뭐가 웃긴 일인지 도통 모르겠습니다."

"알겠습니다. 하여튼 그 작자는 결코 순순히 당하는 법이 없군요. 웃기든 안 웃기든 놀라울 정도로 정말 대담한 속임수였습니다. 당신의 눈앞에서 전화선을 끊고 철문을 내려 가두다니…. 그건 그렇고 마즈루, 여기에 남아서 경찰청과 계속 연락을 취할 수 있도록 아침이 되자마자 당장 전화부터 고치게. 그래, 여기 방 두 개는 수색을 시작했나?"

"예, 지시대로 했습니다, 청장님. 한 시간 전부터 부국장님과 제가 이곳을 수색하고 있습니다."

"잘했네. 그런데 플로랑스 르바셰르라는 여자가 영 마음에 걸리는군. 그 여자가 공범인 건 확실해. 하지만 소브랑과 돈 루이스와는 대체 어떤 관계지? 반드시 알아내야 할 중요한 문제인데 말이야. 그래, 여자의 서류에서 발견한 건 없나?"

"아니요, 청장님. 계산서와 주문 명세서밖에 없었습니다."

"그럼 당신은 어떻습니까, 베베르?"

"청장님. 무척 흥미로운 걸 발견했습니다."

베베르는 의기양양하게 대답했다. 그리고 데말리옹 청장이 좀 더 자세히 묻자 곧장 이렇게 대답했다.

"셰익스피어 전집 중 한 권입니다, 청장님. 제8권이지요. 보시다시피 다른 책들과는 달리 속이 텅 비어 있습니다. 그리고 장정한 표지는 서류를 감출 수 있는 비밀 상자의 껍데기에 지나지 않지요."

"과연 그렇군, 그런데 서류는?"

"여기 있습니다… 종이들이 있는데… 세 장만 빼고 모두 백지입니다…. 그중 한 장에는 문제의 편지들이 나타날 날짜가 적혀 있고요."

"아! 세상에! 플로랑스 르바셰르의 혐의를 입증할 결정적 증거로군. 게다가 드디어 돈 루이스가 그 날짜 목록을 어디에서 입수했는지도 알게 되었어. 바로 여기였어."

페레나는 그들의 대화를 듣고 깜짝 놀랐다. 이 세부적인 부분에 대해서는 까맣게 잊고 있었던 것이다. 가스통 소브랑도 이야기하는 내내 그 부분에 대해서는 조금도 언급하지 않았다. 그것은 매우 심각하면서도 기묘한 일이었다. 플로랑스는 도대체 누구에게서 이 날짜 목록을 건네받은 걸까?

"다른 종이 두 장은 어디 있습니까?"

데말리옹 청장이 물었다.

돈 루이스는 촉각을 곤두세웠다. 플로랑스와 이 방에서 대화를 나누었을 때, 그 종이 두 장은 발견하지 못했기 때문이다.

"여기 그중 한 장이 있습니다."

베베르가 대답했다.

데말리옹은 종이를 건네받아 곧바로 읽었다.

 폭발은 편지들과 무관하게 새벽 3시에 일어난다는 사실을 명
 심할 것.

경찰청장은 어깨를 으쓱해 보이며 말했다.

"아! 돈 루이스가 예견했던 그 문제의 폭발 말이로군. 이 목록에 따르면 폭발은 다섯 번째 편지의 등장과 함께 일어날 테고. 쳇! 우리에게는 아직 시간적 여유가 있어. 아직 세 장의 편지만 나타났고, 오늘 밤 네 번째 편지가 도착할 차례니까. 게다가 쉬셰 대로에 있는 그 저택을 날려 버린다는 게 생각보다 쉽지는 않을 거야. 그래, 그게 다입니까?"

베베르가 세 번째 종이를 건네며 말했다.

"청장님, 여기 연필로 그려진 선들을 보십시오. 커다란 정사각형 하나가 그려져 있고, 그 안에 또다시 작은 정사각형들과 여러 크기의 직사각형들이 그려져 있지요. 저택 설계도 같지 않습니까?"

"과연 그렇군…"

베베르는 엄숙한 어조로 말했다.

"지금 우리가 있는 이 건물의 설계도입니다. 여기는 안뜰, 본채, 관리인용 별채, 그리고 여기가 바로 르바셰르의 별채입니다. 이 별채에서 본채까지 붉은 색연필로 점선이 표시된 것이 보이시지요? 그 선이 시작되는 부분에는 작은 십자표시가 있는데 그곳이 바로 우리가 있는 곳입니다…. 아니, 좀 더 정확히 말하면 알코브 부분이지요. 그리고 이건 굴뚝이 놓인 자리처럼 보이는데… 좀 더 자세히 보면 벽장 같기도 합니다…. 그러니까 침대 뒤 붙박이 벽장이 있고 이 커튼으로 가려져 있는 거지요."

"그렇다면 베베르, 이 선이 별채에서 본채까지 통하는 비밀통로를 표시하고 있는 거로군요? 여기를 보세요, 이 선의 다른 끝 부분에도 역시 붉은 색연필로 십자표시가 돼 있지 않습니까."

"그렇습니다, 청장님. 그곳에도 십자표시가 있지요. 어떤 장소를 뜻하는 걸까요? 조금 있으면 확실히 알 수 있을 겁니다. 하지만 우선 저는 만일의 경우를 대비해 3층에 있는 작은 방에 보초를 세워두었습니다. 그곳이 바로 어제 돈 루이스와 플로랑스 르바셰르 그리고 가스통 소브랑이 최후의 밀담을 나누었던 장소이지요. 어쨌든 이제 우리는 돈 루이스 페레나의 은신처를 알게 된 셈입니다."

잠시 침묵이 흐른 뒤 부국장이 더욱 엄숙한 목소리로 말을 이었다.

"청장님. 저는 어제 그자에게서 처참한 치욕을 당했습니다.

제 부하들이 그 증인입니다. 이곳 하인들도 결코 모를 리 없고요. 머지않아 대중들도 이 사실을 알게 될 겁니다. 그자가 플로랑스 르바셰르를 탈출시켰습니다. 가스통 소브랑도 탈출시키려 했고요. 그놈은 위험하기 짝이 없는 악당입니다. 그러니 청장님, 그놈을 소굴에서 끄집어내도록 허락해주시겠지요. 만약 거절하신다면… 청장님, 저는 사표를 쓸 수밖에 없습니다."

청장이 웃으며 말했다.

"이거, 허락해줄 수밖에 없겠는걸요. 어제의 철문 사건을 결코 그냥 넘기지는 않을 기세로군요. 그럼 그렇게 하세요! 뭐, 돈 루이스에게야 안된 일이지만 자초한 일이니…. 마즈루, 전화가 고쳐지는 대로 경찰청에 소식을 전하게. 그리고 오늘 밤 쉬셰 대로에 있는 포빌의 저택으로 오도록. 바로 오늘이 네 번째 편지가 나타나는 날이라는 사실을 명심하게나."

"네 번째 편지는 나타나지 않을 겁니다, 청장님."

베베르가 단호하게 말했다.

"아니, 어째서요?"

"돈 루이스가 여기에 갇혀 있을 테니까요."

"아! 그렇다면 당신 생각엔 돈 루이스 역시 공범일 거라고…."

돈 루이스는 더 이상 그들의 대화를 듣지 않았다. 살그머니 벽장으로 돌아가 조용히 문을 닫았다.

은신처가 발각된 것이다!

돈 루이스는 투덜거리며 말했다.

"빌어먹을, 이거 참 곤란해졌군. 진퇴양난이로세."

돈 루이스는 다른 출구로 빠져나가려고 지하 통로 중간 지점까지 뛰어가다가 불현듯 멈춰 섰다.

"이래 봤자 소용없지. 그 출구 앞에도 경찰들이 버티고 있을 테니…. 이런, 이렇게 꼼짝없이 붙잡히는 건가? 가만… 좀 생각해보자."

저 아래, 알코브 쪽에서 벌써 요란한 소리가 들려왔다. 벽장 문을 두드리는 소리였는데 아마도 그 부근을 조사하다가 텅 빈 소리를 듣고 부국장이 이를 수상쩍게 여긴 모양이었다. 그리고 베베르는 돈 루이스처럼 몸을 사려야 할 처지가 아니었기 때문에 개폐 장치를 찾느라 시간을 허비하지 않고 곧장 문을 부서 뜨리고 있는 듯했다. 그야말로 풍전등화의 처지였다.

돈 루이스는 짜증 가득한 목소리로 중얼거렸다.

"제기랄, 빌어먹을! 이런 한심한 상황에 놓이다니! 어떻게 하지? 정면 돌파를 시도해야 하나…? 아! 기운이라도 쌩쌩했다면…!"

하지만 극심한 허기로 기진맥진한 상태였다. 다리가 후들거렸고 머리는 평소의 명석함을 점점 잃어가고 있었다.

하지만 알코브 쪽에서 벽장을 두들기는 소리가 더욱 크게 들려왔기에 지친 몸을 이끌고 위쪽 출구를 향해 사다리를 타고 올라갔고, 손전등을 비추어 돌벽과 목재로 된 뚜껑문을 살펴보았다. 어깨로 이 뚜껑문을 살짝 열어보려고까지 했다. 하지만 그 순간, 머리 위에서 또다시 발걸음 소리가 울려 퍼졌다. 경찰관들이 여전히 그곳에 머물러 있었던 것이다.

따라서 돈 루이스는 격렬한 분노와 무력감에 휩싸인 채 부국장이 오기를 두 손 놓고 기다렸다.

아래층에서 우지끈하는 소리가 나더니 지하 통로를 따라 울려 퍼졌다. 곧이어 왁자지껄 떠드는 소리가 들려왔다.

돈 루이스는 마음속으로 중얼거렸다.

'드디어 올 게 오는군. 수갑, 유치장, 감방…. 빌어먹을 운명 같으니라고, 어찌 이런 일이! 마리 안 포빌도 죽고 말겠지…. 그리고 플로랑스…. 아, 플로랑스….'

돈 루이스는 손전등을 끄기 전에 마지막으로 주변을 비춰보았다.

그런데 사다리에서 2미터쯤 떨어진 곳, 통로 높이의 4분의 3쯤 되는 지점의 약간 움푹한 곳 내벽에 커다란 돌덩이가 빠져나간 구멍이 하나 뚫려 있었다. 그 공간은 어른 한 명이 몸을 숨길 수 있을 만큼 널찍했다.

비록 대단한 은신처는 아니었지만 어쩌면 이 후미진 곳에 숨어 경찰관들의 눈을 피할 수 있을 듯했다. 게다가 돈 루이스에게는 선택의 여지가 없었다. 즉시 손전등을 끈 뒤 구멍 쪽으로 가서는 몸을 잔뜩 접어 안으로 들어갔다.

베베르와 마즈루, 그리고 부하들이 도착했다. 돈 루이스는 가능하면 이제 막 자신의 시야에 들어온 손전등 불빛에 노출되지 않으려고 은신처 구석에 몸을 바짝 붙였다. 그 순간 놀라운 일이 벌어졌다. 몸을 기댔던 돌이 한 축을 중심으로 돌듯 스르르 움직이기 시작한 것이다. 다음 순간 그 뒤편에 있는 또 다른 구멍 안으로 벌렁 나자빠졌다.

돈 루이스가 재빨리 다리를 끌어모으자 돌은 다시 스르르 움직여 원상태로 돌아갔다. 하지만 이번에는 벽 표면에서 돌멩이들이 우르르 떨어져 다리를 반쯤 덮었다.

돈 루이스는 장난기가 다분한 어조로 중얼거렸다.

"허, 마침내 신께서 선과 정의의 편에 서시려는 건가?"

다음 순간 마즈루의 목소리가 들려왔다.

"아무도 없습니다! 그리고 보시다시피 여기가 통로 끝입니다. 우리의 추적을 피해 달아났을 수도…. 아, 저기를 보십시오. 사다리 꼭대기에 있는 저 뚜껑문을 통해 달아난 모양입니다."

베베르가 말했다.

"우리가 지금까지 걸어온 지면의 경사도로 미루어 보건대, 저 뚜껑문을 열면 분명 3층이 나올 걸세. 그런데 설계도의 두 번째 십자표시는 3층, 즉 돈 루이스의 침실 옆 규방을 가리키고 있었어. 난 그걸 짐작했고, 그래서 우리 측 인원 세 명을 그곳에 세워놓았던 걸세. 만약 그놈이 저기로 도망치려 했다면 필시 지금쯤 붙잡혀 있겠지."

마즈루가 말했다.

"그럼 저 뚜껑문을 두드리기만 하면 되겠군요. 저 위에 있는 요원들이 소리를 듣고 뚜껑문을 찾아내서 우리에게 열어줄 테니까요. 아니면 뭐, 그냥 부숴버리든가요."

또다시 쿵쿵대는 소리가 울려 퍼졌다. 15분쯤 지나자 뚜껑문이 열렸다. 다른 사람들의 목소리가 베베르와 마즈루의 목소리에 뒤섞였다.

그동안 돈 루이스는 자신의 은신처를 살펴보았다. 그곳은 겨우 몸을 웅크리고 앉아 있을 만큼 매우 협소한 공간이었다. 통로라기보다는 일종의 관 같았는데 길이가 1.5미터 정도였으며 그 끝에는 벽돌이 쌓여 있는 더욱 좁다란 구멍이 하나 있었다. 내벽 역시 벽돌로 이루어져 있었는데 그중 몇 개는 떨어져 나가고 없었다. 간신히 버티고 있는 듯한 그 건축 석재는 미약한 충격에도 금방 무너져 내릴 것만 같았다. 실제로 바닥에는 부서진 돌멩이들이 산재해 있었다.

'젠장! 너무 크게 움직이면 안 되겠어! 자칫 생매장당하게 생겼잖아. 쳇, 꼴 한번 좋군!'

게다가 소리를 낼까 봐 더욱더 옴짝달싹할 수 없었다. 실제로 돈 루이스는 경찰관들이 포진해 있는 두 개의 방 근처에 있었다. 이곳은 규방에서 가까운 것은 물론이고, 서재에서도 그리 멀지 않았다. 규방은 서재의 전화부스가 서 있는 곳 바로 위에 자리하고 있기 때문이다.

그런 생각이 들자 또 다른 생각이 꼬리를 물었다. 안 그래도 종종 말로네스코 백작의 증조모가 그 철문 뒤에서 어떻게 그렇게 오랫동안 견딜 수 있었는지 궁금했는데, 지금 곰곰이 생각해보니 과거에는 이 비밀 통로와 현재의 전화부스 자리 사이에 사람이 지나다닐 수는 없지만, 적어도 통풍관 역할은 할 만한 연결 공간이 있었던 것이다. 하지만 이 비밀 통로가 발각될 것을 우려해 연결 공간의 상단 부분을 돌로 막아놓았고, 그 하단 부분도 말로네스코 백작이 전화부스의 벽판을 새로 설치하면서 마저 막아놓았던 것이다.

따라서 경찰의 포위망을 피할 뾰족한 방법도 없이 두꺼운 벽속에 갇혀버린 신세가 된 셈이다. 또다시 시간이 흘렀다.

허기와 목마름에 서서히 지쳐가던 돈 루이스는 결국 무거운 잠 속으로 빠져들었다. 하지만 악몽에 시달렸다. 너무나 괴로운 꿈이었기에 어떻게라도 그 꿈에서 벗어나고 싶었지만, 너무 깊이 잠든 상태여서 저녁 8시가 되어서야 겨우 의식을 차릴 수 있었다.

눈을 뜨자 몸이 천근만근 무겁게 느껴졌다. 곧 자신이 처한 끔찍한 상황을 정확히 인지했고 적잖은 두려움을 느낀 돈 루이스는 마음을 바꿔 은신처를 떠나 자수하기로 했다. 여기서 나가 무슨 일을 겪는다 한들 지금 자신이 당하고 있는 고문이나 여기에 남아 있다가 닥치게 될 끔찍한 사태보다는 나을 듯했다.

그런데 몸을 돌려 자신이 숨어 있는 굴 입구를 밀어보아도 돌은 꿈적도 하지 않았다. 아무리 눈 씻고 찾아도 입구를 움직이게 할 개폐 장치를 발견할 수 없었다. 돈 루이스는 필사적으로 애썼다. 하지만 모든 노력은 허사로 돌아갔다.

한 번씩 힘을 쓸 때마다 건축 석재가 내벽 상단에서 떨어져 움직일 수 있는 공간만 점점 좁아질 뿐이었다.

돈 루이스는 안간힘을 다해 감정을 추스르며 애써 농담조로 말했다.

"완벽해! 나, 아르센 뤼팽이 이제 꼼짝없이 도움을 요청하게 생겼군! 그것도 경찰관 나리께 말이야…. 그렇게라도 하지 않으면 시간이 흐를수록 생매장당할 가능성만 높아질 거야. 이렇게 있다간 생매장당할 가능성이 십중팔구라고…."

돈 루이스는 두 주먹을 불끈 쥐었다.

"제길! 나 혼자 힘으로 빠져나갈 거야! 도움을 요청한다고? 쳇! 말도 안 돼, 천만의 말씀!"

돈 루이스는 빠져나갈 방법을 모색하려고 안간힘을 써보았지만, 이미 지칠 대로 지친 머릿속에는 일관성 없는 모호한 생각들만 맴돌 뿐이었다. 플로랑스의 얼굴이 머릿속에 어른거렸다. 마리 안의 얼굴도 떠올랐다.

'오늘 밤 그들을 구해내야 해. 반드시 구해내고 말 거야. 그들은 죄가 없고 나는 진범을 아니까. 하지만 무슨 수로 이곳을 빠져나가지?'

돈 루이스는 속으로 중얼거렸다.

경찰청장과 쉬셰 대로에 있는 엔지니어 포빌의 저택에서 열리기로 한 모임이 생각났다. 그 모임은 이미 시작됐을 것이다. 그리고 분명 지금쯤 경찰들이 그 저택을 지키고 있을 것이다. 여기까지 생각이 미치자 베베르가 셰익스피어 전집 제8권에서 찾아낸 종이와 경찰청장이 읽었던 그 종이 위에 적힌 문장이 불현듯 머릿속에 떠올랐다.

폭발은 편지들과 무관하게 새벽 3시에 일어난다는 사실을 명심할 것.

돈 루이스는 데말리옹의 추론을 수긍하며 속으로 중얼거렸다.

'그래, 맞아. 열흘 후에야 폭발이 일어날 거야. 아직 편지가 세 장밖에 나타나지 않았으니까. 오늘 밤 네 번째 편지가 나타

날 차례고 폭발은 다섯 번째 편지와 함께 일어날 테니. 그래, 열흘 후가 맞지.'

그러고는 되풀이해서 생각했다.

"열흘 후… 다섯 번째 편지와 함께…. 그래, 열흘 후…."

갑자기 돈 루이스는 공포로 온몸을 부르르 떨었다. 끔찍한 환영이 너무나도 생생하게 뇌리에 떠올랐던 것이다. 폭발은 바로 오늘 밤 일어날 것이다!

자신이 알고 있는 것이 진실임을 알았기에 예의 그 통찰력을 단번에 되찾아 방금 머릿속에 떠오른 가정을 명백한 사실로 즉각 받아들였다. 물론 지금까지는 단 세 장의 편지만 불가사의한 어둠 속에서 모습을 드러낸 게 사실이다. 하지만 네 번째 편지는 이미 나타난 것이나 다름없다. 세 장의 편지 중 한 장이 제 날짜가 아니라 열흘 뒤에 나타났기 때문이다. 게다가 돈 루이스는 왜 그럴 수밖에 없었는지 그 이유를 정확히 알고 있었다. 하지만 그것은 지금 전혀 중요한 문제가 아니다. 편지와 날짜를 둘러싼 혼돈, 진실은 아무도 그 해답을 안다고 확언하지 못할 이 복잡한 난제 속에 숨어 있는 게 아니다. 지금 상황을 지배하는 것은 단 한 가지, 바로 이 문장이다. '폭발은 편지들과 무관하게 일어난다는 사실을 명심할 것.' 그런데 폭발은 5월 25일에서 26일로 넘어가는 밤사이에 일어날 것이라고 적혀 있었으니 바로 오늘 밤 새벽 3시에 일어날 게 분명했다!

돈 루이스는 곧장 있는 힘껏 소리를 질렀다.

"사람 살려! 사람 살려!"

이제 더 이상 주저하지 않았다. 비록 이전까지는 컴컴한 굴

속에 남아 기적이 일어나길 기다릴 배짱이 있었지만, 지금은 경찰청장과 베베르, 마즈루, 그리고 그들의 동료를 죽도록 내버려 두느니 차라리 모든 위험을 무릅쓰고 온갖 형벌을 받는 편을 선택하고 싶은 심정이었다.

"사람 살려! 사람 살려!"

앞으로 서너 시간 내에 엔지니어 포빌의 저택은 폭발할 것이다. 이 사실을 분명하게 알고 있었다. 수수께끼 같은 편지가 온갖 장애물에도 아랑곳없이 정확하게 목적지에 도착했듯이 폭발도 정해진 시간에 정확하게 일어날 것이다. 이 끔찍한 음모를 꾸민 사악한 주모자의 바람이 그러했다. 그러므로 새벽 3시가 되면 포빌의 저택이 있던 자리에는 아무것도 남지 않게 될 것이다.

"사람 살려! 사람 살려!"

돈 루이스는 다시금 기운을 차리고, 자신의 목소리가 석재와 목재 너머까지 울려 퍼지도록 필사적으로 외쳐댔다.

하지만 아무도 자신의 구호 요청에 응답하지 않는 듯하자 외침을 멈추고 한참 동안 귀를 기울여 보았다.

아무 소리도 들리지 않았다. 완전한 적막만 흐를 뿐….

순간 극도의 불안감이 엄습하며 식은땀이 온몸을 적셨다. 만약 경찰관들이 위층에서 보초 서던 것을 접고 밤을 보내기 위해 1층으로 내려가 방에 틀어박혀 있는 것이라면?

돈 루이스는 벽돌 하나를 집어들고 저택 곳곳에 소리가 울려 퍼지길 빌며 미친 듯이 입구를 두들겨댔다. 하지만 곧 그 충격으로 돌멩이들이 머리 위로 쏟아져서 또다시 나동그라졌다.

무너져 내린 돌멩이들 때문에 이제 옴짝달싹할 수 없는 처지가 돼버렸다.

"사람 살려! 사람 살려! 사람 살려!"

침묵, 거대하고 무자비한 침묵만 흘렀다.

"사람 살려! 사람 살려!"

아무래도 자신의 목소리가 이 숨 막히는 내벽을 통과하지 못하는 것 같았다. 게다가 목소리는 점점 더 힘을 잃어 상처 입은 목구멍에서는 헐떡이는 거친 신음만 새어 나올 뿐이었다.

돈 루이스는 입을 다물고, 자신이 갇힌 석관을 납판처럼 에워싼 거대한 침묵에 다시금 바짝 귀를 기울였다. 역시나 아무 소리도 들리지 않았다. 아무도 오지 않을 것이다. 아무도 자신을 도우러 올 수 없을 것이다.

플로랑스의 얼굴과 이름이 머릿속에 계속 맴돌았다. 그리고 자신이 구해 주겠노라 약속했던 마리 안에 대해서도 생각했다. 하지만 마리 안은 머지않아 굶어 죽을 것이다. 그리고 가스통 소브랑, 그 밖의 여러 사람과 마찬가지로 이제 자신이 이 끔찍한 사건의 희생자가 될 것이다.

순간 돈 루이스를 더욱 동요하게 한 사건이 하나 발생했다. 어둠의 공포를 떨치려고 켜놓았던 손전등이 그만 꺼져버렸던 것이다. 때는 밤 11시였다.

순간 현기증이 몰려와 정신이 아득해졌다. 공기가 이미 부족한 데다 탁해질 대로 탁해져서 호흡조차 힘들었다. 따라서 머릿속 역시 물리적인 고통에 시달릴 수밖에 없었고, 더불어 그속에 들러붙은 듯한 고통스러운 환영에 시달려야 했다. 역시 플로랑스의 아름다운 얼굴과 마리 안의 창백한 얼굴이 번갈아 나타났다. 환영 속에서 마리 안은 빈사 상태에 빠져 있었고 포빌 저택은 굉음과 함께 폭발했으며 경찰청장과 마즈루는 사지가 절단된 채 처참하게 죽어 있었다.

엄청난 무기력증이 몰려와 온몸을 마비시켰다. 돈 루이스는 일종의 실신 상태에 빠져들면서 희미한 목소리로 계속 더듬거렸다.

"플로랑스… 마리 안… 마리 안…."

2
쉬셰 대로의 폭발

수수께끼 같은 네 번째 편지! 어느 신문의 표현을 빌리자면 '악마가 보내고 악마가 배달한다'는 그 편지 중 네 번째 편지! 5월 25일 밤을 앞두고 당시 대중이 얼마나 뜨겁게 흥분했는지 모두 한번 떠올려보라….

때맞춰 전해진 몇몇 새로운 소식들은 대중의 이러한 호기심에 기름을 부었다. 소브랑의 체포와 소브랑의 공범이자 돈 루이스 페레나의 비서인 플로랑스 르바셰르의 도주, 여러 정황상 아르센 뤼팽을 끈질기게 떠올리게 한 페레나라는 인물의 불가사의한 실종, 이 모든 소식이 연달아 대중에게 알려진 것이다.

참극의 주범들 대부분을 손아귀에 넣은 경찰들은 승리감에 도취한 나머지 서서히 은밀한 이야기들을 흘리기 시작했다. 뒤이어 여러 기자가 그 이야기의 자세한 정황들을 파헤친 끝에 결국 대중들은 돈 루이스의 돌연한 입장 변화와 더 나아가 플로랑스 르바셰르에 대한 그의 연정을 눈치챘으며, 그 연정이 사회에 반기를 든 진짜 이유라고 의심했다. 그리고 이 놀라운 인물이 새로이 시작한 싸움을 두고 모두가 짜릿한 흥분으로 전율했다.

이제 돈 루이스는 어떠한 행동을 취할 것인가? 만약 정말로, 자신이 사랑하는 여인의 혐의를 풀어주고 마리 안과 소브랑을 석방하려는 것이라면 바로 오늘 밤에 어떤 식으로든 곧 벌어질 사건에 개입해 네 번째 편지를 전달할 미지의 사자를 잡아내거나 반박할 수 없는 해명을 제시해 공범 세 명의 결백을 입증해야만 한다. 요컨대 돈 루이스는 문제의 장소에 반드시 나타나야 한다. 이 얼마나 흥미진진한 상황인가?

더불어 마리 안에 대한 음울한 소식도 세간에 떠돌았다. 끈질기고 집요하게 자살을 고집한다는 내용이었다. 결국 지금은 인공적인 방법까지 동원해 마리 안에게 영양분을 공급하는 상황이었다. 생 라자르 교도소의 의무실 의사들은 깊은 우려를 감추지 않았다. 돈 루이스는 과연 제때 도착할 수 있을 것인가?

마지막으로 바로 이 소문, 네 번째 편지가 등장하고 나서 열흘 후 엔지니어 포빌의 저택이 폭발할 것이라는 위협이 대중의 호기심을 들끓게 했다. 범인은 정해진 시각에 정확히 벌어질 일들만 예고해왔기에, 이는 가히 충격적인 위협이 아닐 수 없다. 비록 재난이 닥치려면 아직 열흘이나 남았지만(어쨌든 사람들은 그렇게 믿었다) 위협은 이번 사건에 한결 더 음산한 기운을 드리웠다.

따라서 그날 밤 파리뿐만 아니라 외곽 지역과 지방에서 올라온 수많은 사람이 뮈에트와 오퇴유를 거쳐 쉬셰 대로로 몰려들었다. 흥미진진한 일이 벌어지리라는 생각에 한껏 들뜬 사람들은 그 광경을 직접 보고 싶어 했다.

하지만 사람들은 멀찌감치 떨어져서 구경할 수밖에 없었다. 경찰들이 저택 양측으로부터 100미터 지점까지 접근을 통제했고 맞은편 비탈에 애써 올라간 사람들마저 성벽 주위의 외호로 내쫓았기 때문이다.

한바탕 퍼부을 듯한 하늘은, 이따금 창백한 달빛에 모습을 드러내는 짙은 먹구름으로 가득 뒤덮여 있었다. 멀리서 번개가 번쩍이고 천둥이 포효했다. 몇몇 사람들은 노래를 불렀다. 장난꾸러기 아이들은 동물 울음소리를 흉내 냈다. 수많은 사람이 벤치와 보도에 삼삼오오 모여 앉아 먹고 마시며 이야기꽃을 피웠다.

관중의 기대에 부응하는 어떠한 일도 일어나지 않은 채, 이렇게 밤 일부가 지나갔다. 기다림에 지친 사람들은 이만 집으로 돌아가는 편이 낫지 않을까 슬슬 자문하기 시작했다. 소브랑이 감옥에 갇힌 현 상황에서는 네 번째 편지가 이전의 다른 편지들처럼 어둠 속에서 홀연히 나타날 확률이 그리 높지 않으리라 생각하면서 말이다.

하지만 사람들은 자리를 떠나지 않았다. 이제 곧 돈 루이스 페레나가 나타날 테니!

밤 10시부터 경찰청장과 경찰청 사무국장, 치안국장과 베베르 부국장, 그리고 마즈루 반장과 경찰관 두 명이 포빌이 살해당한 널찍한 방 안에 모여 있었다. 경찰관 열다섯 명이 다른 방들에 배치돼 있었고, 스무 명가량의 또 다른 경찰관들이 지붕과 건물 정면, 정원을 지키고 있었다.

그날 오후 다시 한 번 집안을 샅샅이 뒤져보았으나 역시 아무런 소득도 얻지 못했다. 하지만 모든 인원을 그대로 남겨 밤샘 작업에 투입하자고 의견이 모였다. 편지가 또다시 이 방에 나타나기만 한다면, 이번에야말로 누구의 소행인지 반드시 밝힐 작정이었다. 경찰의 사전에 기적이란 없는 법이니!

자정 무렵, 데말리옹 청장은 자신의 부하들에게 커피를 돌렸고 자신도 두 잔을 마셨다. 그는 쉴 새 없이 방 안을 서성거렸고, 계단을 올라가 다락방을 살펴보았으며 통로와 현관을 지나다녔다. 또한 최적의 조건에서 감시가 이루어질 수 있도록 모든 문을 열어두었고 모든 전등을 켜놓았다.

마즈루가 이의를 제기했다.

"어두워야 편지가 나타납니다. 기억해보십시오, 청장님. 지난번에도 이런 시도를 했다가 결국 편지가 안 나타나지 않았습니까."

"다시 한 번 시도해보지."

데말리옹이 응수했다. 사실 경찰청장은 돈 루이스가 개입할까 봐 두려웠고, 그래서 아예 그 가능성을 차단하려고 경계 조치를 강화했던 것이다.

밤이 깊어갈수록 모든 사람의 마음은 점점 초조해졌다. 한판 싸울 만반의 준비가 된 그들은 들끓는 기운을 마음껏 사용할 기회가 오기만을 별렀다. 그들은 필사적으로 주위를 살폈고 귀를 기울였다. 새벽 1시경, 사람들의 신경이 얼마나 예민해져 있었는지를 짐작하게 할 만한 소동이 한차례 벌어졌다. 2층에서 총성이 울려 퍼지더니 곧이어 고함과 비명이 들려왔다. 하지만 알고 보니 경찰관 두 명이 순찰을 하다 복도에서 마주쳤는데,

그만 서로 알아보지 못해 그중 한 명이 동료에게 위급 상황임을 알리려고 허공에 총을 발사한 것이다.

한편 데말리옹 청장이 정원 문을 살짝 열어보니 저택 밖에는 사람들이 한결 줄어든 상태였다. 그사이 접근 통제도 완화돼 구경꾼들은 저택에 좀 더 가까이 다가올 수 있었다. 하지만 여전히 보도 접근은 금지된 상태였다.

마즈루가 말했다.

"폭발 예정일이 오늘 밤이 아니어서 천만다행입니다, 청장님. 오늘 밤이었다면 저 선량한 시민도 우리와 함께 저세상으로 떠났을 테니까요."

"오늘 밤 편지가 나타나지 않는 것처럼 열흘 후에도 폭발은 일어나지 않을 걸세."

청장은 어깨를 으쓱해 보이며 말했다.

그리고 이렇게 덧붙였다.

"게다가 그날은 더욱 완고하게 조치해놓을 걸세."

이제 시곗바늘은 새벽 2시 10분을 가리켰다.

새벽 2시 25분, 경찰청장이 시가에 불을 붙이자 치안국장이 미소를 지으며 농담을 건넸다.

"다음번엔 반드시 그런 행동을 삼가셔야 할 겁니다, 청장님. 너무 위험할 테니까요."

"다음번엔 이렇게 보초를 서느라 아까운 시간을 허비하지도 않을 생각입니다. 마침내 이 편지 소동도 모두 끝났다는 생각이 슬슬 들기 시작하니 말입니다."

마즈루가 넌지시 말했다.

"그걸 누가 알겠습니까…?"

몇 분이 더 흘렀다…. 데말리옹이 자리에 앉았다. 다른 사람들도 모두 제자리에 앉았다. 누구 하나 입을 여는 사람이 없었다.

그런데 갑자기 모두 일제히 놀란 표정으로 자리에서 펄쩍 뛰어올랐다.

벨소리가 요란하게 울렸던 것이다.

벨소리라니…. 난데없이 어디서?

그 소리가 어디서 났는지는 금세 파악되었다.

"전화가 온 게로군."

데말리옹이 중얼거렸다.

순간 데말리옹을 비롯한 그곳에 모인 모든 사람은 크게 당황했다. 포빌의 저택에 여전히 전화선이 연결돼 있으리라고는 아무도 생각지 못했던 것이다.

경찰청장이 전화기에 다가갔다. 벨 소리가 또다시 울렸다.

경찰청장이 단언했다.

"아마 경찰청에서 걸려온 전화겠지. 긴급히 전해야 할 소식이 있나 보군."

세 번째 벨 소리….

경찰청장은 수화기를 들었다.

"여보세요…. 무슨 일입니까?"

하지만 수화기 저편의 목소리는 너무 희미하고 감이 멀어서 그저 웅얼거리는 소리처럼 들렸다. 경찰청장이 소리쳤다.

"조금 더 크게 말씀해보세요…! 뭐라고요? 뭐라고 말씀하시는 겁니까? 누구시지요?"

상대가 몇 마디를 말하자 데말리옹은 순간 넋이 나간 듯했다….

"여보세요…! 무슨 말씀인지…. 다시 한 번 말씀해보세요…. 여보세요…. 누구라고요?"

"돈 루이스 페레나요."

상대는 좀 더 또렷한 목소리로 대답했다.

"뭐? 뭐라고요? 돈 루이스… 페레나?"

경찰청장은 수화기를 내려놓으려다 말고 투덜거렸다.

"장난 전화야…. 웬 할 일 없는 놈이 심심풀이로 이 짓을 하는 거라고."

하지만 자신도 모르게 수화기를 들고 퉁명스러운 목소리로 통화를 이어갔다.

"그게 무슨 말입니까? 당신이 돈 루이스 페레나라고?"

"그렇습니다."

"용건이 뭐예요?"

"지금이 몇 시입니까?"

"몇 시냐고!"

청장은 왈칵 성을 냈다. 이 질문이 터무니없어서가 아니라 그제야 목소리의 주인공이 틀림없이 돈 루이스 페레나라는 사실을 깨달았기 때문이다.

청장은 흥분을 가라앉히며 대꾸했다.

"무얼 어쩌자는 겁니까? 이건 또 무슨 수작이지? 지금 대체 어디에 있는 겁니까?"

"내 집에 있습니다. 철문 위, 다시 말해 서재의 천장 속에 갇혀 있지요."

경찰청장은 어리둥절한 표정으로 중얼거렸다.

"천장 속에?"

"그렇습니다. 솔직히 말해 좀 녹초가 된 상태입니다."

이 상황에 점점 흥미를 느끼기 시작한 데말리옹은 장난기 섞인 어투로 대꾸했다.

"곧 구해드리지요."

"그 일은 나중에 해도 됩니다, 청장님. 우선 제 질문에 대답부터 해주십시오…. 더 시간을 끌다간 말할 기력조차 없을 것 같으니…. 지금 몇 시입니까?"

"아! 나참…!"

"제발 말씀해주세요…."

"3시가 되기 20분 전입니다."

"20분 전이라고!"

돈 루이스는 느닷없이 엄습한 공포로 갑자기 기력을 되찾은 듯했다. 희미한 목소리에 다시 힘이 실렸다. 돈 루이스는 명령조와 애원조를 섞어가며 확신에 찬 목소리로 지시를 내렸다.

"당장 거기서 나오십시오, 청장님…. 모두 떠나야 합니다…. 그 저택을 벗어나야 한단 말입니다…. 3시가 되면 그 건물이 통째로 날아가 버릴 겁니다…. 확실합니다. 장담합니다…. 네 번째 편지 도착일에서 열흘 후란 바로 오늘을 말하는 겁니다. 그 편지들의 도착일이 결과적으로 열흘씩 미뤄지지 않았습니까…. 그러니 분명 오늘 새벽 3시에 일이 터질 겁니다. 베베르 부국장이 오늘 아침에 발견한 종이 위에 뭐라고 적혀 있었는지 기억 안 나십니까? '폭발은 편지들과 무관하게 새벽 3시에 일어난다는 사실을 명심할 것.' 바로 오늘 새벽 3시를 말하는 겁니다, 청장님! 아! 당장 떠나십시오, 제발…. 아무도 그 안에 남아 있으면 안 된다고요…. 내 말을 믿으셔야 합니다…. 전 이제 이 사건의 진상을 모두 알고 있단 말입니다…. 아무리 막으려고 애를 써본들 이 위협은 실행에 옮겨지게 돼 있습니다…. 그러니 당장 떠나세요…. 당장…. 아! 이런 끔찍한 일이…. 아무래도 내 말을 믿지 않는 것 같군요…. 하지만 난 이제 더 이상 말할 힘조차 없습니다…. 모두 당장 그곳을 떠나요…."

돈 루이스는 그 후에도 몇 마디를 덧붙였지만 데말리옹은 무슨 말인지 도통 알아들을 수 없었다. 그리고 통화가 중단됐다. 수화기 저편에서는 여전히 절박하게 외치는 소리가 들려 왔지만 돈 루이스의 입에서 수화기가 멀리 떨어졌는지 그 소리가 까마득히 멀게 느껴졌다.

청장은 수화기를 내려놓고 웃으며 말했다.

"여러분, 지금 시각은 3시가 되기 17분 전입니다. 앞으로 17분 후면 우리 모두 공중으로 날아가 버릴 거라고 하는군요. 어쨌든 우리의 친절한 친구, 돈 루이스 페레나의 주장은 그렇습니다."

이 소식을 접한 사람들은 애써 장난으로 그 위협을 받아넘기려고 했지만 마음 한구석에서는 어쩔 수 없이 불편한 기운이 슬며시 번지고 있었다. 베베르 부국장이 물었다.

"돈 루이스가 확실합니까, 청장님?"

"그렇습니다. 자신의 서재 위에 있는 어느 구멍에 갇혀 있는 모양인데 허기와 피로로 약간 제정신이 아닌 듯했습니다. 마즈루, 지금 당장 가서 붙잡아 버리게…. 만약 그자가 또다시 수작을 부리는 게 아니라면 말이지. 영장은 갖고 있겠지?"

마즈루 반장은 얼굴이 하얗게 질린 채 데말리옹 청장에게 다가갔다.

"청장님, 그 사람이 분명 우리 모두 공중으로 날아가 버릴 거라고 말했습니까?"

"그래, 그렇게 말했네. 베베르가 셰익스피어의 책 속에서 발견한 쪽지를 내세우며 그렇게 주장하더군. 폭발이 틀림없이 오늘 밤에 일어날 거라고 말이야."

"새벽 3시에요?"

"그래, 새벽 3시. 그러니까 앞으로 딱 15분 후에."

"그런데도 여기 계속 있겠다고요, 청장님!"

"무슨 소린가, 반장? 그렇다면 우리가 그자의 망상에 맞장단이라도 쳐야 한단 소린가?"

마즈루는 휘청거렸다. 그리고 잠시 망설이더니 격한 감정을 억누르지 못하고 평소 그토록 공경해 마지않던 청장에게 소리쳤다.

"청장님, 그건 절대 망상이 아닙니다. 전 돈 루이스와 함께 일해본 적이 있어서 그 사람이 어떤 인물인지 잘 알아요. 무언가를 주장했다면 반드시 그럴 만한 이유가 충분히 있을 겁니다."

"그릇된 이유겠지."

마즈루는 점점 더 흥분한 기색을 드러내며 애원조로 말했다.

"이런, 절대 아닙니다, 청장님. 단언컨대 그 사람의 말을 들어야 합니다···. 그 말대로 새벽 3시에··· 이 저택이 폭발할 테니···. 이제 몇 분밖에 남지 않았습니다···. 당장 이곳을 떠나야 합니다, 청장님···."

"그럼 도망치자는 말인가?"

"이건 도망치는 게 아닙니다, 청장님. 그저 예방 조치를 하는 것뿐이지요···. 굳이 목숨을 걸고 위험을 감수할 필요는 없지 않습니까. 그건 청장님 자신을 위해서도 그렇고요."

"그만하게···."

"하지만 청장님, 돈 루이스가 그렇게 말했다면···."

데말리옹은 매몰차게 쏘아붙였다.

"그만하라고 했네! 정 그렇게 겁이 나거든 내가 자네에게 내린 지시를 핑계 삼아 당장 돈 루이스의 집으로 도망치면 될 게 아닌가."

마즈루는 발뒤꿈치를 모으고 옛 군인처럼 거수경례를 붙이며 딱 부러지게 말했다.

"전 이곳에 남겠습니다, 청장님."

그리고 제자리에서 뒤로 돌아 원래 자신이 있던 구석진 자리로 되돌아갔다.

잠시 침묵이 흘렀다. 데말리옹은 뒷짐을 진 채 방 안을 서성이다가 치안국장과 사무국장에게 말을 건넸다.

"그래, 아마 두 분도 내 의견에 동의하시겠지요?"

"물론입니다, 청장님."

"당연히 그리 생각할 수밖에 없지 않습니까? 우선 이 가정은 그 타당성을 입증할 어떤 진지한 근거도 갖고 있지 않습니다. 게다가 이렇게 철통같이 감시하고 있는데 어떻게 그런 일이! 폭발물이 하늘에서 뚝 떨어질 리는 없을 테고 누군가 던져야 할 텐데, 도대체 어떻게 어디로 던지겠습니까?"

"편지와 같은 방식으로 배달될 수도 있겠지요."

사무국장이 대담하게도 불쑥 대답했다.

"뭐라고요? 그럼 당신은 그자의 주장을 믿는 겁니까…?"

사무국장은 아무런 대답도 하지 않았고 데말리옹 청장도 말을 맺지 못했다. 사실 데말리옹 역시 다른 사람들처럼 불편한 감정을 느끼고 있었고, 그 감정은 시간이 지날수록 점차 견디기 어려울 정도로 고통스럽게 변해갔다.

새벽 3시…! 이 몇 마디가 머릿속에 계속 맴돌았다. 청장은 시간을 두 차례 확인했다.

아직 12분이 남아 있었다. 이제 10분이 남아 있었다. 정말 단지 사악하고 강력한 의지만으로 이제 곧 이 저택이 통째로 날아가 버리고 마는 걸까?

"어리석은 소리야! 어리석은 소리!"

청장은 발을 구르며 소리쳤다.

하지만 하나같이 경직된 동료들의 얼굴을 둘러보고 그만 할 말을 잃고 말았다. 그리고 자신의 심장도 기분 나쁘게 조여드는 듯했다.

물론 두려워서 그런 건 아니었다. 그곳에 모여 있는 다른 사람들도 마찬가지였다. 하지만 청장부터 말단 경찰에 이르기까지 그곳에 있는 모든 사람은 돈 루이스라는 자의 영향력에 흔들리고 있었다. 그들은 이미 그 인물이 얼마나 비범한 일들을 해냈는지, 이 어두운 모험을 얼마나 경이로운 솜씨로 헤쳐왔는지 두 눈으로 똑똑히 보았던 것이다. 의식적으로든 무의식적으로든, 원하든 원하지 않든, 그들은 이 인물을 천부적인 재능을 지닌 특별한 존재라고 생각했다. 더불어 전설에 가까울 정도로 대담하고 천재적이며 초인적인 통찰력을 지닌, 그 놀라운 아르센 뤼팽과 도저히 따로 떼어내 생각할 수 없는 존재로 여겼다.

그리고 지금 바로 그 뤼팽이 그들에게 도망치라고 말하고 있었다. 추격당하고 쫓기는 신세인 뤼팽이 자신들에게 위험을 경고하기 위해 스스로 백기를 든 셈이다. 그리고 그 위험은 바로 눈앞에 다가와 있었다. 이제 7분, 아니 6분만 지나면 이 저택은 통째로 날아가 버릴 것이다.

마즈루는 마음을 모두 비운 듯 무릎을 꿇고 성호를 그은 다음 나지막한 목소리로 기도문을 읊었다. 그 모습이 마음에 깊은 파문을 일으켜 사무국장과 치안국장은 경찰청장에게 다가가려고 했다.

경찰청장은 얼른 고개를 돌리고 계속 방 안을 서성거렸다. 하지만 마음속에서는 불안감이 점점 커졌다. 그리고 전화상으로 들은 말들이 귓가에 계속 맴돌았다. 페레나의 거부할 수 없는 권위, 열렬한 간청, 격정적인 확신이 마음을 뒤흔들었다. 청장은 페레나의 활약상을 두 눈으로 똑똑히 보았다. 정황이 이러한데, 그러한 인물의 경고를 무시할 수는 없는 노릇 아니겠는가.

"이곳을 떠납시다."

경찰청장이 말했다.

이 말은 한없이 침착한 어조에 실려 나왔다. 그리고 말을 들은 사람들 역시 이 같은 판단을 그저 지극히 평범한 현상에 따른 당연한 결과로 받아들였다. 자리를 떠나는 그들은 조금도 서두르지 않았고 허둥거리지도 않았다. 도망자 같은 모습은 전혀 없었고 오히려 안전 조치에 자발적으로 따르는 사람들처럼 질서정연하게 행동했다.

문턱에 이르자 그들은 경찰청장이 먼저 지나갈 수 있게 길을 비켜주었다.

"아닙니다. 먼저 가십시오. 나는 뒤에서 따라가겠습니다."

청장은 전등을 그대로 켜놓은 채 맨 마지막으로 방을 나섰다.

현관에 이르자 부국장에게 호루라기를 한 번 불어달라고 부탁했다. 모든 경찰관이 집결하자 경찰청장은 그들과 수위를 내보내고 마지막으로 자신도 나온 다음 문을 닫았다.

그런 뒤 대로를 지키고 있던 경찰관들을 불러 모아 명령했다.

"모두 저택에서 멀리 떨어지도록. 그리고 군중도 최대한 멀리 밀어내도록…. 신속하게 행동해야 하네, 알겠나? 그리고 앞으로 15분 후 저택으로 되돌아오는 걸세."

"청장님, 청장님은요? 설마 여기 계속 머물러 계시지는 않으시겠지요?"

마즈루가 중얼거렸다.

데말리옹은 웃으며 말했다.

"물론 아니지. 이왕 이렇게 우리의 친구인 페레나의 충고를 따르기로 한 이상, 끝까지 한번 가봐야 하지 않겠나."

"이제 2분밖에 남지 않았습니다."

"우리의 친구 페레나는 2시 58분이 아니라 3시에 폭발이 일어난다고 했네. 그러니…."

경찰청장은 치안국장과 사무국장, 그리고 마즈루와 함께 대로를 지나 맞은편 비탈을 올라갔다.

마즈루가 말했다.

"아무래도 엎드려야 할 것 같습니다."

청장은 여전히 유쾌한 어조로 대꾸했다.

"좋네, 엎드리세. 하지만 만약 폭발이 일어나지 않는다면 나는 내 머리에 총알을 박을 걸세. 이렇게 우스운 꼴을 보이고서는 더 이상 살아갈 수 없을 듯하니."

마즈루가 단호하게 말했다.

"분명 폭발이 일어날 겁니다, 청장님."

"자네, 돈 루이스를 절대적으로 신뢰하는군."

"그건 청장님도 마찬가지인 듯한데요."

두 사람은 이내 입을 다물었다. 그리고 초조함에 휩싸인 채 가슴을 옥죄는 불안감을 떨쳐 내려고 애썼다. 그들은 심장박동에 맞춰 1초, 1초 시간을 셌다. 마치 영겁의 시간 같았다.

어디선가 3시를 알리는 종소리가 들려왔다.

데말리옹은 조금 전과는 사뭇 달라진 목소리로 빈정거리며 말했다.

"그거 보게. 내 이럴 줄 알았지. 아무 일도 일어나지 않았어…. 하느님, 감사합니다!"

그러고는 곧 투덜거렸다.

"멍청하기 짝이 없군! 정말 멍청해! 어떻게 그런 일이 일어날 수 있으리라…."

그 순간 더 멀리 떨어진 곳에서 종소리가 들려왔고 뒤이어 이웃 저택 꼭대기에서도 종이 울렸다.

그런데 세 번째 종소리가 울리기 전 우지끈하는 소리가 들리더니 곧장 폭발이 일어났다. 그 무시무시하고 무자비한 폭발은 정말이지 순식간에 일어났다. 그곳에 모인 사람들의 눈앞에는 마치 거대한 불꽃놀이가 펼쳐지듯 엄청난 화염과 연기 속에서 커다란 돌덩이들과 잔해들이 솟구치는 광경이 펼쳐졌다. 그리고 끝이었다. 그야말로 화산이 폭발한 듯했다.

경찰청장은 돌진하며 소리쳤다.

"서두르게! 어서 소방차를 부르라고!"

그러고는 마즈루의 팔을 덥석 붙잡았다.

"당장 여기서 100미터 떨어진 곳에 있는 내 차로 달려가게. 그리고 그 차를 몰고 돈 루이스 집으로 가서 발견하는 즉시 구해내 이리로 데려오게."

"돈 루이스를 체포하라는 말씀이신가요, 청장님?"

"체포라니? 자네 미쳤나!"

"하지만 베베르 부국장님이…."

"베베르는 입 다물고 조용히 있어야 할 거야. 그건 내가 알아서 처리할 테니, 자네는 당장 떠나기나 하게."

만약 청장이 돈 루이스를 체포하라는 명령을 내렸어도 마즈루는 신속히 임무를 수행하러 갔을 것이다. 의무감으로 똘똘 뭉친 사내였으니 말이다. 하지만 이토록 발걸음에 흥이 실리지는 않았을 것이다. 사실 자신이 여전히 대장이라 부르는 상대를 겨냥해 싸움을 펼쳐야 할 때면, 눈가에 눈물이 고일 정도로 가슴이 미어지곤 했다. 하지만 이번에는 자신이 대장의 지원군, 아니 어쩌면 구원자 역할을 할 수도 있을 것이다.

분명 돈 루이스가 탈출했다고 판단한 데말리옹 청장의 지시에 따라 베베르 부국장은 지난 오후 돈 루이스의 저택 수색을 중단했고, 단지 경찰관 세 명만 그곳에 남겨놓아 경계 근무를 서게 했다. 마즈루는 1층의 한 방에서 교대로 근무를 서는 그들과 마주쳤다. 곧장 질문을 던져보았지만 그들은 아무 소리도 듣지 못했다고 대답했다.

마즈루는 대장과 단둘이 이야기를 나눌 요량으로 혼자 2층으로 올라가 거실을 지나 서재로 들어갔다.

그곳에 들어서자 갑자기 불안감이 엄습했다. 전등을 켜고 휙 둘러보니 대장을 찾을 어떠한 단서도 보이지 않았던 것이다.

"대장, 대장, 어디 계세요?"

마즈루는 여러 차례 돈 루이스를 불렀다.

아무런 대답도 들려오지 않았다.

'하지만 전화한 걸 보면 분명 이 근처에 있을 텐데.'

과연 저만치서 내려진 수화기가 눈에 띄었다. 마즈루는 양탄자를 뒤덮은 벽돌 조각과 석고 가루를 발로 헤치며 전화부스쪽으로 다가갔다. 그리고 전화부스의 불을 켠 순간, 자신의 머리 위 천장에 팔 하나가 삐죽 나와 있는 것을 발견했다. 천장은 그 팔 주위로 구멍이 뚫려 있었다. 하지만 어깨가 빠져나올 수 있을 만큼 큰 구멍은 아니어서 그 포로의 얼굴까지는 확인할 수 없었다.

마즈루는 의자에 뛰어 올라가 손을 만져보았고, 손에서 온기가 느껴지자 이내 마음을 놓았다.

"자넨가, 마즈루?"

무척 아득하게 들려오는 목소리가 중얼거렸다.

"예, 접니다. 어디 다친 데는 없으세요? 심각한 상태는 아니시지요?"

"괜찮네. 좀 멍할 뿐이야…. 기운도 영 없고…. 내 말 잘 듣게…."

"예, 듣고 있습니다…."

"내 책상으로 가서 왼쪽 두 번째 서랍을 열게. 그러면…."

"거기 뭐가 있습니까, 대장?"

"오래된 초콜릿 조각이 있을 걸세."

"저기…."

"어서, 알렉상드르. 배고파 죽을 지경이란 말일세."

잠시 뒤 돈 루이스는 좀 더 생기 있는 목소리를 되찾았다.

"이제 좀 살 것 같군. 잠시 기다릴 수 있겠어. 마즈루, 당장 부엌으로 뛰어가서 빵과 물을 가져다주게."

"곧 오겠습니다, 대장."

"아니, 이쪽으로 오지 말게. 플로랑스 르바셰르의 방에서 비밀 통로를 따라 걸어서 뚜껑문 밑에 놓인 사다리까지 걸어오게."

덧붙여 마즈루에게 돌을 움직이는 방법과 자신에게 비극적인 죽음을 안길 뻔했던 이 도관 속에 들어올 방법을 가르쳐주었다.

10분 만에 구출 임무는 완수됐다. 마즈루가 입구를 개방한 뒤 돈 루이스의 다리를 붙잡고 그 비좁은 토굴에서 끄집어냈던 것이다.

마즈루는 동정심이 가득 묻어나는 목소리로 신음하듯 말했다.

"이런, 맙소사, 대장. 어떻게 이러고 계셨어요! 이런 상황에서 어떻게 전화까지 걸었습니까? 아, 이제 알겠군요. 엎드린 채 계속 땅을 파고 또 판 거로군요…. 그것도 1미터도 넘게요! 먹은 것도 없어서 기운도 없으셨을 텐데, 정말 힘드셨겠습니다!"

돈 루이스는 침실로 들어가 자리에 앉았다. 그리고 빵을 두세 조각 집어삼키고 물을 마신 다음 이야기를 풀기 시작했다.

"더럽게 힘들었지, 젠장! 머릿속에는 이런저런 생각들이 빙빙 맴도는데 정작 두뇌는 제 기능을 상실한 상태라면, 정말이지 그저 죽길 바라는 수밖에 없지 않겠나. 게다가 공기까지 부족해서 숨도 제대로 못 쉬었어. 하지만 자네도 방금 봤듯이 난 계속 땅을 파고 또 팠어. 반쯤 잠이 든 채 악몽을 꾸듯 그렇게 용을 써댔지. 자, 이것 보게. 내 손가락이 엉망진창이야. 하지만 머릿속에는 온통 그 빌어먹을 폭발 생각밖에 없었다네. 그리고 어떻게 해서든 자네에게 그 사실을 알려야 했지. 그래서 나는 계속 땅을 팠네! 정말 고된 작업이었어! 그런데 갑자기 어느 한 순간 내 손이 허공을 가르는 거야. 그리고 손이 쑥 빠지더니 뒤

이어 팔 전체가 빠져나갔지. 내 팔이 당도한 곳이 어디였는지 아나? 그래, 바로 전화기 위였네. 벽을 더듬다가 전선이 만져지기에 곧장 그 사실을 알아챘지. 그런 다음 전화기를 잡으려고 족히 30분 동안 온갖 꾀를 동원해야 했네. 팔이 너무 짧아서 전화기에 닿지 않았거든. 결국 끈으로 올가미를 만들어 수화기를 낚아채는 데 성공했지. 그리고 수화기를 입에 가까이 대려고 노력했다네. 그래도 최소한 내 입에서 30센티미터는 떨어져 있었어. 그래서 상대가 들을 수 있도록 소리를 친 걸세! 목청껏 소리를 지른 거지! 목이 다 아플 지경이었어! 그런데 결국 끈마저 툭 끊어지더군…. 그리고… 그리고 나는 녹초가 됐네…. 게다가 어쨌든 자네 동료에게 경고했으니 그다음 일은 자네들이 알아서 처리해야 했던 거고.”

돈 루이스는 마즈루를 쳐다보았다. 그리고 이미 대답을 다 안다는 표정으로 질문을 던지기 시작했다.

“폭발은 일어났겠지?”

“예, 대장.”

“새벽 3시 정각에?”

“그렇습니다.”

“물론 데말리옹 청장이 저택을 비우도록 지시를 내렸을 테고?”

“그렇습니다.”

“마지막 순간에?”

“예, 마지막 순간에요.”

돈 루이스는 웃으며 말했다.

"청장이 그렇게 고집을 부릴 줄 알았지. 마지막 순간에 가서야 마지못해 백기를 들 거라 예상했어. 가엾은 마즈루, 자네에게는 정말 끔찍한 15분이었겠군. 분명 자네는 내 말을 처음부터 철석같이 믿었을 테니까."

돈 루이스는 말을 하면서도 쉴 새 없이 빵을 먹었다. 한 입씩 입으로 들어갈 때마다 서서히 평소의 활기를 되찾는 듯했다.

"허기란 게 참 묘하더군! 멀쩡한 사람의 정신까지 쏙 빼놓을 수 있는 거였어! 이제 나도 허기에 익숙해지는 훈련을 좀 해야겠네."

"하지만 대장, 지금 대장의 모습을 보고 그 누가 마흔여덟 시간 가까이 굶은 사람이라고 생각하겠습니까?"

"아! 그거야 기본 체력이 원체 탄탄하니까 버틸 힘이 어느 정도 비축돼 있어서 그렇지. 앞으로 30분 후면 완전히 다른 사람이 돼 있을 걸세. 샤워와 면도만 하면 말이지."

몸단장을 마친 뒤 돈 루이스는 마즈루가 준비한 달걀과 차가운 고기가 놓인 식탁에 앉았다.

그리고 식사를 마치자마자 자리에서 벌떡 일어나며 외쳤다.

"자, 이제 출동!"

"그렇게 서두르실 필요 없습니다, 대장. 우선 몇 시간이라도 좀 주무십시오. 청장님도 기다려주실 겁니다."

"미쳤군! 마리 안 포빌은 어떻게 하고?"

"포빌 부인이요?"

"물론이지, 그럼 내가 마리 안과 소브랑을 감옥에 놔둘 것 같나? 단 1초도 지체할 시간이 없어, 이 친구야."

마즈루는 대장이 아직 제정신을 회복하지 못했다고 생각했다. 단번에 마리 안과 소브랑을 구하겠다니, 무슨 요술 지팡이라도 갖고 있단 말인가! 아니, 그건 실현 불가능한 과욕일 뿐이다! 그렇게 생각하면서 마즈루는 지금 막 자고 나온 사람처럼 다시금 활기차고 생생해진 새로운 페레나를 경찰청장의 자동차로 데리고 갔다.

페레나가 마즈루에게 말했다.

"이거, 어깨가 으쓱해지는군. 경찰청장이 내게서 경고 메시지를 받고 고민하다가 결정적인 순간에 복종했단 사실이 날 아주 뿌듯하게 만든단 말이지. 내 깜찍한 신호에 따라 그 신사분들이 모두 대피했다니, 이거, 내가 그들에게 얼마나 커다란 영향력을 행사하고 있단 소리야! '조심하세요, 여러분. 지옥에서 걸려온 전화입니다, 조심하세요! 새벽 3시에 폭탄이 터질 겁니다. 그럴 리가 없습니다! 확실합니다! 그걸 어떻게 아십니까? 그냥 아니까 알지요. 증거가 무엇입니까? 내가 말하는 것 자체가 증거입니다. 그래! 당신이 그렇게 말한다면⋯.' 그렇게 3시가 되기 5분 전에 모두 저택을 빠져나갔단 말이야. 아! 내가 겸손함으로 똘똘 뭉친 인간이니 망정이지⋯!"

두 사람은 마침내 쉬셰 대로에 도착했다. 저택 주위에는 수많은 인파가 몰려 있어서 그들은 그쯤에서 차에서 내려야 했다. 마즈루는 저택 접근을 막는 경계선을 넘어서 돈 루이스를 맞은편 비탈로 안내했다.

"여기서 기다리세요, 대장. 당장 청장님께 말씀드리고 오겠습니다."

그 맞은편, 먹구름이 채 가시지 않은 창백한 새벽하늘 아래에는 폭발이 휩쓸고 간 자리가 펼쳐져 있었다. 겉으로 보기에는 피해 정도가 생각보다 심각한 것 같지 않았다. 깨진 창문 사이로 군데군데 내려앉은 지붕 잔해가 보이기는 했지만, 어쨌든 건물은 여전히 버티고 서 있었다. 심지어 엔지니어 포빌의 작업실조차 그다지 훼손 정도가 심한 것 같지 않았다. 게다가 희한하게도 청장이 떠나기 전 끄지 않은 전등마저 여전히 켜진 상태 그대로였다. 정원과 보도에는 부서진 가구 잔해들이 쌓여 있었고 그 주변을 경찰들과 군인들이 지키고 있었다.

"저를 따라오세요, 대장."

마즈루는 돈 루이스를 포빌의 작업실로 안내했다.

바닥 일부가 허물어져 있었고, 통로 근처의 왼쪽 외벽에는 금이 가 있었다. 인부 두 명이 천장을 지탱하기 위해 근처 목공소에서 조달한 들보 몇 개를 세우고 있었다. 하지만 전반적으로 보면 폭발은 주모자가 기대한 만큼의 피해를 주지 못한 듯했다.

데말리옹은 전날 그 방에서 같이 밤을 보낸 사람들과 검찰청의 여러 고위 관료들과 함께 그곳에 있었다. 베베르만 막 자리를 뜨고 없었다. 자신의 숙적과 마주치고 싶지 않았던 것이다.

돈 루이스가 나타나자 사람들이 술렁거렸다. 경찰청장이 곧바로 다가와 말을 건넸다.

"정말 감사합니다, 선생. 아무리 입이 닳게 찬사를 한다 해도 당신의 혜안을 표현하기에는 부족할 겁니다. 당신이 우리 모두의 목숨을 살렸습니다. 저를 비롯한 여기 계시는 모든 사람은 이 사실을 당신께 분명히 말씀드리고 싶었습니다. 게다가 제 경우에는 벌써 두 번이나 당신 덕분에 목숨을 건졌지요."

"제게 감사를 표하고 싶으시다면 매우 간단한 방법이 하나 있습니다, 청장님. 제 임무를 끝까지 이행할 수 있도록 허락해 주십시오."

돈 루이스가 대답했다.

"당신의 임무요?"

"그렇습니다, 청장님. 지난밤 제가 한 일은 그저 시작에 불과합니다. 제 궁극적인 목표는 마리 안과 소브랑의 석방입니다."

데말리옹은 미소를 지었다.

"아! 이런!"

"지나친 부탁인가요, 청장님?"

"부탁이야 얼마든지 할 수 있지요. 다만 상식에서 어긋나지 않는 부탁을 해야 들어줄 수 있지 않겠습니까. 그런데 아시다시피 그 사람들의 유무죄를 결정짓는 것은 제 소관이 아닙니다."

"그건 그렇지요. 하지만 만약 제가 무죄를 입증한다면 그들에게 이 사실을 알려 주실 수는 있겠지요?"

"물론입니다. 반론의 여지가 없게 증명한다면야."

"반론의 여지가 없을 겁니다…."

사실 돈 루이스의 자신감 넘치는 태도는 그 어느 때보다 데말리옹의 마음을 강렬하게 사로잡았다. 그래서 넌지시 이렇게 말했다.

"우리의 초동수사 결과가 아마도 당신에게 어느 정도 도움이 될 겁니다. 조사 결과에 따르면, 폭탄은 틀림없이 여기 이 통로 입구의 바닥 판자 바로 아래에 설치돼 있었을 겁니다."

"그다지 도움이 안 됩니다, 청장님. 그런 건 부차적인 세부 사항일 뿐이니까요. 지금 중요한 건 청장님이 이 사건의 전모를 아시는 겁니다. 물론 단지 말로만 제 말을 믿어달라고 우기지는 않을 겁니다."

경찰청장은 돈 루이스에게 좀 더 바짝 다가갔다. 사법관들과 경찰관들 역시 주위로 모여들었다. 모두 열에 들떠 초조하게 돈 루이스의 말 한마디, 동작 하나하나를 눈여겨보았다. 이미 용의자를 체포하는 커다란 성과를 올렸음에도 여전히 안갯속에 감춰진 그 묘연한 진실이 드디어 밝혀지는 것인가?

방 안에는 엄숙한 기운이 감도는 가운데 모두가 가슴을 졸이고 있었다. 돈 루이스가 폭발을 예고한 이후로 사람들은 그의 말을 기정사실로 받아들일 마음의 준비가 돼 있었다. 사람들은 자신을 끔찍한 재앙에서 구해준 이 대단한 인물의 말이라면 제 아무리 허무맹랑한 이야기라도 철석같이 믿을 태세였던 것이다.

돈 루이스가 말했다.

"청장님, 청장님께서는 간밤에 네 번째 편지가 도착하기를 기다리셨지만 그 수수께끼 같은 편지는 결국 나타나지 않았습니다. 하지만 이제 곧 예상하지 못한 기적이 일어나 그 편지가 나타나는 광경을 우리의 두 눈으로 똑똑히 목격하게 될 겁니다. 그러면 이 모든 범죄가 오직 단 한 사람의 손에 저질러졌다는 사실을 알 수 있을 겁니다…. 그리고 그 사람이 누구인지도 알 수 있습니다…."

그러고 나서 마즈루를 바라보며 말했다.

"반장, 최대한 이 방을 어둡게 해주십시오. 덧문이 떨어져 나갔으니 커튼을 치고 방문도 닫아주세요. 청장님, 이 전등은 그저 무심코 켜두신 겁니까?"

"그렇습니다. 당장 꺼드리지요."

"잠깐만요…. 혹시 여기 누구 손전등 가진 분 안 계십니까? 아니면… 아니, 됐습니다. 이게 적당할 것 같군요."

촛대에 양초가 하나 꽂혀 있었다. 돈 루이스는 양초를 들고 불을 붙였다.

그리고 전등을 껐다.

어둑해진 방 안에서 촛불이 바람을 타고 흔들거렸다. 돈 루이스는 손바닥으로 촛불을 보호하며 탁자로 다가갔다.

"오래 기다릴 필요는 없을 겁니다. 제 예상대로라면 몇 초 후 진실이 스스로 모습을 드러낼 테니까요. 제가 들춰내는 것보다 그편이 훨씬 나을 겁니다."

누구 하나 입을 열지 않았던 이 몇 초는 그곳에 있었던 모든 사람의 머릿속에 영원히 잊지 못할 강렬한 순간으로 각인되었다. 얼마간의 시간이 흐른 후 데말리옹은 한 인터뷰를 통해 당시 상황을 전하며, 그때 자신은 간밤의 소동과 이 뜻밖의 광경에 신경이 극도로 흥분해 있었던 탓에 갑자기 누군가 무기를 들고 저택을 습격한다거나 유령이 나타날지도 모른다는 별별 터무니없는 생각들이 떠올랐다고 자조 섞인 우스갯소리를 던졌다.

청장은 호기심에 이끌려 돈 루이스를 유심히 관찰했다. 탁자의 가장자리에 걸터앉은 돈 루이스는 고개를 약간 뒤로 젖혀 허공을 멍하게 바라보며 빵 조각을 뜯어먹거나 초콜릿을 깨물어 먹었다. 허기져 보이기는 했으나 한없이 평온한 모습이었다.

반면 다른 사람들은 마치 엄청난 육체적 노동이라도 하는 것처럼 잔뜩 경직된 태도였다. 그들의 얼굴은 거의 우거지상처럼 일그러져 있었다. 지난밤 폭발 사고에 대한 기억이 앞으로 벌어질 일에 대한 불안감만큼이나 극도의 긴장 상태로 빠져들게 했기 때문이다. 벽에는 촛불이 만든 그림자가 어른거렸다.

돈 루이스 페레나가 예상했던 것보다는 좀 더 오랜 시간이 흘렀다. 한 30~40초가 흘렀을까. 그곳에 모인 사람들에게는 그 순간이 마치 영겁의 시간처럼 느껴졌다. 마침내 페레나가 손에 들고 있던 촛불을 약간 치켜들고 중얼거렸다.

"자, 이겁니다."

동시에 모든 사람은 그 광경을 똑똑히 보았다…. 편지 한 장이 천장에서 내려오고 있었다. 바람 한 점 없는 날 나무에서 잎사귀 하나가 떨어지듯이 천천히 원을 그리며 내려왔다. 편지는 돈 루이스를 살짝 스치고는 탁자의 다리 두 개 사이 바닥에 사뿐히 내려앉았다.

돈 루이스는 그 종이를 주워 데말리옹에게 건네며 말했다.

"이겁니다, 총장님. 이게 바로 간밤에 나타나기로 예고됐던 그 네 번째 편지입니다."

3
증오의 화신

데말리옹은 어떻게 된 영문인지 이해하지 못한 채 페레나와 천장을 번갈아 쳐다보았다.

페레나가 말했다.

"결코 마법이 아닙니다. 누군가 위에서 편지를 떨어뜨린 것도 아니고 천장에 구멍이 뚫려 있는 것도 아니지만 알고 보면 매우 간단한 현상입니다."

"아! 매우 간단하다고요!"

"예, 청장님. 겉으로 보기에는 이 모든 것이 마치 흥미를 유발하려는 한없이 복잡한 마술 같겠지요. 하지만 단언하건대 실은 매우 간단합니다…. 동시에 끔찍할 정도로 비극적인 일이기도 하고요. 마즈루 반장, 커튼을 걷고 방 안을 최대한 밝게 만들어주십시오."

마즈루가 명령을 이행하는 동안 데말리옹은 네 번째 편지를 대강 훑어보았다. 그 내용은 지난 편지들의 내용을 되풀이하는 수준에 그칠 뿐이어서 그다지 중요해 보이지 않았다. 그러는 사이 돈 루이스는 인부들이 구석에 놓고 간 접이식 사다리를 방 한가운데로 들고 와서 펼친 다음 그 위로 올라갔다.

사다리 꼭대기에 걸터앉자 이제 전등이 손만 뻗으면 닿을 거리에 있었다.

그 실내등은 금으로 도금한 거대한 구리 테와 그 아래로 주렁주렁 매달린 크리스털 장식들로 이루어져 있었다. 내부에는 세 개의 전구가 있었는데, 그 전구들은 전선을 감추고 있는 삼각형 구리판의 모서리마다 한 개씩 끼워져 있었다.

돈 루이스는 전선을 끄집어내 자른 다음 전등을 해체하기 시작했다. 하지만 작업에 박차를 가하기 위해 곧 망치를 건네받아 샹들리에를 천장에 고정하는 갈고리 주변의 석고를 부숴야 했다.

"좀 도와주세요."

마즈루에게 말했다.

마즈루는 사다리를 타고 올라갔다. 두 사람은 샹들리에를 함께 붙잡아 사다리 아래로 내려보냈고, 곧바로 경찰관들이 건네받아 탁자 위에 힘겹게 올려놓았다. 보기보다 훨씬 무거웠다.

재빨리 살펴보니 각 변의 길이가 20센티미터인 정육면체 형태의 금속 상자가 샹들리에 위에 얹혀 있었다. 바로 그 상자가 갈고리 사이에 끼인 채 천장 속에 박혀 있었기 때문에 방금 돈 루이스가 상자를 감추고 있던 석고 부분을 깨부숴야 했던 것이다.

"세상에, 이게 다 무엇입니까!"

데말리옹이 소리쳤다.

"직접 열어보시지요, 청장님. 뚜껑이 저기 있군요."

페레나가 대답했다.

데말리옹은 뚜껑을 열었다. 그 속에는 톱니바퀴와 용수철 등이 들어 있었는데, 요컨대 시계 작동 장치와 매우 유사한 복잡하고 정교한 장치가 설치돼 있었다.

"제가 좀 봐도 되겠습니까, 청장님?"

돈 루이스가 말했다.

그 장치를 걷어내자 아래에 있던 또 다른 장치가 모습을 드러냈다. 첫 번째 장치와 톱니바퀴 두 개로만 연결돼 있었고, 외형은 필름을 출력하는 자동 장치를 연상케 했다.

상자 맨 밑바닥, 즉 상자가 천장에 닿는 부위에는 반원 형태의 홈 하나가 파여 있었다. 그리고 홈 가장자리에는 배달될 준비를 마친 편지 한 장이 놓여 있었다.

돈 루이스가 말했다.

"이것이 바로 마지막 다섯 번째 편지입니다. 그리고 물론 그 안에도 고발의 내용이 담겨 있을 테고요. 청장님, 잘 보시면 아시겠지만 원래 이 샹들리에는 중앙에 네 번째 전구가 끼워져 있었습니다. 그런데 이러한 은밀한 용도로 개조하면서 편지가 빠져나갈 공간을 만들려고 제거해버린 겁니다."

그러고 나서 곧 자세한 설명을 덧붙였다.

"그러니 지금까지 우리가 받았던 모든 편지는 바로 여기, 이 상자 바닥에 있었던 겁니다. 시계 장치로 작동되는 기발한 기계가 정해진 시각에 편지들을 하나하나 낚아채서 전구와 크리스털 장식 사이에 감춰져 있던 이 홈 가장자리로 밀어내 허공으로 떨어뜨린 거지요."

돈 루이스 주변에 모여 있던 사람들은 하나같이 입을 다물었다. 아무래도 다소 실망한 듯했다. 물론 이 장치가 무척 기발한 것은 사실이었다. 하지만 그들은 속임수나 기계보다는 예상치 못한 무언가를 기대했던 것이다.

"조금만 기다리십시오, 여러분. 상상을 초월하는 끔찍한 무언가가 기다린다고 예고하지 않았습니까. 절대 실망하지 않으실 겁니다."

경찰청장이 말했다.

"좋습니다. 이곳에서 편지가 떨어졌다는 사실은 인정합니다. 하지만 여전히 풀리지 않는 의문점들이 여럿 있는 데다, 그중에서도 특히 더더욱 이해되지 않는 사실이 있어요. 어떻게 범인들이 샹들리에를 그런 식으로 개조할 수 있었단 말입니까? 경찰들이 철저히 지키고 있는 이 저택 안에서, 그것도 밤낮으로 진을 친 이 방 안에서, 어떻게 그런 작업을 쥐도 새도 모르게 할 수 있었단 말입니까?"

"대답은 간단합니다, 청장님. 그 작업은 경찰이 저택을 감시하기 전에 이루어졌습니다."

"그러니까 살인 사건이 일어나기 전이란 말씀입니까?"

"살인 사건이 일어나기도 전이지요."

"그렇다는 증거라도 있습니까?"

"청장님께서 방금 하신 말씀이 바로 그 증거입니다. 다른 식으로는 도저히 생각할 수 없지 않습니까."

데말리옹은 짜증 섞인 목소리로 소리쳤다.

"그럼 어서 말해보십시오, 선생! 우리에게 폭로할 중대한 사실을 알고 있다면서, 대체 왜 이리 뜸을 들이는 겁니까?"

"청장님, 청장님도 제가 밟아왔던 그 길을 그대로 따라와 진실에 다가가는 편이 나을 겁니다. 편지의 비밀을 알게 됐으니 이제 진실은 우리가 생각하는 것보다 훨씬 가까운 곳에 있습니다. 만약 범인을 의심하지 못할 정도로 흉악한 내막을 숨기고 있지 않았더라면, 아마도 청장님께서는 진작 범인을 알아내셨을 겁니다."

데말리옹은 페레나를 유심히 바라보았다. 페레나의 말 한마디 한마디가 지닌 중요성을 눈치챘다. 그러자 곧 극심한 불안감에 사로잡혔다.

"그러니까 당신의 주장은 포빌 부인과 가스통 소브랑을 고발하는 이 편지들이 단지 두 사람을 파멸시키고자 이곳에 놓여 있었다는 겁니까?"

"그렇습니다, 청장님."

"그리고 그 편지들은 살인 사건이 벌어지기 전에 이곳에 놓여 있었으니 음모는 살인 사건 이전에 이미 짜여 있었다는 이야기고요?"

"그렇습니다, 청장님. 살인 사건 이전입니다. 먼저 포빌 부인과 가스통 소브랑이 결백하다는 시각으로 이 사건을 한번 바라보십시오. 그러면 두 사람이 일련의 고의적인 행동들로 그 모든 혐의를 받게 되었음을 확신할 수밖에 없을 겁니다. 살인 사건이 벌어진 날 포빌 부인이 외출한 이유는… 음모입니다! 포빌 부인이 범행이 벌어지는 동안 무엇을 했는지 밝힐 수 없는 이유도… 음모입니다! 별안간 뮈에트 구역을 산책한 이유, 친척인 소브랑이 저택 주변을 배회한 이유… 이 역시 음모입니다! 사과에 남은 잇자국, 바로 포빌 부인의 잇자국은… 이 가운데서도 가장 악랄한 음모이지요! 분명하게 말하지만 이 모든 일은 사전에 치밀하게 꾸며졌습니다. 말하자면 누군가 일일이 저울질하고 라벨을 붙이고 순서까지 매겨가며 계획한 것이지요. 모든 사건이 지정된 시간에 정확히 일어났습니다. 어느 것 하나도 우발적으로 일어난 일이 없습니다. 일류 장인의 솜씨와 비견해도 좋을 만큼 정교하게 짜맞춘 작품이지요. 너무나 탄탄하게 짜여 있어서 외부 요인에도 전혀 흔들리지 않는, 그래서 그 모든 시스템이 지금까지 정확하게 끄떡없이 돌아간, 바로 그런 작품입니다…. 자, 이 상자 속에 들어 있는 시계 장치를 보십시오. 이 사건의 성격을 명백하게 보여주는 가장 완벽한 상징물입니다. 아울러 가장 확실한 설명을 제시하기도 하고요. 살인 사건이 채 벌어지기도 전에 그 범인을 고발하는 편지들이 부쳐졌고, 그 후 지정된 날짜와 시간에 맞춰 그 편지가 한 장씩 배달됐다는 사실을 증명하고 있으니까요."

데말리옹은 한동안 생각에 잠기다가 이의를 제기했다.

"하지만 포빌이 직접 쓴 이 편지 안에는 자신의 부인을 고발하는 내용이 담겨 있습니다."

"그렇지요."

"그렇다면 자신의 부인을 고발한 남편의 말이 맞든지, 그 편지가 가짜든지, 둘 중 하나라고 결론지어야 하는 겁니까?"

"그 편지는 가짜가 아닙니다. 모든 감정사가 포빌의 친필임을 인정하지 않았습니까."

"그렇다면?"

"그러니까⋯."

돈 루이스는 대답을 마무리 짓지 않았다. 데말리옹은 자신 주위에 진실의 숨결이 감돌고 있음을 더욱 생생히 느꼈다.

다른 사람들 역시 그와 마찬가지로 불안감에 휩싸여 숨을 죽이고 있었다. 청장이 중얼거렸다.

"이해할 수 없군요⋯."

"아닙니다, 청장님. 청장님은 잘 알고 계십니다. 범인이 포빌 부인과 가스통 소브랑을 함정에 빠뜨릴 음모의 하나로 우리에게 편지를 보냈으니, 당연히 그 편지의 내용 또한 두 사람을 파멸시키고자 사전에 작성했다는 사실을요."

"아니, 뭐라고요! 그게 무슨 말입니까?"

"앞서 한 말을 되풀이한 것뿐입니다. 두 사람이 결백하다고 인정하는 순간, 그들에게 쏠린 모든 혐의는 음모의 결과일 뿐이라는 사실이 드러난다는 이야기지요."

그리고 다시 침묵이 흘렀다. 청장은 혼란스러운 기색을 감추지 않았다. 돈 루이스의 눈을 응시하며 천천히 말했다.

"범인이 누구든 간에 증오로 빚어진 이 작품보다 더 끔찍한 사건을 여태껏 본 적이 없습니다."

돈 루이스는 점점 더 흥분하며 말했다.

"상상하시는 것보다 훨씬 더 기괴한 사건입니다, 청장님. 소브랑의 고백을 듣지 못한 청장님은 이 사건 안에 얼마나 커다란 증오가 도사리고 있는지 상상조차 못 하실 겁니다. 저는 그 사내의 이야기를 들으면서 증오가 얼마나 뿌리 깊은 것인지 생생히 느낄 수 있었습니다. 그리고 그 이후부터 이 증오라는 감정에 기반을 두어 제 모든 사고가 이루어졌지요. 대체 누가 이토록 지독한 증오를 품을 수 있단 말인가? 마리 안과 소브랑을 희생자로 만든 증오의 정체는 과연 무엇일까? 사악한 천재성을 발휘해 그토록 치밀하게 짜인 그물로 두 희생자를 옭아맨 수수께끼 같은 인물은 누구인가? 그리고 이보다 더 오래전부터 제 사고의 길잡이가 되어준 또 다른 사실이 하나 있었습니다. 여러 차례 제게 충격을 주었고 마즈루 반장에게도 이미 언급한 바 있는 사실인데, 그건 바로 이 편지들이 너무나 수학적으로 정확하게 나타났다는 사실입니다. 이토록 중요한 증거가 지정된 시간에 정확하게 맞춰 도착한다는 사실은, 반드시 그래야만 할 필연적인 이유가 있기 때문이라고 생각했습니다. 무슨 이유일까요? 만약 **사람의 개입**이 있었다면, 적어도 사법 당국이 이 사건에 촉각을 세우고 편지가 나타나는 광경을 목격하려고 방 안에서 보초를 선 다음부터는 사람의 의지가 제동을 걸어 그토록 정확하게 편지가 나타날 수 없었을 겁니다. 하지만 그 모든 장애물을 뛰어넘고 편지들은 **나타나지 않으면 안 되는 것처럼** 계속 나타났지요. 이러한 정황을 고려하자 편지가 어떻게 배달되었는지 차츰 갈피가 잡히더군요. 즉 그 편지들은 물리적인 법칙에 따라 더할 수 없이 엄밀하게 가동되며 한번 가동되면 중단시킬 수 없는, 눈에 보이지 않는 어떤 절차를 따라 기계적인 방식으로 나타나는 것입니다. 거기에는 어떠한 지능이나 의식적인 의지도 없이, 오로지 물리적인 인과관계만 존재했던 겁니다. 이 두 가지 생각, 즉 무고한 두 사람을 궁지로 몰아녕은 원한과 그 **증오의 화신**이 세운 계획을 이루는 데 사용된 기계에 대한 생각, 이 두 생각이 충돌하면서 작은 불꽃이 일어났습니다. 그리고 제 머릿속에서 두 생각이 합쳐져 갑자기 한 가지 생각이 번뜩 떠오르더군요. 다름 아닌 포빌이 엔지니어란 사실 말입니다!"

사람들은 일종의 압박감과 거북함을 느끼며 돈 루이스의 이야기를 듣고 있었다. 점차 드러나는 비극의 전모는 그들의 불안감을 누그러뜨리기는커녕 고통스러울 정도로 고조시켰다.

데말리옹이 이의를 제기했다.

"편지들이 지정된 날짜에 나타난 건 사실이지만, 도착 시각은 매번 다르지 않았습니까?"

"다시 말해 우리가 감시 근무할 때 주위가 어두웠는가, 그렇지 않은가에 따라 도착 시각이 달라졌습니다. 바로 이 점에 착안해 수수께끼의 정답을 알아낼 수 있었습니다. 이제 우리 모두 알게 된 사실처럼, 만약 필수적인 예방 조치에 따라 편지들이 어둠을 틈타서만 나타난다면 불이 켜져 있을 때에는 그 편지가 상자에서 빠져나가지 못하도록 하는 어떤 장치가 있었을 겁니다. 그리고 그 장치는 틀림없이 이 방 안에 있는 스위치로 작동됐을 테고요. 그 외에 다른 설명은 있을 수 없습니다. 따라서 우리가 여태껏 상대해왔던 대상은 바로 시계 장치를 통해 오직 정해진 날짜의 특정 시간에만 고발 편지들을 배달하는, 그것도 전등이 꺼져 있을 때에만 배달하는 자동 배달 기계였던 것입니다. 그 기계가 여러분 눈앞에 있습니다. 분명 전문가들도 기계의 정교함에 감탄하며 제 주장을 사실로 인정할 것입니다. 그런데 기계가 방 안에 설치된 사실과 그 안에서 포빌이 쓴 편지들이 발견된 사실로 미루어볼 때, 이쯤에서 전기 엔지니어였던 포빌이 기계를 만든 장본인이라고 감히 단정 지을 수 있지 않겠습니까?"

또다시 포빌의 이름이 악몽처럼 등장했다. 거론될 때마다 매번 그 이름의 의미는 더욱 명확히 규정되었다. 처음에는 그저 포빌이었다가 곧 엔지니어 포빌이 되었고 이제는 전기 엔지니어 포빌이니 말이다. 이렇게 이 **증오의 화신**(돈 루이스의 표현대로)의 이미지는 더욱 또렷한 윤곽을 갖추어갔고, 기괴한 범죄 사건에 익숙해질 대로 익숙해진 경찰들에게조차 공포의 전율을 안기고 있었다. 진실은 더 이상 그들 주변을 배회하지 않았다. 이제 그들은 진실과 싸우고 있었다. 목을 조르고 쓰러뜨리는 보이지 않는 적과 싸우듯 말이다.

경찰청장은 긴장된 목소리로 자신의 복잡한 심경을 압축해서 말했다.

"그러니까 결국 포빌이 자기 부인과 부인을 사랑하는 남자를 파멸시키려고 이 편지들을 썼다는 이야기입니까?"

"그렇습니다."

"그렇다면…."

"예, 말씀해보십시오."

"자신이 죽음의 위협을 받고 있다는 사실을 깨닫자, 만약 자신이 사망한다면 자기 부인과 친구에게 그 혐의가 쏠리기를 바랐다는 겁니까?"

"그렇습니다."

"그리고 그들의 사랑에 복수하고 자신의 원한을 풀고자 모든 정황이 그 두 사람을 살인범으로 지목하길 원했던 거고요?"

"그렇습니다."

"결국… 포빌은 자신이 꾸민 저주받은 음모의 일환으로, 음… 뭐라고 말해야 하나…? 자신을 죽일 살인범의 공범이 됐다는 이야기로군요. 포빌은 죽음 앞에서 공포로 몸을 떨었습니다…. 발버둥쳤지요…. 그런데 그런 그가 원한을 풀려고 자신의 죽음을 이용했다니. 내가 제대로 이해한 게 맞습니까? 그 말이지요?"

"거의 맞습니다, 청장님. 청장님은 지금 제가 걸어왔던 경로를 그대로 따라오고 있는 겁니다. 그리고 저처럼 마지막 진실 앞에서 망설이고 있지요. 이 사건에 한없이 비인간적이고 음산한 기운을 드리우는 마지막 진실 앞에서요."

경찰청장은 갑자기 분노가 치밀어 올라 두 주먹으로 탁자를 내리쳤다.

그런 뒤 소리쳤다.

"말도 안 돼! 정말이지 황당한 가설입니다! 죽음의 위협을 받고 있던 포빌이 그토록 끈질기고 교묘하게 자기 부인의 파멸을 꾀했다니…. 그럴 리가 있나! 당신도 보았다시피, 내 사무실로 찾아왔던 사내의 머릿속에는 오직 단 한 가지 생각밖에 없었습니다. 어떻게든 죽지 않으려고 했단 말입니다! 단 한 가지 두려움이 그의 정신을 온통 점령하고 있었습니다. 죽음에 대한 두려움 말입니다! 자신의 목숨이 위협받고 있는 판국에 기계를 개조하고 함정을 놓는다는 건 상식적으로 말이 되지 않습니다.

게다가 그 함정이란 게 자신이 죽었을 때만 빛을 발하는 것이라면, 이건 더더욱 있을 수 없는 일입니다. 그러니까 당신 말인즉 포빌이 기계를 개조하고, 자신이 세 달 전 직접 작성해 친구에게 보낸 뒤 다시 가로챈 편지들을 그 안에 집어넣었고, 자기 부인이 범인으로 의심받게끔 여러 가지 상황을 꾸미고선 '자, 이제 안심하고 죽을 수 있겠어. 내가 죽으면 마리 안이 체포될 테니까'라고 했다는 건데…. 천만에! 인간이라면 그토록 섬뜩하게 차곡차곡 죽음을 대비할 순 없는 법입니다. 혹시… 혹시 자신이 살해당할 거라고 확신했다면 모를까…. 죽음을 받아들였다면, 말하자면 살인범과 타협하고 목을 대주었다면, 그랬다면…."

청장은 방금 자신이 내뱉은 말에 놀란 듯 문득 말을 멈추었다. 다른 사람들 역시 당황한 기색이 역력했다. 그곳에 있던 사람들은 자신들도 미처 의식하지 못한 채 청장이 방금 흘린 말이 뜻하는, 그러나 그들 자신은 아직 완전하게 감지하지 못한 결론을 도출해냈다.

돈 루이스는 청장에게서 눈을 떼지 않고 필연적으로 나올 수밖에 없는 그다음 말을 기다렸다.

데말리옹이 중얼거렸다.

"이런, 설마 포빌이 살인자와 타협했다고 주장하려는 건 아니겠지요."

"저는 아무 말도 하지 않았습니다, 청장님. 청장님은 그저 자연스러운 논리적 흐름에 따라 사고함으로써 그러한 생각에 도달하신 겁니다."

"예, 그래요, 나도 압니다. 하지만 나는 지금 당신의 가설이 얼마나 터무니없는지를 증명하려는 겁니다. 당신의 가설이 사실이라면, 그래서 마리 안 포빌이 결백하다면, 이폴리트 포빌이 자신을 겨냥한 살인 사건에 가담했다는 해괴망측한 결론에 이르는 겁니다. 이 얼마나 우스운 이야기입니까!"

실제로도 청장은 웃음을 터트렸다. 하지만 억지웃음을 동반한 부자연스러운 웃음이었다.

"이래저래 결국에는 그런 결론에 이른다는 사실을 당신도 부인하지 못할 겁니다."

청장이 덧붙였다.

"부인하지 않겠습니다."

"그렇다면?"

"청장님이 말씀하신 대로 포빌은 자신을 겨냥한 살인 사건에 가담했습니다."

돈 루이스는 세상에서 가장 평온한 말투로 말했다. 하지만 그 안에는 누구도 감히 반박할 수 없을 만큼 강력한 확신이 배어 있었다. 그곳에 모인 사람들은 돈 루이스의 은근한 압력에 떠밀려 일련의 추론과 가설의 과정을 거친 끝에 이제는 막다른 골목에 처해 있었다. 이렇게 된 이상 그들은 몇몇 난해한 문제들을 풀지 않고는 이 막다른 골목을 벗어날 수 없는 처지였다. 포빌이 자신을 겨냥한 살인 사건에 가담했다는 사실은 이제 확실해졌다. 하지만 포빌의 가담은 과연 어떤 성격을 띠었을까? 이 증오와 살인으로 얼룩진 참극에서 담당한 역할은 무엇일까? 자신을 죽음으로 내몰고 갈 역할을 자발적으로 담당했던 걸까, 어쩔 수 없이 감당했던 걸까? 그리고 무엇보다 과연 누가 포빌의 공범자 혹은 협박자 역할을 했던 걸까?

이러한 의문들이 데말리옹과 그곳에 있던 모든 사람의 머릿속에 물밀듯 밀려들었다. 이제 그들은 이 의문들을 풀어야겠다는 일념밖에 없었다. 이러한 분위기를 감지한 돈 루이스는 자신이 제안할 해답이 이미 받아들여진 것이나 다름없다고 확신했다. 반박의 가능성을 원천 봉쇄했으니 이제 지난 일들을 풀어내기만 하면 되는 것이다. 돈 루이스는 요점만 간추린 보고서를 올리듯 간단명료하게 사건을 요약했다.

"범행이 일어나기 석 달 전, 포빌은 자신의 친구인 랑제르노에게 일련의 편지를 쓰기 시작했습니다. 그런데 마즈루 반장한테서 이미 보고 받아 알고 계시겠지만, 랑제르노는 여러 해 전에 사망한 사람이었습니다. 그리고 포빌도 틀림없이 그 사실을 알고 있었을 겁니다. 이 편지들이 발송되었고 곧바로 어떤 방법을 통해 누군가 가로챘지요. 어떤 방법인지에 대한 의문은 잠시 묻어둬도 좋을 것 같습니다. 어쨌든 포빌은 소인과 주소를 지운 다음, 편지들을 특별한 용도로 개조한 기계 속에 집어넣었습니다. 그러고는 자신이 사망하고 나서 보름 후에 첫 번째 편지가 배달되도록, 그리고 나머지 편지들은 그로부터 열흘 간격으로 배달되도록 기계 장치를 조작해놓았습니다. 이미 이때 철두철미하게 계획이 짜여 있었을 겁니다. 소브랑이 자기 부인을 사랑한다는 사실을 알고 행보를 감시해왔던 포빌은 증오스러운 연적이 매주 수요일마다 저택 창가를 지나가고, 그때마다 마리 안 포빌이 창가에 서 있다는 사실을 분명히 눈치챘을 겁니다. 바로 이것이 제게 결정적인 단서를 제공한 매우 중요한 사실입니다. 그리고 이제 곧 여러분에게도 구체적인 증거를 드러내며 적잖은 충격을 안겨줄 것입니다. 다시 한 번 말씀드리겠습니다. 매주 수요일 저녁 소브랑은 저택 주변을 배회했습니다. 그런데 이 점을 주목해보십시오. 첫째, 포빌이 계획했던 범죄는 바로 수요일 저녁에 벌어졌습니다. 둘째, 포빌 부인이 사건 당일 저녁 오페라 극장과 데르생제 부인의 무도회에 갔던 이유는 순전히 남편의 적극적인 권유 때문이었습니다."

돈 루이스는 잠시 말을 멈춘 뒤 다시 이야기를 이어갔다.

"따라서 문제의 수요일 아침, 모든 준비가 완료돼 있었던 겁니다. 그 불행을 초래할 시계는 태엽이 감겨 있었고 범행을 폭로할 기계는 완벽하게 작동될 것이었으며 포빌이 모아둔 증거들은 또 다른 증거들에 의해 연거푸 재확인될 예정이었습니다. 게다가 청장님, 청장님께서는 포빌에게서 한 통의 편지를 받으셨지요. 포빌은 그 편지를 이용해 자신을 겨냥한 음모를 폭로했고, 더불어 다음 날 아침에 자신을 도와달라고 요청했습니다. **자신의 사망 다음 날**에 말이지요! 요컨대 증오의 화신의 뜻대로 모든 일이 척척 풀릴 참이었습니다. 하지만 그때 포빌의 계획을 헝클어뜨릴 뻔한 사건이 하나 발생했습니다. 난데없이 베로 형사가 등장한 겁니다. 청장님께서 직접 코스모 모닝톤의 상속자들에 관한 정보를 입수하라고 지시를 내렸던 그 베로 형사 말입니다. 두 사람 사이에 무슨 일이 벌어졌던 걸까요? 아마 그건 영영 알 수 없을 겁니다. 둘 다 이미 저세상 사람이 되어 그들의 비밀 역시 영영 묻혀 버렸으니까요. 그래도 최소한 우리는 베로 형사가 이곳에 왔다는 사실, 그리고 처음으로 호랑이 이빨 자국이 목격된 그 초콜릿 조각을 바로 이곳에서 가져 왔다는 사실만은 확언할 수 있습니다. 또한 베로 형사는 우리가 영영 알 수 없을 일련의 정황을 통해 포빌의 계획을 눈치챘습니다. 이 또한 우리 모두 알 수 있는 분명한 사실입니다. 베로 형사가 극심한 공포에 사로잡힌 채 직접 자신의 입으로 그렇게 말했으니까요! 베로 형사는 당일 밤 살인 사건이 벌어진다고 예고했고, 중간에 가로채진 그 편지에 자신이 아는 내용을 적어놓았습니다. 그리고 포빌 역시 그 사실을 알고 있었지요. 그래서 자신의 계획을 훼방 놓는 가공할 적을 제거하기 위해 베로 형사에게 독을 주입한 겁니다. 그런데 독 기운이 너무 늦게 퍼지자, 대범하게도 가스통 소브랑에게 혐의가 돌아가기를 바라며 그와 비슷한 행색으로 변장해 베로 형사를 뒤쫓아 퐁 뇌프 카페에 들어갔고, 베로 형사가 청장님께 진상을 밝히려고 쓴 편지를 백지로 바꿔치기했습니다. 그리고 차후 소브랑에게 불리한 진술을 할 증인을 만들 요량으로 지나가는 사람에게 소브랑의 거처가 있는 뇌이로 가는 선로 방향을 물었던 겁니다. 자, 이것이 포빌의 정체입니다, 청장님."

돈 루이스는 확신에서 우러나오는 열의로 점점 더 강력하게 말했다. 논리적이고 정확한 논고는 마치 당시 상황을 눈앞에 펼쳐서 보여주는 듯했다.

그런 뒤 거듭 말했다.

"이것이 포빌의 정체입니다. 파렴치한 악당이지요. 당시 포빌이 처해 있던 상황이 바로 이러했습니다. 그리고 베로 형사가 자신의 계획을 폭로할까 봐 그토록 두려워했지요. 포빌은 자신이 작정한 끔찍한 행동을 실천에 옮기기 전에 자신의 희생자가 숨이 끊어졌는지, 그래서 자신을 고발할 수 없는지 확인하기 위해 경찰청에 왔던 겁니다. 청장님, 당시 그자가 얼마나 동요하고 공포에 떨었는지 떠올려보십시오. '청장님, 절 보호해주세요…. 저는 죽음의 위협을 받고 있습니다… 내일이면 저는 살해당할 겁니다….' 그렇습니다, 그자는 내일, 바로 그다음 날에 자신을 도와달라고 요청했습니다. 그날 저녁이면 모든 일이 마무리될 것이고, 따라서 다음날 경찰관들이 현장에 도착했을 때는 그들 앞에 자신의 시체가 놓여 있으리라는 사실을 알았던 겁니다. 그러면 자신이 직접 증거를 모아 함정에 빠뜨린 두 남녀, 그중에서도 특히 마리 안 포빌이 경찰의 의심을 받으리라고 계산한 겁니다. 그래서 그날 밤 9시에 마즈루와 제가 포빌의 집을 방문했을 때 그토록 당황했던 것입니다. 웬 난데없는 불청객인가 싶었겠지요. 그리고 혹여 이 불청객들이 자신의 계획을 망쳐버리지는 않을까 걱정했을 겁니다. 하지만 잠시 생각한 끝에 그다지 걱정할 필요가 없다고 판단했습니다. 더욱이 우리가 하도 끈질기게 나오자 마지못해 우리의 요구에 응했던 것입니다. 사실 우리가 그곳에 머무르는 게 뭐가 그리 큰 문제였겠습니까? 워낙 철저하게 준비해놓았던 터라 우리가 제아무리 감시한다고 한들 계획을 저지시킬 수도, 심지어 눈치챌 수도 없을 텐데 말이지요. 우리가 현장에 있어도 어차피 일어날 일들은 감쪽같이 일어나게 돼 있었습니다. 말하자면 포빌의 부름에 달려오고 있던 죽음은 어차피 위력을 떨칠 예정이었습니다. 그리고 곧 희극이, 아니 비극이 각본대로 펼쳐집니다. 포빌의 작전대로 오페라 극장으로 외출한 포빌 부인이 밤 인사를 하러 옵니다. 그런 다음 하인이 포빌에게 요깃거리를 가지고 오지요. 그중에는 사과가 담긴 그릇도 있고요. 그러고 나서 분노의 발작, 즉 끔찍한 죽음을 앞둔 사내의 고뇌가 이어집니다. 그렇게 온갖 거짓 연기를 펼치면서 우리에게 금고 속에 있던 회색 수첩을 보여주지요. 그 수첩 안에 음모의 진상이 담겨 있다면서요. 그렇게 연극은 막이 내립니다. 마즈루와 저는 방문을 닫고 복도로 물러났습니다. 혼자 남은 포빌은 이제 자유롭게 행동할 수 있게 되었습니다. 그 어떤 것도 하고자 하는 일을 가로막을 수 없었지요. 밤 11시, 포빌 부인은(분명 그날 오후 포빌은 소브랑의 필체를 흉내 내 자기 부인에게 편지 한 장을 보냈을 겁니다. 받는 즉시 찢어버릴 그런 편지 말이지요. 다시 말해 그 편지에는 제발 라넬라그로 자신을 만나러 와달라는 간청이 담겨 있었을 겁니다) 오페라 극장을 떠났고 데르생제 부인의 연회에 참석하기 전 약 한 시간 동안 저택 주변을 산책했습니다. 한편 그곳에서 500미터 떨어진 맞은편에서는 소브랑이 수요일이면 으레 그렇듯 자신만의 성지 순례를 하고 있었습니다. 그러는 사이 저택 안에서는 범행이 이루어진 거지요. 자, 이제 두 사람은 포빌이 넌지시 던진 암시와 퐁 뇌프 카페 사건으로 경찰의 주목을 받게 되었고 마땅한 알리바이도 제공할 수 없으며 저택 주변을 배회한 이유조차 설명하지 못할 처지가 됐습니다. 그러니 이 두 사람이 어떻게 혐의를 받지 않을 수 있었으며, 어떻게 유력한 용의자로 몰리지 않을 수 있었겠습니까? 그래도 만에 하나 벌어질 상황을 대비해 포빌은 경찰관들이 쉽게 찾을 수 있을 만한 곳에 반박할 수 없는 증거 하나를 놓아두었습니다. 마리 안 포빌의 잇자국이 새겨진 사과를 말이지요! 게다가 그로부터 몇 주 후에 최종적이고도 결정적인 계략이 본격적으로 펼쳐집니다. 고발의 편지가 열흘 간격으로 홀연히 나타났던 거지요. 이렇게 모든 것이 사전에 조작됐습니다. 아주 사소한 부분까지 사악한 꾀로 계산되었던 겁니다. 청장님, 금고 속에서 발견된 제 반지에서 떨어져 나온 터키석을 기억하고 계시지요? 단 네 사람만이 그 터키석을 목격하고 주울 수 있었습니다. 그중에는 포빌도 있었고요. 그런데 우리가 제일 먼저 용의 선상에서 제외한 사람이 바로 포빌입니다. 하지만 바로 그자가 일찌감치 제게 누명을 씌워 위험한 개입을 차단하고자 저절로 굴러들어온 그 기회를 포착해 터키석을 금고 속에 집어넣었던 겁니다! 이제 그의 작품이 완성되었습니다. 예정된 운명이 곧 이루어질 참이었지요. 증오의 화신은 여기서 이제 단 한 동작만 취하면 자신의 먹잇감을 낚아챌 수 있었습니다. 그리고 마침내 그 동작이 이루어졌지요. 포빌이 죽은 겁니다."

돈 루이스는 입을 다물었다. 한동안 침묵이 흘렀다. 자신의 이야기가 청중들로부터 절대적인 호응을 이끌어냈다는 확신이 들었다. 그 누구도 시시비비를 따지려 하지 않았다. 그들은 그저 믿을 뿐이었다. 하지만 돈 루이스가 믿기를 요구하는 그 진실이 청중들에게 엄청난 당혹감을 안겨준 것만은 사실이다.

데말리옹은 마지막 질문을 던졌다.

"그 당시 당신은 마즈루 반장과 복도에 있었습니다. 밖에는 경찰관들이 있었고요. 포빌이 그날 밤 정확히 그 시각에 누군 가 자신을 죽이리라는 사실을 알았다고 칩시다. 하지만 도대체 누가 그때에 맞춰 자신과 그의 아들을 죽일 수 있었단 말입니 까? 방 안에는 아무도 없지 않았습니까?"

"포빌이 있었지요."

갑자기 방 안 여기저기에서 항의의 소리가 터져 나왔다. 이 사건을 가리고 있던 베일이 단번에 찢겨 나갔다. 하지만 돈 루 이스가 적나라하게 공개한 그 광경은 공포와 더불어 불신의 불 꽃을 느닷없이 솟구치게 했다. 마치 지금까지 그러한 어처구니 없는 설명을 지나치게 호의적으로 들어준 데 대한 일종의 반발 같기도 했다.

경찰청장은 모든 사람의 심정을 이렇게 요약했다.

"그만! 이제 억측은 그만두세요! 아무리 논리적인 것처럼 보 여도 결국 터무니없는 결론으로 귀결되지 않습니까."

"겉으로 보기에는 터무니없지요, 청장님. 하지만 포빌의 그 기상천외한 행동이 지극히 자연스러운 이유로 설명될 수 있을 지, 그 누가 알겠습니까? 그래요, 그저 복수하고자 기쁜 마음으 로 목숨을 끊는 사람은 없을 겁니다. 하지만 아마 청장님도 저 처럼 눈치채셨을 겁니다. 포빌의 얼굴이 유독 야위고 창백했다 는 사실을요. 그러니 누가 알겠습니까? 포빌이 어떤 치명적인 병에 걸렸고, 그래서 자신이 죽을 것을 알고선…."

경찰청장이 소리를 질렀다.

"그만하라고 했습니다. 당신은 계속 추측으로만 논리를 전개 하고 있어요. 그런데 제가 원하는 건 증거입니다. 단 한 개라도 좋으니 증거가 필요합니다. 여기 있는 모든 사람은 지금 그 증거를 기다리고 있단 말입니다."

"여기에 그 증거가 있습니다, 청장님."

"뭐라고요! 그게 무슨 말입니까?"

"청장님, 실은 아까 제가 석고에서 샹들리에를 떼어낼 때 금속 상자 위에서 봉인된 봉투 한 장을 발견했습니다. 이 샹들리에는 포빌의 아들이 사용하던 다락방 아래에 있었으니, 분명 포빌은 그 다락방의 마루판자를 들어 올려 자신이 고안한 기계의 상단 부분에 손을 댈 수 있었을 것입니다. 그렇게 포빌은 마지막 날 밤에 이 봉인된 봉투를 거기에 놓아두었을 테지요. 게다가 이 편지 안에 범행 날짜와 서명까지 적어놓았습니다."

3월 30일, 밤 11시

이폴리트 포빌

봉투는 데말리옹 청장의 다급한 손길로 이미 개봉된 상태였다. 데말리옹은 그 안에 담긴 편지에 눈길을 던지자마자 진저리쳤다.

"아! 나쁜 놈, 천하에 몹쓸 놈, 이토록 끔찍한 괴물이 있을 수 있나? 아! 구역질이 나는군!"

그러고는 충격을 받아 더욱 잠기고 떨리는 목소리로 내용을 읽기 시작했다.

내 목표는 달성되었다. 나의 시간이 도래했다. 내가 잠재운 에드몽은 전신에 퍼지는 독 기운에도 깨지 않은 채 평온하게 죽어갔다. 이제는 내 죽음의 시간이 시작됐다. 나는 온갖 지옥의 형벌을 받는 듯 고통스럽다. 겨우 손을 움직여 이 마지막 몇 줄을 끄적일 수 있을 뿐이다. 고통스럽다. 고통스럽다. 하지만 동시에 말할 수 없이 커다란 행복감에 취해 있다! 이 행복은 지금으로부터 넉 달 전 에드몽과 함께 런던을 여행했을 때부터 시작되었다. 그때까지는 끔찍하기 짝이 없는 인생을 꾸역꾸역 살아왔다. 이미 끈질긴 병마에 지칠 대로 지친 상태에서 건강은 나날이 나빠졌고, 나를 싫어하고 다른 남자를 사랑하는 아내에 대한 증오심을 감춰야 했을뿐더러 허약하고 비실비실한 아들의 모습을 지켜보아야만 했다. 하지만 그날 오후, 한 유명한 의사를 찾아가 진단을 받은 끝에 이제 분명히 알게 되었다. 그동안 암이 나를 좀먹고 있었다. 더불어 나와 마찬가지로 내 아들 에드몽도 저세상으로 가는 중이라는 사실을 알았다. 에드몽은 손쓸 수 없는 말기 폐결핵 환자였다.

바로 그날 저녁, 내 머릿속에서 기막힌 복수 계획이 탄생했다. 이 얼마나 멋진 복수란 말인가! 고발, 서로 죽고 못 사는 두 남녀를 겨냥한 섬뜩하기 그지없는 고발. 교도소! 중죄재판소! 강제 노역! 교수대! 도움의 손길도 없고 희망도 없는 암흑의 구렁텅이! 아무리 결백한 상대라 할지라도 본인조차 자신의 결백을 의심하게 해 결국 입을 다물고 절망과 무기력에 빠뜨리는 숱한 증거들! 이 얼마나 멋진 복수인가…! 이 얼마나 준엄한 심판이란 말인가! 그래, 너희는 결백하지만 너희를 고발하는 여러 증거와 너희가 유죄라고 소리치는 현실에 맞서 허무하고도 처절하게 몸부림쳐야 할 것이다!

나는 한없는 기쁨에 젖은 채 이 모든 일을 준비해왔다. 새로운 착상이 떠오를 때마다, 새로운 묘안이 떠오를 때마다 절로 웃음이 터져 나왔다. 아! 그동안 얼마나 행복했던가! 암? 내가 암 때문에 고통스러우리라고 생각하겠지? 천만에, 절대 그렇지 않다. 영혼이 환희로 전율하는데 그깟 육체의 고통이 무슨 대수겠는가? 과연 지금 내가 독으로 타는 듯한 고통을 느끼고 있을까?

난 행복하다. 내가 자초한 죽음, 그건 그들에게는 고통의 시작을 의미한다. 그러니 그들에게 행복의 시작을 의미하는 덧없는 죽음을 맞이할 때까지 꾸역꾸역 살 필요가 도대체 무엇이란 말인가? 그리고 에드몽도 어차피 죽을 목숨이니, 서서히 죽어가는 고통에서 해방하고 그의 죽음을 마리 안과 소브랑의 혐의를 증폭시키는 데 이용하는 게 여러모로 합리적이지 않겠는가?

이제 정말로 끝이다! 고통에 굴복해 잠시 펜을 놓을 수밖에 없었다. 이제 조금 괜찮아졌다…. 정말 한없이 고요하구나! 저택 안팎에서 경찰들이 내 범죄를 감시하고 있다. 이곳에서 그리 멀지 않은 곳에서는 내 편지를 받고 나간 마리 안이 자기 애인이 오지 않을 약속 장소로 달려가고 있다. 그리고 그 애인은 자신의 여인이 나타나지 않을 창가 아래를 서성이고 있다. 아! 내 손아귀에서 놀아나는 작은 꼭두각시들! 춤을 추거라! 뛰어보아라! 세상에, 이토록 재미있을 수가! 예, 신사 숙녀 여러분, 당신들 목에 줄이 매달려 있습니다. 여보세요, 선생, 당신이 그날 아침 베로 형사에게 독을 주입하고 그것도 모자라 당신의 그 멋진 흑단 지팡이를 들고 베로 형사의 뒤를 쫓아 퐁 뇌프 카페로 따라 들어갔던 장본인 아닙니까? 물론이지, 당신이 아니면 누구겠습니까! 그리고 밤에는 이 아름다운 부인께서 나와 자신의 의붓아들을 독살시키는 겁니다. 증거? 물론 있지요. 이 사과가 증거입니다, 부인. **당신이 베어 물진 않았지만**, 어쨌거나 **당신의 잇자국이 발견될** 이 사과 말입니다! 이 얼마나 재미난 연극인지! 뛰어보아라! 춤을 추거라!

그리고 편지들! 고인이 된 랑제르노에게 발송한 편지들! 그것이야말로 내가 이룬 가장 뛰어난 성취이지. 아! 그 작은 기계를 고안하고 제작하면서 얼마나 커다란 기쁨을 맛보았던가! 놀랍도록 교묘한 장치가 아닌가? 기막히게 깔끔하고 정밀한 장치가 아닌가? 정해진 날짜에 첫 번째 편지가 짜잔! 그로부터 열흘 후에 두 번째 편지가 짜잔! 자, 그러니 내 딱한 친구들, 자네들은 이제 꼼짝없이 끝장이야. 춤을 추거라! 뛰어보아라!

어찌 된 영문인지 몰라 어리둥절한 모습을 하고 있을 모두를 상상하니 이렇게 웃음이 터져 나올 정도로 재미있다. 모두가 마리 안과 소브랑이 범인이라고 확신할 것이다. 하지만 그 밖의 모든 사실은 철저히 암흑 속에 묻힐 것이다. 결단코 그 어떤 것도 밝혀내지 못할 것이다. 몇 주 후 두 범인의 파멸이 기정사실로 확정되고, 그 편지들이 사법 당국의 손에 넘어가면 5월 25일 밤, 아니 26일 새벽 3시에 맞춰 거대한 폭발이 일어나 내 모든 음모의 흔적들은 송두리째 사라져버릴 테니까. 폭탄이 설치돼 있다. 샹들리에와 전혀 무관하게 작동되는 어느 장치가 특정 시간에 맞춰 그 폭탄을 터트릴 것이다. 그 옆에는 내 일기장이라고 말했던 회색 수첩과 독이 든 유리병, 주사기, 흑단 지팡이, 베로 형사의 편지 두 장, 요컨대 두 용의자를 구할 수 있는 모든 것들을 묻었다. 그러니 그 누가 진실을 알 수 있겠나? 천만에, 결단코 아무도 모를 것이다.

혹시… 혹시 어떤 기적 같은 일이 벌어진다면…. 혹시 폭탄이 벽과 천장을 무너뜨리지 못한다면…. 혹시 비범한 지능과 직관력을 지닌 천재가 나타나 내가 헝클어뜨린 실타래를 풀고 수수께끼의 심장부를 파고들어, 수개월 동안 추적을 거듭한 끝에 이 최후의 편지를 찾아낸다면….

그러한 인물이 존재할 수 없다는 사실을 알면서도, 혹시나 하는 마음에 그를 위해 이 편지를 쓰고 있다. 하지만 만에 하나 그런 자가 존재한다 해도 무슨 상관이랴! 이미 마리 안과 소브랑은 깊은 구렁텅이에 빠져 있을 테고 틀림없이 죽게 될 테니 말이다. 어찌 됐든 그 두 사람은 영영 헤어지지 않을 같은 운명으로 묶여 있을 테지. 그러니 이 증오의 진술서를 우연의 처분에 맡긴다고 해도 나로서는 조금도 잃을 게 없다.

자, 이제 정말로 끝났다. 서명만 하면 된다. 내 손이 점점 떨려 온다. 이마에서 식은땀이 뚝뚝 떨어진다. 지옥에 떨어진 사람처럼 고통스럽다, 그리고 동시에 신처럼 행복하다! 아! 내 친구들, 내 죽음을 애타게 기다리고 있었지! 아! 당신, 마리 안, 경솔한 사람 같으니라고! 당신이 내 아픈 모습을 은밀히 살펴볼 때마다 당신의 두 눈동자에 가득 담겨 있던 기쁨을 눈치채지 못했을 것 같나! 그런 식으로 당신들 두 사람은 장밋빛 미래를 장담하며 고고한 척 버틸 수 있었겠지. 자, 이제 너희가 바라던 대로 나는 죽는다. 이제 내 무덤 위에서 결혼반지 대신 수갑으로 둘이 하나가 되는 거야. 마리 안, 당신은 내 친구 소브랑의 아내가 되십시오. 소브랑, 자네에게 내 아내를 주겠네. 둘은 하나가 되리라. 예심판사가 혼인 신고서에 서명하고 사형 집행인이 혼인 미사를 집전하겠지. 오! 이 얼마나 커다란 기쁨인가! 아, 고통스럽다…. 오! 환희가 솟구친다…! 죽음조차도 근사하게 포장하는 이 선량한 증오심…. 죽는 게 너무나 행복하다…. 마리 안은 교도소에 갇히고, 소브랑은 사형수 전용 감방에서 눈물을 흘리고…. 그자의 감방 문이 열리는구나…! 아! 끔찍해라…! 검은 옷을 입은 남자들…. 그들이 침대로 다가가는구나. '소브랑, 당신의 항소는 기각되었습니다. 용기를 잃지 마십시오.' 아! 싸늘한 새벽 공기… 교수대…! 마리 안, 이젠 네 차례야, 네 차례라고! 사랑하는 애인이 죽었는데 목숨을 부지하며 살 텐가? 소브랑은 죽었어. 이제 네 차례라고! 자, 여기 밧줄이 있어. 독약으로 할 텐가? 어쨌든 죽어라, 방탕한 년…. 불꽃 속에서 타 죽어라…. 너를 증오하는 나처럼…. 너를 증오하는… 너를 증오하는….”

모두 아연실색한 가운데 데말리옹은 입을 다물었다. 청장은 마지막 몇 줄을 매우 힘겹게 읽었다. 끝으로 갈수록 글씨가 엉망이어서 거의 알아볼 수 없었기 때문이다.

경찰청장은 종이에 시선을 고정한 채 나지막한 목소리로 말했다.

"이폴리트 포빌…. 서명이 또렷이 적혀 있군요…. 이 역겨운 자가 제대로 서명을 남길 힘을 잠시 되찾았나 봅니다. 자신이 얼마나 추잡한 인간인지 사람들이 몰라줄까 봐 겁이라도 났던 것 같군요. 하긴 이런 음모가 숨어 있을지 그 누가 상상이나 할 수 있었겠습니까…?"

경찰청장은 돈 루이스를 바라보며 덧붙였다.

"우리가 경의를 표해야 할 비범한 통찰력과 재능이 없었다면 이 사실을 결코 알아낼 수 없었을 겁니다. 모두를 대표해 감사를 표하는 바입니다. 당황스럽게도 이 정신병자의 설명은 당신이 예측한 내용과 정확하게 일치합니다."

돈 루이스는 깍듯이 고개를 숙이고는 자신에게 헌정된 찬사에 대해 아무 대꾸 없이, 다만 이렇게 말했다.

"맞습니다, 청장님. 정신병자입니다. 그것도 위험하기 그지없는 정신병자였지요. 명석한 데다 한 가지 생각만을 맹목적으로 쫓는 정신병자였으니까요. 포빌은 기계의 법칙에 사로잡힌 엔지니어답게 치밀한 사고력과 초인적인 집념을 발휘해 자신의 계획을 실행해나갔습니다. 다른 사람들 같았으면 앞뒤 재지 않고 난폭하게 살인을 저질렀을 겁니다. 하지만 포빌은 장기간 공을 들여 살인을 저질렀습니다. 마치 자신이 만든 발명품의 우수성을 증명하려고 오랜 시간 정성을 들이는 과학자처럼 말이지요. 그리고 눈부신 성공을 거두었습니다. 사법 당국이 포빌이 파놓은 함정에 빠지는 바람에 포빌 부인이 죽게 생겼으니까요."

데말리옹은 결단을 내린 듯했다. 모든 일은 과거사일 뿐이며 더 자세한 내막은 앞으로 차차 적절한 조사를 통해 파헤치면될 것이다. 지금 중요한 것은 단 한 가지, 마리 안 포빌의 목숨을 구하는 것이다.

"맞습니다. 조금도 지체할 시간이 없습니다. 포빌 부인에게즉시 이 사실을 알려야 합니다. 동시에 예심판사를 소집하겠습니다. 분명 곧 무혐의 판결이 내려질 겁니다."

청장은 서둘러 수사를 재개해 돈 루이스의 모든 가설을 확인해보라는 지시를 내렸다. 그러고는 돈 루이스 쪽으로 몸을 돌리며 말했다.

"함께 갑시다, 선생. 분명 포빌 부인이 자신의 구원자에게 감사를 표하고 싶어 할 겁니다. 마즈루, 자네도 따라오게."

돈 루이스가 자신의 천재성을 유감없이 발휘했던 그날 모임은 이렇게 끝났다. 말하자면 저승의 세력들과 결투를 벌여, 결국 죽은 자로 하여금 자신의 비밀을 폭로하게 한 것이다. 포빌은 어둠 속에서 꾸며지고 무덤 속에서 실현된 그 끔찍한 복수의 실체를 마치 현장에 있었던 사람처럼 생생히 폭로했다.

데말리옹은 침묵과 고갯짓으로 상대에게 경도된 마음을 내비쳤다. 그리고 페레나는 반나절 전만 해도 경찰의 추격을 받던 자신이 경찰청장과 나란히 차 안에 앉아 있는 묘한 상황에 짜릿한 쾌감을 느끼고 있었다. 지금 상황은 페레나의 비범한사건 해결 능력과 그가 이룬 성과에 대한 사람들의 드높은 평가를 단적으로 보여주는 것이다. 경찰들이 페레나의 협조를 얼마나 가치 있게 평가했는지, 그들은 지난 이틀간의 다사다난한사건들을 기꺼이 잊어주기로 한 듯했다. 베베르 부국장의 원한도 더 이상 돈 루이스에게 아무런 위협이 될 수 없을 것이다.

그동안 데말리옹은 새롭게 밝혀진 사실들을 간략히 되짚어 보고, 여전히 몇 가지 사항에는 이의를 제기하며 결론을 내렸다.

"그래요, 그렇게 된 거였군요…. 더 이상 한 치의 의혹도 있을 수가 없습니다…. 인정합니다…. 그것 말고는 다르게 생각할 수 없어요. 하지만 여전히 풀리지 않는 몇몇 의문점들이 있어요. 우선 그 잇자국 말입니다. 남편의 자백에도 여전히 포빌 부인에게 불리하게 작용할 수 있는 무시할 수 없는 증거입니다."

"그 역시 간단히 설명될 문제일 겁니다, 청장님. 필요한 증거들이 확보되는 대로 그 증거들과 함께 이에 대해 설명하겠습니다."

"알겠습니다. 하지만 또 다른 의문점이 있습니다. 어제 아침 어떻게 베베르가 르바셰르 양의 방에서 폭발과 관련된 서류를 발견할 수 있었을까요?"

돈 루이스는 웃으며 덧붙였다.

"그리고 저 역시 어떻게 편지가 전달될 다섯 개의 날짜가 적힌 목록을 그 방에서 발견할 수 있었을까요?"

"그렇다면 당신도 나와 같은 의견입니까? 이번 사건에서 르바셰르 양이 어떠한 역할을 담당했을지 아무래도 심히 의심스럽군요."

"모든 것이 곧 밝혀질 겁니다, 청장님. 이제 포빌 부인과 가스통 소브랑에게 물어보기만 하면 마지막으로 남은 의문점들이 말끔히 해소될 겁니다. 더불어 르바셰르 양도 모든 의혹에서 벗어날 수 있을 테고요."

데말리옹은 또다시 의문점을 제기했다.

"그리고 여전히 이상한 점 한 가지가 있습니다. 이폴리트 포빌은 자신의 지난 행적에 대해 고백하면서도 모닝턴 유산에 관해서는 단 한마디도 언급하지 않았습니다. 왜일까요? 그 유산에 대해 모르고 있었을까요? 일련의 범죄와 그 유산 사이에는 아무런 관계가 없으며 모든 것은 순전히 우연의 일치일 뿐이라고 생각해야 하는 걸까요?"

"사실 그 점에 대해서는 저도 청장님과 똑같은 의문을 품고 있습니다. 이폴리트 포빌이 이 유산에 대해 입을 굳게 다문 점은 저 역시 다소 의외입니다. 하지만 저는 그 문제에 그다지 커다란 중요성을 부여하고 있지 않습니다. 지금 가장 중요한 건 엔지니어 포빌이 유죄이고 두 수감자는 무죄라는 사실이니까요."

돈 루이스는 온전하고 무한한 기쁨을 느꼈다. 그의 관점에서 보면 이 음산한 모험은 엔지니어 포빌의 고백 편지가 발견된 순간 이미 막을 내린 셈이다. 이 편지로도 아직 밝혀지지 않은 부분은 포빌 부인과 플로랑스 르바셰르, 그리고 가스통 소브랑이 해명해줄 것이다. 이제 그러한 세부적인 문제들에는 더 이상 관심을 두지 않았다.

마침내 생 라자르 교도소 앞…. 용케 헐리지 않은, 여전히 초라하고 불결한 낡은 교도소. 경찰청장은 자동차에서 뛰어내렸다.

곧장 출입문이 열렸다.

청장은 수위에게 다급하게 물었다.

"교도소장은 지금 여기 있나? 당장 부르게. 위급 상황이네."

하지만 조급한 마음에 휩싸인 청장은 곧장 의무실로 통하는 복도를 향해 서둘러 발걸음을 옮겼다. 2층 계단참에서 드디어 교도소장과 마주쳤다.

경찰청장은 다짜고짜 말했다.

"포빌 부인은…? 당장 만나봐야겠네."

순간 교도소장의 얼굴에 당황하는 기색이 역력히 드러나자 청장은 멈칫할 수밖에 없었다.

"왜 그러는 건가? 무슨 일이야?"

교도소장이 우물거리며 말했다.

"청장님, 아직 모르고 계셨습니까? 분명 경찰청에 전화를 걸어 알렸는데요…."

"무얼 말인가? 무슨 일이야? 대체 무슨 일이 있었던 거야?"

"그게 말입니다, 청장님. 포빌 부인이 오늘 아침에 죽었습니다. 결국 독극물로 자살했어요."

데말리옹은 교도소장의 팔을 붙잡고 부랴부랴 의무실까지 뛰어갔고, 페레나와 마즈루가 그 뒤를 쫓아갔다. 어느 방 안에 들어서자 젊은 여자가 침대 위에 축 늘어져 있는 모습이 보였다.

얼굴이 창백했고 어깨에는 갈색 반점이 번져 있었다. 베로 형사와 이폴리트 포빌, 그리고 의붓아들인 에드몽의 시신에서 발견된 것과 흡사한 반점이었다.

충격에 휩싸인 청장이 중얼거렸다.

"하지만 대체 독약은… 독약은 어디서 난 거지?"

"배게 밑에서 이 작은 유리병과 주사기가 발견되었습니다, 청장님."

"배게 밑이라고? 어째서 그것들이 거기에 있었단 말인가? 어떻게 포빌 부인이 손에 넣을 수 있었지? 도대체 누가 그딴 것들을 건네준 건가?"

"아직은 모릅니다, 청장님."

데말리옹은 돈 루이스를 쳐다보았다. 이렇듯 이폴리트 포빌의 자살로 초래된 연쇄살인 사건은 여전히 현재 진행형이었다. 포빌의 자살은 단지 마리 안을 궁지로 몰아넣는 데서 그치지 않고 기어코 그 불쌍한 여자로 하여금 독극물로 자살하게 했다! 이것이 과연 가능한 일일까? 죽은 자의 복수가 여전히 자동적이고 은밀하게 진행 중이라는 사실을 인정해야만 할까? 아니면… 아니면 혹시 베일에 싸인 다른 어떤 존재가 어둠 속에서 포빌의 사악한 음모를 그만큼이나 대범하게 수행하는 것은 아닐까?

그로부터 이틀 후 또다시 충격적인 사건이 터졌다. 교도관들이 감방에서 죽어가는 가스통 소브랑을 발견한 것이다. 소브랑은 침대 시트를 이용해 스스로 목을 맸다. 안타깝게도 소브랑을 살리려고 기울였던 모든 노력은 허사로 돌아가고 말았다.

소브랑 곁의 탁자 위에는 미지의 손이 건네준 대여섯 장의 신문 스크랩 기사가 놓여 있었다.

그 기사 내용은 하나같이 마리 안 포빌의 죽음에 관한 것이었다.

4
2억 프랑의 유산 상속자

이 비극적인 사건들이 벌어진 지 나흘째 되는 날 밤, 커다란 망토를 뒤집어쓴 어느 늙은 삯마차 마부가 페레나의 저택을 찾아와 초인종을 누르고는 돈 루이스에게 전해달라며 편지 한 장을 건넸다. 마부는 곧장 2층에 있는 서재로 안내되었다. 서재에 들어서자마자 마부는 망토를 다급히 벗어 던지고 돈 루이스에게 달려들었다.

"이번에는 정말 큰일 났습니다, 대장. 더는 장난칠 때가 아니에요. 당장 짐을 싸서 달아나야 합니다. 어서!"

널찍한 안락의자에 파묻혀 태평하게 담배를 피우던 돈 루이스가 대답했다.

"자네는 무얼 피우겠나, 마즈루. 시가? 아니면 궐련?"

마즈루는 왈칵 성을 냈다.

"아니, 대장, 신문도 안 보시는 겁니까?"

"유감스럽게도 봤다네."

"그렇다면 저나 세상 모든 사람처럼 상황이 어찌 돌아가는지 훤히 내다보일 게 아닙니까! 마리 안과 가스통 소브랑이 자살한, 아니 살해당한 사흘 전부터 모든 신문마다 이런 식의 문구를 싣고 있잖아요. '이제 포빌을 비롯해 아들과 그의 아내, 또 그의 사촌인 가스통 소브랑까지 사망했으니 코스모 모닝톤의 유산과 돈 루이스를 갈라놓을 장애물은 하나도 없는 셈이다.' 정말 이게 무슨 뜻인지 모르시겠어요, 대장? 물론 사람들은 쉬세 대로의 폭발 사건과 포빌의 사후 폭로에 대해서도 말하고 있지요. 포빌의 파렴치한 행태에 분개하고 대장의 비범한 능력을 침이 마르게 칭송하고 있고요. 하지만 이 모든 대화와 토론을 주도하는 한 가지 주제가 있단 말입니다. 루셀 가문의 세 가족이 모두 사라진 지금 과연 누가 남았지요? 돈 루이스 페레나입니다. 혈연으로 맺어진 상속자가 모두 사라진 지금 과연 누가 모닝톤의 유산을 물려받게 되었지요? 바로 돈 루이스 페레나 아닙니까."

"누군지 몰라도 억세게 운 좋은 놈이로군!"

"사람들 생각이 그렇습니다, 대장. 사람들은 이 잔혹한 연쇄 살인이 단지 우연의 산물일 수 없다고 생각하며, 심지어 코스모 모닝톤을 죽이는 것을 시작으로 2억 프랑을 차지하는 결과로 끝날 모종의 은밀한 음모를 꾸민 누군가가 배후에 있다고 의심한단 말입니다. 그리고 사람들은 이 누군가에게 이름을 갖다 붙이기 위해 자신들이 쉽게 떠올릴 수 있는 인물을 지목하고 있어요. 다시 말해 비범하고 위대하며 악명 높고 수상하고 신비롭고 전능하며 신출귀몰한, 코스모 모닝톤의 절친한 친구인 어떤 인물을 지목하고 있어요. 그 인물이 처음부터 일련의 사건들을 조종하고 구성하면서 용의자들을 고발하고 변호하고 체포되게 만들고 도망치게 하는 등 한마디로 상속과 관련된 이번 사건을 마음대로 주물럭거리고 있다는 겁니다. 그리고 그자가 자신의 이익에 들어맞는 방향으로 이 모든 사건을 계속 이끌고 간다면 종국에는 2억 프랑을 거머쥐게 될 거랍니다. 그 인물은 바로 돈 루이스 페레나이자 불미스러운 평판의 주인공 뤼팽, 이런 엄청난 사건이 발생할 때마다 도저히 머릿속에 떠올리지 않고는 못 배길 바로 그 뤼팽이랍니다."

"고맙군!"

"다시 말하지만 사람들 생각이 이렇습니다. 포빌 부인과 가스통 소브랑이 살아 있는 동안에는 포괄 유산 상속자와 잠재적 상속자라는 대장의 지위가 그다지 사람들의 주목을 받지 않았습니다. 하지만 이제 두 사람은 모두 죽었지요. 그러니 그토록 놀라울 정도로 끈질기게 행운이 돈 루이스만을 따라다니는 것에 사람들은 당연히 높은 관심을 보일 수밖에 없지 않겠습니까? '범죄로 이득을 거둘 자가 바로 범인이다'라는 법조계의 격언을 모르십니까? 루셀 상속자들이 모두 사라지면 과연 이득을 볼 사람이 누구겠습니까? 돈 루이스 페레나 아닙니까."

"이런 나쁜 놈!"

"나쁜 놈이라니, 안 그래도 베베르 부국장이 경찰청과 치안국 복도에서 매일같이 그렇게 외치고 다닙니다. 대장은 나쁜 놈이고, 플로랑스 르바셰르는 대장의 공범이랍니다. 그리고 누구도 그 말에 쉽게 반박하지 못하는 실정이고요. 경찰청장이요? 대장이 자신의 목숨을 두 번이나 구해줬고 사법 당국에 더없이 값진 도움을 줬다는 사실을 경찰청장이 제아무리 또렷이 기억하고 있다고 한들, 그래서 공공연히 알려진 사실대로 대장을 두둔하는 발랑글레 총리께 도움을 요청한다 한들, 그게 다 무슨 소용이겠습니까…. 세상에는 경찰청장님과 총리님만 있는 게 아니잖습니까! 치안국, 검찰청, 예심판사, 언론사, 그리고 무엇보다 여론이 있습니다. 사법 당국이 만족감을 안겨줘야 할 여론이 있단 말입니다. 그리고 여론은 지금 자신들 앞에 범인을 대령하라고 요구하고 있어요. 그리고 범인은 바로 대장 아니면 플로랑스 르바셰르가 될 겁니다. 아니면 두 명 모두일 수도 있고요."

돈 루이스는 눈썹 하나 까딱하지 않았다. 마즈루는 또다시 잠시 기다렸다. 하지만 아무런 대답도 돌아오지 않자 이내 절망적인 몸짓으로 말했다.

"대장, 제가 지금 대장 때문에 어떤 일까지 하고 있는지 아십니까? 제 의무마저 저버리고 있다고요. 자, 지금부터 제가 하는 말을 잘 들으세요. 내일 아침, 대장은 예심판사로부터 소환장을 받으실 겁니다. 그리고 신문을 받고 나면 결과에 상관없이 곧바로 유치장에 갇힐 거고요. 이미 구속영장이 발부됐어요. 대장의 적이 벌써 거기까지 손을 써놓은 상태라고요."

"세상에!"

"그게 다가 아닙니다. 복수하려고 혈안이 된 베베르는 대장이 르바셰르처럼 달아날까 봐 이 저택을 감시할 수 있도록 허가를 요청했습니다. 한 시간 내로 자신의 부하들을 대동하고 이곳에 도착할 겁니다. 이제 어쩌실 겁니까, 대장?"

돈 루이스는 여전히 초연한 태도를 유지한 채 마즈루에게 손짓으로 지시를 내렸다.

"반장, 저기 두 창문 사이에 있는 소파 밑을 살펴보게."

돈 루이스의 태도는 자못 진지했다. 마즈루는 반사적으로 재깍 그 지시를 따랐다. 소파 밑에는 가방 하나가 놓여 있었다.

"반장, 10분 후 내가 하인들에게 잠자리에 들라는 지시를 내리면 자네는 그 가방을 들고 리볼리가 143번지로 가게. 거기에 르코크라는 이름으로 작은 아파트를 빌려놓았어."

"그건 무슨 소리입니까, 대장?"

"그 가방을 믿고 맡길 만한 사람이 없어서 사흘 전부터 자네가 오기만을 오매불망 기다렸단 뜻이네."

마즈루는 어리둥절한 표정으로 중얼거렸다.

"아, 그렇군요! 하지만…."

"하지만 뭔가?"

"그렇다면 진작부터 도망칠 생각을 하고 계셨던 겁니까?"

"물론이지! 하지만 서두를 필요까지야 있나? 내가 자네를 치안국에 심어놓았던 건 다 나를 겨냥한 음모를 사전에 파악하고자 하는 깊은 속뜻이 있어서야. 위험이 닥친 걸 이제 알았으니 당연히 도망쳐야 하지 않겠나."

돈 루이스는 자신을 황당한 표정으로 바라보는 마즈루의 어깨를 툭툭 치며 자못 엄한 어조로 말했다.

"이제 알겠나, 반장. 자네는 삯마차 마부로 변장할 필요도 없고 자네의 의무를 저버릴 필요도 없었어. 절대 자네의 의무를 저버려서는 안 되네. 양심의 소리에 귀를 기울여 보게. 그럼 분명 자네 자신이 어느 정도 되는 사람인지 정확하게 알 수 있을 테니."

돈 루이스의 말은 사실이었다. 마리 안과 소브랑의 죽음으로 상황이 얼마나 급변했는지 자각하고 있었기에 일단 피신하는 편이 나으리라고 판단한 것이다. 하지만 진작 떠나지 않았던 이유는 혹여 플로랑스가 전화나 편지로 소식을 전해오지 않을까 하는 기대 때문이었다. 하지만 그 젊은 여인은 끈질기게 침묵했고, 따라서 이제 돈 루이스는 체포될 게 불 보듯 뻔한 이 마당에 굳이 저택에 남아 위험을 무릅쓸 이유가 없었다.

그리고 과연 예상은 적중했다. 다음 날 마즈루는 리볼리가에 위치한 작은 아파트에 무척 쾌활한 모습으로 나타났다.

"아슬아슬했습니다, 대장. 오늘 아침 댓바람부터 베베르가 대장이 달아난 사실을 알아챘습니다. 분을 못 이겨 길길이 날뛰던데요. 어쨌든 상황이 점점 더 복잡해지고 있는 것만은 확실합니다. 경찰청 사람들은 지금 완전히 혼란에 빠졌습니다. 심지어 플로랑스를 추적해야 할지 말아야 할지조차 갈피를 못 잡고 있어요. 아! 이미 신문을 통해 관련 소식을 접했겠군요. 예심판사는 포빌이 자신의 아들인 에드몽을 죽이고 스스로 목숨을 끊었으니 플로랑스 르바셰르는 이 사건과 관련해 아무런 혐의가 없다고 주장하고 있습니다. 그렇게 이번 사건이 막을 내린 셈이지요. 하! 정말 엉터리 아닙니까, 그 예심판사! 가스통 소브랑의 살인 건만 봐도 여타의 사건들과 마찬가지로 그 여자가 개입된 게 너무나 명백하지 않습니까? 바로 여자의 집에 있던 셰익스피어의 책 속에서 편지와 폭발 등 포빌이 꾸민 음모와 관련된 서류들이 발견되지 않았습니까? 게다가…."

마즈루는 돈 루이스의 매서운 눈빛에 기가 죽어 입을 다물었다. 그리고 대장이 그 어느 때보다 플로랑스 르바셰르에게 마음을 쓰고 있음을 눈치챘다. 유죄이든 무죄이든, 여자는 돈 루이스에게 변함없이 뜨거운 열정을 불러일으켰던 것이다.

"알았어요. 그 이야기는 그만하지요. 시간이 지나면 제 말이 옳다는 걸 대장도 아실 겁니다."

그리고 며칠이 흘렀다. 마즈루는 가능한 한 자주 리볼리가의 저택을 찾아왔고, 전화로도 생 라자르 교도소와 상테 교도소에서 동시에 진행되는 수사 경과를 상세히 보고했다.

알려진 사실대로 수사는 아무런 성과도 내지 못했다. 전등과 편지 자동 배달 장치에 관한 돈 루이스의 주장은 정확한 사실로 밝혀졌지만, 연쇄 자살에 관한 조사는 제자리걸음을 면치 못했다. 기껏해야 소브랑이 체포되기 전에 어느 의무실 납품업자를 매수해 마리 안과 연락을 시도했다는 사실만 밝혀졌을 뿐이었다. 독약이 든 병과 주사기가 이 같은 경로로 유입됐을까? 하지만 이 가정을 증명해낼 수는 없었다. 그리고 마리 안의 자살에 관한 신문 기사들이 어떻게 가스통 소브랑의 감방 안에 들어올 수 있었는지도 밝혀내지 못했다.

게다가 최초의 수수께끼 역시 여전히 풀리지 않은 채 그대로 남아 있었다. 과일에 새겨진 잇자국을 둘러싼 그 불가사의한 수수께끼 말이다! 물론 포빌의 사후 고백은 마리 안의 결백을 입증했다. 하지만 사과에 찍힌 자국은 분명 마리 안의 잇자국이다! 이른바 호랑이 이빨의 주인공은 틀림없이 마리 안이다! 그렇다면 대체 어찌 된 영문이란 말인가…?

요컨대 마즈루의 말대로 모두가 진창을 헤매고 있었다. 결국 고인의 유언장에 따라 유언자의 사망 이후 석 달에서 넉 달 사이에 상속자들을 한자리에 불러 모으는 임무를 맡았던 경찰청은 이 모임을 당장 다음 주에, 다시 말해 6월 9일에 열기로 했다. 그렇게 함으로써 사법 당국의 우유부단함과 무능력만 드러냈던 이 지긋지긋한 사건에 종지부를 찍고 싶었던 것이다. 유산 관련 문제는 차후 상황에 따라 유연하게 결정을 내리면 될 것이다. 그러고 나서 예심을 마무리 지을 것이다. 그러면 모닝턴 상속자들에게 행해진 참혹한 살육도 차차 침묵 속에 묻힐 것이다. 그리고 호랑이 이빨을 둘러싼 수수께끼도 차차 잊힐 것이다….

　결전을 앞두면 으레 그렇듯(실제로 사람들은 이 최후의 모임이 일종의 결전이 되리라고 예견했다) 열기와 흥분으로 휩싸인 이 며칠 동안, 희한하게도 돈 루이스는 리볼리가의 아파트 발코니에 놓인 안락의자에 앉아 담배를 피우거나 튈르리 공원으로 비눗방울을 불어 보내며 태평하게 시간을 보냈다.

　마즈루는 돈 루이스의 이러한 태도를 도저히 이해할 수 없었다.

　"대장, 조금 당혹스럽군요. 어떻게 그리 태평하고 평온한 얼굴로 계실 수가 있습니까!"

　"실제로 내 마음이 그렇다네, 알렉상드르."

　"아니, 뭐라고요! 이번 사건에서 아예 관심을 거둔 겁니까? 포빌과 소브랑의 복수를 포기한 거예요? 지금 대장이 공개적으로 의혹의 도마에 올랐는데 이렇게 비눗방울 놀이나 하고 계실 겁니까?"

"알고 보면 이것만큼 재미난 일도 없네, 알렉상드르."

"제가 맞춰볼까요, 대장? 드디어 수수께끼의 정답을 알아내셨군요…."

"그럴 수도 있고 아닐 수도 있고…."

그 어떤 것도 돈 루이스를 동요시키지 못할 듯했다. 그렇게 시간이 흐르고 또 흘렀지만, 여전히 발코니에 틀어박혀 시간을 보냈다. 이제는 돈 루이스가 던져주는 빵 조각을 먹으러 참새들까지 몰려왔다. 정말이지 누가 보았다면 이미 사건이 잘 마무리됐고, 모든 일이 더할 나위 없이 술술 풀리고 있다고 착각할 정도였다.

하지만 모임이 있는 그날 아침, 마즈루는 편지 한 장을 손에 든 채 기겁한 표정으로 발코니에 들어섰다.

"대장에게 온 편지입니다. 제게 전달된 건데 안을 보니 대장님 이름이 적힌 봉투가 또 있었어요…. 이게 대체 어떻게 된 일이지요?"

"간단하네, 알렉상드르. 적이 우리의 남다른 관계를 눈치챈 걸세. 그리고 내 주소를 모르니…."

"어떤 적이요?"

"그건 오늘 저녁에 이야기해주겠네."

돈 루이스는 봉투를 개봉해 붉은 잉크로 적힌 다음과 같은 글들을 읽어 내려갔다.

아직 늦지 않았다, 뤼팽. 전투에서 물러나라. 그러지 않으면 너 역시 죽음을 면치 못할 것이다. 네가 목표에 이르렀다고 믿을 때, 네가 나를 잡으려고 팔을 치켜들 때, 그래서 네놈이 승리의 환호성을 내지를 때, 바로 그 순간 네 발아래에 끝없는 심연이 펼쳐질 것이다.

네놈이 죽을 자리는 이미 정해져 있다. 함정도 이미 파놓았다. 그러니 조심하는 게 좋을 것이다, 뤼팽.

돈 루이스는 미소를 지었다.

"잘됐어! 드디어 놈이 슬슬 정체를 드러내는군."

"그렇게 생각하십니까, 대장?"

"물론이지…. 그런데 누가 자네에게 이 편지를 가져다주던가?"

"아! 이번에는 정말로 운이 좋았습니다, 대장! 이 편지를 제게 전달한 경찰관이 테른에 사는데, 바로 그의 옆집에 사는 이웃이 이 편지를 가져다주었답니다. 경찰관과 이웃은 서로 잘 아는 사이이고요. 이만하면 엄청나게 운이 좋았지요?"

돈 루이스는 펄쩍 뛰었다. 기쁨으로 환해진 얼굴이었다.

"지금 뭐라고 했나? 아는 것들을 당장 말해보게! 그 이웃이 누구인지 알아냈나?"

"테른 가도에 있는 어느 진료소 직원이랍니다."

"그리로 당장 가세. 한시도 허비할 시간이 없네."

"다행입니다, 대장. 드디어 제가 알던 대장으로 돌아왔군요."

"아! 물론이지. 지금까지는 마땅히 할 일이 없어서 그저 오늘 저녁이 오기만을 기다리며 휴식을 취하고 있었던 걸세. 치열한 싸움이 될 게 뻔하니. 하지만 적이 드디어 허점을 보이며 우리에게 이렇게 단서를 남겼으니, 더 이상 기다릴 필요가 있겠나. 자, 우리가 선수를 쳐서 공격해야지. 호랑이 사냥에 나서자고, 마즈루!"

돈 루이스와 마즈루가 테른에 있는 진료소에 도착했을 때는 오후 1시경이었다. 진료소 직원 한 명이 그들을 맞이했다. 마즈루가 돈 루이스의 옆구리를 팔꿈치로 슬쩍 찔렀다. 바로 그자가 편지를 전달한 사람이라는 뜻이었다. 마즈루 반장의 질문에 사내는 아무런 거리낌 없이 그날 아침 경찰청에 갔던 사실을 인정했다.

"누구의 지시를 받고 그랬던 겁니까?"

마즈루가 물었다.

"원장 수녀님의 지시였어요."

"원장 수녀님이라고요?"

"그렇습니다. 이 진료소 안에는 요양원도 마련되어 있는데, 그곳은 수녀님들이 운영하시거든요."

"원장 수녀님과 이야기 좀 나눌 수 있을까요?"

"물론입니다. 하지만 지금은 안 되겠는데요. 외출 중이시라."

"언제쯤 돌아오실까요?"

"글쎄요, 언젠간 돌아오시겠지요."

직원은 두 사람을 대기실로 안내했고, 그들은 그곳에서 한 시간 이상을 기다렸다. 두 사람은 커다란 혼란에 휩싸였다. 이 수녀의 개입이 의미하는 바는 무엇일까? 이 사건 속에서 과연 어떠한 역할을 맡았던 걸까?

한 무리의 사람들이 대기실로 몰려들었고 곧이어 환자들에게 안내되었다. 그런가 하면 밖으로 나가는 사람들도 있었다. 조용히 지나다니는 수녀들과 허리를 바짝 조여 맨 하얀 유니폼을 입은 간호사들도 이따금 눈에 들어왔다.

"여기서 이렇게 맥없이 앉아 있을 수만은 없습니다, 대장."

마즈루가 중얼거렸다.

"뭐가 그리 급해? 어디서 애인이라도 기다리나?"

"아까운 시간만 허비하고 있지 않습니까."

"나는 괜찮네. 경찰청에서 있을 약속 시각은 오후 5시니 말일세."

"이런! 지금 무슨 말씀을 하시는 겁니까, 대장? 농담이시지요! 설마하니 모임에 참석하려는 건…."

"왜 아니겠나?"

"뭐라고요! 하지만 체포 영장이 발부됐는데…."

"체포 영장? 그건 한낱 종잇조각일 뿐이야…."

"하지만 사법 당국을 자극했다간 그 종잇조각이 냉혹한 현실로 바뀔 겁니다. 대장이 참석하면 사법 당국에 대한 일종의 도발로 비칠 수도 있다고요…."

"그리고 내 불참은 일종의 자백으로 비칠 수도 있지. 자고로 2억 프랑을 상속받을 몸이 횡재를 얻는 날에 사라지는 법은 없다네. 그러니 내 권리가 박탈되지 않도록 그 모임에 반드시 참석할 거야."

"대장…."

그 순간 그들 앞에서 억눌린 듯한 비명이 들리더니 방을 지나던 한 간호사가 달음질쳐 커튼을 걷고 황급히 사라졌다.

자리에서 일어난 돈 루이스는 4~5초간 얼이 빠져 주저하다가 후다닥 커튼 쪽으로 달려갔다. 복도를 따라 달리던 돈 루이스는 방금 닫힌, 가죽으로 속을 댄 두꺼운 문과 맞닥뜨리자 손까지 떨며 또다시 몇 초의 시간을 멍하게 허비했다.

마침내 문을 열자 직원용 계단 입구가 나타났다. 올라가야 하나? 오른쪽에는 지하실로 내려가는 계단이 있었다. 돈 루이스는 계단을 내려가 부엌으로 들어갔다. 그리고 요리사를 거칠게 붙잡고 격한 목소리로 다그쳐 물었다.

"방금 간호사 한 명이 이곳을 지나가지 않았습니까?"

"게르트뤼드 양 말인가요? 새로 온 간호사인데….'

"그렇습니다…. 맞아요…. 어디로 갔는지 말해주세요…. 지금 위에서 찾고 있습니다….'

"누가요?"

"아! 젠장, 그냥 어디로 갔는지나 빨리 말하십시오."

"여기… 이쪽 문으로요….'

돈 루이스는 즉시 몸을 날려 작은 현관을 지나 테른 가도로 돌진했다.

"이런, 달리기 경주가 따로 없네요."

돈 루이스를 뒤쫓아 온 마즈루가 소리쳤다.

돈 루이스는 거리를 유심히 살펴보았다. 바로 옆에 있는 아담한 생 페르디낭 광장에서 버스 한 대가 막 출발하고 있었다.

"바로 저기 있어. 이번에는 절대로 놓치지 않겠다."

돈 루이스는 택시를 소리쳐 불렀다.

"기사 양반, 50미터 거리를 두고 저 버스를 쫓아요."

마즈루가 물었다.

"플로랑스 르바셰르인가요?"

"그래."

"정말 대단한 여자군!"

반장은 툴툴거렸다.

그러더니 갑자기 버럭 화를 내며 말했다.

"여보세요, 대장, 정말 아무것도 보이지 않는 겁니까? 어떻게 사람이 이 정도로 눈이 멀 수 있는 건지!"

돈 루이스는 아무 대꾸도 하지 않았다.

"저기, 대장. 플로랑스 르바셰르가 저 진료소에 있는 걸 보면 답이 딱 나오지 않습니까. 바로 저 여자가 직원을 시켜 대장을 겨냥한 협박 편지를 제게 보낸 거라고요. 그러니 더 이상 의심의 여지가 없어요! 플로랑스 르바셰르가 이 모든 일을 배후에서 조종하고 있는 거라고요. 실토하세요! 대장도 저만큼이나 이 사실을 훤히 알고 있는 거지요? 지난 열흘 동안 대장은 그놈의 사랑 때문에 그 숱한 증거들을 무시하고 저 여자가 결백하다고 믿으셨겠지요. 하지만 오늘 비로소 진실에 눈을 뜨신 겁니다. 느낌이 와요, 확실합니다. 대장, 제 말이 맞지요? 다 알고 계신 거지요?"

이번에도 돈 루이스는 반박하지 않았다. 그저 잔뜩 찌푸린 얼굴과 굳은 눈빛으로 버스를 감시했다. 그 순간 버스가 오스만 대로에 멈춰 섰다.

"멈춰요!"

돈 루이스는 운전기사에게 소리쳤다.

젊은 여자가 버스에서 내렸다. 플로랑스는 간호사 복장이라 금방 눈에 띄었다. 누군가 자신을 미행하고 있지는 않나 확인하려는 듯 주변을 둘러본 다음 마차에 올라탔다. 마차는 대로를 따라가다 페피니에르가로 접어들어 생 라자르 역에 도착했다.

돈 루이스는 멀찌감치 떨어져서 플로랑스가 로마 광장으로 향하는 계단을 오르는 모습을 바라보았다. 시선은 여자의 뒤를 계속 좇아 파 페르뒤 홀 끝에 있는 매표소 앞에 서는 모습까지 지켜보았다.

"서두르게, 마즈루. 매표소 직원에게 가서 치안국 신분증을 보여준 다음 여자가 방금 어디로 가는 기차표를 샀는지 물어보게. 다른 여행객이 오기 전에 당장 다녀오도록."

마즈루는 서둘러 매표소 직원에게 가서 물어본 다음 곧장 되돌아왔다.

"루앙행 이등석 표를 샀답니다."

"자네도 한 장 사오게."

반장은 즉시 지시에 따랐다. 알고 보니 여자가 타려는 기차는 이제 곧 출발하는 급행열차였다. 두 사람이 플랫폼에 도착했을 때 플로랑스는 중간 객차에 오르고 있었다.

기차가 기적을 울렸다.

"어서 올라타게. 최대한 눈에 띄지 않도록 조심하고. 루앙에 가면 내게 전보를 치게. 오늘 저녁에 내가 자네와 합류할 테니. 무엇보다 한눈팔지 말게. 저 여자가 자네의 손에서 빠져나가지 못하도록 말이야. 알다시피 보통 영리한 여자가 아닐세."

"하지만 대장, 대장은 왜 안 가십니까? 함께 가는 편이 나을 텐데요…."

"나는 못 가네. 급행열차여서 중간에 서지도 않을 테니 이 기차에 올라타면 오늘 저녁에나 돌아올 수 있어. 그런데 경찰청 모임 시간은 오후 5시지 않나."

"기어코 가실 생각이세요?"

"물론이지. 자, 얼른 타기나 해."

돈 루이스는 기차 마지막 칸에 마즈루를 밀어 넣었다. 기차가 덜컹거리며 움직이더니 곧 터널 속으로 사라졌다.

돈 루이스는 대합실 벤치 위에 털썩 주저앉았다. 아직 모임 시간까지는 두 시간가량이 남아 있었다. 신문을 읽는 척했지만 멍하게 시선을 떨어뜨리고 있었을 뿐, 머릿속에 다시 한 번 명료하게 떠오른 이 불안한 질문에 온통 사로잡혀 있었다.

과연 플로랑스가 범인일까?

정각 5시, 다스트리냑 백작과 공증인 르페르튀, 그리고 미국 대사관 서기관 앞에 데말리옹 청장의 집무실 문이 열렸다. 바로 그 순간, 누군가 경비원실로 들어와 명함 한 장을 불쑥 내밀었다.

경비원은 명함을 힐끗 쳐다보더니 재빨리 저만치 떨어진 곳에서 이야기를 나누는 한 무리의 사람들을 향해 고개를 돌렸다. 그런 다음 사내에게 물었다.

"소환장은 가지고 오셨습니까?"

"그런 건 필요 없습니다. 그저 돈 루이스 페레나가 왔다고만 전해주십시오."

순간 모여 있던 사람들은 마치 감전이라도 당한 듯 소스라치게 놀랐다. 그들 중 한 사람이 성큼성큼 다가왔다. 베베르 부국장이었다.

두 사내는 잠시 서로 뚫어지게 쳐다보았다. 돈 루이스가 다정한 미소를 지어 보였다.

베베르는 얼굴이 하얗게 질린 채 입술까지 파르르 떨고 있었다. 감정을 다스리기 위해 얼마나 애쓰고 있는지 얼굴에 역력히 드러났다.

그 옆에는 기자 두 명과 치안국 형사 네 명이 서 있었다.

'젠장! 날 위해 저 신사분들이 와 계신 모양이야. 하지만 저렇게 당황하는 꼴로 봐선 내가 진짜로 나타날 줄은 꿈에도 몰랐나 보지. 이제 날 체포하려 들까?'

베베르는 여전히 꼼짝도 하지 않았다. 하지만 서서히 얼굴에 만족한 표정이 떠올랐다. 마치 이렇게 생각하고 있는 듯했다.

'자네, 이 친구야, 드디어 걸려들었어. 이번에는 내 손아귀에서 절대로 빠져나가지 못할걸.'

경비원이 다시 돌아와 아무 말 없이 돈 루이스를 청장실로 안내했다.

돈 루이스는 베베르에게 깍듯하게 인사를 건넨 뒤 다른 형사들에게도 상냥하게 고개를 까딱해 보이고는 청장실 안으로 들어갔다.

안으로 들어서니 다스트리냐 백작이 손을 내밀며 서둘러 다가왔다. 그렇게 함으로써 이런저런 잡다한 소문들이, 자기가 이 외인부대 용사 페레나를 향해 품은 존중의 마음에 티끌만 한 흠집도 내지 못했음을 보여주었다. 하지만 경찰청장은 의미심장하게도 자중하는 태도를 비쳤다. 계속 서류를 뒤적이며 서기관, 공증인과 함께 나지막한 목소리로 이야기를 나누었다.

돈 루이스는 마음속으로 생각했다.

'뤼팽, 이 친구야, 이제 곧 이 방에서 누군가 한 명이 손에 수갑을 찬 채 나가게 될 거야. 그리고 그 누군가는 진범 아니면 바로 자네가 될 걸세, 가엾은 친구. 잘 알아들었나⋯.'

돈 루이스는 이번 사건이 막 벌어졌을 때, 다시 말해 자신이 포빌의 작업실에서 사법관들에 둘러싸인 채 눈앞에 닥친 체포를 피하려고 사법 당국에 범인을 넘겨야 했을 때를 떠올렸다. 결국 이 투쟁의 처음부터 끝까지 보이지 않는 적과 맞서 싸우는 동시에 사법 당국이 가해오는 공격을 감내해야 할 운명이었던 것이다. 이 같은 상황에서 자신을 보호하려면 어떻게든 반드시 승리를 거둬야 했다. 연이어 가해오는 맹습으로 늘 위험 한가운데에 놓여 있었던 돈 루이스는 결국 마리 안과 소브랑을 죽음의 구렁텅이로 내몰았다. 그렇게 무고한 두 생명이 잔혹한 전쟁의 법칙에 희생되었다. 이제 드디어 진짜 적과 정면 승부를 펼치는 걸까? 아니면 결정적인 순간에 굴복하고 마는 걸까?

돈 루이스가 어찌나 흡족한 표정으로 두 손을 비벼대는지 데말리옹은 그에게서 눈을 뗄 수가 없었다. 돈 루이스는 마치 온전한 기쁨을 만끽하는 사람, 그리고 이제 곧 더욱 큰 기쁨을 맛보리라 기대하는 사람처럼 환한 얼굴이었다.

경찰청장은 잠시 조용히 돈 루이스를 지켜보았다. 이 황당무계한 인간이 왜 저토록 즐거워하는지를 생각하는 듯했다. 그리고 다시 서류를 뒤적이다가 마침내 입을 열었다.

"여러분, 지금 우리는 코스모 모닝톤의 유언과 관련된 문제를 매듭짓기 위해 두 달 전과 마찬가지로 이 자리에 모였습니다. 페루 공사관원이신 카세레스 씨는 참석하지 않으실 겁니다. 방금 이탈리아에서 날아온 전보에 따르면 카세레스 씨는 현재 몸이 많이 안 좋다는군요. 하지만 그가 이 자리에 꼭 참석할 필요는 없으니 이 자리에 오셔야 할 분들은 모두 오신 것 같습니다… 아! 물론 안타깝게도 이 모임에서 자신들의 합당한 권리를 인정받을 뻔했던 분들은 못 오셨지요. 코스모 모닝톤의 상속자들 말입니다."

"이 자리에 참석하지 않은 사람이 한 명 더 있습니다, 청장님."

데말리옹이 고개를 들었다. 방금 이 같은 발언을 한 사람은 물론 돈 루이스 페레나였다. 경찰청장은 잠시 망설이더니 이내 결심을 굳힌 듯 질문을 던졌다.

"누구입니까? 이 모임에서 빠진 사람이 도대체 누구란 말입니까?"

"모닝톤 상속자들을 죽인 살인범입니다."

또다시 돈 루이스는 모두의 관심을 집중시켰다. 아무리 거부하려 해도 사람들은 그의 존재를 의식할 수밖에 없었고, 그 영향력에 흔들릴 수밖에 없었다. 무슨 일이 있더라도 그들은 일단 이 남자의 말을 듣고 이야기를 나누어야 했다. 남자가 하는 말들은 상상을 초월하는 것들이었지만 그의 입에서 나왔다는 사실 하나만으로도 신뢰가 갔기 때문이다.

"청장님, 지금까지 벌어진 일들을 찬찬히 되짚어 봐도 되겠습니까? 그러면 쉐세 대로의 폭발 사고 후 우리가 나눴던 이야기들을 자연스럽게 이어갈 수 있고, 더 나아가 결론까지 지을 수 있을 겁니다."

돈 루이스는 데말리옹의 침묵을 허락의 의미로 받아들이고 이야기를 이어갔다.

"그리 오랜 시간이 걸리지 않을 겁니다. 두 가지 이유 때문에 그렇습니다. 첫째, 우리 모두 엔지니어 포빌의 자백 내용을 기억하는 이상, 우린 그자가 이 사건에서 어떤 끔찍한 구실을 했는지 이미 확실히 알고 있기 때문입니다. 둘째, 진실은 겉으로는 아무리 복잡해 보여도 실은 매우 간단하기 때문입니다. 진실은 쉐세 대로의 폐허가 된 저택을 나오면서 청장님께서 제게 제기한 의문 속에 담겨 있습니다. 이폴리트 포빌의 고백 속에 코스모 모닝톤의 유산에 관한 언급이 전혀 없는 이유는 무엇일까? 모든 진실이 바로 그 질문 속에 담겨 있습니다, 청장님. 실지로 이폴리트 포빌은 유산에 관해 단 한마디도 하지 않았습니다. 그리고 유산에 관해 단 한마디도 하지 않았다면, 틀림없이 유산의 존재를 몰랐기 때문일 겁니다. 또한 가스통 소브랑이 제게 자신의 비극적인 과거사를 풀어놓으면서도 유산에 관해서는 전혀 언급하지 않았던 이유는, 분명 유산이 소브랑의 이야기 속에 끼어들 자리조차 없을 정도로 관심 밖의 사안이었기 때문일 겁니다. 물론 그 역시 이 사건이 벌어지기 전까지는 마리 안 포빌과 플로랑스 르바셰르와 마찬가지로 유산의 존재를 까맣게 몰랐을 테고요. 어쨌든 한 가지 분명한 점은 이폴리트 포빌을 그 지경에 이르게 한 건 순전히 복수심이라는 사실입니다. 그게 아니라면 코스모 모닝톤의 엄청난 유산을 정당한 권리에 따라 상속받을 수 있는데, 왜 그처럼 무모하게 행동했겠습니까? 더군다나 거액의 유산이 주는 혜택을 누리기 위해서라도 최소한 자살로 범행의 포문을 여는 일 따위는 하지 않았을 겁니다. 따라서 이 한 가지 사실만은 확실합니다. 이폴리트 포빌이 범행을 결심하고 실천하는 데 유산은 아무런 영향도 미치지 않았습니다. 하지만 그럼에도 빈틈없는 규칙성에 따라, 마치 상속 순서대로 하나하나 제거되듯 코스모 모닝톤, 이폴리트 포빌, 에드몽 포빌, 마리 안 포빌, 결국에는 가스통 소브랑까지 차례차례 세상을 떠났습니다! 우선 재산의 소유자가 사망했고, 그 이후에는 유산 상속인으로 지정한 모든 사람이 죽었습니다. **유언장에 따라 재산에 대한 권리를 소유한 사람의 순서대로 말입니다!** 정말로 이상하지 않습니까? 그러니 어떻게 이 모든 일을 조종하는 배후 세력이 있으리라고 의심하지 않을 수 있겠습니까? 어떻게 유산 때문에 이 끔찍한 사태가 벌어졌다고 추정하지 않을 수 있겠습니까? 증오와 질투심으로 똘똘 뭉친 파렴치한 포빌의 머리 꼭대기에 더욱 가공할 존재가 있어서, 바로 그 존재가 구체적인 목표를 추구하기 위해 희생자들을 차례차례 죽음으로 이끌었다고 생각하는 게 당연하지 않겠습니까? 바로 그자가 이 비극의 모든 꼭두각시를 줄로 조종하다가 이제 그 줄을 끊어버린 거라고 봐야 하지 않겠느냔 말입니다. 청장님과 일반 대중도 아마 전적으로 저와 같은 생각일 겁니다. 베베르 부국장을 비롯해 일부 경찰들도 아마 저와 똑같은 방식으로 상황을 따져보았을 테고요. 그렇게 이 배후의 존재가 곧바로 모든 사람의 머릿속에 확고히 자리 잡은 겁니다. 모든 정황상 분명 강력한 의지와 에너지를 지닌 누군가가 이 모든 일을 조종하고 있어야 말이 됩니다. 그리고 그 상상 속 배후의 존재는 지금까지 바로 저였습니다. 하긴, 왜 아니겠습니까? 저는 코스모 모닝톤의 상속자로서 이 살인 사건의 수혜자가 될 수밖에 없는 처지가 아닙니까? 저는 굳이 자신을 변호하지 않겠습니다. 외부적인 압력이나 여러 사정상 청장님이 제게 부당한 제재를 가해야 할지도 모르겠지요. 하지만 그렇다고 해도 청장님이, 지난 두 달간 당신 스스로 높이 평가한 일들을 해온 사내가 그런 끔찍한 짓을 저지를 수 있을 거라고 믿는 어리석은 사람이라고는 절대 생각하지 않겠습니다. 어쨌든 저를 범인으로 지목한 대중의 직감도 그리 틀린 것만은 아닙니다. 포빌 말고도 다른 범인이 있는 건 분명한 사실이니까요. 그리고 그자는 분명 코스모 모닝톤의 상속자일 겁니다. 하지만 저는 범인이 아니니 틀림없이 또 다른 코스모 모닝톤의 상속자가 존재할 겁니다. 그리고 저는 이 자리에서 바로 그자를 고발하고자 합니다, 청장님. 지금 우리 앞에 펼쳐진 이 참혹한 사건 속에는 죽은 자의 의지 그 이상의 무언가가 있습니다. 저는 지금껏 줄곧 죽은 자와만 싸워왔던 게 아닙니다. 분명 생명의 숨결이 제 얼굴을 스치는 것을 느꼈습니다. 분명 호랑이 이빨이 저를 물어뜯으려 하는 것을 느꼈습니다. 죽은 포빌은 이 사건 속에서 커다란 역할을 담당한 게 사실입니다. 하지만 그 혼자 이 모든 일을 저지른 것은 아닙니다. 그리고 포빌이 저지른 일들도 과연 혼자서 행한 것일까요? 제가 이야기했던 그 배후의 존재는 과연 그저 포빌의 명령을 수행하기만 했을까요, 아니면 포빌이 자신의 계획을 수행하도록 옆에서 도운 공범이었을까요? 저도 이에 대한 답은 알지 못합니다. 하지만 분명한 건 그 존재가 아마도 자신이 부추겼을 음모를 계속 추진하고 있고, 심지어 자신에게 유리한 방향으로 수정해 단호하게 끝까지 밀어붙이고 있다는 사실입니다. 그리고 그자가 이렇게 행동하는 이유는 순전히 **코스모 모닝톤의 유언 내용을 알고 있기 때문입니다.** 저는 바로 그자를 고발합니다, 청장님. 적어도 이폴리트 포빌에게 혐의를 돌릴 수 없는 범행에 대해서만큼은 그자를 고발합니다. 코스모 모닝톤의 공증인인 르페르튀 씨가 고객의 유언장을 넣어둔 책상 서랍을 강제로 연 혐의로 그자를 고발합니다. 코스모 모닝톤의 아파트에 잠입해 그가 주사약으로 썼던 글리세로포스페이트가 든 앰풀을 독극물이 든 앰풀로 바꿔치기한 혐의로 그자를 고발합니다. 코스모 모닝톤의 사망을 확인하러 온 의사로 변장해 가짜 사망진단서를 발부한 혐의로 그자를 고발합니다. 이폴리트 포빌에게 독약을 제공해서 베로 형사, 에드몽 포빌, 그리고 결국 포빌 스스로 차례로 죽게 만든 혐의로 그자를 고발합니다. 가스통 소브랑에게 교묘하게 충고와 지시를 내려 나를 상대로 세 번이나 살해 시도를 하게 만들고, 결국 내 운전기사를 죽음으로 내몰게 한 혐의로 그자를 고발합니다. 가스통 소브랑이 마리 안 포빌과 연락하기 위해 내통해왔던 의무실 내 누군가를 이용해 마리 안 포빌에게 독약이 든 병과 주사기를 건네 그 가엾은 여자를 자살로 이끈 혐의로 그자를 고발합니다. 자신의 행위가 어떠한 결과를 불러올지 뻔히 알면서도, 내가 알지 못하는 어떤 방식으로 가스통 소브랑에게 마리 안의 죽음과 관련된 신문 기사들을 전달한 혐의로 그자를 고발합니다. 요컨대 베로 형사와 내 운전기사의 죽음은 논외로 하더라도 코스모 모닝톤, 에드몽 포빌, 이폴리트 포빌, 마리 안 포빌, 가스통 소브랑, 즉 거액의 유산과 **그자** 사이를 가로막는 모든 사람을 죽인 혐의로 그자를 고발합니다. 그리고 제가 방금 내뱉은 말이야말로 제 가설을 분명히 입증하는 것입니다. 만약 어떤 남자가 거액의 자산을 차지하기 위해 다섯 명을 살해했다면, 그것은 필연적으로 그 거액의 자산이 자신에게 돌아올 것이라고 확신했기 때문일 겁니다. 요컨대 어떤 남자가 백만장자와 그의 상속자 네 명을 연달아 죽였다면, 바로 그 남자가 백만장자의 다섯 번째 상속자이기 때문일 겁니다. 그리고 곧 그자가 이곳에 모습을 드러낼 것입니다."

"뭐라고요!"

경찰청장은 반사적으로 소리를 질렀다. 그토록 설득력 있고 빈틈없었던 돈 루이스의 모든 논거를 일순간 잊어버리고 돈 루이스가 방금 말한 충격적인 범인 출현 예측에 온통 정신을 빼앗겨버렸다. 그러한 청장의 태도에 돈 루이스는 이렇게 말했다.

"청장님, 그자의 출현이야말로 제 고발의 타당성을 확고히 입증하는 것입니다. 코스모 모닝톤의 유언장이 단호하게 못 박고 있는 조항을 기억하고 계시겠지요. 상속권은 해당 상속인이 오늘 모임에 참석할 때에만 유효하다는 사실을요."

"만약 그자가 오지 않는다면 어떻게 되는 겁니까?"

청장이 소리쳤다. 돈 루이스의 확신이 점차 그에게 쏠린 의혹을 사라지게 하고 있는 듯했다.

"그자는 올 겁니다, 청장님. 그러지 않으면 이 모든 사건은 더이상 아무런 의미가 없는 것이 되고 말 테니까요. 포빌의 범죄 행각만 본다면, 이 사건은 그저 어느 정신병자의 터무니없는 소행이라고 치부해도 좋을 겁니다. 하지만 마리 안과 가스통 소브랑의 사망까지 초래한 걸 보면, 분명 이 사건은 생테티엔의 루셀가 마지막 후손, 다시 말해 코스모 모닝톤의 온전한 상속자이자 저보다 상속 순위가 우선인 누군가가 이곳에 나타나, 자신이 그토록 대담하게 추구해왔던 2억 프랑을 요구함으로써 대단원의 막을 내리게 돼 있습니다."

"그래도 만약 나타나지 않는다면요?"

데말리옹 청장은 더욱 격양된 말투로 또다시 소리쳤다.

"청장님, 그렇다면 범인은 바로 저라는 뜻일 테고 청장님은 그저 저를 체포하시기만 하면 됩니다. 오늘 저녁 5시에서 6시 사이, 청장님은 분명 이 방에서 모닝톤 상속자들을 죽인 범인과 대면하게 되실 겁니다. 결단코 이 일은 일어나지 않을 수 없습니다…. 어쨌든 사법 당국은 어떤 경우가 벌어지더라도 만족할 만한 결과를 얻을 겁니다. 그자 아니면 제가 체포될 테니까요. 아주 편안한 상황에 놓인 셈이지요."

데말리옹은 아무 말도 하지 않았다. 근심에 싸인 표정으로 콧수염을 잘근잘근 씹으며 참석자들이 비좁은 원을 그리며 앉아 있는 책상 주변을 서성거렸다. 머릿속에서 돈 루이스의 가설에 대한 반대 의견이 점차 구체적으로 떠오르는 게 분명했다. 그러다 마침내 혼잣말하듯 중얼거렸다.

"아니에요…. 아닙니다…. 그렇다면 그자는 도대체 왜 지금까지 자신의 권리를 주장하지 않았던 겁니까?"

"아마도 우연히 그렇게 됐을 겁니다, 청장님…. 어떤 장애물이 있었을 수도 있고요…. 아니면, 혹시 누가 압니까? 좀 더 강렬한 감정을 느끼고 싶어 하는 변태적인 욕구 때문일지? 게다가 청장님, 이 모든 사건이 얼마나 치밀하고 교묘하게 계획됐는지 한번 떠올려보십시오. 모든 일은 포빌이 정한 시간에 정확하게 벌어졌지요. 그러니 포빌의 공범 역시 끝까지 이런 방법을 고수하며 마지막 순간에 맞춰 자신의 모습을 드러내리라 충분히 확신할 수 있지 않겠습니까?"

데말리옹 청장은 발끈하며 소리쳤다.

"아니요, 절대 아닙니다. 그럴 리가 없어요. 설령 그렇게 치밀하게 연쇄살인을 저지를 정도로 괴물 같은 자가 존재한다손 치더라도, 우리 손에 스스로 걸려드는 어리석은 짓을 저지를 리 없단 말입니다."

"청장님, 지금 오고 있는 그자는 이곳에 위험이 도사리고 있는 줄은 전혀 모를 겁니다. 지금껏 누구도 또 다른 상속자가 존재하리라는 생각을 떠올려본 적조차 없었으니까요. 게다가 그자가 겁날 게 뭐가 있겠습니까?"

"겁날 게 없다니요? 실제로 이 연쇄살인을 저질렀다면…."

"그자는 연쇄살인을 저지르지 않았습니다, 청장님. **살인을 저지르도록 부추긴 것이지요.** 엄연히 다른 이야기입니다. 이제 이자의 허를 찌르는 강점이 무엇인지 아시겠습니까? **그자는 직접 행동에 나서지 않습니다!** 진실이 제 앞에 모습을 드러낸 그날부터, 저는 그자가 어떤 방식으로 행동하는지 서서히 알아챘습니다. 어떤 식으로 상황을 조종하는지, 어떤 술수를 사용하는지 정확하게 간파했습니다. 그자는 직접 행동에 나서지 않습니다! 이게 바로 그자의 방식입니다. 지금껏 벌어진 모든 살인 사건들 속에서 이 같은 점을 공통으로 발견하실 수 있을 겁니다. 겉으로 드러난 사실로만 보자면 코스모 모닝톤은 주사기를 통한 감염으로 사망했지요. 하지만 사실은 **그자**가 치명적인 독극물이 든 주사기를 몰래 놓아두었습니다. 겉으로 보기에는 이폴리트 포빌이 베로 형사를 죽였습니다. 하지만 사실은 **그자**가 음모를 계획하고 포빌을 부추겨 그 같은 범죄를 저지르게 했던 겁니다. 역시 겉으로 드러난 사실로만 보자면 포빌은 아들을 죽이고 자살을 했지요. 마리 안과 가스통 소브랑 역시 자살했고요. 하지만 사실은 **그자**가 그들의 죽음을 원해서 이들에게 죽을 수 있는 수단을 제공해 자살로 내몬 겁니다. 이것이 바로 그자의 방식입니다, 청장님. 그리고 이것이 바로 그자의 정체고요."

그리고 두려움이 깃든 듯한 나지막한 목소리로 이렇게 덧붙였다.

"지금껏 별별 사람들을 다 만나봤지만, 솔직히 이처럼 악마적인 재능과 뛰어난 통찰력을 지닌 소름 끼치는 인물은 처음

보는 것 같습니다."

돈 루이스의 말은 사람들의 마음속에 더욱 커다란 동요를 일으켰다. 그들은 보이지 않는 그 존재가 마치 눈앞에 있는 듯한 기분에 사로잡혔다. 머릿속에서 점차 뚜렷한 윤곽을 갖춰가고 있었다. 모두 그 존재의 출현을 기다렸다. 돈 루이스는 두 차례 문 쪽으로 몸을 돌려 귀를 기울였다. 무엇보다도 돈 루이스의 이런 행동이 사람들로 하여금 지금 이곳으로 오고 있을 그자의 환영을 떠올리게 했다.

"그자가 직접 행동했든 다른 사람을 부추겼든, 사법 당국이 그자를 붙잡기만 한다면 모든 것이 낱낱이…."

"사법 당국은 분명 난관에 부딪힐 겁니다, 청장님! 그렇게 대단한 작자라면 틀림없이 자신에게 혐의가 쏠려 체포당할 경우를 예상하고 있을 겁니다. 그리고 사법 당국은 고작 심증만 있을 뿐 아무런 물증도 제시하지 못할 겁니다."

"그럼 어찌해야 좋을까요?"

"일단 그자의 해명을 자연스럽게 받아들이는 척해야 합니다. 그자가 경계심을 갖지 않도록 말이지요. 중요한 건 그자에 대해 알아내는 겁니다. 그러면 나중에(그리 오랜 시간이 걸리지 않을 겁니다) 그자의 가면을 벗길 수 있을 겁니다."

경찰청장은 계속 책상 주위를 서성거렸다. 다스트리냑 백작은 페레나를 유심히 바라보며 그의 침착한 태도에 감탄하고 있었다. 공증인과 서기관은 상당히 동요하는 기색이었다. 하긴 그 무엇이 지금 그들의 머릿속을 온통 채우는 이 생각만큼 충격적일 수 있겠는가. 과연 그 혐오스러운 살인자가 마침내 모습을 드러낼 것인가!

"조용…."

경찰청장이 문득 걸음을 멈추며 말했다.

누군가 대기실을 지나오고 있었다.

노크 소리가 들렸다.

"들어오십시오!"

손에 쟁반을 든 경비원이 들어왔다. 쟁반 위에는 편지 한 장과 방문객의 이름 및 방문 목적을 적은 용지 한 장이 놓여 있었다.

데말리옹이 얼른 경비원에게 다가갔다.

용지를 집으려는 순간, 몹시도 창백해진 얼굴로 잠시 망설였다. 그리고 마침내 거칠게 종이를 낚아챘다.

"아!"

데말리옹은 화들짝 놀라며 소리쳤다.

그런 뒤 돈 루이스를 향해 시선을 돌렸다. 잠시 생각에 잠기더니 편지를 집어들고 경비원에게 말했다.

"이 사람이 지금 여기에 있나?"

"예, 대기실에 있습니다, 청장님."

"내가 벨을 누르는 즉시 이자를 안으로 들여보내게."

경비원은 곧바로 방을 나갔다.

데말리옹은 자신의 책상 앞에 선 채 꼼짝도 하지 않았다. 또한 번 청장과 시선이 마주친 돈 루이스는 문득 불안감에 사로잡혔다. 대체 무슨 일이 벌어진 걸까?

청장은 자신의 손에 들려 있는 봉투를 단번에 뜯고 편지를 펼쳐 읽기 시작했다.

모두가 청장의 몸짓 하나, 표정 하나를 유심히 살폈다. 페레나의 예언이 이루어지려는 걸까? 정말로 다섯 번째 상속자가 자신의 권리를 주장하는 걸까?

처음 몇 줄을 읽자마자 데말리옹은 고개를 들었다. 그리고 돈 루이스를 바라보며 중얼거렸다.

"당신 말이 맞습니다, 선생. 상속권을 주장하는 편지입니다."

"누구입니까, 청장님?"

돈 루이스는 묻지 않을 수 없었다.

데말리옹은 아무런 대답도 하지 않고 마저 편지를 읽었다. 그리고 나서 마치 한 단어 한 단어 꼼꼼히 따져보듯 정신을 집중해 천천히 다시 한 번 읽었다. 마침내 청장이 큰 소리로 편지를 읽기 시작했다.

존경하는 청장님,

저는 우연한 기회에 루셀 가문의 알려지지 않은 상속자가 존재한다는 사실을 알게 되었습니다. 그리고 오늘에야 마침내 그 상속자의 신분을 증명할 서류들을 확보할 수 있었습니다. 하지만 예상하지 못한 장애에 부딪혀 이렇게 마지막 순간에서야 당사자를 통해 청장님께 서류들을 전달할 수 있게 되었습니다. 타인의 비밀을 존중하는 뜻에서, 또 순전히 우연히 끼어들게 된 이 사건에 더 이상 관여하지 않기 위해서 편지 하단에 제 서명을 남기지 않았으니, 이 점 부디 너그러이 양해해주시기 바랍니다.

결국 페레나는 상황을 제대로 꿰뚫어본 셈이다. 돌아가는 상황은 페레나의 예측이 옳았음을 증명했다. 지정된 시간 내에 누군가 나타났다. 때맞춰 누군가 상속권을 요청해왔다. 그리고 정확하게 시간에 맞춰 일이 벌어지는 이러한 방식은 이번 사건의 대표적인 특징이라 할 수 있는 기계적 정확성을 묘하게 상기시켰다.

이제 최후의 질문만이 남았다. 도대체 누가 이 알려지지 않은 잠재적 상속자이자 대여섯 명을 죽인 살인범인가? 그자는 바로 옆방에 있다. 단지 벽 하나만 없애면 그자를 볼 수 있는 셈이다. 이제 곧 그자가 올 것이다. 그자를 보게 될 것이다. 그자의 정체를 알게 될 것이다.

마침내 청장이 벨을 눌렀다.

초조함 속에 몇 초가 흘러갔다. 묘하게도 데말리옹 청장은 돈 루이스에게서 시선을 떼지 않았다. 돈 루이스는 침착한 태도를 유지하고 있었지만 불안함과 꺼림칙함이 마음 한편을 짓눌렀다.

마침내 문이 열렸다.

경비원이 누군가를 안으로 안내했다.

플로랑스 르바셰르였다.

5

베베르의 복수

돈 루이스는 잠시 넋이 나갔다. 플로랑스가 여기에 있다. 마즈루의 감시 아래 기차에 올라탔던 플로랑스가, 물리적으로 저녁 8시 이전에는 결코 파리로 돌아올 수 없는 플로랑스가, 지금 바로 눈앞에 있다!

머릿속이 뒤죽박죽이었지만 돈 루이스는 어찌 된 상황인지 금세 알아챘다. 플로랑스는 자신이 미행당하고 있음을 눈치채고 생 라자르 역까지 두 사람을 유인한 다음 기차에 오르자마자 반대편 선로로 내렸고, 우리의 뛰어난 마즈루 형사는 있지도 않은 그 여자 승객을 감시하느라 저 혼자 루앙으로 떠나버리고 말았던 것이다.

갑자기 돈 루이스에게 이 상황이 한없이 섬뜩하게 다가왔다. 플로랑스가 상속권을 요구하러 이곳에 왔다. 그리고 이 요구는 자신의 입으로 말했듯 너무나 명백한 유죄의 증거였다.

돈 루이스는 솟구치는 감정에 휩쓸려 와락 달려들어 젊은 여자의 팔을 붙잡고는 분노에 찬 목소리로 말했다.

"여기에 뭐하러 온 겁니까? 무엇 때문에? 왜 내게 미리 알리지 않았습니까…?"

데말리옹이 돈 루이스를 제지하고 나섰다. 하지만 돈 루이스는 여전히 플로랑스의 팔을 붙잡고선 버럭 소리쳤다.

"아! 청장님, 이 모든 것이 함정이라는 걸 정녕 모르시겠습니까? 우리가 기다리던 사람, 제가 말했던 자는 이 여자가 아닙니다. 언제나 그렇듯 진짜 범인은 어딘가에 숨어 있단 말입니다. 플로랑스 르바셰르 양은 결단코…."

"저는 플로랑스 르바셰르 양에게 어떠한 선입견도 없습니다. 하지만 이곳을 방문하게 된 정황에 대해 질문해야 하는 게 바로 제 의무입니다. 그리고 저는 그 의무를 저버리지 않을 생각이고요…."

청장은 돈 루이스의 손에서 여자를 풀어주고 자리에 앉게 했다. 그 역시 자신의 책상으로 돌아가 자리에 앉았는데, 표정만 보아도 이 젊은 여자의 출현에 얼마나 충격을 받았는지 쉽게 짐작할 수 있었다. 이로써 돈 루이스의 주장은 명백하게 입증된 셈이다. 지금 이 시점에서 상속권을 지닌 새로운 인물이 등장한다는 건 범인이 자신의 유죄를 입증할 증거를 가지고 제 발로 출두한 것이나 진배없었다. 돈 루이스 역시 그 사실을 분명히 알고 있었고, 따라서 불안한 마음에 청장에게서 한시도 눈을 떼지 않았다.

플로랑스는 도대체 어찌 된 영문인지 모르겠다는 듯 두 사람을 번갈아 쳐다보았다. 여자의 아름다운 검은 눈동자에는 언제나처럼 차분함이 서려 있었다. 이제 간호사 복장 대신 자신의 균형 잡힌 몸매를 고스란히 드러내는 장식 없이 단순한 회색

원피스 차림이었다. 여자는 평상시와 다름없이 진중하고 침착했다.

데말리옹이 말했다.

"자, 설명해보십시오, 르바셰르 양."

여자가 말했다.

"특별히 설명할 사항은 없습니다, 청장님. 저는 그저 정확한 의미도 모르고 제가 맡은 임무를 수행하러 온 것뿐입니다."

"그게 무슨 말입니까…? 의미를 모른다니요?"

"사정인즉 이렇습니다, 청장님. 제가 한없이 신뢰하고 존경하는 어느 분이 이 서류들을 청장님께 전해달라고 부탁하셨습니다. 아마도 오늘 여러분의 모임에서 다루게 될 사안에 관한 서류인 것 같습니다."

"코스모 모닝톤 유산 상속에 관한 서류란 말씀입니까?"

"그렇습니다, 청장님."

"만약 오늘 이 자리에서 유산 상속권을 주장하지 않는다면 상속권이 자동으로 소멸한다는 사실은 알고 계셨습니까?"

"그래서 이 서류를 받자마자 서둘러 왔습니다."

"왜 한두 시간 더 일찍 오시지 않고요?"

"제가 자리를 비웠거든요. 현재 거주하고 있는 집을 급히 떠나야 할 일이 있었습니다."

페레나는 자신이 개입하여 플로랑스가 도주하는 바람에 적의 계획에 차질이 빚어졌던 것이라고 확신했다.

청장은 질문을 이어갔다.

"그렇다면 왜 당신에게 이 서류를 맡겼는지, 그 이유를 모른다는 말씀입니까?"

"그렇습니다, 청장님."

"그리고 물론 이 서류들이 당신과 어떠한 연관이 있는지도 모르고 계시고요?"

"저와는 아무 관련 없습니다, 청장님."

데말리옹은 미소를 짓더니 플로랑스의 눈을 똑바로 응시하며 명료하게 말했다.

"여기 첨부된 편지로는 이 서류들이 당신과 직접적인 관련이 있다고 합니다. 서류들은 당신이 루셀 가문의 자손이며 따라서 코스모 모닝톤의 유산에 대한 모든 상속권을 소유하고 있음을 명백히 증명할 거라는군요."

"제가요?"

여자가 반사적으로 내지른 목소리에는 놀라움과 반발심이 묻어 있었다.

그리고 즉시 이렇게 주장했다.

"제가 상속인이라고요! 절대 그럴 리 없습니다, 청장님. 저는 코스모 모닝톤 씨를 알지도 못하는걸요. 도대체 이게 다 무슨 소리인가요? 틀림없이 무언가 오해가 있는 거예요."

플로랑스가 흥분하며 어찌나 솔직한 표정으로 말하는지, 데말리옹은 경찰청장만 아니었다면 당장 여자의 말에 마음이 흔들렸을 것이다. 하지만 어떻게 돈 루이스의 논리적인 주장과 이 모임에 나타날 미지의 인물에 대한 사전 고발을 잊을 수 있겠는가?

"그 서류들을 제게 주십시오."

여자는 작은 가방에서 봉인되지 않은 파란 봉투를 꺼냈다. 그 안에는 여기저기 찢기고, 접힌 부분이 해진 누런 종이 몇 장이 들어 있었다.

무거운 침묵이 감도는 가운데 청장은 서류들을 읽고 살펴보고 재검토했고 돋보기를 이용해 서명과 인장을 확인했다.

"아무런 하자가 없군요. 서명과 인장은 틀림없이 진짜입니다."

"그럼 이제 어떻게 되는 건가요, 청장님?"

플로랑스는 떨리는 목소리로 물었다.

"르바셰르 양, 솔직히 당신이 이 서류 내용을 몰랐다는 사실이 좀처럼 믿기지 않는군요."

청장은 공증인 쪽으로 몸을 돌리며 말했다.

"이 서류에 담겨 있고, 또 이 서류가 입증하는 내용을 요약하자면 다음과 같습니다. 모두 아시다시피 코스모 모닝톤의 4순위 상속자였던 가스통 소브랑에게는 아르헨티나에 살던 라울이라는 형이 한 명 있었습니다. 그 형은 죽기 전에 다섯 살짜리 여자아이를 늙은 유모에게 맡겨 유럽으로 보냈습니다. 그런데 그 아이는 바로 라울의 친딸이었습니다. 부에노스아이레스에 정착한 프랑스인 여교사인 르바셰르와의 사이에서 난 혼외 자식이었던 거지요. 하지만 그 아이는 라울의 호적에 이미 입적된 상태였습니다. 자, 여기 출생증명서가 있습니다. 아이의 아버지가 직접 작성하고 서명까지 남긴 신고서도 있군요. 그리고 늙은 유모가 작성한 증명서도 있고요. 부에노스아이레스의 유명한 사업가인 친구 세 명의 증언서도 함께 첨부돼 있습니다.

마지막으로 양친 사망신고서도 여기 이렇게 있습니다. 모든 서류는 법률로 인정받았고 프랑스 영사관의 인장이 찍혀 있습니다. 따라서 지금까지는 의심할 만한 어떤 점도 눈에 띄지 않으니 플로랑스 르바셰르 양을 라울 소브랑의 친딸이자 가스통 소브랑의 조카라고 인정해야겠군요."

"가스통 소브랑의 조카라니⋯ 그분의 조카라니⋯."

플로랑스가 더듬거렸다.

여자는 자신이 잘 알지 못하는 아버지에 관한 이야기에는 무덤덤한 반응을 보였다. 하지만 자신이 그토록 사랑했던 소브랑과 이처럼 밀접한 사이였다는 사실을 깨닫자 새삼 그리움이 북받치는지 서럽게 울기 시작했다.

진심에서 우러나오는 눈물일까? 아니면 세밀한 감정 연기까지 거뜬히 소화해내는 뛰어난 여배우의 눈물일까? 정말로 지금에서야 이 사실들을 알았을까? 아니면 이 사실들을 알았을 때 자신에게서 나옴 직한 반응을 흉내 내는 걸까?

돈 루이스는 젊은 여자를 보았을 때보다 더 주의 깊게 경찰청장의 얼굴을 살피며 결정권을 지닌 그 사내의 속마음을 읽으려 했다. 그러던 한순간, 흉악범들을 붙잡는 것만큼이나 분명하게 플로랑스의 체포 역시 기정사실화되었다는 사실을 직감하고 여자에게 얼른 다가가 말을 건넸다.

"플로랑스."

플로랑스는 눈물이 가득 고인 눈을 들어 바라볼 뿐 아무런 대답도 하지 않았다.

돈 루이스는 천천히 자신의 생각을 말했다.

"플로랑스, 자신을 변호해야만 합니다. 당신은 자신도 모르는 사이에 스스로 변호해야 하는 처지에 놓였어요. 일련의 사건으로 지금 당신이 얼마나 끔찍한 상황에 부닥쳤는지 이해해야 합니다. 플로랑스, 지금 청장께서는 지난 사건들을 논리적으로 되짚어 본 끝에 상속권을 가지고 이 방에 들어오는 자가 바로 모닝톤의 상속자들을 죽인 범인이라고 결론을 내린 상태입니다. 그런데 플로랑스, 당신이 이 방에 들어왔고 코스모 모닝톤의 상속자로 명백하게 밝혀진 겁니다."

돈 루이스는 플로랑스가 온몸을 떨며 사색이 되는 모습을 가만히 바라보았다. 하지만 여자는 어떠한 항변의 말도, 저항의 몸짓도 하지 않았다.

돈 루이스는 다시 말을 이었다.

"당신은 구체적인 혐의를 받고 있어요. 그런데도 아무 말도 안 하실 건가요?"

여자는 한동안 아무 말이 없다가 마침내 입을 열었다.

"뭐라고 할 말이 없군요. 뭐가 뭔지 도통 모르겠어요. 제가 무슨 말을 하길 바라세요? 모든 게 혼란스럽기만 한데…!"

플로랑스 앞에 선 돈 루이스는 불안함에 몸을 떨며 더듬거렸다.

"그게 다입니까…? 혐의를 인정하는 겁니까…?"

잠시 후 플로랑스는 조용한 목소리로 말했다.

"제발 차근차근 설명 좀 해주세요. 제가 아무 말도 하지 않으면 혐의를 인정하는 셈이 된다는 말씀인가요?"

"그렇습니다."

"그럼 전 어떻게 되는 건가요?"

"즉시 체포되어… 교도소로 가겠지요….”

"교도소라니!"

여자는 몹시 고통스러워 보였다. 아름다운 얼굴이 두려움으로 일그러졌다. 여자에게 교도소란 마리 안과 소브랑이 겪은 고통 그 자체를 의미했다. 절망, 수치, 죽음 등 마리 안과 소브랑이 피할 수 없었던 그 모든 끔찍한 것들을 의미했다. 그리고 이제 자신이 그들의 뒤를 이어 희생자가 될 참이었다….

엄청난 절망감이 여자를 짓눌렀다. 플로랑스는 신음하듯 말했다.

"너무 지쳐요…! 제가 할 수 있는 일이 아무것도 없는 것 같아요! 저를 둘러싼 어둠이 제 숨통을 죄어와요…. 아! 어찌 된 일인지 알 수만 있다면…!"

또다시 한동안 침묵이 흘렀다. 데말리옹은 몸을 숙인 채 온 정신을 집중해 플로랑스를 살폈다. 하지만 여자가 아무 말도 하지 않자 손을 뻗어 벨을 세 차례 눌렀다.

돈 루이스는 플로랑스에게 시선을 고정한 채 꼼짝도 하지 않았다. 마음속에서는 이 젊은 여인을 믿으라고 부추기는 사랑과 관대함의 본능이, 경계심을 가지라고 강요하는 이성과 치열한 전투를 벌이고 있었다. 무죄일까? 유죄일까? 도무지 알 수 없었다. 모든 정황이 플로랑스의 유죄를 입증했다. 그런데도 왜 자신은 이 여인에 대한 사랑을 멈출 수 없는 걸까?

그 순간 베베르가 부하들을 이끌고 방 안으로 들어왔다. 데말리옹은 플로랑스를 가리키며 베베르와 이야기를 몇 마디 나누었다. 베베르가 플로랑스에게 다가갔다.

"플로랑스."

돈 루이스가 외쳤다.

여자는 돈 루이스를 바라보았다. 그리고 베베르와 그의 부하들을 쳐다보았다. 마침내 상황을 파악한 듯 넋이 나간 창백한 얼굴로 뒷걸음치다가 휘청거리더니 갑자기 돈 루이스의 품으로 와락 달려들었다.

"아! 저를 구해주세요! 제발 부탁이에요. 저를 구해주세요!"

여자의 행동은 너무나 자연스러웠고, 여자가 내지른 고통의 비명에는 결백한 자의 공포가 짙게 배어 있었다. 순간 돈 루이스는 모든 것이 명확해진 느낌이었다. 강렬한 믿음이 마음속을 가득 채웠다. 의심, 경계심, 주저, 고민, 이 모든 것들이 거센 파도처럼 밀려드는 확신 앞에 무릎을 꿇었다. 돈 루이스는 소리쳤다.

"아닙니다, 절대 아닙니다! 청장님, 이건 도저히 이해할 수 없는 일입니다….."

돈 루이스는 플로랑스를 내려다보며 아무도 자신에게서 여자를 떼어낼 수 없을 만큼 꼭 끌어안았다. 두 사람의 눈이 마주쳤다. 돈 루이스의 얼굴이 플로랑스의 얼굴에 바짝 닿아 있었다. 한없는 절망감에 젖어 온몸을 바들바들 떠는 연약한 여자를 느끼자 돈 루이스는 강렬한 감정에 휩싸였다. 그리하여 플로랑스만 들을 수 있게끔 나지막한 목소리로 속삭였다.

"사랑합니다…. 사랑해요….. 아! 플로랑스, 내 안에서 일고 있는 감정들을 당신이 알 수만 있다면…. 지금 내가 얼마나 고통스럽고 행복한지 당신이 알 수만 있다면…. 아! 플로랑스, 플로랑스, 당신을 사랑합니다….”

청장의 신호에 따라 베베르는 멀찌감치 물러났다. 데말리옹은 돈 루이스와 플로랑스 르바셰르, 이 수수께끼 같은 두 인물 사이에서 벌어진 이 뜻밖의 사건을 조금 더 지켜보고 싶었다.

돈 루이스는 포옹을 풀고 여자를 안락의자에 앉혔다. 그런 다음 어깨를 붙잡고 두 눈을 들여다보며 말했다.

“플로랑스, 당신은 어찌 된 영문인지 이해하지 못하겠지만 나는 이제야 감이 잡히기 시작합니다. 이미 당신을 공포로 몰아넣은 암흑의 정체를 거의 파악했어요. 플로랑스, 내 말 잘 들어요…. 절대 당신이 저지른 일이 아닐 겁니다, 그렇지요…? 당신 뒤에, 당신 위에, 누군가 있는 겁니다. 그리고 바로 그자가 당신을 조종하고 있는 거고요…. 내 말이 맞지요? 그리고 그자가 당신을 어디로 데려가고 있는지조차 모르고 있고요.”

“아무도 저를 조종하지 않아요…. 무슨 말씀인가요? 설명 좀 해주세요.”

“그러지요. 분명 당신은 혼자가 아니었을 겁니다. 누군가 당신에게 이런저런 일을 하라고 지시했고, 당신은 그 일이 옳다고 믿었던 겁니다. 그래서 그 일로 초래될 결과를 미처 깨닫지 못한 채 행동에 나섰던 거지요…. 대답해봐요…. 당신은 전적으로 자유로운가요? 당신에게 영향력을 끼치는 사람은 정말 아무도 없나요?”

플로랑스는 마음을 추스른 듯했다. 여자의 얼굴에 예의 그 침착한 표정이 떠올랐다. 하지만 돈 루이스의 질문에 적잖이 당황한 기색이었다.

"절대 아닙니다. 전 그 누구의 영향력도 받고 있지 않아요…. 아니에요, 확신합니다."

돈 루이스는 더욱 맹렬한 기세로 다그쳤다.

"아니요, 그렇게 확신해선 안 됩니다. 그런 말은 하지 마세요. 당신도 모르는 사이에 누군가 당신을 조종하고 있는 겁니다. 잘 생각해보세요…. 당신은 코스모 모닝톤의 상속자입니다…. 하지만 단언컨대 당신은 그 유산에 전혀 관심이 없을 겁니다. 그건 제가 잘 압니다. 자, 그러니 당신이 이 유산을 탐내지 않는다면, 그럼 대체 누가 그 유산의 주인이 되는 겁니까? 대답해보세요…. 당신이 부자가 되면 이득을 얻거나 이득을 얻으리라고 믿는 사람이 존재합니까? 모든 문제가 여기에 달려 있습니다. 당신의 삶이 다른 누군가의 인생과 밀접하게 연관돼 있지는 않습니까? 남자친구나 약혼자는요?"

여자는 펄쩍 뛰었다.

"아! 절대 아니에요! 당신이 말하는 그 사람은 절대로…."

돈 루이스는 질투심에 휩싸여 소리쳤다.

"아! 시인하시는군요…. 내가 말한 그런 존재가 있는 거군요! 틀림없이 그 나쁜 놈이…."

돈 루이스는 더 이상 감정을 억누르려 하지도 않고 분노로 경련이 이는 얼굴로 데말리옹을 바라보았다.

"청장님, 드디어 목적지가 눈앞에 있습니다. 어느 방향으로 가야 할지는 제가 잘 알고 있습니다. 오늘 밤… 늦어도 내일까지는 야수 한 마리가 붙잡힐 겁니다…. 청장님, 이 서류에 첨부된 편지 한 장이 있지 않습니까? 르바셰르 양이 청장님께 제출한 서명 없는 편지 말입니다, 그 편지는 테른 가도에서 진료소를 운영하는 원장 수녀가 작성한 겁니다. 그러니 그 진료소를 즉시 수색하고, 원장 수녀를 여기 이 르바셰르 양과 대질시켜 신문해보면 결국 범인의 정체까지 밝혀낼 수 있을 겁니다. 하지만 지금 즉시 움직여야 합니다…. 그러지 않으면 때를 놓칠 겁니다. 야수가 달아나고 말 거라고요."

돈 루이스의 격정적인 태도는 저항할 수 없는 기운을 내뿜고 있었다. 그처럼 확고한 확신 앞에서 그 누구도 감히 반박할 엄두조차 내지 못했다.

하지만 이내 데말리옹 청장이 조심스럽게 이의를 제기했다.

"르바셰르 양이 우리에게 정보를 제공할 수도…."

"르바셰르 양은 절대로 입을 열지 않을 겁니다. 그자를 앞에 끌고 와 가면을 벗겨야만 겨우 입을 열겠지요. 아! 청장님, 제발 다시 한 번 저를 믿어주십시오. 지금껏 제가 단 한 번이라도 약속을 어긴 적이 있었습니까? 의심을 버리고 저를 믿으십시오, 청장님. 마리 안과 가스통 소브랑이 얼마나 무거운 혐의에 짓눌렸는지, 그래서 결백함에도 목숨을 잃을 수밖에 없었음을 떠올려보십시오. 사법 당국은 그 두 사람처럼 르바셰르 양마저 억울하게 희생당하길 바라는 건가요? 게다가 지금 제가 요구하는 건 르바셰르 양의 석방이 아닙니다. 그저 보호할 수단일 뿐입니다…. 다시 말해 한두 시간 정도 유예 시간을 주자는 거지요. 베베르 부국장한테 르바셰르 양을 감시하라고 하십시오. 그리고 청장님의 부하들도 우리를 따라나서게 하고요. 여기 있는 인원들 전부와 추가 인원도 지원해주십시오. 그토록 끔찍한 살인자를 잡으려면 이 정도 인원으로는 어림없을 테니까요."

데말리옹은 아무 대답도 하지 않았다. 잠시 후 청장은 베베르 부국장을 한구석으로 데려가 몇 분간 이야기를 나누었다. 데말리옹은 돈 루이스의 요구가 썩 내키지 않는 듯했다. 하지만 베베르가 이렇게 말하는 소리가 들려왔다.

"걱정하실 필요 전혀 없습니다, 청장님. 위험할 게 하나도 없어요."

결국 데말리옹은 돈 루이스의 요구를 받아들였다.

몇 분 후, 돈 루이스 페레나와 플로랑스는 베베르, 그리고 형사 두 명과 함께 자동차에 올라탔다. 경찰관들을 잔뜩 실은 다른 차도 그들의 뒤를 따랐다.

진료소는 경찰들에게 완전히 포위됐다. 베베르는 원칙대로 철저히 포위 작전을 수행했다.

자신의 전용차로 도착한 경찰청장은 직원의 안내를 받아 대기실을 지나 응접실로 들어갔다. 원장 수녀는 전갈을 받고 즉시 경찰청장을 만나러 나왔다. 돈 루이스와 베베르, 그리고 플로랑스가 참석한 가운데 경찰청장은 단도직입적으로 신문을 시작했다.

"수녀님, 저는 오늘 경찰청에서 이 편지를 받았습니다. 어떤 유산과 관련한 서류가 존재한다는 내용이 담겨 있지요. 제가 수집한 정보로는 서명도 없고 필체까지 변형된 이 편지가 바로 수녀님의 손에 의해 작성된 것이라는데, 그 말이 사실인가요?"

활기 넘치는 얼굴과 단호한 표정을 지닌 원장 수녀는 전혀 당황하는 기색 없이 차분히 대답했다.

"사실입니다, 청장님. 누구나 쉽게 짐작할 수 있는 몇 가지 이유로 저는 제 이름을 밝히지 않았답니다. 게다가 사실 청장님께 제대로 서류를 전달하기만 하면 그뿐이었으니까요. 하지만 이왕 이렇게 된 이상 성심성의껏 질문에 대답하겠습니다."

데말리옹은 플로랑스의 얼굴을 뚫어지게 쳐다보며 말을 이었다.

"수녀님, 우선 이 질문부터 드리지요. 여기 이 아가씨를 아십니까?"

"예, 잘 알고 있습니다, 청장님. 플로랑스는 몇 년 전 이곳에서 6개월 동안 간호사로 일했습니다. 그때 무척 좋은 인상을 받았기에 일주일 전 다시 찾아와 함께 일하겠다고 했을 때 저는 상당히 기뻤답니다. 다만 이미 신문을 통해 플로랑스의 소식을 접했던 터라 이름을 바꾸라고 부탁했지요. 그렇게 우리 진료소에 새내기 직원 한 명이 들어왔습니다. 이곳이 플로랑스에게 안전한 피난처 구실을 해준 셈이었지요."

"하지만 신문을 읽으셨으니 르바셰르 양이 어떤 혐의를 받고 있는지 알고 계셨을 텐데요?"

"청장님, 플로랑스를 아는 사람이라면 누구라도 그런 혐의 따위는 조금도 개의치 않을 겁니다. 플로랑스는 제가 지금까지

만나본 그 누구보다도 고결하고 양심적인 사람이니까요."

청장은 질문을 이어갔다.

"이제 서류와 관련된 이야기를 해보지요. 그 서류들은 어디서 났습니까?"

"어제 제 방에 통지서가 도착해 있어 읽어보니, 플로랑스 르바셰르 양과 관련된 서류를 제게 맡긴다는 내용이더군요…."

데말리옹이 불쑥 말을 잘랐다.

"하지만 그 사람은 어떻게 르바셰르 양이 이곳에 있는 줄 알았을까요?"

"그건 저도 모릅니다. 통지서에는 그저 오늘 아침 베르사유 우체국의 국유치 우편으로 제 이름이 적힌 서류가 도착해 있을 거라는 내용밖에 없었거든요. 그리고 아무에게도 이 사실을 알리지 말라는 내용과 함께 오후 3시에 플로랑스 르바셰르에게 이 서류를 전해 경찰청장님께 즉시 전달하게끔 해달라는 내용도 적혀 있었습니다. 그리고 마즈루 반장에게도 편지 한 장을 전해달라는 부탁이 담겨 있었어요."

"마즈루 반장에게요? 정말 이상하군요."

"그 편지 역시 동일 사건에 관한 내용이 담긴 것 같았어요. 저는 플로랑스를 무척 아낀답니다. 그래서 우선 그 편지를 마즈루 반장에게 보내고, 오늘 아침 베르사유에 갔습니다. 과연 사실이더군요. 서류들이 도착해 있었어요! 그런데 제가 돌아와 보니 플로랑스가 없더군요. 그래서 돌아올 때까지 기다리다 보니 결국 오후 4시경이 되어서야 그 서류들을 전해줄 수 있었습니다."

"그 서류의 발신지는 어디였습니까?"

"파리였어요. 봉투를 보니 여기서 가장 가까운, 니엘 가도의 우체국 소인이 찍혀 있더군요."

"수녀님 방 안에서 그 통지서가 발견된 사실이 좀 이상하다고 여기지는 않으셨나요?"

"물론 이상했지요. 하지만 이번 사건 자체가 원체 기이하지 않습니까?"

데말리옹은 플로랑스의 창백한 얼굴을 유심히 살펴보며 말했다.

"그래도… 그래도 말입니다…. 바로 이곳에서 그 같은 지시를 받고, 또 그 내용 또한 이곳에 사는 어느 한 사람과 관련된 것이니 혹시 그 사람이…."

원장 수녀가 소리쳤다.

"그러니까 플로랑스가 제 방에 몰래 들어와 그런 짓을 했다는 겁니까? 아! 청장님, 플로랑스는 절대 그럴 사람이 아닙니다."

플로랑스는 아무 말도 하지 않았다. 하지만 잔뜩 찌푸린 얼굴에는 마음속을 헤집고 있을 두려움이 역력히 드러나 있었다.

돈 루이스는 플로랑스에게 다가가 속삭였다.

"어둠이 서서히 걷히고 있군요. 그렇지요, 플로랑스? 그래서 마음이 아플 겁니다. 누가 원장 수녀의 방에 그 편지를 갖다 놓았습니까? 당신은 알고 있지요? 누가 이 모든 음모를 꾸미고 있는지 다 아시지 않습니까?"

플로랑스는 아무 대답도 하지 않았다. 그러자 경찰청장은 베베르 부국장을 바라보며 지시를 내렸다.

"베베르 부국장, 이 아가씨가 사용하는 방을 살펴보도록 하게."

원장 수녀가 항의하자 청장은 단호하게 말했다.

"저 아가씨가 왜 이토록 고집스럽게 침묵하는지, 우리로서는 반드시 그 이유를 알아야만 합니다."

플로랑스가 직접 길을 안내하기로 했다. 베베르가 방을 나서는 순간 돈 루이스가 외쳤다.

"조심하십시오, 부국장."

"조심하라니, 무얼 말입니까?"

"그건… 나도 모릅니다. 하지만 조심하는 게 좋을 겁니다."

사실 돈 루이스는 플로랑스의 행동이 왜 자신을 그토록 불안하게 만드는지 딱히 설명할 수 없었다.

베베르는 어깨를 으쓱해 보이고는 원장 수녀와 함께 밖으로 나갔다. 그리고 현관에서 부하 두 명을 더 데려갔다. 플로랑스가 앞장섰다. 플로랑스는 계단을 올라가 양쪽으로 방들이 죽 늘어선 긴 복도를 따라 걷다가 모퉁이를 돌았다. 그러자 매우 비좁은 통로가 나타났고, 그 끝에 문 하나가 있었다.

바로 그곳이 플로랑스가 거주하는 공간이었다.

문은 안쪽이 아니라 바깥쪽으로 열리게 돼 있었다. 그래서 플로랑스는 뒤로 물러서면서 문을 잡아당겼고, 그 바람에 베베르 역시 살짝 뒤로 물러설 수밖에 없었다. 플로랑스는 그 틈을 타 방 안으로 잽싸게 들어가 문을 닫아버렸다. 워낙 순식간에 벌어진 일이라 부국장은 다급히 문을 잡으려고 손을 뻗었지만,

헛손질만 하고 말았다.

부국장은 분노로 치를 떨었다.

"교활한 계집 같으니라고! 모든 증거를 불태워버리려는 거야."

그러고는 원장 수녀를 바라보며 말했다.

"이 방에 다른 출구가 있습니까?"

"없습니다."

부국장은 문을 열려고 했지만 이미 열쇠와 빗장으로 단단히 잠긴 상태였다. 하는 수 없이 덩치 큰 한 부하에게 길을 내주었고, 그 사내는 주먹 한 방으로 문짝을 부서뜨렸다.

베베르가 다시 나섰다. 문에 난 구멍 속으로 팔을 집어넣어 빗장과 자물쇠를 푼 다음 안으로 들이닥쳤다.

하지만 플로랑스는 이미 사라지고 없었다.

맞은편에 작은 창문이 활짝 열려 있는 것으로 보아 그쪽으로 빠져나간 게 분명했다.

"젠장! 도망쳤잖아."

베베르는 그렇게 소리를 지르고는 층계 쪽으로 달려가 쩌렁쩌렁한 목소리로 지시를 내렸다.

"모든 출구를 감시해! 여자를 붙잡으라고!"

데말리옹이 서둘러 달려왔다. 청장은 부국장과 마주치자마자 자초지종을 물은 뒤 플로랑스의 방 안으로 들어갔다. 열린 창문은 작은 안뜰을 향해 나 있었는데, 건물 일부를 환기해주는 일종의 환기구 역할을 했다. 창문 밖을 내려다보니 여러 개의 도관이 아래까지 뻗어 있었다. 플로랑스는 분명 그 도관에 매달려 내려갔을 것이다. 이 같은 도주를 감행하다니, 얼마나 대담하고 끈질긴 여자란 말인가!

탈출로를 봉쇄하기 위해 이미 경찰관들이 사방에 포진해 있었다. 오랜 시간이 걸리지 않아 플로랑스가 어떻게 도망칠 수 있었는지 밝혀졌다. 즉 경찰관들이 1층과 지하실을 수색하는 동안 플로랑스는 안뜰에서 자기 방 바로 아래에 있는 원장 수녀의 방으로 들어가 수녀복으로 갈아입어 위장한 다음, 자신을 찾고 있는 사람들 한가운데를 유유히 빠져나간 것이다! 모두 밖으로 뛰쳐나갔다. 하지만 이미 어둠이 짙게 깔린 상태였다. 게다가 항상 사람들로 북적이는 이 번잡한 동네에서 어떻게 수색이 결실을 거두리라 기대할 수 있겠는가?

청장은 불편한 심기를 감추지 않았다. 돈 루이스 역시 자신의 계획을 좌절시킨 이 도주로 큰 낭패감을 느꼈기 때문에 베베르의 서투른 행동을 거침없이 지적하고 나섰다.

"내가 뭐라 그랬습니까, 부국장. 조심하라고 하지 않았습니까! 르바셰르 양의 태도를 보고도 이런 일이 벌어지리라 예측하지 못했다니. 플로랑스는 분명 범인을 알고 있고 그자를 찾아가 해명을 요구할 거란 말입니다. 누가 알겠습니까? 그자의 꼬임에 넘어가 그자를 도울지. 그렇게 되면 두 사람 사이에 무슨 일이 벌어지겠습니까? 자신의 정체가 탄로 난 걸 알면 그자는 무슨 짓이라도 하려 할 거란 말입니다!"

데말리옹은 또다시 원장 수녀에게 질문을 던지기 시작했고, 곧 플로랑스 르바셰르가 일주일 전 이곳으로 은신하기 전에 생루이 섬에 있는 작은 호텔에서 이틀간 머물렀다는 사실을 알아냈다.

비록 대단한 단서는 아니었지만 지금 이 상황에서는 결코 무시할 수 없는 정보였다. 경찰청장은 플로랑스에 대한 의심이 조금도 수그러들지 않은 데다 이 젊은 여인의 체포에 한없는 중요성을 부여하고 있었기에 곧장 베베르와 그의 부하들에게 이 족적을 따라가라고 명령했다. 돈 루이스도 부국장과 동행하기로 했다.

곧 경찰청장의 짐작은 사실로 판명됐다. 과연 플로랑스는 생루이 섬의 호텔에 가명으로 방을 빌려 은신했다. 그런데 한 호텔 직원의 증언으로는 플로랑스가 도착하자마자 어떤 소년이 호텔 프런트로 와 플로랑스를 불러달라고 부탁했고, 곧 플로랑스를 데리고 밖으로 나갔다는 것이다.

그들은 곧장 플로랑스의 방으로 올라갔고, 이내 신문지로 싼 꾸러미 하나를 발견했다. 그 안에는 수녀복이 담겨 있었다. 그러니 플로랑스의 꼬리를 밟은 게 확실했다.

얼마간의 시간이 흘러 밤이 되어서야 베베르는 그 소년을 찾아냈다. 소년은 그 동네에 사는 어느 관리인의 아들이었다. 도대체 이 소년이 플로랑스를 어디로 데려간 걸까? 질문해보았지만 소년은 자신을 믿어주고 눈물을 흘리며 안아주던 부인을 결코 배신할 수 없다며 완고하게 버텼다. 엄마가 어르고 아빠가 따귀를 때려도 소년은 좀처럼 고집을 꺾지 않았다.

하지만 그것만으로도 플로랑스가 생 루이 섬을 떠나지 못했거나 기껏해야 그 근방에 있다는 사실은 알아낼 수 있었다.

경찰은 밤새 끈질기게 추적을 벌였다. 베베르는 동네 선술

집에 임시 수사본부를 설치해 정보를 수집했고, 틈틈이 찾아오는 경찰관들에게 지시를 내렸다. 그뿐만 아니라 경찰청과도 상시 연락망을 구축해놓았다.

밤 10시 반, 경찰청장이 보낸 지원 인력이 부국장과 합류했다. 그 가운데에는 플로랑스 때문에 화가 머리끝까지 치솟은, 루앙에서 돌아온 마즈루도 끼어 있었다.

추적은 계속되었다. 돈 루이스는 서서히 수사의 주도권을 장악해갔다. 베베르조차 돈 루이스의 생각에 따라 이 집 문을 두드리고 저 사람에게 물어볼 정도였다.

밤 11시, 추적은 여전히 아무런 성과도 없었다. 극심한 불안감에 휩싸인 돈 루이스는 애간장이 탔다.

하지만 자정이 조금 지났을 무렵, 한 차례 날카로운 호각 소리가 울려 퍼져, 모든 인원은 생루이 섬의 동쪽 끝에 있는 앙주 둑길로 모여들었다. 그곳에는 경찰관 두 명이 행인들에게 에워싸인 채 그들을 기다리고 있었다. 사정인즉 저 멀리, 그러니까 섬 밖에 있는 앙리 4세 둑길에서 택시 한 대가 어느 건물 앞에 주차돼 있었는데, 건물 안에서 다투는 소리가 들리더니 잠시 후 그 자동차가 뱅센 쪽으로 사라졌다는 것이다.

모두 앙리 4세 둑길로 달려갔다. 그리고 곧 문제의 건물을 발견했다. 건물 1층은 곧바로 보도에 접해 있었다. 목격자를 통해 파악된 상황은 이러했다. 택시는 몇 분 동안 그 문 앞에서 대기하고 있었다. 그리고 곧 두 남녀가 1층에서 나왔는데, 여자는 남자의 손에 거의 끌려나오다시피 했다. 택시 문이 닫히자마자 차 안에서 남자가 소리쳤다.

"기사 양반, 생제르맹 대로로 갑시다. 강변도로를 타고… 그런 뒤 베르사유 쪽으로 가십시오."

한편 건물의 여자 관리인은 한층 더 구체적인 정보를 제공했다. 관리인은 이 1층 세입자를 그날 저녁 처음 보았다. 세입자는 샤를이라는 서명이 적힌 수표로 집세를 지급하고 좀처럼 집에 들르지 않았다. 이에 호기심을 품고 있던 관리인은 마침 관리실과 붙어 있는 여자의 집에서 들려오는 대화 소리를 유심히 엿들었다. 두 남녀가 다투고 있었는데, 갑자기 남자가 언성을 높이며 소리쳤다고 한다.

"나와 함께 갑시다, 플로랑스. 제발 부탁입니다. 내일 아침이면 내 결백을 입증할 모든 증거를 보여주겠습니다. 그래도 나와 결혼하기를 거절한다면, 그땐 미련을 버리고 배를 타겠습니다. 이미 모든 준비를 끝마쳤습니다."

그리고 잠시 후 웃음을 터트리며 보다 큰 소리로 말했다.

"무엇이 두려운 건가요, 플로랑스? 내가 당신을 죽이기라도 할까 봐? 아니, 절대 그런 일은 없을 거예요. 안심하세요…."

그 이후로 관리인은 아무 소리도 듣지 못했다. 하지만 그것만으로도 지금껏 품은 그 모든 우려의 정당성을 증명하기에 충분했다.

돈 루이스는 부국장을 덥석 붙잡았다.

"지금 당장 쫓아갑시다! 단언컨대 그자는 무슨 짓이라도 할 위인입니다. 그놈은 호랑이란 말이에요! 플로랑스를 죽이려 들게 뻔합니다!"

돈 루이스는 부국장을 이끌고 그곳에서 500미터 떨어진 곳에 주차해놓은 두 대의 경찰차를 향해 부리나케 달려갔다. 하지만 마즈루는 돈 루이스를 만류했다.

"우선 집을 뒤져서 단서를 찾는 편이 나을 것 같은데요…."

돈 루이스는 한층 더 서두르며 소리쳤다.

"아! 집이든 단서든 나중에 살펴보면 될 일입니다…. 지금 그자는 우위를 점령한 상태란 말이지요…. 플로랑스를 데리고 있고… 곧 죽일 겁니다…. 이건 함정입니다…. 틀림없이…."

돈 루이스는 두 남자를 엄청난 완력으로 잡아끌며 밤의 어둠 속에서 고래고래 소리 질렀다.

그들은 자동차가 세워진 곳에 거의 다다랐다.

돈 루이스는 자동차가 시야에 들어오자마자 명령조로 말했다.

"출발합시다! 내가 직접 운전하겠어!"

돈 루이스는 운전석에 오르려 했다. 하지만 베베르가 뒷좌석으로 밀치며 단호하게 말했다.

"그럴 필요는 없습니다. 이 사람은 숙련된 운전기사니까. 이 사람에게 맡기는 편이 훨씬 더 빠를 겁니다."

"베르사유로 갑시다!"

돈 루이스가 외쳤다.

자동차가 출발했지만 돈 루이스는 끊임없이 떠들어댔다.

"그놈을 반드시 잡아야 합니다…! 두 번 다시 오지 않을 기회란 말입니다. 그자도 속력을 내긴 하겠지만, 구태여 무리해서 달리지는 않을 겁니다. 우리가 쫓아오는 걸 모를 테니…. 아! 나쁜 놈, 코를 납작하게 만들어줄 테다! 여보세요, 운전기사, 좀 더 빨리 갑시다! 그런데 이 차 안에 왜 이렇게 비좁게 붙어 앉은 거야? 부국장과 나, 단둘만 탔어도 충분했을 텐데…. 아! 마즈루, 당신은 당장 내려서 다른 차에 타도록 하세요…. 그렇지 않습니까, 부국장? 이건 좀 너무하잖아요….”

돈 루이스는 문득 말을 멈췄다. 뒷좌석에, 그것도 부국장과 경찰관 사이에 끼어 앉아 있던 돈 루이스는 창밖을 내다보려고 살짝 몸을 일으켜야만 했다. 그리고 중얼거렸다.

“아니, 이런! 이 멍청한 차가 어디로 가고 있는 거야? 이쪽 길이 아닌데…. 여보세요, 이게 어떻게 된 일입니까?”

대답 대신 폭소가 돌아왔다. 베베르가 발까지 구르며 즐거워하는 것이다. 돈 루이스는 입 밖으로 쏟아지는 욕지거리를 간신히 참으며 차 밖으로 뛰어내리려고 안간힘을 썼다. 하지만 곧 여섯 개의 손이 덮쳐 꼼짝달싹 못하게 붙들었다. 부국장이 멱살을 움켜쥐었고, 다른 경찰관들은 팔을 붙잡았다. 자동차 안이 워낙 비좁았던 터라 돈 루이스는 제대로 저항할 수조차 없었다. 곧 관자놀이에 차가운 총구가 와 닿는 것이 느껴졌다.

베베르가 으르렁대듯 말했다.

“허튼수작하지 마! 그러다가 머리통이 박살 날 수가 있어, 이 친구야. 아! 이런 일이 벌어지리라고는 꿈에도 생각 못 했나 보지…. 하하! 이것이 바로 베베르의 복수라고…!”

페레나가 계속해서 몸부림치자 위협적인 목소리로 덧붙였다.

“할 수 없군…. 셋까지 세겠다…. 하나… 둘….”

"이게 어찌 된 일입니까? 무슨 일이 있었던 거예요?"

돈 루이스가 울분에 찬 목소리로 소리쳤다.

"경찰청장님의 지시이다. 방금 하달받았지."

"대체 무슨 지시를 받은 건가요?"

"플로랑스인지 뭔지 하는 계집이 또다시 도망칠 경우, 자네를 유치장으로 끌고 오라는 지시지."

"영장은 가지고 있습니까?"

"물론이지."

"이제 어떻게 할 셈입니까?"

"뭐, 별거 있나…. 상테 교도소에… 예심에…."

"이런 제길, 그동안 호랑이는 저 멀리 달아날 거란 말입니다! 젠장, 이다지도 멍청할 수가 있나…! 천지 분간도 못 하는 얼간이들만 모였군! 아! 빌어먹을!"

돈 루이스는 불같이 화를 냈다. 그러다 차가 유치장 안으로 들어가자 온 힘을 끌어모아 부국장의 손에서 총을 낚아채는 동시에 경찰관 한 명에게 주먹을 날려 기절시켰다.

하지만 곧 경찰관 열 명가량이 자동차를 향해 달려들었다. 저항해봐야 아무 소용없는 상황이었다. 이 사실을 깨닫자 돈 루이스의 분노는 더욱 하늘을 찔렀다.

돈 루이스는 경찰관들에게 둘러싸여 기록 보관소 앞에서 몸 수색을 당하는 동안에도 끊임없이 소리쳤다.

"멍청한 놈들! 다 된 밥에 재를 뿌려도 유분수지! 어떻게 일을 이따위로 망쳐놓을 수가 있나! 손만 뻗으면 잡을 수 있는 악당을 놔두고 정직한 사람을 가두다니…. 진짜 악당은 지금 도망치고 있단 말이다…. 곧 또다시 살인을 저지를 거라고…. 아, 플로랑스… 플로랑스….”

램프 불빛 아래 경찰관들에게 에워싸인 돈 루이스는 덧없는 분노만을 터트리고 있었다.

경찰관들이 돈 루이스를 끌고 가려 했다. 하지만 돈 루이스는 곧장 가공할 괴력을 발휘해, 마치 한 무리의 사냥개가 죽어가는 짐승의 몸뚱이에 들러붙듯 자신에게 악착같이 달라붙은 경찰관들을 떨쳐냈다. 베베르마저 밀쳐내고 마즈루에게 다가가 느닷없이 반말로 말을 건넸다. 돈 루이스의 태도는 들끓던 분노를 다스린 듯 상당히 침착하고 한없이 권위적이었다. 마치 군 명령을 내리듯 짤막한 문장으로 다급하게 지시를 내렸다.

“마즈루, 당장 경찰청장을 찾아가게…! 청장에게 발랑글레에게 전화하라고 전하도록…. 그래, 국무총리에게 말이야…. 총리를 만나야겠네…. 그러니 이렇게 전해. 내가 바로 그 사람이라고…. 독일 황제를 좌지우지한 사람이 바로 나라고… 내 이름? 그건 이미 알고 있을 거야. 만약 기억하지 못한다면 상기시켜주게. 이게 바로 내 이름이지.”

돈 루이스는 잠시 뜸을 들이더니 한층 더 엄중한 목소리로 말했다.

“아르센 뤼팽! 그 이름과 함께 간단히 용건만 전해. ‘아르센 뤼팽이 중차대한 사안으로 총리님을 뵙고자 합니다….’ 즉시 총리께 전화해야 할 거야. 내 요구가 늦게 전달된다면 틀림없이 총리도 나중에 이 사실을 알고 격노할 거라고. 자, 당장 가게, 마즈루. 그러고 나서 놈의 뒤를 다시 쫓도록.”

유치장 소장이 죄수 명부를 펼쳐놓고 있었다.

돈 루이스가 말했다.

"내 이름을 적으십시오, 소장. 이렇게 말입니다. 아르센 뤼팽…."

소장이 미소를 지으며 응수했다.

"다른 이름이었다면 꽤 당황했을 겁니다. 안 그래도 당신에게 발부된 영장에는 바로 그 이름이 적혀 있거든. **돈 루이스라고 불리는 아르센 뤼팽!**"

돈 루이스는 소장의 말을 듣고 움찔했다. 아르센 뤼팽으로 체포된 것이라면 자신은 생각보다 훨씬 더 심각한 곤경에 처해 있는 것이다.

"아! 애초부터 작정하신 거로구만…."

베베르가 의기양양한 목소리로 말했다.

"그걸 지금 알았나! 정면공격에 나서서 뤼팽에게 직격탄을 날리기로 했던 거지. 꽤 대담한 작전 아닌가? 아, 걱정하지 말게! 아직 재밌는 일들이 많이 남아 있으니."

돈 루이스는 아무런 대꾸도 하지 않았다. 대신에 마즈루 쪽으로 몸을 돌려 같은 말을 되풀이했다.

"내 지시를 잊지 말게, 마즈루."

하지만 또 한 차례 예상치 못한 상황이 닥쳤다. 마즈루가 아무런 대답도 하지 않았던 것이다. 돈 루이스는 마즈루를 좀 더 자세히 쳐다보고는 또다시 소스라쳤다. 마즈루 역시 경찰관들에게 에워싸여 옴짝달싹 못하는 처지였다. 가엾은 반장은 잠자코 서서 소리 없이 눈물을 흘리고 있었다.

베베르는 한층 더 신나서 떠들어댔다.

"마즈루를 용서해주게, 뤼팽. 마즈루 반장도 자네와 함께 감옥 신세를 지게 될 테니. 뭐, 적어도 유치장 신세는 면치 못할 걸세."

돈 루이스는 굳은 얼굴로 말했다.

"이런! 마즈루가 수감된다고요?"

"청장님의 지시일세. 정식 영장까지 발부된 상태지."

"무슨 죄목으로 말입니까?"

"아르센 뤼팽의 공범…."

"마즈루가 내 공범이라고요? 세상에! 마즈루는 세상에서 제일 정직한 사내입니다."

"물론 마즈루는 세상에서 제일 정직한 사내이지. 하지만 그래도 바로 저자가 자네에게 편지를 전달한 운반책 노릇을 했다는 사실에는 변함없네. 자네의 은신처를 알고 있었다는 게 그 증거 아니겠나. 그것 말고도 자네에게 들려줄 이야기가 아주 많아, 뤼팽. 분명 자네도 무척 재밌어할 거야."

돈 루이스가 중얼거렸다.

"가엾은 마즈루!"

그러고는 큰 소리로 말했다.

"울지 말게, 이 친구야. 그저 하룻밤만 지나면 끝날 일이야. 물론이지. 이제 자네는 나와 함께 싸우는 거야. 그리고 몇 시간 후 우리는 함께 적을 쓰러뜨리고 승리를 거둘 걸세. 그러니 울지 말게. 내 자네에게 더욱 영예스럽고, 무엇보다 돈벌이도 좋은 자리를 마련해줄 테니. 내가 자네를 책임질 걸세. 설마 내가 이런 상황을 예견하지 못했으리라 생각하고 있는 건 아니겠지? 자네는 날 잘 알고 있지 않나! 그러니 내일이면 난 석방될 거고, 그렇게 되면 정부는 자네를 풀어준 다음 연대장에 버금가는 명예와 총사령관 부럽지 않은 녹봉을 퍼부을 거야. 그러니 울지 말게, 마즈루."

그런 다음 베베르에게 몸을 돌려, 장군이 조금의 이의도 허용치 않는 기세로 단호하게 명령을 내리듯 말했다.

"부국장, 내가 마즈루에게 맡겼던 임무를 당신이 대신 수행하십시오. 우선 경찰청장에게 연락을 취해 내가 중차대한 일로 총리를 꼭 만나야 한다고 전하십시오. 그런 다음 베르사유로 가서 호랑이의 흔적을 추적하도록 하십시오. 당신의 능력은 이미 잘 알고 있습니다. 당신의 그 열정과 성실함을 전적으로 믿겠습니다. 그럼 내일 정오에 다시 만나도록 합시다."

그러고는 여전히 명령을 내리는 장군의 태도로 경찰관의 안내에 따라 당당하게 감방으로 향했다.

그때 시각이 오전 1시, 10분 전이었다. 그러니까 이미 50분 전부터 적은 이제 빼앗기 거의 불가능한 먹잇감이 돼버린 플로랑스를 태우고 신나게 대로를 달리고 있는 것이다.

감방 문이 닫히고 빗장이 채워졌다.

돈 루이스는 생각에 잠겼다.

'내 바람대로 경찰청장이 발랑글레에게 전화를 건다고 해도 발랑글레는 아침이 밝아서야 내 석방을 결정할 거야. 그러니 내가 석방되기까지 그놈은 여덟 시간이나 시간을 버는 셈이지…. 제기랄!'

돈 루이스는 잠시 더 생각에 잠기더니 기다리는 것밖에는 달리 할 수 있는 일이 없음을 깨달은 듯 어깨를 한번 으쓱하고는 침대에 몸을 던지며 중얼거렸다.

　"이만 코 자자, 뤼팽."

6
열려라, 참깨!

평소에는 마음만 먹으면 얼마든지 원하는 만큼 잠을 잘 수 있었지만, 그날 돈 루이스는 세 시간밖에 눈을 붙이지 못했다. 숱한 걱정거리로 마음이 괴로운 데다, 비록 빈틈없이 철저하게 행동 계획을 세워놓긴 했어도 이 계획을 좌절시킬 장애물들이 머릿속에 계속 떠올랐기 때문이다. 물론 베베르는 데말리옹에게 자신의 말을 전할 것이다. 하지만 과연 데말리옹이 총리에게 전화할 것인가?

돈 루이스는 발을 구르며 단호하게 말했다.

"틀림없이 전화할 거야. 전화한다고 해서 청장이 잃을 건 아무것도 없을 테니까. 하지만 반대로 전화를 안 한다면 감당해야 할 위험 부담이 너무 크잖아. 게다가 내 체포 건에 대해 발랑글레 총리와 분명히 사전에 논의했을 테니, 분명 그에게 이와 관련된 경과보고도 해야 할 거야…. 그러니… 분명…."

돈 루이스는 발랑글레가 자신의 요청을 전해 들은 후 어떠한 결정을 내릴지도 곰곰이 생각해보았다. 과연 내각의 수장인 국무총리가 아르센 뤼팽의 지시에 따르고 계획에 동조하는 무모함을 감수하리라고 기대할 수 있을까?

"반드시 나타날 거야! 발랑글레는 체면이나 객설 따위에는 크게 신경 쓰지 않는 인물이니까. 그래, 반드시 올 거야! 적어도 호기심 때문에라도…. 과연 내가 무슨 이야기를 할지 궁금해서라도 말이지. 게다가 나를 잘 알잖아! 공연히 다른 사람들을 성가시게 하는 그런 인물이 절대 아니라고. 나와 이야기하고 나면 상대는 항상 얻는 게 있지. 그러니 반드시 나타날 거야!"

하지만 곧 또 다른 의문이 꼬리를 물었다. 설사 발랑글레가 온다손 치더라도, 페레나의 제안에 동의하리라고는 보장할 수 없지 않은가. 게다가 가까스로 발랑글레를 설득한다 하더라도 그 이후에 또 얼마나 많은 위험이 도사리고 있는가! 여전히 얼마나 많은 의문점이 남아 있는가! 실패할 가능성은 또 얼마나 다분하단 말인가! 베베르가 과연 도주자의 차를 따라잡을 만큼 충분히 민첩하고 대범하게 행동할까? 그래서 그자의 꼬리를 다시 잡을 수 있을까? 그자의 꼬리를 잡았다고 해도, 과연 다시 놓치지 않을 수 있을까?

그리고… 그 모든 일이 다 잘 풀린다고 하더라도, 이미 때를 놓친 후가 아닐까? 그래, 야수를 추적해서 결국 궁지에 몰아넣는다고 치자. 하지만 그놈이 이미 자신의 먹잇감을 덮친 후라면? 자신에게 더 이상 희망이 없다고 느낀다면 숱한 살인을 저지른 자가 과연 한 명쯤 더 죽이는 것을 주저하겠는가?

바로 이러한 생각이 돈 루이스를 극도의 공포로 몰아넣었다. 머릿속에 떠오른 웬만한 장애물들은 예의 그 단단한 자신감으로 모두 극복했지만, 그럼에도 돈 루이스는 결국 이 끔찍한 환영에 사로잡히고 말았다. 희생자가 된 플로랑스! 싸늘한 시체가 된 플로랑스!

돈 루이스는 중얼거렸다.

"아! 고문이 따로 없구나. 나만이 플로랑스를 구할 수 있는데 내 손발을 이렇게 묶어놓다니."

돈 루이스는 데말리옹이 왜 느닷없이 마음을 바꿔 체포에 동의했는지, 그래서 여태껏 사법 당국이 그토록 피하고 싶어 했던 그 성가신 아르센 뤼팽을 되살린 건지, 그 이유에 대해서는 거의 생각하지 않았다. 사실 이런 문제들이 안중에도 없었다. 오로지 지금은 플로랑스의 목숨만이 중요했던 것이다. 시간은 무심하게 흘러갔다. 일분일초가 흐를수록 플로랑스는 그만큼 죽음의 수렁으로 서서히 다가가는 셈이었다.

돈 루이스는 몇 년 전 지금과 비슷한 상황에 놓여 있던 때를 떠올렸다. 그때도 감방 문이 열리기를, 그래서 독일 황제가 나타나 주기만을 기다렸다. 하지만 지금 이 순간은 그때보다 얼마나 더 엄중한가! 그때에는 기껏해야 그 일에 자신의 자유가 달려 있었다. 하지만 지금은 플로랑스의 목숨이 운명의 손아귀에 놓여 있다.

"플로랑스! 플로랑스!"

돈 루이스는 절망감에 휩싸인 채 그 이름을 반복해서 불렀다.

이제 더 이상 플로랑스의 결백을 의심하지 않았다. 아울러 그자 역시 플로랑스를 사랑하고 있으며 막대한 자산을 보증해주는 존재로서뿐만 아니라 사랑의 전리품으로 여자를 납치했으며 만약 자기가 소유하지 못한다면 그 전리품을 아예 파괴하고 말 것이라고 확신했다.

"플로랑스! 플로랑스!"

돈 루이스는 깊은 낙담에 빠졌다. 자신의 실패가 피할 수 없는 기정사실처럼 느껴졌다. 플로랑스를 뒤쫓는다? 살인범을 붙잡는다? 지금은 감히 꿈도 못 꿀 일이다. 아르센 뤼팽이라는 이름으로 이렇게 교도소 안에 갇힌 이상 앞으로 몇 달, 아니 몇 년을 이곳에 갇혀 있을지 모를 일 아닌가!

그제야 돈 루이스는 자신이 플로랑스에게 품은 사랑이 어떠한 것인지 명료히 깨달을 수 있었다. 부에 대한 욕망, 권력욕, 승리욕, 야심, 원한 등 과거 자신의 삶을 이끌었던 그 모든 것들이 이제는 한 여인을 향한 사랑에 온전히 자리를 내주었다. 지난 두 달 동안 돈 루이스는 오로지 플로랑스의 마음을 얻기 위해 싸워왔다. 사건의 진상을 규명하고 범인을 벌하려 했던 것도 모두 플로랑스를 위험에서 구하기 위해서였다. 따라서 플로랑스가 죽는다면, 때를 놓쳐 적의 손아귀에서 구하지 못한다면, 차라리 감옥에서 이대로 썩는 편이 나을 것이다. 교도소에서 죽음을 맞는 아르센 뤼팽⋯. 그것이야말로 진정으로 사랑한 유일한 여성에게조차 사랑받지 못한, 한 사내의 실패한 인생에 더없이 어울리는 최후가 아니겠는가?

잠시 후 감정의 발작이 가라앉았다. 원체 평소의 성격과 반하는 심리 상태였기에, 돈 루이스는 곧바로 그 불안한 감정 상태에서 빠져나와 한 치의 의심과 불안도 허용치 않는 절대적인 자신감을 되찾았다. 태양이 떠오르고 있었다. 감방 안에 점점 햇빛이 들어차기 시작했다. 돈 루이스는 발랑글레가 아침 8시에 보보 광장에 있는 총리 관저로 출근한다는 사실을 떠올렸다.

이제 돈 루이스의 마음은 한없이 고요해졌다. 앞으로 펼쳐질 사건들이 마치 새로운 국면이라도 맞은 듯 조금 전과는 전혀 다른 양상으로 다가왔다. 싸움은 쉬울 듯했고 현실은 지극히 명료해 보였다. 이제 곧 자신의 지시가 이루어져 모든 일이 뜻대로 풀릴 것임을 확신했다. 필연적으로 부국장은 경찰청장에게 보고를 올리게 돼 있다. 그러면 경찰청장은 날이 밝자마자 아르센 뤼팽의 요구를 발랑글레에게 전달할 것이다. 그러고 나면 발랑글레는 아르센 뤼팽과의 면담을 기꺼이 받아들일 것이다. 그리고 결국 아르센 뤼팽은 이 면담 도중 발랑글레의 동의를 얻을 것이다. 이는 가설이 아니라 명백한 사실이고, 풀어야 할 문제가 아니라 이미 해결된 문제다. 이를테면 A라는 출발점에서 출발하면 B와 C를 거쳐 좋든 싫든 D라는 종착점에 도착하는 것과 같은 이치다.

돈 루이스는 갑자기 웃음을 터뜨렸다.

"이봐, 친애하는 친구, 아르센! 자네는 독일 황제를 브란덴부르크 궁전 구석에서 나오게 한 적도 있잖아. 하물며 발랑글레는 그렇게 멀리 사는 것도 아니라고! 필요하면 자네가 직접 만나러 갈 수도 있어. 그래, 그거야! 뭐, 내가 직접 나서지. 총리 관저로 직접 찾아가 이렇게 말하는 거야. 총리님, 다시 만나 뵙게 되어 영광입니다."

돈 루이스는 쾌활한 발걸음으로 문 쪽으로 다가가 마치 당장 문이 열리고 면담을 하러 갈 것처럼 굴었다.

돈 루이스는 이런 장난을 세 번 반복했는데, 깃털 장식이 달린 펠트 모자를 손에 든 듯 정중한 몸가짐을 하고선 허리를 한참 숙여 인사까지 했다. 그리고 이렇게 중얼거리는 것이었다.

"열려라, 참깨!"

네 번째로 이 주문을 외쳤을 때, 정말로 문이 열렸다.

교도관이 들어왔다.

돈 루이스는 한껏 점잔을 빼는 말투로 물었다.

"총리 각하를 너무 오래 기다리시게 한 건 아니겠지요?"

복도에는 형사 네 명이 서 있었다.

"이 신사분들은 내 호위병들이신가? 자, 갑시다. 스페인 귀족이자 독실한 가톨릭 신자이며 스페인 국왕 폐하의 친척, 아르센 뤼팽이 간다고 전해주십시오. 신사분들, 내가 뒤를 따르겠습니다. 아, 교도관! 여기 20에퀴를 받으십시오. 고맙습니다, 친구."

복도로 나오자 돈 루이스는 문득 걸음을 멈추었다.

"이런! 그러고 보니 장갑도 없고 면도도 못했잖아."

형사들이 돈 루이스를 에워싸고는 거칠게 앞으로 밀었다. 그러자 돈 루이스는 형사 두 명의 팔을 움켜잡았다. 두 사람은 신음을 토해냈다.

"이거 왜 이러시나. 날 구타하라는 명령을 받았나, 그건 아니지? 당연히 수갑을 채우라는 명령도 없었을 테고? 그럼 얌전히 굴게, 젊은 친구들."

소장이 현관에 나와 있었다. 돈 루이스는 곧장 소장에게 말을 건넸다.

"덕분에 간밤에 편안하게 지냈습니다. 당신네 관광 클럽 호텔 객실은 정말로 추천할 만하더군요. 이 유치장 호텔에 점수를 후하게 줘야겠습니다. 수감자 명부에 추천의 글이라도 적어줄까요? 필요 없다고요? 설마 내가 다시 돌아올 거라고 기대하는 겁니까? 이런! 소장, 너무 기대하지는 마십시오. 내가 요즘 시급히 처리해야 할 문제들이 너무 많아서⋯."

안뜰에는 자동차 한 대가 대기하고 있었다. 돈 루이스는 네 명의 경찰관과 함께 차에 올라탔다.

"보보 광장으로 갑시다."

돈 루이스가 운전기사에게 말했다.

"비뇌즈가로."

경찰관 한 명이 돈 루이스의 말을 정정했다.

"오호! 총리 각하의 사저로 가는 건가? 각하께서는 나를 비밀리에 만나고 싶으신 모양이로군. 좋은 징조야. 그건 그렇고 친애하는 친구들, 지금 몇 시쯤 됐나?"

아무도 질문에 대답하지 않았다. 게다가 경찰관들이 커튼까지 쳐놓아서 광장 시계탑도 볼 수 없었다.

트로카데로 근처에 있는 발랑글레의 저택에 도착한 후 아담한 1층에 들어가고 나서야 겨우 괘종시계를 볼 수 있었다.

돈 루이스는 시계를 보자마자 소리쳤다.

"7시 30분이군. 완벽해. 시간이 그리 많이 지체되지 않았어. 드디어 뭔가 일이 풀리는 느낌이야."

발랑글레 총리의 서재는 낮은 층계로 이어져 있었고, 이 층계 아래에는 새장이 가득한 정원이 펼쳐져 있었다. 서재 안에는 책과 그림들이 가득했다.

벨소리가 울리자 경찰관들은 자신들을 인도했던 늙은 하인의 안내에 따라 곧바로 서재에서 나갔다.

이제 서재에는 돈 루이스 혼자 남았다.

돈 루이스는 여전히 침착한 상태였지만 그럼에도 다소 초조했고 얼른 행동에 나서서 싸우고 싶어 몸이 근질거렸다. 시선은 자꾸만 괘종시계로 향했다. 커다란 시곗바늘이 돈 루이스의 눈에는 역동적으로 살아 움직이는 것만 같았다.

마침내 누군가 서재 안으로 들어왔고, 뒤이어 또 다른 한 사람이 모습을 드러냈다.

발랑글레와 경찰청장이었다.

'됐어, 드디어 걸려들었어.'

돈 루이스는 속으로 중얼거렸다.

그 나이 든 총리의 야위고 앙상한 얼굴에는 상대에 대한 호감이 어렴풋이 배어 있는 듯했다. 총리의 태도에선 거만한 기색이라고는 눈곱만큼도 찾아볼 수 없었다. 국무총리를 찾아온 이 수상쩍은 인물과 국무총리 사이를 가로막는 장벽은 아무것도 없는 듯했다. 발랑글레의 쾌활한 얼굴에는 호기심과 호감이 서려 있었다. 그렇다, 발랑글레는 여태껏 단 한 번도 이 사내에 대한 호감을 숨긴 적이 없다. 심지어 아르센 뤼팽의 위장 죽음 후에도 이 모험가와의 기이한 인연을 자랑삼아 이야기하곤 했다.

총리는 돈 루이스를 한참 살펴보더니 말했다.

"별로 변하지 않았군요. 얼굴이 까무잡잡해졌고 관자놀이에 흰머리가 조금 더 생긴 정도, 단지 그뿐이군요."

그러고는 단도직입적으로 물었다.

"그래, 원하는 게 무언가요?"

"우선 제 질문에 답변부터 해주십시오, 총리 각하. 어젯밤 저를 유치장으로 끌고 간 베베르 부국장이 플로랑스 르바셰르 양을 납치한 자동차의 행방을 찾아냈습니까?"

"그렇습니다. 그 차는 베르사유에서 멈췄다고 합니다. 차를 타고 있던 사람들이 다른 차를 빌려 타고 낭트로 향했다더군요. 자, 또 뭐가 궁금합니까?"

"절 석방해주십시오, 총리 각하."

발랑글레가 빙그레 웃으며 말했다.

"물론 지금 당장 석방해달라는 말이겠지요?"

"늦어도 40~50분 안에는 석방돼야 합니다."

"그러니까 8시 30분까지군요?"

"아무리 늦어도 그때까지는 석방돼야 합니다."

"그런데 왜 석방해달라는 겁니까?"

"코스모 모닝톤과 베로 형사, 그리고 루셀 가문의 자손들을 죽인 살인범을 잡기 위해서입니다."

"당신 혼자서 그자를 잡을 수 있겠습니까?"

"예."

"하지만 이미 경찰들이 그자를 쫓고 있습니다. 통신망도 구축된 상태고요. 살인범은 결코 프랑스 밖으로 도주할 수 없을 겁니다. 결코 우리의 손아귀에서 벗어날 수 없을 거란 말입니다."

"경찰은 그자를 찾아내지 못할 겁니다."

"찾아낼 겁니다."

"만약 경찰이 나선다면 그자는 플로랑스 르바셰르 양을 죽일 겁니다. 일곱 번째 희생자가 나올 거란 말입니다. 그걸 원하십니까?"

발랑글레는 잠시 뜸을 들인 뒤 말을 이었다.

"그렇다면 당신은 이 모든 정황과 경찰청장이 제기한 타당한 의혹들에도 플로랑스 르바셰르 양이 결백하다고 믿는 겁니까?"

"오! 전적으로요, 총리 각하."

"그리고 르바셰르 양이 죽음의 위험에 처해 있다고 믿고요?"

"실제로 그렇습니다."

"플로랑스 르바셰르 양을 사랑합니까?"

"예. 사랑합니다."

발랑글레는 순간 짜릿한 기쁨을 느꼈다. 뤼팽이 사랑에 빠지다니! 뤼팽이 사랑에 휘둘리고 자신의 사랑을 고백하다니! 이 얼마나 흥미진진한 모험이란 말인가!

발랑글레가 말했다.

"나 역시 모닝톤 사건의 추이를 매일같이 지켜보았기에 이 사건의 상세한 부분까지 모두 알고 있습니다. 당신은 정말이지 기적 같은 일들을 해냈더군요. 당신이 아니었다면, 이번 사건은 여전히 캄캄한 미궁 속에 빠져 있었을 겁니다. 하지만 그럼에도 몇 가지 실수가 있었다는 점을 지적하지 않을 수 없군요. 다른 사람도 아닌 당신이 그런 실수를 저질러서 사실 적잖이 놀랐는데, 이제 그 이유를 알 것 같습니다. 사랑이 당신의 행동을 지배하는 목적이고 원칙이었던 거로군요. 하지만 당신이 그렇게 주장한다 해도 플로랑스 르바셰르 양의 지난 행동과 상속자로서 가지는 지위, 그리고 진료소에서 느닷없이 도주한 사실 등을 미루어볼 때, 우리는 플로랑스 르바셰르 양이 이번 사건에서 특정 역할을 담당했으리라는 가정을 결코 배제할 수 없습니다."

돈 루이스는 괘종시계를 가리켰다.

"총리 각하, 시간이 흐르고 있습니다."

발랑글레는 웃음을 터트렸다.

"역시 독특한 인물이로군! 돈 루이스 페레나, 내가 절대 권력을 지닌 군주가 아닌 게 유감입니다. 그랬다면 당신을 내 비밀경찰의 수장으로 임명했을 텐데."

"이미 바로 전 독일 황제께서 제게 그 직책을 제안했었습니다."

"아, 세상에!"

"하지만 제가 거절했습니다."

발랑글레는 더 크게 웃음을 터트렸다. 하지만 시곗바늘은 이미 7시 45분을 가리키고 있었다. 돈 루이스는 점점 더 초조해졌다. 발랑글레는 자리에 앉은 뒤 더는 지체하지 않고 곧바로 본론으로 들어갔다.

"돈 루이스 페레나, 당신이 다시 나타났을 때, 다시 말해 쉬셰 대로에서 살인 사건이 벌어진 그날, 경찰청장과 나는 당신의 진짜 정체를 확신했습니다. 페레나는 바로 뤼팽이었지요. 우리가 왜 죽은 당신을 되살리지 않고 간접적으로 보호해주었는지, 그 이유는 굳이 설명하지 않아도 잘 알고 있을 겁니다. 경찰청장도 전적으로 나와 같은 생각이었지요. 당신이 추진했던 일들은 공공의 이익과 정의에 이바지하는 것이었고 당신의 협조는 우리에게 커다란 도움이 되었으니, 당신이 방해받지 않고 일을 해나갈 수 있도록 뒤에서 도왔던 겁니다. 요컨대 돈 루이스 페레나가 전투를 훌륭히 이끌고 있었기에 아르센 뤼팽을 그저 어둠 속에 놔두려고 했던 거지요. 하지만 유감스럽게도….”

발랑글레는 또다시 뜸을 들이다가 단호한 말투로 말했다.

“유감스럽게도 어제저녁 경찰청장은 명백한 증거들과 함께 당신이 아르센 뤼팽임을 고발하는 매우 구체적인 진술서를 받았다고 합니다.”

돈 루이스가 소리쳤다.

“그럴 리가! 그건 이 세상 그 누구도 구체적으로 증명할 수 없는 사실입니다. 아르센 뤼팽은 죽은 사람이란 말입니다.”

발랑글레가 동의했다.

“맞습니다. 하지만 그 사실이 곧 돈 루이스 페레나가 실존 인물이라는 사실을 의미하는 건 아니지 않습니까.”

“돈 루이스 페레나는 분명 합법적으로 살아 있는 실존 인물입니다, 총리 각하.”

“그럴지도 모르지, 하지만 누군가 그 사실에 이의를 제기했습니다.”

“도대체 그자가 누구입니까? 오직 단 한 사람만 그럴 수 있는

데, 만약 저를 고발하면 그자 역시 끝장이란 말입니다. 그자가
그토록 어리석지는 않을 텐데요."

"어리석지 않은 건 사실이지만 꽤 교활하더군요."

"페루 공사관원인 카세레스 씨를 말씀하시는 건가요?"

"그렇습니다."

"하지만 그자는 지금 외국에 있을 텐데요!"

"사실 지금 도주 중입니다. 공사관의 공금을 횡령했거든요.
그런데 외국으로 도망치기 전에 어제저녁 우리에게 도착한 그
진술서를 미리 작성해놓은 겁니다. 진술서를 통해 그자는 바로
자신이 돈 루이스 페레나라는 이름으로 당신에게 가짜 호적을
만들어줬다고 자백했고요. 여기 당신이 그자와 주고받았던 편
지들입니다. 그리고 이건 그자의 진술을 입증할 온갖 서류들이
고요. 이 증거들을 살펴보면 누구라도 다음과 같은 사실을 인
정할 수밖에 없을 겁니다. 첫째는 당신이 돈 루이스 페레나가
아니라는 것이고, 둘째는 당신이 아르센 뤼팽이라는 것을 말입
니다."

돈 루이스는 발끈 성을 냈다.

"그 망할 카세레스라는 작자는 한낱 도구에 지나지 않습니
다. 분명 다른 누군가가 그를 매수해 뒤에서 조종한 겁니다. 바
로 그 악당 놈 짓입니다. 그자의 수법이 분명해요. 또다시 결정
적인 순간에 저를 제거하려 했던 겁니다."

"나 역시 그렇게 생각합니다. 하지만 동봉된 편지로는 그 서
류들이 모두 사본이며 만약 오늘 아침까지 당신이 체포되지 않
는다면 원본을 오늘 저녁 파리의 주요 언론사에 넘길 거라더군

요. 그래서 어쩔 수 없이 고발장을 접수한 겁니다."

돈 루이스가 소리쳤다.

"하지만 청장님, 카세레스는 지금 외국에 있고 카세레스를 매수한 악당도 그 위협을 실행에 옮길 수 없는 도망자 신세이니, 서류의 원본들이 언론사에 넘어갈 걱정을 할 까닭이 있습니까!"

"누가 알겠습니까? 적이 이미 대비책을 세워놓았을 수도 있지요. 공범이 있을 수도 있고요."

"공범은 없습니다."

"그걸 어떻게 아십니까?"

돈 루이스는 발랑글레를 잠시 쳐다보다가 말했다.

"무슨 뜻입니까, 총리 각하?"

"내가 말하고자 하는 바는 바로 이겁니다. 카세레스 씨의 위협으로 사실 우리는 몹시 다급한 입장이었음에도 플로랑스 르 바셰르 양의 역할을 명확히 규명하고 싶었던 청장은 어제저녁 당신의 수사를 중단시키지 않았습니다. 하지만 이 수사는 결국 아무런 성과도 거두지 못했기 때문에 청장은 마침 우리를 돕고 있는 돈 루이스를 이용해 최소한 아르센 뤼팽이라도 잡고자 했던 겁니다. 만약 지금 뤼팽을 놓아준다면 그 서류들은 틀림없이 언론에 공개될 것이고, 그렇게 되면 우리 경찰들은 대중의 눈에 또 얼마나 우습고 어리석게 비치겠습니까. 상황이 이러한데, 당신이 불쑥 나타나 불법적이고 임의적이며 용인할 수 없는 아르센 뤼팽의 석방을 요구하고 있는 겁니다. 따라서 나는 당신의 요구를 거절할 수밖에 없습니다. 당신의 요구를 거절하겠습니다."

총리는 잠시 말을 멈췄다가 이렇게 덧붙였다.

"하지만 만약…."

"만약…?"

"하지만 만약(이게 바로 내가 궁극적으로 하고 싶은 말입니다) 당신이 특별하고 놀라운 무언가를 대신 제안한다면, 그 터무니없는 석방 요구를 받아들임으로써 내게 초래될 수 있는 그 모든 난처한 일들을 기꺼이 감수할 마음이 생길 수도 있지요."

"하지만 총리 각하, 제가 진범을 잡아서 대령한다면…."

"그 일이라면 사실 당신의 도움이 그다지 필요치 않습니다."

"임무를 마치는 즉시 수감자 신분으로 돌아오겠다고 맹세를 드린다면요, 총리 각하?"

발랑글레는 어깨를 으쓱해 보였다.

"그렇게 하면 무슨 이득이 생기는 겁니까?"

방 안에 잠시 침묵이 흘렀다. 두 사람 사이에 팽팽한 기류가 흘렀다. 발랑글레 같은 주도면밀한 인물이 그저 말로 하는 약속만으로 만족할 리 만무했다. 구체적이고 현실적인 이익을 원했던 것이다.

돈 루이스가 말을 이었다.

"총리 각하, 그렇다면 제가 그동안 조국을 위해 봉사했던 몇 가지 사례들을 말씀드려도 되겠습니까…?"

"말해보십시오."

돈 루이스는 방 안을 잠시 서성이다가 발랑글레에게 다시 다가가 이야기를 시작했다.

"1915년 5월 어느 늦은 오후, 센 강변도로 근처에 있는 파시 둑길의 모래 더미 옆에 세 남자가 모여 있었습니다. 당시 경찰은 몇 달 전부터 3억 프랑어치의 황금이 담긴 자루를 찾고 있었습니다. 적군이 프랑스에서 몰래 모아온 황금을 국외로 막 반출하려던 참이었거든요(《황금 삼각형》 참조 - 옮긴이). 그 세 남자 중 두 사람의 이름은 바로 발랑글레와 데말리옹이었지요. 그리고 두 남자를 그곳으로 불러 모은 세 번째 남자는 발랑글레 장관에게 지팡이로 모래 더미를 찔러보라고 했습니다. 황금이 바로 거기에 있었던 거지요. 그로부터 며칠 후 이탈리아는 프랑스 편에 서기로 하고 4억 프랑어치에 달하는 황금을 선금으로 받았습니다."

발랑글레는 몹시 놀란 기색이었다.

"그건 아무도 모르는 이야기인데…. 그 이야기를 대체 누구한테 들었습니까?"

"바로 그 세 번째 남자한테서 들었습니다."

"세 번째 남자의 이름이 무엇입니까?"

"돈 루이스 페레나입니다."

발랑글레가 외쳤다.

"당신… 당신이! 황금이 있는 곳을 발견한 사람이 바로 당신이었다고요? 당신이 그 자리에 있었다고요?"

"예, 바로 저였습니다, 총리 각하. 그때 각하께서 제게 무엇으로 보상해줄지 물어보셨지요. 바로 오늘 저는 그에 대한 보상을 요청하는 바입니다."

곧바로 대답이 돌아왔다. 발랑글레가 냉소를 흘리며 말했다.

"오늘이라고? 4년이 지난 오늘? 너무 늦었습니다, 선생. 다지나간 과거일 뿐이지요. 전쟁은 끝났습니다. 이제 와서 새삼스레 옛날 일을 들춰내지 맙시다."

돈 루이스는 다소 당황한 기색이었다. 하지만 이내 꿋꿋이 말을 이었다.

"1917년, 사레크 섬에서 끔찍한 사건이 벌어졌습니다(《서른개의 관》 참조 - 옮긴이). 각하께서도 이 사건을 아실 겁니다. 하지만 돈 루이스 페레나가 이 사건에 개입한 사실은 분명 모르고 계실 겁니다. 그리고 그때 그 계획이 무엇이었느냐면…."

발랑글레는 주먹으로 탁자를 쿵 내리쳤다. 그리고 목소리를 높여 기품을 잃지 않은 친숙한 말투로 말했다.

"여보세요, 아르센 뤼팽, 정정당당히 시합에 임하세요. 정말로 게임에서 이기고 싶다면, 그만한 대가를 치르란 말입니다! 당신은 지난 공적이나 막연한 약속만 줄기차게 이야기하고 있어요. 아르센 뤼팽이라 불리는 자가 고작 그런 것으로 발랑글레의 마음을 사려는 겁니까? 맙소사! 당신의 지난 행적들과 특히 간밤에 벌어진 일들로 르바세르 양과 당신은 영락없이 대중들에게 이 비극의 주범으로 비칠 겁니다. 이미 그런 분위기가 감돌고 있고요. 말하자면 당신네 두 사람이 바로 이번 사건의 유일한 진범으로 지목될 상황이라고요. 그런데 르바세르 양이 줄행랑까지 친 이 마당에 당신은 내게 석방을 요구하고 있습니다! 좋습니다, 까짓 그러지요! 하지만 망설이지 말고 그만한 값을 치르란 말입니다."

돈 루이스는 다시 서성대기 시작했다. 마음속에서는 최후의 결투가 벌어지고 있었다. 패를 펼쳐 보이려는 순간 마지막 망설임이 발목을 붙잡고 있었다. 마침내 돈 루이스는 우뚝 멈추어 섰다. 결심을 굳힌 것이다. 그만한 값을 지급해야 한다면 기꺼이 그 값을 치르리라.

돈 루이스는 가감 없이 솔직한 태도로 딱 부러지게 말했다.

"예, 더 이상 흥정하지 않겠습니다, 총리 각하. 지금 제가 각하께 제안하려는 것은 각하께서 상상하시는 것 이상으로 특별하고 놀라운 겁니다. 하지만 플로랑스 르바셰르 양의 목숨이 경각에 달려 있으니 그보다 더한 것도 기꺼이 내놓을 수 있습니다. 될 수 있으면 덜 불리한 거래를 하려 했는데, 각하의 말씀을 듣고 깨끗이 단념했습니다. 그러니 이제 제가 가진 모든 패를 펼쳐 보이겠습니다. 각하께서 요구하셨고 저는 결심이 섰으니까요."

총리는 이루 말할 수 없이 기뻤다. 특별하고 놀라운 무언가라! 도대체 그것이 무엇일까? 그토록 거창한 수식어에 어울릴 만한 제안이 과연 무엇일까?

"말해보십시오, 선생."

돈 루이스 페레나는 동등한 입장에서 협상에 임하는 사람의 태도로 발랑글레의 맞은편에 자리를 잡고 앉았다.

"간단히 말씀드리겠습니다. 우리나라의 내각 수반에게 제가 꺼내놓을 패는 단 한 문장으로 요약될 수 있습니다."

"단 한 문장이라?"

"그렇습니다."

돈 루이스는 딱 부러지게 말했다.

그러고는 발랑글레의 눈동자를 뚫어지게 쳐다보며 한 마디 한 마디 천천히 말했다.

　"딱 스물네 시간 동안 자유를 보장해주신다면, 내일 아침 이곳에 플로랑스를 데리고 와서 제 결백을 입증할 모든 증거를 제시할 것이며 만약 플로랑스 없이 혼자 온다면 다시 감옥으로 돌아갈 것이라는 약속과 함께 저는 각하께…."

　돈 루이스는 잠시 뜸을 들이다가 진중한 목소리로 말을 이었다.

　"왕국을 드리겠다고 맹세하겠습니다, 총리 각하."

　실소를 유발할 정도로 터무니없는 제안이었고, 정신 나간 사람이나 바보가 내뱉을 어리석기 짝이 없는 말이었다.

　하지만 발랑글레는 낯빛 하나 변하지 않았다. 상대가 이런 상황에서 한가하게 농담이나 할 사내가 아니라는 사실을 잘 알고 있었기 때문이다.

　노련한 총리는 상대가 제시한 제안이 비밀리에 다루어야 할 중차대한 정치적 사안임을 단번에 직감하고는 경찰청장을 힐끗 쳐다보았다. 데말리옹이 방 안에 있는 것이 자못 불편한 기색이었다.

　하지만 돈 루이스가 말했다.

　"간곡히 부탁하건대, 데말리옹 경찰청장님도 이곳에 남아 제 이야기를 듣게 해주십시오. 청장님은 그 누구보다 제 이야기의 가치를 제대로 평가해줄 적임자이며, 몇몇 대목에서는 그 신빙성을 입증해줄 분이기도 하니까요. 게다가 데말리옹 청장님은 결코 경솔하게 이야기를 발설해 제게 실망을 안기지도 않을 겁니다."

발랑글레는 웃음이 나오는 것을 참을 수 없었다.

"데말리옹 청장에게도 도움을 준 적이 있나 보지요?"

"예, 바로 그렇습니다, 총리 각하."

"그 이야기를 좀 들어볼 수 있겠습니까…?"

데말리옹이 의아해하며 말했다.

"정 그러시다면 말씀드리겠습니다…. 파시 둑길에서 우리가 모였던 그날 저녁, 그러니까 4년 전입니다. 데말리옹 청장님, 저는 당시 말단 공무원에 불과했던 당신에게 경찰청장 자리를 약속했지요. 그리고 물론 저는 그 약속을 지켰습니다. 제 영향력 아래 있던 장관 세 명이 청장님의 임명을 요청했으니까요. 그 사람들 이름까지 대야 합니까…?"

발랑글레는 더 크게 웃으며 소리쳤다.

"그럴 필요 없습니다! 그만하면 됐습니다! 당신의 말을 믿지요. 당신이 그토록 전능하다는 걸 믿습니다. 그리고 데말리옹 청장, 그런 얼굴 하지 마십시오. 이런 대단한 인물에게 신세 진 게 그리 부끄러울 일이겠습니까? 이제 본격적으로 이야기를 꺼내보십시오, 뤼팽."

발랑글레는 끝 모를 호기심에 휩싸였다. 돈 루이스의 제안이 실질적인 결실을 거둘지는 그다지 관심이 없었다. 사실 마음속으로는 그럴 가능성이 거의 없다고 생각했다. 단지 도대체 이 비범한 인물이 어디까지 대범하게 나올 수 있는지, 이번에는 또 어떤 놀라운 모험담을 풀어놓아 그토록 침착하고 솔직한 태도로 내놓았던 자신의 주장들을 설득하려는지 알고 싶을 뿐이었다.

"잠깐 실례하겠습니다."

돈 루이스가 말했다.

그러고는 자리에서 일어나 벽난로 쪽으로 다가갔다. 그런 다음 벽에 걸려 있는 작은 서북 아프리카 지도를 떼어내 책상 위에 펼쳐놓고는 지도의 네 귀퉁이에 무거운 물체를 올려 고정했다. 그리고 말을 이었다.

"총리 각하, 사실 그동안 청장님이 무척 궁금해했던 문제가 하나 있습니다. 그 문제를 알아내려고 수사까지 벌인 걸로 알고 있습니다. 바로 지난 3년간의 저의 행적을(좀 더 정확하게 말하자면 아르센 뤼팽의 행적이지요) 알고 싶었던 겁니다. 특히 외인부대에 있었을 때 제가 어떻게 지냈는지를 말입니다."

"그 조사는 사실 내가 지시한 겁니다."

발랑글레가 불쑥 말했다.

"그래서 성과는 있었나요?"

"아무런 성과도 얻지 못했습니다."

"그렇다면 전쟁 중 제가 무엇을 했는지도 모르고 계시겠군요?"

"그렇습니다."

"그럼 지금 말씀드리겠습니다, 총리 각하. 프랑스도 충성스러운 그의 아들이 조국을 위해 어떤 일을 했는지 마땅히 알아야 할 테니까요…. 그렇지 않으면… 언젠가는 전쟁 중 후방에 숨어 있었다는 비난이 제게 쏟아질 수도 있을 텐데, 그거야말로 부당하기 짝이 없는 일이거든요. 각하께서도 기억하고 계시

듯이 저는 개인적으로 너무나 끔찍한 일을 겪고 자살을 시도했다가 그것마저 실패하자 결국 외인부대에 입대했지요. 당시 저는 그저 죽고만 싶었습니다. 그래서 모로코인들의 총에 맞으면 그토록 염원하던 안식을 얻으리라 생각했던 겁니다. 하지만 그마저도 뜻대로 되지 않더군요. 아마도 그렇게 죽을 운명은 아니었나 봅니다. 그리고 세상 일이 다 그렇듯, 저는 차차 자신도 모르게 죽음에 대한 생각에서 벗어나 삶에 대한 욕구를 되찾기 시작했습니다. 몇 차례 꽤 눈부신 무공을 세우다 보니 자신감과 의욕이 생기더군요. 새로운 꿈이 마음속에 싹텄습니다. 새로운 이상이 머릿속을 가득 채웠습니다. 시간이 흐를수록 저는 더 넓은 공간과 더 많은 자유와 더 폭넓은 시야를 누리길 원했습니다. 더욱 참신하고 특별한 경험을 하고 싶었던 거지요. 물론 다정하게 저를 맞아준 용맹한 외인부대 동료에 각별한 애정을 품고 있었습니다. 하지만 외인부대 안에서는 모험에 대한 갈증이 시원하게 해소되지 않았습니다. 그러던 중 1914년 11월, 유럽이 전쟁의 소용돌이에 휘말렸다는 소식을 접했고, 저는 그때 이미 웅대한 목표를 향해 한 발짝 한 발짝 나아가고 있었습니다. 그 목표가 무엇인지 명확히 인지하지 못했지만 알 수 없는 힘이 그 목표로 이끌고 있었지요. 당시 제게는 스페인 왕실에 막강한 권력을 지닌 친구가 몇 명 있었습니다. 마드리드와 파리 사이에 협상이 있고 나서 마드리드의 요청에 따라 저는 비밀 임무를 띠고 파리로 파견됐습니다. 그게 바로 제 목표였지요. 프랑스의 이익에 제가 얼마나 이바지할 수 있는지 당장 확인해보고 싶던 참이었으니까요. 그 후 저는 서너 가지 중대한 임무를 성공적으로 완수했습니다. 3억 프랑의 황금 사건도 그중 하나이고요. 결국 그렇게 해서 이탈리아의 참전을 도운 셈이니까요. 하지만 고백하자면 이 모든 것들이 제 눈에는 그저 부차적인 일들로 보였습니다. 제게는 더 중요한 과업이 있고, 마침내 그것이 무엇인지 깨달았던 거지요. 프랑스를 열세에 놓이게 할 약점들을 파악한 겁니다. 그동안 제가 찾아 헤맸던 목표가 드디어 눈앞에 모습을 드러냈던 거지요. 임무가 끝났으니 저는 모로코로 돌아갔습니다. 그로부터 한 달 뒤, 저는 남쪽 지역으로 파견됐고 베르베르족이 쳐놓은 함정에 스스로 뛰어들어, 쉽게 빠져나올 수 있었음에도 일부러 포로가 됐습니다. 이것이 바로 이 이야기의 핵심입니다, 총리 각하. 저는 포로였지만 자유로웠습니다. 다른 삶이, 제가 열망했던 삶이 눈앞에 펼쳐졌습니다. 하지만 하마터면 이 모험은 비극으로 끝날 뻔했습니다. 저를 붙잡았던 쉰 명가량의 베르베르인들은 아틀라스 산맥 중부에 있는 지역들을 돌아다니며 약탈을 일삼는 커다란 유목 부족의 한 무리였습니다. 그들은 우선 열두어 명의 사내가 보초를 서고 있는, 우두머리의 부인들이 머무는 천막으로 가더군요. 그리고 짐을 챙겨 길을 떠났지요. 일주일 동안 강행군이 이어졌습니다. 꽤 고통스러웠습니다. 두 손을 등 뒤로 묶인 채 말을 탄 사람들을 쫓아가야 했으니까요. 그런데 그들이 문득 바위투성이 비탈을 내려다보는 좁은 고지대에서 멈추더군요. 주위에는 사람의 뼈와 프랑스군의 무기 파편들이 돌멩이들 사이 여기저기에 흩어져 있었습니다. 그들은 그곳에 말뚝을 박고 저를 묶더군요. 그들의 행동과 엿들은 대화를 통해 추정컨대, 마침내 저를 죽이기로 한 눈치였습니다. 그들은 제 귀와 코, 혀를 자르고 그다음에는 분명 머리를 칠 참이었습니다. 하지만 우선 자신들의 식사부터 준비하더군요. 그들은 근처 우물가로 갔습니다. 그리고 웃으며 제게 가할 다양한 고문들을 자세히 설명해줄 때만 빼고는 먹고 마시느라 신경조차 쓰지 않았습니다. 하룻밤이 그렇게 지나갔습니다. 그들에게 좀 더 적절한 시간대인 아침으로 고문이 미뤄졌던 거지요. 과연 날이 밝자마자 그들은 나를 에워싸고 소리를 지르더군요. 여자들의 날카로운 외침이 고함에 간간이 섞여 들려왔습니다. 내 그림자가 그들이 전날 모래 위에 그어놓은 선을 넘자 갑자기 조용해졌습니다. 그리고 제게 외과 시술을 할 임무를 맡은 사람이 저벅저벅 걸어와 혀를 내밀라고 하더군요. 저는 순순히 혀를 내밀었지요. 그러자 망토에 가려진 한 손으로 내 혀를 붙잡고 다른 한 손으로는 칼집에서 단도를 꺼내 들었습니다. 그때 그자의 그 잔혹하면서도 천진한 기쁨이 묻어난 눈빛을 아마 평생 잊지 못할 겁니다. 마치 새의 날개와 다리를 부러뜨리며 즐거워하는 악동의 눈빛 같았지요. 그러나 다음 순간 그자가 지었던 그 얼빠진 표정 역시 평생 잊지 못할 겁니다. 그 단도는 둥근 손잡이와 전혀 위해를 가할 수 없을 만큼 우스꽝스러운 꼴로 동강이 난 칼날만 남은 상태였거든요…. 칼날은 칼집에 겨우 꽂혀 있을 정도로 아주 짤막해져 있었지요. 그자는 치밀어 오르는 분을 참지 못해 고래고래 소리를 질러대더군요. 그리고 곧 자신의 동료에게 달려들어 단도를 빼앗아 들었지요. 하지만 이번에도 그자는 얼빠진 표정을 지었습니다. 그 단도 역시 칼날은 온데간데없고 거의 손잡이만 남은 상태였으니까요. 곧바로 소란이 일었고, 모두 자신의 칼을 꺼내 휘두르기 시작했습니다. 하지만 곧장 분노의 아우성이 터져 나왔습니다. 마흔다섯 명의 사내들이 가지고 있던 마흔다섯 개의 칼날이 모두 부러져 있었던 겁니다. 그러자 그토록 이해할 수 없는 일이 벌어진 게 모두 내 탓이라도 되는 듯 그들의 우두머리가 사납게 달려들더군요. 그자는 키 크고 마른 노인이었습니다. 약간 꼽추인 데다 애꾸눈이인 대단한 추남이었지요. 우두머리는 커다란 권총을 제 머리에 바짝 겨누었는데, 그 모습이 어찌나 못나 보이던지 저는 그만 웃음을 터트리고 말았습니다. 그자는 곧장 방아쇠를 당겼습니다. 하지만 총알은 발사되지 않았습니다. 또다시 방아쇠를 당겼지만 이번에도 역시 불발이었습니다. 흥분한 그들은 일제히 고함을 지르고 서로 떼밀며, 제가 묶여 있는 말뚝으로 거칠게 달려들었습니다. 그리고 장총, 권총, 기병총, 스페인식 나팔총 등 온갖 무기들을 제게 들이밀었습니다. 모두가 방아쇠를 당겼고 여기저기서 공이 치는 소리가 들렸습니다. 하지만 장총도, 권총도, 기병총도, 스페인식 나팔총도 모조리 불발됐습니다. 이 얼마나 놀라운 기적입니까! 각하께서도 그자들의 넋 나간 표정을 보셨어야 했는데! 정말이지 그때만큼 배꼽 빠지게 웃어본 적은 없었던 것 같습니다. 그런 저를 보고 그들은 당황해서 어쩔 줄 모르더군요. 어떤 놈들은 천막으로 뛰어가 화약을 가져오고, 또 어떤 놈들은 황급히 총을 다시 장전했지요. 하지만 또다시 불발인 겁니다! 적은 저를 해칠 수 없었습니다. 저는 그저 웃고 또 웃었지요! 하지만 이런 상황이 오래갈 리는 만무했습니다. 그들에게는 저를 없앨 방법이 스무 가지도 넘게 있었으니까요. 목 졸라 죽일 수도 있었고 총의 개머리판으로 때려눕힐 수도 있었고 돌팔매질할 수도 있었습니다. 적의 인원은 마흔 명도 넘었으니까요! 늙은 우두머리는 커다란 돌덩이를 들고 제게 다가왔습니다. 증오가 가득한 사나운 얼굴을 하고 말이지요. 부하 두 명의 도움을 받아 그 거대한 돌을 제 머리 위로 치켜들고는 그대로 내려쳤습니다…. 하지만 돌은 내 바로 앞, 말뚝 위에 떨어졌습니다. 그 딱한 노인으로서는 참으로 어리둥절한 광경이 펼쳐졌던 겁니다. 제가 순식간에 밧줄을 끊고 뒤로 물러나서 그자로부터 세 발짝 떨어진 곳에 선 채, 놈들이 날 포로로 붙잡았을 때 내게서 뺏어갔던 권총 두 자루를 내밀고 있었거든요! 단지 몇 초 만에 벌어진 일이었습니다. 그런데 이번에는 내가 그랬듯 그 우두머리 역시 빈정거리는 웃음을 터트리는 겁니다. 그자는 머릿속이 뒤죽박죽된 나머지 내가 들고 있던 총 두 자루도 자신들이 겨눴던 무기들처럼 불발되리라고 굳게 믿었던 거지요. 우두머리는 커다란 돌덩이를 주워들어 제 얼굴에 던지려 했습니다. 그의 부하 둘도 따라 하더군요. 그리고 곧 모두가 돌덩이를 주워들었습니다…. '꼼짝 마, 안 그러면 쏜다!' 제가 소리쳤습니다. 하지만 우두머리가 돌을 던지더군요. 저는 고개를 숙였습니다. 동시에 세 발의 총성이 울려 퍼졌고요. 그리고 우두머리와 그의 부하 둘이 그 자리에서 쓰러져 죽었습니다. '자, 이제 누가 나서볼 텐가?' 저는 남은 무리를 쳐다보며 소리쳤습니다. 이제 마흔두 명의 모로코인이 남은 셈이었지요. 그리고 저는 열한 발의 총알을 가지고 있었고요. 그들이 꼼짝도 안 하기에 저는 재빨리 권총 한 자루를 겨드랑이에 끼고 주머니에서 작은 탄약통 두 개를 꺼냈습니다. 다시 말해 총알 쉰 개를 추가로 확보한 겁니다. 그리고 허리춤에서 뾰족하고 날카로운 멋진 식칼 세 자루를 꺼내 들었습니다. 그러자 그들 중 절반이 항복 표시를 하고 제 뒤에 서더군요. 그리고 나머지 절반도 곧 제게 항복했습니다. 전투는 그렇게 끝났습니다. 불과 4분 만에 말이지요."

7
황제, 아르센 1세

　돈 루이스는 말을 멈췄다. 입술에는 장난기 어린 미소가 떠올랐다. 그 4분간의 모험을 생각하니 한없이 즐거운 모양이었다.

　발랑글레와 경찰청장은 워낙 대범하고 침착한 성격이라서 그다지 놀란 기색은 아니었지만, 그럼에도 적잖은 혼란을 느끼며 상대를 조용히 응시했다. 과연 인간이 저 정도로 대범할 수 있는 것인가?

　그동안 돈 루이스는 벽난로 쪽으로 다가가 이번에는 벽에 걸린 프랑스 도로 지도를 가리켰다.

　"총리 각하, 방금 놈이 탄 차가 베르사유를 떠나 낭트로 향했다고 말씀하셨지요?"

　"그렇습니다. 그자를 붙잡기 위해 만반의 조치를 해놓았습니다. 도로든, 낭트든, 그리고 그놈이 배를 타러 갈지도 모를 생나제르든 철통같이 감시하고 있습니다."

　돈 루이스는 최대한 정신을 집중한 채 프랑스를 가로지르는 도로를 손가락으로 따라가며 중간마다 멈추어 범인이 거쳐 갔을 지점을 표시했다. 그리고 이 무언의 손짓은 정말이지 더없이 인상적이었다. 자신이 무엇보다 아끼는 것들이 흔들리는 이 같은 상황에서도 침착함을 잃지 않았고, 마치 자신의 냉정함으로 상황과 시간을 통제하는 듯한 모습까지 보이고 있었다. 범인은 끊어지지 않는 실에 매달린 채 도망치고 있는 듯했고, 그 실 끄트머리는 돈 루이스의 손에 쥐어 있는 듯했다. 그래서 돈 루이스가 손가락 하나만 까딱하면 그자의 도주를 멈출 수 있을 것만 같았다. 지도를 향해 몸을 숙인 지배자는 단지 종잇장을 지배하는 것이 아니라 거대한 도로를 다스리는 것 같았고, 그의 눈 아래에 펼쳐진 도로 위에서 독단적인 의지에 따라 자동차 한 대가 움직이는 듯했다.

돈 루이스는 다시 책상으로 돌아와 말을 이었다.

"전투는 그렇게 끝났습니다. 그리고 또다시 재개될 리 만무했습니다. 그 마흔 명가량의 베르베르족에게 나란 인물은 힘이나 꾀로 언제든 복수를 가할 정복자가 아니라 초인적인 능력으로 자신들을 길들인 존재였으니까요. 그들이 두 눈으로 목격한 그 기상천외한 일들은 다른 어떠한 설명으로도 이해될 수 없었습니다. 저는 마법사였던 겁니다. 일종의 도사나 예언자였던 거지요."

발랑글레가 웃으며 말했다.

"그들이 그렇게 생각하는 것도 가히 무리는 아닙니다. 내 눈에도 무척이나 경이롭게 비치는 어떤 마술이 그 안에 숨겨져 있을 테니 말입니다."

"총리 각하, 혹시 《사막의 열정》이라는 발자크의 단편 소설을 읽어보셨습니까?"

"그렇습니다."

"수수께끼의 해답은 바로 그 책 속에 있습니다."

"뭐라고요? 잘 이해되지 않는군요. 당신이 암호랑이의 발톱 아래에 있었던 건 아니지 않습니까? 길들여야 할 암호랑이가 있었던 것도 아닌데…."

"암호랑이는 없었지만 대신 여자들이 있었습니다."

"뭐라고요! 그게 무슨 뜻입니까?"

돈 루이스는 쾌활한 목소리로 말했다.

"정말이지, 총리 각하를 놀라게 할 뜻은 조금도 없습니다. 단지 일주일 동안 저를 끌고 다녔던 무리 가운데에는 여자들도 있었다는 점을 다시 한 번 말하려는 것뿐입니다…. 그리고 여자들은 발자크 소설에 등장하는 암호랑이와 상당히 비슷한 존재지요. 길들일 수 있고… 유혹할 수 있고… 유순하게 만들어서 동지로 삼을 수 있는…."

총리는 걷잡을 수 없는 호기심을 느끼며 중얼거렸다.

"그래요…. 맞습니다…. 하지만 그러려면 시간이 필요할 텐데…."

"제게는 일주일이란 시간이 있었지요."

"하지만 행동도 완전히 자유로워야 가능한 일입니다."

"아, 아닙니다, 각하…. 일단 눈빛 하나만으로도 충분합니다. 눈빛은 호감과 관심, 애정과 호기심, 그리고 결국 눈빛 이외의 다른 방식으로 상대를 알고 싶다는 욕망을 일으키지요. 그다음에는 적절한 기회가 오길 기다리기만 하면 됩니다…."

"그래서 그 기회가 왔습니까?"

"그렇습니다…. 어느 날 밤이었지요. 저는 묶여 있었습니다. 뭐, 좀 더 정확히 말하자면 묶여 있는 척을 하고 있었지요…. 그리고 저는 가까운 천막 안에 우두머리의 애첩이 홀로 있다는 사실을 알고 있었습니다. 저는 그쪽으로 갔습니다. 그리고 약한 시간 후에 그곳에서 나왔답니다."

"그래, 암호랑이는 길들던가요?"

"예, 발자크의 암호랑이처럼 복종했지요. 그것도 맹목적으로요."

"하지만 여자들이 한둘이 아니었을 텐데…?"

"그렇습니다, 각하. 바로 그 점이 골칫거리였습니다. 서로 질투할까 봐 걱정했거든요. 하지만 다행히 모든 일이 순조롭게 풀렸답니다. 애첩은 전혀 질투하지 않더군요. 아니, 오히려 그 반대였습니다…. 말씀드렸다시피 제게 절대적인 복종심을 보였지요. 요컨대 저는 아무에게도 의심을 사지 않으며 무엇이라도 할 태세가 돼 있는 보이지 않는 동지 다섯 명을 얻은 겁니다. 그날 마지막 기착지에 도착하기 전부터 이미 제 계획은 행동에 옮겨지고 있었습니다. 전날 밤 제 다섯 밀사는 무기들을 모조리 모았습니다. 그리고 단도는 땅에 깊숙이 꽂아 부러뜨리고 총에서는 총알을 제거하고 화약은 물에 적셔놓았지요. 그렇게 해서 막을 올릴 모든 준비를 마친 겁니다."

발랑글레는 정중히 고개를 숙였다.

"경의를 표하는 바입니다! 당신은 정말 대단한 책략가로군요. 게다가 그 방법 또한 상당히 매력적이고…. 틀림없이 당신의 다섯 부인은 무척 아름다웠겠지요?"

돈 루이스의 얼굴에 장난기 어린 표정이 떠올랐다. 마치 만족스러운 순간을 떠올리듯 두 눈을 지그시 감더니 툭 내뱉었다.

"끔찍했습니다."

그 말 한마디에 모두가 폭소를 터트렸다. 하지만 서둘러 이야기를 마무리 짓고 싶었던 돈 루이스는 지체 없이 말을 이었다.

"어쨌든 그 여자들이 저를 살린 건 사실입니다. 그 후로도 깜찍한 여인네들은 저를 절대 배신하지 않았고요. 무기 하나 없는 우리 마흔두 명의 베르베르인들은 사방에 함정이 있고 죽음이 매 순간 도사리는, 그 절박한 상황에 잔뜩 겁을 먹고선 저를 자신들의 진정한 보호자로 여긴 듯 제 주위로 모여들었습니다. 그래서 이들이 속해 있는 주요 부족과 합류했을 때, 이미 저는 그들의 진정한 우두머리가 돼 있었습니다. 그리고 그들과 함께 위기를 극복하면서, 다시 말해 내 충고 덕분에 적의 계략이 무산되고 내 지시로 약탈과 수탈이 성공을 거두면서 불과 석 달 만에 저는 자연스레 부족 전체의 수장이 되었습니다. 저는 그들의 언어로 이야기하고 그들의 종교를 받아들이고 그들의 의상을 입는 등 그들의 관습에 동화됐지요. 아! 저는 현지 부인을 다섯 명이나 둔 몸 아닙니까? 그때부터 제 꿈은 실현 가능한 것이었습니다. 저는 당장 제 심복으로 하여금 편지 예순 장을 가지고 프랑스로 떠나게 했습니다. 그는 각기 다른 예순 명에게 편지를 보내는 임무를 맡았고, 수신인들의 이름과 주소를 모두 외웠습니다…. 이 수신인 예순 명은 바로 아르센 뤼팽이 카프리 절벽에서 스스로 몸을 던지기 전에 해고했던 옛 동지 예순 명이었습니다. 모두가 10만 프랑의 퇴직금과 함께 자그마한 가게나 경작지를 받아 새로운 삶을 살고 있었습니다. 제가 누구에게는 담뱃가게를 차려주었고, 또 다른 누구에게는 공원 수위 자리나 정부 부처 내 말단 공무원 자리를 마련해주었거든요. 요컨대 그들은 모두 정직한 시민이었지요. 공무원, 농부, 시의원, 식료품상, 공증인, 성당 관리인 등 제 옛 부하들 모두에게 동일한 편지를 썼고 동일한 제안을 했고 제안을 받아들일 경우를 위해 동일한 지시 사항을 전달했습니다. 총리 각하, 사실 저는 이 예순 명 중에 기껏해야 열 명에서 열다섯 명 정도가 오겠거니 생각하고 있었답니다. 그런데 예순 명이 와주었어요! 단한 명도 빠지지 않고 전원이 온 겁니다! 예순 명이 제가 지정한 약속 장소에 정확히 나타난 겁니다. 정해진 날, 정해진 시각에 이들이 다시 사들인 나의 옛 전함, **쿠오 논 데센담**호가 대서양 연안의 눈 갑과 주비 갑 사이에 있는 와디 드라아 강 하구에 정박해 있더란 말입니다. 대형 보트 두 대가 육지와 전함 사이를 오가며 제 친구들과 그들이 가져온 탄약과 야영 장비, 기관총, 모터보트, 식료품, 통조림, 유리 세공품 같은 군수품들을 쉴 새 없이 실어 날랐습니다. 그리고 금 궤짝도 옮겼지요! 제 충성스러운 예순 명의 부하는 과거의 은혜를 갚고자 했고, 그래서 예전에 대장에게서 받았던 600만 프랑을 새로운 모험에 아낌없이 쏟아붓기로 했던 겁니다. 더 이상 무슨 말이 필요하겠습니까, 총리 각하? 아르센 뤼팽 같은 지도자가 이처럼 의리로 똘똘 뭉친 장정 예순 명의 보좌를 받으며, 최신식 무기로 무장하고, 훈련까지 철저히 받은 광신적인 1만 명의 모로코 군사를 거느리면 과연 어떠한 일을 도모할 수 있을지 굳이 설명할 필요가 있을까요? 뤼팽은 그 일에 나섰고 결국 전대미문의 성공을 얻었습니다. 그 어떠한 서사시도 우리가 15개월 동안 아틀라스 산맥의 정상과 사하라의 혹독한 사막에서 겪었던 모험과는 비견될 수 없을 겁니다. 용기와 결핍, 초인적인 고통과 기쁨으로 가득한 대서사시였으며 배고픔과 목마름, 처절한 패배와 눈부신 승리로 빚은 대서사시이기도 했습니다. 제 충실한 부하 예순 명은 기꺼이 이 모험에 뛰어들었습니다. 아! 얼마나 용맹한 친구들인지! 총리 각께서도 그들을 잘 알고 계실 겁니다. 경찰청장님께서는 그들을 상대로 싸움을 해오셨고요. 아! 젠장! 몇몇 추억들을 떠올리니 눈시울이 뜨거워지는군요. 그곳에는 랑발 공작부인의 왕관 사건으로 유명해진 샤롤레와 그 아들들, 케셀바흐 사건으로 명성을 떨친 마르코, 총리 각하의 수석 보좌관이었던 오귀스트, 수정마개 사건으로 이름을 알린 그로냐르와 르발뤼가 있었지요. 또한 제가 아이아스 형제라고 부르던 뵈즈빌 형제와 부르봉 왕가의 후손보다 더 고귀한 혈통인 필립 당트락도 있었습니다. 그리고 키다리 피에르, 애꾸눈 장, 빨강머리 트리스탕과 풋내기 조셉도 있었지요."

"그리고 아르센 뤼팽도 있었고요."

뤼팽의 거창한 부하 소개에 흠뻑 빠져들던 발랑글레가 불쑥 끼어들었다.

"그리고 아르센 뤼팽이 있었지요."

돈 루이스는 진중한 어조로 상대의 말을 되풀이했다.

그러고는 살짝 고개를 끄덕인 뒤 엷은 미소를 지으며 나지막한 목소리로 이야기를 이어나갔다.

"하지만 각하, 저는 그자에 대해서는 아무 이야기도 하지 않겠습니다. 그랬다가는 제 이야기를 더는 신뢰하지 않으실 테니까요. 그가 외인부대에서 행했다고 전해지는 일들은 그 후에 성취한 업적에 비하면 그저 애들 장난에 불과합니다. 외인부대에서 뤼팽은 일개 병사에 지나지 않았으니까요. 하지만 모로코 남부에서는 장군이었습니다. 그곳에 가서야 진가가 발휘됐지요. 자랑하려는 게 아닙니다. 사실 저 역시 예상치 못했던 일이었으니까요. 전설 속의 아킬레우스도 그보다 더 많은 업적을 세우지는 못했을 겁니다. 한니발과 카이사르 역시 그보다 더 눈부신 성과를 거두지 못했을 테고요. 그저 이것 하나만 아시면 됩니다. 그 15개월 동안 아르센 뤼팽이 프랑스 영토의 두 배에 달하는 면적을 정복했다는 사실을 말입니다. 모로코의 베르베르족과 맹수 같은 투아렉족, 알제리 남단 지역의 아랍인들, 세네갈에 북적대는 흑인들, 대서양 연안 지역에 사는 무어인들을 모두 물리치고 작열하는 태양 아래에서, 지옥의 불길 속에서 옛 모리타니라고 불리는 사하라 지역의 절반을 정복했던 겁니다. 그저 사막과 늪지의 왕국일 뿐이라고요? 일부는 그렇지요. 하지만 그곳은 오아시스와 샘물, 하천과 숲, 그리고 헤아릴 수 없이 수많은 자원을 보유한 왕국입니다. 1000만 명의 인구와 20만 명의 전사를 거느린 어엿한 왕국이지요. 바로 이 왕국을 프랑스에 바치겠다는 겁니다, 총리 각하."

발랑글레는 아연실색한 표정을 감추지 않았다. 방금 알게 된 사실로 흥분을 넘어 당혹감에 빠진 총리는 아프리카 지도를 손에 꼭 움켜쥔 채 이 비범한 사내에게 몸을 숙여 속삭였다.

　　"설명 좀 해보십시오…. 좀 더 자세히…."

　　돈 루이스는 다시 이야기를 시작했다.

　　"총리 각하, 지난 몇 년간의 사건들을 이 자리에서 굳이 언급하지 않겠습니다. 저보다 각하께서 더 잘 알고 계실 테니까요. 모로코인들이 봉기를 일으키는 바람에 프랑스가 얼마나 위험한 상황에 놓였는지 분명 잘 알고 계실 겁니다. 그곳에서 성전을 촉구하는 목소리가 얼마나 컸는지, 그래서 조금만 불똥이 튀어도 아프리카 연안 지대와 알제리 전체, 다시 말해 영국과 프랑스의 보호령에 거하는 그 엄청난 수의 회교도들에게 걷잡을 수 없이 저항의 불길이 번질 수 있었단 사실 역시 잘 알고 계실 겁니다. 우리 동맹국의 지도자들이 그토록 전전긍긍하며 두려워했고 적군은 온갖 꾀를 동원해 끈질기게 부추기려 했던 이 위험을 바로 저, 아르센 뤼팽이 물리쳤습니다. 다른 사람들이 프랑스 내부와 모로코 북부에서 전쟁을 치르는 동안 저는 모로코 남부에서 활동했습니다. 반란군들의 관심을 제게로 쏠리게 해 그들을 복종시키고 무력화시켜 제 편으로 편입한 뒤 다른 지역으로, 다른 정복을 하러 떠나게 한 겁니다. 요컨대 프랑스를 상대로 싸우려 했던 그들을 프랑스를 위해 일하게 한 셈이지요. 그리하여 제 머릿속에서 서서히 윤곽이 잡힌 원대하고 막연한 꿈을 저는 오늘날의 현실로 만들어놓았습니다. 즉 프랑스는 세계를 구했고 저는 프랑스를 구한 셈이지요. 프랑스는 프러시아에 빼앗겼던 옛 영토를 용맹하게 되찾았고, 저는 모로코 영토 일부를 프랑스령 세네갈과 단번에 연결했습니다. 그 결과 아프리카 대륙에서 프랑스가 이토록 넓은 땅덩이를 차지할 수 있게 된 겁니다. 제 덕분에 견고하고 조밀한 블록이 형성될 수 있었던 셈이지요. 튀니지에서 콩고에 이르는 수백만 제곱킬로미터의 땅덩이, 몇몇 별 볼 일 없는 고립 지역을 제외하고는 하나로 쭉 연결된 수천 킬로미터의 해안 지대, 이것이 바로 제 작품입니다, 총리 각하. 이것에 비하면 황금 삼각형 사건이나 서른 개의 관 같은 모험들은 그저 애들 장난에 불과하지요! 과연 이래도 제가 지난 5년간 헛되이 시간만 낭비한 걸까요, 총리 각하?"

"그야말로 환상에 불과합니다. 망상이라고요."

발랑글레가 반박했다.

"진실입니다."

"터무니없는 소리! 그 정도의 영토를 획득하려면 적어도 20년은 필요합니다."

돈 루이스는 충동적으로 외쳤다.

"각하께서는 단 5분 만에 그 모든 걸 얻으실 수 있습니다. 저는 지금 제국을 정복해서 드리겠다는 게 아닙니다. 이미 정복되어 평화롭게 다스려지는, 역동적이고 생기 넘치는 제국을 드리겠다고 말씀드리는 겁니다. 이는 미래가 아니라 현재입니다. 바로 저, 아르센 뤼팽이 이루어낸 현실입니다. 다시 말씀드리지만, 저는 원대한 꿈을 품고 있었습니다. 저는 억척스럽게 일하며 인생의 오르막과 내리막을 경험했지요. 세상의 모든 부가 내 것이었기에 크로이소스(리디아 왕국 최후의 왕 – 옮긴이)보다 더 부자였으나 제 재산을 하나도 남김 없이 나눠주었기에 욥 (구약 성경 〈욥기〉의 주인공이며 신의 가혹한 시련으로 재산과 자식을 잃지만 신에 대한 믿음을 굳게 지킴 – 옮긴이)보다도 가난해졌습니다. 모든 것에 진력이 났습니다. 불행한 것도 지겨웠지만 행복한 건 더 지겨웠지요. 쾌락도, 열정도, 흥분도 모두 지긋지긋하기만 했습니다. 그래서 지금 이 시대에서는 감히 상상조차 할 수 없는 일을 해보고 싶었습니다. 바로 국왕이 되어 군림하고자 했던 겁니다! 죽기까지 한 아르센 뤼팽이 다시 살아나《천일야화》에 나오는 술탄이 되어 지배하고 통치하고 법률을 제정하고 종교의식을 주관하는 거지요! 그리고 몇 년 안에 모로코 북부에서 프랑스군을 끈질기게 괴롭히는 반란 부족 뒤에서 조용하고 평화롭게 왕국을 건설한 제가 홀연히 등장하는 겁니다…. 그리고 동등한 입장으로 당당히 마주 선 채 프랑스에 이렇게 외치려 했습니다. '바로 나, 아르센 뤼팽이다! 왕년의 사기꾼이자 괴도가 여기 있다! 아드라르의 술탄, 이귀디의 술탄, 엘드주프의 술탄, 투아렉의 술탄, 아와부타의 술탄, 브라크나의 술탄, 프레르존의 술탄, 한마디로 나는 술탄 중의 술탄이시다. 마호메트의 후손이자 알라의 아들, 그게 바로 나, 아르센 뤼팽이란 말이다! 따라서 나는 프랑스에 내 왕국을 넘긴다는 평화조약서와 기증서에 내 모든 고관, 다시 말해 카이드와 파샤(이슬람교 국가의 고관 명칭 – 옮긴이), 그리고 마라부(이슬람교의 원로 마법사 명칭 – 옮긴이)의 서명 아래, 내가 칼과 강력한 의지만으로 당당히 획득한 이 합법적인 서명을 남길 것이다. 모리타니 제국의 황제, 아르센 1세!"

돈 루이스는 힘찬 목소리로 이 모든 말을 내뱉었지만 어조에는 어떠한 과장도 묻어나지 않았다. 그저 대단한 일을 해냈으며 그 일의 가치를 제대로 아는 자의 순수한 흥분과 자부심이 느껴졌을 뿐이다. 이런 엄청난 이야기에 상대는 이제 어처구니없다는 듯 어깨를 으쓱해 보이거나 숙고와 동의의 뜻을 담은 침묵으로 대응할 수밖에 없는 노릇이었다.

국무총리와 경찰청장은 침묵을 택했다. 하지만 그들의 눈동자는 속마음을 여실히 드러냈다. 두 사람은 자신의 눈앞에 있는 상대가 상상을 초월하는 일을 하기 위해 존재하며 초자연적인 운명을 스스로 만들어가는 절대적으로 비범한 인물임을 절감했던 것이다.

돈 루이스는 말을 이었다.

"정말 멋진 결말 아닙니까, 각하? 그간의 제 수고를 모두 보상해줄 결말이지요. 이렇게만 막이 내린다면 저는 무척 행복할 겁니다. 한 손에 왕홀을 쥐고 왕좌에 앉아 있는 아르센 뤼팽, 정말 위엄이 넘칠 겁니다. 아르센 1세, 모리타니 제국의 황제이자 프랑스의 은인! 그야말로 영예의 극치 아닙니까! 하지만 신들이 그걸 원치 않는군요. 아마도 시샘하나 봅니다. 과거에 제가 어울렸던 동료와 똑같은 신분으로 격하시키고 망명 중인 왕이라는 기이한 인물로 만들어버렸으니 말입니다. 뭐, 그렇게 하라지요. 모리타니 제국의 황제여, 영면하소서. 그는 불꽃 같은 삶을 살다 갔습니다. 지금 막 아르센 1세께서 승하하셨습니다. 프랑스 만세! 총리 각하, 다시 한 번 정중히 제안하겠습니다. 지금 플로랑스 르바셰르 양이 위험에 처해 있습니다. 그리고 저만이 괴물의 손아귀에서 플로랑스를 구할 수 있습니다. 그러기 위해서는 24시간이 필요합니다. 이 24시간의 자유에 대한 대가로 모리타니 제국을 드리겠습니다. 제 제안을 받아들이시겠습니까, 총리 각하?"

"물론입니다. 당연히 받아들여야지. 안 그렇습니까, 데말리옹 청장? 물론 그다지 합법적인 거래라고는 할 수 없지만, 모리타니 제국을 위해서라면 그 정도쯤은 감수해야지. 정말 군침도는 먹잇감이 아닙니까. 자, 모험을 한번 해봅시다."

돈 루이스의 얼굴이 어찌나 환하게 빛났는지, 마치 지금 막 눈부신 승리를 거둔 사람 같았다. 한 인간이 계획하고 실현할 수 있는 것 중 최고로 경이로운 꿈을 깊은 수렁 속에 던져, 제왕의 왕관을 포기한 사람의 얼굴이라고는 전혀 믿기지 않았다.

돈 루이스가 물었다.

"어떤 보증이 필요하십니까, 총리 각하?"

"아무것도 필요 없습니다."

"제 말을 입증할 조약서나 서류들을 보일 수도⋯."

"됐습니다. 그 이야기는 내일 다시 합시다. 오늘은 이만 가보십시오. 당신은 이제 자유의 몸입니다."

마침내 발랑글레의 입에서 핵심적이면서도 거짓말 같은 말이 튀어나왔다.

돈 루이스는 문을 향해 몇 걸음 내딛다가 문득 멈춰 서며 말했다.

"한 가지만 더 말씀드리겠습니다, 총리 각하. 제가 예전에 어떤 동료에게 취향과 능력을 고려해 일자리를 하나 마련해준 적이 있습니다. 그 친구가 그 자리에 있으면 언젠간 제게 도움이 될 것 같아서 특별히 그만은 아프리카로 부르지 않았습니다. 다름 아닌 치안국 소속 마즈루 반장입니다."

"하지만 마즈루는 카세레스 씨가 명백한 증거까지 제시하며 아르센 뤼팽의 공범이라고 고발하는 바람에 교도소에 갇혀 있지 않습니까."

"마즈루 반장은 경찰들에게 귀감이 될 인물입니다, 총리 각하. 저는 오직 경찰 수사를 진행할 때만 도움을 받았습니다. 총장님이 얼마간 후원해주셔서 경찰 업무에 보조로 참여했을 때만 말이지요. 마즈루는 제가 불법적인 일을 하려 할 때면 어김없이 저를 제지했습니다. 그리고 상부에서 명령이 떨어졌다면 그 누구보다 앞장서서 제 멱살을 잡았을 사람입니다. 그러니 부디 마즈루를 석방해주십시오."

"아! 이런!"

"각하, 각하가 허락하신다면 그건 틀림없이 정의에 걸맞은 결정일 겁니다. 제발 부탁드립니다. 마즈루 반장을 석방해 식민지 감찰관 자격으로 모로코 남쪽 지역으로 보내 비밀 임무를 수행하게 해주십시오."

"좋습니다."

발랑글레가 호탕하게 웃으며 말했다.

그런 뒤 데말리옹을 바라보며 이렇게 덧붙였다.

"친애하는 청장, 한번 법의 테두리에서 벗어나니 이제는 대체 어디로 가고 있는지도 모르겠군요. 하지만 때로는 목적이 수단을 정당화할 때도 있는 법 아니겠습니까? 그리고 그 목적은 바로 이 끔찍한 모닝톤 사건을 마무리 짓는 것이고요."

"오늘 밤 안에 모든 문제가 해결될 겁니다."

돈 루이스가 말했다.

"그러길 바랍니다. 우리도 계속 그자를 뒤쫓고 있으니…."

"그렇겠지요. 하지만 분명 경찰들은 거쳐가는 모든 도시와 마을마다 멈춰 서서 자동차가 어디로 갔는지 만나는 사람들마다 물어보고 범인의 행적을 확인하느라 시간을 허비할 겁니다. 하지만 저는 곧바로 놈에게 달려갈 겁니다."

"무슨 수로요?"

"그건 비밀입니다, 총리 각하. 그저 이 부탁 하나만 들어주셨으면 합니다. 청장님께 제 계획을 방해할 모든 잡다한 장애물과 규제들을 처리할 수 있는 전권을 주십시오."

"알겠습니다. 그 외에 또 뭐가 필요한지…."

"이 프랑스 지도가 필요합니다."

"가져가십시오."

"권총 두 자루도 있어야 합니다."

"경찰청장이 곧 형사들에게 권총 두 자루를 건네받아 당신에게 줄 겁니다. 그게 다입니까? 돈은 필요 없습니까?"

"괜찮습니다, 총리 각하. 전 비상금으로 언제나 5만 프랑 정도는 가지고 다닙니다."

경찰청장이 불쑥 끼어들었다.

"그렇다면 일단 저와 함께 유치장으로 가셔야겠군요. 어제 몸수색을 당하면서 지갑도 압수당했을 테니까요."

돈 루이스는 미소 지었다.

"청장님, 제게서 압수할 수 있는 물건들은 모두 하찮은 물건들뿐입니다. 제 지갑이 유치장에 있는 건 사실이지만 돈은⋯."

돈 루이스는 왼쪽 다리를 들어 두 손으로 발을 붙잡은 다음 구두 뒷굽을 살짝 돌렸다. 딸각하는 소리가 들리더니 이중으로 된 두꺼운 구두 밑창이 마치 서랍처럼 앞으로 튀어나왔다. 그속에는 지폐 다발 두 개가 있었고, 그 외에도 나사송곳, 시계태엽, 알약 몇 알 등 아주 작은 크기의 다양한 물건들이 들어 있었다.

"도망칠 때 필요한 것들과 생존을 위해 필요한 것들⋯ 그리고 목숨을 끊을 때 필요한 것들입니다. 총리 각하, 그럼 이만 가보겠습니다."

현관에 이르자 데말리옹은 형사들에게 돈 루이스가 지나갈 수 있도록 길을 내주라고 명령했다.

돈 루이스가 물었다.

"청장님, 베베르 부국장이 그놈이 탄 자동차에 관한 정보를 알려왔습니까?"

"예, 베르사유에서 전화했습니다. 코메트 회사의 오렌지빛이 도는 노란색 자동차라고 하더군요. 운전기사는 좌측에 앉아 있고, 검은 가죽으로 만든 챙이 달린 회색 모자를 쓰고 있다고 했고요."

"감사합니다, 청장님."

두 사람은 저택 밖으로 나왔다.

이렇게 해서 불가능할 것만 같던 일이 드디어 현실이 되었다. 돈 루이스가 풀려난 것이다. 총리와 대화를 나눈 지 채 한 시간도 안 되어 돈 루이스는 운신의 자유와 최후의 전투에 참여할 기회를 되찾았다.

밖에는 경찰청 자동차가 대기하고 있었다. 돈 루이스와 데말리옹은 곧장 차 안에 올라탔다.

"이시 레 물리노로 갑시다. 전속력으로!"

자동차는 쏜살같이 파시를 지나고 센 강을 건너 10분 만에 이시 레 물리노의 비행장에 도착했다.

그날은 바람이 제법 세게 불었기 때문에 비행기는 단 한 대도 나와 있지 않았다.

돈 루이스는 격납고로 달려갔다. 문 위에는 비행사 이름이 적혀 있었다.

"다반이라! 일이 제대로 풀리는군!"

돈 루이스가 중얼거렸다.

곧바로 격납고의 문이 열렸다. 길고 불그스름한 얼굴에 통통하고 자그마한 체구의 남자가 담배를 피우고 있었고, 그 옆에서는 기술자들이 단엽비행기 한 대를 수리하고 있었다. 자그마한 남자가 다름 아닌 그 유명한 비행사, 다반이었다.

돈 루이스는 다반을 한구석으로 데리고 갔다. 신문기사를 통해 상대에 대해 어느 정도 알고 있었기에 초반부터 깊은 인상을 남기기 위해 단도직입적으로 이야기를 꺼냈다.

돈 루이스는 프랑스 지도를 펼치며 말했다.

"선생, 나는 지금 내가 사랑하는 여인을 자동차로 납치해 낭트 쪽으로 내빼는 악당 놈을 잡으려고 합니다. 사건이 일어난 건 자정쯤이었는데 지금 시각은 9시입니다. 위험을 무릅쓸 이유가 없는 운전기사가 중간마다 쉬어가면서 평범한 택시를 평균 시속 30킬로미터로 몬다고 칩시다… 그러면 12시간이 흐른 후에 그자는 360킬로미터 떨어진 곳, 그러니까 앙제와 낭트의 중간 지점인… 바로 이곳에 있을 겁니다…."

"레 퐁 드 드리브 말이군요."

잠자코 듣고 있던 다반이 돈 루이스의 말에 맞장구쳤다.

"그렇습니다. 이번엔 비행기 한 대가 오전 9시에 이시 레 물리노에서 출발해 시속 120킬로미터로 쉬지 않고 날아간다고 칩시다. 그러면 3시간 후, 그러니까 정오쯤엔 문제의 자동차가 지나가는 시간에 정확히 맞춰 레 퐁 드 드리브에 도착할 수 있을 겁니다."

"정확히 그럴 겁니다."

"그렇다면 우리의 의견이 일치한 것이니 더는 시간 끌 필요가 없겠군요. 당신 비행기에 한 명 더 탈 수 있습니까?"

"경우에 따라선 그럴 수도 있습니다."

"자, 출발합시다."

"불가능합니다. 허가를 받아야 해요."

"이미 허가를 받으셨습니다. 여기 계신 경찰청장님이 총리 각하와의 합의로 이 일에 대해 직접 책임을 지신답니다. 그러니 당장 떠납시다. 보수는 얼마면 되겠습니까?"

"그야 상황에 따라 다르지요. 그런데 당신은 도대체 누구십니까?"

"아르센 뤼팽입니다!"

"세상에!"

다반이 깜짝 놀라 소리쳤다.

"그렇습니다, 내가 바로 아르센 뤼팽입니다. 선생께서도 신문을 통해 최근에 벌어진 일련의 사건들을 잘 알고 계실 겁니다. 그래요, 간밤에 플로랑스 르바셰르가 납치됐고 나는 그 여자를 구하고자 합니다. 사례금은 얼마면 되겠습니까?"

"필요 없습니다."

"지나치게 선심을 쓰시는 게 아닙니까?"

"그러는 걸지도 모르지요. 하지만 어쨌든 무척이나 흥미진진한 모험이 될 것 같군요. 게다가 제 명성에도 도움이 될 것 같고요."

"좋습니다. 하지만 내일까지는 이 일에 대해서 함구하셔야 합니다. 그 대가로 여기 2만 프랑을 드리겠습니다."

10분 후 돈 루이스는 특수복 차림에 조종사용 헬멧과 보안경을 쓰고 있었다. 비행기는 바람의 저항을 피해 고도 800미터로 상승한 후 센 강 위를 날다가 프랑스 서쪽으로 기수를 돌렸다.

베르사유, 맹트농, 샤르트르….

사실 돈 루이스는 여태껏 단 한 번도 비행기를 타본 적이 없었다. 외인부대에서 복무하고 사하라 사막에서 싸우는 동안 프랑스 군대는 이미 상공을 정복했던 것이다. 새로운 경험에 언제나 예민하게 반응하는 그였지만(게다가 이보다 신선하게 다가올 경험이 도대체 무엇이란 말인가!) 생전 처음으로 땅을 벗어난 사람이라면 마땅히 느낄 만한 황홀한 희열을 조금도 느끼지 못했다. 지금 돈 루이스의 머릿속을 지배하고, 신경을 곤두서게 하고, 마음속을 헤집고 있는 것은 아직 보이지는 않지만 틀림없이 곧 나타날, 범인이 탄 자동차의 환영이다.

저 아래에 펼쳐진 개미처럼 작게 보이는 세상, 날개와 엔진에서 나는 엄청난 소음, 광활한 창공, 끝없는 지평선, 이 모든 것에도 돈 루이스의 눈은 오로지 범인이 탄 자동차만 찾았고 귀에는 보이지 않는 자동차가 내는 엔진 소리 환청만 들렸다. 마치 도망가는 사냥감을 쫓는 포수처럼 강렬하고 난폭한 감정에 사로잡혀 있었다! 돈 루이스는 한 마리 맹금이었고, 무모하기 짝이 없는 그 작은 짐승은 결코 그에게서 벗어날 수 없을 것이다.

노장 르 로트루… 라 페르테 베르나르… 르망….

두 남자는 단 한마디도 주고받지 않았다. 돈 루이스는 다반의 널찍한 등과 두툼한 목덜미를 마주하고 있었다. 하지만 고개를 살짝 숙이니 저 아래에 펼쳐진 광활한 공간이 눈에 들어왔다. 관심을 끄는 건 오로지 마을에서 마을로, 도시에서 도시로 리본처럼 펼쳐진 하얀 길뿐이었다. 그 리본 같은 길은 때로는 누군가 양옆에서 잡아당기고 있는 것처럼 팽팽하게 펼쳐져 있었고 때로는 하천이나 성당에 끊겨 흐물흐물하게 구부러져 있었다.

이 리본 위, 점점 가까워지는 어느 한 지점에 바로 플로랑스와 납치범이 있다!

돈 루이스는 이 사실을 눈곱만큼도 의심하지 않았다! 오렌지빛 자동차는 여전히 대범하고 끈질기게 도주하고 있을 것이다. 그렇게 달리고 또 달리며 평야를 지나 계곡으로, 들판을 지나 숲으로 향하다 보면 앙제가 나올 것이고, 그다음에는 레 퐁 드 드리브가 나타날 것이다. 그리고 그 후에는 결코 도달할 수 없을 목적지이자 리본의 끝인 생 나제르 항구가 나온다. 그곳에는 출항 준비를 마친 배 한 대가 있을 것이다. 그곳에 도달한다면 악당의 승리로 끝날 것이다…

돈 루이스는 그런 생각을 떠올리고는 웃음을 터트렸다. 마치 자신 말고 다른 사람이 승리하는 일은 결코 있을 수 없다는 듯, 매가 먹잇감을 놓칠 리 없다는 듯, 날아다니는 자가 걸어 다니는 자를 이기는 건 지극히 당연하다는 듯 말이다! 단 한순간도 적이 샛길로 빠져 달아날지도 모른다는 생각은 하지 않았다. 명백한 사실과 맞먹는 군건한 확신이 있었기 때문이다. 그 확신이 얼마나 확고한지 적이 자신의 생각에 따라 행동할 수밖에 없을 것 같은 기분마저 들었다. 자동차는 시속 30킬로미터로 낭트 도로 위를 달리고 있을 것이다. 그리고 자신을 태운 비행기는 시속 120킬로미터로 날고 있으니 예정된 시간에 예정된 장소에서, 다시 말해 정오에 레 퐁 드 드리브에서 틀림없이 적과 만날 것이다.

옹기종기 모여 있는 가옥들, 웅장한 성, 종탑, 교회의 첨탑이 모습을 드러내며 드디어 앙제를 지났다.

돈 루이스는 다반에게 시간을 물었다. 오전 11시 50분이었다.

앙제는 금세 시야에서 사라졌다. 여러 색깔의 들판으로 수놓아진 농촌의 풍경이 펼쳐졌고 도로가 그 중간을 가로지르고 있었다.

그리고 그 도로 위를 달리는 노란 자동차 한 대.

노란 자동차! 악당이 탄 자동차! 플로랑스 르바셰르를 납치한 자동차!

돈 루이스의 기쁨에는 한 치의 놀라움도 섞여 있지 않았다. 그만큼 이런 일이 일어나리라고 확신했던 것이다!

다반이 뒤를 돌아보며 소리쳤다.

"우리가 쫓고 있는 차가 저 차가 맞습니까?"

"그렇습니다. 이제 저 차를 향해 돌진합시다."

비행기는 빠르게 하강하며 자동차에 점점 다가갔다. 그리고 순식간에 자동차를 따라잡았다.

이제 다반은 속도를 늦춰 고도 200미터에서 목표물을 뒤쫓았다.

그제야 차 안이 자세히 보였다. 과연 운전기사는 좌측에 앉아 있었고 검은 가죽 챙이 달린 회색 모자를 쓰고 있었다. 물론 자동차도 코메트 회사의 제품이었다. 틀림없이 자신들이 쫓고 있던 자동차였다. 플로랑스가 납치범과 함께 저 안에 있다!

'마침내 저들이 내 손안에 들어왔어!'

돈 루이스는 마음속으로 소리쳤다.

그들은 한동안 일정한 거리를 유지하며 그 차를 뒤쫓았다.

다반이 신호를 기다렸지만 정작 돈 루이스는 서두르지 않았다. 자부심과 증오심, 잔인한 기쁨이 뒤섞인 자기만족에 도취해 있었던 것이다. 정말이지, 지금 이 순간 돈 루이스는 팔딱대는 살덩이를 낚아채려고 발톱을 바짝 세운 채 공중을 맴도는 한 마리의 독수리였다. 갇혀 있던 새장에서 탈출해 묶여 있던 끈을 끊고 먼 길을 쉴 새 없이 날갯짓하며 날아와 이제 드디어 힘없는 먹잇감을 유유히 내려다보고 있는 것이다!

돈 루이스는 자리에서 일어나 다반에게 몇 가지 지시 사항을 내렸다.

"너무 가까이 다가가지 마십시오. 저쪽에서 총 한 방만 쏘면 우리는 그 즉시 끝장날 수 있으니."

또다시 1분이 흘러갔다.

그 순간 약 1킬로미터 전방에서 길이 세 갈래로 갈라져 형성된 넓은 교차로가 시야에 들어왔다. 세 길이 만나는 지점에는 삼각형 모양으로 조성된 잔디밭 두 개가 펼쳐져 있었다.

"이제 착륙할까요?"

다반이 뒤를 돌아보며 물었다.

마침 주위에는 아무도 없었다.

"그럽시다."

돈 루이스가 소리쳤다.

비행기는 마치 어마어마한 힘으로 목표물을 향해 발사된 총알처럼 빠르게 하강했다. 그렇게 자동차에서 100미터 위까지 급강하하다가 갑자기 속도를 늦추더니 마치 밤새가 사냥감을 낚을 장소를 정하듯 조용히 착륙 지점을 정한 후, 나무들과 표지판을 피해 교차로의 잔디밭 위에 사뿐히 내려앉았다.

돈 루이스는 비행기에서 뛰어내려 자동차 앞으로 달려갔다.

자동차는 매우 빠른 속도로 달려오고 있었다.

돈 루이스는 도로 위에 서서 권총 두 자루를 꺼내 자동차를 겨누며 소리쳤다.

　"멈춰라! 안 그러면 쏜다."

　겁에 질린 운전기사는 브레이크를 밟았다. 자동차가 멈췄다.

　돈 루이스는 문 쪽으로 돌진했다.

　"젠장!"

　돈 루이스는 버럭 소리를 지르더니 공연히 애꿎은 유리창에 총알 한 방을 발사했다.

　차 안에는 운전기사 말고는 아무도 없었던 것이다.

8
함정을 조심해라, 뤼팽!

    돈 루이스를 전투로 이끌고 승리를 향해 돌진하게 한 힘이 워낙 강력했기에, 이러한 상황이라 해도 멈칫할 마음은 전혀 없었다. 실망, 분노, 모욕감, 불안, 이 모든 것들이 행동하고 싶고 알고 싶고 계속해서 추격하고 싶은 강렬한 욕구에 밀려 희석되었다. 그 외의 것들은 곧 더할 나위 없이 간단하게 해결될 지극히 하찮은 일일 뿐이었다.

    겁에 질려 얼어붙은 운전기사는 비행기 소리를 듣고 저 멀리 농장에서 달려온 농부들을 당황한 눈빛으로 멍하니 바라보았다.

    돈 루이스는 곧바로 운전기사의 멱살을 움켜잡고 관자놀이에 총구를 들이댔다.

    "아는 대로 다 털어놔…. 안 그러면 넌 죽은 목숨이다."

    그러자 그 딱한 운전기사는 더듬거리며 애원했다.

    "우는소리를 해봐야 소용없다…. 도움을 기대해봐도 소용없고…. 사람들이 나서기도 전에 이미 순식간에 일이 끝나 있을 테니까. 그러니 너 자신을 구할 방법은 오직 하나뿐, 다 털어놔

라. 간밤에 파리에서 베르사유로 택시를 타고 온 사내가 그 차는 내버려 두고 자네 차에 올라탔지?"

"그렇습니다."

"그 사내는 여자 한 명과 동행하고 있었고?"

"그래요."

"그리고 자네한테 낭트로 데려다 달라고 했겠지?"

"예."

"그런데 가는 도중 갑자기 마음을 바꿔 차에서 내렸고?"

"그렇습니다."

"거기가 어디였지?"

"르망에 도착하기 직전이었습니다. 오른쪽으로 작은 길이 나 있었는데, 200보 정도 떨어진 곳에 헛간처럼 보이는 차고가 하나 있었습니다. 바로 그곳에서 둘 다 내렸지요."

"그리고 자네는 계속 운전했고?"

"그 대가로 돈을 줬거든요."

"얼마나?"

"2000프랑이요. 그리고 낭트에서 또 다른 승객이 기다리고 있을 거라고, 그 승객을 파리로 데리고 가라며 제게 3000프랑을 더 주더라고요."

"정말 또 다른 승객이 있을 거라고 믿었나?"

"아니요. 저를 낭트까지 보내서 자신을 뒤쫓는 사람들을 따돌리려 한다고 생각했습니다. 그동안 샛길로 빠지면서 말이지요. 하지만 돈을 받았으니 별수 있나요."

"그들이 차에서 내리고 난 후 무슨 일이 벌어질지 궁금했을 거야."

"아니요."

"조심하는 게 좋을걸. 내가 손가락 하나만 까딱하면 자네 두 개골이 날아가 버릴 테니까. 솔직하게 털어봐."

"아, 알겠습니다. 사실 차를 세워두고 나무로 뒤덮인 비탈 뒤로 가 숨었습니다. 남자는 차고 문을 열어놓고 소형 리무진에 시동을 걸고 있더군요. 하지만 여자가 타지 않으려 해서 두 사람은 심하게 말다툼을 벌였어요. 남자는 여자에게 협박하고 애원하는 듯했지만 정확히 뭐라고 하는지는 들을 수 없었습니다. 여자는 무척 피곤해 보였어요. 남자는 차고 벽에 있는 수도 꼭지를 틀어 유리컵에 물을 담아 여자에게 마시라고 주더군요. 여자는 마음을 정한 듯 차에 올라탔고, 남자는 여자가 탄 쪽 차문을 닫더니 자신도 운전석에 올라탔습니다."

돈 루이스가 외쳤다.

"물을 마시게 했다고? 그자가 혹시 그 안에 무언가를 섞지 않던가?"

운전기사는 이 질문을 받자 깜짝 놀랐다.

"맞아요, 그랬던 것 같아요…. 주머니에서 무언가를 꺼내더군요."

"여자는 그 사실을 눈치채지 못했나?"

"예. 보지 못했을 겁니다."

돈 루이스는 불안한 마음을 다스렸다. 범인이 플로랑스를 그런 곳에서 그런 식으로 독살할 리 없다. 그토록 황급히 서두를 이유가 없지 않은가. 그렇다, 그보다는 마취제 같은 약물을 사용했을 가능성이 크다. 플로랑스의 정신을 몽롱하게 만들어 어떤 길을 통해 어느 마을로 가는지 분간하지 못하게 하려 했을 것이다.

"그러니까 여자가 차에 타기로 했더라, 이 말이지?"

"예. 남자는 차 문을 닫고 자기도 운전석에 올라타더군요. 그리고 저는 자리를 떠났지요."

"어느 방향으로 가는지 확인하지도 않고?"

"예. 그전에 돌아섰습니다."

"같이 차를 타고 오는 동안 그들의 태도는 어땠나? 자신들이 미행당하는 걸 눈치챈 것 같던가?"

"분명 눈치챘을 겁니다. 남자가 연신 차창 밖으로 목을 빼고 주위를 둘러봤으니까요."

"여자가 소리를 지르지는 않던가?"

"아니요."

"남자를 다시 본다면 알아볼 수 있겠나?"

"아니요, 전혀 알아볼 수 없을 것 같습니다. 베르사유에서 그 남자를 보았을 때는 캄캄한 밤이었습니다. 그리고 오늘 아침에는 너무 멀리 떨어져 있었고요. 게다가 희한하게도 처음 보았을 때는 분명 무척 크다고 생각했는데, 오늘 아침에 보니 마치 반으로 줄어든 듯 아주 작아 보이더라고요. 어찌 된 영문인지 도통 알 수 없는 노릇입니다."

돈 루이스는 잠시 생각에 잠겼다. 이만하면 필요한 질문은 모두 한 것 같았다. 게다가 말 한 필이 끄는 이륜마차가 교차로 쪽으로 빠르게 다가오고 있었다. 다른 마차 두 대도 그 뒤를 따라오고 있었다. 몰려든 농부들도 이제는 더욱 가까이 다가와 있었다. 이제 이쯤에서 마무리를 지어야 했다.

돈 루이스가 운전기사에게 말했다.

"자네 얼굴을 보아하니 나에 대해 여기저기 떠벌리고 다닐 것 같은데 그러지 않는 게 좋을 거야, 친구. 공연히 후회할 일 만들지 말라고. 자, 여기 1000프랑이다. 입을 함부로 놀렸다간 그 대가를 아주 톡톡히 치르게 될 거야. 내 말 명심해⋯."

비행기 때문에 교통이 점점 혼잡해지기 시작했다. 돈 루이스는 다반에게 돌아와 말했다.

"지금 당장 떠날 수 있습니까?"

"말씀만 하십시오. 어디로 갈까요?"

돈 루이스는 사방에서 몰려드는 사람들의 소란스러운 움직임에도 전혀 아랑곳하지 않고, 지도를 꺼내 눈앞에 펼쳐놓았다. 복잡하게 얽혀 있는 도로를 보자 잠시 근심에 휩싸였다. 악당이 플로랑스를 데리고 은신해 있을 만한 장소가 너무나도 많았던 것이다. 하지만 곧 정신을 가다듬었다. 망설이고 싶지 않았다. 심지어 생각하고 싶지도 않았다. 그저 알고 싶었다. 헛되이 시간을 낭비하며 단서나 생각에 매달리는 대신 인생의 위급한 순간마다 어김없이 자신을 이끌어주던 그 놀라운 직감력에만 의존해 단번에 모든 것을 알고 싶었다.

게다가 다반의 질문에 주저하는 모습을 보인다거나 자신이 찾고 있는 사람들이 사라진 사실에 당황하는 기색을 드러내는 것은 자존심상 도저히 용납할 수 없는 일이었다.

돈 루이스는 지도에 시선을 고정한 채 손가락 하나로 파리를, 다른 손가락 하나로 르망을 가리켰다. 그리고 악당이 왜 하필 파리에서 르망, 르망에서 앙제의 경로를 선택했는지 생각해보기도 전에 순식간에 알아차렸다…. 도시 하나가 머릿속에 떠오르면서 진실이 마치 번갯불처럼 번쩍 마음속에 솟구쳤던 것이다. 알랑송! 그 즉시 지난 기억들이 뇌리를 스치며 수수께끼 같은 의문들이 말끔히 풀렸다.

돈 루이스는 다시 입을 열었다.

"어디로 가느냐고요? 다시 돌아갑시다."

"정확한 목적지는요?"

"알랑송입니다."

"알겠습니다. 하지만 우선 도움이 필요합니다. 아무래도 저쪽이 이륙하기가 좀 더 쉬울 것 같아서요."

돈 루이스와 몇몇 사람들이 즉시 다반을 도왔다. 이륙 준비는 신속하게 이루어졌다. 다반이 엔진 상태를 확인했다. 모든 일이 척척 진행됐다.

그 순간, 강력한 경주용 자동차 한 대가 사나운 짐승처럼 요란하게 사이렌을 울리며 앙제 도로에서 달려오더니 그들 앞에 갑자기 멈춰 섰다.

남자 세 명이 차에서 내려 곧바로 노란 자동차의 운전기사에게 달려들었다. 돈 루이스는 즉시 그들을 알아보았다. 베베르 부국장과 간밤에 유치장으로 자신을 끌고 갔던 경찰관들이었다. 경찰청장이 범인을 뒤쫓으라고 이들을 보낸 것이다.

그들은 운전기사와 몇 마디 말을 나누더니 몹시 당황한 듯했다. 그러고는 손짓을 섞어가며 또다시 상대에게 질문을 퍼붓고 시계와 지도를 번갈아 쳐다봤다.

돈 루이스는 그들에게 다가갔다. 머리에는 헬멧을 쓰고 있었고, 얼굴도 보안경으로 가려진 상태라 얼굴을 알아보기는 불가능했다. 돈 루이스는 목소리까지 변조해 베베르에게 말을 건넸다.

"새가 날아가 버렸습니다, 베베르 부국장."

베베르는 질겁한 얼굴로 상대를 빤히 바라보았다.

돈 루이스는 빈정대는 말투로 계속해서 말했다.

"그렇습니다, 날아가 버렸어요. 생루이 섬의 그 작자, 정말이지 교활하기 짝이 없는 놈 아닙니까? 벌써 세 번이나 자동차를 갈아타다니. 그놈이 간밤에 당신이 베르사유에서 목격한 저 노란 자동차에서 내려 르망에서 또 다른 자동차를 타고 달아났답니다… 물론 어디로 갔는지는 아무도 모르고요."

부국장은 깜짝 놀라 두 눈을 휘둥그레 떴다. 도대체 이자는 누구기에 새벽 2시에 경찰청에만 전화로 보고된 사실들을 이렇게 자세히 아는 걸까? 부국장은 간신히 입을 뗐다.

"도대체 당신은 누구십니까?"

"맙소사! 날 못 알아본단 말입니까? 사람들과 약속을 해가며 만나봐야 다 부질없는 짓이군…. 약속 시각을 지키려고 아등바등해봤자 그다음에 만나면 이렇게 댁이 누구냐고 물어보니, 나원 참! 여보게, 베베르. 일부러 날 약 올리려고 이러는 건가? 내 얼굴을 환한 햇빛 아래에서 뚫어질 듯 쳐다봐야 알아보겠나? 좋아, 똑똑히 보게."

돈 루이스는 얼굴을 가리고 있던 장비를 벗었다.

"아르센 뤼팽!"

베베르가 더듬거리며 말했다.

"그래, 언제나 자네를 위해 끊임없이 봉사하는 사람이지. 그
럼 나는 이만 일하러 가봐야겠네. 잘 있게, 풋내기 친구."

베베르는 자신이 열두 시간 전에 유치장에 가둔 아르센 뤼팽
이 파리에서 무려 400킬로미터 떨어진 곳에서 자유롭게 돌아
다니는 모습을 보자 아연실색했다. 돈 루이스는 어찌나 통쾌했
던지 다반에게 다가가며 속으로 중얼거렸다.

'멋지게 한 방 먹였어! 몇 마디 내뱉은 후 가슴에 훅을 한 방
날리니 바로 녹아웃이군. 다음번에는 서두르지 말자. 심판이
최소한 10초를 세 번은 센 뒤, 베베르가 '엄마!' 하고 외칠 수 있
게 해줘야지.'

다반이 이미 이륙 준비를 마친 상태였기에 돈 루이스는 곧장
비행기에 올라탔다. 농부들이 바퀴를 밀자 비행기가 날아올랐
다.

"북북동 방향, 시속 150킬로미터로 가주십시오. 1만 프랑을
드리겠습니다."

"하지만 맞바람이 불고 있습니다."

다반이 말했다.

"그 바람에 맞서는 대가로 5000프랑을 더 드리겠습니다."

돈 루이스가 큰 소리로 외쳤다.

포르미니에 한시바삐 당도하고 싶었기에 어떠한 장애물도
용납할 수 없었다. 이제야 모든 사건이 명확하게 이해되었다.
사건의 초반부터 찬찬히 되짚어 보니, 헛간에서 발견된 두 시

신과 모닝톤 유산으로 초래된 연쇄살인 사건을 왜 진작 연관해 생각하지 못했는지 그저 황당할 따름이었다. 그뿐만이 아니다. 포빌의 옛 친구인 랑제르노는 살해됐을 가능성이 높은데, 어째서 자신은 그 살인 사건이 제공할 모든 단서에 아무런 관심도 기울이지 않았던 걸까? 이 음침한 사건의 실마리는 바로 거기에 있었는데 말이다. 포빌이 자신의 옛 친구 랑제르노 영감에게 보낸 고발 편지들을 과연 누가 가로챌 수 있었겠는가? 그 마을 사람이거나, 적어도 과거 그곳에 살았던 사람이라야 그런 짓을 저지를 수 있지 않겠는가?

그러자 모든 것이 이해됐다. 바로 그 악당 놈이 랑제르노와 드데쉬라마르 부부를 살해하면서 범죄 행각의 포문을 연 것이다. 물론 수법은 그 후의 방법과 동일할 것이다. 직접적인 살인이 아닌 은밀하고 간접적인 살인! 미국인 모닝톤, 엔지니어 포빌, 마리 안, 가스통 소브랑과 마찬가지로 랑제르노 영감 역시 교묘한 방법으로 제거됐을 것이며 드데쉬라마르 부부 역시 자살의 궁지로 몰려 헛간으로 인도됐을 것이다.

그때부터 호랑이는 본격적으로 파리로 와서 엔지니어 포빌과 코스모 모닝톤의 주변을 맴돈 뒤 유산을 둘러싼 이 비극적인 사건을 꾸몄을 것이다.

그리고 호랑이는 이제 포르미니로 다시 돌아가고 있다.

그 점에는 어떠한 의심의 여지도 없다. 우선 범인이 플로랑스에게 마취제를 먹인 사실이 그 증거였다. 알랑송과 포르미니의 풍경, 그리고 예전에 플로랑스가 가스통 소브랑과 함께 둘러보았던 그 오래된 저택을 알아보지 못하도록 한사코 잠재운

게 아니겠는가! 또한 르망에서 앙제, 앙제에서 낭트의 경로로 경찰 추적을 따돌리려 한 것도 그 증거였다. 르망에서 옆길로만 빠지면 알랑송까지는 직행으로 갈 때보다 기껏해야 한두 시간 정도 더 걸리기 때문이다. 그리고 무엇보다 대도시 근처에 있었다던 차고와 기름까지 채워진 채 대기 중이었다던 그 리무진이야말로, 애당초 그자가 신중을 기하려고 르망에 멈춰서 자신의 리무진으로 갈아탄 뒤 랑제르노의 폐가가 된 저택에 가려 했었다는 사실을 보여주지 않는가? 따라서 이미 오전 10시에 그자는 틀림없이 자기 소굴에 도착했을 것이다. **잠에 취한 채 축 늘어진 플로랑스와 함께…**

그리고 돈 루이스의 머릿속에는 다음과 같은 끔찍한 질문 하나가 끊임없이 맴돌았다. 그자가 플로랑스 르바셰르를 어떻게 하려는 것일까?

"빨리 갑시다! 더 빨리!"

돈 루이스가 소리쳤다.

범인의 은신처를 알아내자 돈 루이스는 그자가 어떤 끔찍한 계획을 품고 있는지 훤히 알 듯했다. 추적당하는 걸 눈치채고 패배감에 휩싸인 데다, 현실에 눈을 뜬 플로랑스의 증오와 두려움의 대상이 되어버린 범인은 언제나처럼 살인을 계획하는 것 외에 무슨 꿍꿍이를 더 꾸밀 수 있겠는가?

"더 빨리! 당최 앞으로 나아가질 않는군요. 빨리 좀 갑시다!"

만약 플로랑스가 살해당했다면! 아니, 아직 그런 일은 일어나지 않았을 것이다. 그렇다, 절대 그럴 리 없다. 살인하기까지는 어느 정도 시간이 걸리기 마련이다. 설득, 제안, 협박, 애원

등 수많은 끔찍한 절차가 선행될 테니 말이다. 하지만 지금 그 과정이 이루어지고 있다. 이제 곧 플로랑스는 죽을 것이다!

플로랑스는 자신을 사랑하는 악당의 손에 죽음을 맞을 것이다. 악당이 플로랑스를 사랑하기 때문에 플로랑스는 죽을 수밖에 없다. 돈 루이스는 그 비뚤어진 사랑을 본능적으로 직감했다. 그토록 병적인 사랑이 어떻게 고통과 피로 대단원의 막을 내리지 않을 수 있겠는가?

사블레… 실레 르 기욤….

눈 아래 펼쳐진 대지가 쏜살같이 달아났고, 마을과 집들이 그림자처럼 미끄러져 갔다.

그리고 마침내 알랑송.

비행기는 오후 1시 30분이 채 되지 않은 시간에 알랑송과 포르미니 사이의 평야에 착륙했다. 돈 루이스는 곧바로 주민을 상대로 수소문해 정보를 얻었다. 그 정보에 따르면 수많은 자동차가 포르미니 도로를 지나갔는데, 그중에 어떤 남자가 운전하는 작은 리무진이 한 대 있었고 그 차는 곧장 곁길로 빠졌다고 했다.

그런데 그 곁길은 랑제르노 영감의 낡은 저택 뒤편의 숲으로 통하는 길이었다.

돈 루이스는 이제 확신을 확고히 굳혔기에, 다반에게 작별 인사를 한 뒤 비행기가 이륙할 수 있게끔 도왔다. 이제 돈 루이스는 누구의 도움도 필요치 않았다. 드디어 최후의 결투가 시작된 것이다.

돈 루이스는 먼지 속 타이어 자국을 따라 곁길을 쉼 없이 달렸다. 예상과는 달리 그 길은 몇 주 전 자신이 위에서 뛰어내렸던 헛간 뒤 담벼락으로 향하는 길이 아니었다. 숲을 지나자 잡초가 무성한 넓은 들판이 나왔다. 그곳에서 길은 다시 저택 부지 쪽으로 향했고, 쇠막대와 철판으로 보강된 낡은 대문 앞까지 뻗어 있었다.

리무진은 분명 그 대문 안으로 들어갔을 것이다.

'나도 어떻게든 저 안으로 들어가야 해. 그것도 지금 당장! 적당한 구멍이나 나무를 찾으며 여유 부릴 시간은 없다고.'

돈 루이스는 속으로 중얼거렸다.

하지만 눈앞에 있는 담벼락 높이는 족히 4미터는 되었다.

돈 루이스는 담벼락을 넘었다. 무슨 수로? 어떤 초인적인 능력을 발휘했기에? 사실 돈 루이스 역시 자신이 어떻게 성공할 수 있었는지 정확히 알지 못했다. 어쨌든 벽면의 미세한 돌출부를 딛고 다반이 빌려 준 칼을 돌 틈에 집어넣으며 결국 담벼락을 넘었다.

벽을 넘자마자 돈 루이스는 곧장 타이어 자국을 발견했다. 그 자국은 왼쪽으로 이어져 있었는데, 그쪽 지역은 돈 루이스가 여태껏 알지 못한 곳이었다. 땅이 다소 울퉁불퉁했고 담쟁이덩굴로 뒤덮인 폐허가 된 건축물과 낮은 언덕들이 군데군데 솟아 있었다.

물론 다른 곳도 황폐하게 방치돼 있기는 마찬가지였지만 이곳은 특히나 더 야생적인 분위기를 풍겼다. 쐐기풀과 나무딸기 사이에, 그리고 쥐오줌풀과 모예화, 헴록, 디기탈리스, 안젤리카 등과 같은 키 큰 야생화 무리 가운데, 무너진 월계수 울타리와 회양목 담장의 일부분이 여기저기 솟아 있었다.

소사나무를 둘러 심은 오래된 산울타리의 모퉁이를 돌자 곧바로 구석에 숨겨진 리무진의 모습이 눈에 들어왔다. 차 문은 열려 있었다. 디딤판에 늘어져 있는 깔개와 부서진 유리창, 바닥에 떨어져 있는 쿠션 등 어지러운 내부 모습을 보아하니 악당과 플로랑스 사이에 한바탕 몸싸움이 있었던 게 분명했다. 악당은 여자가 자는 틈을 타 밧줄로 묶었을 것이다. 그리고 목적지에 도착해 플로랑스를 리무진에서 끌어내려 하자 플로랑스는 주변의 물건에 필사적으로 매달렸을 것이다.

돈 루이스는 곧바로 자신의 가설이 사실임을 확인할 수 있었다. 잡초가 우거진 좁다란 오솔길을 따라 나지막한 언덕을 올라가는 동안 처참하게 짓밟힌 잡초가 끊임없이 눈에 띄었던 것이다.

"아! 몹쓸 놈! 나쁜 자식, 여자를 안고 간 게 아니라 질질 끌고 간 모양이로군."

만약 그 순간 오로지 본능에 따라 행동했다면 플로랑스를 구하러 허겁지겁 달려갔을 것이다. 하지만 무엇을 해야 하고 무엇을 하지 말아야 할지 분명히 알고 있었기 때문에 그런 경솔한 행동은 하지 않았다. 조금이라도 수상쩍은 낌새가 느껴지거나 인기척이 들리면 호랑이는 곧바로 먹잇감의 목을 조를 것이 뻔했다. 이런 불상사를 피하려면 돈 루이스는 느닷없이 적을 기습해 단숨에 제압해야 했다.

따라서 돈 루이스는 마음을 가다듬고 최대한 살금살금 비탈길을 올라갔다.

오솔길은 돌무더기와 무너진 건축물들 사이로, 그리고 몇 그루의 너도밤나무와 떡갈나무가 굽어보는 관목림 가운데로 뻗어 있었다. 바로 이곳이 랑제르노 저택에 고성이라는 별칭이 붙게끔 한 봉건 시대의 옛 성이 있던 장소가 틀림없다. 그리고 범인은 분명 바로 이 꼭대기에 자신의 은신처를 마련해놓았을 것이다. 실제로도 납작하게 짓밟힌 잡초들이 계속해서 눈에 띄었다. 게다가 돈 루이스는 풀숲에서 반짝거리는 무언가를 발견했다. 자그마한 반지였다. 작은 진주 두 알이 박힌 단순한 금반지였는데 플로랑스의 손가락에서 종종 봤던 것이다. 그런데 유독 눈길을 잡아끈 점이 하나 있었다. 마치 누군가 일부러 리본을 묶어놓은 듯 풀잎 하나가 그 반지를 세 차례나 감고 있었던 것이다.

　'명백한 신호로군. 틀림없이 범인이 이곳에서 잠시 쉬었다 간 거야. 그사이 몸은 묶여 있었지만 손가락은 자유로웠던 플로랑스가 이 단서를 슬쩍 남긴 거라고.'

　플로랑스는 아직 희망을 버리지 않았다. 도움을 기다렸다. 돈 루이스는 플로랑스가 바로 자신을 염두에 두고 이 구조 신호를 남겼을지 모른다는 생각에 가슴이 벅차올랐다.

　쉰 걸음쯤 더 걸으니(의아하게도 악당은 금세 피로를 느낀 모양이었다) 또다시 쉬어간 흔적이 나타났다. 그곳에서 두 번째 단서가 발견됐다. 샐비어 꽃이었다. 그 가엾은 여인이 꽃을 따다가 꽃잎을 하나하나 뜯어낸 것이다. 그 후에도 흙에 찍힌 다섯 손가락 자국과 자갈로 그려놓은 십자표시 등이 발견됐다. 그렇게 돈 루이스는 여자가 거쳐간 고난의 여정을 시시각각 자세히 되짚어 볼 수 있었다.

종착지가 가까워지자 경사가 한층 가팔랐다. 무너진 돌무더기도 더욱 자주 나타나 행로를 방해했다. 오른쪽에는 옛 소성당의 흔적인 고딕식 아치 두 개가 푸른 하늘을 배경으로 우뚝 솟아 있었다. 그리고 왼쪽에는 맨틀피스가 달린 얇은 벽이 하나 있었다.

스무 걸음쯤 더 걸어가다 돈 루이스는 불현듯 멈춰 섰다. 무슨 소리를 들은 것 같아서였다. 가만히 귀를 기울여 보았다. 잘못 들은 게 아니었다. 또다시 소리가 들려왔다. 웃음소리였다. 그것도 무척이나 소름 끼치는 웃음소리였다! 악마의 웃음소리처럼 날카롭고 예리하며 사악한 웃음소리였다! 실성한 여자의 웃음소리 같기도 했다….

잠시 조용해졌다. 그러다 이내 다른 소리가 들려왔다. 이번에는 어떤 도구를 이용해 땅을 치는 소리였다. 그리고 다시 정적….

여기서부터 한 100미터쯤 떨어진 곳에서 이런 일들이 일어나는 듯했다.

오솔길 끝에는 흙을 파서 만든 계단 세 개가 있었다. 그리고 그 위에는 넓은 평지가 펼쳐져 있었다. 그곳 역시 여기저기에 폐허 잔해들이 가득 널려 있었다. 그리고 맞은편, 평지 중앙에는 반원형으로 심은 거대한 월계수들이 일종의 장막을 형성하고 있었다. 짓밟힌 잡초의 흔적은 바로 이 장막을 향해 있었다.

그 장막은 결코 뚫고 들어갈 수 없을 것 같은 위용을 과시하고 있었기에 돈 루이스는 의아한 마음을 안고 천천히 장막으로 다가가 보았다. 그런데 가까이 다가가자 예전에 누군가 만들어 놓은 구멍 하나가 눈에 띄었다. 세월이 흘러 이제 그 구멍은 다시 나뭇가지로 덮여 있었다.

나뭇가지를 헤치고 지나가는 일은 그다지 어렵지 않을 듯했다. 분명 범인은 이곳을 지나갔을 것이다. 여정의 종착지인 바로 저편에서 어떤 음침한 일에 몰두하고 있을 것이다.

아니나 다를까, 비웃는 소리가 날카롭게 허공을 갈랐다. 그 소리가 어찌나 가까이 들리는지 돈 루이스는 모골이 다 송연해졌다. 마치 악당이 자신의 개입을 이미 알고 비웃는 듯했다. 돈 루이스는 붉은 잉크로 적힌 문제의 편지를 불현듯 떠올렸다.

아직 늦지 않았다, 뤼팽. 전투에서 물러나라. 그러지 않으면 너 역시 죽음을 면치 못할 것이다. 네가 목표에 이르렀다고 믿을 때, 네가 나를 잡으려고 팔을 치켜들 때, 그래서 네놈이 승리의 환호성을 내지를 때, 바로 그 순간 네 발아래에 끝없는 심연이 펼쳐질 것이다.

네놈이 죽을 자리는 이미 정해져 있다. 함정도 파놓았다. 그러니 조심하는 게 좋을 것이다, 뤼팽.

위협적이고 무시무시한 편지 전문이 순식간에 머릿속에 펼쳐졌다. 그러자 또다시 섬뜩한 기분이 들었다.

하지만 돈 루이스 같은 인물이 그깟 두려움 따위에 주춤할 리 있겠는가? 두 손으로 나뭇가지를 헤치고 온몸으로 길을 내며 조용히 앞으로 나아갔다.

그러다 문득 발길을 멈췄다. 이제 앞에는 잎사귀들로 이루어진 마지막 차폐물만이 남아 있었다. 돈 루이스는 눈높이에 있는 잎사귀 몇 개를 살짝 걷어냈다.

무엇보다 먼저 눈에 들어온 것은 플로랑스의 모습이었다. 홀로 남겨진 플로랑스는 30미터 정도 떨어진 곳에서 결박당한 채 축 늘어져 있었다. 고개를 움직이는 것을 보니 아직 살아 있는 게 분명했다. 돈 루이스는 커다란 기쁨에 휩싸였다. 다행히 자신이 제때에 도착한 것이다. 플로랑스는 죽지 않았다. 그리고 앞으로도 죽지 않을 것이다. 이것이야말로 그 무엇보다 중요한 명백한 사실이다. 플로랑스는 죽지 않을 것이다!

플로랑스의 생사를 확인했으니 이제 찬찬히 주변을 둘러보았다.

좌우로 펼쳐진 월계수는 안쪽으로 굽어 있어서 일종의 원형 경기장 같은 공간을 품고 있었다. 그리고 그 공간 안에는 한때는 원추형으로 다듬어져 있었을 주목들 사이로 주두와 각종 기둥, 아치와 돔 파편들이 어지러이 바닥에 널려 있었다. 성탑이 있던 자리를 따라 정원을 조성하려고 예전에 이곳에 가져다 놓은 모양이었다. 그 중앙에는 좁다란 길 두 개가 만나는 원형 공터가 있었다. 그중 한 길은 돈 루이스가 따라온 길의 연장선이었으며 짓밟힌 잡초 흔적이 이어져 있었다. 다른 한 길은 직각으로 꺾여 월계수 장막의 양쪽 끝에 닿아 있었다.

정면에는 암석들과 부서진 건축재가 진흙으로 뭉치고 비틀린 나무뿌리로 연결된 채 작고 얕은 동굴을 형성하고 있었다. 그 동굴에는 틈이 많아서 빛이 환하게 새어 들어왔으므로 돈 루이스는 동굴 바닥에 판석 서너 개가 깔린 것을 쉽게 파악할 수 있었다.

바로 이 동굴 속에 플로랑스 르바셰르가 결박당한 채 축 늘어져 있었다.

플로랑스의 모습은 신비로운 의식을 위해 마련된 제물 같았다. 키 큰 월계수 장벽으로 밀폐되고 수백 년 된 폐허 더미가 굽어보는 원형 경기장 안에서 이제 곧 동굴의 제단에 바쳐질 힘없는 제물 말이다.

비록 꽤 멀리 떨어져 있었지만 돈 루이스는 여자의 창백한 얼굴에 떠오른 미세한 표정을 자세히 살필 수 있었다. 얼굴은 두려움으로 다소 경직돼 있었지만, 그 안에는 여전히 침착함과 기대감이 어려 있었다. 심지어 마지막 순간까지 기적의 가능성을 믿으며 삶의 의지를 포기하지 않는 자의 굳건한 희망이 서려 있었다. 하지만 웬일인지 입에 재갈이 물린 것도 아닌데 소리를 질러 도움을 요청할 생각이 없어 보였다. 소용없다고 여기는 걸까? 소리를 질러 악당에게 곧장 제압당하느니 차라리 자신이 남겨놓은 흔적에 기대를 거는 편이 낫다고 생각한 걸까? 묘하게도 플로랑스는 돈 루이스가 몸을 숨긴 곳에 시선을 고정한 듯했다. 자신이 이곳에 있는 것을 눈치챈 걸까? 자신이 개입하리라는 사실을 예상하는 걸까?

돈 루이스는 불현듯 권총 한 자루를 움켜잡고 팔을 반쯤 치켜든 다음 겨눌 준비를 했다. 제물이 누워 있는 제단과 그리 멀지 않은 곳에서 의식 집행자가, 사형 집행인이 등장했던 것이다.

사내는 가시덤불로 틈새가 막힌 두 바위 사이에서 나타났다. 기다란 팔이 땅에 닿을 정도로 고개와 허리를 푹 숙인 채 걸어 나오는 것으로 보아 입구가 매우 낮은 모양이었다.

사내는 동굴 쪽으로 다가가 또다시 섬뜩한 웃음소리를 내기 시작했다.

"아직 여기에 있군. 구원자께서 아직 안 오신 건가? 저런, 당신의 메시아께서 조금 늦으시는군…. 서둘러야 할 텐데…."

목소리가 워낙 날카로웠기에 돈 루이스는 사내가 하는 말을 모두 알아들을 수 있었다. 너무나도 기묘하고 비인간적인 그 목소리에 극도의 거북함마저 느꼈다. 돈 루이스는 권총을 쥔 손에 힘을 주었다. 상대가 조금이라도 수상한 낌새를 보이면 그 즉시 방아쇠를 당길 작정이었다.

사내는 웃으며 거듭 말했다.

"서둘러야 할 거야! 5분 후에는 모든 일이 끝나 있을 테니까. 내가 얼마나 정확한 사람인지는 잘 알고 있지, 내 사랑 플로랑스?"

그러고는 땅바닥에서 무언가를 집어들었다. 목발 모양의 막대기였다. 사내는 왼쪽 겨드랑이에 목발을 끼고 몸을 잔뜩 숙인 채 똑바로 서 있을 힘조차 없는 사람처럼 힘겹게 걷기 시작했다. 그러다가 황당하게도 갑자기 몸을 곧추세우더니 목발을 지팡이처럼 짚기 시작했다. 그런 다음 사내는 동굴 주위를 유심히 둘러보았다. 돈 루이스는 사내가 어째서 저런 행동을 하는지 도무지 감이 잡히지 않았다.

몸을 똑바로 세운 사내는 키가 꽤 큰 편이었다. 돈 루이스는 노란 자동차의 운전기사가 왜 범인의 키에 대해 정확히 이야기할 수 없었는지 단번에 이해했다. 사내의 서로 다른 두 가지 모습을 보고 어리둥절했던 것이다.

하지만 얼마 지나지 않아 사내의 부실하고 흐물흐물한 두 다리는 도저히 버틸 수 없다는 듯 후들거리기 시작했다. 결국 사내는 또다시 목발을 짚었다.

깡마른 그 사내는 구루병에 걸려 거동이 불편한 불구였다. 게다가 창백한 안색과 앙상한 뺨, 움푹 꺼진 관자놀이와 누렇게 뜬 피부를 보아하니 폐결핵까지 앓고 있는 듯했다.

동굴 주변을 둘러본 사내는 플로랑스에게 다가가 말했다.

"내 사랑, 물론 지금껏 소리 한 번 안 지르고 아주 얌전히 있었지만 그래도 만전을 기하는 뜻에서, 이쯤 편리한 재갈을 사용해 혹시 모를 불상사를 대비하는 것도 좋겠지?"

사내는 여자에게 몸을 숙여 얼굴 아랫부분을 커다란 스카프로 칭칭 감았다. 그런 다음 몸을 더 숙여 귓속말을 하듯 나지막이 속삭이기 시작했다. 하지만 사내가 폭소를 터트리는 바람에 귓속말은 곧 중단됐다. 정말이지 몹시 듣기 거북한 웃음소리였다.

돈 루이스는 사내가 갑자기 독약이 든 주사기로 플로랑스를 공격할지도 모른다는 두려움에 휩싸였다. 위험이 임박했음을 느낀 돈 루이스는 자신의 능력을 믿고 침착하게 총을 겨눈 채 적의 동태를 살폈다.

저기에서 도대체 무슨 일이 일어나는 걸까? 저자가 여자에게 과연 무슨 말을 건넨 걸까? 저 악당이 플로랑스 르바셰르에게 어떤 파렴치한 제안을 한 걸까? 도대체 얼마나 치욕스러운 대가를 치러야 플로랑스가 풀려날 수 있을까?

사내는 사나운 기세로 몸을 일으키더니 분노에 찬 목소리로 소리쳤다.

"넌 이제 끝이야, 그걸 아직도 모르겠어? 멍청하게도 네가 순순히 날 따라와 내 손아귀에 놓이는 처지를 자처했는데, 너한테 이제 무슨 희망이 남아 있겠어? 아, 내 마음을 움직여 보려는 거야? 내가 너를 열렬히 사랑하니까? 하하! 완전히 잘못 짚었어. 이런, 순진한 것! 네 죽음 따위는 내겐 그저 사과나무에서 사과 하나가 떨어지는 것과 똑같아…. 일단 죽고 나면 너 따위는 내 머릿속에서 흔적도 없이 사라질 거라고…. 뭐야? 내가 불구라서 널 죽일 힘조차 없다고 생각하는 거야? 널 죽인다 해도 그런 식은 아니지, 플로랑스! 설마하니 내가 널 죽이겠어? 내가 언제 사람을 죽였나? 난 단 한 번도 그런 짓을 저지른 적이 없어! 누구를 죽이기엔 너무 비겁하거든. 아마 무서워서 벌벌 떨거라고…. 그래, 난 절대 널 건드리지 않아, 플로랑스. 하지만… 자, 이제 무슨 일이 벌어질지 잘 봐…. 곧 알게 될 거야…. 내 방식대로 일을 좀 꾸며봤지…. 하지만 너무 겁먹지는 마, 플로랑스. 이건 그저 사전 경고일 뿐이니까…."

사내는 곧장 발길을 옮겨 두 손으로 나뭇가지에 매달려 동굴 오른쪽 상단부로 올라갔다. 그곳에서 무릎을 꿇고 앉았다. 사내 곁에는 곡괭이 한 자루가 놓여 있었다. 곡괭이를 들더니 바로 앞에 있는 돌무더기를 세 차례 내리쳤다. 그러자 돌들이 동굴 앞으로 우르르 무너져 내렸다.

돈 루이스는 화들짝 놀라 고함을 치며 은신처에서 뛰쳐나갔다. 순식간에 사태가 파악됐던 것이다. 동굴은 여러 석재와 화강암 등이 아슬아슬하게 쌓여 이루어졌기 때문에 언제 갑자기 무너져 플로랑스를 덮칠지 모를 상황이었다. 따라서 지금은 범인을 잡는 것보다 플로랑스를 구하는 게 급선무였다.

불과 2~3초 만에 돈 루이스는 이미 중간 지점까지 달려와 있었다. 하지만 이 미친 질주보다 더 빠른 속도로 한 가지 생각이 뇌리를 번뜩 스쳐 지나갔다. 짓밟힌 잡초의 흔적이 원형 공터에는 보이지 않았다. 그렇다면 범인은 그곳을 지나지 않고 옆으로 우회한 것이다. 왜일까? 본능적으로 경계심이 발동해 이 같은 질문을 던졌지만, 이성적으로 대답할 시간적 여유가 없었다. 돈 루이스는 무작정 달렸다. 그리고 문제의 공터에 발을 내딛자 엄청난 재앙이 벌어졌다.

어찌나 순식간에 일이 벌어졌는지 마치 허공 위를 걸으려다 그대로 추락하는 사람 같았다. 발밑에서 땅이 꺼졌다. 풀 덩어리들이 갈라졌다. 그리고 돈 루이스의 몸이 아래로 떨어졌다.

떨어진 구멍은 지름이 기껏해야 1.5미터 밖에 되지 않으며, 테두리 돌이 지면과 똑같은 높이로 깎인 우물 입구였다. 불행 중 다행으로 원체 전속력으로 달렸기 때문에 추진력을 받아 맞은편 내벽에 안착했고 덕분에 우물 가장자리에 팔뚝을 걸쳐 두 손으로 나무뿌리를 움켜잡을 수 있었다.

돈 루이스는 남다른 힘을 가졌기에 손목 힘만으로도 충분히 그곳을 빠져나올 수 있었다. 하지만 이 같은 일을 막기 위해 악당이 서둘러 돈 루이스에게 다가왔다. 그리고 돈 루이스로부터 열 발자국 정도 떨어진 곳에 서서 권총을 겨누며 위협했다.

"움직이지 마, 안 그러면 머리통을 박살 내버릴 테니!"

돈 루이스는 적의 총구 앞에서 꼼짝달싹 못하는 처지가 돼버렸다. 몇 초간 두 사람의 시선이 마주쳤다. 사내의 눈빛은 열기로 불타는 병자의 눈빛이었다.

사내는 돈 루이스의 움직임을 주시하며 기다시피 다가와 우물 옆에 쭈그리고 앉았다. 사내는 팔을 뻗어 권총을 겨누고 있었다. 사내의 입에서 또다시 그 끔찍한 웃음소리가 터져 나왔다.

"뤼팽이야! 뤼팽! 드디어 걸려들었어! 뤼팽이 함정 속으로 뛰어들다니! 하! 멍청하기 짝이 없는 놈! 내가 분명 경고했을 텐데, 핏빛 잉크로 말이야. 내가 한 말을 떠올려봐…. **네놈이 죽을 자리는 이미 정해져 있다. 함정도 파놓았다. 그러니 조심하는 게 좋을 것이다, 뤼팽**. 이것 봐, 결국 이렇게 됐잖아! 그런데 자네는 감옥에 있어야 하지 않나? 또 용케 빠져나온 거야? 교활한 놈…. 이런 상황을 대비해 미리 대책을 세워놨으니 망정이지…. 어때? 이만하면 꽤 괜찮은 계략 아닌가? 속으로 이렇게 생각했지. '모든 경찰이 날 잡으러 달려들 것이다. 하지만 날 찾을 수 있는 사람은 오직 단 한 명, 뤼팽뿐이다. 그러니 그에게 아예 길을 알려주자. 포로의 몸으로 닦은 자그마한 길을 따라 졸졸 쫓아오게 하자….' 그리고 여기저기 교묘하게 표적들을 만들어놓았지…. 우선 풀잎으로 감싼 반지, 좀 더 가서는 꽃잎이 떨어져 나간 꽃, 그리고 흙에 남긴 다섯 손가락 자국, 마지막으로 십자표시까지…. 이러니 자네가 어떻게 길을 잃어버릴 수 있겠나? 플로랑스가 《엄지동자》(샤를 페로의 동화. 가난한 부모가 여섯 아이를 숲 속에 버리지만 영리한 엄지동자가 조약돌을 뿌려 놓은 덕분에 아이들은 무사히 집으로 돌아온다 – 옮긴이) 놀이를 하게 내버려 둘 정도로 내가 멍청하리라 생각한 그 순간부터 이미 자네는 이 우물 속으로 곤두박질칠 운명이었던 거야. 이런 횡재를 꿈꾸며 한 달 전에 그 위에다 잔디까지 깔아놨거든…. 내가 분명히 말했잖아…. **함정도 파놓았다**고…. 이게 바로 내 식대로의 함정이야. 거기에 뤼팽이라는 대어가 낚인 거고! 난 상대의 협조와 의지를 빌어 그들을 제거하는 일을 정말 좋아하거든. 모두 친절한 동료처럼 날 도와주지. 이미 자네도 그 사실을 눈치챘겠지? 나는 직접 나서지 않아. 자기들이 알아서 목을 매달고 독약이 든 주사를 맞지…. 그리고 뤼팽, 자네는 특이하게 우물 속에 뛰어드는 편을 택했고 말이야! 아! 가엾은 친구, 어쩌다 이 지경에 처했나. 하하! 그런 우스꽝스러운 표정은 난생처음 보는군! 플로랑스, 네 애인의 면상 좀 봐!"

사내는 말을 멈추고 총을 쥔 팔까지 흔들릴 정도로 미친 듯 웃어젖혔다. 그 표정에는 더할 수 없이 야만적인 표정이 떠올랐다. 사내의 두 다리는 마치 꼭두각시의 다리처럼 상체와 따로 움직이며 춤을 추었다. 반면 사내의 눈앞에 있는 돈 루이스는 점점 힘을 잃어가고 있었다. 돈 루이스는 좀 더 용을 썼고 그럴수록 서서히 진이 빠졌다. 풀뿌리를 움켜잡았던 손가락은 이제 애처로이 우물 가장자리를 붙잡고 있었다. 이미 어깨가 우물 속으로 서서히 들어가고 있었다.

"정말 재미있군! 세상에! 웃으니 정말 좋아! 평소엔 좀처럼 웃지 않는 나 같은 사람에겐 더더욱 그렇지. 그래, 나는 꽤 침울한 사람이야. 장례식장에나 안성맞춤인 사람이라고! 안 그래, 플로랑스? 내가 웃는 모습을 여태껏 단 한 번이라도 본 적 있어? 하지만 이건 정말 배꼽 빠지게 웃기는군! 뤼팽은 우물 속에, 플로랑스는 동굴 속에…. 한 명은 깊은 구렁을 발밑에 두고 바들바들 떨고 있고 다른 한 명은 무너져 내릴 산 아래에서 헐떡거리고 있으니…. 아, 정말 혼자 보기 아까운 광경이야! 자, 뤼팽, 공연히 용쓰지 말게…! 뭐하러 그렇게 안간힘을 쓰나…? 저세상이 두려운 건가? 자네같이 정직한 사람이? 자네는 현대판 돈키호테가 아닌가! 자, 그러니까 그냥 내려가게…. 우물 속에는 첨벙거릴 물도 없단 말이야…. 그래, 그저 미지의 세계로 들어가는 미끄러운 통로일 뿐이라고…. 돌멩이를 던져도 워낙 깊어서 아무 소리도 들리지 않는다네. 방금 내가 종이에 불을 붙여 던져봤는데 순식간에 암흑 속으로 사라지더라니까. 부르르…! 등골이 다 오싹하더군…. 자, 그래도 용기를 내봐. 눈 깜짝할 사이에 끝날 테니까. 자네가 어디 이런 일을 한두 번 겪어보나! 브라보! 이제 거의 다 된 것 같군. 떠나기로 마음먹은 모양이야. 아! 뤼팽! 뤼팽! 뭐야, 매정하긴! 작별 인사도 안 하고 가는 건가? 미소도… 감사의 말도 없이? 그래, 또 보세, 뤼팽, 또 보자고….”

사내는 입을 다물었다. 자신이 그토록 교묘히 준비했고 빈틈없이 추진한 이 사건의 끔찍한 결말을 잠자코 기다렸다.

그다지 오랜 시간이 걸리지 않았다. 우선 어깨가 우물 안으로 들어가더니 뒤이어 턱, 고통으로 일그러진 입술, 공포에 취한 눈동자, 이마, 머리카락, 급기야 머리 전체가 사라졌다.

사내는 황홀경에 휩싸여 넋을 놓고 그 광경을 바라보았다. 적막이 깨질까 봐, 증오심이 사그라질까 봐 아무 말도 하지 않고…. 사내의 얼굴에는 야만에 가까운 환희가 번졌다.

이제 우물의 가장자리에는 두 손밖에 남지 않았다. 끈질기고 완고하며 영웅적인 두 손, 여전히 외로이 숨이 붙어 있지만 서서히 죽음의 기세에 밀리는 애처롭고 무력한 두 손, 그 두 손이 단념한 듯 뒤로 물러나더니 결국 힘을 풀고 말았다.

돈 루이스의 두 손이 우물 안으로 미끄러졌다. 그러다 어느 한순간, 돈 루이스의 손가락들이 짐승의 발톱처럼 앙칼지게 벽에 매달렸다. 그 몸짓이 얼마나 초인적으로 느껴졌던지, 마치 저 손가락들이 혼자의 힘으로 이미 암흑 속에 묻힌 시체를 빛이 있는 곳으로 끌어 올려 소생시키는 듯했다. 하지만 그것도 잠시, 곧 손가락마저 모든 힘을 쓰고 무너져 버리고 말았다. 그리고 이내 아무것도 보이지 않았고 어떤 소리도 들리지 않았다….

사내는 긴장이 풀린 듯 기쁨의 탄성을 지르며 펄쩍펄쩍 뛰었다.

"쿵! 이제 됐어! 드디어 뤼팽이 지옥으로 떨어졌군…. 이로써 모험 하나가 또 막을 내렸어…. 쿵! 쾅! 탁!"

사내는 플로랑스를 향해 몸을 돌리고는 또다시 그 음침한 춤을 추기 시작했다. 몸을 곧추세웠다가 갑자기 웅크리는 동작을 반복하며 허수아비 다리 같은 기괴한 자신의 다리를 이리저리 흔들어댔다. 그리고 노래를 부르고, 휘파람을 불기도 하면서 온갖 욕지거리를 토해냈다.

잠시 후 사내는 우물 입구로 돌아왔다. 그리고 아직도 가까이 다가가기 두려운 듯 적당히 떨어져 서서 우물 안에다 침을 세 차례 뱉었다.

하지만 이것만으로는 사내의 증오심이 풀리지 않았다. 마침 땅바닥에는 조각상 파편들이 나뒹굴고 있었다. 조각상 머리 하나를 굴리더니 우물 안으로 밀어 넣었다. 그리고 조금 더 떨어진 곳에는 오래되고 녹슨 쇠구슬 무더기가 있었다. 사내는 그 쇠구슬도 굴려서 우물 안으로 떨어뜨려 버렸다. 다섯 개, 열 개, 열다섯 개의 쇠구슬이 연달아 떨어졌다. 그 쇠구슬들은 내벽에 부딪히면서 음산한 소리를 냈는데, 그 메아리는 점점 멀어져가는 성난 천둥소리 같았다.

"자, 이걸 한번 잡아봐! 뤼팽! 아! 그동안 날 어지간히도 골탕먹였지, 이 지긋지긋한 놈! 그놈의 유산 한번 받아보겠다는데 정말 끈질기게도 훼방을 놓더군…! 자, 이것도 받고… 이것도…. 배가 고프면 이거나 처먹어…! 더 줄까? 좋아, 배 터지게 먹으라고, 이 친구야."

사내는 갑자기 현기증이 났는지 휘청거리다가 쭈그려 앉았다. 힘이 다 빠진 모양이었다. 하지만 곧 안간힘을 써서 몸을 일으켰고 구렁 앞에 무릎을 꿇고 앉아 암흑 속을 내려다보며 숨찬 목소리로 중얼거렸다.

"어이! 시체 양반! 너무 서둘러 지옥의 문을 두드리진 마…. 여기 이 예쁜 아가씨가 20분 후에 자네를 만나러 갈 테니…. 정확히 4시에 말이야…. 내가 일분일초도 어기지 않는 정확한 사람이라는 건 자네도 잘 알고 있겠지…. 그러니 정확히 4시에 여자와 만나게 될 거야…. 아참! 잊을 뻔했군…. 그 유산 말이야…. 모닝턴의 2억 프랑…. 그건 내가 갖게 될 거야, 당연하지…. 내가 필요한 조치를 모두 취해놓았으리라는 걸 자네도 이미 짐작했겠지…? 플로랑스가 곧 자세한 이야기를 들려줄 거야…. 아주 치밀하게 짜인 각본이지…. 이제 곧 알게 될 거야…. 알 수 있을 거라고….”

사내는 더 이상 말할 수 없었다. 마지막 음절은 말이라기보다는 딸꾹질에 가까웠다. 사내의 이마와 머리카락에서 식은땀이 뚝뚝 흘러내렸다. 단말마의 고통에 시달리는 환자처럼 신음을 내뱉으며 땅바닥에 풀썩 주저앉았다.

그렇게 사내는 두 손으로 머리를 감싸 쥐고 온몸을 오들오들 떨며 몇 분 동안 꼼짝 않고 있었다. 불안한 신경과 병으로 뒤틀린 근육 조직 하나하나가 모두 극심한 고통에 시달리는 듯했다. 잠시 후 사내는 무의식적으로 행동하게 하는 어떤 생각에 이끌린 듯 고통으로 숨을 헐떡거리며 발작적으로 몸을 더듬었다. 그리고 마침내 주머니에서 약병 하나를 꺼내 다급히 두세 모금 마셨다.

그러자 사내는 원기와 온기를 흡수한 사람처럼 곧바로 기운을 되찾았다. 눈빛은 고요해졌고 입가에는 섬뜩한 미소가 떠올랐다. 사내는 플로랑스 쪽으로 몸을 돌리며 말했다.

“그렇게 좋아하지 마, 플로랑스. 아직은 때가 아니야. 너를 손볼 시간 정도는 충분히 있다고. 게다가 이제부터는 날 괴롭히는 골칫거리도 없는 데다 계략을 짜고 전투를 치르느라 진을 뺄 일도 없어. 평화롭고 안락한 삶이 펼쳐지는 거라고…! 2억 프랑이 생긴다면 인생이 얼마나 윤택하고 여유로워지겠어. 안 그래, 플로랑스…? 아, 이제야 좀 살 것 같군."

9
플로랑스의 비밀

드디어 이 비극의 제2막이 펼쳐질 시간이 도래했다. 돈 루이스 페레나의 형 집행이 끝났으니 이제는 플로랑스의 형 집행이 이루어질 차례였다. 괴물 같은 사형 집행인인 불구자는 도살장에서 짐승을 잡듯 눈 하나 깜짝 않고 한 사람을 다른 사람 곁으로 보내버릴 참이었다.

여전히 완전히 기력을 회복하지 못한 사내는 다리를 질질 끌며 젊은 여인에게 다가갔다. 그리고 광택 나는 금속 상자에서 담배 한 개비를 꺼내 불을 붙이고는 잔인하기 그지없는 말투로 말했다.

"이 담배가 다 타들어가고 나면, 플로랑스, 그땐 네 차례야. 그러니 담배에서 눈을 떼지 마. 네 인생 마지막 순간이 시시각각 담뱃재로 변하고 있으니까. 눈을 떼지 말고 그 상태로 한번 생각해봐, 플로랑스. 이 사실만은 분명히 알아둬야 해. 아주 오래전부터 이 부지의 소유주들, 특히 랑제르노 영감은 지금 네 머리 위에 있는 돌무더기와 바위 덩어리들이 언제 무너질지 몰라 노심초사했었지. 그리고 난 말이야, 적당한 기회를 대비해 이미 몇 년 전부터 불굴의 인내심을 가지고 이 동굴이 더 잘 무너지도록 이곳 여기저기에다 즐거이 빗물을 부어왔어. 요컨대 지금까지 이게 과연 어떻게 버티고 있는 건지 나 자신도 의아할 정도로 말이야. 그리고 얼마 전에 그 이유를 알아냈어. 내가 방금 했던 곡괭이질은 그저 사전 경고에 지나지 않아. 하지만 만약 내가 다른 장소를, 다시 말해 정확한 지점을 한 번 내리찍고 두 돌덩이 사이에 끼어 있는 작은 벽돌 하나만 빼내면 말이야, 그 즉시 이 동굴은 마치 종이로 만든 성처럼 한꺼번에 와르르 내려앉게 될 거야. 아주 작은 벽돌이야, 플로랑스, 알아듣겠어? 그 작은 벽돌이 우연히 두 돌덩이 사이에 굴러 들어간 덕분에 지금까지 이 동굴이 버티고 있었던 거라고. 그러니 그 벽돌 하나만 사라지면 두 돌덩이가 무너져 내리면서 쾅! 재앙이 일어나는 거지."

사내는 잠시 숨을 고른 후 이야기를 이어갔다.

"그 후에는? 그 후에는 바로 이런 일이 일어나는 거야, 플로랑스. 동굴이 우르르 무너져 네 시체를 아무도 못 찾게 감쪽같이 덮든가(물론 그것도 이곳까지 누가 널 찾으러 온다는 아주 희박한 가정에서 말이지) 아니면 시신 일부가 바깥으로 드러나든가…. 후자라면 즉시 시신을 묶고 있는 줄을 끊어내 그 줄을 깨끗이 처리할 거야. 그러면 조사 결과가 어떻게 나올 것 같아? 사법 당국에 쫓기던 플로랑스가 동굴 속에 숨었다가 동굴이 무너지는 바람에 그만 죽고 말았다. 마침표, 끝! 그리고 조심성 없었던 한 여인을 위한 짧막한 애도가 울려 퍼진 다음 모두 네 죽음 따위에는 신경조차 쓰지 않겠지. 나? 나로 말할 것 같으면 말이야…. 내 작품도 완수됐고 사랑하는 여인도 죽었으니 짐을 싸야겠지. 그리고 잡초를 세워놓는 등 여기까지 오면서 남겼던 모든 흔적을 말끔히 없앤 다음 차를 타고 떠나서 한동안 죽은 듯이 살 거야. 그리고 나서 짜잔! 극적으로 나타나 2억 프랑을 요구하는 거지."

사내는 잠시 낄낄거리다가 담배 연기를 두세 모금 더 빨아 마신 후 태평한 어조로 덧붙였다.

"내가 2억 프랑을 요구하기만 하면 그 거금이 내 손안에 들어오게 돼 있어. 이거야말로 내 계획에서 핵심을 차지하는 부분이지. 난 그 돈을 요구할 거야. 왜냐하면 내게는 그럴 권리가 있으니까. 네가 죽는 순간부터, 어떻게 내가 더할 수 없이 명백하고 합법적인 모닝톤의 상속인으로 올라서는지는 뤼팽 선생이 불쑥 나타나기 전에 이미 다 설명해줬지? 결국 난 그 돈을 거머쥘 거야. 인간의 힘으로는 결코 내 혐의를 입증할 만한 증거를 발견할 수 없을 테니까. 날 해칠 수 있는 증거는 단 한 개도 없어. 물론 의심이야 받을 수 있겠지. 심증이나 단서 따위로 조금 성가실 수도 있고…. 하지만 물증은 절대로 못 찾을 거야. 그 누구도 날 제대로 알지 못하거든. 어떤 사람은 내가 키가 크다고 생각하고 또 어떤 사람은 작다고 생각하지. 내 이름조차 아무도 몰라. 모든 범죄는 철저히 익명으로 저질렀으니까. 내가 저지른 모든 살인은 자살에 가깝거나 자살로밖에 설명이 안 되는 것들이잖아. 사법 당국은 무능하기 짝이 없어. 게다가 뤼팽도 죽고 플로랑스도 죽으면 이제 내 혐의를 입증할 사람은 이 세상에 단 한 명도 없는 셈이고. 그러니 설사 체포된다 하더라도 곧 무혐의로 풀려날 거야. 그래도 어쩌면 희대의 살인범들만큼이나 비난과 혐오, 증오와 저주의 대상이 될지도 몰라. 하지만 어쨌든 2억 프랑은 내 수중에 들어올 거야. 그리고 그 돈만 있으면, 순진한 아가씨, 정직한 사람들의 마음조차 얼마든지 살 수 있는 법이라고. 다시 말하지만 뤼팽과 너만 사라지면 그길로 모든 게 끝이야. 날 해칠 수 있는 건 이 세상에 아무것도 없어. 사실 내가 조금 우유부단했던 탓에 아직 이 지갑 속에 내 목을 달아나게 할 몇몇 서류들과 잡동사니들을 보관하고 있기는 하지. 하지만 이제 곧 그것들마저 하나하나 불태워서 저 우물 속으로 던져버릴 거야. 그러니 플로랑스, 보다시피 필요한 모든 조치가 빈틈없이 취해져 있어. 내게 동정심을 구해봤자 부질없는 짓이야. 네 목숨은 내게 곧 2억 프랑을 의미하니까. 그리고 누군가의 도움을 기대해봐도 아무 소용없어. 아무도 내가 널 여기로 끌고 온 사실을 모르는 데다 아르센 뤼팽까지 죽고 없으니까. 자, 상황이 이러하니 이제 네가 선택해, 플로랑스. 이 비극이 어떠한 결말을 맞을지는 전적으로 네게 달렸어. 피할 수 없는 죽음을 순순히 받아들이든지…. 아니면… 아니면 내 사랑을 받아들이든지 말이야. '예'와 '아니오'로만 대답해. 고갯짓 하나에 네 목숨이 달렸어. 대답이 '아니오'라면 넌 죽을 거야. 하지만 '예'라고 대답한다면 곧 풀려나고 우린 함께 떠나는 거야. 그리고 나중에 네 결백이 증명되면(내가 책임지고 그렇게 만들어주지) 그때 비로소 내 아내가 되는 거고. 어때, 내 제안을 받아들이겠어, 플로랑스?"

그렇게 묻는 사내의 목소리는 극심한 불안과 억눌린 분노로 몹시 떨렸다. 사내는 판석 위에 무릎을 질질 끌며 애원과 협박을 했는데, 자신의 청이 받아들여지기를 갈망하는 기색인 동시에 거부하기를 바라는 눈치이기도 했다. 그만큼 살인에 대한 사내의 본능이 원체 강했던 것이다.

"플로랑스, 내 제안을 받아들이겠지? 아주 살짝 고개만 끄덕여도 철석같이 믿을게. 너는 결코 거짓말할 사람이 아니니까. 네 약속은 신성한 것이니까. '예'인 거야, 플로랑스? 아! 플로랑스, 어서 대답해…. 주저하는 것 자체가 미친 짓이라고…! 내가 한번 울컥하면 넌 그 즉시 죽는 거야…. 대답해…! 이것 봐, 담배가 꺼졌어. 자, 이제 던진다, 플로랑스…. 고개만 한번 끄덕여봐…. '예'야, '아니오'야?"

사내는 여자 쪽으로 몸을 기울이고는 자신이 원하는 신호를 억지로라도 받아내려는 듯 어깨를 잡고 거칠게 흔들어댔다. 그러다가 갑자기 광기에 휩싸인 듯 벌떡 몸을 일으키며 소리쳤다.

"울고 있잖아! 울고 있다고! 감히 내 앞에서 울다니! 이 요망한 것, 네가 왜 우는지 내가 모를 것 같아? 나는 네 비밀을 다 알고 있어. 넌 죽을까 봐 두려워서 우는 게 아니야. 넌 아무것도 두려운 게 없는 사람이잖아! 그래, 너는 전혀 다른 이유 때문에 우는 거야…. 네 비밀이 무언지 말해볼까? 아니야, 난 말할 수 없어…. 절대 말 못해…. 그 말을 내뱉었다간 내 입술이 그대로 타고 말 거야. 아! 가증스러운 년! 아! 네가 죽음을 자초한 거야, 플로랑스. 이렇게 눈물을 보였으니까…! 네가 죽음을 자초한 거라고…."

사내는 그렇게 말하면서 서둘러 끔찍한 짓을 저지르기 위한 준비에 나섰다. 사내가 여자에게 보여주었던 서류가 든 밤색 가죽 지갑이 땅바닥에 떨어져 있었는데, 일단 그것을 주워 호주머니 속에 넣었다. 사내는 여전히 온몸을 떨면서 웃옷을 벗어 근처에 있는 관목에 되는대로 걸쳐놓았다. 그런 다음 곡괭이를 들고 동굴 아래쪽에 쌓여 있는 돌무더기 위로 올라갔다. 그러고는 분노로 발을 구르며 소리쳤다.

"네가 자초한 일이야, 플로랑스. 이젠 무슨 짓을 한다 해도 넌 살 수 없어…. 설사 네가 고갯짓을 한다 해도 여기서는 보이지 않아…. 너무 늦었어…! 네가 자초한 거야…. 어쩔 수 없지…. 아! 울다니…! 감히 울다니! 어떻게 그런 미친 짓을!"

사내는 이제 동굴 오른쪽 거의 꼭대기에 올라와 있었다. 분노의 힘으로 몸을 꼿꼿이 세우고 있었다. 섬뜩하고 흉측하고 잔혹함이 가득한 두 눈은 붉게 충혈돼 있었다. 사내는 벽돌이 끼어 있는 두 돌덩이 사이로 곡괭이를 집어넣었다. 그리고 안전한 장소로 살짝 물러선 다음 벽돌을 한 번, 두 번, 세 번 내리쳤다. 세 번째 곡괭이질에 벽돌이 튕겨 날아갔다.

눈 깜짝할 사이에 잔해와 돌멩이로 이루어진 피라미드가 와르르 무너졌다. 어찌나 거센 기세로 무너졌던지 사내는 주의를 기울였음에도 그 충격에 휩쓸려 풀밭 위로 내동댕이쳐지고 말았다. 하지만 크게 다치지는 않았기에 곧장 몸을 일으키며 중얼거렸다.

"플로랑스! 플로랑스!"

자신이 그토록 치밀하게 준비했고 맹렬하게 일으킨 재앙이었지만, 막상 그 결과와 마주하자 커다란 충격에 휩싸인 듯했다. 사내는 겁에 질린 눈동자로 여자를 찾아 헤맸다. 허리를 구부리고 자욱한 먼지로 뒤덮인 아수라장 속을 기어 다니며 무너진 돌 틈을 살펴보았지만, 아무것도 보이지 않았다.

사내가 예상했던 대로 플로랑스는 돌무더기 아래에 감쪽같이 묻혀 죽어버린 것이다.

"죽었어! 죽어버렸어…! 플로랑스가 죽다니!"

또다시 극도의 절망감에 빠진 사내는 다리에 힘이 풀려 땅바닥에 스르르 주저앉고는 그 상태로 꼼짝도 하지 않았다. 자신이 막 그 처참한 결과를 목격한, 서로 매우 유사한 두 건의 일을 치른 탓에 사내는 남아 있던 모든 힘을 소진한 듯했다. 아르센 뤼팽과 플로랑스가 죽어 증오와 사랑의 대상을 모두 잃은 사내는 삶의 이유 자체를 상실한 사람처럼 보였다.

사내의 입에서 플로랑스의 이름이 두 차례 흘러나왔다. 자신의 옛 애인을 그리워하는 걸까? 일련의 끔찍한 범행들을 저지르고 나니 그간의 일들이 주마등처럼 스쳐 지나가면서 그 모든 시체의 모습이 머릿속에 떠오르기라도 한 걸까? 이 짐승 같은 자의 마음 깊숙한 곳에서 양심 비슷한 것이 팔딱대기라도 한 걸까? 아니, 그보다는 살을 포식하고 피에 취한 야수가 포만감에 젖어 쾌락에 가까운 무기력에 빠졌다고 보는 게 맞지 않을까?

하지만 사내는 다시 한 번 플로랑스의 이름을 불렀는데, 눈물이 뺨을 타고 흘러내렸다.

오랫동안 그렇게 침울한 상태로 꼼짝 않고 있다가 다시 약병을 꺼내 몇 모금 마시고는 증거를 없애기 위한 작업에 착수했다. 하지만 이번에는 기계적으로 움직일 뿐 흐느적거리는 다리로 깡충깡충 뛴다거나 재미있는 게임을 하듯 살인을 저지르던, 그 흥에 겨운 태도는 전혀 찾아볼 수 없었다.

사내는 우선 뤼팽이 나타났던 덤불 쪽으로 되돌아갔다. 덤불 뒤에는 나무 두 그루 사이에 비밀 공간이 있었는데 그곳에는 삽, 갈퀴, 장총, 철사, 밧줄 등과 같은 도구와 무기들이 놓여 있었다.

사내는 여러 차례 왕복하면서 우물 옆으로 이 물건들을 옮겨놓았다. 나중에 자리를 떠나면서 그 안에다 모조리 던져버릴 생각이었던 것이다. 그러고 나서 자신이 올라왔던 언덕길을 살살이 살피며 혹시라도 자신의 흔적이 남겨져 있는지 철저히 확인했다. 떠나기 직전에 확인할 요량으로 남겨 둔 우물가만 빼고는 자신이 돌아다녔던 잔디밭 역시 면밀히 둘러보았다. 그러면서 쓰러진 잡초를 일으켜 세우고, 움푹 꺼진 땅을 정성스레 다져놓았다.

사내는 근심에 싸인 기색이었고 딴생각에 빠져 있는 듯했지만 무슨 일을 해야 할지 정확히 아는 범죄자답게 습관적으로 일을 처리했다.

그 순간 작은 사건이 일어나 사내를 무기력 상태에서 깨웠다. 상처 입은 제비 한 마리가 곁에 떨어진 것이다. 사내는 단숨에 제비를 집어들더니 종이를 구기듯 무참히 새를 짓이겨 버렸다. 그 가엾은 짐승의 몸에서 피가 터져 손가락을 붉게 물들이자 사내의 눈동자는 야만적인 희열로 번득거렸다.

하지만 형체를 알아볼 수 없는 그 작은 몸뚱이를 덤불숲으로 던지다가 덤불 가시에 걸린 금발 한 올을 발견하고는 이내 플로랑스가 떠올라 또다시 깊은 비탄에 잠겼다.

사내는 무너진 동굴 앞에 무릎을 꿇었다. 그러고는 나뭇가지를 부러뜨려 십자가를 만든 다음 돌무더기 위에 꽂았다.

그런데 몸을 숙이는 도중에 조끼 주머니에서 작은 손거울이 미끄러져 나와 자갈에 부딪혀 깨지고 말았다.

이 불길한 징조에 크게 동요한 사내는 경계심 가득한 눈으로 주위를 둘러보았다. 보이지 않는 힘이 자신을 위협한다고 느낀 듯 불안감에 휩싸여 온몸을 부르르 떨고는 이렇게 중얼거렸다.

"왠지 불안해…. 그만 가야겠어. 어서 이곳을 벗어나야지…."

시계를 보니 오후 4시 반이었다.

사내는 관목 위에 있는 웃옷을 집어들고 서둘러 다시 입은 후 오른쪽 호주머니를 뒤지기 시작했다. 서류가 든 밤색 지갑을 그 호주머니 속에다 넣어두었던 것이다.

사내는 깜짝 놀라 외쳤다.

"이런… 틀림없이 여기에 넣어뒀는데…."

사내는 왼쪽 호주머니를 뒤지다가 윗주머니를 살펴보았고, 그래도 없자 황망한 손길로 모든 안주머니를 뒤져보았다.

하지만 지갑은 어디에도 없었다. 그뿐만 아니라 담뱃갑, 성냥갑, 수첩 등 마땅히 웃옷 주머니에 있어야 할 모든 물건이 감쪽같이 사라지고 없었다. 사내는 아연실색할 수밖에 없었다.

당혹감으로 온통 일그러진 얼굴로 사내는 알아들을 수 없는 말을 연신 중얼거렸다. 그러는 사이 섬뜩하기 짝이 없는 생각들이 머릿속을 점령했고, 이내 그 생각들은 명백한 사실처럼 그에게 다가왔다. 고성 내부에 누군가 있다!

그렇다, 고성 내부에 누군가 있다! 그리고 그 누군가는 현재 폐허 근처, 아니, 폐허 안에 몸을 숨기고 있다! 그리고 그자는 자신을 보았다! 그자는 아르센 뤼팽과 플로랑스 르바세르의 죽음도 목격했을 것이다! 그자는 자신이 서류에 관해 이야기하는 것을 듣고는 적당한 기회를 틈타 웃옷을 뒤져 주머니에 있는 모든 것을 털어갔다!

사내의 눈에는 극도의 당혹감이 서려 있었다. 그야말로 어두운 곳에서 혐오스러운 일을 자행하다 누군가 자신의 행동을 모두 지켜보고 있었음을 느닷없이 깨달은 사람의 눈빛이었다. 여태껏 감쪽같이 숨어 지내온 자신을 지금 누군가 예의 주시하고 있다. 자신을 환한 빛에 놀란 밤새처럼 이토록 아연실색하게 한 이 시선은 대체 어디서 오는 걸까? 이 시선의 주인공은 우연히 이곳에 이른 행인일까, 아니면 자신을 파멸시키려고 끈질기게 쫓아다닌 적일까? 아르센 뤼팽의 공범? 플로랑스의 친구? 그것도 아니면 경찰의 끄나풀? 이 적은 훔친 전리품으로 만족하고 있을까, 아니면 본격적인 공격을 준비하고 있을까?

사내는 겁에 질려 꼼짝도 하지 않았다. 공격에 무방비 상태로 노출된 채 그렇게 우두커니 서 있었다. 적이 어디에 있는지 파악하기도 전에 불시에 습격당할 수 있는 상황이었지만 자신을 방어할 수단은 아무것도 없는 처지였다.

하지만 위험이 임박했다는 사실을 깨닫자 사내는 오히려 약간의 활력을 되찾았다. 여전히 꼼짝하지 않은 채 일단 개미 새끼 하나 놓치지 않을 기세로 온 정신을 집중해 주변을 살펴보았다. 무너져 내린 돌멩이 틈이든, 덤불숲 뒤이든, 거대한 월계수 장막 너머든, 제아무리 흐릿한 윤곽이라 해도 그 매서운 눈을 피하지 못했을 것이다.

하지만 아무도 보이지 않았기에 사내는 이내 발걸음을 옮겼다. 사내는 목발을 짚고 있었다. 발걸음 소리도 나지 않았고, 목발 밑에 고무가 덮여 있는지 목발 짚는 소리도 전혀 나지 않았다. 사내는 오른손으로 권총을 움켜쥔 채 방아쇠에 검지를 올리고 있었다. 수상쩍은 낌새가 조금만 보여도 본능적으로 방아쇠를 당겨 그 즉시 적을 제거할 태세였다.

사내는 왼쪽으로 걸어갔다. 그곳에는 월계수 장막의 끝 부분과 무너진 돌무더기 사이에 좁다란 벽돌길이 하나 나 있었는데, 아마도 땅속에 묻힌 담벼락의 윗부분인 듯했다. 적은 이 길을 따라 걸어온 덕분에 아무런 흔적도 남기지 않고 웃옷이 걸린 관목까지 당도할 수 있었으리라. 사내는 이 길을 따라갔다.

곧 월계수 가지들이 앞을 가로막았다. 사내는 나뭇가지들을 헤치고 전진했다.

이번에는 얽히고설킨 덤불숲이 나타났다. 사내는 그 길을 피하려고 언덕의 아래쪽을 빙 둘러 갔다. 그런 다음 또다시 거대한 바위를 우회했다.

그 순간 사내는 갑자기 흠칫 뒤로 물러나더니 균형을 잃고 말았다. 동시에 목발과 권총까지 땅바닥에 떨어뜨렸다.

사내가 방금 목격한 광경은 상상을 초월할 정도로 섬뜩하기 짝이 없었다. 정면으로 열 발자국 떨어진 곳에 누군가 주머니에 손을 찔러 넣고 다리를 교차시킨 채 한쪽 어깨를 바위에 살짝 기대어 비스듬히 서 있었다. 하지만 인간이 아니다. 결코 인간일 리 없다. 왜냐하면 저자는 분명 다시는 돌아올 수 없는 죽음의 강을 건넌 자이기 때문이다! 따라서 저자는 유령이다. 그리고 죽음에서 살아 돌아온 자의 이 환영은 사내의 공포심을 극도로 치솟게 했다.

사내는 오들오들 떨었다. 다시 몸에서 열이 나고 힘이 쭉 빠졌다. 눈을 크게 뜨고 도저히 받아들일 수 없는 이 현상을 응시했다. 가뜩이나 악마에 대한 믿음과 공포에 사로잡혀 있었던 사내는 죽은 이의 환영 앞에서 점점 더 큰 공포심을 느끼며 힘없이 무너져 갔다. 도망칠 수도 저항할 수도 없던 사내는 그만 무릎을 꿇고 말았다. 겨우 한 시간 전에 자신이 우물 깊숙한 곳에 매장하고, 돌과 쇠로 된 수의까지 입혀준 이 망자에게서 도저히 눈을 뗄 수가 없었다.

아르센 뤼팽의 유령!

살아 있는 인간이라면 총을 쏘고 죽여 버리면 그뿐이리라. 하지만 유령이라니! 실존하지 않지만 온갖 초인적인 능력을 지닌 존재…! 실존하지 않는 대상이 가해오는 섬뜩한 공격에 맞서 봤자 그게 다 무슨 소용이겠는가? 땅에 있는 무기를 주워 아르센 뤼팽의 환영을 향해 겨누어봤자 만질 수조차 없는 유령을 어떻게 당해낼 수 있겠는가?

그리고 곧 사내의 눈앞에서 도무지 이해할 수 없는 광경이 벌어졌다. 유령이 호주머니에서 손을 빼냈다. 한 손에는 담뱃갑 하나가 쥐어 있었다. 사내는 그 물건을 즉시 알아보았다. 자신이 그토록 애타게 찾았던 광택 나는 금속 담뱃갑이었던 것이다! 그러니 웃옷을 뒤진 존재는 의심의 여지 없이 바로 지금 저렇게 담뱃갑을 열어 담배를 하나 집어든 후 성냥갑에서 성냥 하나를 꺼내 불을 붙이는 저 유령이었다! 심지어 저 성냥갑조차 자신의 호주머니 속에 들어 있던 물건 중 하나가 아닌가!

기적이 일어났다! 실제로 성냥에 불이 붙었다! 그야말로 경이로운 기적이었다. 담배에서 연기가 소용돌이치듯 올라왔다. 분명 진짜 연기였다. 사내가 잘 아는 담배 특유의 냄새가 코로 전해져 왔던 것이다.

사내는 두 손으로 얼굴을 감싸 쥐었다. 더 이상 그 광경을 바라보고 싶지 않았다. 저자가 저세상으로부터 온 유령이든, 아니면 자신의 죄책감이 만들어낸 환영이든, 사내는 더 이상 자신의 두 눈이 고통받지 않기를 원했다.

하지만 자신에게로 다가오는 발걸음 소리가 점점 또렷하게 들려왔다! 자신의 주위를 어슬렁거리는 묘한 인기척을 느꼈다! 상대가 팔을 뻗었다! 두 손이 엄청난 완력으로 사내의 몸을 움켜잡았다! 그리고 마침내 살아 있는 아르센 뤼팽의 것이 분명한 사람의 목소리가 들려왔다.

"이런, 여봐요. 신사 양반. 왜 그리 놀라시나? 물론 갑작스러운 재등장이 다소 기묘해 보이고 심지어 무례하게 느껴질 수도 있다는 건 나도 잘 알고 있습니다. 하지만 그래도 그렇게까지 놀랄 필요는 없습니다. 우리 인류는 지금껏 이보다 훨씬 더 희한한 일도 여러 차례 목격하지 않았습니까? 예컨대 여호수아가 태양의 움직임을 멈춘 일이라든지… 그보다 더 충격적인

1755년 리스본에서 일어난 대지진 같은 것들 말입니다. 자고로 현자란 모든 일의 가치를 정확하게 판단할 수 있어야 하는 법입니다. 만사를 단지 자기 자신에게 미치는 영향에 따라 판단하면 안 될 것이며 인류 전체에 끼치는 파급 효과에 따라 판단해야 한단 말입니다. 그런데 지금 당신이 겪는 다소 불쾌한 이 사건은 지극히 개인적인 일이지 않습니까. 지구의 균형에 아무런 영향도 끼치지 않는 사사로운 사건이란 말입니다. 아셰트 출판사에서 출간한 마르쿠스 아우렐리우스의 책 84쪽에 따르면….”

사내는 용기를 내 서서히 고개를 들었다. 그러자 현실이 눈앞에 또렷이 드러나, 명백한 이 진실을 도저히 부인할 수 없었다. 아르센 뤼팽은 죽지 않았다! 자신이 우물 깊숙한 곳에 빠뜨리고 망치로 곤충을 때려잡듯 으깨버린 아르센 뤼팽이 여전히 살아 있다!

이토록 황당한 일이 어떻게 가능했을까? 사내는 그 질문을 스스로 던져볼 생각조차 하지 않았다. 그에게는 오로지 아르센 뤼팽이 죽지 않았다는 사실만이 중요했다. 아르센 뤼팽의 눈이 자신을 바라보고, 아르센 뤼팽의 입이 말을 하고 있다. 살아 있는 자의 눈과 입처럼…. 아르센 뤼팽은 죽지 않았다. 숨을 쉬고 미소 짓고 말을 한다. 살아 있는 것이다!

눈앞에 있는 대상이 살아 숨 쉬는 생명체라는 사실을 분명히 확인한 사내는 생명에 대한 증오와 악한 본성에 이끌려 냉큼 허리를 숙여 권총을 집어들고 상대를 향해 쏘았다.

하지만 이미 늦었다. 돈 루이스가 발길질로 사내의 손에 들린 총을 저만치 날려 보낸 것이다.

사내는 분노로 이를 갈았다. 그리고 서둘러 호주머니를 뒤지기 시작했다.

돈 루이스가 노란 액체가 담긴 주사기를 꺼내 보이며 말했다.

"혹시 이걸 찾으시는 건가요, 선생? 이거 참, 미안하게 됐군요. 하지만 자칫 잘못해서 선생이 찔리지나 않을지 심히 걱정되더군요. 이건 굉장히 치명적인 주사 아닙니까? 만약 선생이 찔리기라도 했다면, 정말이지 나 자신을 절대로 용서할 수 없었을 겁니다."

사내는 이제 무장해제가 된 셈이었다. 그런데 적이 좀 더 거세게 공격해오지 않는 데 적잖이 놀라 잠시 주춤거렸다. 그 틈을 이용해 반격을 가하려고 작은 눈을 깜빡거리며 무기 삼아 던질 것을 찾아 주위를 두리번거렸다. 그때 머릿속에 한 가지 생각이 번뜩 떠올랐다. 서서히 자신감을 되찾은 사내는 느닷없이 기쁨에 취해 또다시 특유의 날카로운 웃음소리를 터트렸다.

사내가 소리쳤다.

"플로랑스는 어쩌고! 플로랑스를 잊으면 안 되지. 바로 그 여자 때문에 네놈이 여기까지 제 발로 굴러 들어온 거잖아. 내 비록 총도 빗나가고 독약도 뺏겼지만, 그래도 네놈을 끝장낼 또 다른 방법을 갖고 있지. 그것도 아주 확실하게 말이야! 플로랑스 없이 살 수 있겠나? 플로랑스의 죽음은 네놈에게는 사형선고나 다름없겠지? 플로랑스가 죽으면 당장 목이라도 매달아 따라 죽으려고 할 거야. 어때, 그렇지 않나?"

돈 루이스가 대답했다.

"맞는 말입니다. 만약 플로랑스가 죽는다면 더 이상 살 수가 없을 거예요."

악당은 더욱 신이 나서 껑충껑충 뛰기까지 했다.

"그런데 플로랑스는 죽었어. 죽었다고! 말 그대로 죽어버렸다니까! 아니지, 죽는 것보다 더 험한 꼴을 당했지! 죽은 자라도 얼마간은 생전의 모습을 간직하기 마련이잖아. 하지만 그 여자는 그보다 훨씬 더 근사한 최후를 맞았지. 그 여자는 시체가 된 게 아니야, 뤼팽. 살과 뼈가 한데 뒤섞인 덩어리가 됐다고! 돌무더기가 여자 위로 한꺼번에 우르르 떨어져 내렸거든! 저기를 한번 직접 봐! 얼마나 멋진 장관인가! 자, 서둘러, 이제 네가 떠날 차례야. 밧줄이라도 구해다 줄까? 하하하! 너무 웃어서 숨이 다 막힐 지경이야! 내가 뭐라 그랬나, 뤼팽? 지옥의 문 앞에서 두 사람이 만날 거라고 하지 않았나. 자, 네 애인이 널 기다리고 있어. 무얼 망설이는 건가? 프랑스식 예법은 다 어디로 간 거지! 숙녀를 기다리게 할 셈인가? 서둘러, 뤼팽! 플로랑스가 죽었다고!"

사내는 마치 이 죽음의 선고에 감미로운 전율이라도 느끼는 듯 환희에 젖어 말을 내뱉었다.

돈 루이스는 눈썹 하나 까딱하지 않았다. 그저 고개를 가로저으며 이렇게 툭 내뱉었다.

"이런, 정말 유감이군요!"

사내는 순간 온몸이 얼어붙었다. 기쁨과 승리감에 휩싸여 취했던 그 모든 요란한 몸짓들이 일순간 정지됐다. 사내가 더듬거렸다.

"뭐라고? 방금 뭐라 그랬어?"

돈 루이스는 여전히 존댓말로 대응하며 침착하고 공손한 태도로 이렇게 말했다.

"친애하는 선생, 그러니까 내 말은 선생이 아주 큰 잘못을 저질렀다는 이야기입니다. 나는 지금껏 르바셰르 양만큼 고귀하며 존중받을 만한 사람을 만나본 적이 없습니다. 르바셰르의 비할 데 없는 아름다움과 우아한 자태, 균형 잡힌 몸매와 싱그러운 젊음은 그보다는 더 나은 대접을 받아야 했습니다. 그런 신의 걸작이 이 세상에서 사라져버렸다면, 정말이지 굉장히 유감스러운 일이었을 겁니다."

사내는 어안이 벙벙해졌다. 돈 루이스의 차분한 태도에 커다란 당혹감을 느꼈던 것이다. 사내는 억양 없는 목소리로 중얼거렸다.

"분명 플로랑스는 이 세상에 없어. 저 동굴을 봐도 모르겠나? 플로랑스는 이 세상 사람이 아니야!"

돈 루이스는 태연하게 말했다.

"믿을 수가 없군요. 만약 플로랑스가 죽었다면 세상은 예전과 사뭇 달라졌을 테니까요. 하늘에 먹구름이 잔뜩 끼었을 겁니다. 새들의 노랫소리도 더 이상 들리지 않았을 테고요. 그야말로 온 자연이 애도의 분위기를 풍겼을 테지요. 하지만 보십시오. 새들은 노래하고 하늘은 청명하고 모든 일이 정상적으로 돌아가고 있지 않습니까. 게다가 정직한 사람이 이렇게 번듯이 살아 있고 악당은 그 발밑에서 납작 기고 있는데, 플로랑스가 죽었다는 건 도저히 있을 수 없는 일 아닙니까?"

한동안 침묵이 흘렀다. 두 적은 세 발자국 떨어진 거리에서 서로 쳐다보고 있었다. 돈 루이스는 여전히 침착했고, 사내는 극도의 불안감에 사로잡혀 있었다. 그제야 괴물은 사태를 파악했다. 모호하기 그지없는 진실이었지만, 그 진실이 눈부실 정도로 선명하게 사내의 머릿속에서 모습을 드러냈던 것이다. 플로랑스 르바셰르 역시 살아 있다! 물론 상식적으로, 현실적으로 결코 있을 수 없는 일이다. 하지만 돈 루이스의 부활 역시 절대적으로 불가능한 일이었다. 그럼에도 얼굴에 생채기 하나 없이, 옷도 찢어지거나 더럽혀지지 않은 채 저렇게 버젓이 살아 있지 않은가.

괴물은 패배감에 휩싸였다. 자신을 강력한 힘으로 제압하는 저 남자는 무한한 능력을 지닌 존재이다. 죽음의 품에서도 달아날 수 있는 자이며 자신이 지키고자 하는 사람들까지 죽음의 손아귀에서 거뜬히 빼내올 수 있는 초인이다.

괴물은 좁다란 벽돌 길 위에 무릎을 질질 끌면서 뒤로 서서히 물러났다.

사내는 계속 뒷걸음질쳤다. 지금은 돌멩이들이 어지러이 널브러진 동굴이 있던 자리를 지나면서도 그쪽으로는 눈길 한번 주지 않았다. 플로랑스가 그 끔찍한 무덤에서 무사히 빠져나왔다는 사실을 조금도 의심하지 않는 듯이.

사내는 여전히 뒷걸음질쳤다. 돈 루이스는 더 이상 사내에게 관심이 없다는 듯 그에게서 시선을 뗀 채 땅바닥에서 주운 밧줄을 풀고 있었다.

사내는 그렇게 계속해서 뒤로 물러났다.

그리고 적이 다른 일에 몰두하고 있는 모습을 확인하자 갑자기 몸을 홱 돌리더니 그 흐물흐물한 다리를 아등바등 일으키고는 우물가를 향해 냅다 뛰기 시작했다.

사내는 우물가에서 스무 발자국 떨어져 있었다. 이내 중간 지점에 도달했고 4분의 3지점에 이르렀다. 이미 우물이 사내를 향해 입을 벌리고 있었다. 사내는 마치 잠수라도 하듯 두 팔을 앞으로 내뻗었다. 그리고 우물 속으로 뛰어들었다.

하지만 사내의 비상은 곧바로 저지당했다. 무언가에 의해 뒤로 낚아채여 그대로 땅바닥 위를 굴렀던 것이다. 두 팔이 상체와 함께 단단히 묶인 상태여서 사내는 꼼짝달싹도 할 수 없었다.

곁눈으로 줄곧 사내를 지켜보고 있던 돈 루이스가 밧줄로 만든 올가미로 사내가 구렁 속으로 몸을 던질 때 잽싸게 몸뚱이를 낚아챈 것이다.

사내는 몇 초간 몸부림쳤다. 하지만 그럴수록 밧줄이 살갗을 파고들었다. 이윽고 움직이기를 포기했다. 이로써 모든 것이 끝난 셈이었다.

밧줄의 한쪽 끝을 잡고 있던 돈 루이스가 가까이 다가가 남은 밧줄로 사내의 몸을 단단히 묶었다. 작업은 꼼꼼하게 이루어졌다. 돈 루이스는 악당이 우물 옆에 갖다 놓은 밧줄 꾸러미를 이용해 사내를 여러 차례 꽁꽁 동여매고는 손수건으로 입까지 틀어막았다. 그렇게 자신의 할 일을 하면서 돈 루이스는 짐짓 예의 바른 말투로 자초지종을 설명했다.

"이것 보세요, 선생. 사람들은 항상 자만해서 망하는 겁니다. 그들은 적이 자신에게는 없는 특별한 수단을 가지고 있으리라고는 상상조차 하지 않거든요. 예를 들어 당신도 말입니다. 아까 내가 당신의 함정에 걸려들었을 때 나 같은 사람이, 아르센 뤼팽 정도 되는 사람이 팔을 우물 가장자리에 걸쳐놓고 발을 내벽에 딛기까지 했는데, 어떻게 애송이처럼 우물 안에 빠질 거라고 믿었던 겁니까? 그때 선생은 우물에서 15~20미터 정도 떨어진 곳에 있었지요. 게다가 당시 난 플로랑스와 내 목숨을 구해야 하는 절체절명의 위기에 처해 있었고요. 그런데 과연 내게 우물 밖으로 뛰쳐나갈 힘이나 당신의 총구에 맞설 용기 따위가 없었겠습니까! 아, 가엾은 선생, 장담컨대 마음만 먹었다면 그 정도는 일도 아니었을 겁니다. 그런데도 내가 그럴 마음을 먹지 않았다면, 그보다 훨씬 더 좋은 방법이 있었기 때문이겠지요. 아, 정말이지 수만 배는 더 나은 방법이었답니다. 선생이 궁금하시다면 그 방법이 무언지 기꺼이 설명해드리지요. 알고 싶나요? 좋아요, 그럼 잘 들으십시오, 선생. 조금 전에 우물 내벽에 무릎과 발을 걸쳐놓는 순간, 무언가 우수수 떨어지는 게 느껴지더군요. 알고 보니 우물 안에 난 오래된 구멍을 막고 있던 얇은 석고판이 부서진 거였습니다. 엄청나게 운이 좋았어요, 안 그렇습니까? 그야말로 상황을 반전시킬 절호의 기회였지요. 순식간에 머릿속에서 계획이 세워지더군요. 구렁에 빠질 위기에 처한 신사가 된 듯 연기하면서, 다시 말해 겁에 잔뜩 질린 표정을 짓고 눈을 휘둥그레 뜨고 입을 최대한 흉하게 비죽거리면서, 이 구멍을 다리로 서서히 넓혀갔던 겁니다.

아무 소리가 나지 않게 석고 부스러기들이 내 앞으로 떨어지도록 신경 쓰면서 말이지요. 드디어 구멍이 적당히 넓혀졌고, 힘 빠진 내 얼굴이 선생의 시야에서 사라진 그 순간, 사실 나는 꽤 대범하게도 허리의 반동을 이용해 내 은신처로 뛰어들었답니다. 이로써 목숨을 건진 셈이었지요. 정말 내 목숨을 지켜줄 더할 나위 없이 안전한 은신처였습니다. 이 구멍은 선생이 있던 쪽에 있는 데다가 그 자체가 원체 어두워서 전혀 빛을 반사하지 않았거든요. 그러니 그때부터는 그저 기회가 오길 잠자코 기다리기만 하면 됐습니다. 선생의 연설과 위협을 느긋하게 경청했습니다. 선생이 내던진 물건들도 초연히 지켜봤지요. 그리고 선생이 플로랑스에게 돌아가는 게 느껴지자, 나는 빛의 세계로 도로 나와 선생을 등 뒤에서 덮치려 했습니다. 그런데…"

돈 루이스는 마치 소포 꾸러미를 묶듯 사내의 몸뚱이를 휘딱 뒤집고는 말을 이어갔다.

"혹시 노르망디 지방, 센 강변에 있는 탕카르빌의 봉건시대 성에 가보신 적이 있습니까? 없다고요? 아, 그렇다면 제가 잠시 그곳에 대해 설명하겠습니다. 거기에는 폐허가 된 주루 바깥에 오래된 우물이 하나 있답니다. 그 당시 우물이 거의 다 그렇듯, 이 우물에는 두 개의 구멍이 있지요. 하나는 평범하게 우물 맨 위쪽에 나 있어서 하늘을 향해 있고, 다른 하나는 그보다 조금 아래, 내벽에 나 있어서 주루 내 어느 방과 연결돼 있지요. 탕카르빌에 있는 그 두 번째 구멍은 현재 쇠창살로 막혀 있습니다. 그런데 여기에 있는 그와 비슷한 구멍은 자갈과 석고로 막혀 있더군요. 바로 그 탕카르빌의 구멍이 머릿속에 떠올라서

나는 그저 조용히 그곳에 남아 있기로 한 겁니다. 게다가 선생이 친절하게도 4시나 돼야 플로랑스가 저세상에 있는 날 찾아올 거라 말해준 덕분에 서두를 필요도 전혀 없었지요. 따라서 느긋하게 내 은신처를 살펴봤습니다. 그리고 직감으로 내가 있는 곳이 현재는 허물어진 어느 건축물의 지하라는 사실을 깨달았지요. 그 폐허 위에 바로 이 정원이 조성된 것이고요. 나는 곧 어둠 속을 더듬거리며 동굴 쪽으로 통하리라 예상되는 방향을 따라 전진했답니다. 내 예상은 보기 좋게 적중했습니다. 갑자기 어느 계단 아랫부분에 부딪혔는데, 그 위에서 희미한 빛이 새어 들어오고 있었거든요. 계단을 올라오자 선생의 목소리가 들리더군요."

돈 루이스는 계속해서 사내의 몸뚱이를 거칠게 뒤집었다. 그리고 다시 말을 이었다.

"친애하는 선생, 단언컨대 애당초 곧장 지상으로 올라가 선생을 공격했어도 결과는 마찬가지였을 겁니다. 그럼에도 그렇게 신중히 기다릴 수 있었던 건 사실 순전히 행운의 힘 덕분이었습니다. 선생과 싸우면서 종종 운 때문에 안 해도 될 고생을 좀 했는데, 이번에는 정말 아무런 불만도 없답니다. 운이 꽤 따라준다고 느낀 나는 지하 통로의 입구도 발견했으니 틀림없이 이제 곧 출구도 뚫을 수 있으리라는 자신감이 생기더군요. 과연 출구를 막고 있는 벽돌로 된 하찮은 장애물을 끌어내자 곧바로 성탑의 잔해 한가운데로 빠져나올 수 있었습니다. 그리고 선생의 목소리를 따라 바위 사이를 미끄러지듯 통과해 마침내 플로랑스가 있는 동굴 내부에 도착했지요. 정말 재밌지 않습니까, 선생? 선생의 그 가당찮은 연설을 들었을 때 내가 얼마나 웃었을지 한번 상상해보십시오. '예'인지 '아니오'인지 대답해, 플로랑스. 고갯짓 하나로 네 운명이 결정될 거야. '예'면 풀려나는 거고 '아니오'면 죽는 거야. 그러니 어서 대답해, 플로랑스. 고갯짓 하나면 돼…. '예'야, '아니오'야? 무엇보다 마지막 장면이 압권이었습니다. 동굴 위로 올라가 이렇게 고래고래 소리치더군요. '네가 죽음을 자초한 거야, 플로랑스. 네가 죽음을 자초한 거라고.' 그런데 정말 웃겼던 게 무언지 아십니까? 그때 이미 동굴 안에는 아무도 없었다고요! 이미 내가 플로랑스를 내 쪽으로 단번에 끌고 와 안전한 곳에 대피시켰거든. 그러니까 선생이 동굴을 무너뜨림으로써 뭉개버릴 수 있었던 건 기껏해야 거미 한두 마리와 포석 위에서 졸고 있던 파리 몇 마리가 다였던 겁니다. 이렇게 한바탕 마술쇼가 끝났고 희극이 마무리되었지요. 제1막은 '살아난 아르센 뤼팽', 제2막은 '살아난 플로랑스', 제3막은 '완패한 괴물'… 정말 흥미진진한 복수극 아닙니까!"

돈 루이스는 자리에서 일어나 자신이 만든 작품을 뿌듯한 눈빛으로 감상했다.

"그러고 있으니 영락없이 소시지로군…."

예의 그 비꼬는 태도로 돌아가 자신의 적에게 으레 그랬듯 반말로 소리쳤다.

"정말 소시지가 따로 없어! 그다지 통통한 소시지는 아니로군. 가난한 사람들이 먹는 리옹산 소시지 정도 되겠어! 하지만 자네는 그다지 외모에 신경 쓰는 편은 아닌 것 같은데? 게다가 지금 모습이나 평소 모습이나 별반 다르지도 않아. 무엇보다 이제 곧 내가 자네에게 권할 실내 체조를 하기에는 더없이 안성맞춤인 자세지. 그 체조가 무언지는 이제 곧 알게 될 거야…. 정말 독창적인 아이디어가 하나 떠올랐거든. 잠깐만 기다려봐."

돈 루이스는 악당이 가져다 놓은 장총 하나를 집어들었다. 그리고 총의 중간 부분에 약 12~15미터 길이의 밧줄 한쪽 끝을 묶고, 다른 한쪽 끝은 사내의 등 부위를 묶은 밧줄과 연결했다.

그러고 나서 포로를 두 팔로 번쩍 들어 올려 우물 위로 데려갔다.

"현기증이 나면 눈을 감도록 해. 그리고 조금도 두려워할 필요 없어. 나는 조심성이 아주 많은 사람이거든. 자, 그럼 준비됐나?"

돈 루이스는 사내를 구덩이 속으로 미끄러뜨리듯 내려보냈다. 그리고 밧줄 한쪽 끝을 움켜잡았다. 돈 루이스는 사내의 몸이 우물 내벽에 닿지 않도록 특히 주의를 기울였고, 그런 식으로 소포 꾸러미는 돈 루이스의 팔에 매달려 서서히, 조금씩 구덩이 속으로 내려갔다. 그렇게 한 12미터쯤 내려가자 장총이 우물 입구에 가로 걸렸고, 사내는 결국 칠흑 같은 어둠 속, 좁은 우물 한가운데에 대롱대롱 매달린 처지가 됐다.

돈 루이스가 종이 뭉치 여러 개에 불을 붙여 우물 속으로 떨어뜨리자, 종이 뭉치들이 소용돌이치듯 내려가며 우물 내벽에 음산한 빛을 비췄다.

그런 다음 마지막 연설을 하고 싶다는 강렬한 충동에 사로잡혀, 악당이 자신에게 그렇게 했듯 우물 안을 내려다보며 빈정거렸다.

"코감기에 걸리지 말라고 특별히 신경 써서 이 장소를 선택한 거야. 자, 뭐가 필요한가? 내가 자네를 돌봐주겠네. 플로랑스에게 자네를 죽이지 않겠다고 약속했고, 프랑스 정부에도 되도록 자네를 생포해 가겠다고 말해놨거든. 단지 내일 아침까지 자네를 어떻게 처리해야 할지 몰라서 그때까지는 이렇게 신선한 상태로 보관하려는 것뿐이야. 꽤 괜찮은 방법이지, 안 그런가? 게다가 바로 자네가 애용하는 방식이니 마음에 들지 않을 리도 없을 거야. 그렇고말고, 잘 한번 생각해봐. 이 기총은 양쪽 끝의 약 2~3센티미터만 우물 가장자리에 아슬아슬하게 걸쳐 있을 뿐이야. 그러니 자네가 조금만 꿈틀거리거나 들썩거려도, 아니 숨만 좀 크게 내쉬어도 총열이나 개머리판이 삐끗하면서 그대로 추락하는 거야. 그렇게 되면 나로서도 어찌 손쓸 수가 없어! 그러니 자네가 죽으면, 그건 자살한 거나 마찬가지인 셈이지. 내 말 알아들었으면 그저 죽은 듯 가만히 있게, 친구. 그리고 내가 고안한 이 작은 장치의 장점으로 말할 것 같으면, 자네 머리가 달아날 최후의 날에 앞서 감방 안에서 맞게 될 그 고독한 밤들을 미리 맛보게 해준다는 것이지. 그러니 이제부터는 자네의 양심과 마주하고 자네에게도 영혼 같은 게 있다면 그런 것과 대면하면서 아무런 방해도 받지 않고 사색에 잠기는 거야. 정말 나란 사람은 사려 깊고 친절하다니까! 그렇지 않나, 친구? 자, 그럼 이제 난 물러가겠네. 그리고 명심하게. 꿈틀거려도 안 되고 숨을 쉬어서도 안 되고 눈을 깜빡거려서도 안 되고 심장이 뛰게 해서도 안 돼. 무엇보다 낄낄거리며 웃지 말게! 그랬다간 곧바로 저 아래로 곤두박질칠 테니. 명상하게. 그게 가장 현명한 선택일 걸세. 명상에 잠긴 채 얌전히 기다리는 거야. 그럼 또 보세. 친구."

자신의 연설에 만족한 돈 루이스는 우물가를 떠나며 중얼거렸다.

"이 정도면 꽤 잘 처리했어. 최소한 난 외젠 쉬(19세기 프랑스의 대중소설가 – 옮긴이)처럼 흉악범들의 눈알을 파내야 한다고는 말하지 않았잖아. 하지만 그래도 공포가 적절히 가미된 저 정도의 육체적 형벌은 필요한 법이야. 그건 공평하고 건전하며 도덕적인 거라고."

돈 루이스는 폐허를 우회하는 벽돌길을 지나 성벽을 따라 내려가는 오솔길로 접어들어 자신이 플로랑스를 대피시킨 소나무 숲으로 다가갔다.

플로랑스는 여전히 조금 전에 겪은 끔찍한 일로 고통스러워하며 돈 루이스를 기다리고 있었다. 하지만 이미 기운과 침착함을 되찾은 듯했고, 돈 루이스가 악당을 거뜬히 해치웠으리라 장담하고 있었던 듯 걱정하는 기색조차 보이지 않았다.

"이제 다 끝났습니다. 내일 그자를 사법 당국에 넘길 겁니다."

여자는 몸서리쳤지만 아무 말도 하지 않았다. 돈 루이스는 그런 여자를 가만히 지켜보았다.

두 사람이 이렇게 단둘이 마주한 것은 정말 오랜만의 일이었다. 그간 다사다난한 일을 겪으며 서로 헤어져서 앙숙처럼 지내왔으니 말이다. 감정이 북받쳐 오른 돈 루이스는 마음 깊숙한 곳에서 용솟음치는 생각과는 전혀 관계없는 무의미한 말을 중얼거렸다.

"이 성벽을 따라가다 왼쪽으로 꺾으면 자동차가 보일 겁니다…. 피곤하실 텐데 그곳까지 걸어가도 괜찮겠습니까…? 차에 올라타면 알랑송으로 갈 예정입니다…. 중앙 광장 근처에 편히 쉴 수 있는 호텔이 하나 있어요…. 상황이 당신에게 좀 더 유리해질 때까지 일단 그곳에서 쉬고 계시면 됩니다. 범인이 잡혔으니 그리 오래 걸리지는 않을 겁니다."

"그럼 그리로 가지요."

여자가 말했다.

돈 루이스는 부축해주겠다는 말이 감히 입 밖으로 나오지 않았다. 게다가 여자는 평소대로 일정한 박자에 맞춰 우아하게 상체를 흔들며 흐트러짐 없이 걸었다. 돈 루이스의 마음속에 다시금 여자에 대한 경탄과 뜨거운 사랑이 밀려들었다. 하지만 기적 같은 힘을 발휘해 여자의 목숨을 구해낸 지금 이 순간, 돈 루이스는 그 어느 때보다 여자가 멀게만 느껴졌다. 플로랑스는 고맙다는 인사도 하지 않았고, 그 모든 수고를 보상해줄 따뜻한 시선조차 보내지 않았다. 여전히 처음 만났을 때만큼이나 속마음을 전혀 알 수 없는 베일에 싸인 존재였다. 그동안 벌어졌던 그토록 요란하고 끔찍한 사건들조차 여자의 속마음을 짐작할 만한 희미한 실마리 하나 제공하지 못했다. 도대체 무슨 생각을 하는 걸까? 무엇을 원하는 걸까? 어떠한 목적을 추구하는 걸까? 도저히 풀릴 것 같지 않은 모호한 문제들이었다. 이대로 가다가는 두 사람은 상대에 대한 분노와 앙심만을 품은 채 헤어지고 말 것이다.

플로랑스가 리무진 안에서 자리를 잡는 동안 돈 루이스는 속으로 중얼거렸다.

'천만에, 절대로 안 돼. 이런 식으로 헤어질 수는 없지. 터놓고 모든 이야기를 나눠야겠어. 그리고 원하든 원치 않든, 플로랑스를 감싼 저 베일을 벗기겠어.'

두 사람은 곧 목적지에 도착했다. 돈 루이스는 알랑송의 호텔에 플로랑스를 가명으로 투숙시킨 다음 우선 혼자 쉬게 한 뒤, 한 시간이 지나 여자의 방문을 두드렸다.

하지만 이번에도 말하고자 마음먹은 그 말을 입 밖으로 꺼낼 용기가 선뜻 나지 않았다. 게다가 당장 밝히고 싶은 다른 문제들도 여전히 남아 있었다.

"플로랑스, 그자를 사법 당국에 넘기기 전에 우선 그자가 당신에게 어떤 존재였는지 알고 싶습니다."

여자가 단호한 어조로 말했다.

"친구였어요. 제가 동정했던 가엾은 친구였지요. 지금 돌이켜 생각해보면 제가 어떻게 그런 괴물 같은 자에게 동정심을 느낄 수 있었는지 이해할 수 없어요. 하지만 몇 년 전에 처음 만났을 때에는 그자의 여러 약점과 육체적 결함, 이미 완연히 드러나 있던 죽음의 징후들 때문에 유난히 마음이 끌렸답니다. 그 이후 그자가 몇 번 저를 도와줬어요. 그리고 그토록 숨어 지내는 게 좀 의심쩍긴 했지만, 저도 모르게 점차 그자의 영향력에 놓이게 됐고요. 그자의 절대적인 헌신을 믿었지요. 그리고 이제야 깨달은 사실이지만 모닝턴 사건이 터졌을 때 바로 그자가 저를 조종했고, 나중에는 가스통 소브랑까지 자기 마음대로 움직였어요. 또 그자가 마리 안을 위하는 길이라고 저를 설득하는 바람에 제가 어쩔 수 없이 거짓말과 연극을 했던 거고요. 그뿐만 아니라 바로 그자 때문에 우리가 당신을 그토록 불신했던 거예요. 게다가 자신에 대해 함구하라고 어찌나 철저히 입단속을 시키던지, 가스통 소브랑은 당신과 이야기를 나누었을 때도 그자에 대해 감히 한마디 말도 못 했지요. 제가 왜 이 정도까지 눈이 멀었던 건지, 저 역시 그 이유를 도통 모르겠어요. 어쨌든 당시의 저는 그랬습니다. 현실에 눈을 뜰 계기가 전혀 없었던 거지요. 수술이란 수술은 다 받고 인생의 절반을 요양소와 병원에서 보낸 그런 병약하고 무해한 사람을 어떻게 단 한순간이라도 의심의 눈초리로 바라볼 수 있었겠어요. 그리고 가끔 그자가 제게 사랑을 고백할 때조차 그자는 그 이상을 바랄 수 없는 처지였기에….”

플로랑스는 문득 말을 멈췄다. 돈 루이스와 눈이 마주쳤는데 자신의 말을 전혀 듣지 않는 눈치였기 때문이다. 돈 루이스는 플로랑스를 바라보았다. 그뿐이었다. 여자의 입에서 나온 모든 말은 허공에서 공허하게 사라져버렸다. 돈 루이스에게는 자신이 진정 알고 싶은 유일한 궁금증이 풀리지 않는 한, 사건 그 자체에 대한 해명은 아무런 의미가 없었던 것이다. 돈 루이스는 플로랑스가 자신을 어떻게 생각하는지, 왜 자신을 그토록 증오하고 경멸하는지 알고 싶었다. 그 외의 모든 말은 무의미하고 지겨울 따름이었다. 돈 루이스는 여자에게 다가가 나지막이 말했다.

"플로랑스, 플로랑스. 내가 당신에게 어떤 감정을 품고 있는지, 당신은 다 알고 있지요?"

플로랑스는 꿈에도 예상치 못한 질문을 받은 듯 얼굴을 붉히며 몹시 당황했다. 하지만 상대에게서 시선을 떼지 않은 채 솔직하게 대답했다.

"예, 알고 있어요."

"하지만 그 감정의 깊이가 어느 정도인지는 모르겠지요? 당신이 내 삶의 유일한 목표라는 사실은 모르지요?"

"그 사실도 알고 있어요."

여자가 말했다.

"그렇다면, 그 사실을 알고 있다면 바로 그 이유 때문에 당신이 제게 적개심을 품고 있다고 결론을 내려야겠군요. 처음부터 저는 당신의 친구였고 제 머릿속에는 오로지 당신을 보호해야겠다는 일념밖에 없었습니다. 하지만 그러면서도 항상 당신이 저를 이성적으로, 본능적으로 싫어하고 있음을 느꼈지요. 언제나 당신의 두 눈에는 차가움과 거북함, 경멸과 혐오만이 가득했어요. 생명과 자유가 달린 위급한 상황에서조차 당신은 내 도움을 받아들이느니 차라리 온갖 무모한 짓을 저질렀지요. 저는 당신에게 적이었습니다. 불신의 대상이며 공포심을 불러일으키는 적 말이지요. 그게 바로 증오 아닌가요? 증오 외에는 그 같은 태도를 달리 설명할 길이 있습니까?"

플로랑스는 주춤했다. 입술까지 하고 싶은 말이 올라왔지만 입 밖으로 내뱉을 순간을 미루는 눈치였다. 피로와 고통으로 핼쑥해진 얼굴에 평소보다 부드러운 표정이 떠올랐다.

"아니에요. 증오만이 그 같은 태도를 설명할 수 있는 건 아니랍니다."

돈 루이스는 어안이 벙벙해졌다. 이 대답의 의미를 이해한 것은 아니었지만 플로랑스의 부드러운 말투가 마음을 요동치게 했다. 게다가 플로랑스의 두 눈에는 예의 그 경멸의 표정이 사라지고 매혹적인 미소의 빛이 가득 서려 있었다. 플로랑스가 돈 루이스 앞에서 미소 짓는 것은 이번이 처음이었다.

돈 루이스는 더듬거리며 말했다.

"무슨 뜻인지 말해주세요. 어서 말해주세요. 부탁입니다."

"냉정함과 불신, 두려움과 적대감을 설명할 수 있는 또 다른 감정이 있다는 말을 하는 거예요. 사람들이 겁을 먹고 도망치는 건 꼭 상대가 싫어서만은 아니랍니다. 두렵고 부끄럽고 자신의 감정을 거부하고 싶고 잊고 싶고 용기가 나지 않아서일 수도 있지요…."

여자는 입을 다물었다. 돈 루이스는 더 이야기해달라는 듯 여자를 향해 절박하게 두 팔을 내뻗었지만 플로랑스는 가만히 고개를 가로저었다. 그렇게 함으로써 자신의 마음속 깊은 곳에 숨겨 있는 사랑의 비밀을 깨닫는 데는 더 이상의 말이 필요 없다는 뜻을 상대에게 분명히 전한 것이다.

돈 루이스는 휘청거렸다. 이 예상치 못한 행복으로 거의 육체적 고통까지 느끼고 있었다. 고성의 음산한 분위기 속에서 끔찍하기 그지없는 일을 막 겪고 난 후, 갑자기 평범한 호텔

방에서 이토록 상상을 초월하는 행복이 꽃필 수 있다는 게 도저히 믿기지 않았다. 이러한 순간에는 응당 나무가 우거진 숲과 달빛, 눈부신 석양 등 이 세상의 모든 아름다움과 시가 곁들여 있어야 하는 게 아닌가! 돈 루이스는 단숨에 행복의 절정에 오른 듯했다. 플로랑스와 처음 만난 순간부터 악당이 몸을 숙여 눈물이 가득 고인 여자의 두 눈을 응시하며 고래고래 소리친 비극적인 순간까지 주마등처럼 눈앞을 스쳐 갔다. '울고 있잖아! 감히 내 앞에서 울다니! 이 요망한 것! 나는 네 비밀을 다 알고 있어, 플로랑스! 울고 있다니! 플로랑스, 플로랑스, 네가 죽음을 자초한 거야!'

여자는 돈 루이스를 처음 만난 순간부터 이미 비밀스러운 사랑과 걷잡을 수 없는 열정에 휩싸였다. 하지만 이러한 감정은 커다란 당혹감과 두려움을 안겨주었다. 플로랑스에게 돈 루이스에 대한 사랑은 마리 안과 소브랑에 대한 배신처럼 느껴졌기 때문이다. 여자는 자신이 사랑하는 그 용맹하고 정의감 넘치는 남자에게서 멀어졌다 가까워지기를 반복하면서 자책과 죄책감으로 커다란 고통과 혼란에 빠졌고, 결국에는 자신을 탐하는 그 악당 놈의 사악한 영향력에 무기력하게 휘말리고 만 것이다.

돈 루이스는 어찌해야 할지, 자신이 느끼는 이 황홀한 감정을 무슨 말로 표현해야 할지 도무지 알 수 없었다. 입술은 파르르 떨렸고, 두 눈가는 촉촉이 젖어들었다. 만약 그 순간 본능이 시키는 대로 했다면, 돈 루이스는 당장 그 젊은 여인을 안고 아이에게 입맞춤하듯 거침없이 키스를 퍼부었을 것이다. 하지만 여인을 존중하는 마음이 너무나 컸기에 차마 그럴 수 없었다. 돈 루이스는 벅차오르는 감정을 이기지 못하고 여자의 발밑에 털썩 무릎을 꿇고는 사랑과 찬사의 말을 더듬더듬 내뱉기 시작했다.

10
루핀 꽃밭

다음 날 아침 9시가 조금 안 된 시간, 발랑글레는 자택에서 경찰청장과 이야기를 나누었다. 발랑글레가 경찰청장에게 물었다.

"그러니까 당신도 나와 같은 의견인 겁니까, 데말리옹? 그자가 올 것 같습니까?"

"의심의 여지가 없습니다, 총리 각하. 그것도 이번 사건의 대표적 특징이라 할 수 있는 정확함의 규칙에 따라 이곳에 나타날 겁니다. 멋지게 보이려고 일부러 9번째 종소리가 땡 하고 치는 순간 극적으로 등장하겠지요."

"정말 그렇게 생각하십니까…?"

"총리 각하, 저는 몇 달 동안 이 사내를 겪었습니다. 플로랑스 르바셰르의 목숨이 위험한 이 마당에, 만약 악당을 쓰러뜨려 손과 발을 꽁꽁 묶어서 데려오지 않는다면 그건 분명 플로랑스 르바셰르가 죽었고, 뤼팽 또한 저세상 사람이 되었다는 이야기일 겁니다."

발랑글레가 웃으며 말했다.

"그런데 뤼팽은 불사신이지요. 당신 말이 맞습니다. 나 역시 당신 의견에 전적으로 동의합니다. 우리의 훌륭한 친구께서 제시간에 나타나지 않는다면 그 누구보다 놀랄 사람이 바로 나일 겁니다. 그건 그렇고, 어제 앙제로부터 전화를 받았다고요?"

"예, 총리 각하. 우리 쪽 요원들이 돈 루이스 페레나를 목격했다고 합니다. 돈 루이스는 비행기로 자신들을 앞지르고 있었다더군요. 그 후에 르망에서 또다시 전화가 걸려 왔는데 이번에는 버려진 창고 하나를 조사했다는 내용이었습니다."

"분명 뤼팽이 전부 수색한 후였을 겁니다. 이제 곧 그 결과를 알 수 있겠지요. 자, 드디어 9시를 알리는 종이 울리는군요."

바로 그 순간 밖에서 자동차 엔진 소리가 들렸다. 자동차가 집 앞에 서더니 곧 초인종 소리가 집 안에 울려 퍼졌다.

이미 지시를 받은 하인들은 지체 없이 방문객을 집 안으로 안내했다. 문이 열리고 돈 루이스 페레나가 모습을 드러냈다.

발랑글레와 경찰청장은 그들 입으로 조금 전에 말했듯 오히려 돈 루이스가 나타나지 않는 게 더 놀라운 일이라 생각했을 정도로 이 같은 상황을 훤히 예측하고 있었다. 하지만 그럼에도 인간의 한계를 뛰어넘는 사건과 맞닥뜨리면 누구라도 그렇게 되듯 두 사람은 놀라운 마음을 좀처럼 감출 수 없었다.

"그래, 어찌 되었습니까?"

발랑글레가 다급하게 소리쳤다.

"일이 다 잘 풀렸습니다, 총리 각하."

"그럼 악당을 잡은 겁니까?"

"그렇습니다."

"세상에! 정말 대단한 친구야!"

발랑글레는 감탄에 찬 목소리로 중얼거렸다.

그리고 또다시 질문을 이어갔다.

"그래, 어떤 작자였습니까? 분명 산만 한 덩치에 거칠기 짝이 없는 독한 놈이었겠지?"

"불구였습니다, 총리 각하. 아주 딱한 인간이었지요…. 이번 사건의 주범인 게 틀림없지만 척추 장애, 결핵 등 온갖 질병에 시달리는 아주 병약한 사내였습니다."

"그럼 플로랑스가 그런 남자를 사랑했다는 겁니까?"

돈 루이스는 발끈해 소리쳤다.

"아! 총리 각하, 플로랑스는 절대 그놈을 사랑하지 않았습니다! 죽음을 앞둔 자를 보면 누구라도 그렇듯 동정심을 품었던 겁니다. 그러는 바람에 그자는 언젠가 자신이 플로랑스와 결혼하게 되리라는 헛된 꿈까지 꿨던 것이고요. 그저 마음 약한 여자의 동정심이었을 뿐인데 말이지요. 플로랑스는 그렇게 행동할 수밖에 없었습니다. 이번 사건에 그자가 그런 식으로 개입하고 있으리라고는 꿈에도 생각지 못했거든요. 그자가 정직하고 헌신적인 사람이라 생각했고 그자의 우수하고 예리한 지적 능력을 높이 평가했기 때문에 플로랑스는 이런저런 조언을 구했고 급기야 그자의 지휘에 따라 마리 안 포빌을 구출하기 위한 투쟁을 벌였던 겁니다."

"확실합니까?"

"예, 확실합니다, 총리 각하. 그뿐만 아니라 다른 여러 가지 사실들도 확실히 밝혀졌습니다. 증거들을 확보했으니까요."

그리고 돈 루이스는 곧장 본론으로 들어갔다.

"총리 각하, 범인을 잡았으니 이제 사법 당국은 어렵지 않게 그자의 인생에 대해 낱낱이 알아낼 수 있을 겁니다. 하지만 기다리는 동안 잠시 범죄적 측면에서 바라본 그자의 혐오스러운 인생을 간략히 요약해드리자면 다음과 같습니다. 일단 모닝톤 유산 상속과 관련 없는 세 건의 살인 사건은 생략하도록 하겠습니다. 장 베르노크는 알랑송에서 태어나 랑제르노 씨의 보살핌을 받으며 성장했습니다. 그자는 우연한 기회에 드데쉬라마르 부부를 알게 되었고 이들에게서 돈을 가로챈 다음, 그들이 미처 미지의 도둑을 고발하기 전에 포르미니 마을의 한 헛간으로 그들을 데려갔습니다. 절망에 빠진 데다 약물에 취해 제정신이 아니었던 부부는 거기서 스스로 목을 매달았지요. 이 헛간은 장 베르노크의 후견인인 랑제르노 씨가 소유했던, 고성이라 불리는 사유지 안에 있습니다. 당시 랑제르노 씨는 투병 중이었지요. 건강을 회복한 랑제르노 씨는 사냥총을 손질하다가 그만 하복부에 총알이 정통으로 박히고 맙니다. 랑제르노 씨 모르게 누군가 그 총에 총알을 장전해둔 거지요. 누가 그랬을까요? 물론 장 베르노크의 짓이었습니다. 게다가 그자는 전날 밤에 자기 후견인의 금고까지 털었습니다. 그렇게 모은 재산을 들고 파리로 와서 꽤 여유로운 삶을 즐기던 중, 우연한 기회에 자신의 친구인 한 건달에게서 플로랑스가 루셀 가문과 빅토르 소브랑의 상속인임을 입증하는 출생 증명 서류 및 기타 서류들을 사들입니다. 그 친구라는 작자는 플로랑스를 남미에서 데려온 그 늙은 유모에게서 예전에 이 서류들을 훔쳤던 거지요. 여기저기 알아보고 다닌 끝에 장 베르노크는 일단 플로랑스의 사진을 손에 넣었고, 이후에 플로랑스에게 직접 접근했습니다. 베르노크는 옆에서 플로랑스를 도와주며 자신의 인생을 송두리째 바치기라도 할 것처럼 헌신적인 척하지요. 이때만 해도 그자는 자신이 사들인 서류와 플로랑스와의 친분 관계가 자신에게 얼마나 커다란 이익을 안겨다 줄 수 있는지 정확히 알지 못하는 상태였습니다. 그런데 상황이 갑자기 돌변합니다. 공증인 사무소 서기가 입방정을 떠는 바람에 장 베르노크는 르페르튀 씨의 책상 서랍 속에 무척이나 흥미를 당기는 유언장 하나가 있다는 사실을 알게 된 거지요. 장 베르노크는 서기에게(이자는 그 이후 행방이 묘연하다는군요) 1000프랑짜리 지폐 한 장을 주고 유언장 내용을 알아냅니다. 그게 바로 코스모 모닝턴의 유언장이었던 거지요. 그리고 그 내용인즉 코스모 모닝턴이 자신의 어마어마한 재산을 루셀 자매와 빅토르 소브랑의 후손에게 물려준다는 것이었고요. 장 베르노크는 눈이 번쩍 뜨였겠지요. 자그마치 2억 프랑에 달하는 유산이었으니까요! 그 유산만 차지하면 부와 권력뿐만 아니라 전 세계 최고의 의료진을 고용해 건강을 되찾아 육체적 힘까지 얻을 수 있습니다. 그러기 위해서는 플로랑스가 유산을 상속받도록 다른 상속자들을 제거한 다음 플로랑스와 결혼하기만 하면 되는 일이었고요. 그래서 장 베르노크는 작전에 들어갑니다. 그자는 우선 포빌의 옛 친구인 랑제르노 영감의 서류들을 뒤져 루셀 가문과 포빌 부부의 원만치 않은 결혼 생활에 대해 속속들이 알아냅니다. 거치적거리는 인물은 단지 다섯 사람뿐이었지요. 물론 제일 먼저 제거해야 할 인물은 코스모 모닝톤이었고 그다음에는 상속권의 순서대로 엔지니어 포빌, 그의 아들 에드몽, 그의 아내 마리 안, 그리고 그의 친척인 가스통 소브랑을 처리해야 했습니다. 코스모 모닝톤을 제거하는 일은 비교적 쉬웠습니다. 의사로 위장해 그 미국인의 집에 들어가 주사약이 담긴 앰풀에 독약을 슬쩍 집어넣기만 하면 됐으니까요. 하지만 이폴리트 포빌을 없애기 위해서는 꽤 공을 들여야 했습니다. 그자는 우선 랑제르노 영감의 이름을 대며 포빌에게 접근한 뒤 그의 마음을 빠르게 사로잡았지요. 포빌이 자신의 부인을 증오하고 있다는 사실을 알고 있었고 더불어 불치병에 걸렸다는 사실도 파악한 장 베르노크는 포빌이 런던에서 전문의에게 진료를 받고 나온 직후에 정신이 피폐해질 대로 피폐해진 그를 상대로 그토록 천인공노할 자살 계획을 부추겼습니다. 그리고 아시다시피 그 이후 이 계획은 치밀하게 진행됐고요. 이렇게 해서 장 베르노크는 손 하나 까딱하지 않은 채, 포빌조차 자신이 조종당하고 있음을 의식하지 못할 정도로 아주 은밀하게, 포빌 부자와 마리 안, 그리고 소브랑을 한꺼번에 제거해버렸지요. 그 자신이 마땅히 받아야 할 포빌의 살인 혐의를 마리 안과 소브랑에게 돌아가게 하면서 말이지요. 그렇게 그의 계획은 성공을 거두었습니다. 작은 문제가 있긴 했지요. 베로 형사가 끼어들었던 겁니다. 결국 베로 형사는 죽었습니다. 이제 유일한 위험 요소는 바로 나, 돈 루이스 페레나의 개입이었지요. 저 역시 코스모 모닝톤의 잠재적 상속자였기 때문에 제가 이 사건에 개입하리란 사실을 그자는 어렵지 않게 예측했을 겁니다. 장 베르노크는 이러한 위험을 피하고자 우선 제가 팔레 부르봉 광장의 저택에 들어가게끔 일을 꾸몄고 르바셰르 양을 제 비서로 일하게 했으며 나중에는 가스통 소브랑을 내세워 네 차례나 저를 죽이려 했습니다. 그렇게 그자는 배후에서 이 사건을 조종했습니다. 내 집을 자기 마음대로 오가고 플로랑스와 소브랑을 조종하면서 그 끈질기고 교활한 성격에 힘입어 자신의 목표에 점점 다가가고 있었던 겁니다. 그러다 제가 마리 안과 소브랑의 결백을 밝혀내자 지체 없이 행동에 나섰습니다. 두 사람을 죽음으로 내몬 거지요. 그렇게 모든 일이 그자의 뜻대로 순조롭게 풀리고 있었습니다. 저와 플로랑스는 경찰에 쫓기는 신세가 되었지만 장 베르노크를 의심하는 사람은 아무도 없었지요. 그리고 시간이 흘러 마침내 유산 상속자를 결정하는 날이 됐습니다. 바로 그저께였지요. 그때 장 베르노크는 마지막 결전을 준비하고 있었습니다. 그자는 자신의 성치 않은 몸을 구실로 내세워 테른가에 있는 요양원에 들어갔습니다. 그리고 그곳에서 자신이 플로랑스 르바셰르에게 미치고 있는 영향력을 통해, 그리고 베르사유에서 원장 수녀에게 보냈던 편지를 통해 자신의 작전을 지휘했지요. 원장 수녀의 지시를 받은 플로랑스는 자신이 무슨 일을 하는지조차 모른 채 자신과 관련된 서류를 들고 경찰청으로 찾아왔습니다. 그리고 그동안 베르노크는 요양원을 떠나 생루이 섬 근처로 피신했고요. 그리고 그곳에서 느긋하게 사건의 결말을 기다렸지요. 최악의 경우라 해도 플로랑스만 곤경에 처할 뿐 자신은 털끝 하나 다치지 않으리라 생각하면서 말이지요. 그 이후의 일은 총리 각하께서도 잘 아실 겁니다. 자신이 무의식적으로 저질렀던 잘못과 장 베르노크가 자행한 끔찍한 짓을 갑자기 알아챈 플로랑스는 커다란 충격에 휩싸인 나머지 청장님이 제 요청을 받아들여 데리고 간 요양원에서 순식간에 달아나고 맙니다. 플로랑스의 머릿속에는 오로지 한 가지 생각밖에 없었던 거지요. 장 베르노크를 만나 해명을 들어야 한다! 그리고 바로 그날 저녁, 베르노크는 자신의 결백을 입증할 증거를 보여주겠다고 구슬려 플로랑스를 자동차로 납치해 달아났습니다. 일은 그렇게 된 겁니다, 청장님."

발랑글레는 상상을 초월할 정도로 악랄한 한 천재의 음산한 인생 이야기에 푹 빠져 있었다. 총리는 이야기를 듣는 동안 좀처럼 거북한 기색이 없었다. 이야기가 음산한 만큼 반대급부로 선의를 위해 싸우는 자의 밝고 기발하며 유쾌한 천재성 역시 환히 드러나고 있었기 때문이다.

"그래서 결국 두 사람을 찾아냈다는 겁니까?"

발랑글레가 물었다.

"어제 오후 3시에 찾아냈습니다, 총리 각하. 정말 아슬아슬했지요. 아니, 어찌 보면 늦은 셈이었습니다. 장 베르노크가 파놓은 함정에 걸려들어 저는 우물에 빠졌고 플로랑스는 돌무더기에 깔리기 직전까지 갔으니까요."

"허! 그럼 당신은 죽은 겁니까?

"또 죽은 셈이지요, 총리 각하."

"그런데 그 악당 놈이 왜 플로랑스 르바셰르 양까지 없애려고 한 겁니까? 그러면 결혼해서 유산을 거머쥐려는 계획도 무산되고 말 텐데?"

"결혼은 혼자서 하는 게 아니지 않습니까, 총리 각하. 그런데 플로랑스가 거부했거든요."

"그래서요?"

"예전에 베르노크는 자신의 모든 재산을 플로랑스 르바셰르에게 물려주겠다는 편지를 쓴 적이 있습니다. 플로랑스는 또 동정심에 마음이 흔들린 데다 자신이 하는 행동의 중요성도 깨닫지 못한 탓에 그만 똑같은 내용의 편지를 쓰고 말았지요. 그리고 이 편지는 베르노크에게 더없이 유리한, 부인할 수 없는 진짜 유언장이 된 셈이었고요. 그리고 바로 그저께, 플로랑스는 자신이 루셀 가족의 친척임을 증명하는 서류를 들고 경찰청에 나타남으로써 단번에 모닝톤의 합법적인 최종 상속자가 되었습니다. 그러니 플로랑스가 죽는다면 이번에는 플로랑스의 합법적인 최종 상속자에게 모닝톤의 상속권이 넘어가는 셈이지요. 다시 말해 장 베르노크가 자연히 거액의 유산을 상속받게 되는 겁니다. 그렇게 되면 설혹 경찰이 그자를 붙잡는다고 해도 혐의를 입증할 증거가 하나도 없으니 곧 풀어줄 수밖에 없을 테고 그자는 열네 건의 살인을 저지른 데 대한 마음의 짐이야 있겠지만(제가 직접 세어보았습니다) 어쨌든 2억 프랑을 챙겨서 편안하게 여생을 보냈을 겁니다. 그토록 괴물 같은 자에게는 마음의 짐쯤이야 얼마든지 돈이 보상해주는 법이니까요."

"그런데 그 사실들을 입증할 확실한 증거는 가진 겁니까?"

발랑글레는 열에 들뜬 목소리로 물었다.

돈 루이스는 범인의 웃옷 호주머니에서 꺼내온 밤색 가죽 지갑을 내보이며 말했다.

"여기 있습니다. 편지와 서류들이지요. 흉악범들이 대개 그렇듯 그 악당 놈도 증거가 될 물건들을 모아두는 괴벽이 있더군요. 이건 운 좋게 제 손에 굴러 들어온 그자와 포빌이 주고받았던 편지입니다. 그리고 이건 제가 받았던 팔레 부르봉 광장 저택의 매매 전단 원본이고요. 그리고 이건 포빌이 랑제르노 영감에게 보낸 편지를 가로채기 위해 장 베르노크가 알랑송에 갔음을 보여주는 쪽지입니다. 또 이건 베로 형사가 포빌과 베르노크의 이야기를 엿들은 후 플로랑스의 사진을 슬쩍했고, 그래서 베르노크가 포빌에게 베로 형사의 뒤를 쫓게 했음을 증명하는 쪽지이고요. 그리고 이것으로 말할 것 같으면, 셰익스피어 전집 제8권에서 발견된 메모 두 장의 사본이며 이로써 그 책의 주인인 장 베르노크가 포빌의 음모를 모두 알고 있었음을 확인할 수 있습니다. 자, 여기 이 무척 흥미로운 네 번째 메모는 그자가 플로랑스에게 어떤 식으로 영향력을 행사했는지를 보여주는 예리한 심리 분석을 담고 있고요. 이건 그자와 페루인 카세레스가 주고받았던 편지이고, 그리고 이건 그자가 언론에 보내려고 준비해두었던 마즈루 반장과 저를 고발하는 편지입니다. 그리고 이건… 뭐, 더 말할 필요가 있겠습니까, 총리 각하? 각하의 손에는 더할 수 없이 충실한 증거물이 들려 있는데요. 이 증거물을 통해 사법 당국은 그저께 제가 경찰청장님 앞에서 이야기했던 내용이 한 치의 오차도 없이 정확하다는 사실을 확인할 수 있을 겁니다."

발랑글레가 소리쳤다.

"그자는요! 그 악당 놈은 어디에 있습니까?"

"저 아래 차 안에 있습니다. 정확히 말하자면 그자의 차 안에 있지요."

데말리옹이 걱정스러운 듯 물었다.

"내 부하들에게도 그 사실을 알렸겠지요?"

"예, 경찰청장님. 게다가 꽁꽁 묶어두었습니다. 걱정하지 마십시오. 절대 도망칠 수 없습니다."

"좋습니다. 당신이 알아서 모두 조치해놓았군요. 이로써 이 모험도 막을 내린 것 같습니다. 하지만 여전히 한 가지 의문점이 남아 있어요. 여론도 바로 이 문제에 가장 커다란 관심을 보이고 있는 듯하고요. 바로 사과에 찍힌 이빨 자국, 호랑이 이빨 자국 말입니다. 포빌 부인의 것이라고 판명 났는데, 포빌 부인은 결백하지 않습니까? 경찰청장의 말로는 당신이 이 문제도 풀었다고 하던데."

"그렇습니다, 총리 각하. 그리고 장 베르노크의 서류를 통해 제 짐작이 맞았다는 사실도 확인했습니다. 사실 이 문제는 알고 보면 매우 간단합니다. 사과에 찍힌 자국은 분명 포빌 부인의 잇자국이 맞긴 하지만 그 과일을 깨문 사람은 포빌 부인이 아닙니다."

"아! 어서 말해보세요!"

"총리 각하, 포빌도 자신의 고백 편지에서 이 수수께끼에 대한 해답을 간접적으로 언급해놓았습니다."

"포빌은 광인이었습니다."

"맞습니다. 하지만 섬뜩할 정도로 논리적이고 명석한 광인이었지요. 몇 년 전 팔레르모에 갔을 때 포빌 부인은 잘못 넘어지는 바람에 그만 대리석 테이블에 이를 부딪쳤습니다. 그래서 윗니, 아랫니 할 것 없이 이 전체가 흔들리게 됐지요. 망가진 치아를 치료하기 위해, 다시 말해 포빌 부인이 그 후 몇 달 동안 착용한 금제 교정기를 만들기 위해 치과 의사는 으레 그렇듯 포빌 부인의 치아 모양을 본떴지요. 우연히 이 치아 틀을 보관하던 포빌은 자신이 죽던 날 밤 그 틀을 이용해 사과에 아내의 잇자국을 남겨놓은 겁니다. 그리고 베로 형사 역시 증거물로 삼고자 이 치아 틀을 잠시 슬쩍해 초콜릿 조각에 잇자국을 찍어놓았던 것이고요."

돈 루이스가 설명을 마치자 한동안 방 안에 침묵이 흘렀다. 복잡해 보이기만 하던 수수께끼가 이토록 간단히 풀리자 총리는 커다란 당혹감에 휩싸였다. 모든 비극, 모든 혐의, 마리 안을 절망에 빠뜨린 온갖 것들, 마리 안의 죽음, 가스통 소브랑의 죽음, 이 모든 것들이 아주 보잘것없는 물건 하나에서 비롯됐던 것이다. 호랑이 이빨의 비밀에 열광한 헤아릴 수 없이 수많은 사람 가운데 그 누구도 생각지 못했던 한없이 하찮은 사실로부터…. 호랑이 이빨 자국이라니! 사람들은 일견 흠잡을 데 없는 다음과 같은 추론에만 집착했다. 사과에 새겨진 자국과 포빌 부인의 잇자국은 일치한다. 실질적으로도 이론적으로도 포빌 부인과 똑같은 치아 형태를 지닌 또 다른 누군가가 이 세상에 존재할 리는 없다. 따라서 포빌 부인이 범인이다! 더군다나 이 추론은 너무나 빈틈없어 보였기에 포빌 부인의 결백이 밝혀진 후에도 사람들은 사과를 직접 깨물지 않아도 충분히 잇자국을 남길 수 있다는 대단치 않은 생각을 미처 떠올리지 못하고 이 문제를 미제의 수수께끼로 남겨놓았던 것이다.

"마치 콜럼버스의 달걀과도 같은 이야기로군! 왜 아무도 이 생각을 하지 못했을까."

발랑글레는 웃으며 말했다.

"맞는 말씀입니다, 총리 각하. 조금만 생각해봐도 금방 알 수 있는 사실인데 말이지요. 비슷한 예가 또 하나 있습니다. 아르센 뤼팽이 르노르망과 폴 세르닌이었던 시절을 떠올려보십시오(《813》참조 – 옮긴이). 당시 누구 한 명이라도 폴 세르닌Paul Sernine이라는 이름의 철자 순서를 바꾸면 아르센 뤼팽Arsène Lupin이 된다는 사실을 눈치챘던가요? 지금도 마찬가지입니다. 루이스 페레나Luis Perenna 역시 아르센 뤼팽의 철자를 뒤섞어 만든 이름입니다. 두 이름은 정확히 똑같은 철자로 이루어져 있지요. 더하지도 부족하지도 않게 딱 똑같은 개수의 철자로 조합돼 있고요. 하지만 이번이 벌써 두 번째임에도 사람들은 이 간단한 비교조차 해볼 생각을 안 하더군요. 이 또한 콜럼버스의 달걀이 아니겠습니까! 조금만 생각하면 금방 답이 나오는 것을!"

발랑글레는 돈 루이스의 말을 듣고 적잖이 놀랐다. 아무래도 이 고약한 사내는 마지막 순간까지 허를 찌르는 극적 반전을 꾀하며 자신의 정신을 쏙 빼놓으려 작정한 모양이었다. 그리고 이러한 태도는 우아함과 거만함, 장난기와 순박함, 익살스러운 조롱기와 당황스러운 매력이 묘하게 뒤섞인 이 인물의 독특한 면모를 더없이 잘 보여주었다. 상상을 초월하는 모험을 치르며 왕국까지 정복한 사내가 자기 이름의 철자를 바꿔 사람들을 골탕 먹었다고 저토록 즐거워하다니!

회담은 이제 막바지에 이르렀다. 발랑글레가 페레나에게 물었다.

"선생, 당신은 이번 사건에서도 기적적인 능력을 발휘해 결국 약속을 지키고 범인을 우리 손에 넘겨 주었습니다. 그러니 이번에는 내가 약속을 지킬 차례로군요. 이제 당신은 자유의 몸입니다."

"고맙습니다, 총리 각하. 그런데 마즈루 반장은요?"

"오늘 오전 중으로 풀려날 겁니다. 경찰청장이 손을 써놓은 덕분에 두 사람이 체포된 사실은 언론에 공개되지 않았습니다. 그러니 당신은 돈 루이스 페레나입니다. 돈 루이스 페레나로 남아 있지 못할 이유가 하나도 없지요."

"그럼 플로랑스 르바셰르 양은 이제 어찌 되는 겁니까, 총리 각하?"

"우선 예심판사 앞에 직접 출두해야겠지요. 그러면 곧 무혐의 판결이 내려질 겁니다. 그렇게 모든 혐의와 의혹을 벗은 자유의 몸이 되면 당연히 코스모 모닝턴의 합법적인 상속인으로 인정받을 것이고, 그럼 2억 프랑을 상속받게 될 겁니다."

"하지만 플로랑스는 절대로 그 유산을 상속받지 않을 겁니다, 각하."

"그건 또 무슨 소리입니까?"

"플로랑스 르바셰르 양은 그 돈을 원치 않습니다. 그 돈 때문에 너무나도 끔찍한 사건들이 벌어졌으니까요. 그래서 그 돈은 건드리기도 싫답니다."

"그럼 이제 그 유산은 어찌 되는 겁니까?"

"2억 프랑에 달하는 코스모 모닝톤의 유산은 모로코 남부와 콩고 북부에 학교를 세우고 도로를 건설하는 데 전액 사용될 겁니다."

"당신이 우리에게 넘길 모리타니 제국에 말이지요? 거참, 고귀한 결정이로군요. 나 역시 당신의 생각에 전적으로 찬성하는 바입니다. 제국에다 막대한 예산까지 제공하신다니… 정말이지 돈 루이스가 조국에 시원하게 빚을 갚는군요. 아르센 뤼팽이 진 빚을 말입니다…"

그로부터 일주일 후 돈 루이스 페레나는 마즈루와 함께 자신이 프랑스로 돌아올 때 타고 왔던 요트에 다시 올랐다. 물론 플로랑스도 함께였다.

출항하기 직전 그들은 장 베르노크의 사망 소식을 전해 들었다. 사법 당국이 온갖 주의를 기울였지만 결국 독약으로 자살하고 만 것이다.

아프리카에 도착한 돈 루이스 페레나는 다시금 모리타니의 술탄으로서 자신의 옛 동료들과 재회했고, 이어서 마즈루를 옛 동료들과 고관들에게 정식으로 소개했다. 그런 다음 자신의 왕위 포기 과정과 프랑스 정부에 통치권을 양도하는 순서를 차근차근 밟아나가는 한편, 모로코 국경 지대로 가서 현지 주둔 프랑스군 사령관인 로티 장군과 여러 차례 비밀 회담을 했다. 이 회담 과정에서 두 사람은 모로코 정복을 훨씬 더 수월하게 해줄 일련의 방책들을 생각해냈다.

이제부터는 장밋빛 미래가 펼쳐질 것이다. 언젠가 때가 되면 프랑스의 모로코 통치를 가로막는 힘없는 반란 부족이 쉽사리 진압될 것이고, 그렇게 되면 도로와 학교, 법원이 즐비하게 들어선 질서정연한 제국이 활기를 띠고 번성하리라.

자신의 임무를 마친 돈 루이스는 왕위를 내려놓고 프랑스로 돌아왔다.

돈 루이스와 플로랑스의 결혼으로 당시 세간이 얼마나 떠들썩했는지 굳이 이 자리에서 언급할 필요는 없을 것이다. 다시금 논란이 불붙었고, 여러 신문은 아르센 뤼팽의 체포를 주장하고 나섰다. 하지만 무슨 수로 체포할 수 있겠는가? 비록 모두 그의 진짜 정체를 확신했고, 루이스 페레나와 아르센 뤼팽이라는 이름이 똑같은 철자로 이루어져 있다는 사실까지 눈치챘지만, 어찌 됐든 사람들은 법적으로 아르센 뤼팽은 죽었고 돈 루이스는 존재한다는 준엄한 현실에 부딪힐 수밖에 없었다. 죽은 아르센 뤼팽을 되살릴 수도, 존재하는 돈 루이스 페레나를 제거할 수도 없는 노릇이었다.

돈 루이스 페레나는 오늘날 우아즈 강변을 굽어보는 아름다운 골짜기 사이에 있는 생 마클루 마을에 살고 있다. 화려한 꽃들이 가득 핀 정원에 초록색 덧창이 달린 아담한 장밋빛 집을 모르는 사람이 과연 있을까? 딱총나무 울타리 너머나 마을 광장에서 과거 뤼팽이었던 사람을 볼 수 있지 않을까 싶어 일요일마다 수많은 사람이 소풍을 가는 기분으로 그 마을을 찾아올 정도니 말이다.

돈 루이스는 여전히 젊은 청년의 모습으로 그곳에 있다. 플로랑스 역시 우아한 몸매에 빛나는 금발, 어두운 기억의 그림자라곤 전혀 찾아볼 수 없는 해맑은 얼굴로 그 곁을 지키고 있다.

이따금 방문객들이 돈 루이스의 집을 찾아와 자그마한 나무 문을 두드리곤 한다. 도움을 요청하러 온 딱한 처지에 놓인 사람들이다. 핍박받는 자, 피해자, 삶의 의지를 잃어버린 약자, 무모한 열정에 휩쓸려 인생을 망친 자… 돈 루이스는 이들 모두에게 애틋한 연민의 정을 품고 있다. 그래서 이들에게 자신의 비범한 머리와 현명한 충고, 풍부한 경험과 힘을 제공할 뿐만 아니라, 필요하다면 시간까지 할애해 이들을 직접 돕고 있다.

종종 경찰청의 밀사나 경찰들이 찾아와 미궁에 빠진 사건을 맡기기도 한다. 그럴 때도 역시나 돈 루이스는 자신의 무한한 재능을 기꺼이 내주곤 한다. 이 시간을 제외하면, 그리고 오래된 철학 서적에 푹 빠져 있을 때를 제외하면 정원을 가꾸며 시간을 보낸다. 돈 루이스는 자신이 손수 키운 꽃에 심취하고 뿌듯한 자부심을 느낀다. 화초 품평회에서 빨간색과 노란색이 번갈아 섞인 '아르센 카네이션'이라는 이름의 삼색 카네이션을 출품해 상을 탔던 일은 여전히 인구에 회자되고 있지 않은가.

하지만 뭐니 뭐니 해도 가장 공을 들이고 있는 꽃은 여름철에 피며 색이 화려하고 송이가 큰 꽃이다. 7월과 8월 사이에는 정원의 3분의 2가량과 텃밭 전체가 이 화려한 꽃들로 뒤덮인다. 깃대처럼 우뚝 솟은 화사하고 눈부신 꽃들, 그 꽃들이 제각각 흰색, 푸른색, 보라색, 자주색, 분홍색 고개를 도도히 세우며 형형색색의 장관을 펼쳐놓는 것이다. 그 광경을 보면 뤼팽이 왜 이곳을 루팡 꽃밭이라고 명명했는지 수긍이 가고도 남을 것이다.

크뤽샹스 루핀, 알록달록한 루핀, 향기가 진한 루핀, 그리고 최근에 개발한 뤼팽 루핀 등 온갖 종류의 루핀 꽃이 그곳에 모여 있다.

정렬한 병사들처럼 빽빽이 줄을 맞춰 늘어선 꽃들은 서로 질세라 저마다 가장 풍성하고 화려한 꽃송이들을 태양에 내놓으려 애쓰고 있다. 그리고 그 총천연색 꽃밭으로 가는 오솔길 입구에는 조제 마리아 드 에레디아의 아름다운 소네트 한 구절이 적힌 커다란 천이 걸려 있다.

그리고 나의 텃밭에는 루핀 꽃이 만발하다네.

이 정도면 거의 고백을 했다고 여겨도 좋지 않을까? 왜 아니겠는가? 최근에 가진 한 인터뷰에서 돈 루이스는 이렇게 말하기까지 했다.

"저는 그와 아주 잘 알고 지냈습니다. 결코 나쁜 사람이 아니었어요. 그렇다고 그리스의 칠현에 비유하거나 미래 세대에 귀감이 될 만한 인물이라고까지 말하지는 않겠습니다. 하지만 우리는 좀 더 관대하게 그를 평가할 필요가 있어요. 선행을 베풀 때는 한없이 무모했던 반면, 악행을 저지를 때는 절대 정도를 넘지 않는 친구였으니까요. 그에게 당한 사람들은 그만한 죗값을 응당 치러야 하는 자들이었습니다. 그 친구가 직접 나서지 않았더라도 언젠가는 천벌을 받을 그런 자들이었지요. 악독한 부자들 가운데서 자신의 희생자를 고르는 뤼팽과 수많은 서민을 등쳐먹고 비참한 상태로 내모는 졸부 중 과연 누가 더 나은 인간이겠습니까? 뤼팽이 백번 낫지 않겠습니까? 게다가 그 수많은 선행은 또 어떻고요! 욕심 없고 관대한 성품을 보여준 사례가 어디 한두 개입니까! 도둑이라고요? 인정합니다. 사기꾼이라고요? 그 또한 부인하지 않겠습니다. 예, 도둑에다 사기꾼이었지요. 하지만 그 이상의 존재이기도 했습니다. 재치와 기발함으로 대중을 즐겁게 해준 동시에 또 다른 무언가로 모두를 열광시켰지요. 사람들은 그 친구의 악의 없는 장난에 기분 좋게 웃으면서도 용기와 대범함, 모험심, 침착함, 통찰력, 유머 감각, 넘치는 에너지에 흠뻑 빠져들었던 겁니다. 우리 인류가 그 어느 때보다 놀라운 업적을 이룬 시대에, 전쟁이 발발하기 전 아름다운 시대에, 자동차와 비행기가 발명된 영웅적인 시대에 그 친구의 이 모든 재능이 마침맞게 찬란히 빛을 발했던 겁니다."

그러자 기자가 물었다.

"뤼팽의 과거만 이야기하시는군요. 그럼 이제 뤼팽의 모험은 막을 내린 겁니까?"

"천만에요. 모험은 아르센 뤼팽의 삶 그 자체입니다. 목숨이 붙어 있는 한 그는 항상 별의별 모험의 한가운데와 종착점에 있을 겁니다. 언젠가 그 친구가 이렇게 말했지요. '내 묘비에 이렇게 새겨주길 바라네. **모험가 아르센 뤼팽, 이곳에 잠들다**.' 농담 겸 진담이었습니다. 그는 모험의 황제니까요. 물론 이 끓어오르는 모험심 때문에 과거에는 지나치게 자주 이웃들의 주머니를 뒤지곤 했지요. 하지만 모험심은 그를 고귀한 전쟁터로 이끌기도 했습니다. 가치 있는 일을 위해 싸운 사람에게는 아무나 쉽게 얻을 수 없는 찬란한 영예가 주어지는 전쟁터 말입니다. 그리고 이 전쟁터에서 용맹하게 싸워 업적을 이뤘지요. 사람들은 바로 이곳에서 그 친구가 어떻게 행동하고, 분투하고, 죽음과 맞서고, 운명에 저항했는지를 봐야 합니다. 그래서 이따금 경찰서장을 두들겨패고 예심판사의 시계를 훔쳤어도 용서해주어야 하는 겁니다…. 이제 우리의 박력 넘치는 협객에게 조금만 더 너그러워집시다…."

돈 루이스는 고개를 끄덕이며 이야기를 맺었다.

"게다가 아시다시피 그에게는 간과할 수 없는 또 다른 미덕이 한 가지 더 있지요. 요즘처럼 우울한 시대에는 더욱더 값지게 느껴지는 미덕으로, 그는 웃음이 무언지 아는 친구였습니다!"